思考機械

【完全版】

第1巻

The Thinking Machine

ジャック・フットレル
Jacques Futrelle
平山雄一［訳］

思考機械【完全版】第一巻

目次

【凡例】

翻訳の底本と他の版との異同を各話末尾にまとめて記す。本文中に「▼」「▲」印と相番号がある場合、異同への言及は「▼」から「▲」までを対象としていることを示す。「▼」印と相番号のみの場合、異同への言及は当該の箇所を対象としている。また、複数の「▼」「▲」の交錯を避けるために「▽」「△」を使用した箇所がある。

思考機械【完全版】第一巻

十三号独房の問題

The Problem of Cell 13

1

オーガスタス・S・F・X・ヴァン・デューセンの名前に使われているアルファベットの残りの文字も、その輝かしい科学界での業績や、その名誉を称えて与えられた称号が名前の後ろに付け加えられたことで、ほぼすべてが使われ尽くされてしまった。だから彼の名前と与えられた称号を正式に書き表すと、それはたいしたものになった。彼はPh.D（哲学博士）であり、LL.D（法学博士）、F.R.S.（王立学会特別研究員）、M.D.（医学博士）、M.D.S.（歯学修士）でもあった。さらに他にもいろいろあった――彼本人も覚えていなかったけれども[1]――彼の才能をさまざまな海外の教育機関や科学団体が表彰していた。

　彼の見た目は、その名前と同じくらい印象的だった。痩せっぽちで、肉のない肩は学者らしく丸まっていて、髭《ひげ》をきれいにあたった顔は、引きこもって座ったままの生活をしているらしく青白かった。目はずっと細められたままだった。これは、微細なものを研究している人間の目だった。そして分厚い眼鏡の向こう側、まぶたの細い隙間[2]には、青い目があった。しかしその両目の上には、さらにもっと驚くべき特徴があった。それは、高々と秀でた額だった。その高さも幅も異常といっていいほどで、そのさらに上には、黄色い髪の毛がもじゃもじゃと生えていた。それら全体から、彼は変わった、いやグロテスクといえる印象を与えた。[3]

　ヴァン・デューセン教授の祖先はドイツ人だった。[4]一族は何世代にもわたって、科学界で活躍した。彼がその道で卓越したのも、当然のことだった。[5]何をおいてもまず、彼は論理学者だった。半世紀ほどの彼の人生で少なくとも三十五年間は、[6]二たす二は常に四となるのであり、それが三になったり五になったりするのは異常事態であるということの証明に、[7]捧げられてきた。[8]また彼はすべての物事はいったん始まれば必ず終わりがあると信じ、ありとあらゆる難題に挑み、父祖伝来の集中力を発揮して解決した。蛇足かもしれないが、ヴアン・デューセン教授の帽子のサイズは八号だということもつけ加えておこう。[9]

　世間では、[10]ヴァン・デューセン教授は思考機械と呼ばれていた。それは、彼がチェスで類《たぐい》まれな能力を発揮した[11]ときにつけられた新聞の見出しである。その当時彼はまったくこのゲームを知らなかったが、絶対的な論理力をもってすれば、その修業に生涯を捧げてきたチャンピオンをも負かすことができると言い放ったのだ。[12]まさに思考機械である！　どんな称号よりも、この言葉こそ彼を表現するのにふさわしいものはないだろう。彼は何週間も何カ月も小さな実験室に籠もり、[13]そこから出てくるやいなや、科学界の同朋を驚嘆させ、世界を大騒ぎさせるのだ。

　思考機械に訪問者が訪れるのは、まれなことだった。たとえあったとしても、たいていは高名な科学者で、彼と論争するためにやってくるのだが、必ずや論破されて帰るのだった。[14]そんな人びとの中の二人、チャールズ・ランサム博士とアルフレッド・フィールディングがある晩、ある理論について議論をするためにやってきた。ただし、その理論についてはここでは関係がない。

「そんなことは不可能だ」と、ランサム博士は会話の途中で言い切った。

「不可能などというものはない」と、思考機械は同じくらい強い調子で反論した。彼はいつも怒ったような口調だった。「精神はすべてを支配する。科学がその事実を十分認識したならば、大いなる進歩がなされるであろう」

「飛行機械でもかね？」と、ランサム博士は質問した。

「不可能などというものはない」と、思考機械は断言した。[15]「そのうち発明されるだろう。自分でやってみたいが、今は忙しいのだ」[16]

　ランサム博士は寛大げに笑い声を立てた。

「君は前にもそんなことを言っていたが、何の意味もないね。精神は物質の支配者かもしれんが、それを応用する方法はいまだに発見されていない。考えただけではどうにもならんものもある。いくら考えてもどうにもならんのだ」

「たとえばなんだ？」思考機械はその先を要求した。

　ランサム博士は煙草をくゆらしながら、しばらく考えた。そして、

「うむ、たとえば監獄の壁かな」と、返事をした。「考えただけでは、牢屋からは出られない。もしそんなことができるとしたら、囚人なんてこの世からいなくなる」

「頭を使って、創意工夫をこらせば、牢屋から脱出することはできる。同じことだ」思考機械はぴしゃりと言った。[17]

　ランサム博士はちょっと興味をそそられた様子だった。

「たとえばこういうことかな」と、間を置いて彼は言った。「死刑囚が監禁されている牢屋を想定してみよう——彼らは絶望し、恐怖で頭がおかしくなりそうになっている。脱獄できるのなら、どんなチャンスにでも飛びつくだろう——そんな独房に、監禁されたとしても、君は脱獄できるというのか

ね？」

「もちろんだ」と、思考機械は言い切った。

「当然ですが」と、フィールディング氏が初めて会話に割って入った。「爆薬で牢屋を吹き飛ばそうとしても、[18]獄中で囚人には手に入りませんよ」

「そんなものはあるはずがない」と、思考機械は言った。「死刑囚とまったく同じ扱いをされてけっこうだ。それでも独房から脱出してみせる」

「脱獄に使う道具も何ひとつ持たずにかね」と、ランサム博士は尋ねた。[19]

思考機械は見るからに苛《いら》ついて、[20]青い目をぱちぱちした。

「どの監獄でも、いつでもいい。私を監禁したまえ。必要最低限のものしか身につけず、それでも一週間以内に脱獄してみせよう」と、彼は鋭い声で断言した。

ランサム博士は椅子の上で姿勢を正し、興味津々の様子だった。フィールディング氏は、新しい葉巻に火をつけた。

「実際に考えることで、外に出られるというのだな？」と、ランサム博士は問いただした。

「脱出してみせよう」[21]というのが答えだった。

「本当かね？」

「間違いなく本当だ」

ランサム博士とフィールディング氏は、しばらく黙ったままだった。

「実際にやってみますか？」と、ついにフィールディング氏が訊いた。

「もちろん」と、ヴァン・デューセン教授は答えた。彼は皮肉っぽい声で続けた。「よりくだらん真実を他人に納得させるために、もっと愚かな行ないをしたこともある」

その声音は攻撃的で、両者ともに怒りを押し殺しているのがわかった。もちろんこんなことは馬鹿馬鹿しいのだが、ヴァン・デューセン教授は繰り返し、もう決心したのだから、脱獄実験をすると言い張った。

「今からはどうだ」と、ランサム博士は訊いた。

「明日のほうがいいのだが」と、思考機械は答えた。「なぜならば――」

「いや、今にしましょう」と、フィールディング氏はきっぱりと言った。「あなたは逮捕されたということになるのですから。何の前触れもなしに監獄に入れられて、友人と連絡を取るチャンスもなく、死刑囚と同じ扱いと監視を受けるのです。それでいいでしょう？」

「まあ、いいだろう」と思考機械は言い、立ち上がった。「すると、チズホルム監獄の死刑囚監房だな」

「チズホルム監獄の死刑囚監房です」

「何を着ていきますか？」

「必要最低限だ」と、思考機械は言った。「靴、靴下、ズボン、そしてシャツ」

「当然、身体検査は受けてもらいますよ？」

「囚人どもと同じ扱いでよろしい」と、思考機械は言った。

「通常以上でも以下でもなく、な」

この実験を行なうにあたって、いくつかの準備が必要だった。しかし、彼ら三人は影響力のある人びとだったので、電話だけでそのすべてが万端に整えられた。監獄長には、この実験は純粋に科学目的だと説明したのだが、彼はただ首をひねるばかりだった。ヴァン・デューセン教授は、彼らがこれまで受け入れてきた囚人の中で、最高の有名人だった。

投獄中に身につけるものと着替えるときになって思考機械は、家政婦兼コック兼メイドである、彼の身の回りの世話すべてをしている小さな老婆を呼んだ。

「マーサ、現在九時二十七分だ。私は外出する。今夜から一週間後の九時半に、この二人の紳士とあともう一人、いやもしかしたら二人、ここで一緒に夕食をとるはずだ。ランサム博士はアーティチョークが大好物だということを忘れないように」

三人は自動車でチズホルム監獄へと向かった。電話で連絡を受けた監獄長は、彼らを待ち構えていた。単に、有名なヴアン・デューセン教授が自分のところで一週間囚人になるということしかわかっていなかった。彼は何の犯罪も犯していないが、他の囚人どもと同じ扱いを受けるというのだ。[22]

「身体検査をしてくれ」と、ランサム博士は指示した。

思考機械の全身が調べられた。何も発見できなかった。ズ[23]ボンのポケットは空だった。白い、胸の部分を硬く糊づけしたシャツには、ポケットがなかった。靴と靴下は脱がされ、検査され、[24]戻された。こうした手続きを見ていて――あわれな子供のような体格で、[25]青白い顔に細くて白い手の男が厳重な検査を受けている――ランサム博士はなんだか気の毒になってきた。

「ほんとうにこんなことをするのかね？」と、彼は訊いた。

「やらなくても、君は私の説に納得するというのか？」と、思考機械は問い返した。

「いいや」[26]

「それみろ。だからやるのだ」[27]

ランサム博士の同情も、この言葉に雲散霧消した。彼はいらいらした。[28]そして[29]この実験を最後まで見守ることにした。彼の尊大な自惚《うぬぼ》れを逆に証明することになるだろう。

「外部の人間と連絡を取るのは不可能だろうね？」と、彼は訊いた。

「まったく不可能です」と、監獄長は答えた。「文字を書くものは、[30]一切与えられません」

「看守たちが、彼の伝言を伝えるなんてことはないだろうか？」

「直接間接を問わず、一言たりともありません」と、監獄長は答えた。「どうぞご安心ください。あの方が言ったことや、渡したものはすべて、私に報告されることになっています」

「完璧に大丈夫なようだ」と、フィールディング氏は言った。

彼は大いに興味をそそられているようだ。

「言うまでもないが、もし彼が失敗して」と、ランサム博士は言った。「出してくれと言ったときには、自由にしてくれるのだろうね？」

「わかりました」と、監獄長は答えた。

思考機械は立ったままそれを聞いていたが、最後までずっと黙っていた。そしてこう言った。

「三つだけ、ささやかなお願いがあるのだが。聞いてくれるかどうかは君たち次第でけっこうだ」

「特別扱いはなしですよ」と、フィールディング氏は警告した。

「そんなことじゃない」と、気色ばんで答えた。「歯磨き粉がほしいだけだ――君が買ってきて、歯磨き粉だと確かめればいい――それから五ドル札を一枚と、十ドル札を二枚ほしい」

ランサム博士、フィールディング氏、そして監獄長は、驚いてお互いに視線を交わした。歯磨き粉がほしいと言ったときには驚かなかったが、金がほしいというのには驚いた。

「この友人が接触する監獄の職員で、たったの二十五ドルで買収できるような奴がいますか？」と、ランサム博士は監獄長に訊いた。

「二千五百ドルでも無理でしょう」と、断言した。

「それなら、与えてもいいじゃないですか」と、フィールディング氏は言った。「別に問題ないでしょう」

「それで、三つ目のお願いとは何だね？」と、ランサム博士は訊いた。

「靴を磨いてもらいたい」▼[31]

再び、驚きの眼差しが交わされた。この最後の希望はあまりにも馬鹿馬鹿しいものだったので、彼らは認めた。これらの品物はすべて念入りに調べられた。思考機械は、これから脱獄しようという監獄の中に連れていかれた。▼[32]

「ここが十三号独房です」と、鋼鉄の廊下を進み、三つ目の扉の前に立ち止まった監獄長は言った。「ここに、有罪判決を受けた殺人犯を収容します。私の許可なしには、誰もここから出ることはできません。そして、外部とはまったく連絡は取れません。名誉に賭けて断言します。私の執務室からドア三つしか離れていませんから、不審な音がすれば、すぐに聞こえます」

「この独房でいいですかな、諸君？」と、思考機械は訊いた。その声音には、いささか皮肉っぽい響きがあった。

「素晴らしい」というのが返事だった。

重い鋼鉄のドアが開かれた。そこには、いそがしく跳ねまわる小さな生き物がいた。思考機械は、薄暗い独房の中に入った。そして扉は閉まり、監獄長が二重に鍵をかけた。

「この騒音は何だね？」と、ランサム博士は鉄格子越しに訊いた。

「ネズミだよ――何ダースもいる」と、思考機械はぶっきらぼうに答えた。

三人は別れの挨拶を交わした。背を向けたときに、思考機械が声をかけた。

「正確に、今何時だね、監獄長?」

「十一時十七分です」と、監獄長は答えた。

「ありがとう。今夜から一週間後の八時半に、君の執務室でお会いしよう」と、思考機械は言った。

「それで、もし無理だったら?」

「『もし』なんてことはありえん」

2[33]

チズホルム監獄は、巨大で広大な花崗岩の建築物だった。四階建てで、何エーカーもの広い敷地の真ん中に建っていた。そして、十八フィートの高さの、堅固な石の壁に囲まれていた。その内側はつるつるの仕上げになっており、どんな手練でも、まったく足がかりがなく、登るのは不可能だった。[34]壁の上には、さらなる予防策として、切っ先が鋭い五フィートの鋼鉄の棒が並んでいた。この壁は、自由世界と監獄とを隔てる境界線だった。たとえ独房から脱出したとしても、この壁を越えるのは不可能に思われた。

監獄の四方に拡がる庭は、建物から壁まで、二十五フィートの幅があった。昼間は、部分的に自由が与えられた囚人の運動場として使われていた。しかし十三号独房の囚人には、その恩恵は与えられなかった。▼昼間はずっと▲[35]武装看守が庭にいた。四人いる彼らは、監獄の建物の四方に一人ずつ配置された。

夜になると、庭はまるで昼間のように明るく照らしだされた。監獄の上に取りつけられた巨大なアーク灯が光を四方へ放ち、看守ははっきりとあたりの様子を見ることができた。その明かりは、壁の上につけられた鋼鉄の棒も、きらきらと照らしだした。[36]アーク灯に電気を供給する電線は、監獄の建物の壁を絶縁体に支えられて上り、最上階に達すると、アーク灯を支える支柱へと移っていった。

これらのすべてを思考機械は、よく観察し理解した。ベッドのそばに立ったが、鉄棒が狭い隙間だけを残して入れられている窓からしか、外は見えなかった。これが、投獄された翌朝のことだった。彼はさらに、塀の向こう側のどこかに川が流れていると推理した。なぜならば、かすかにモーターボートの音が聞こえ、空高く川鳥が飛ぶのが見えたからだ。▼[37]同じ方向から、少年たちが遊ぶ叫び声と、時折りボールをバットで打つ音が聞こえた。監獄の塀と川とのあいだに遊び場があるのがわかった。

　チズホルム監獄は、完璧だと思われていた。今まで誰も脱獄した者はいなかった。思考機械は、ベッドの上から観察して、状況を即座に理解した。独房の壁は、およそ二十年前に建設されたにもかかわらず、とても丈夫であり、窓の鉄柵は新品の鉄でできていて、錆《さび》のかけらさえなかった。たとえ鉄棒を外せたとしても、窓そのものが小さすぎて抜け出すのは困難だった。

　それでもこれらを観察して、思考機械が落胆することはなかった。そのかわり、例の巨大なアーク灯を考えぶかげに見つめた――今は明るい日光が降り注いでいた――そしてその目は、建物から延びる電線に移っていった。この電線は、自分のいる独房からさほど遠くない建物の壁に沿っているに違いないと、彼は推論した。それは価値ある情報だった。

　十三号独房は、監獄の事務室と同じ階にあった――つまり、地下室ではなく、上方の階でもないということだ。事務室階までは、たった四段登るだけだった。つまり、この床は、▼地上からたった三、四フィートの高さにあるということだ。窓の真下の地面を直接見ることはできなかったが、塀のほうは見た。窓から飛び降りても問題はなさそうだった。容易で安全だろう。▲[38]

　▼そして▲[39]思考機械は、どのようにこの独房までやってきたのかを思い出した。まず、外には守衛の詰め所があり、塀の一部とつながっていた。門には、常に一人見張りがいた。監獄に人を入れるときには、鍵や錠をしきりとガチャガチャいわせてからだった。そして、外に出すのも、命令があったときだけだ。監獄長の執務室は、監獄の建物の中にあった。そして監獄の庭からその役人のところにたどり着くには、覗き穴つきの頑丈な鋼鉄製の門を通らなければいけなかった。▼[40]そしてその中にある執務室から現在彼がいる十三号独房へは、重たい木製のドアと二つの鋼鉄のドアを通って、いったん監獄の廊下に出なくてはいけない。さらに、十三号独房には、常に二重の鍵がかけられた扉があるのを忘れてはならないのだ。▼[41]

　要するに、十三号独房から外の世界に出て自由になるまでのあいだには、七枚の扉を破らねばならないと、思考機械は考えた。▼[42]しかしその一方で、彼はほとんど他人に邪魔をされることはなかった。看守は朝六時に、独房に監獄支給の朝食を運んできた。再び正午に現われて、さらに今度は午後六時にやってきた。夜九時には査察にやってきた。それで終わりだった。

「非常によく作り上げられた監獄組織だ」と、思考機械は考えた。「外に出たら、少々研究する必要があるな。このような優れた配慮が監獄でなされているとは、思ってもみなかった」[43]

　彼の独房には何も、ほぼ実質的には何もなかった。例外は鉄製のベッドだが、しっかりと固定してあり、ハンマーやヤスリでも使わなければ、解体できそうになかった。彼はそんなものはどちらも持っていなかった。[44]そこには椅子も、小さなテーブルも、ブリキや陶器の器さえもなかった。まったく何もなかった！　彼が食事をしているときは看守が脇に立ち、使い終えた木製のスプーンと食器を持っていった。

　こうした事柄が、一つ一つ思考機械の頭脳に刻み込まれた。最後の可能性を検討するため、彼は独房の中を調べはじめた。天井、四方の壁、それらの間の石やセメントまで調べた。床を足踏みしてみたけれども、セメント製でかちかちに固かった。調査が終わり、彼は鉄製のベッドの端に座って、しばらくの間考え込んでいた。思考機械ことオーガスタス・S・F・X・ヴァン・デューセン教授には、考えるべきことがあったのだ。

　彼はネズミに邪魔をされた。そいつは足の上を横切っていったのだ。そして無謀な行為に自ら怯《おび》え、独房の暗い隅へと走り去っていった。しばらくして思考機械は、ネズミが姿を消した隅の暗がりをじっと見つめた。その闇の中からたくさんのビーズのような小さな目が、彼を見つめているのに気がついた。六組まで数えたが、おそらくもっといただろう。彼の目はあまりよくなかったのだ。

　そのとき思考機械は、ベッドに座ったまま、初めて独房の扉の下端に意識を向けた。床と鋼鉄の棒との間に、二インチほどの隙間があった。この隙間をじっと見つめていたが、思考機械はさっきビーズのような目を見た隅を振り返った。小さな足があたりを駆けまわる音と怯えたネズミの鳴き声がしたが、やがて静寂が戻ってきた。

　ネズミどもは扉からは出ていかなかったのに、独房内には一匹もいなくなった。つまり、独房から外に出るもう一つの小さな隙間があるということだ。思考機械は四つん這《ば》いになり、その場所を探し始めた。真っ暗な中を、長くてほっそりとした指で探った。[45]

　ついに彼の探索の成果が得られた。[46]彼は、床のセメントと同じ高さのところに小さな穴が開いているのを発見したのだ。完璧な円形で、一ドル銀貨よりもちょっと大きかった。[47]ここがネズミどもの出入口だったのだ。彼がその穴に指を奥までつっこんでみると、使われなくなった下水管のようで、乾いて埃《ほこり》まみれ[48]だった。

　彼は満足をして、再びベッドに一時間ほど座っていた。そして小さな独房の窓から、今度は周囲を調べ始めた。外の警備は、真正面の壁際に一人立っていた。思考機械の頭が十三号独房の窓に現われたときに、たまたまこちらを見ていた。しかし、科学者は看守に関心を払わなかった。

　正午がやってきて、看守は粗末でまずそうな昼食を持ってきた。わが家では、思考機械は食事は単に生きるためだけにとっていた。ここでも彼は出されたものに何の文句も言わずに食べた。時折り彼は、扉の外に立って監視をしている看守に話しかけた。

「この数年間で、ここではなにか改良は行なわれたかね？」と、彼は訊いた。

「特に別段は」と、看守は答えた。「四年前に新しい塀が建てられたことぐらいですかね」

「監獄の建物に何かをしたことは？」

「外側の木製の部分にペンキを塗ったことと、それから多分七年前だと思いますが、新しい配管システムが導入されました」

「ほう！」と、囚人は声をあげた。「向こうの川まではどれぐらいの距離あるのかね？」

「およそ▼三百フィート▲49です。塀と川とのあいだを、子供たちが野球場にしていますよ」

思考機械はそれ以上は喋《しゃべ》らなかった。しかし看守が立ち去ろうとしたときに、水を頼んだ。

「ここはとても喉が乾く」と、彼は説明した。「ボウルに水を入れておいてもらえないかな？」

「監獄長に訊いてみます」と看守は言って、立ち去った。

三十分後、彼は小さな陶製のボウルに水を入れて戻ってきた。

「監獄長は、このボウルを持っていてもいいと言っています」と彼は囚人に告げた。「しかし、命じられたらいつでも見せてください。もし壊したら、代わりはありません」

「ありがとう」と、思考機械は言った。「壊さないようにするよ」

看守は仕事を続けた。思考機械は何か訊きたそうなそぶりを見せたが、結局何も言わなかった。

二時間後、この同じ看守が十三号独房の扉の前を通ったときに、中から聞こえていた音が止まった。思考機械は、独房の隅で四つん這いになっていた。同じ隅から、怯えたような鳴き声が聞こえた。何があったのかと、看守は覗き込んだ。

「やあ、捕まえたぞ」と、囚人が言うのが聞こえた。

「何を捕まえたんです？」と、厳しい声で問いただした。

「ネズミを一匹だよ」と、答えが返ってきた。「見るかね？」

科学者の長い指の中で、小さな灰色のネズミがもがいているのが、看守の目に映った。囚人はそれを明かりの下に持ち出して、よく観察した。▼[50]「これはミズネズミだ」と彼は言った。▼[51]

「ネズミを捕まえる以外に、何かやることはないんですか？」と、看守は訊いた。

「何かあればいいんだがねえ」と、苛立ったような答えが返ってきた。「こいつを連れていって、殺してくれ。まだまだいくらでもいるから」▼[52]

看守はじたばた暴れて鳴いているネズミを受け取ると、床に乱暴に叩きつけた。一声鳴くと、動かなくなった。その後、看守はこのことを監獄長に報告したが、彼は笑みを浮かべただけだった。

その日の午後遅く、監獄の外の十三号独房側の武装看守が見上げると、囚人がまた外を見ているのに気がついた。鉄格子の窓まで手を上げて、何か白いものを、十三号独房の窓のすぐ下に落とすのが見えた。ゆらゆらと揺れながら落ちていった。▼[53]それはリネンを小さく丸めたもので、白いシャツの素材に間違いなかった。さらに周りに五ドル札が巻きつけてあった。看守は再び見上げたが、その顔は窓から消えていた。

にやりと笑ってリネン生地を巻いたものと五ドル札を拾い、監獄長の執務室に届けた。二人は一緒になって、変なインクのようなもので何やら書いてあるのを読み解いた。ところどころがぼやけていた。外側にはこう書いてあった。

「これを見つけた方は、チャールズ・ランサム博士にお届けください▼[54]」

「ほう」と、監獄長は笑いながら言った。「脱獄計画第一号は、失敗したようだな」しかしふと考えなおして、「だが、どうしてランサム博士宛てなんだ？」

「それに、どこでペンやインクを手に入れたんでしょう？」と、看守も疑問を口にした。

監獄長と看守は、お互いの顔を見つめ合った。この謎はさっぱり解けなかった。監獄長は手紙をじっくり調べたが、頭を振った。

「まあ、ランサム博士がどう言うか、訊いてみよう」と、ようやく言った。わけがわからないまま、リネン生地を開く。

「おや、しかしこれは――君はどう思うね？」と、彼は驚いて訊いた。

看守はリネン生地を手にして、そこに書かれていた一文を読んだ。

「Epa cseot d'net niiy awe htto n'si sih. 'T'」

3▼[55]

監獄長は、▼[56]どんな種類の暗号なのかと▼一時間▲[57]も首をひねり、さらに半時間、どうして囚人は、そもそも彼をここに連れてきたランサム博士と連絡をとろうとしたのか不思議に思った。▼[58]その後監獄長は、囚人はどこで字を書く道具を手に入れたのかという問題に頭を切り替え、どんな筆記用具があるかを考えた。このとき、はっと気がついたことがあって、彼はリネン生地をもう一度調べた。白いシャツを引き裂いたもので、端はギザギザになっていた。[59]

　これでリネン生地の出どころはわかったが、囚人が字を書くのに使った道具はまた別の問題だった。監獄長は、ペンや鉛筆を手に入れるのは不可能だと確信していた。それに、この書き物はペンや鉛筆でなされたものではなかった。何なのだろう？[60]監獄長は、自分で調べることにした。思考機械は彼の囚人である。囚人を拘束する命令を出したのは、彼自身だ。もしこの男が外部の人間に暗号文を送って脱獄を計画したのなら、阻止せねばならない。それは、他の囚人どもの場合と同じだ。

　監獄長は、[61]十三号独房を訪れた。思考機械は床に四つん這いになり、ネズミを捕まえるのに熱中していた。思考機械は監獄長の足音に気づき、さっと振り返った。

「こんなにネズミがはびこるのは恥ずかしいことですぞ。山ほどいるではないか」と、強い口調で言った。

「他の連中は我慢しています」と、監獄長は答えた。「新しいシャツをどうぞ——今着ているのは、こちらにいただきたい」

「どうして？」と、思考機械は即座に反応した。彼の態度はわざとらしく、見るからにうろたえていた。

「ランサム博士と連絡を取ろうとしていたでしょう」[62]と、監獄長は厳しく言った。「うちの囚人である以上、それを阻止するのが私の役目です」

　思考機械はしばらく黙ったままだった。

「いいだろう」と、ようやく彼は言った。「義務を果たしなさい」

　監獄長はにやりと笑った。囚人は床から立ち上がり、白いシャツを脱いで、かわりに監獄長が持ってきた、縞模様《しまもよう》の囚人用シャツを着た。監獄長は白いシャツをひったくるようにして受け取ると、暗号の書かれたリネン生地と見比べて、シャツのどこから切り取ったのかと調べた。思考機械は、興味津々にその様子を眺めていた。[63]

「すると看守がそれをあなたのところに届けたのだね？」と、彼は質問した。

「その通りです」と、監獄長は勝ち誇ったように言った。「これであなたの最初の脱獄計画も終わりですな」

　思考機械が監獄長を見つめていた。彼は比較の結果、白いシャツからリネン生地が二片切り取られていることを確認した。

「なにを使って書いたのです？」と、監獄長は問いただした。

「それを調べるのが、あなたの仕事だろう」と、思考機械は挑発するように言い返した。

　監獄長は厳しい言葉を口にしかけたが、[64]自制して、そのかわりに監房内の捜索と囚人の身体検査を行なった。[65]まったく何も発見できなかった。マッチ一本、爪楊枝一本たりとも、ペンのかわりになるようなものはなかった。同じく、暗号を書くときにつかった液体はなにかという点も、謎のままだった。十三号独房から出ていく監獄長は首をひねるばかりだったが、むしりとった跡があるシャツを得たのは勝利だった。

「さて、シャツに手紙を書いても外には出られないのは、間違いない」と、彼はいささか安心した様子でひとりごとを言った。彼はリネン生地を机の引き出しにしまい、事態の推移を見守ることにした。「もしあの男が独房から脱出したら、私は――首吊りか――少なくとも辞職ものだな」▼66
　入獄から三日目、思考機械はあからさまに賄賂をつかって外に出ようとした。看守が昼食を持ってきて、鉄格子のドアにもたれかかって食事が終わるのを待っていると、思考機械がこう話しかけたのだ。

「監獄の下水管は川につながっているのだろう？」と、彼は訊いた。

「そうですよ」と、看守は答えた。

「かなり細いのだろうね？」

「細すぎて、中を這っていくのは無理でしょう。まさかそんなことを考えているんじゃないでしょうね」と、せせら笑った。

　それから思考機械が食事を終えるまで、沈黙が続いた。そして、

「私が犯罪者じゃないのは、知っているだろう？」

「ええ」

「だから私には自由を要求する権利があるだろう？」

「ええ」

「さて、ここに来たのは、脱獄できると思ったからなのだが」と、囚人は看守の顔を窺《うかが》いながら言った。「私の脱獄を助けてくれたら謝礼を払うが、どうだろうかね？」

　看守は正直な男だった。この痩せて弱々しげな囚人は、大きな頭に黄色い髪の毛がもじゃもじゃしていて、見るからに惨めそうだった。

「こういった監獄は、脱獄なんかできないような設計になっているんじゃないですか」と、ようやく彼は答えた。

「しかし頼むから、私の手助けをしてくれないかね？」と、囚人は懇願するように頼み込んだ。

「駄目です」と、看守はきっぱり拒絶した。

「五百ドル出そう」と、思考機械は言い募った。「私は犯罪者じゃないのだから」

「いいえ」と、看守は答えた。

「千ドルでは？」

「駄目です」と、看守は繰り返した。そしてそれ以上誘惑されないよう、慌ててその場を立ち去った。振り返って、「一万ドル出すと言われたって、脱獄なんかさせられませんよ。あなたは七つの扉を通る通行証を持っていないし、私は二つの扉の鍵しか持っていないのだから」と言った。

　彼は監獄長にその顛末を話した。

「第二計画も失敗か」と、監獄長はほくそ笑みながら言った。

「最初は暗号、次は賄賂とはな」

六時になって思考機械に食事を持っていこうと、再び十三号独房に向かっていたとき、看守はふと立ち止まった。こする音、それも鋼鉄と鋼鉄をこすりつける音がするので、びっくりしたのだ。彼の足音が響いたので、その音はやんだ。囚人からは見えないところだったから、看守はわざと足音をたてて、十三号独房から離れていくそぶりをみせた。しかし、実際には同じ場所から離れなかった。

しばらくすると、再びこする音がしはじめた。看守はこっそり忍び足で扉に近づき、鉄格子のあいだから中を覗き込んだ。思考機械は鉄製ベッドの上に立ち、小さな窓の鉄格子に何かをしていた。腕を前後に動かしている様子から、彼はヤスリをつかっているようだった。

看守は気づかれないように事務室へ戻り、監獄長へ直接報告をした。そして二人は忍び足で十三号独房へと戻った。こするような音はずっと続いていた。監獄長は納得するまでそれを聞いた末に、いきなりドアのところに姿を現わした。[▼67]

「おや？」と、彼は声をかけ、満面の笑みを浮かべた。

思考機械はベッドの上に立ったまま振り向くと、いきなり床に飛び降り、慌てて何かを隠そうとした。監獄長は中に入り、その手を差しのべた。

「渡しなさい」と、彼は言った。

「嫌だ」と、囚人は声を尖らせた。

「さあ、渡すんだ」と、監獄長はたたみかけた。「また身体検査なんかしたくない」

「嫌だ」と、囚人は繰り返した。

「それは何だ、[▼68]ヤスリか？」と、監獄長は訊いた。

思考機械は黙って立ったまま、悔しそうな表情で監獄長をちらりと見た――悔しそうではあったが、絶望というほどではなかった。監獄長は思わず同情しそうになった。

「第三計画はヤスリということか？」と、上機嫌で言った。「こりゃ残念だったな、どうだ？」

囚人は何も答えなかった。

「身体検査をしろ」と、監獄長は命じた。

看守は囚人を徹底的に調べた。そしてついに、ズボンのベルトの中に、およそ二インチほどの長さの鉄片を見つけた。その片側は、半円状に湾曲していた。

「ほう」と、看守からそれを受け取った監獄長は言った。

「靴の踵《かかと》からとったんだな」そして嬉しそうに微笑《ほほえ》んだ。

看守は身体検査を続け、ズボンのベルトの反対側から、最初のものと同じ形の鉄片を発見した。その端は、窓の鉄格子にこすりつけたせいで摩耗していた。

「こんなものを使っても、鉄棒を切ることなんてできやしない」と、監獄長は言った。

「できたはずだ」と、思考機械は断言した。

「六カ月もかければそうかもしれんが」と、監獄長は上機嫌で言った。

監獄長は、わずかに紅潮した囚人の顔を見つめながら、ゆっくり首を振った。[69]

「降参しますか?」と、彼は訊いた。

「まだやり始めてもいない」と、即座に返事があった。

すると、再び独房内が徹底的に検査された。二人がかりで、慎重に調べた。ついには、ベッドをひっくり返してまで調べあげた。だが、何もなかった。監獄長自らベッドに上がり、囚人がこすっていた窓の鉄格子を検査した。それを見て、彼は嬉しそうな顔をした。

「あんなにこすったのに、ちょっとぴかぴかになっただけじゃないか」と彼は、がっくりうなだれているふうの囚人に言った。監獄長は鉄格子を力強く両手でつかみ、揺さぶってみた。だが、それはびくともせず、しっかりと埋め込まれたままだった。彼はひとつ残らず調べたが、すべて大丈夫だった。そして、ようやくベッドから降りてきた。

「諦めなさい、教授」と、彼は助言した。

思考機械は首を振った。監獄長と看守は、もう一度同じことを伝えた。二人が廊下に出ていくと、思考機械はベッドの端に座り、両手で頭をかかえた。[70]

「独房から脱出しようと必死ですね」と、看守は言った。

「出られるわけがない」と、監獄長は答えた。「しかし頭のいい人だ。あの暗号で何と書いたのかが、知りたい」

＊＊＊[71]

翌朝四時、たまげるような恐怖の叫び声が、この巨大な監獄に響き渡った。中心あたりの独房からだ。その声には、恐怖、苦痛、ひどい恐れのようなものがこもっていた。監獄長はそれを聞き、三人の部下とともに、十三号独房へ続く長い廊下を駆けていった。

4[72]

彼らが走っているあいだにも、あの恐ろしい叫び声が再びあがった。それがやむと、泣き叫ぶような声が聞こえた。上階でも下階でも、[73]囚人たちの真っ青になった顔が、牢屋の扉の窓から、いったいなにが起きたのだと怯えた様子で突き出された。

「十三号独房のあの馬鹿のしわざだ」と、[74]監獄長はぼやいた。

彼[75]はその房の前に立ち、看守の一人にランタンの光で照らさせて、[76]中を覗き込んだ。「十三号独房のあの馬鹿」は、気持ちよさそうに寝床にあおむけで寝ていた。口を開けていびきまでかいていた。[77]その様子を見ていると、再び鋭い悲鳴が聞こえた。どこか、上のほうからだ。監獄長はいささか青ざめながら、階段を駆け上がった。最上階の四十三号独房、そこは十三号独房の真上、二階上だった。囚人が、独房の隅で丸くなって震えていた。

「どうしたんだ?」と、監獄長は問いただした。

「ありがてえ、来てくれた」と、囚人は叫んだ。彼は独房の鉄格子にしがみついた。

「何の騒ぎだ?」と、監獄長は再び訊いた。

彼はドアを開け、中に入った。囚人はひざまずき、監獄長の身体にしがみついた。恐怖で顔が真っ青になっていた。目を大きく見開き、ぶるぶる震えていた。両手は氷のように冷たくなりながらも、監獄長をしっかりと摑んでいた。

「この牢屋から出してくだせえ、どうか出してくだせえ」と、懇願した。[78]

「一体どうしたっていうんだ?」と、監獄長は苛立った様子で問いただした。

「聞こえた、[79]聞こえたんですよお」と囚人は答えると、独房の中をきょろきょろと見回した。

「何が聞こえたというんだ?」

「俺は——いや言えねえ」と、囚人は黙り込んだ。しばらくして、突然恐怖が爆発したように、「この牢屋から出してくだせえ——どこでもいいから——でもここだけは、勘弁してくだせえ」

監獄長と三人の看守は、互いに目配せをした。

「こいつは誰だ? 何の罪で入っている?」と、監獄長は訊いた。

「ジョセフ・バラードです」と、看守の一人が言った。「女の顔に酸を投げつけた容疑で起訴されています。女はそのせいで死にました」

「でも証拠はねえ」と、囚人はあえいだ。「証拠はねえんだ。どうかお願いだから、他の牢屋に移してくだせえ」

囚人はいまだに監獄長にすがりついたままだった。彼はその腕を乱暴に振り払った。そしてしばらく立ったまま、おじけづいて震えている囚人を見下ろしていた。男はひどく理不尽な恐怖にとりつかれて、子供のように怯えていた。

「いいか、バラード」と、監獄長はついに言った。「何か聞いたというならば、それが何だったのか教えてくれ。さあ、話すんだ」

「できねえ、できねえ」というのがその答えだった。彼はすすり泣いていた。

「どこから聞こえてきたんだ?」

「わからねえよ。あっちこっちから——よくわからん。とにかく聞こえたんだよ」

「それは何なんだ――声なのか？」

「どうか無理強いしないでくれ」と、囚人は哀願した。

「答えるんだ」と、監獄長は厳命した。

「声だった――でも――あれは人間じゃねえ」と、すすり泣きながら彼は答えた。▼80
「声だが、人間じゃないと？」と、監獄長は訝《いぶか》しげに繰り返した。

「そいつはくぐもって――遠くから――まるで幽霊のようだった」と、男は説明した。

「監獄の中からか、それとも外からか？」

「ありとあらゆるところ――あっちからも、こっちからも、とにかく聞こえたんだ、聞こえたんだ」

一時間にわたって、監獄長は話を聞き出そうとした。しかしバラードは突然黙り込み、何も言わなくなってしまった――ただ、別の独房に移してくれるか、明るくなるまで看守の一人を近くに置いてほしいと頼むばかりだった。しかし、その望みはぴしゃりとはねつけられた。

「いいか、お前」と、監獄長は結論を下した。「もしまた叫び声をあげたりしたら、保護観察房に入れるからな」

そして監獄長はその場を立ち去ったが、すっかりわけがわからないままだった。バラードは、明るくなるまで独房の扉のそばに座ったままだった。顔は恐怖でやつれ、真っ青だった。鉄格子にしがみつき、目を見開いて監獄の廊下を見つめていた。


その日は、思考機械が投獄されてから四日目だった。この自主囚人はかなり活動的で、ほとんどの時間を、独房の小さな窓辺ですごした。彼はまた、新しいリネン生地の切れはしを看守に向かって投げつけた。看守はそれを拾うと、監獄長に届けた。そこにはこう書かれていた。

「あと三日」

監獄長はそれを読んでもまったく驚かなかった。思考機械は入獄はあと三日と言っているが、このメモは単なる虚勢でしかない。しかし、どうやって書いたのだろうか？　思考機械はどこでこの新しいリネン生地を手に入れたのだろう？　どこで？　どうやって？　彼はリネン生地を詳細に調べた。白い上質の生地で、シャツの素材だった。彼は以前没収したシャツを取り出し、切り取られた二枚のリネン生地を合わせてみた。だが、この三枚目はまったくの別物だった。どこにも合うところがなかった。しかし、同じ商品であることは間違いなかった。

「それにいったいどこで、彼は筆記具を手に入れたのだろう？」と、監獄長は首をひねった。▼81
そしてこの四日目のさらにしばらくしてから、思考機械は独房の窓越しに、外にいる武装した看守に声をかけた。
▼「今日は何日だね？」と、訊いた。
「十五▲82日」というのがその答えだった。

思考機械は頭のなかで天文学の計算をして、その晩、月は九時以降にならないと昇らないと答えを出した。そしてもう一つ質問をした。

「アーク灯の修理は誰がするのかね？」

「業者ですよ」

「施設内には、電気技師はいないのかね？」

「いません」

「自分たちの中にできる人間がいれば、費用の節約になるのに」

「われわれの仕事じゃありませんよ」と、看守は答えた。

　思考機械はその日じゅう、たびたび独房の窓に姿を見せるのが目撃された。その顔は気乗りしないように見え、眼鏡の奥の斜視の両目には、物憂げな色が浮かんでいた。▼83しばらくすると、そのライオンのような頭が見えるのがしごく当たり前のことになってしまった。他の囚人が同じようなことをしているのも、見たことがあった。外の世界を恋しがっていたのだ。

　その日の午後、昼間の看守が交代する直前、再びその頭が窓に現われた。思考機械の手が、鉄格子のあいだから何かを突きだした。ゆらゆらと地面に落ちた。それを看守は拾い上げた。五ドル札だった。

「君にあげよう」と、囚人は声をかけた。

　いつも通り、看守は監獄長にそれを提出した。彼は疑い深げに観察した。十三号独房から出たものは、何でも疑ってかかるようにしていたからだ。

「彼は私にくれると言いました」と、看守は説明した。

「きっと心づけのつもりなんだろう」と、監獄長は言った。

「君が受け取らない理由もないように思うが――」

　突然、彼の動きが止まった。思考機械が十三号独房に入るとき、五ドル札一枚と十ドル札二枚を持っていたことを思い出した。全部で二十五ドルだった。しかし五ドル札は、最初のリネン生地に巻きつけて独房の外に放り投げたではなかったか。監獄長はまだその現物を持っていた。念のためにそれを取り出して、じっと見つめた。間違いなく五ドル札だった。

しかし、ここにまた▼もう一枚の五ドル札▲84が出てきた。思考機械は十ドル札しか持っていないはずなのに。

「たぶん、誰かが両替してやったのだろう」と、彼はようやくそう思いついて、安堵のため息をついた。

　しかしそれならば、と彼は決心をした。十三号独房を、今までにないほど徹底的に捜索してやろうと思ったのだ。自由気ままに文字を書いたり、金を両替したりと、まったくわけのわからないことをされるのは、自分の監獄に何か大きな欠陥があるからに違いないと考えたのだ。▼85彼は、独房には夜中に行くことにした――三時が最適だ。思考機械が何か悪だくみをしているとすれば、まず夜中に違いないからだ。

　そして夜中の三時に、監獄長はこっそり十三号独房に忍び寄った。彼は扉の前に立ち止まり、耳をそばだてた。だが、囚人の規則正しい寝息しか聞こえなかった。合鍵で二重錠を開けると、かすかにかちゃりという音がした。そして監獄長は中に入り、背後のドアに鍵をかけた。いきなり彼は、ランタンの光を、仰向けに寝ている顔にさしかけた。

監獄長が思考機械をびっくりさせてやろうと思っていたのなら、それは失敗に終わった。彼は静かに目を開けただけで、眼鏡に手を伸ばし、冷静極まりない態度でこう質問をした。

「誰かね？」

監獄長が行なった捜索の様子を描写しても、無駄だろう。それは実に徹底的だった。独房もベッドも、寸分も見逃しはしなかった。床に丸い穴が開いているのを発見して、ひらめいて太い指をつっ込んでみた。ごそごそと探り、何かを取り出すと、ランタンの明かりにかざしてみた。

「うわっ！」と、彼は叫んだ。

彼が引きずり出したのはネズミ――ネズミの死骸だった。彼の直感は、まったくあてにならなかった。しかし、彼は捜索を続けた。思考機械は何も言わず立ち上がり、ネズミを独房から廊下へと蹴り出した。

監獄長はベッドに上り、小さな窓の鉄格子を確認した。それらは

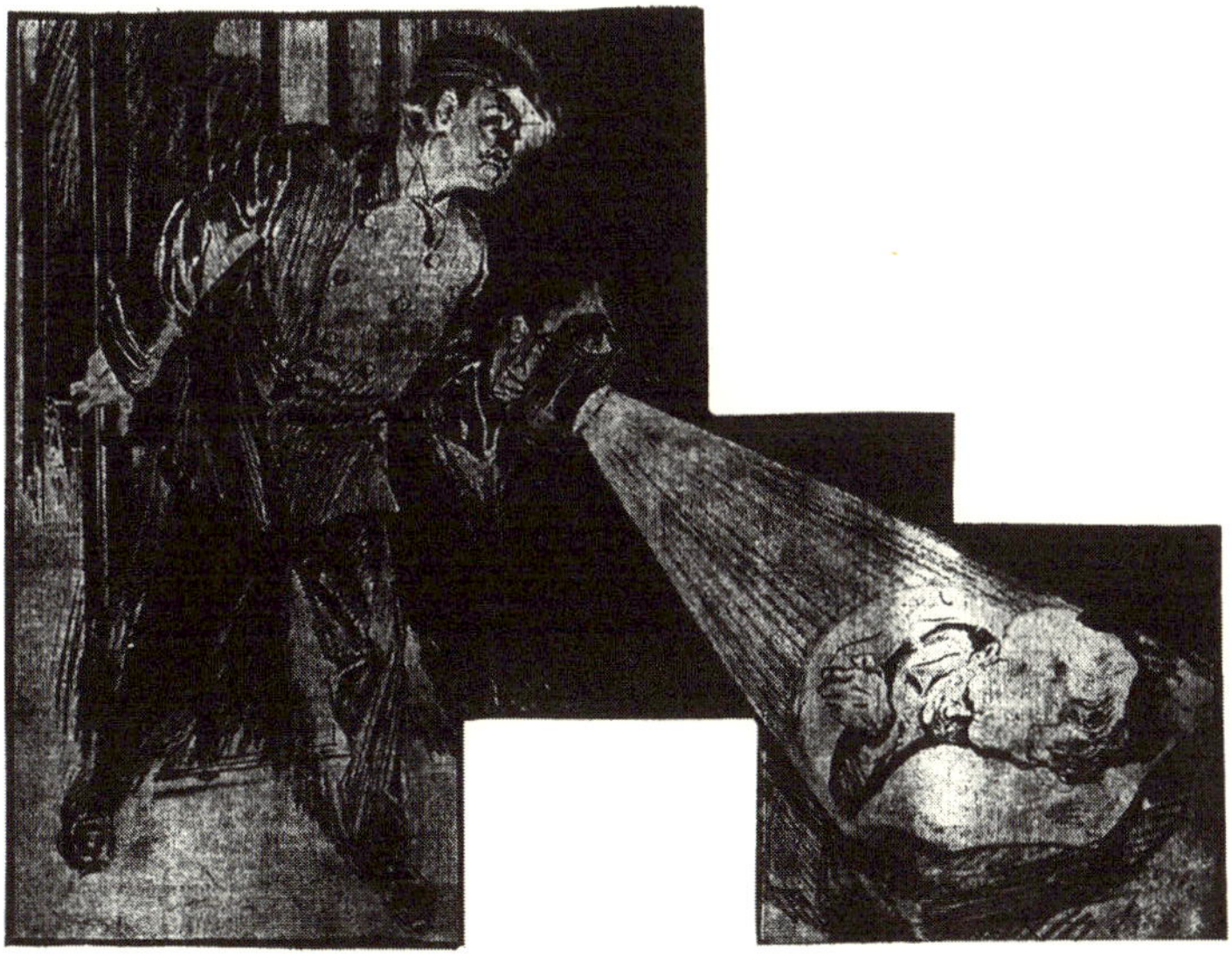

皆しっかりとはまっていた。扉の鉄棒も、すべて問題なかった。

さらに監獄長は、囚人の衣服を調べた。まずは靴だ。その中には何も隠されていなかった！　次にズボンのベルトだ。[86]ここにも何もなかった！　そしてズボンのポケットだ。一方から数枚の紙幣を見つけ、調べた。

「一ドル札五枚だ[87]」彼は息を呑んだ。

「その通り」と、囚人は言った。

「しかし――あなたには十ドル札を二枚と五ドル札を一枚渡したのに――どうして、こんなことが？」

「放っておいてくれたまえ」と、思考機械は答えた。

「私の部下がこの金を渡したんですか――どうか正直に言ってもらえませんか？」

思考機械はほんの一瞬間をおいてから、

「いいや」と、言った。

「では、自分で作ったとでもいうのですか？」と、監獄長は訊いた。何を言われたとしても、信じる気になっていた。

「放っておいてくれたまえ」と、囚人は繰り返した。[88]
監獄長は、この有名な科学者を睨みつけた。この男は自分を馬鹿にしているのだと――感じたのだ。しかしそれでも、どうやったのかはさっぱりわからなかった。もし彼が本物の囚人だったならば、いかにしても真実を吐かせるだろう――しかしそうだとしたら、こんな不可思議なことが彼の目の前で起こりはしなかっただろう。[89]どちらもずっと黙りこくっていた。そして突然、監獄長はぷいと背を向けると独房から出ていき、バタンと扉を閉めた。口をきこうともしなかった。[90]

彼は時計を見やった。四時十分前だった。ベッドに入る間もなく、再びあの耳をつんざくような悲鳴が、監獄中に響いた。上品とはお世辞にも言えない文句をつぶやきながら、彼はまたランタンに灯を入れて、監獄の中を上の階へ向けて走っていった。[91]

今度もバラードが鋼鉄の扉にむしゃぶりついて、甲高い悲鳴をあげていた。監獄長が独房の中をランプで照らしだすと、ようやくやめた。

「出してくだせえ、どうか出してくだせえ」[92]と、彼はわめいた。「俺がやった、俺がやった、▼俺が女を殺した。だからあれをあっちにやってくだせえ」[93]

「なにをあっちにやるって？」と、監獄長は訊いた。

「俺が酸を女の顔にかけた――俺が犯人だ――白状します。だからここから出してくだせえ」

バラードはぶるぶる震えていて、ひどい状態だった。あまりに気の毒だったので、彼を廊下に連れだした。追い詰められた動物のように隅にうずくまり、両手で耳をふさいでいた。落ち着いて話ができるようになるまで、ゆうに三十分はかかった。そしてようやく、支離滅裂ながらも、何が起きたかを語り始めた。その夜、四時前に、彼は声を聞いたという――陰鬱な声で、くぐもってすすり泣くような声だった。

「何と言ってたんだ？」と、興味をそそられた監獄長は訊いた。

「酸――酸――酸と！」囚人はあえいだ。「俺を非難しているんだ。酸と言って！　俺は酸を投げつけた。女は死んだ。ああ！」恐怖のあまり彼は、ずっと泣き叫び続けていた。

「酸だと？」と、監獄長は繰り返し、不思議に思った。この事件は彼の手に余った。

「酸と。それだけが聞こえたんだ――その一言だけ、何度も繰り返していたんだよ。他にも何か言っていたけど、俺にはよく聞こえなかった」

「それは昨夜のことだろう？」と、監獄長は訊いた。「今夜はどうだったんだ――今度は何に怯えていたんだ？」

「同じだよ」と、囚人はあえいだ。「酸――酸――酸！」彼は両手で顔を覆うと、座ったまま震え出した。「俺はあの女に酸をかけた。だけど、殺すつもりじゃなかった。あの言葉が聞こえた。俺を責め立てている――責めているんだ」▼彼はつぶやくと、黙ってしまった。[94]

「他にはなにか聞こえなかったのか？」

「ええ――でもよくわからねえ――ほんのちょっと――一言、二言だけ」

「で、それはなんだったんだ？」

「俺には『酸』と三度聞こえて、そして長いうめき声が聞こえて、そして――そして――『八号の帽子』と。それが二回聞こえました[95]」

「八号の帽子」と、監獄長は繰り返した。「一体、八号の帽子とは――何だろう？　良心を咎《とが》める声が八号の帽子と言うなんて、聞いたことがない[96]」

「奴は頭がおかしいんですよ」と、看守の一人が言い切った。

「そうだろうな」と、監獄長は答えた。「そうに違いない。おそらく何かを耳にして怯えたんだ。今も震えているぞ。しかし、八号の帽子とはな！　なんでまた――」

5[97]

　思考機械投獄から五日目がやってきた。監獄長はすっかりやつれていた。早く終わりがきてほしかった。[98]この高名な囚[99]人は上機嫌そのものだと思わざるを得なかった。思考機械はまったくユーモアのセンスを失っていなかった。この五日目にも、彼は新しいリネン生地のメモを、外の看守に投げつけてよこした。そこには「あとたった二日」と書かれていた。さらに彼は、五十セント硬貨も投げ落としてきた。

　十三号独房の男が、五十セント硬貨など一枚も持っていないはずなのを、監獄長は――知っていた――痛いほどわかっていた。五十セント硬貨など、手に入るはずがないのだ。それは、ペンやインクやリネン生地と同じだった。なのに、なぜか彼は持っていた。理屈はともかく、それが事実だった。それが、監獄長が追い詰められたような顔をしている理由の一つだった[100]。

　あの「酸」とか「八号の帽子」とかいう不気味でぞっとする話も、彼の頭から離れなかった。もちろん、さっぱりその意味はわからなかった。単に、頭のおかしい殺人犯が恐怖から罪を告白したときの、世迷い言かもしれない。しかし、思考機械がやってきてからというもの、この監獄には「意味不明」な出来事があまりにも多すぎた。

　六日目に監獄長は、ランサム博士とフィールディング氏が翌木曜日の夜、チズホルム監獄を訪れるという手紙を受け取った。彼らは、ヴァン・デューセン教授から連絡がないので、まだ脱獄できていないものと考えていた。彼がもし失敗したら、そこで会うつもりでいたのだ。

「もし脱獄に失敗したら、か！」　監獄長はにやりと笑った。脱獄させてなるものか！

　その日の思考機械は、三枚目のメモで監獄長をきりきり舞いさせた。いつものリネン生地に、木曜日の夜八時半に約束してある、と書かれていたのだ。あの科学者が、入獄するときにした約束だ。

　七日目の午後、監獄長は十三号独房の前を通り過ぎるときにちらりと中を見た。思考機械は鉄のベッドの上に寝転んで、仮眠を取っているようだった。独房は、ちょっと見た限りでは、いつも通りだった。監獄長は、このとき——四時だった——から夜の八時半まで、ここから誰も出すまいと決意した。

戻りがけにも監獄長は、例の独房から規則正しい寝息がするのを耳にしたので、扉に近づいて中を覗き込んだ。もし思考機械の様子がいつも通りだったら、あんなことはしなかっただろう——しかし、そうではなかった。

高窓からの光が、寝ている男の顔を照らしだしていた。このとき初めて監獄長は、囚人がやつれ、衰弱していることに気がついた。思考機械はわずかにもがいた。監獄長は後ろめたい気持ちで、廊下を急いで立ち去った。そしてその夜六時過ぎに、彼は看守に会った。▼101
「十三号独房は異状ないか？」と、訊いた。

「はい、監獄長」と、看守は返事をした。「しかし、あまり食欲がないようです」

義務を果たしたという気持ちで、監獄長はランサム博士とフィールディング氏を、七時過ぎに迎えた。彼はリネン生地に書かれたメモを見せ、長々と苦労話を披露した。しかし、その話を終える前に、監獄の庭の川側を担当する看守が、執務室にやってきた。

「私の側のアーク灯が点灯しません」と、彼は監獄長に報告した。

「またあの男の呪いか。困ったものだ」と、大声で言った。「やっこさんがここに来てからというもの、いろいろなことが起こる」

看守は真っ暗な担当部署に戻った。監獄長は電灯会社に電話をした。

「こちらはチズホルム監獄だ」と、彼は電話口で言った。「急いで三、四人こちらによこして、アーク灯を修理してくれ」

その返答は満足できるものだったとみえ、監獄長は受話器を置くと、庭へと出ていった。一方、ランサム博士とフィールディング氏は座って待っていた。すると、外門の警備が速達便を持ってやってきた。ランサム博士が、ふとその宛て先を目に止めた。看守が出ていくと、その手紙をしげしげと眺めた。

「なんということだ！」と、彼は叫んだ。

「どうしました？」と、フィールディング氏は訊いた。

黙ったまま、医師はその手紙を見せた。フィールディング氏は注意深く観察した。

「偶然でしょう、そうに違いない」

監獄長が執務室に戻ってきたのは、もう八時近くになってからだった。電気技師が自動車でやってきて、作業をしているところだった。監獄長は呼び出しボタンを押して、外塀の門のところにいる見張りと通話を始めた。

「電気技師は何人できた？」と、内線で話をした。「四人？作業着とオーバーオールの職人が三人と、支配人だと？ フロックコートにシルクハット？　わかった。その四人のほかは外に出しちゃいかんぞ。以上だ」

　彼は、ランサム博士とフィールディング氏のほうに向き直った。「ここでは慎重にしなくてはいかんのです――特に」と、ここで彼の声にあからさまな嫌味がこもった。「なにしろ、科学者を監禁しているのですからな」

　そして、監獄長はふと、速達便を手にとった。そして封を切った。

「これを読んだら、みなさんにいかにして私が――なんだと！」彼はこの手紙を目にして、いきなり叫んだ。驚きのあまり、あんぐりと口を開けたまま、動くこともままならなかった。

「どうしました？」と、フィールディング氏は訊いた。

「十三号独房からの速達だ」と、監獄長はあえいだ。「夕食への招待だと」

「なんですって？」残る二人は思わず立ち上がった。

　監獄長は座り込んだまま、しばらく手紙を呆然と見つめていた。そして、室外の廊下にいる看守を厳しい声で呼んだ。

「十三号独房に急いで行って、あいつがいるかどうか確かめろ」

　看守は言われた通りに向かっていった。ランサム博士とフィールディング氏は、手紙を調べた。

「ヴァン・デューセンの筆跡だ。間違いない」と、ランサム博士は言った。「私には見慣れたものだ」

　するとそのとき、外門からの電話の呼び鈴が鳴った。監獄長は夢うつつのまま受話器を取り上げた。

「もしもし！　新聞記者が二人？　入れろ」彼はにわかに、医者とフィールディング氏のほうを向いた。「しかしやっこさんは出られるはずがない。独房の中にいるはずだ」

　そのとき、看守が戻ってきた。

「彼はまだ独房内にいます、監獄長」と、報告した。「この目で見ました。寝ています」

「ほら、言ったとおりだ」と監獄長は言い、人心地がついた様子だった。「しかしどうやってあの手紙を送ったのだ？」

　庭から監獄長の執務室へ通じる鋼鉄のドアをノックする音がした。

「新聞記者だ」と、監獄長は言った。「入れてやれ」彼は警備に命じた。そして二人の紳士に向かって、「彼らの前では、この件には一切触れないでください。私はそんなことを聞きたくない」

　ドアが開き、正門からやってきた二人が入室した。

「こんばんは、みなさん」と、一人が言った。ハッチンソン・ハッチだった。監獄長は彼をよく知っていた。

「さて？」と、もう一人は待ちきれない調子で言った。「私はやってきましたぞ」

　それは、思考機械その人だった。

　挑むような目つきでちらりと、口を開けたままの監獄長を睨んだ。その瞬間、彼は何も言えなかった。ランサム博士とフィールディング氏も驚いていたが、彼らは監獄長が知っていた事実を知らされていなかった。彼らはただ、驚いているばかりだった。身動きひとつできなかった。新聞記者のハッチンソン・ハッチは、貪欲なまなこでこの場面を観察していた。

「どうして――いったいどうやって――どうやったんだ？」と、監獄長はようやく言葉をしぼりだした。

「独房に行ってみるがいい」と思考機械は、同僚の科学者にはおなじみの苛ついた声で言った。

監獄長はいまだ夢うつつのまま、先に立って歩きだした。

「灯りをつけなさい」と、思考機械が命じた。

監獄長はそれに従った。一見、独房内は変わったところはなかった。そして――ベッドの上には思考機械が横たわっていた。間違いない！　あの黄色い髪の毛だ！　監獄長はとなりの男を再び見つめ、夢ではないかと思った。

震える手で独房の扉の鍵を外した。思考機械は中に入った。

「見なさい」と、彼は言った。

独房のドアの下部の鉄格子を蹴ると、そのうちの三本が外側に折れ曲がった。四本目は外れて廊下を転がっていった。

「それから、これもだ」と、元囚人はベッドの上に立ち小さな窓へ手を伸ばした。片手で払うと、すべての鉄棒が外れてしまった。

「ベッドで寝ているのは誰なんですか？」と、ようやく気を取り直しつつある監獄長が質問した。

「かつらだよ」というのが、その答えだった。「掛け布団をめくってごらん」

監獄長は言われた通りにした。その下には、丈夫なロープがとぐろをまいていた。三十フィート以上はあるだろう。さらに短刀、ヤスリが三本、十フィートの電線、薄く強力なペンチ、小型ハンマー、そしてなんと――デリンジャー型ピストルまであった。

「いったいどうやったんですか？」と、監獄長は詰め寄った。

「みなさんと、九時半に夕食のお約束がある」と、思考機械は答えた。「いらっしゃい。さもないと遅れてしまう」

「しかし、どうやったんですか？」と、監獄長はさらに言い募った。

「頭脳を使える人間を、拘束しようなどと思わないことですな」と、思考機械は言った。[104]「さあ行こう。遅れてしまう」

6 [105]

ヴァン・デューセン家での夕食は、もどかしくじれったいわりには、静かに進んだ。招待客はランサム博士、アルバート・フィールディング、監獄長、そして新聞記者のハッチンソン・ハッチだった。食事は、ヴァン・デューセン教授が一週間前に指示したとおりにきちんと提供された。ランサム博士はアーティチョークを美味《おい》しくいただいた。[106]ようやく食事が終わり、思考機械はランサム博士のほうを向くと、[107]鋭い目で見つめた。

「これで信じる気になったかね？」と、彼は問い詰めた。

「もちろん」と、ランサム博士は答えた。

「これは公正な実験だったと認めるかね？」

「認める」

他の人びと、特に監獄長は、ぜひとも説明を聞きたくてしかたがなかった。

「どうやったのか、聞かせてもらえませんか――」と、フィールディング氏が言いかけた。

「そうだ、ぜひ教えてください」と、監獄長は言った。

思考機械は眼鏡を直し、観衆をちらりと横目で見ると、話しはじめた。最初から、論理的に説明していった。これほど話に集中している観客は、ほかにはいなかっただろう。

「私の契約は、必要最低限の衣服のみを身につけて独房に入り、一週間以内に脱出するということだった。私はチズホルム監獄を、それまで見たこともなかった。独房に入ると、歯磨き粉、十ドル札二枚と五ドル札一枚、そして靴をきれいに磨くことを要求した。もしこれらの要求が拒否されたとしても、深刻な問題ではなかった。しかし君たちは受け入れてくれた」

「私が使えるようなものは独房には一切ないと君たちが考えていたことは、わかっていた。だから監獄長が扉に鍵をかけたとき、私は手も足も出ないように見えた。しかし、一見まったく問題のなさそうな三つのものを、私は利用したのだ。これはどんな死刑囚でも許されるのではないかね、監獄長？」

「歯磨き粉と靴を磨くことはそうですが、▼現金は違います」と、監獄長は答えた。▲108
「使い方を心得ている人間の手にさえ渡れば、何でも危険になるのだ」と、思考機械は言った。「最初の晩はぐっすり寝ることとネズミを追いかけることしかしなかった」彼は監獄長をじろりと睨んだ。「いきなりは何もできないということはわかっていた。だから翌日から始めようと言ったのだがね。君たちは、この私が外部の人間の協力を取りつけるために時間を欲しがったと誤解したようだが、そうではない。私はすでに、いつでも好きな相手と連絡が取れることはわかっていたのだ」

監獄長はそれを聞いて驚いた。そして、しかめっ面で煙草をふかした。

「翌朝六時に、朝食を持ってきた看守に起こされた」と、科学者は話を続けた。「彼によると、昼食は十二時、夕食は六時だ。それ以外の時間には、やりたいことができる。そこで朝食後すぐに、私は独房の窓から周囲を調べた。一目で、たとえ窓から脱出したとしても、塀をよじ登るのは無理だとわかった。私の目的は独房から出るだけでなく、監獄から脱出することなのだ。もちろん、塀を乗り越える手段はあるのだが、そのためにはさらに長い時間をかけて計画しなくてはいけない。そういうわけで、さしあたり、その方法は却下された」

「この最初の観察によって、川が監獄のこちら側にあること、さらに子供の遊び場があることがわかった。その後、これらの推定は、看守によって裏づけられた。そしてひとつ重要なことがわかった――監獄の塀の向こう側に近づく人間に、関心が払われることはほとんどないという点だ。これは、覚えておくべきことだ。私もしっかり記憶した」

「しかし、外のことで一番私の注目を惹《ひ》いたのは、私の独房の窓からほんの数フィート、おそらく三、四フィートだろう、そこにアーク灯の電線が走っているということだった。いざというときには、アーク灯を消すことが、これでできるのだ」

「ああ、それでは今夜のはあなたが消したのですね？」と、監獄長は訊いた。

「あの窓から私が知り得たすべてから」と、思考機械は横やりを気にすることもなく、さらに続けた。「脱獄計画を立案した。そして、どうやって独房までたどり着いたかを思い出した。それが唯一の方法と思われた。私と外界とのあいだには、七つの扉があった。そこで結局、その順路での脱獄は断念した。ついでに言えば、私は独房の花崗岩でできた硬い壁を通り抜けることはできない」

思考機械はここでしばらく口をつぐみ、ランサム博士は新しい葉巻に火をつけた。数分の間、沈黙がひろがった。そして、科学的脱獄犯はさらに話を続けた。

「こういったことを考えていると、一匹のネズミが私の足の上を走っていった。おかげで新しい考えが浮かんだ。独房内には少なくとも半ダースのネズミがいた――彼らのビーズのような目が見えたのだ。しかし、独房の扉の下からはなにも入ってこないことにも気がついた。わざと脅かして、連中がそこから逃げ出すかどうかを観察した。そこから出ていかなかったのに、姿が見えなくなった。別の逃げ道があるのだ。つまり、もうひとつの出口があるのだ」

「私はこの出口を探し、ついに見つけた。古い下水管だ。長年使われておらず、一部にはごみや埃がつまっていた。しかし、ここからネズミどもがやってきていた。どこかからやってきていたのだ。どこだろう？　下水管は通常、監獄の敷地外につながっている。おそらく川か、その近くにだろう。ネズミはその方向からやってきたに違いない。連中はこの管をずっと通ってきているのだろうと考えた。硬い鉄、もしくは銅製の管には、排水口以外の穴は開いていないだろうと思われたからだ」

「看守が昼食を持ってきたときに、二つの重要な事柄を教えてくれた。本人は気づいていなかったがね。それは、新しい下水システムがこの監獄に導入されたのは、七年以上前だということだ。おかげで、この管は古い下水の一部だと確信した。川へ向かってゆるやかに傾斜していることはわかっていた。しかし、この下水管の排水口は、水中なのか、それとも地上なのだろうか？」

「これが、解明すべき次の問題だった。独房でネズミを数匹捕まえて、調べてやろうと思った。看守は、私がそんなことをしているのを見て、驚いていたよ。少なくとも一ダースは調べた。連中は完全に乾いていた。下水管を通ってきているのだが、一番重要なのは、あいつらはイエネズミではなく、野ネズミだということだ。下水管の向こうの端は、監獄の塀の向こうで地上に出ているということになる。ここまでは上々だった」▼109

「さて、この情報を思い通りに活用しようとすれば、監獄長の注意をよそにそらさねばならない。ほら、ここに私が脱獄のために来たと監獄長に言ったせいで、この実験はさらに過酷な条件になったじゃないか。だから彼には偽の手がかりを摑ませなくてはいけなかったのだ」

　監獄長は情けない表情になった。

「まず最初にしたのは、私が君、ランサム博士と連絡を取ろうとしていると思わせることだった。そこで、自分のシャツから切り取ったリネン生地にメモを書いた。ランサム博士宛として、五ドル札をまきつけ、窓から外に投げた。警備が監獄長に提出することはわかっていた。しかし、監獄長がこれを宛て先まで届けてくれるかもしれないとも、期待していた。最初のリネン生地の手紙を持っているかね？」

　監獄長は、例の暗号文▼110を取り出した。

「一体これはどういう意味なのですか？」と、彼は訊いた。

「後ろから読んでごらん。『T』からだ。サインと単語の間の空間は無視をして」と、思考機械は指示した。

　監獄長は言われた通りにした。

「こ、これは」彼は考えながら解読していたが、読み終えると、苦笑せざるを得なかった。

「This is not the way I intend to escape（これは私の脱獄方法ではない）」

「いやあ、効果はあったとお思いですか」と彼は言いながら、いまだに苦笑していた。

「君の注意を惹くだろうとは思っていたが、はたしてその通りだった」と、思考機械は言った。「▼もし君がこの暗号を解けていたら、ちょっとした警告にはなっていただろうがな」▲111

「何を使って書いたのですか？」と、ランサム博士は、リネン生地を調べてフィールディング氏に渡してから訊いた。

「これだ」と元囚人は言い、足を伸ばした。監獄で履いていたのと同じ靴だった。しかし、靴墨はなくなっていた——きれいにこそぎとられていた。「靴墨を水で延ばしたのを、インクとして使った。靴紐の端についている金属片が、いいペンとして役立った」

　監獄長は顔をあげると、破顔一笑した。半分は安堵から、そして残りの半分は愉快だったからだ。

「あなたには驚いた」と、彼は賞賛するように言った。「どうぞ続けて」

「監獄長が慌てて独房内を捜索するだろうということは、予想していた」と、思考機械は続けた。「監獄長が私の独房を何度も捜索するのではないかと、懸念していた。だが、何度か捜索しても何も見つからなければ、がっかりして諦めるだろうと思った。そして実際その通りになった」

監獄長は赤面した。

「彼は私のシャツを取り上げて、囚人用のシャツを与えた。シャツから切り取ったリネン地は二枚だけだと彼は思っていた。しかし独房を捜索していたときには、私は同じシャツから取ったもう一枚を持っていた。大きさは九インチ四方、丸めて口の中に入れていたのだ」

「あのシャツから九インチ四方も？」と、監獄長は驚いた。

「一体どこからそんなにとれたんですか？」

「烏賊胸シャツの糊で固めてある白い胸の部分は、三重になっている」というのが彼の説明だった。「▼内▲[112]側の裏打ちを剥がして、二枚だけ残した。君はそこまで調べないはずだとわかっていた。そういうことだよ」

少しの間があった。監獄長はその場の人びとの顔を、気恥ずかしそうに次々と見た。

「監獄長には悩みの種を与えておいて、一方で私は真剣に脱獄するための第一段階に入った」と、ヴァン・デューセン教授は言った。「論理的に考えて、あの下水管は外の遊び場のどこかにつながっているとわかった。たくさんの少年がそこで遊んでいることもわかった。そして、そこからネズミが私の独房にやってきていることもわかった。これらを使って、外部と連絡が取れないものだろうか？」

「まず必要だったのは、長くて丈夫な糸だった。しかしそれは――ここにあった」彼はズボンをたくしあげて脚を見せた。両足の靴下の上のほう、丈夫なライル糸がなくなっていた。「私はこれをほどいた――やってみれば、別に難しくはなかったよ――そして簡単に、信頼性が高い四分の一マイルもの長さの糸を手に入れたのだ」

「そして、手元にあったリネン生地の半分に手紙を書いた。自分の状況を説明する手紙を、苦労してこちらの紳士に書いたのだ」彼はハッチンソン・ハッチを指さした。「彼ならば手助けしてくれることはわかっていた。新聞記事としてうってつけだからな。このリネン地の手紙に、十ドル札をしっかり結びつけた。こうしておけば、すぐに人目につく。そしてリネンの表には、『これを見つけてくれた方は、「デイリー・アメリカン」紙ハッチンソン・ハッチ記者にお届けください。さらに十ドルのお礼を差し上げます』と書いておいた」

「次にするべきことは、この手紙を外の遊び場まで運び出し、子どもたちに見つけてもらうことだ。それには二つの方法があった。私はそのうちの最良の方法を選んだ。ネズミを捕まえ――そのころにはかなり上手になっていたのだ――このリネンと金をしっかりと脚に結わえつけ、もう片方の脚には糸を結び、下水管の中に放した。怯えたネズミは下水管の外まで走って逃げ、地上に出ると、リネン地と金を外そうとしてかじるはずだ」

「ネズミがゴミだらけの下水管に姿を消してからは、心配でならなかった。私は賭けに出ていたからだ。ネズミは脚に結びつけた糸をかじり取ってしまうかもしれない。他のネズミがかじってしまうかもしれない。下水管から出たとしても、誰にも見つからない場所にリネン地と金を残していってしまうかもしれない。他にも、いくらでも可能性があった。あれこれと数時間も気をもんでいたが、実際、ネズミが下水管から出たと判断したときには、独房内にはあとほんの数フィートしか糸は残っていなかった。ハッチ君には、手紙が届いたらどうすべきか、詳細に指示を書いておいた。問題は、それが彼の手元に届くかどうかだった」▼113

「しかし、やってしまったからにはあとは待つだけで、もし失敗したとすれば他の計画をたてるだけだ。私はあからさまに看守に賄賂を持ちかけてみた。そして彼から、私が自由になるために通らなくてはいけない七つの扉のうち、二つの鍵しか持っていないと聞いた。そこで私は、監獄長を心配させてやろうと考えた。靴の踵の金属の補強を外し、独房の窓の鉄格子を切ろうとするふりをしたのだ。監獄長は、それを見て大騒ぎした。鉄格子をゆさぶって、大丈夫かどうかを確かめた。そのときは――だがね」

監獄長はまたにやりとした。もう驚くのはやめていた。

「これで私はやるべきことを終え、あとはなりゆきを観察するだけだった」と、科学者は続けた。「手紙が発見されたか配達されたか、それともネズミがかじりとったかさえも、わからなかった。外部とただ一つつながっている糸を、巻き戻すことさえもしなかった」

「その晩ベッドに入っても、眠れなかった。手紙を受け取ったことをハッチ君が知らせるため、いつ糸を引っ張るかわからなかったからだ。三時半だったと思うが、その感触に気がついた。本物の死刑囚だったら、これほど嬉しいことはなかっただろう」

思考機械は口をつぐみ、新聞記者のほうを向いた。

「君がどうしたのかは、自分で説明したほうがいいだろう」と、言った。

「リネン地のメモを、野球をしていた小さな子供が届けてくれました」と、ハッチ氏は言った。「僕はすぐにこいつは大ネタだと気づいたので、子供にさらに十ドルを渡し、絹糸を数巻、より糸と、軽くて柔軟なワイヤを一巻き用意しました。教授の手紙によると、メモを持ってきた子供にどこで拾ったのかを教えてもらい、そこから捜索するようにということだったので、朝二時から始めました。糸の端を発見したら、そっと三回、さらに四回目を強く引っ張れとのことでした」

「小型懐中電灯を使って探し始め、一時間二十分後、半分雑草に隠れている下水管の開口部を見つけました。下水管はとても大きく、そうですね、直径十二インチはありました。そして、ライル糸の端も見つけました。指示通り引っ張ってみたところ、返答の反応がありました」

「そして僕はこれに絹糸を結びつけ、ヴァン・デューセン教授が独房へと引き入れました。途中で糸が切れやしないかと、心臓が張り裂けんばかりの思いでした。絹糸の端により糸を結びつけ、それが引き込まれると、今度はワイヤを結びつけました。これが下水管の中を通ったおかげで、下水管の開口部から独房へ、ネズミがかじることのできない、しっかりした通信手段ができました」

思考機械は手を上げて制した。ハッチは喋るのをやめた。

「これらはすべてこっそりと行なわれた」と、科学者は言った。「しかしこのワイヤが手元に届いたときには、喜びのあまり歓声をあげそうになったよ。そしてわれわれはもうひとつの実験を行なうことにして、ハッチ君はその準備をした。この下水管を、伝声管として利用する実験をしたのだ。われわれの声はどちらもはっきりとは聞き取れなかったのだが、監獄当局の注意を惹かないように、あえて大声では話さなかった。なんとか私が今すぐ欲しいものを、伝えることができた。硝酸が欲しいと私がいったのに、彼がなかなか理解してくれなかったので、『酸』という単語を何度も繰り返さねばならなかった」

「すると、上階の独房から金切り声が聞こえた。誰かが声を耳にしたのだと、すぐにわかった。そして監獄長君、君がやってくる音がしたので、寝たふりをしたのだ。あのとき独房の中に入ってくれれば、脱獄計画全体が駄目になっていただろう。しかし君は見過ごしてしまった。あれが最大の危機だった」

「この即席連絡線路ができたおかげで、いともかんたんに独房に品物を取り寄せたり、隠したりすることができるようになった。単に、下水管の中に入れてしまえばよかったからだ。監獄長君、ワイヤに君の指がとどかなかったのは、太すぎたからだよ。私の指は、ほら、ずっと長くてほっそりしている。さらに、下水管のすぐ入り口に、ネズミの死骸を置いておいた――覚えているだろう」

「覚えています」と、監獄長は渋面をつくって答えた。

「あの穴を調べようとしても、ネズミの死骸があれば諦めてしまうだろうと思ったのだ。ハッチ君が下水管を通じて有用な品物を送れるようになったのは翌晩になってからだったが、とりあえずテストとして、十ドル札を両替して送ってきた。そこで私は、計画の他の部分に取りかかった。そして、最終的に決定した脱獄計画を推し進めたのだ」

「これを成功させるにあたって、まずは私の顔が独房の窓から覗いていることを、庭の警備に慣れさせる必要があった。私はリネン地のメモを彼に向かって投げ、大きな口をたたいて、できるならば彼の部下の一人が私の外部との連絡役になっていると、監獄長に思わせたかった。そんなことをしているうちに、監獄には専属の電気技師がいないということを知った。何か不都合があったら、電灯会社に頼らねばならなかった」

「これで、自由への道は完璧になった。入獄最終日の、夜遅くはないが暗くなっている時間に、窓からほんの数フィートのところを走っている電線を切断する計画をした。手元にあるワイヤの先に酸をつけたものが、そこに届くのだ。これで監獄の一方が真っ暗闇になり、電気技師が故障を直しにくる。それでハッチ君も監獄の庭に侵入できるというわけだ」▼114
「私が脱獄する前に、もうひとつしておかねばならぬことがあった。それは伝声管を通じてハッチ君と、最終的な細部の打ち合わせをすることだ。入獄四日目の晩、監獄長が私の独房を立ち去ったほんの三十分後にそれは行なわれた。ハッチ君がよく聞き取ってくれなかったので、また何回も『酸』という言葉を繰り返さざるを得なかった。そしてさらに『八号の帽子だ』と言った——それが私のサイズだからだ。その結果、上階の囚人が殺人を自白することになったと、ある看守が翌日に教えてくれた。この囚人は私の声を聞いて、当然驚いただろう。下水管を通じて、彼の独房にまで声が届いたのだな。すぐ上の独房には誰も入っていなかったから、聞く者もいなかった」

「もちろん実際の窓や扉の鉄格子の切断作業は、硝酸を使えば比較的簡単だ。これも下水管を通じて、細い瓶入りのものを入手した。ただし、時間はかかったがね。五日、六日、七日目と、外の看守は何時間も私がワイヤの切れ端に酸をつけて窓の鉄格子を溶かすのを見ていた。酸が広がるのを防ぐには、歯磨き粉を使った。作業中の私はぼんやり風景を眺めているふりをしていたが、その間にも酸は金属を深くまで溶かしていた。看守はいつも扉の上のほうをゆさぶって確かめていたが、下のほうには手も触れないのに気がついていた。そこで下の鉄棒を切り、金属を皮一枚分だけ残しておくことにした。しかし、この計画はいささか向こう見ずだった。簡単にはできなかった」

　思考機械は数分の間、黙って座っていた。

「これで、ほとんどの点が明らかになったとおもう」と、彼は続けた。「まだ説明していないのは、監獄長と看守を騙した方法だろう。ベッドに入っていた品物は、より劇的な話が好きなハッチ君を喜ばせるためだ。もちろん、あのかつらは計画に必要だったがね。速達便はハッチ君の万年筆を使って独房内で書いて、彼の元に送り、郵送してもらった。これですべてではないかな」

「しかしどうやって実際に監獄の敷地内から脱出して、外門から私の執務室へと入ってきたのですか？」と、監獄長は質問した。

「ごく単純なことだ」と、科学者は答えた。「私は酸で電線を切断したが、そうすると電流が止まる。電流が止まれば、アーク灯は点灯しない。何が原因か調べたり、修理したりするのには、しばらく時間がかかることはわかっている。看守が君に、庭が真っ暗だと報告しにいったときに、私は窓から這い出て——狭くてぎりぎりだったがね——鉄格子を再び立て、電気技師がやってくるまで物陰に隠れていた。ハッチ君がそのうちの一人だった」

「彼を見つけて話しかけると、私に帽子と作業着とオーバーオールをくれた。君からほんの十フィートのところでそんなことをしていたのだよ、監獄長、君が庭にいたときにね。しばらくして、ハッチ君は労働者のふりをして私を呼んだ。そして、二人で道具か何かを自動車に取りにいくふりをして、門から出た。門衛は簡単に出してくれた。二人《ママ》の労働者がさっき中に入ったばかりだったからな。われわれは洋服を着替えて再び現われ、あなたに面会を求めた。そしてお目にかかったというわけだ」

　しばらく沈黙が続いた。ランサム博士が口火を切った。

「素晴らしい！」と、叫んだ。「まさに驚き以外のなにものでもない」

「どうやってハッチさんは電気技師に紛れ込んだのでしょう？」と、フィールディング氏が訊いた。

「彼の父親が、その会社の社長なのだ」と、思考機械は答えた。

「しかし、ハッチさんのような外部からの助けがなかったら、どうしたのです？」

「どんな囚人にだって、脱獄を助けてくれるような友人の一人ぐらいはいるだろう」

「しかしもし――もしもですが、古い下水管がなかったらどうでしょう？」と、監獄長は興味津々で訊いた。

「他にも二つの方法があった」と、思考機械は謎をかけるようにして言った。

　十分後、電話の呼び鈴が鳴った。監獄長へだった。

「電灯は大丈夫なんだな？」と、監獄長は電話に向かって言った。「よろしい。十三号独房の脇の電線が切れていたんだな？　よし、わかった。電気技師が一人多いって？　なんだと？　二人出ていったって？」

　監獄長は不思議そうな顔で、他の人びとのほうを向いた。

「四人の電気技師を中に入れて、二人を外に出したのに、まだ三人中に残っているそうです」

「余分な一人がこの私だ」と、思考機械が言った。

「ああ、なるほど」と、監獄長は答えた。そして電話に向かって、「五人目も出してやれ、大丈夫だ」と言った。


底本は第一短篇集。「ボストン・アメリカン」紙初出および「エラリー・クイーンズ・ミステリ・マガジン」（以下、「ＥＱＭＭ」と略記）版との異同を以下に記す。

▼1　新聞初出では「彼はM.A.（文学修士）であり、M.D.（医学博士）、M.D.S.（歯学修士）、Ph.D（哲学博士）であり、さらにLL.D（法学博士）でもあった。」。
▼2　新聞初出にはない。
▼3　新聞初出にはない。このあとの改行もなし。
▼4　新聞初出ではこのあとに改行。
▼5　新聞初出では「目を見張るほど巨大なその頭と――ちなみに教授は八号の帽子をかぶっていた――もじゃもじゃの黄色い髪の毛のせいで、彼は驚くほどグロテスクな印象を与えていた。彼は何世代にもわたって科学界で名の知られた先祖たちの血を受け継いだのだから、当然こうなるべくしてなったのだ」。

⧗6　新聞初出では「彼は五十歳だが、そのうち三十五年間を」。

⧗7　「ＥＱＭＭ」版では「――ときどきではなく常にそうなるということに」。

▼8　新聞初出ではこのあとに改行。

⧗9　新聞初出では「結果は原因より論理的に生じる。原因は論理的に結果より導かれる。これらの原因と理由は、科学に関係している限り、教授が生涯をかけて解決すべき問題なのである」。

⧗10　新聞初出では「彼の友人のあいだや世間の一部では」。

⧗11　新聞初出では「新しい強力な爆薬を発明した」。

⧗12　新聞初出では「論理からこの発明が導き出されたという、彼の発言をもとにしたものだ。（改行）」。

▼13　新聞初出ではこのあとに「世間に忘れられたまま研究と思考を重ねるのだ。そして」。

▼14　新聞初出ではこのあとに「このように、思考機械は外の世界とはほとんど間接的な接触しかしてこなかった。」。

⧗15　新聞初出では「と、思考機械は同じくらい強い調子で述べた。彼はいつも気に障《さわ》って怒ったような口調だったけれども、このときは本当に怒っていた。（改行）」。

⧖16　「ＥＱＭＭ」版にはない。

▼17　新聞初出ではこのあとに中見出し「不可能なことなどない」。

▼18　「ＥＱＭＭ」版では「、」のかわりに「――」。

⧗19　新聞初出では「ランサム博士は言い、首を振った」。

▼20　新聞初出ではこのあとに「分厚い眼鏡の向こうの」。

⧗21　新聞初出では「私は精神の力を使って脱獄してみせる」。

▼22　新聞初出ではこのあとに中見出し「三つの希望」。

⧗23　新聞初出では「質素な」。

▼24　新聞初出ではこのあとに「たけれども何も見つからず、」。

⧗25　新聞初出にはない。

▼26　新聞初出ではこのあとに「というのが答えだった。」。

▼27　新聞初出ではこのあとに「と、思考機械は言った。」。

⧗28　新聞初出では「ランサム博士はなんだかすべてがばかばかしいような気がしてきた。しかし友人の一流科学者は、彼を苛立たせた」。

▼29　新聞初出ではこのあとに「突然」。

▼30　新聞初出ではこのあとに「鉛筆でもペンでもインクでも紙でも、」。

▼31　新聞初出ではこのあとに「と、思考機械は実に率直に答えた。」。

▼32　新聞初出ではこのあとに中見出し「監獄の中」。

▼33　「ＥＱＭＭ」版にはなし。一行アキのみ。

▼34　新聞初出ではこのあとに改行。

⧗35　新聞初出では「囚人が監房に収容されているときは」。

▼36　新聞初出ではこのあとに「いくらそちらに行きたくても、こちらから監獄の庭へ侵入するのは不可能だった。」。

▼37　新聞初出ではこのあとに改行。

⧗38　新聞初出にはない。

⧗39　新聞初出では「到着した晩は邪魔されずにぐっすり眠った」。

▼40　新聞初出ではこのあとに改行。

▼41　新聞初出ではこのあとに中見出し「七枚の重たい扉」。

▼42　新聞初出ではこのあとに「これはかなり不利な点だ。」。

▼43　新聞初出ではこのあとに「（改行）思考機械が使えるのは、自分の両手と頭脳以外なにもなかった。七枚の扉を透視することもできなかったし、素手で小さな窓の鉄棒をむしりとることもできなかった。またそんなことをしても、監獄の庭に出たとたんに捕まってしまうだけだった。彼は他の方法をとるしかなかった――それは何だろうか？（改行）」。

▼44 新聞初出ではこのあとに改行。
▼45 新聞初出ではこのあとの改行なし。
▼46 新聞初出ではこのあとに改行、中見出し「ネズミの巣」。
⧗47 新聞初出では「大きいことが、手探りでわかった」。
⧗48 「ＥＱＭＭ」版にはない。
⧗49 新聞初出では「二百フィート」。
▼50 「ＥＱＭＭ」版ではこのあとに改行。
▼51 新聞初出ではこのあとに「触ると完全に乾いていて、埃まみれだった。」。
▼52 新聞初出ではこのあとに中見出し「計画は阻《はば》まれた」。
▼53 新聞初出ではこのあとに改行。
▼54 新聞初出ではこのあとに「。さらに五ドル謝礼を差し上げます」。
▼55 「ＥＱＭＭ」版にはなし。一行アキのみ。
▼56 新聞初出ではこのあとに「思考機械が友人のランサム博士に届けようとしたのは、」。
⧗57 新聞初出では「二時間」。
▼58 新聞初出ではこのあとに改行。
▼59 新聞初出ではこのあとに「監獄長はこの事実に納得し、次は囚人がどうやってリネン地に文字を書いたのかということを考えた。」。
⧗60 新聞初出では「これ自体からは何もわからなかった。そして彼は、十三号独房の男がペンやインキや鉛筆を手に入れるのは不可能だと確信していた。しかし、リネン生地に書かれているのはペンやインキや鉛筆を使ったものではなかった。（改行）」。
▼61 新聞初出ではこのあとに「こうしたことを考えながら」。
⧗62 新聞初出では「あなたはこっそり外部の人間と連絡を取ろうとしていたでしょう」。
⧗63 新聞初出および「ＥＱＭＭ」版では強調あり。
▼64 新聞初出ではこのあとに「この男は、閉じ込めておけるかどうかということで囚人になっているのだと思い出した。だから他の連中のように脅しはきかないのだ。そこで」。
▼65 新聞初出ではこのあとに改行。
▼66 新聞初出ではこのあとに中見出し「買収を持ちかける」。
▼67 新聞初出ではこのあとに中見出し「現行犯逮捕」。
▼68 「ＥＱＭＭ」版では「、」のかわりに「――」。
▼69 新聞初出ではこのあとに中見出し「まだやり始めてもいない」。
▼70 新聞初出ではこのあとに「ずっとそこに座ったままだった。」。
⧗71 「ＥＱＭＭ」版にはなし。一行アキのみ。
▼72 「ＥＱＭＭ」版にはなし。一行アキもなし。
⧗73 新聞初出では「再びあの恐ろしい叫びがして、壁に吸い込まれて消えた。」。
▼74 新聞初出ではこのあとに「廊下を走りながら」。
▼75 新聞初出ではこのあとに「部下たちと共に」。
▼76 新聞初出ではこのあとに「真っ暗な」。
▼77 新聞初出ではこのあとに改行。
▼78 新聞初出ではこのあとに「『俺はここにいたら頭がおかしくなる』」。
▼79 「ＥＱＭＭ」版では「、」のかわりに「――」。
▼80 新聞初出ではこのあとに中見出し「幽霊のようで、人間じゃない」。
▼81 新聞初出ではこのあとに「『まあ、あの馬鹿には死ぬまで書かせておくか。脱獄できないのには違いないのだから』」。
⧗82 新聞初出では「二十日」。
▼83 新聞初出ではこのあとに改行。

▼84　「ＥＱＭＭ」版では強調あり。

▼85　新聞初出ではこのあとに改行。

▼86　「ＥＱＭＭ」版では「！」なし。

▼87　「ＥＱＭＭ」版では文末に「！」。

⧗88　「ＥＱＭＭ」版にはない。

▼89　新聞初出ではこのあとに改行。

▼90　新聞初出ではこのあとに中見出し「再び叫び声が」。

▼91　新聞初出ではこのあとに「その途中で三人の看守と合流した。」。

▼92　「ＥＱＭＭ」版では文末に「！」。

⧗93　「ＥＱＭＭ」版では両方の文末に「！」。

⧗94　「ＥＱＭＭ」版にはない。

⧗95　「ＥＱＭＭ」版にはない。

⧗96　「ＥＱＭＭ」版にはない。

▼97　「ＥＱＭＭ」版にはない。一行アキのみ。

▼98　新聞初出ではこのあとに「木曜日の夜には終わりがくるはずだった。この二日間、あの志願囚人は監獄当局の費用で単にのんびりしているだけのように思えた。木曜日の夜に、十三号独房に行き、思考機械ことヴァン・デューセン教授を釈放すれば、今まで通りのおだやかな日々が戻ってくるのだ。（改行）」。

⧗99　新聞初出では「しかし思考機械は」。

⧗100　「ＥＱＭＭ」版にはない。

▼101　新聞初出ではこのあとに中見出し「十三号独房に異状ないか」。

▼102　「ＥＱＭＭ」版ではこのあとに改行。

▼103　新聞初出ではこのあとに中見出し「私はやってきましたぞ」。

▼104　新聞初出ではこのあとに「『そしてお宅の囚人をネズミで困らせないようにしなさい』」。

▼105　「ＥＱＭＭ」版にはなし。一行アキのみ。

▼106　新聞初出ではこのあとに改行。

▼107　新聞初出ではこのあとに「分厚い眼鏡越しに」。

⧗108　新聞初出では「彼は監獄長をにらんだ」。植字の誤りか？　さらに中見出し「眠り、ネズミを追いかける」。

▼109　新聞初出ではこのあとに中見出し「監獄長の注意をそらせる」。

▼110　新聞初出ではこのあとに「とその他のリネン生地」。

⧗111　新聞初出では「もし君が本当にこの内容を解読していたとしても、何の影響もなかっただろう。君が解読しても、穏やかな警告になるようにしか書いていなかったからな」。

⧗112　「ＥＱＭＭ」版では強調あり。

▼113　新聞初出ではこのあとに中見出し「他の計画をつくる」。

▼114　新聞初出ではこのあとに中見出し「殺人犯に自白させる」。

ラルストン銀行強盗事件

The Ralston Bank Burglary

1[1]

　出納係のフィリップ・ダンストンの手慣れた指さばきで、最後の百ドル札の束ができあがった――全部で一万ドルだ――そして、脇の山に積み上げられた。さらに彼は書類と照合した。間違いなかった。札束が十八個、合計で十万七千二百三十一ドルだ。彼は帯封を手にし、ひとつひとつかけると、自分の頭文字「Ｐ・Ｄ」を記した。これが、ラルストン・ナショナル銀行の検査方法だった。

　このように細部まで念入りに仕事をしていたので、かつては小規模だったラルストン・ナショナル銀行は、経済力では一流銀行の仲間入りができたのだろう。クイントン・フレーザー頭取がこの方法を取り入れてから、ラルストン・ナショナル銀行は成長したのだが、現在すでに七十四歳にもなっているのに、彼はいまだに代表として活躍していた。五十年間、彼はここに勤めていた。そしてそのうち四十五年間、彼は頭取だった。

　この老銀行家は、巨額の財産を所有していると一般に思われていた。皆がそう考えたのは、彼が慈善事業に巨額の寄付をしていたからだ。[2]しかし実をいうと、妻しか分かちあう相手がいないこの老人の私有財産は、たいしたものではなかった。老夫婦がつましく快適な生活をおくるのに十分なほどだけだった。

　ダンストンは現金の包みを集めると、[3]支配人室へ運んでいった。そして、そこにある巨大なテーブルの上に置いた。ここに支配人の[4]ランドルフ・ウェストが座って、勘定をするのだった。支配人はそれまで読んでいた書類をポケットにつっ込むと、ダンストンが差し出した書類を受け取った。[5]

「間違いないね？」と、彼は訊いた。

「完璧にあっています」と、ダンストンは答えた。

「ありがとう。もう行っていい」

　閉店から一時間が経っていた。[6]ダンストンが上着を着ると、ウェストが支配人室から出ていくのが見えた。現金を持って、

郵便はがき

料金受取人払郵便

麹町支店承認

9089

差出有効期間
2020年10月
14日まで

切手を貼らずに
お出しください

102-8790

102

[受取人]
東京都千代田区
飯田橋2－7－4

株式会社 作品社

営業部読者係　行

【書籍ご購入お申し込み欄】

お問い合わせ　作品社営業部
TEL 03(3262)9753／FAX 03(3262)9757

小社へ直接ご注文の場合は、このはがきでお申し込み下さい。宅急便でご自宅までお届けいたします。送料は冊数に関係なく300円(ただしご購入の金額が1500円以上の場合は無料)、手数料は一律230円です。お申し込みから一週間前後で宅配いたします。書籍代金(税込)、送料、手数料は、お届け時にお支払い下さい。

書名	定価　円	冊
書名	定価　円	冊
書名	定価　円	冊
お名前　TEL　(　　)		
ご住所　〒		

フリガナ
お名前

男・女　　　歳

ご住所
〒

Eメール
アドレス

ご職業

ご購入図書名

●本書をお求めになった書店名

●ご購読の新聞・雑誌名

●本書を何でお知りになりましたか。
イ　店頭で
ロ　友人・知人の推薦
ハ　広告をみて（　　　　）
ニ　書評・紹介記事をみて（　　　　）
ホ　その他（　　　　）

●本書についてのご感想をお聞かせください。

ご購入ありがとうございました。このカードによる皆様のご意見は、今後の出版の貴重な資料として生かしていきたいと存じます。また、ご記入いただいたご住所、Eメールアドレスに、小社の出版物のご案内をさしあげることがあります。上記以外の目的で、お客様の個人情報を使用することはありません。

大きな鋼鉄製の金庫にしまいにいったのだ。これが、預金者と泥棒のあいだに立ちふさがっているものだ。支配人は、金庫の前で拭き掃除をしていた小使いのハリスを通すために、ちょっと立ち止まった。[7]午後遅くの掃除をしていたのだ。

「急げ」[8]と、支配人はいらいらした様子で文句を言った。

ハリスは急いだ。そしてウェストは金庫に金を入れた。十八個の包みがあった。

「大丈夫ですか？」と、ダンストンは訊いた。

「ああ」

ウェストが最後の包みをしまったとき、フレーザー頭取の個人秘書のミス・クラーク――ルイーズ・クラーク――が頭取室から出てきた。長い封筒をその手に持っていた。ダンストンがちらりと見やると、彼女は微笑《ほほえ》みかけた。[9]

「すみません、ウェストさん」と、彼女は支配人に言った。「帰る前にこの書類を金庫にしまうよう、フレーザーさんから頼まれていたんです。わたし、忘れるところだった」

開けたままの金庫を見て、彼女は可愛らしい青い目を丸くした。[10]ウェストは封筒を受け取り、何も言わずに現金とともに金庫にしまった。娘は興味津々のようだったが、重い扉が閉められた。彼女はさっと向きを変えると、またダンストンににこりとして、頭取室の中に姿を消した。

ウェストは金庫のボルトを定位置に入れ、文字合わせ錠を回した。すると、通りに通じる扉が開いて、フレーザー頭取が急ぎ足で入ってきた。

「ちょっと待て、ウェスト」と、彼は声をかけた。「ミス・クラークが君に、封筒を渡して中に入れるよう言ったか？」

「はい、今入れたところです」

「ちょっと待て」そしてこの老頭取は、ダンストンが開けた仕切りを通り、金庫に歩み寄った。支配人は鋼鉄の扉を開けた。封筒をしまった現金棚を開き、頭取はそれを取り出した。

ウェストは振り返ってダンストンに話しかけた。頭取は封筒の中身を調べていた。支配人が再び金庫のほうを向いたとき、頭取は上着の内ポケットから手を出したところだった。

「大丈夫だ、ウェスト」と、彼は指示をした。「鍵をかけなさい」

再びこの重い扉が閉められた。ボルトがはめられ、文字合わせ錠のダイヤルが回された。フレーザー頭取は、立ったままじっと見つめていた。まるで、この作業を今まで一度も見たことがないかのようだった。

「今夜はいくら入っているのだ？」と、彼は訊いた。

「十二万九千ドルです」と、支配人は答えた。「それからもちろん、証券もすべてです」[11]

「ふむ」と、頭取は考えにふけった。「かなりの額の獲物にはなるな――自分のものになればの話だが、なあ、ウェスト？」そして乾いた笑い声をあげた。

「たいしたものでしょう」と、ウェストは笑顔で答えた。

「しかし、そんなことはできるはずがありません」

ミス・クラークは外出着姿で、美しい顔はほとんどヴェールで隠していた。ひどい風からピンクの頰を守るためだった。頭取室の入り口のところに立っていた。[12]

「おお、ミス・クラーク、帰る前に短い手紙を一通書いてくれないか?」と、頭取は頼んだ。

「わかりました」と、彼女は答え、頭取室に戻った。フレーザー氏はその後に続いた。

　ウェストとダンストンは、銀行の受付窓口の柵の外に立っていた。ダンストンはミス・クラークを待っていた。毎晩彼は地下鉄まで、彼女と一緒に歩いて帰っていた。彼女への感情は、誰もが知っていた。ウェストは小使いが掃除を終えるのを待っていた。

「急げよ、ハリス」と、彼はまた言った。

「はい、すいません」と、返事があった。小使いは、ほうきをさらに忙しく動かした。「あとちょっとです。内側はもう終わりましたから」

　ダンストンは柵の内側を見やった。床にはごみひとつなく、木の床材はぴかぴかだった。ハリスのほうきが、廊下の紙くずをはきあつめた。小使いがそれらをちりとりで取ると、ミス・クラークが頭取室から出てきた。ダンストンと一緒に、彼女は通りを歩いていった。二人は歩きながら、ウェスト支配人が正面玄関から出てくるのを目撃した。手にハンカチを持ち、急ぎ足で立ち去っていた。

「フレーザーさんはなにか計算をしていたわ」と、ミス・クラークはダンストンに言った。「あと一時間はかかるかもしれないって」

「君は綺麗だよ」と、ダンストンはとんちんかんな返事をした。

＊＊＊

　以上が、ラルストン・ナショナル銀行で十一月十一日午後四時十五分から起きたことの詳細である。その晩、銀行は盗難にあった。巨大な鋼鉄の金庫は決して破られることはないと思われていたのに、爆破され、十二万九千ドルがなくなった。
[13]銀行の夜警ウィリアム・ハネーは縛られ猿轡《さるぐつわ》をかまされて、気を失っているのが銀行内で発見された。彼の拳銃は脇にあり、すべての弾丸が抜かれていた。彼は、殴られて失神していた。病院は、彼が回復する可能性はほとんどないと言った。[14]
　鋼鉄の金庫の錠も蝶番《ちょうつがい》もボルトも、すべて何らかの強力な爆発物で吹き飛ばされていた。おそらく、ニトログリセリンと思われた。小さいダイヤル式の時間錠によって、爆破時間は二時三十九分ということがわかった。鍵の残りの部分は、粉々に吹き飛んでいた。

　このようにして、強盗が入った正確な時間が割りだされた。そのとき巡回の警察官は四ブロック離れた場所にいた。誰もこの爆破音を聞いていなかったということは、十分に考えられた。この銀行がある場所は、まったくのビジネス街で、夜はほとんど誰もいなくなってしまうからだ。

強盗犯は、支配人室の窓から建物に侵入した。煌々《こうこう》と電灯をつけていた。[15]その窓には鍵がかかっておらず、鉄格子は、上下の硬い花崗岩《かこうがん》にはめ込まれていたのに、外されていた。[16]花崗岩はまるでチョークのようにぼろぼろになっていた。

たったひとつだけ、手がかりが見つかった。それは白いリネンのハンカチで、吹き飛ばされた金庫の前で見つかった。銀行強盗をはたらいているときに、そこに落としたのに違いない。なぜならダンストンが、銀行を出るときにそんなものはなかったということをはっきり覚えていたからだ。もし小使いが掃除をしたあとにこれが落ちていたら、気がついたはずだ。

このハンカチは、ウエスト支配人のものだった。支配人は否定しなかったが、どうしてそんなところにあったのか、説明することができなかった。ミス・クラークとダンストンは二人とも、彼がハンカチを手に銀行を出る姿を目撃したと証言した。

2[17]

フレーザー頭取は十時に銀行に到着し、強盗の知らせを受けた。彼は頭取室に入り、椅子に腰を下ろした。明らかに衝撃を受けて動くこともままならない様子で、両腕の上に頭を伏せていた。[18]ミス・クラークはタイプライターの前に座り、気の毒そうな表情で何度も老人のほうを見やっていた。その眼は涙に濡れていた。[19]閉まった扉の向こうから、[20]刑事たちの話し声が聞こえた。

時折り、銀行の行員や刑事たちが頭取室に入ってきて、質問をした。銀行家は放心状態のようになりながらも、それに答えた。そして、取締役会と面談をして、生じた損は個人的に補塡することを約束した。預金者に動揺は見られなかった。この銀行の資金は限りがないと言ってもいいほどだと、皆知っていたからだ。

ウエスト支配人は逮捕されなかった。取締役たちは、そんなことはさせなかった。彼は十八年間も[21]支配人を務め、絶大な信頼を受けていた。それでも、どうしてハンカチがあんなところにあったのか、彼は説明することができなかった。[22]一方で、ミス・クラークとダンストンに退社するのを目撃されてから、銀行へは戻っていないと断言をした。[23]

捜査の結果警察は、この事件の犯人は、[24]身元不明の熟練した強盗団だと判断した。[25]警戒体制がしかれ、怪しい連中は根こそぎしょっぴかれた。こうした大掛かりな捜索のおかげで、何か重要な事実が明るみに出るだろうと期待された。マロリー刑事もそう言っていたので、銀行もその言葉に信頼をおいていた。

そして昼食の時間になった。すると、朝からずっとタイプライターの前に座ったまま相手にもされていなかったミス・

クラークが、立ち上がってフレーザーに歩み寄った。

「もしもご用がないのでしたら、食事に行ってきたいのですけど」

「よろしい、よろしい」と、彼はちょっとびくりとしたように答えた。彼女の存在を、すっかり忘れていたようだった。

彼女はしばらく黙ったまま彼を見つめていた。

「ほんとうに残念です」と、ようやく彼女は言った。その唇は、わずかに震えていた。

「ありがとう」と、銀行家は答え、かすかな笑みを浮かべた。

「こんなに衝撃的な出来事は、生まれて初めてだ」

ミス・クラークはそっと出ていった。頭取室を出て、銀行内で立ち止まり、壊れた鋼鉄の金庫をまじまじと見つめた。

銀行家は突然意を決したように立ち上がり、ウェストを呼んだ。彼はすぐにやってきた。

「こんな事件を解決できる人間を、私は知っている」と、フレーザーは断言した。「ここに来て見てもらおうと思う。とにかく、警察の力になるはずだ。君も知っているだろう、ヴァン・デューセン教授のことを？」[26]

「聞いたこともありません」と、ウェストはそっけなく言った。「でも、事件を解決できるというのなら、誰だって歓迎します。このままにしておくわけにはいきませんから」

フレーザー頭取は、ヴァン・デューセン教授こと思考機械に電話をかけ、しばらく話し込んでいた。そして再びウェストのほうを向いた。

「彼はやってくる」と、安心した表情で言った。「かつてある発明品[27]を市場に出す手伝いをしたことがあったのだ」[28]

一時間もしないうちに、[29]思考機械は新聞記者のハッチンソン・ハッチを連れてやってきた。[30][31]フレーザー頭取はこの科学者と親しかった。しかしウェストは、この奇妙な姿を見てびっくりした。普通の人間ではないという印象を受けた。今までわかった事実すべてが、思考機械に提供された。彼は何も言わずに聞いていたが、立ち上がると銀行内をあちこち歩きまわった。行員たちはその行動に目を奪われた。ハッチは黙って眺めているばかりだった。

「ハンカチはどこで発見されたのだ？」と、思考機械はようやく質問をした。[32]

「ここです」とウェストは答えて、その場所を示した。

「この銀行には通風口はあるのかね？」[33]

「いいえ。ここには特許をとった換気システムが導入されているので、そんなものは必要ありません」

思考機械は、鍵がかかっていなかったという窓を、何分もじっと観察していた。そこは、支配人室の窓だった。鉄格子があったが、穴から抜き取られており、まるでチョークのようにやすやすと、穴の周囲の花崗岩が破壊されていた。しばらくして、彼は頭取と支配人のほうに向き直った。

「問題のハンカチはどこだ？」

「私のデスクの引き出しの中です」と、フレーザーは答えた。

「警察は、これはたいして重要なものではないだろうと考えたのですが、ただ、もしかしたら――万一――」そして彼はウエストのほうを見やった。

「万一、私が犯人だったらということですか」と、ウエストはかっとなって言った。

「いや、いや、いや」と、フレーザーは否定した。「そうじゃない。ただ一部の人間が――」

「まあまあ。で、ハンカチはどこだね？」と、思考機械は苛立った様子で口を挟んだ。

「私の部屋に来てください」と、頭取は言った。

思考機械が一歩踏み出そうとしたときに、昼食から帰ってきたミス・クラークを目にして、はたと立ち止まった。地球上で唯一彼が苦手なのは――女性だった。

「ここに持ってきてくれたまえ」と、彼は注文した。

フレーザー頭取が取りに行き、科学者のほっそりとした手に渡した。彼は窓際でそれを何度もひっくりかえして、慎重に調べた。ついには匂いまでかいだ。かすかにスミレの香水の香りがついていた。そしていきなり、一見無関係なことをフレーザーに訊いた。

「この銀行には何人の女性が雇われている？」

「三人です。私の秘書のミス・クラーク、そして二人の速記者が行内で働いています」

「男性は何人だ？」

「十四人、私を含めてです」

これまでの思考機械の行動に、頭取とウェスト支配人が驚いていたとしたら、今度はびっくり仰天する番だった。彼は突然ハンカチをハッチに渡し、自分のハンカチを取り出すと、両手でごしごしとこすり、さらにそれもハッチに渡した。

「持っていなさい」と、命じる。

彼は両手の匂いをかぎ、銀行の店内へと歩いていった。そして、若い女性速記者のデスクへとまっすぐ進んでいった。彼女に屈み込んで、ひとつ質問をした。

「どの速記法を使って書いているのだね？」

「ピットマン法です」と、驚いた様子で答えた。

科学者は鼻をひくつかせた。そう、間違いなく匂いをかいだのだ。やおら彼女のもとを離れると、もう一人の速記者のところに行った。そして、まったく同じ行動をとった。彼女の近くに立って質問をし、彼女が答えると匂いをかいだ。ミス・クラークが、手紙を出すために店内を横切っていった。彼女もまた、両目をじっと見つめながら質問する科学者に答えねばならなかった。そして、匂いをかがれた。

「ほう」と、その答えをきいて、彼は言った。

そして、行員一人ひとりのところに行って、それぞれにいくつか質問をした。このときになると、銀行中に驚きのつぶ▼34やきがみちあふれていた。ようやく思考機械は、出納係のダンストンが座っている金網の中にやってきた。青年は仕事に集中していた。

「ここではどれくらい働いているのだ？」と、科学者はいきなり質問をした。

ダンストンはびっくりして、あたりを見回した。

「五年です」と、答えた。

「熱の入った仕事ぶりだな」と、思考機械は言った。「汗をかいている」

「そうですか？」と青年は笑顔で答えた。

彼は尻ポケットからくしゃくしゃのハンカチを取り出し、振って広げると、額をぬぐった。

「ほう！」と、思考機械はいきなり叫んだ。

かすかにスミレの香水の香りがしたのだ――金庫の前で発見されたハンカチと、まったく同じ香りだった。

3 ▼35

思考機械が先に立って、支配人室へもどった。フレーザー頭取、ウェスト支配人、そしてハッチ記者があとに続いた。

「ここでの会話は誰かに立ち聞きされる恐れはないでしょうな？」と、彼は訊いた。

「いいえ」と、頭取は答えた。「取締役会もここで開かれます」

「たとえばこんなことをしても、外では聞こえないですかな？」そしていきなり、彼は重い椅子を押し倒した。

「それはわかりません」と、驚いて答えた。「どうしてですか？」

思考機械はさっと扉に歩み寄り、静かに開けて外を覗き見た。そして再び扉を閉めた。

「正直腹蔵なく話してもかまわんでしょうな？」と、彼は質問した。

「もちろんですとも」と、老銀行家は驚きながらも答えた。「当然です」

「あなたはある理論上の問題を提起された」と、思考機械は続けた。「そして、おそらくその解答を求めている。その結果どうなろうとも、ですな？」

「もちろんです」と、頭取は再び答えて請け合った。しかしその声音は重々しく、何か恐れを抱いているかのようだった。

「そうでしたら」と、思考機械は新聞記者のほうを向いた。「ハッチ君、いくつかのことを確かめてもらいたい。まず、ミス・クラークがスミレの香水を使っているか、かつて使ったことがあるかを知りたい――その場合、いつ使用をやめたのかもだ」

「はい」と、新聞記者は言った。銀行関係者は、不思議そうに目を見交わした。

「それからハッチ君」と、科学者は支配人の顔を奇妙な目つきでじっと睨みつけながら言った。「ウェスト君の自宅に行ってくれたまえ。ほら、彼の洗濯屋の印が見えるだろう。そして有無を言わさず、彼か家族がスミレの香水を使用したことがあるかどうか、確かめてくれ」

支配人はいきなり真っ赤になった。

「それだったらすぐ答えられます」と、興奮して言う。「決してありません」

「そう言うだろうと思った」と、思考機械はそっけなく告げた。「邪魔をしないでくれたまえ。私の指示した通りにするように、ハッチ君」

彼の一風変わったやり方に慣れていたので、ハッチにはこの調査の目的がぼんやり見えていた。[36]

「それから、出納係はどうします？」と、訊く。

「彼のことはわかっている」というのが、その答えだった。

ハッチは後ろ手で扉を閉め、部屋から出ていった。歩き去る背後で、かんぬきをかける音が聞こえた。

「ここで申し上げるのが公正なことだと思いますが、ヴァン・デューセン教授」と、頭取は口を挟んだ。「ウェスト君は、この件に関わりがあったり何かを知っていたりということは、まったく不可能だと、我々は皆わかっておることで――」

「不可能などということはありえん」と、思考機械は遮った。

「しかし私は――」と、ウェストは怒りをあらわにして言いかけた。

「ちょっとお待ちなさい」と、思考機械は言った。「あなたを非難しているわけではない。私は、どうやってあなたのハンカチがここに運ばれてきたのか、ということを説明しようとしているのであって、そうすればあなたが一番望んでいること、すなわち無実の証明ができるというものだ」

支配人は椅子にへたりこんだ。フレーザー頭取はそれぞれの顔を見回した。彼はそれまで心配顔だったが、今やその顔には驚きが浮かんでいた。

「あなたのハンカチがこの銀行で発見された。金庫を爆破した連中が落としていったのは明らかだ」と、思考機械は長くて細い指先を突き合わせて喋《しゃべ》った。「前の晩にはここになかった。それは、掃除をした小使いが証言している。たまたま目撃したダンストンも、そう言っている。ミス・クラークとダンストンは二人とも、君がハンカチを手にして銀行から帰ったと言っている。つまり、ハンカチがあの場所に置かれたのは、君が帰宅した後であり、犯行が発覚する前であった」

支配人は頷いた。

「君は香水は使わないと言っている。家族の誰も使わないそうだ。もしハッチ君がその裏を取れれば、君の無実を証明する助けになるだろう。しかし、ハンカチが君の手元を離れてここで発見されるまでのあいだに、直接触れた人物は香水を使っていた。[37]ではそれは誰なのだろうか？　誰にそんな機会があったのだろう？」[38]

「君がハンカチをなくしたという可能性は、却下していいだろう。つまり、それがたまたま強盗の手に入り、その強盗が香水を使っており、彼らが君、君本人が勤める銀行に持ってきて、置いていったということだ。こんな偶然が続くなんてことは、可能性として百万分の一もないだろう」

思考機械は数分のあいだ黙って座ったまま、じっと天井を睨んでいた。[39]

「▼40どこかでなくしたのだとしたら、たとえば洗濯屋などだが、同じく可能性は非常に低く、排除していいだろう。だから、このハンカチを入手する機会があるということから考えれば、強盗団と関係があるか、もしくはその一味であった人間は、この銀行の行員だということだ」

　思考機械は静かに言ったが、それは衝撃的な内容だった。老頭取はよろめいて、立ったまま目を見開いていた。支配人はふたたび顔を真っ赤にした。

「その人物は」と、思考機械は平然としたまま続けた。「ハンカチをひろったが、犯行時に気づかないうちに落としたのか、それともわざと盗んでその場に残していったのかのどちらかだろう。▼41さきほど言ったように、ウエスト君は除外していい。彼が犯人の一味だったら、自分のハンカチを残すはずがなかろう。それに、彼は香水を使わないということが確認できるはずだ。よって、ハンカチが発見された場所で落としたのは彼ではない」

「不可能だ！　私は信じない。うちの行員が——」と、フレーザー氏が言いかけた。

「どうか、不可能という言葉を使わないでいただきたい」と、思考機械はぴしゃりと言った。「そんな言葉を聞くと、いらいらしてしようがない。結局たったひとつの疑問、すなわち、銀行内で香水を使うのは誰か、という疑問に集約されるのだ」

「知りません」と、二人の銀行員は答えた。

「私にはわかっている」と、思考機械は言った。「二人いる。たった二人だ。出納係のダンストンと、ミス・クラークだ」

「しかしあの二人は——」

「ダンストンはスミレの香水を使っている。ハンカチのものと似ている。いやそれどころか、まったく同一だ」思考機械はさらに続けた。「ミス・クラークは、強烈な香りのバラの香水を使っている」

「しかしその二人は、他の銀行員と同様に信頼の置ける者たちですぞ」と、フレーザー氏は言い募った。「それに、金庫の爆破方法など知るわけがない。警察によると、これは玄人《くろうと》のしわざだそうだ」

「フレーザーさん、最近巨額の資金を調達したり、しようとしたりしたことはなかったかね？」と、いきなり科学者は質問した。

「ええ、はい」と、銀行家は答えた。「そうです。一週間前に、私の個人口座に九万ドルを入れました」

「君はどうかね、ウエスト君？」

　支配人の顔はわずかに赤らんだ。それは、質問のしかたのせいかもしれなかったが、ほとんど間をあけることはなかった。

「いいえ」と、彼は答えた。

「よろしい」そして科学者は立ち上がり、両手をこすりあわせた。「さて、銀行員の身体検査をするとしよう」

「なんですって？」と、二人とも叫んだ。そしてフレーザー氏が言った。「そんなことは馬鹿げている。ぜったいにだめだ。それに、銀行強盗犯が犯罪の証拠を身につけているはずがないし、ましてや盗んだ金を持っているはずがない。それも、よりによって銀行に持ってくるだなんて」

「銀行がもっとも安全な場所なのだ」と、思考機械は反論した。「あなたの行員の中にいる泥棒が、金を持っているということは十分にありえるのだ。実際、そうしているのはまず間違いがないだろう。あなたがウェスト君以外の誰もまったく疑っていないということは、よくわかっているからだ」

沈黙が訪れた。「私が直接身体検査をするが、もちろん三人の女性は例外だ」と、彼は恥ずかしげにつけ加えた。「彼女たちは、他の二人でお互いに検査をすればよい」[42]

フレーザー氏とウェスト氏は、しばらく低い声で話し合っていた。

「私の要望ならば、行員は納得するでしょうが」と、フレーザー氏は説明した。「役に立つとは思えませんな」

「彼らは同意してくれるだろう」と、思考機械は言った。「全員をこの部屋に呼んでもらおう」

混乱や興奮の中、三人の女性と十四人の男性行員が、帳場係室に集まってきた。外玄関には鍵がかけられた。思考機械は彼らに、いつもどおりのそっけない態度で話しかけた。

「昨夜の強盗事件の捜査の一環として」と、彼は説明した。「この銀行の行員全員の身体検査が必要になった」驚きのつぶやきが、室内に広がった。「無実の人間ならば、躊躇なく同意できるはずだ。よろしいでしょうな？」

こそこそと相談するささやき声のなか、ダンストンは怒りで真っ赤になっていた。ミス・クラークはフレーザー氏の近くにいたが、わずかに顔色が悪くなった。ダンストンは彼女を見てから、口を開いた。

「女性はどうするんです？」と、彼は訊いた。

「彼女たちもだ」と、科学者は説明した。「お互い同士で身体検査をする――もちろん別室でだ」

「私個人としては、そんなことは認められません」と、ダンストンは言い切った。「後ろ暗いことがあるからではなく、これは侮辱だからです」

銀行幹部も思考機械と同じように、やはりと思った。ハンカチと同じ香水を使っている男が、まっさきに身体検査に反対をしたのだ。支配人と頭取は、お互いに目配せをした。

「わたしも嫌です」と、女性の声がした。

思考機械は振り返って、その女性を見た。ミス・ウィリスという、店舗のほうにいる速記者だった。ミス・クラークともう一人の女性は真っ青だったが、何も言わなかった。

「他には？」と、思考機械は訊いた。

皆は嫌々ながら従った。男たちは前に進み出た。科学者の身体検査はおざなりにされているように見えた。何も出なかった！　最後に三人が残った。ダンストン、ウェスト、そしてフレーザーだった。ダンストンは前に進み出た。同僚たちの態度から、そうせざるをえないように追い込まれたのだ。

三人の女性は、集まって立ちつくしたままだった。思考機械はダンストンの身体検査をしながら、彼女たちに言った。

「女性たちは隣の部屋に行って、お互いの身体検査をしていただきたい。現金が発見されたら、私に渡しなさい――以上だ」

「嫌だ、嫌だ、嫌だ」と、ミス・ウィリスはいきなり喚《わめ》いた。「そんなのひどすぎる」

ミス・クラークは真っ青で、半分気を失いそうになっていたが、両手を投げ出すとそのままくたくたとフレーザー頭取の腕の中に崩れ落ちた。そしてわっと泣き出した。▼43
「ひどいわ」と、泣きながら言った。彼女はフレーザー頭取に両腕でしがみつき、胸に顔をうずめていた。彼は父親のように声をかけながらなだめたり、不器用に頭をなでたりしていた。思考機械はダンストンの身体検査を終えた。何もなかった！　すると、ミス・クラークはしっかりと立った。目の涙もかわいていた。

「もちろん、同意しないわけにはいかないわね」と、彼女は怒りのこもった目で言った。

ミス・ウィリスはすすり泣いていた。しかしダンストンと同じように、彼女もやらないわけにはいかなかった。三人の女性は、隣の部屋に行った。戻ってくるまで、重苦しい沈黙が続いた。彼女たちは、頭を横に振っていた。思考機械はがっかりした様子だった。

「おや！」と、彼は突然叫んだ。「あれ、フレーザーさん」と、彼は言いながら頭取に歩み寄り、立ち止まると一本のスカーフ・ピンを拾った。

「これはあなたのでしょう」と、彼は言った。「落ちるのが見えましたぞ」そして、この老人の身体検査をするかのような仕草をした。

「おや、私も調べねばならないというのかね？」と頭取は驚いてたじろぎながら言った。「私は――頭取だぞ」

「他の全員はあなたの目の前で身体検査をされたのだから、あなたも皆の目の前でやるのがよろしい」と、思考機械は辛辣に言った。

「しかし――しかし――」頭取は口ごもった。

「心配ごとでもあるのかね？」と、科学者は問いただした。

「いや、そんなことはない」と、慌てて答えた。「しかしそれは――異常だろう」

「これが最良の方法だ」と、思考機械は言い、銀行家が逃げ出す前に、彼の細い指が胸ポケットの中をさぐった。そしてさっと札束を取り出した。百ドル札が百枚、すなわち一万ドルあった。そこには出納係の頭文字「ＰＤ」と、「ＯＫ――ＲＷ」の文字が書かれていた。

「なんということだ！」と、真っ青になったフレーザー氏は叫んだ。

「いやはや！、いやはや！」と、思考機械は繰り返した。彼は札束の匂いを、まるで猟犬のように一生懸命かいでいた。

4[44]

フレーザー頭取は危険な状態だったので、[45]自宅に帰された。老齢だったので、[46]この衝撃に耐えられなかったのだ。わけのわからない言葉を、怒鳴ったりつぶやいたりしていた。目を見開き、ずっとおびえるようにあたりを見回していた。[47]フレーザー頭取を帰らせてから、思考機械とウェストが相談をした。その結果、緊急の取締役会が開かれた。会議には、命令によりウェストも臨時で参加をした。[48]警察にはもちろんこのことは報告されたが、[49]逮捕はできなかった。

思考機械が銀行から帰ると、彼の命令で[50]調査をしていたハッチがすぐにやってきた。科学者は銀行から自宅に戻ったのだ。ヴァン・デューセン教授は蒸留器に屈み込み、何やら実験で忙しそうだった。[51]

「で？」と、彼は見上げながら訊いた。

「ウェストは本当のことを言っていました」と、ハッチは報告を始めた。「彼も家族の誰も、香水を使っていません。外にはほとんど知り合いはいません。毎日同じ習慣を守っていますが、かなりの財産を持っているようです」

「銀行の給料はいくらだ？」と、思考機械は訊いた。

「年に一万五千ドルです」と、記者は答えた。「しかし、彼はかなりの財産家です。まるで百万長者のような暮らしぶりです」

「年に一万五千ドルの収入では、そんなことはできん」と、科学者はつぶやいた。「遺産でも相続したのか？」

「いいえ」というのがその答えだった。「銀行の平行員として勤め始め、努力のおかげだそうです」

「それはおもしろい」と、思考機械は言った。「年に一万五千の給料では、そんな財産を築けるはずがない。さて、ハッチ君、彼の仕事関係についてすべてを調べてくれたまえ。特に収入源について知りたい。最近巨額の金を借りたり受け取ったりしていないかどうかもだ。もし受け取っていたのなら、それをどうしたかも調べてくれ。彼本人は、そんな大金を手に入れようとなどしていないと言っていたが、もしかしたら本当のことなのかもしれん」

「はい。それからミス・クラークですが――」

「うむ、何かわかったか？」と、思考機械は訊いた。

「彼女は、高級住宅街の女性専用下宿の小さな部屋に住んでいます」と、新聞記者は説明した。「そこを訪れる、友人と呼べるような存在はいません。しかしときどき夜間に外出して、帰りが遅くなっています」

「香水は？」と、科学者は訊いた。[52]

「彼女は香水を使うと家政婦は教えてくれましたが、どんな種類かは覚えていませんでした。なにしろ、その下宿屋にはたくさんの若い女性が住んでいるもので。そこで僕は、彼女の部屋を見せてもらいました。そこには、香水はありませんでした。彼女の部屋はかなり乱雑で、家政婦はとても驚いている様子でした。彼女によると、九時ごろにきちんとかたづけたそうです。僕が行ったのは二時でした」

「どのように乱雑だったのかね？」と、科学者は訊いた。

「長椅子のカバーが斜めにずれていて、枕が転がり落ちていましたっけ」と、新聞記者は答えた。「そのほかは気がつきませんでした」

　思考機械は黙り込んだ。

「銀行ではなにが起きたんですか？」と、ハッチは訊いた。

　科学者は簡潔に身体検査までの顛末、身体検査の様子、そして驚くべき結果を話した。記者は口笛を鳴らした。

「フレーザーが関係しているとお思いですか？」

「出かけて、ウエストに関する調査を続行するのだ」と、思考機械はあいまいにごまかした。「今夜また戻ってきなさい。何時でもかまわん」

「しかし、誰が犯罪を犯したんでしょう？」と、新聞記者は諦めなかった。

「君が戻ってきたときに、教えてやれるだろう」

　しばらく、思考機械は銀行強盗事件を忘れているかのように、小さな実験室で忙しくしていた。電話の呼び鈴が鳴って、仕事の手を止めた。

「もしもし」と、彼は言った。「ああ、ヴァン・デューセンだ。いいや、今は銀行へは行けない。なんだと？　おお、消えたですと？　いつ？　それは気の毒に！　フレーザー氏はいかがかな？　まだ意識不明？　まことに気の毒に！　では明日」

　科学者はずっと繊細な化学実験に没頭していたが、夜八時過ぎに家政婦兼メイドのマーサが入ってきた。

「教授」と、彼女が伝えた。「女性のお客様です」

「名前は？」と、振り返りもせずに言った。

「おっしゃろうとしません」

「ちょっと待て」[53]

　彼はしかかっていた実験を終え、小さな実験室から、居間へ通じる廊下へ出た。彼は、ちょっと鼻をひくつかせた。居間のドアの前で立ち止まり、中を覗き見た。そこには名無しの訪問客が彼を待っているはずだった。一人の女性が立ち上がり、こちらにやってきた。[54]ミス・クラークだった。

「こんばんは」と、彼は言った。「やはりあなただったか」

　ミス・クラークは少し驚いた様子だった。しかし何も言わなかった。

「実は、お伝えしたいことがあるのです」と、彼女は低い声で言った。「あの恐ろしい事件で、心がはりさけそうです。まさか、フレーザーさんがあんなことになるなんて。私は数カ月間、ずっと一緒に働いてきましたけれども、今回の事件に関係しているなんて信じられません。でも、あの方が巨額のお金を必要としていたことを知っているのです。九万ドルです。あの方の個人資産が危機に瀕しているからです。ある不動産の権利処理で間違いがあったとおっしゃっていました」

「ほう、なるほど」と、思考機械は言った。

「そのお金が用意できるかどうかは、私は知りません」と、彼女は続けた。「ただあの方が――その――あんなことは――」

「銀行から金を盗むということだね」と、科学者は辛辣に言った。「ミス・クラーク、ダンストン君とつき合っているのか？」

いきなりの質問に、娘は▼真っ赤になった▲55。

「知りません――」と、彼女は言いかけた。

「君が知るかどうかは関係なく、あの男を強盗容疑で逮捕して牢獄にぶち込むことはできる」

娘は恐怖で目を見開いて教授を見つめ、息を呑んだ。

「いえ、だめ、だめです」と、彼女は慌てた。「あの人は全然関係ないんです」

「彼は君に惚れておるのだろう？」と、彼は再び質問した。

間があいた。

「そうだと思います」と、彼女はようやく言った。「でも――」

「君のほうは？」

娘はきっとした表情になった。その目を見て、科学者には答えがわかった。▼56
「なるほど」と、彼はあいかわらずの厳しい口調で言った。

「君たちは結婚するつもりなのか？」

「できればいいんですけど――でも無理です」と、彼女は突然あえいだ。「だめ、だめ」と、言い切る。「だめです」

彼女は混乱から次第に回復した。一方科学者は、彼女を興味深げにじっと見つめていた。

「君はなにか情報を持ってきたと言っていたが？」と、彼は訊いた。

「その――そうです」と、彼女は口ごもった。そして冷静さを取り戻して、「はい、ここに来たのは、先生がフレーザーさんのポケットから発見した一万ドルの札束が、またなくなったことをご報告するためです」

「なるほど」と、何の驚きの色も見せずに彼は言った。

「銀行では、あの方がどうにかしてまた手にして、自宅に持って帰ったと思っていたのですが、どんなに探しても見つからないのです」

「ふむ、それで他には？」

　娘は長いため息をついて、決心を固めたように科学者の目をじっと見つめた。

「ここに来たのは、[57]銀行で強盗をした男の名前をお知らせするためでもあるんです」

5[58]

　思考機械がびっくりしたり食いついてきたりすることをミス・クラークが期待していたのなら、がっかりしたに違いない。そんな態度をみせなかったどころか、彼女に見向きもしなかったからだ。そのかわり、精彩を欠いた目つきで彼方を見つめていた。

「それで？」と、彼は訊いた。「なるほど。最初から話してごらんなさい」

　育ちのよさをうかがわせるようなおどおどした態度で、娘は話し始めた。ときどき、その唇を恐怖で震わせていた。

「私は七年間、速記者やタイピストとして働いています」と、彼女は言った。「その間、勤めていたのは四カ所だけでした。最初はニューヨークの法律事務所で、孤児だった私はここで自立しました。二番目もニューヨークで、製造業関係でした。そこを三年前に辞職して、ウィリアム・T・ランキンさんの個人秘書になりました。コネチカット州ハートフォードにある――ナショナル銀行の頭取です。そこからボストンに移り、そしてラルストン銀行でフレーザーさんの個人秘書になりました。ハートフォードの銀行を辞めたのは、銀行強盗事件のあと、それが原因で倒産してしまったからです」

　思考機械は、彼女にさっと視線を移した。

「新聞記事でご存知だと思いますけど――」と、彼女は話を続けた。

「私は新聞など読んだことはない」と、彼は言った。

「まあ、ともかく」と、口を挟まれたのにむっとした様子で、「今回と同じような銀行破綻だったんです。盗まれたのは七千ドルだけだったのですが、小さな銀行だったので、私が勤務しはじめてからまだ六カ月でしたが、あっという間に破産してしまいました」

「ラルストン・ナショナル銀行にはどれくらいいるのかね？」

「九カ月です」というのがその答えだった。

「他の仕事についているとき、貯金はできたかな？」

「いえ、お給料は大したものではありませんでしたから――大して貯められません」

「ハートフォード銀行を辞めてから、現在の仕事につくまでの二年間、どうやって暮らしをたてていたのだ？」[59]

　娘はいささか返答につまった。

「お友達の援助を受けていました」と、ようやく答えた。

「先を進めて」

「ハートフォードの銀行には」と、彼女は目にいささか怒りの色を浮かべながら続けた。「それほど大きくはありませんが、ラルストン銀行のと同じような金庫がありました。それが、今回と同じ方法で、爆破されたのです」[60]

「ほう、なるほど」と、科学者は言った。「そのとき逮捕された人間、その男の名前を言うというのかね？」

「はい」と、娘は言った。「玄人の銀行強盗です。ウィリアム・ディニーンという男が強盗容疑で逮捕され、自白しました。その後脱獄しました。[61]逮捕後、どんな型の金庫でも爆破できると自慢をしていたそうです。爆薬をしかけるための穴を開けるのに、自分の発明を使っていました。前回の金庫でも今回も、その穴に気づきました。この二つは、まったく同じでした」

　思考機械は彼女をじっと睨みつけた。

「どうしてそれを私に教えることにしたのかね？」と、訊いた。

「だって、あなたが銀行の捜査をしているからです」と、間を置かずに彼女は答えた。「それに、警察に言ったらひどいことになってしまうんじゃないかと、心配なんです」

「もしこのウィリアム・ディニーンが逃亡中なら、そいつの犯行だと信じているのかね？」

「間違いないと思います」

「ありがとう」と、思考機械は言った。

　ミス・クラークは帰っていった。その夜遅く、ハッチがやってきた。くたくたに疲れた様子だったが、嬉しそうで、その目は満足気だった。一時間ほど、話をした。最後には、思考機械も同じくらい満足したようだった。

「もうひとつ」と、彼は結論として言った。「警察に、銀行強盗ウィリアム・ディニーンとその仲間を捜索するよう告げてくれ。彼らについては、ハートフォードの銀行強盗関連の新聞記事でわかるだろう」

　新聞記者は頷いた。

「フレーザー氏が回復したら、ここでささやかなパーティを開きたい」と、科学者は続けた。「びっくりパーティにするつもりだ[62]」

　二日経った。警察は、できるところから懸命に捜査をしていた。思考機械は、フレーザー氏の病状が好転したという連絡を受けた。[63]すぐに彼はマロリー刑事を呼び、長いあいだ話をしていた。刑事は、口髭《くちひげ》を引っぱりつつにやにやしながら、帰っていった。彼は特別任務で、三人の部下とともにその日の午後、警察の捜査陣から姿を消した。[64]

　その晩、ささやかな「パーティ」が思考機械のアパートメントで開かれた。フレーザー頭取が最初に到着した。彼は青白く弱っていた。しかし、待ちきれないという様子だった。続いてウエスト、ダンストン、ミス・クラーク、ミス・ウィリス、そしてチャールズ・バートンという、最近ミス・ウィリスとの婚約を発表した行員もやってきた。

　一同が集まって、どうしたものかとお互い視線を交わしていた。すると、思考機械が両手をこすりつけながら姿を現わした。彼の後ろから、ハッチが粗末な手提げかばんを持って続いた。新聞記者は、我慢しようとがんばっているのだけれども、どうしても得意そうな表情が浮かんでしまっていた。軽く挨拶が交わされると、科学者が話を始めた。

「単刀直入に言えば」と、彼は切り出した。「ラルストン銀行の行員が玄人の銀行強盗ではないというのは、当然である。しかし、あの強盗事件に責任があり、計画をし、犯行の手助けをし、盗まれた金を山分けした人間は、今この部屋にいる」

一同は驚いた。しかし言葉にはならず、表情に出ただけだった。

「さらにお知らせしておこう」と、科学者は続けた。「私がいいと言うまで、誰もここから出ることを許さない」

「許さないだって？」と、ダンストンは言い返した。「僕たちは囚人じゃない」

「私が話を終えれば、出てもいいのだ」という答えが返ってきて、ダンストンはたじたじとなって引き下がった。彼は、他の人々の顔をきょろきょろと盗み見た。皆もきまり悪げに見返していた。

「強盗事件における事実関係は、ご存知の通りである」と、思考機械は続けた。「金庫が爆破され、多額の現金が強奪された。そして、ウェスト氏のハンカチが金庫の近くで発見された。さて、私が知ったことをお伝えしよう。まずはフレーザー頭取についてだ」

「フレーザー頭取は誰にも増して不利な直接証拠がある。なにしろ、ポケットの中から盗まれた札束、それも一万ドルもの大金が発見されたのだ。フレーザー氏は、この事件の前に九万ドルが必要だった[65]」

「しかし――」と、老人は死にそうな顔をして言いかけた。

「ご心配なく」と、科学者は言った。「次はミス・ウィリスだ」興味津々の視線が、彼女に集まった。彼女もさっと真っ青になった。「彼女を指す証拠は、それほど直接的というわけではない。ミス・ウィリスは、他の二人が身体検査に同意して追い詰められるまで、なぜかとても検査を嫌がっていた。実際は、事件に関係するようなものは何も見つからなかったにもかかわらず。しかし、彼女が拒絶をしたのは事実だ[66]」

「そして、チャールズ・バートンだ」と、容赦ない声は続いた。まるで、数学の問題を論じているかのように冷静沈着だった。「バートンは、ミス・ウィリスと婚約している。彼は野心的な男だ。最近、株式投資で二万ドルの損失を出した――全財産だ。彼はこの、身体検査を拒否した娘と所帯を持つ金が必要だった」

「次はミス・クラーク、フレーザー氏の秘書だ。そもそも彼女を考慮にいれた理由は、香水を使っていたということだ。ウェスト氏のハンカチに、かすかな香水の香りがしていたのだ。さて、ミス・クラークが数年にわたってスミレの香水を使っていたのは事実だ。そして強盗事件の翌日から、スミレの香りを打ち消すほど強いバラの香水を突然使い始めた。[67]さらに言えば、しばらく前に彼女が今回と同じ方法で強盗に入られた銀行に勤務していたということに、言及してよかろう」

ミス・クラークは冷静な顔で座っているようだったが、にこりともしなかった。実際には、真っ青になっていた。思考機械は彼女をちらりと見やると、今度はさっとウェスト支配人のほうを向いた。

「こちらの男性のハンカチが発見されたのだが、彼は香水を使わない。使ったこともない。犯人が銀行に侵入した自室の窓の鍵を開けたままにするのは、彼ならばたやすいことだ。鉄格子を花崗岩にはめてあるところに化学薬品を流し込み、花崗岩をもろくして取り外せるようにするのだが、一番それをしやすいのは彼だ。それから、彼は私に誤った情報を流した。彼は私に、巨額の現金が入ったことも、そんな予定もないと言っていた。しかし、強盗があった翌日、彼は十二万五千ドルの現金をシカゴの銀行に預けた。盗難額は十二万九千ドルだ。そうだろう」

全員の目が、今度は支配人に集中した。喋ろうとしても言葉にならない様子で、どさりと椅子に腰を下ろした。

「そして、最後はダンストンだ」と、思考機械は話を再開し、芝居がかった仕草で出納係を指さした。「彼もウェスト氏と同様に、それだけの現金が銀行にあることを知っていた。彼は最初身体検査を拒んだし、さきほどの態度も見ての通りだ。彼この男からは今も、ハンカチのスミレの香水と同じ匂いがただよっている——似ているなどというのではなく、まったく同じ香りだ」

沈黙が支配した。おどろくほど長く沈黙が続いた。もう誰も、他人を盗み見ようなどとはしなくなった。新聞記者は緊張を覚えた。ようやく、思考機械が再び口を開いた。

「さきほど言ったように、強盗事件を計画し、実行した人間が、この部屋にいる。もしその人物が今名乗り出て自白するならば、投獄される年月も、大いに違ってくるだろう」

また沈黙が続いた。すると、ドアをノックする音が聞こえた。マーサが頭を突っ込んだ。

「二人の紳士と四人のおまわりさんがいらっしゃいました」と、彼女は告げた。

「実際に金庫を爆破した犯人の共犯者よ」と、科学者は芝居がかった調子で言った。「もう一度言う。犯人は自首をしないのか？」

誰も身動きひとつしなかった。

6

しばらく緊張が続いた。ダンストンが口火を切った。

「こんなのははったりだ」と、彼は言った。「僕たちはいろいろ言われたけれども、いくらだって説明や弁解ができるでしょう、フレーザーさん。特に、ミス・クラークとミス・ウィリスはそうだ」と、思いついたように言い足した。「これは侮辱だ。なんにもなりやしない。僕はミス・クラークに結婚を申し込んでいる。だから、彼女の代弁をする権利がある。謝罪を要求するぞ」

　自分の怒りに駆られたのと、ミス・クラークの苦痛に満ちた訴えるような表情のせいで、青年は思考機械に食ってかかった。二人の銀行幹部の顔には、当惑の色が浮かんだ。

「説明が必要だというのかね？」と、思考機械は静かに言った。

「そうだ」と、青年は喚いた。

「よろしい」と、厳かな答えが帰ってきた。立ち止まっていた科学者は、部屋を横切り、扉に近づいた。彼は、外の誰かに何かを言うと、また戻ってきた。

「もう一度自白の機会を与えよう」と彼は言った。「そうすれば監獄にいる時間が短くなる」誰に言うともなしに、全員に向かって「金庫を爆破した二人が、これからこの部屋に入ってくる。彼らが姿を現わしたら、もう手遅れだ」▼69

　驚きの視線が見交わされた。しかし、誰も身動きしなかった。すると、ドアをノックする音がした。思考機械は黙ったまま、どうだと言わんばかりに一同を見回した。それでも沈黙が続いた。ついに彼はドアを開けた。三人の制服警官とマロリー刑事が、二人の囚人を連れてきた。

「彼らが、金庫を爆破した犯人だ」と、思考機械は囚人を指さしながら説明した。「彼らを見知っている人間はいるか？」

　誰もが口を閉ざしたまま、知らぬふりをしていた。

「この部屋に、知っている人間はいるのか？」と、囚人に訊いた。

　一人は軽く笑うと、もう一人に何かを言った。その男は笑った。思考機械は苛立《いらだ》ち、再び口を開いたときには、辛辣さを増していた。

「この部屋にいる諸君のうち一人は、これら二人はフランク・セラーノとギュスターヴ・マイヤーだと言えば、思い出すだろう。マイヤーは、あの悪名高い銀行強盗ウィリアム・ディニーンの弟子で元共犯者だ。もう牢屋にたたき込んでよかろう」と、彼はマロリー刑事に言った。「いずれ自白することだろうよ」

「自白だと！」▼70と、二人のうちの一人が言い、揃って笑い声をあげた。

　囚人どもは連行されていき、マロリー刑事は分析の知恵者の前に戻ってきた。もっとも、彼はそのような言葉で形容されたことはなかったが。そして、思考機械は最初から語り始めた。

「私はこの事件の発生数時間後から、フレーザー頭取の依頼により、解明の光を投げかけるべく調査を開始した。彼はかつて私にとてもよくしてくれたことがあったので、銀行に行った——そこで諸君全員に会った——建物を調査し、どのようにして犯人が中に侵入したのか、金庫の場所や、ハンカチが発見された場所を観察した。私には、このハンカチは強盗時にあそこに置かれたものだというのがはっきりとわかった。

銀行内に通風口があるかどうかを訊ねたからだ。銀行内の別の場所で落としたハンカチが、そこを通じて飛んできて、犯人がそれを知らずに爆破をしたのではないかという考えからだ。しかし、通風口はなかった」

「次に私は、そのハンカチを要求した。フレーザー氏は私に、頭取室で見るよう促した。そのとき、一人の女性の姿が見えた。ミス・クラークが中にいたので、入るのをやめた。その代わり、外でハンカチを調べることにした。私がそうした理由は、君にはわからんだろう。ハンカチに香水がついていた可能性があるからなのだ。そして、頭取室内にいた女性も香水をつけているかもしれなかったからだ。匂いが入り混じるのは、避けたかったのだ。ミス・クラークは、私がやってきたときには、銀行にはいなかった。昼食に出かけていた」

「私はハンカチを受け取ってすぐに、香水、それもスミレの香水の香りがするのに気がついた。香水は実に多くの女性が使うが、男ではほとんどいない。そこで、この銀行には何人の女性が働いているのかを質問した。三人だった。私はこの香りのするハンカチをハッチ君に渡し、自分のハンカチで手についた香りを拭い去り、これもハッチ君に渡した。おかげで、私はすべての香りを取り去ることができた」

「そして、銀行中のすべての人間と会話を交わした。すぐ近くに立ち、もし香水を使っていればすぐにわかるようにした。ミス・クラークは、最初に見つけた香水を使っている人だった。しかし彼女が使っていたのは、強いバラの香りのものだった。そしてつぎつぎに調べていき、ダンストン氏に行きついた。話しているあいだに彼がハンカチを取り出したのだが、そのハンカチにまったく同じ香りがついていたことに、私は気がついた」

　ダンストンは少し驚いた様子だったが、何も言わなかった。そのかわり、彼はミス・クラークをちらりと見やった。彼女は座ったまま、話に耳を傾けていた。彼女の表情を読み取ることはできなかった。

「ここまでやって」と、思考機械は続けた。「われわれはウエストの支配人室へ入った。そこが強盗の侵入口だということは、知っていた。強力な化学溶液を鉄格子の差し込み穴の周囲にたらして花崗岩を軟化させたということがわかった。これによって、チョークのような硬さになってしまうのだ。さらに、あの部屋でどんなに大きな騒音をたてても、外の銀行店内にまったく聞こえないかどうか実験をするべく、重い椅子を倒してみた。そして、外を見た。誰も身動きひとつせず、振り向きもしなかった。つまり、誰も騒音を聞いていなかったということだ」▼71

「ここで私はフレーザー頭取とウエスト氏に、どうして銀行内の人物と犯人に関係があると考えているのか、ということを説明した。理由は、ハンカチの香りだ。彼らにした詳しい説明をまた繰り返しても退屈だろう。私はハッチ君を調査にやった。まず、ミス・クラークがバラではなくスミレの香水をかつて使っていたことがあるかどうかを、そして、さらに、ウェスト氏の家族の誰かが香水を、特にスミレの香水を使っているかどうかをだ。ダンストン氏が使っているのは、わかっていた」

「そして私はフレーザー氏に、巨額の現金が必要になったことはないかと質問した。彼は真実を話した。しかし、ウェスト氏にも同様の質問をしたのに、彼は真実を語ってくれなかった。その理由はすでにわかっている。彼は銀行の支配人として、株式取引を行なってはいけなかったのに、それをして財産を築いていたのだ。彼はそのことをフレーザー氏に知られたくなかったので、わざと嘘をついたのだ」

「そして、身体検査をした。現金が見つかるだろうと予想はしていたが、予想以上だった。ミス・ウィリスは反対した。ダンストン氏も反対し、ミス・クラークは失神してフレーザー氏に抱きかかえられた。私は、それぞれの理由をちゃんとわかっている。ダンストンが反対したのは、自惚《うぬぼ》れが強い青年だからだ。そして、若さとはすなわち愚かさなのだ。彼はこれを侮辱とみなした。ミス・ウィリスが反対したのも、プライドが高いせいだった」

思考機械はここで一息入れた。両手を頭の後ろで組み合わせ、椅子にのびのびとよりかかった。

「続きを申し上げてもよろしいかね？」と、彼は訊いた。

「それとも、君から話すかね？」

その部屋にいた全員が、これは犯人に投げかけられた言葉だとわかった。それはどの人物、誰のことだろう？　何の答えも返ってこなかった。そしてしばらくすると、思考機械はとても静かな語り口で、続きを始めた。[72]

「ミス・クラークはフレーザー氏の腕の中で気絶した。しなだれかかり、彼が頭をなでて落ち着かせようとしているすきに、シャツの胸から一万ドルの札束を取り出して、フレーザー氏の上着の内ポケットに忍び込ませたのだ」

死んだようにその場は静まり返った。

「そんなの嘘よ！」と、娘は金切り声をあげた。そして立ち上がり、怒りで顔を歪《ゆが》めた。「嘘だったら！」

ダンストンも立ち上がり、慌てて彼女に歩み寄った。彼女を抱きかかえて、思考機械を睨みつけた。しかし、身じろぎもしなかった。ダンストンは何も言わなかった。何も言うべきことがなかったからだ。[73]

「フレーザー氏の上着の内ポケットに入れた」と、思考機械は繰り返した。「彼女が腕をひっこめたとき、頭取のスカーフ・ピンが袖のレースにひっかかった。私はそれを目撃した。彼女が上着の内ポケットに手を突っ込まない限り、ピンが袖にからまることは絶対にない。この大金を、犯罪の彼女の分け前を渡してしまったので、身体検査を了承したのだ」

「嘘よ！」と、娘は再び喚いた。しかし、彼女の声音と身ぶり手ぶりが、本当だということを示していた。ダンストンは彼女の目を恐ろしげに見つめ、[74]腕をだらりと下げた。それでも、彼は何も言わなかった。

「もちろん、何も発見されなかった」と、静かな声は続いた。

「フレーザー氏のポケットから札束を発見した私は、その香りをかいだ――匂いがないかどうか、確かめたのだ。そのときは、スミレの香水ではなく、バラの香水の香りがした。それに私は気づいたのだ」[75]

　怒りと反抗的な色をその顔に浮かべていた娘は、両手で顔を覆うと、激しく泣き出した。それは自白そのものだった。ダンストンは彼女のそばに、なすすべもなく立ち尽くしていた。ようやく彼はゆっくりと手を伸ばし、彼女の髪をなでた。

「どうか続けてください」と、彼はヴァン・デューセン教授に、弱々しい声で言った。彼は娘と同じくらいに苦しんでいた。

「これらの事実は重要だが、決定的ではない」と、思考機械は言った。「そして次にだが、ハッチ君の協力で、私はさらにミス・クラークの証拠固めをした。あの日、彼女が昼食に出かけたときに、強いバラの香水を買ったことがわかった。そしていつもの習慣を破り、帰宅した。彼女は部屋で、ふんだんにその香水をふりまいた。そしてダンストン君、君が彼女に贈ったスミレの香水の大瓶を処分した。それに部屋の模様替え、特に長椅子を移動させたと思われる。このことから考えると、彼女は朝出勤したときには、現金を持っていなかった。長椅子の中に隠していたのだ。しかし、発見される恐れが出てきたので、あわてて家に戻って回収した。それをシャツの下に隠したのだが、身体検査のときもそのままだった、その通りだな、ミス・クラーク？」

　娘は頷いた。哀れみを誘うような、涙だらけの顔を上げた。

「あの晩、ミス・クラークは私の家にやってきた。一万ドルの札束がまた行方不明になったことを報告しにきたというのが、口実だった。それはすでに、電話で報告を受けて知っていた。それに、彼女がその金を盗んで身につけているということもわかっていた。今もそうだ。出してくれるかな？[76]」[77]

　何も言わずに、娘は一万ドルの札束を取り出した。マロリー刑事が受け取り、驚いたような顔をして手にしていたが、思考機械に渡した。彼はその匂いをかいだ。

「強いバラの香水の香りだ」と、彼は言った。そして「ミス・クラークはさらに私に、今回とまったく同じ強盗事件が起きた銀行にかつて勤めていたが、その犯人のウィリアム・ディニーンが今回の事件にも関係しているだろうということを述べた。ハッチ君の調べで、ディニーンの仲間二人がケンブリッジに住んでいることがわかった。彼らの部屋を発見して、調査し、さらにその住所を警察に通報した」

「さて、どうしてミス・クラークはそんなことを私に告げたのだろうか？　あらゆる角度から私は考察した。彼女は、犯人逮捕に協力することで潔白と思われようとした、もしくは容疑を別の方向にそらそうとしたのだろうか。それまでにわかっていることから推察して、私の結論は、ダンストン君、君から容疑をそらそうとし、おそらく彼女自身からもそらそうとしたのだということだった。ディニーンは獄中にいる。今回の強盗事件の、三カ月も前からだ。おそらく彼女は、そのことを知っていたはずだ。彼の仲間は、別室にいるあの二人だ。彼らはハートフォード銀行強盗事件でディニーンを手助けした。ミス・クラークもその仲間だった。彼らは、ラルストン・ナショナル銀行にも、彼女の手助けを得て犯行に及んだ。ハートフォード銀行強盗事件からフレーザー氏の秘書になるまでの二年間は働いていなかったと言ったが、それは盗んだ金を山分けしたから働く必要がなかったと、私に白状してしまったようなものだった」[78]

　間があいた。ミス・クラークは座って泣いていた。ダンストンはその近くに立って、じっと自分の靴のつま先を見つめていた。しばらくして、ようやく娘は平静を取りもどした。

「ミス・クラーク、何か言うことはあるかね？」と、思考機械は訊いた。その声は優しく、慇懃《いんぎん》といってもいいほどだった。

「ありません」と、彼女は言った。「すべて、その通りです。何も隠すことはありません。わたしは銀行に入りました。ハートフォードの銀行のときと同じです。隣の部屋にいる男たちの助けを借りて、強盗をするためです。わたしたちはもう、何年も仲間でした。わたしが、今回の強盗を計画しました。ウエストさんの部屋の窓の鉄格子に薬をかける機会も、やり方の知識も、わたしにはそろっていました。そしてゆっくり花崗岩を溶かして、鉄格子が抜けるようにしました。それには何週間もかかりましたけれど、フレーザーさんの頭取室からあの部屋に行くのは簡単でした」

「窓の鍵を開けたままにしておく機会もあり、実際そうしました。わたしは男性の洋服を着て、あの二人と一緒に銀行に行きました。鉄格子を二本外して窓から忍び込みました。そして夜警を襲って縛り上げました。[79]ウエストさんのハンカチは、一カ月ほど前の午後に銀行内で拾って、家に持って帰っていたものです。わたしの品物と一緒に引き出しに入れていたので、香水の香りが移ってしまったのです。あの晩わたしたちが銀行に行くときに、何か首に巻くものが必要だったので、それを使いました。でも、銀行の店内で落としてしまいました。わたしは夜に彼らと会って、詳細を詰めました」[80]

　彼女は口をつぐみ、ダンストンを見つめた。長いことじっと見つめていた。すると、彼に血色が戻ってきた。それは懇願ではなかった。しかし、この女性への、絶望の入り混じった愛情なのは間違いなかった。

「わたしは、しばらくしたら銀行を辞めるつもりでした」と、彼女は続けた。「直後ではありません。だって、そんなことをしたらあやしまれてしまいますから。数週間後のつもりでした。そして、この人とは二度と会うつもりはありませんでした」彼女はダンストンを指さした。

「どうして」と、彼は訊いた。

「だって、あなたのことを心から愛していたから」と、彼女は答えた。「でも、私はそれにふさわしくない女だから。それから理由はもうひとつあるの――わたしはすでに結婚しているの。あのギュスターヴ・マイヤーというのが、わたしの夫よ」

彼女は口をつぐみ、首に巻いているヴェールをしきりといじった。部屋は沈黙に包まれた。思考機械は背後に腕を伸ばし、誰も気がついていなかったみすぼらしい手提げ鞄《かばん》に手をやった。

「何か質問はありますか？」と、娘はようやく言った。

「何もない」と、思考機械は答えた。

「それから、ダンストンさん、わたしが本当にあなたのことを愛していたということだけは、どうか信じてくださるわよね？」と、彼女は懇願した。▼81
「ああ神様！」と、彼は感情を爆発させた。

「気をつけろ！」と、思考機械は叫んだ。

彼女の手が帽子に伸び、何かを引き抜くと、閃光がその胸へと光るのが見えたのだ。しかし遅すぎた。彼女は太いハット・ピンを深々と胸に突き刺し、心臓を貫いた。彼女は愛する男性の腕の中で息を引き取った。その顔は涙で濡れていた。

マロリー刑事は、別室の二人の囚人の前に現われた。

「ミス・クラークは自白したよ」と、彼は言った。

「畜生、あの女め！」と、マイヤーは喚いた。「いつかあいつは俺たちを売ると思っていたんだ。殺してやる！」

「もうその必要はない」と、マロリーは言った。

＊＊＊

娘の死体が横たわる部屋で、思考機械はみすぼらしい鞄を、フレーザー頭取とウェストのほうに足で押しやった。
▼82「金はここにある」と、彼は言った。
「どこで――どうやって取り戻したんですか？」

「ハッチ君に訊きたまえ」

「ヴァン・デューセン教授は僕に、あの男どもの部屋を探せと命じたんです。一番みすぼらしい鞄か、もしくは厳重に鍵をかけた立派なものを持ってこいと言われました。それで僕は、言われた通りにしただけです。こいつは、ベッドの下にありました。でも、▼83教授が開けるまで、何が入っているのか、僕は全然知らなかったんですよ」


底本は第一短篇集。「ボストン・アメリカン」紙初出との異同を以下に記す。
▼1　冒頭に中見出し「第一部」。
▼2　このあとに改行。
▼3　このあとに「どうしてあの老銀行家はいまだに現役を続けているのだろうと、ふと思った。他の人びともその疑問は抱いていた。頭取がやっているような仕事は、若手に任せればいいのにと、ダンストンは思った。もし頭取が引退したら世代交代が進んで、ダンストンも昇進できるはずだとあてこんでいたのかもしれない。（改行）」。
▼4　このあとに「これも古参行員の」。
▼5　このあとに、中見出し「十八個の包み」。

▼6　このあとに「ダンストンはただちに帰宅の準備を始めた。（改行）」。

▼7　このあとに「この大銀行が営業を終了して扉を閉めた後の、」。

▼8　このあとに「、ハリス」。

▼9　このあとに「そしてウェスト氏のもとへ直行した。」。

▼10　このあとに「手を伸ばせば、触れることもできただろう。（改行）」。

▼11　このあとに中見出し「大した額だ」。

▼12　このあとに「フレーザー氏から何か用事を言いつけられるかどうか、待っていたのだ。」。

▼13　このまえに「七年間もここに勤めていた」。

▼14　このあとに「たとえ回復したとしても、実際に何が起こったのかは、まったく思い出せないかもしれなかった。」。中見出し「唯一の手がかり」。

▼15　このあとに改行。

▼16　このあとに改行。

▼17　「第二部」。

▼18　このあとに改行。

▼19　このあとに「まさに銀行員たちの心配を表わしていた。」。

▼20　このあとに「警察や」。

▼21　このあとに「自分のイニシャルと洗濯屋の印がついている」。

▼22　このあとに改行。

▼23　このあとに「必要ならば、彼はこの事実を疑いの余地なく説明ができると心をこめて言った。」。

▼24　このあとに「ボストンで犯行を重ねていた」。

▼25　このあとに改行。

▼26　このあとに中見出し「思考機械」。

▼▲27　「彼が発明した、新しい高性能爆薬を」。

▼28　このあとに「。彼ならば、この事件をどうにかしてくれるだろう」。

▼29　このあとに「オーガスタス・S・F・X・ヴァン・デューセン教授、高名な科学者にして論理学者、哲学博士、法学博士、文学修士、医学博士などなど……人呼んで思考機械がやってきた。どうしてこう呼ばれているかというと、彼の素晴らしい頭脳の働きのおかげで、科学界だけでなく一般にも名声が鳴り響いているからである。（改行）」。

▼30　このあとに、「彼とは親しかっただけでなく、科学者はその洞察力から、誠実な男だと見抜いていたからだ。ハッチは電話で呼び出されると、即座に応じた。（改行）」。

▼31　このまえに「ウェストの目の前にいたのは、痩せて弱々しげな姿だけでなく、長年の研究のおかげで背中が曲がり、巨大な頭にはもじゃもじゃの長い黄色い髪の毛が乗っかっていた。とんでもなく分厚い眼鏡の向こうには、やぶにらみの目が苛立《いらだ》たしげにこちらを睨んでいた。さらにその指はほっそりとして神経質そうだった。全体の印象としては、グロテスクといってよかった。（改行）」。

▼32　このあとに「その声はいつも苛立たしげだった。」。

▼33　このあとに「というのが次の質問だった。」。

▼34　このあとに「フィリップ・」。

▼35　「第三部」。

▼36　このあとに中見出し「不可能などない」。

▼37　このあとに改行。

▼38　このあとの改行なし。

▼39　このあとに中見出し「銀行員を疑う」。

▼40　このまえに「香水を使っている人間で、あのハンカチを入手する機会があったのはどんな人物なのだろうか？」。

▼41　このあとに改行。

▼42　このあとに中見出し「身体検査始まる」。
▼43　このあとに中見出し「激怒」。
▼44　章番号なし。
▼45　このあとに「一時間後」。
▼46　このあとに「身体検査に対して文句を言ったあとに、彼のポケットから盗まれた現金の一部である一万ドルが発見された」。
▼47　このあとに改行。
▼48　このあとに「取締役会は彼に秘密を守るよう命じた。」。
▼49　このあとに「頭取の健康状態では」。
▼50　このあとに「ビーコン・ヒルにある」。
⧗51　「にしながら、記者の帰りを待っていた」。
▼52　このあとに中見出し「部屋が荒れていた」。
▼53　このあとに中見出し「女性の訪問」。
▼54　このあとに改行。
⧗55　「わずかに頰を赤らめた」。
▼56　このあとに「彼女は心から彼を愛しているのだ。」。
▼57　このあとに「ラルストン・ナショナル」。
▼58　章番号なし。
▼59　このあとに「と、思考機械はいきなり問いただした。」。
▼60　このあとに中見出し「玄人の仕事」。
⧗61　新聞初出にはない。
▼62　このあとに「。ところで彼の調子はどうだ?」／『きいていません』と、記者は答えた。」。
▼63　このあとに改行。
▼64　このあとに中見出し「びっくりパーティ」。
▼65　このあとに「。それは本日支払いを終えた」。
▼66　このあとに中見出し「株の損失」。
▼67　このあとに「』／『ミス・クラーク、君は身体検査のときに気を失ったのを覚えているかね。」。
▼68　章番号なし。
▼69　このあとに中見出し「二人の囚人が入ってくる」。
▼70　このあとに中見出し「香りに混乱」。
▼71　このあとに中見出し「現金発見の期待」。
▼72　このあとに中見出し「彼女の袖のピン」。
▼73　このあとに「他の人々も同じ気持ちだった。」。
▼74　このあとに「彼女の肩から」。
▼75　このあとに中見出し「金を家に残す」。
▼76　このあとに「、ミス・クラーク」。
▼77　このあとに中見出し「一万ドルが出てきた」。
▼78　このあとに中見出し「強盗の仲間だった」。
⧗79　「鉄格子を外して、窓から忍び込みました。誰もいませんでした。ハートフォードでしたのと同じように、わたしも実際に強盗に加わりました。あそこでは、まったく疑われることはありませんでした。そして、ディニーン以外誰も逮捕されませんでした」。
▼80　このあとに中見出し「結婚にふさわしくない」。
▼81　このあとに中見出し「彼の腕の中で死す」。
▼82　このまえに「残りの」。
▼83　このあとに「僕の目の前で」。

燃え上がる幽霊

The Flaming Phantom

1

　新聞記者のハッチンソン・ハッチは、[1]社会部長のデスクの脇に立って煙草をふかしながら、あの精力的な紳士が今こなしているいくつもの仕事を終えるのを、辛抱強く待っていた。社会部長というものは、いつだっていくつも仕事を抱えているものだ。なにしろ、世界の鼓動を数え続けるような仕事なのだから、忙しいのも当然だ。[2]ようやく社会部長は山ほどの仕事に区切りをつけて、奇妙な象形文字のように書き殴ってある一枚の原稿を手にとった。[3]

「幽霊の恐怖だって？」と、彼は訊いた。

「どうなんでしょうね」と、ハッチは微笑《ほほえ》んで答えた。「僕は出くわしたことはありませんから」

「ふむ、いい記事になりそうだ」と、社会部長は言った。「幽霊屋敷か。[4]誰も住めない、と。ありとあらゆる奇妙な出来事が起きる。悪魔のような哄笑《こうしょう》、うめき声などなど。屋敷の所有者はアーネスト・ウェストンという[5]仲買人か。[6]ちょっと行って覗いてきたほうがよさそうだな。見込みがありそうだ。日曜版の記事のために、一晩泊まり込んでみてはどうだ。怖くなんかないだろう？」

「幽霊に怪我をさせられたなんて話は聞いたことがありませんけど」と、ハッチは微笑を絶やさずに答えた。「こいつが僕に悪さをしたりしたら、それこそもっといい記事になるでしょう[7]」

　こうして、海辺の小さな町に最近起きた不気味な謎が、注目をあびるようになった。しかし、ここはそれまで、こんな恐ろしい話とはまったく無縁の場所だった。[8]

　二時間もしないうちに、ハッチは現地に到着した。ウェストン屋敷と呼ばれている古びた建物はすぐに見つかった。二階建てのしっかりした作りで、築六十年か七十年は経っているだろうか。海を見下ろす崖の上、十か十二エーカーはある土地の真ん中にあった。[9]遠くから見ると、いかにも堂々とした立派な建物だったが、近づいてよく見ると、少なくとも外側は、いささかくたびれていた。

　村の誰にも何も訊くこともなく、ハッチは古い屋敷に通じる急勾配の崖の道を登っていった。行けば取材の許可をくれる[10]誰かがいるだろうと思っていた。[11]しかし誰一人としていなかった。陰鬱で重苦しい雰囲気に包まれていた。すべての雨戸がぴしゃりと閉じられたままだった。

　玄関をいくらノックしても、何の答えも返ってはこなかった。窓の雨戸を揺さぶってみても、まったく一緒だった。次に彼は、屋敷の脇を通って裏手に出てみた。[12]そこにも扉があったので、礼儀正しくノックをしてみた。こちらでも答えはなかった。試しに手をかけてみると開いたので、中に入った。そこは台所だった。じめじめして薄ら寒く、雨戸が閉まっているために暗かった。

　この部屋をざっと見てから、彼はさらに食堂に通じる裏の廊下を進んだ。今は人っ子一人いないが、かつては快適で、美しく飾り付けられた場所だった。硬木の床は、埃《ほこり》で覆われていた。使われなくなったおかげで生じる、侘《わ》びしさが広がっていた。家具はなく、がらくたが積み重ねられているだけだった。

　食堂に入ったところから、ハッチはこの建物の内部構造がどうなっているのかを観察した。左側にあるドアは、執事準備室に通じていた。そこから通路が延びていて、三段下がると、さっき彼がいた台所に通じている。

　彼の真正面、二つの窓の真ん中の壁には、大きな鏡が飾られていた。高さは七フィート、いやおそらく八フィートはあっただろう。そして、その高さと釣り合いが取れるくらいの幅があった。同じ大きさの鏡が彼の左手、部屋の奥の壁にも飾ってあった。[13]彼は食堂から、上がアーチ型になっている大きな入り口を通って、隣の部屋に入った。このアーチ型の入り口のせいで、二つの部屋はほとんど一つであるかのように見えた。二つ目の部屋は、おそらく居間として使われていたのだろうと、彼は思った。しかし、ここにもごみが積み重ねられており、あとは古びた暖炉と二つの長い鏡があるだけだった。彼がそこに入ったとき、暖炉はすぐ左側に、大きな鏡のうちの一枚は真正面、そしてもう一枚は右側にあった。

　突き当たりの鏡の隣には、普通よりも少し大きめの通路があり、かつては滑り戸で閉じられていたようだ。ハッチはここを通りぬけ、古屋敷の客間に出た。[14]ここから右側に正面玄関ホールがあり、客間とはアーチ型の入り口でつながっていた。そのアーチ越しに、幅の広い昔ふうの階段が上に通じているのが見えた。左側には通常の大きさのドアがあったが、閉まっていた。彼はそれを開けてみた。覗き込んでみると、大きな部屋があった。この部屋は、かつて図書室だった。[15]蔵書と、湿った木の匂いがした。そこには何もなかった。鏡さえもなかった。[16]

　正面玄関ホールの向こうには、二つの部屋しかなかった。一つは応接間で、昔の人好みの広々とした空間だったが、金箔も曇り、すばらしい装飾も埃まみれになっていた。その向こう側、家の裏手のほうには、小さな居間があった。そこには何も目を引くものはなかった。[17]それから彼は二階に行った。階段を上りながら、アーチ型の向こうに、彼がさきほど閉めておいた客間から図書室に通じるドアが見えた。[18]

二階には[19]四、五組の寝室とそれに付随する部屋があった。[20]ここでも、化粧室と呼ばれる小さな部屋に、所有者の鏡愛好癖を垣間見ることができた。[21]部屋から部屋へと経巡り歩き、その平面図を頭の中に刻み込んだ。そしてあとで、心得のために紙に書いておいた。おかげで必要とあれば、真っ暗ななかでもこの屋敷の隅から隅まで、手に取るようにわかった。彼は、役に立つという確信はなかったが、同じようなことを一階でもしておいた。[22]

もう一度一階をざっと調べてから、ハッチは裏へ出て[23]納屋に向かった。[24]屋敷から二百フィートほど後ろに建っており、ずっと最近の建築だった。上のほうは外階段で上れるようになっていたが、召使い用の部屋になっていた。ハッチはそれらの部屋も見て回ったが、ここも数年にわたって誰も住んでいない様子だった。納屋の一階は半ダースほどの馬が飼えるようになっていて、三、四個の罠も置かれていた。

「とりたてておびえるようなものは、なにもないな」と彼は思い、古屋敷を離れて村へと戻った。午後三時になっていた。「幽霊」についてありとあらゆることを聞き出すのが目的だった。そして、夜になったら何らかの展開を期待して戻るつもりだった。[25]

よくある村の情報発信局を、彼は探し出した。つまり駐在のことだ。白髪の六十がらみの男だったが、警官としての職務を十分認識しており、老若男女の噂や情報はすべて彼のところに集まってきていたが、多少はねじ曲がってはいるかもしれない。

この老人は二時間も話をした――彼は喜んで話した――新聞記者に取材されるという、光栄な機会を待ちかねていたようだった。ハッチは、記事に使えそうないい話を聞き出すことができた。

駐在によると、ウェストン屋敷は、現在の所有者アーネスト・ウェストンの父親が亡くなって以来五年間空き家だそうだ。記者が来る二週間前、アーネスト・ウェストンが建築屋とやってきて、古屋敷を見て回ったという。[26]

「それで気づいたのだがね」と、駐在は重々しい口ぶりで言った。「ウェストンさんはもうすぐ結婚されるのではないかと思ったのだよ。そして、この屋敷を再び夏の別荘として使えるようにするのではないかということだ」

「誰と結婚するというのですか？」と、ハッチはこの特ダネに飛びついた。

「ミス・キャサリン・エヴァラード、ボストンの銀行家カーチス・エヴァラードの娘さんだ」というのが、その答えだった。「先代が亡くなる前に、彼女と一緒にここに来ていたのを知っておるよ。彼女がニューポートにやってきて以来、彼はずっと一緒にすごしているそうだ」

「へえ、なるほど」と、ハッチは言った。「二人は結婚してここに引っ越してくるんですか？」

「その通り」と、駐在は言った。「しかし、いつになるかはわからん。なにしろ、幽霊話が持ち上がってきたからのう」

「ええ、そうそう、幽霊ですねえ」と、ハッチは言った。

「ところで、改築作業は始まったんですか？」

「内部はまだだ。[27] 敷地の整備は行なわれた。おひさまが出ているうちだけの作業だが。大したことはない。全部仕上がるまでには、かなり時間がかかるのではないかな」

「ところで、その幽霊話ですが、どういったものなんでしょう？」

「うむ」老駐在は考え深げに顎をさすった。「いや、笑ってしまうようなものなのだがな。ウェストンさんがここにやってきてから数日後、職人たち、そのほとんどがイタリア人だったのだが、そいつらが作業をしにやってきて、屋敷に泊まることになった——野宿同然だがな。しかしそれも、物置小屋の雨漏りを直してそちらに宿泊できるようになるまでの我慢だ。[28] 連中はここに午後遅くにやってきて、その日はあまり仕事もせずに屋敷へと移動していった。全員が二階に行き、その晩泊まる準備をした。一時ごろ、彼らは一階から変な物音がするのに気づいた。そしてついには、うめいたりわめいたりの大騒ぎが聞こえてきた。彼らはもちろん下に降りていって、何が起きているのか確かめた」

「そして彼らは幽霊を目撃したのだ。それは客間でのことだったとある者は言い、別のある者は図書室だったと言った。しかし、とにかくそこにいた。全員が大慌てで飛び出して、その夜は外ですごした。翌日彼らは荷物をまとめると、ボストンに逃げ帰った。それ以来誰もやってこないし、何の連絡もない[29]」

「どういった種類の幽霊だったんです？」

「ああ、それは男の幽霊だった。およそ九フィートの背の高さで、頭の先からつま先まで、まるで燃え上がっているかのように輝いていた」と、駐在は言った。「そいつは手に長いナイフを持っており、それを彼らに向かって振り回していた。立ち止まって言葉を交わすこともできず、彼らは走って逃げた。走りながら、幽霊が笑い声を立てているのが聞こえた」
「駐在さんはかなり面白がってい

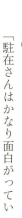

るな」というのが、ハッチの皮肉な感想だった。「この村の住人で、誰か幽霊を目撃した人はいないんですか？」

「いいや。彼らの言うことを信じたいとは思うがね」と、にやにやしながら答えた。「なにしろあそこには、それまで一度も幽霊なんて出たことはなかったからな。本官は毎日午後、あそこまで登っていって見回りをしておる。まったく異状はみられん。夜に行ったことはないが、巡回路からは外れておるから仕方がない」と、彼は慌ててつけ加えた。

「長いナイフを持った男の幽霊か」と、ハッチは考え込んだ。「まるで燃え上がっているように輝いている？　そいつはすごい。さて、要領がいい幽霊だったら、出るところは殺人現場と決まっているものだが。あの屋敷で殺人事件が起きたことはありませんか？」

「本官が小僧だったころ、殺人かなにかがあったように聞いたことはある。しかし、わしが思い出せないくらいだから、ここには誰も答えられる者はおらんだろう」と、老人は答えた。「ある冬のこと、ウエストン一家はいなかった。宝石やらダイヤモンドやらで何かがあったらしいが、詳しいことはよく覚えておらん」

「本当に？」と、記者は訊いた。

「ああ。誰かがたくさんの宝石を盗もうとしたらしいが――十万ドルもの価値があるらしい。誰もほとんどそんなことには関心がないな。本官が子供のころに聞いたことがあるだけだ。五十年以上も前のことだ」

「なるほど」と、記者は言った。

＊＊＊

その夜九時、真っ暗な闇の中、ハッチはウエストン屋敷に向かって崖を登っていた。一時になって、彼は丘を慌てて駆け下りてきた。何度も肩越しに後ろを振り返っていた。その顔はかつてない恐怖のために真っ青で、唇は灰色になっていた。[30]村のホテルの自室に入るなり、大胆不敵な青年ハッチンソン・ハッチは、震える手でランプを灯し、目を見開きながら、東から朝日が昇るまで座ったままでいた。

彼は燃え上がる幽霊を、その目で目撃したのだ。

2[31]

その日の朝十時、ハッチンソン・ハッチは[32]オーガスタス・S・F・X・ヴァン・デューセン教授、思考機械を訪問した。[33]記者の顔はまだ青いままで、ほとんど眠っていないことが窺《うかが》われた。[34]思考機械は分厚い眼鏡越しに彼をちらりと見ると、すとんと椅子に腰を下ろした。
「それで？」と、彼は訊いた。[35]
「まことにお恥ずかしい次第なんですが、教授」と、ハッチはしばらくしておずおずと口を開いた。「また謎が見つかったんです」

「座って、話してみなさい」

ハッチは科学者の向かいに座った。[36]

「僕は心底ぞっとしました」と、彼はおどおどした笑みを浮かべながらようやく言った。「すっかり怯《おび》えてしまったんです。何がこんなに僕を脅かしたのか、それが知りたくてやってきました」[37]

「いやはや！　いやはや！」と、思考機械は叫んだ。「何があったのだ？」

　ハッチは、幽霊屋敷について知る限りの話を語って聞かせた。[38]昼間どのようにして屋敷を調べたか、そこに何があったか、昔の殺人事件と宝石の話、そしてアーネスト・ウェストンが近く結婚するということ。科学者はじっと聞いていた。

「その晩九時に、僕は屋敷に二度目の訪問をしました」と、ハッチは言った。「覚悟は決めていましたけれども、まさかあんなものを見るとは、思いもよりませんでした」

「ふむ、続けて」と、彼はいらいらした調子で促した。

「入ったときは真っ暗でした。僕は階段に陣取りました。例の〝あれ〟は、階段から見えたと聞いたものですから。そして、一度目撃されたのだから、また出てもおかしくないと思ったのです。影か月光かそういった何かのいたずらじゃないかとも思っていました。そこで僕は、冷静に待っていました。決して怖がりなんかじゃありません――あのときまでは、の話ですが」

「僕は灯りはまったく持っていきませんでした。応接間の中を、図書室のほうをじっと見ながら、あきるほど長いあいだ待っていました。そして、暗闇を見つめ続けているとついに、物音が聞こえました。ちょっとびくっとしましたが、怯えはしませんでした。ネズミが床を走っていたと思ったからです」

「しかしばらくして、今まで聞いたこともないほど恐ろしい人間の叫び声がしました。それはうめき声でもなく、金切り声でもなく、ただ叫び声としかいいようのないものでした。そして、気を確かにもとうとしていたら、人影が――炎を上げて燃えている姿が――僕の目の前、客間の虚空に現われたんです。僕が見ていると、実際[39]に炎が立ち上ったんです」
　[40]彼は間をおいた。思考機械は少しばかり座り直した。
「それは男の姿のようで、高さは八フィートほどだったでしょう。僕の頭がおかしくなったなんて、思わないでください――誇張もしていません。真っ白で、光を発しているように見えました。まさに幽霊らしい、ぞっとするような輝きで、見ているとさらに明るさを増しました。[41]〝あれ〟の顔は見えませんでした。しかし、頭はありました。そして、腕を上げるのが見えました。手には短剣を持っていて、身体と同じように輝いていました」

「そのときにはもう僕は怯えてしまって、身がすくんでいました。目にしたものが怖かったのではなく、その禍々《まがまが》しさが恐ろしかったのです。そして、〝あれ〟がもう一方の手を上げました。さらに僕の目の前で、虚空に指で、『気をつけろ』

という文字を書いたのです！」

「その筆跡は男のものだったか、それとも女のものか？」と、思考機械は訊いた。

　冷静沈着な声のおかげで、また恐怖に駆られていたハッチは我に返り、むなしい笑い声を上げた。

「わかりません」と、彼は言った。「わかりません」

「続けなさい」

「僕は自分を臆病者だなんて思ったことはありませんし、[42]ありえないと理性が教えてくれるようなことに怯えるような子供じゃありません。[43]ですから、ぞっとはしましたけれども、行動を起こそうとしました。〝あれ〟が人間だったら、たとえ短剣を持っていても恐れることはありません。もしそうじゃなかったら、僕を傷つけることなんてできません」

「僕は三段跳びに階段を駆け下りました。〝あれ〟は短剣を振りかざし、もう片手は僕を指さしたまま立っていました。僕はそいつに向かって突進しました。何か喚《わめ》いていたに違いありません。自分の声が聞こえたような気がしたんです。でも、どっちにしても僕は――[44]」
[45]再び口をつぐんだ。どうにか気を取り直そうとしていた。彼は、自分が子供になったような気がした。思考機械の斜視の冷たい眼差しが、彼を不満げに睨みつけていた。
「そして――僕の手が届くかと思ったとたん、〝あれ〟は姿を消してしまいました。短剣で刺されると覚悟していたんです。僕の目の前、はっきり見えていたのに、いきなりそいつは半分になり、さらに叫び声がしたかと思うと、もう半分も消えてしまいました。僕の両手は、空を切るばかりでした」

「〝あれ〟がいたところには、何もありませんでした。僕は勢いをつけて飛びついたので、〝あれ〟がいた場所を通りすぎてしまい、暗い部屋に入ってしまいました。一瞬どこに迷い込んだのかと思いましたが、そこは図書室だとわかりました」

「そのとき、僕は恐怖で震え上がりました。窓を破って、そこから脱出しました。そして、そこからホテルの自分の部屋まで、一度たりとも立ち止まりませんでした。いや、できませんでした。世界中の金を積まれたって、あの客間に戻るなんてまっぴら御免です」
[46]思考機械は所在なげにぐるぐると指を回していた。ハッチは心配そうに、座ったまま彼をじっと見つめていた。
「君が走り寄ると、その――その〝あれ〟は退いたか消えたかして、君はいつの間にか図書室にいたというのだな？」と、思考機械はようやく質問をした。

「はい」

「すると、君は客間からドアを通り抜けて図書室に入ったということになるな？」

「はい」

「昼間のうちに、君はドアを閉めておいたはずだな？」

「はい」

　再び沈黙が訪れた。

「何か臭いはしなかったか？」と、思考機械は訊いた。

「いいえ」▼47
「君の言う〝あれ〟は、ドアのあたりにいたに違いないな？」

「はい」

「君が筆跡を覚えていないのは残念だ——つまり、男か女かということだが」

「あの状況では、仕方がないと思うんですが」というのが、その答えだった。

「ネズミに違いないと思うような音がしたと言ったが」と、思考機械は続けた。「それは何だ？」

「わかりません」

「ネズミの鳴き声は聞こえたか？」

「いいえ、気づきませんでした」

「空き家になってから五年か」と、科学者は熟考した。「水からどれくらい離れている？」

「この場所は海を見下ろしています。しかし、水面から屋敷までは三百ヤードも崖を登らなくてはいけません」

　それを聞いて、実際に何が起きたのか、思考機械にはわかったようだった。

「君は昼間屋敷に行ったときに、鏡が埃で汚れているかどうか確認したかね？」と、訊いた。

「全部そうだったはずです。そうでない理由なんてありませんから」

「しかし、埃で汚れていないものがあるかどうか、きちんと観察したわけではなかろう？」と、科学者は追及した。

「そこまではしていません。単に鏡があると思っただけです」

　思考機械は、座ったままずっと天井を睨んでいた。そして、だしぬけに質問をした。

「所有者のウェストン氏と会ったか？」

「いいえ」という答えが返ってきた。

「彼に会って、あの土地、殺人事件、宝石などのすべてについて、どんなことを話すか確かめなさい。あの建物のどこかに宝石が隠されているとしたら、いささか奇妙なことになるのではないかね？」

「そうですね」と、ハッチは言った。「そうですね」

「ミス・キャサリン・エヴァラードとは誰だ？」

「当地の銀行家カーチス・エヴァラードの娘です。ニューポートの社交界で、二シーズンにわたって話題を独占していた美女です。今はヨーロッパで、嫁入り道具の購入をしているはずです」

「彼女について洗うように。それから、ウェストンに話を聞いて、また戻ってきなさい」と、思考機械は結論を述べるかのように言った。「ああ、そうだ」と、彼はつけ加えた。「ウェストン家の歴史も調べるのだ。相続人は何人いるのか？　それは誰か？　それぞれいくらもらうのか？　そういったすべてをだ。以上」

ハッチは、やってきたときよりもずっと落ち着いて帰途についた。そして、思考機械に命じられたことを調べ始めた。この謎には必ず答えがあると、今は確信していた。

その晩、燃え上がる幽霊はまた悪ふざけをした。村の駐在が、半ダースの住民の応援のもと、幽霊と直接対決してやろうと、真夜中に屋敷へと登っていったのだ。また短剣を持って、同じように恐ろしい笑い声とぞっとするような叫び声が聞こえた。

「降伏しろ、さもなければ撃つぞ」と、駐在はびくびくしながら叫んだ。

笑い声がそれに対する答えだった。そして駐在は、なにか温かいものが顔にかかるのを感じた。他の連中もだった。そして、顔や手をぬぐい、弱々しいランタンの灯でそのハンカチや手を確かめると、彼らは泡を食って逃げ出した。

温かいと感じたのは、血液だったのだ――噴き出したばかりの、真っ赤な血だった。

3[48]

その日の一時に、[49]アーネスト・ウェストンがもう一人の紳士と昼食をとっているのを、[50]ハッチは見つけた。相手は従兄《いと》弟《こ》のジョージ・ウェストンだと、ハッチは紹介された。ジョージ・ウェストンとは、ニューポートの社交界で去年かその前のシーズンに大騒ぎを起こした男であり、ウェストン家の土地の相続人の一人でもあるということを、ハッチは思い出した。[51]

ハッチはさらに、当時ミス・エヴァラードはニューポートの社交界で卓越した存在であり、ジョージ・ウェストンがその一番熱心な求婚者であったことも、思い出した。二人は婚約するという噂もあったが、彼女の父親が[52]反対した。ハッチは彼を興味深く観察した。まさに放蕩者の顔つきだったけれど、上流の血筋のいい男の上品さというものも、漂っていた。

ハッチがアーネスト・ウェストンを知っていたように、ウェストンのほうでもハッチを知っていた。ハッチが新聞記者になって以来この十年間、二人はよく会った。そしてウェストンは彼に、いつもていねいに接していた。新聞記者は、アーネスト・ウェストンのところにやってきた目的をいつ切り出そうかと思っていたが、仲買人のほうで、にこにこしながら訊ねてきた。

「それで、今度は何だね？」と、彼は快活に言った。「サウス・ショアの幽霊のことかな、それとも僕の結婚のことかな？」

「両方です」と、ハッチは答えた。

ウェストンは、ミス・エヴァラードとの婚約についてざっくばらんに話をした。彼によると、来週発表の予定だそうだ。そのときまでに、彼女はヨーロッパからアメリカに帰ってくる。結婚式は三、四カ月後だが、まだ日取りは決まっていなかった。

「そして、あの田舎の屋敷は夏の別荘として改築されるんですか？」と、記者は質問した。

「そうだ。いくつか修復や改築をするつもりだ。それから内装も変える。しかし今は、幽霊騒ぎのおかげで予定が遅れている。[53]この幽霊話のことは、聞いているかな？」と、かすかに微笑みながら訊ねた。

「僕はこの目で幽霊を見ました」と、[54]ハッチは答えた。

「君が？」と、仲買人は驚いた。

ジョージ・ウェストンも同じ言葉を繰り返し、身を乗り出す。興味津々で、耳をそばだてた。ハッチは彼らに、あの幽霊屋敷で何があったのかを語った——すべてをだ。[55]彼らは二人とも息を詰めて食い入るように聞いていた。

「なんということだ！」ハッチが語り終えると、仲買人は叫んだ。「君はどう説明するんだ？」

「わかりません」と、ハッチはにべもなく言った。「まったく説明がつきません。ありきたりのトリックにひっかかるような子供じゃありませんし、想像力豊かな気質でもありません。どうしても説明がつかないのです」

「何かのトリックに違いない」と、ジョージ・ウェストンは言った。

「そうかもしれません」と、ハッチは言った。「しかしトリックだとしても、こんなに巧妙なものは見たことがありません」

会話の内容は、五十年前に屋敷で起きた宝石行方不明事件と、ある悲劇についての昔語りに移っていった。思考機械に指示された質問を、ハッチは発した。彼自身にはその意図はまったくわかっていなかったのだが、言われた通りにした。

「うむ、あそこで起きた悲劇をすべて話すとなると、我が一族の古い歴史をひもとくことになる。もちろん、恥じることなど一つもないのだが」と、仲買人は率直に話した。「長年にわたって、今になってもまだ見逃されていることがあるのかもしれない。おそらく、このジョージのほうが僕より詳しいだろう。彼の母親は当時結婚したばかりで、僕の祖母から何度もその話を聞かされていた」

アーネスト・ウェストンとハッチは、探るような目つきでジョージ・ウェストンのほうを見た。彼は新しい煙草に火をつけて、テーブルの上に身を乗り出した。実に巧みな話し手だった。

「母親から聞いたのは、かなり昔のことだよ」と、彼は始めた。「僕の覚えている限りでは、[56]あの屋敷を建てた曽祖父は金持ちで、現在の価値にしてみれば、およそ百万ドルの資産があったという[57]」

「この財産の一部、そう、十万ドル分は宝石だった。一族がイングランドから持ってきたものだ。その多くは、現在ならもっと価値が出ていることだろう。骨董的価値がつくからね。それらを身につけるのは、晴れの日だけ、そうだな、年に一度しかなかった」

「それ以外の期間、宝石を安全に保管しておくというのは、なかなか難しい問題だった。貸し金庫などまだない時代だ。僕の祖父は、ボストンの屋敷に保管するのではなく、サウス・ショアくんだりの古屋敷に宝石を隠すというやり方を思いついた。そして、それらを運んでいった」

「当時コハセット〔訳註：マサチューセッツ州の町〕の手前のサウス・ショアまで行くには、駅馬車を利用するしかなかった。僕の祖父の一家は当時都会に住んでおり、冬だったこともあって、彼は一人で旅をすることにした。目立たないように、夜間に到着する予定を立てていた。宝石を屋敷に隠し、その晩のうちにまたボストンへ、あらかじめ手配しておいた馬を乗り継いで帰ることにした。彼がコハセットの手前で駅馬車を降りたあとのことについては、想像で物を言うしかない」

　ここでいったん口をつぐみ、煙草に火をつけ直した。[58]

「翌朝、[59]僕の曾祖父は意識不明の状態で発見された。屋敷のベランダで、重傷を負っていたのだ。頭蓋骨が折れていた。屋敷の中には、別の男の死体もあった。その男が何者なのか、誰も知らなかった。そこを中心にした数マイル四方の住人も、彼を見たことはなかった」

「おかげで、あれこれと噂が立った。一番ありえそうだと思えたもの、家族がずっと受け入れていた説明は、祖父は真っ暗になってから屋敷に着いたのだが、そこであまりの寒さに一夜の宿を求めて入り込んでいた誰かに出くわしたのだというものだった。その男が宝石のことを知り、奪おうとして争いになったというのだ」

「取っ組み合っているうちに、よそ者は屋敷の中で殺され、曾祖父は傷を負い、助けを求めて屋敷から外に出た。後に発見されたベランダで倒れ、意識を取り戻さないまま死んだ。これが事件についてわれわれが知っていること、推測できることの全部だ」

「宝石は見つかったのですか？」と、記者は質問した。

「いいや。死人は持っていなかったし、祖父も所持していなかった」

「第三の人物がいて、宝石を持ち去ったと考えるのが合理的じゃないか？」と、アーネスト・ウェストンは訊いた。

「そうかもしれない。実際、長いことそう思われていた。しかし、二人の足跡が屋敷に入っていき、誰も出た形跡がなかったという事実から、それは考えにくいのではないかな。当時、かなりの雪が積もっていた。足跡を残さずに出ていくなんて不可能だ」

　再び皆が黙った。アーネスト・ウェストンはゆっくりコーヒーをすすった。[60]

「なるほど、そうだとすると」と、アーネスト・ウェストンはようやく言った。「宝石は悲劇が起こる前に隠されて、いまだ発見されていないということになる」

　ジョージ・ウェストンは微笑んだ。

「二十年間にわたって、捜索が折に触れて行なわれたと、母は言っていた」と、彼は口にした。「地下室は、隅から隅まで掘り返された。どんな片隅も探した。そしてようやく、このことを知っている人々も諦めた。今ではもう、話題にも上らないのではないかな」

「今からでも捜索をすれば、無駄ではないんじゃないか？」と、仲買人は言った。

　ジョージ・ウェストンは笑い声を上げた。

「そうかもな。しかしどうだろう。二十年探しても出てこなかったものは、そう簡単には見つからないだろう」

　これで結論が出たようなので、この話題はおしまいになった。

「しかしこの幽霊事件は」と、仲買人はおもむろに言った。「面白そうだね。幽霊探検隊でも結成して、今夜行ってみてもいいな。うちの建築屋は、あそこで働く人手が集まらないとぼやいていたし」

「僕はぜひ参加したいものだ」と、ジョージ・ウェストンも同意した。「しかし、今夜はプロヴィデンスでヴァンダーギフト家の舞踏会の先約がある」

「君はどうだ、ハッチ君」と、仲買人が訊いた。

「行きますよ、もちろん」と、ハッチは答えた。「みんなと一緒なら」と、にやりと笑ってつけ加える。

「うむ、それでは、駐在さんと君と僕だな？　今夜でいいね？」

「大丈夫です」

　仲買人と午後遅くに待ち合わせの手はずを整えると、彼は慌てて飛んで帰った——思考機械のところへだ。科学者は話を聞くと、それまでしていた化学実験に戻った。

「今夜、僕たちと一緒に来てくれませんか？」と、ハッチは頼んだ。

「だめだ。私は学会で論文を発表して、シカゴの▼▲[61]ある化学者が阿呆だということを証明せねばならん。それには一晩中かかるだろう」

「明日の晩は？」と、ハッチは言い募った。

「駄目だ——その次の晩だ」▼[62]

　それは金曜日の夜だ——日曜版の記事にするには、ちょうどいい日取りだった。待たされてしまうけれども、きっと解決が得られるだろうとハッチは見込んでいた。ヴァン・デューセン教授の知力が及ばない問題など、この世には存在しないと、彼は確信をしていた。

　ハッチとアーネスト・ウェストンはその晩、夜汽車に乗った。彼らが村に到着すると、駐在は大いに慌てたようだった。

「われわれと一緒に来るかね？」と、訊くと、

「おふたりとも行くんですか？」と、問い返してきた。

「そうだ」

「行きましょう」と、駐在は即座に答えた。「幽霊か」と言い、嘲《あざけ》るような笑い声をあげた。「朝までには逮捕してやりましょう」

「銃を撃ってはいかんよ」と、ウェストンは警告した。「きっと誰かが背後にいるに違いない。しかし、まだ何の事件も起きてはいないのだ。せいぜい、不法侵入といったところ

だ」

「大丈夫、捕まえてみせます」と、駐在は答えた。彼はいまだに、顔に温かい血しぶきがかかったことを覚えていた。

「犯罪が犯されていないとは思えませんがねえ」

その晩十時ごろ、三人は真っ暗な空き家に行き、ハッチが――それが何であろうとも――〝あれ〟を目撃した階段に陣取った。じっと待っていた。駐在は落ち着きなくもじもじしていた。しかし、他の二人はまったく気にとめなかった。

そしてついに――〝あれ〟は現われた。前触れとなる、何かが床を走るような音がして、真っ白い燃え上がるような姿が、いきなり客間に現われた。まさに、ハッチが思考機械に説明したとおりの姿だった。[63]

目が眩《くら》み、呆然としながらも、三人はその姿を見つめ続けた。手を上げ、彼らを指さし、空中に文字を書いた。指が波打つと、目の前に文字が現われた。燃える文字が、真っ暗闇に出現した。今回の単語は「死」だった。

ハッチは再び恐怖に駆られていたが、それにようやく打ち勝つと、思考機械の言葉を思い出し、その筆跡が男のものか女のものかを見極めようとした。彼は目を凝らした。まるで、黒板に書かれているかのようだった。何か臭いがしないか鼻をひくつかせたが、なにもなかった。

突然、背後の駐在が素早く行動に出た。大きな音がして、閃光が走った。駐在が〝あれ〟に向かって発砲したのだ。すると、叫びと笑い声がした。嘲るような笑い声だった。それは、前に聞いたことがあるものだった。その姿はしばらくすると、だんだん消えていって、あとはただ、闇になった。まるで、何もなかったかのようだった。

駐在の発砲は、何の効果もなかった。

4[64]

三人はすっかり当惑しながら、丘の上の古屋敷[65]から村へと降りていった。所有者のアーネスト・ウェストン[66]は、〝あれ〟が客間に出現してからずっと、一言も喋《しゃべ》らなかった――いや、図書室だっただろうか？　彼ははっきり覚えていなかった――言葉も出なかった。[67]突然、彼は駐在のほうを向いた。

「撃つなと言っただろう」

「それはそうですが」と、駐在は答えた。「本官は公務としてあそこに行ったのですから、撃つべきときには撃ちます」

「しかし、撃っても何の効果もなかった」と、ハッチが口を挟んだ。

「弾丸が貫通したのは間違いありません」と、駐在は自慢げに言った。「当たりましたよ」

ウェストンは、心の中で葛藤していた。彼は、ビジネスでは冷血漢だった。下手なトリックにひっかかるような男ではなかった。しかし、今の彼は当惑していた。さっき自分が目撃したことに、まったく説明がつかなかった。[68]小さなホテルの彼の部屋に戻り、夜が明けるまでそこですごした。彼は呆然と新聞記者を見つめていた。[69]

「どういう仕掛けだったのか、想像がつくかね？」

　ハッチは首を横に振った。

「もちろん、幽霊のわけがない」と、仲買人はおずおずとした笑みを浮かべながら続けた。「しかし――しかし行かなければよかった。工事は、思っていたようには進まないだろう」

　彼らはほんの少しまどろんだだけで、早朝の汽車でボストンに戻った。サウス駅で解散するときに、仲買人は別れの言葉を言った。[70]

「私は、この件を解決しようと思う」と、きっぱり断言した。「こんなことには、いやどんなことでも恐れない人間を、私は一人だけ知っている。その人に、あそこに行って監視をしてもらい、管理もしてもらおうと思う。彼はオハーガンという、勇気あるアイルランド人だ。たとえ彼があの――〝あれ〟と出くわしても――」

　さっぱりわけのわからない宿題をかかえた学生のように、ハッチは思考機械のもとに駆けつけて、現在までのなりゆきを報告した。科学者は仕事の手を休めて、話に聞き入った。[71]

「筆跡は観察したかね？」と、彼は問いただした。

「はい。できる限り、空中に書かれた文字の書体を観察しました」

「男か、それとも女か？」

　ハッチは戸惑っていた。

「判断がつきません」と、彼は言った。「どちらにせよ、しっかりとした書きぶりのようでした。大文字のDははっきり覚えています」[72]

「あの仲買人――名前はなんといったかな？――アーネスト・ウエストンだったか？――その男の筆跡と類似していなかったか？」

「彼の自筆は見たことがありません」[73]

「では調べてみるがいい。[74]特に大文字のDをだ」と、思考機械は指示を与えた。そしてしばらくして、「その姿は、白くて燃え上がっているように見えたと言ったな？」

「はい」

「それは光を放っていたか？　つまり、たとえば、それによって室内は照らしだされていたか？」

「どういう意味か、よくわからないのですが」

「君がランプを持って部屋に入ったとする」と、思考機械は説明した。「その光が室内を照らしだす。これでわかったかね？　幽霊の光で、床や壁などが見えたか？」

「いいえ」と、ハッチは断言した。[75]

「私は明日の夜、君と出かける」科学者はそれで終わりとでも言いたげに言った。

「ありがとうございます」とハッチは答え、帰っていった。

　翌日正午ごろ、彼はアーネスト・ウェストンの会社を訪問した。仲買人はそこにいた。

「オハーガンをもう派遣したんですか？」と、彼は訊いた。

「まあね」と、仲買人は答えた。笑みがこぼれそうだった。

「どうしたんです？」

「彼がそこにいるんだ。紹介しよう」

仲買人はドアに歩み寄り、誰かに声をかけると、オハーガンが入ってきた。大柄で青い目のアイルランド人だ。正直そうなそばかすだらけの顔で、赤毛だった。こうした男は揉め事など大歓迎で、それを種に喧嘩ができれば大喜びなのだ。彼はいつもにこにこしているようだったが、そのときはいささかその笑みも薄れていた。

「昨夜何が起きたか、ハッチさんに話してあげなさい」と、仲買人が命じた。

オハーガンは話をした。[76]彼も、燃え上がる幽霊を捕まえようとして駆け寄ったが、姿を消した。さっと消え去るようにして姿がなくなり、気がついたときには向こう側の部屋、すなわち図書室にいたのだ。ハッチと同じく、彼は一番手近なところから外に脱出した。それは、たまたますでに壊れている窓からだった。

「外見からは」と、彼は続けた。「俺からしてみると、何も恐れるものはないように思えていました。しかし、中に入ればまた別だろうとも思っていました。そこでランタンを片手に、拳銃を片手に、屋敷中を調べました。何もありません。もし誰かがいれば、すぐにわかるでしょう。でも、何もいませんでした。そこで、俺は納屋に行きました。そこに簡易寝台を準備しておいたのです」

「俺は二階のその部屋に行きました――そして、二時ごろでしょうか――寝てしまいました。一時間かそこら経ったでしょうか。突然目が覚めました――何かが起きたと気づいたのです。[77]神様に誓って言いますが、猫がいたんです。幽霊猫が俺の部屋の中を、狂ったように走り回っていたんです。もちろん、何事かと起きあがって、ドアに駆け寄りました。猫は俺を追い越していきました。炎が夜を切り裂くように、線を描いていきました」

「その猫は、屋敷の中に出る〝あれ〟にそっくりでした――つまり、幻みたいな揺れる白い光のようなもので、まるで燃えているようでした。俺は嫌な気分でベッドに戻り、眠ろうとしました。だって旦那」と、彼はウェストンに弁解した。

「俺にはまだ雲をつかむような話だったんですから」

「それで全部なんですか？」と、ハッチはにやにやしながら訊いた。

「始まったばかりですよ。翌朝俺が目を覚ましたとき、寝台にしっかり縛りつけられていました。両手も両足も縛られていたので、寝たまま喚き続ける以外、何もできませんでした。もう何年も経ったかと思うぐらいの時間が過ぎてから、外で物音がしたので、さらに大声で喚きました。すると駐在さんがやってきて、自由の身にしてくれたんです。なにがあったかを話し――そしてボストンに戻ってきました。申し訳ありませんがウェストンさん、俺は今ここで辞めさせてもらいます。戦える相手だったら怖いものはないんですが、つかみどころがない相手は――その――」

そののち、ハッチは思考機械と合流した。彼らは海辺の小さな村行きの汽車に乗った。[78]その道すがら、思考機械はいくつか質問をした。しかし、ほとんどの時間彼は黙ったまま、窓の外を見ていた。ハッチは沈黙を尊重して、訊かれたことだけに答えた。

「アーネスト・ウェストンの筆跡を見たかね？」というのが、最初の質問だった。

「はい」

「大文字のDは？」

「〝あれ〟が書いたものと似ていないとは言えませんが、そっくりだとも言えません」というのが、その答えだった。

「プロヴィデンスに、君に情報提供してくれる人間はいるか？」と次の質問がなされた。

「はい」

「到着したら、その人物に長距離電話をかけてくれ。ちょっと話をしたい」

三十分後、思考機械はハッチの新聞のプロヴィデンス通信員と長距離電話で話をしていた。何を言ったか、何を知ったのか、首をひねっている新聞記者は教えてもらえなかった。いったん電話室から出てきたものの、またすぐに中に入り、さらに三十分もこもったままだった。

「さて」と、彼は口にした。

彼ら二人は幽霊屋敷に向かった。[79]敷地に足を踏み入れたところで、思考機械はなにかを思いついたようだった。

「急いで行って電話をかけて、ウェストンを呼び出してくれ」と、彼は指示した。「彼本人か、それとも従兄弟がモーターボートを持っているかどうか、訊ねてくれ。必要になるかもしれん。それからボートの種類、電動かガソリンエンジンかも、調べてくれ」

[80]ハッチは村に戻り、ベランダに座って海を見つめている科学者を一人残していった。ハッチが帰ってきたとき、彼はまだ同じ姿勢のままだった。

「どうだった？」と、彼は訊いた。

「アーネスト・ウェストンはモーターボートを所有していません」と、新聞記者は報告した。「ジョージ・ウェストンは電動ボートを一艘持っています。でも、遠方なので借りることはできません。どうしても必要ならば、どこかで手配できると思います」

「かまわん」と、思考機械は言った。まったくこの件に興味を失ったかのようだった。

二人は屋敷の周囲を回って、台所のドアへと向かった。

「次はどうします？」と、ハッチは訊いた。

「宝石を見つけるつもりだ」と、驚くべき答えが返ってきた。

「見つけるですって？」と、ハッチは繰り返した。

「その通り」

彼らは台所から屋敷内に入った。科学者は[81]客間、図書室、[82]そして裏廊下などをじろじろと観察した。その床には、地下

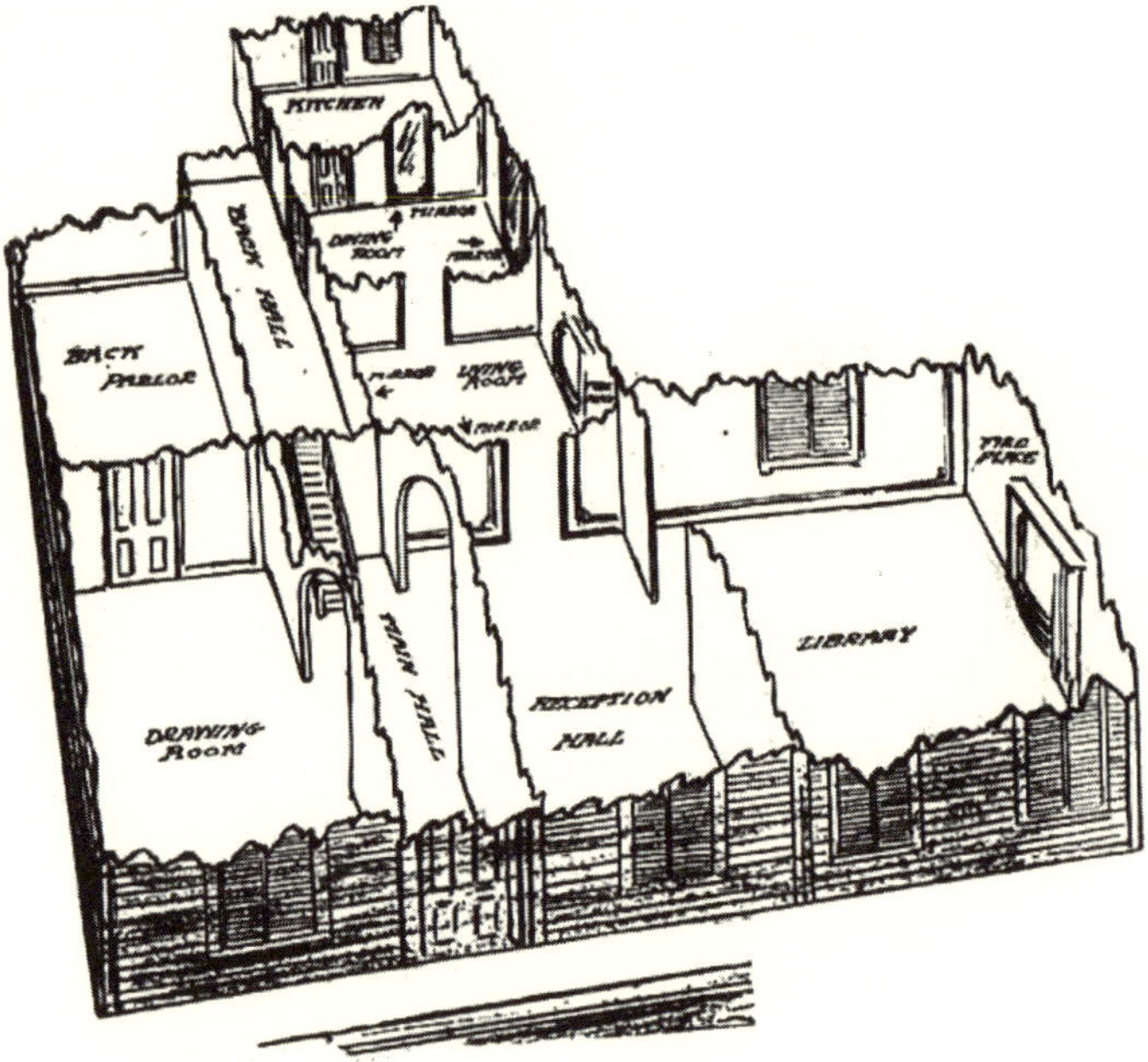

室に通じるドアが閉じられたままになっていた。

地下室にはがらくたの山があった。じめじめして薄ら寒く、真っ暗だった。思考機械はその真ん中、できるだけ真ん中に立った。なぜなら、煙突の基部がそこに立っていたからだ。そして、なにやら暗算をしているようだった。

そこから彼はあたりの壁を見回した。しっかりとした石作りだった。歩きながら屈み込み、石に指を走らせた。ハッチが見つめる中、部屋を一周した。そして彼はもう一度、同じことをした。しかし今回は、両手を頭の上に上げて、歩きながら壁を触っていた。煙突も触った。その石積みを、注意深く上から下まで調べていった。

「いやはや、いやはや！」と、彼は不機嫌そうに叫んだ。「ハッチ君、君は私よりも背が高い。かわりに煙突の上のほうを触って、石に緩みがないかどうか確かめてくれたまえ」

ハッチは言われた通りにした。そしてついに、煙突の大きな石が手の下で動くところが見つかった。

「緩んでいます」と、彼は言った。

「外しなさい」

しばらく引っ張ると、抜けた。

「手を突っ込んで、何かあったら取り出しなさい」と、次の命令が下された。ハッチはそれに従った。彼は約八インチ四方の木製の箱を見つけ、思考機械に手渡した。

「ほう！」と、彼は叫んだ。

ちょっとひねると、木はぼろぼろに崩れた。箱から転がり出たのは、五十年間行方不明の宝石であった。

5 ▼83

ずっと興奮を抑えていたハッチは、狂ったように笑い声を上げた。彼は屈み込んで撒《ま》き散らされた宝石を集め、思考機械に手渡した。そして、いささか当惑したように、相手を見つめた。

「一体どうしたのだ？」と、科学者は質問した。

「いいえ、別に」と、ハッチは答えたが、また笑い出した。外した重い石を持ち上げ、また元の場所に戻した。そして二人は、長年行方不明だった宝石をポケットに入れ、村に戻った。

「いったいどうしてなんですか？」と、ハッチは質問した。

「二たす二は常に四なのだ」と、謎めいた答えが返ってきた。「単なる足し算にしかすぎない」歩きながらしばらく沈黙が続き、「これを見つけたことは誰にも言うな。ほのめかしさえもいかん。私の許可がおりるまで待つのだ」

ハッチには喋るつもりはさらさらなかった。彼の心の目には、燃え上がる幽霊と十万ドルの宝石大発見というとんでもない特ダネ記事が自分の新聞紙面に躍るさまが、映っていた。それに夢中になっていた。もちろん、口をつぐんでいるつもりだった。▲84ほのめかしさえもしない。▼しかし、発表できる日が楽しみだ！

村で、思考機械は駐在を見つけた。

「先日の夜、ウェストン屋敷で血液がかかったと聞いているが？」

「ええ、血——温かい血でした」

「ハンカチで拭ったのではないか？」

「はい」

「そのハンカチはあるかね？」

「あるのではないかと思いますが」と、あやふやな答えだった。「洗濯に出してしまったかもしれません」

「明敏な人間だったら」と、思考機械は指摘した。「犯罪が行なわれた可能性を予想できたのに、君といったら唯一の証拠である血痕を処分してしまうとは」

すると駐在は突然、はっと思い出したような様子になった。

「そうだ！　ここで待っていてください。探してきます」

彼は姿を消し、すぐにハンカチを持って現われた。半ダースほどの、暗茶色の染みがついていた。

思考機械は村の薬屋に立ち寄り、店主と少し話をすると、裏の調剤室に入っていった。そして、一時間以上もそこにこもっていた——ついには日が暮れてしまった。ようやく彼は外に出てきて、駐在と一緒に待っていたハッチと合流した。
▼新聞記者は何も問いただそうとはしなかった。思考機械も自ら何も言おうとはしなかった。▲85
「今夜はボストンから誰かやってくるには、もう遅すぎるかね？」と、彼は駐在に質問した。

「いいえ。八時の汽車がありますから、九時半ごろには到着できるでしょう」

「ハッチ君、ウェストン氏——アーネスト・ウェストンに電報を打ち、今夜のうちに必ずここに来るようにと連絡をしてくれたまえ。最重要問題だと、念を押しておくように」

電報ではなく、ハッチは電話をかけて、クラブにいるウェストンと話した。他にも予定があったのだがと仲買人は口にしていたが、結局来ることになった。[86]思考機械はその間駐在と話をして、いくつかの指示を出した。見るからに、駐在はとても当惑している様子だった。なにしろ彼はかなり興奮した調子で、「なんてことだ！」と連発していたからだ。

「それから、このことを誰にも、一言も漏らしてはいかん」と、思考機械は言った。「もちろん、家族にだっていかん」

「なんてことだ！」という答えが帰ってきた。そして駐在は食事に戻った。

　思考機械とハッチは小さな村のホテルで、考え込んだまま夕食をとった。ハッチのみが沈黙を破って喋った。[87]

「ウェストンの筆跡を確認しろとおっしゃいましたが、〝あれ〟を目撃したときに、彼が駐在さんや僕と一緒だったのはご承知の通りですよね。だから、不可能なんじゃないかと――」

「不可能などというものは存在しない」と、思考機械はぴしゃりと否定した。「そんな言葉は使わないでくれたまえ」

「だって、彼は僕たちと一緒だったんだから――」

「今夜で幽霊騒ぎには終止符を打つ」と、科学者は遮った。

　アーネスト・ウェストンは九時半着の汽車でやってきて、思考機械と長いあいだ熱心に話し込んでいた。一方ハッチは、一人で一服していた。そして彼らは、新聞記者と合流した。

「拳銃を持っていったほうがいい」と、思考機械は指示した。

「そんなものが必要になるんですか？」ウェストンは訊いた。

「そうだ――必ず」確固たる返事だった。

　ウェストンはそれからしばらくして、姿を消した。どこに行ったのだろうとハッチは思ったが、なにもわからなかった。これから思考機械は例の幽霊屋敷に向かうのだろうとは思っていたが、何時になるのかはわからなかった。自分が一緒に行くのかどうかもわからなかった。

　ようやく彼らは出発した。思考機械は、ホテルの亭主から借りたハンマーをぶら下げていた。その晩は真っ暗で、足元の道路さえ見えなかった。夜空に浮かぶあの屋敷に向かう途中、何度もつまずいた。彼らは台所から中に入った。正面玄関ホールの階段へと進み、ハッチは暗闇の中、燃え上がる幽霊が二度目撃された場所を指し示した。

「君はこっちの応接間に行け」と、思考機械は指示した。

「音を立てないように」

　彼らは数時間待った。どちらにも、相手の姿は見えなかった。ハッチには、自分の心臓の鼓動が聞こえた。教授の姿さえ見えたらと願っていた。どうにかこうにか、彼は湧き上がる恐怖感を押さえつけ、一生懸命待っていた。思考機械は階段の上に、微動だにせず座っていた。右手にハンマーを持ち、闇の中を睨んでいた。

　ついにあの音が聞こえた。ほとんど聞こえないほどだ。気の迷いかもしれないと思った。何かが床を滑っていたようだ。そしてさらに警戒心が強くなった。とうとう、恐ろしい霧のような光が客間に現われた。いや、それとも図書室だろうか？　彼にはわからなかった。しかし全身の神経を集中して、目を見開いた。

　次第に灯は強く広がった。霧のような白いものは、間違いなく光だった。しかし、周りを照らしだすことはなかった。思考機械は恐怖の色など見せずに、観察していた。この霧のようなものが、ある場所で次第に強くなっていくのを見ていた。その輪郭が、次第に人間の形になっていった。白い光の中心に、人影が現われた。

　そして、かかっていた霧がなくなり、思考機械ははっきりとその外形を目にした。背の高い人影で、ローブを身にまとい、頭にはこれもまた光る頭巾をかぶっていた。思考機械が見ていると、腕を上げた。手には短剣を持っていた。その人影は、明らかに脅かそうとしていた。それでも思考機械は怯えるそぶりを見せなかった。彼はむしろ、興味をそそられたようだった。

　彼が見つめていると、幻影のもう片方の手が上がり、彼を指さしたように見えた。しっかりとした手つきで、動いた。光る「死」の文字を目の前の空中に書くのを、思考機械は確認した。▼[88]　彼は疑わしげに目を瞬いた。するとどこからか、凶暴な悪魔のような笑い声が響いた。▼[89]　靴を脱いで靴下だけになった科学者は、ゆっくり、ゆっくり階段を下りた。亡霊と同じように静かだったが、手にはハンマーを握っていた。彼は人影に向かってにじりよった。そんな思考機械の行動を知らないハッチは、何が起こるかわからないまま、立ち尽くして待っていた。そしてついにそれは起きた。突然ガラスが割れる音がして、亡霊と文字は薄れて崩れ、消えていった。古屋敷のどこかから慌てたような足音が聞こえた。ようやく新聞記者は、自分の名前が呼ばれているのを耳にした。思考機械だった。

「ハッチ君、こちらに来たまえ」

　新聞記者はまごつきながら闇の中を声のするほうへと歩いていった。ところが、彼はいきなりやられてしまった。頭を殴られ、強い光が目を打った。彼は倒れた。しばらくすると、はるか遠くからかすかに、ピストルを撃つ音がしたようだった。

6 ▼[90]

▼ハッチ▲[91]が意識を取り戻すと、目の前にはマッチの炎が灯っていた。思考機械が手にしたマッチだ。彼は心配そうな眼差しで見ながら、左手首の脈を取っていた。ハッチはすぐに元気になり、さっと身を起こした。

「なにが起きたんですか？」と、彼は訊いたが、

「頭の具合はどうだ？」と、反対に容態を訊かれた。

「ああ」と、ハッチはついさっき頭を殴られたことを思い出した。「ええ、大丈夫です。僕の頭でしたら。で、何が起きたんですか？」

「立ち上がって一緒に来なさい」思考機械はせわしなく言った。[92]「撃たれて倒れた男がいる」

ハッチは立ち上がると、科学者のあとに続いて正面玄関から出た。そして、[93]海へと向かった。水面近くで明かりがちらちらして、ぼんやり反射していた。雲は少なくなって、切れ間から月光がさしていた。

「僕の頭には何がぶつかったんですか？」と、ハッチは歩きながら質問をした。彼は痛そうに頭をさすっていた。

「幽霊のしわざだ」と、科学者は言った。「おそらく彼――幽霊には銃弾が当たっているはずだ」

駐在の姿が闇の中から現われて、こちらにやってきた。

「誰だ？」

「ヴァン・デューセン教授とハッチです」

「ウェストンさんが無事捕まえました」と、駐在は満足げに言った。「裏道から逃げようとしましたが、おっしゃったとおり道をふさいでおいたので、正面から出てきました。ウェストンさんが止めようとしましたが、ナイフを振り上げて刺そうとしたので、ウェストンさんが発砲しました。多分、腕が折れたでしょう。ウェストンさんはあそこに、奴と一緒にいます」

思考機械は、新聞記者のほうを向いた。

「ここで駐在さんと待っていてくれたまえ」と、彼は命じた。「その男が怪我をしているのなら、手当てをしなければいけない。私は医者だから、助けてやれるだろう。私が呼ぶまで来ないように」

長いあいだ駐在と新聞記者は待たされた。[94]駐在は[95]おしゃべりをしつづけていた。ハッチは辛抱強く聞いていたが、本当は、思考機械とウェストンと幽霊がいるところに行きたくて仕方なかった。

三十分後、光が消え、水を切る音とモーターボートが走る力強い音が聞こえた。するとその長い船体が水上に現れた。[96]

「そっちは大丈夫ですか？」と、ハッチは声をかけた。

「大丈夫だ」返事が帰ってきた。

また沈黙が続き、アーネスト・ウェストンと思考機械が下りてきた。[97]

「もう一人はどこですか？」と、ハッチは訊いた。

「幽霊は――どこに行ったんですか？」と、駐在も繰り返した。

「彼はモーターボートで逃げた」と、ウェストンはさらりと言った。

「逃げたって？」と、ハッチと駐在は口を揃えて叫んだ。

「ああ、逃げた」と、思考機械は苛立《いらだ》たしげに言った。「ハッチ君、ホテルに戻ろう」

がっかりしながら、ハッチは黙って二人の後をついていった。彼と肩を並べて歩く駐在も、無言のままだった。ようやく彼らはホテルにたどり着き、わけがわからないまま落ち込んでいる駐在に別れを告げた。

「なんてことだ！」と彼は言い、闇の中へと歩いていった。

そして三人は、二階に行って座った。ハッチは説明を聞きたくてうずうずしていた。ウェストンは煙草に火をつけて、椅子の背にもたれかかった。思考機械は両手の指を合わせ、天井を睨んでいた。

「ウェストン君、私がこの件にかかわったのは、ハッチ君から助けを求められたからだというのは、もちろんご存知だろうね？」と、彼は訊いた。

「もちろんですとも」答えが返ってきた。「あなたが結論を出すときには、彼にだけは話を通しておかなくては」

思考機械はわずかに身じろぎした。分厚い眼鏡を直し、じっと見つめて、最初から話を始めた。いつもどおりの話しぶりだった。それは以下のとおりである。

「ハッチ君が恐怖に駆られて絶望した様子で私のところにやってきて、怪異な話をしてくれた。しかし、その屋敷に行って実地検分をしてみるまでもなかった。四枚の大きな鏡が屋敷の食堂と居間にあったと彼が述べていたので、それで十分だったのだ。彼は、古屋敷で起きた事件と、十万ドル以上の価値がある宝石が行方不明になっていることも、聞きつけて報告してくれた」

「彼によると、その晩屋敷に行き、実際その目で幽霊を見たという。これまでのつき合いから、ハッチ君は冷静で平均的な知能を持った青年であり、存在しないものを想像してあると思い込むような人間ではなく、自制心も十分にあるということはわかっていた。だから非常に巧妙な何かしらのペテンが行なわれ、彼がそう思い込んだのだと判断をした」

▼98

「ハッチ君は、他の人々と同様に、客間の図書室へのドア近く、もしくは客間のドア近くの図書室の中で幽霊の姿を見た。どちらかは、はっきりわからない。ドアの近くだということはわかっていた。姿が現われる前に、わずかな物音を聞いていたが、彼はそれを、ネズミが床を横切ったせいにしていた。しかし、この屋敷は五年間も無人だ。浮浪者もめったに居着かない――一度もないと言っていいだろう。長期間誰一人住んでいなかったのだ。とすると、この音はなにか？　亡霊が立てた音なのか？　ならば、どうやって？」

「さて、ハッチ君が表現したような白い光は、科学の世界には現在たった一つだけ存在する。別に名前を紹介することもないのだが、リンという。フラー土〔訳註：油の濾過や染料の漂白に使う粘土〕にグリセリンと一つ、二つの化学物質を混ぜれば、空気に触れても、純粋な状態のようにすぐに炎をあげることはない。リンは非常に特徴的な臭いがして、二十フィート離れていてもわかるほどだ。ハッチ君はそれをかいだか？　いいや」

「さあ、ここでわれわれは、いくつかの事実をつかんだ。亡霊は現われるときにかすかな物音を立てる。リンは発光する性質がある。しかしハッチ君は、幽霊が現われた場所を走り抜けたときでさえ、リンの臭いをかがなかった。二たす二は四になる。ハッチ君はリン発光を見た。それを見た場所を通り抜けたが、臭いはしなかった。それはすなわち、そこにはいなかったということだ。彼が見たのは反射像だった――リン光の反射像なのだ。ここまではよろしい」

「ハッチ君は光り輝く文字が空中に指で書かれるところを、目撃した。これも、直接見たのではない。彼が見たのは反射像だ。そう思いついたのだが、それを支持する事実が出てきた。それは、彼が幽霊に向かって突進すると、その一部が消えたということだ。最初に彼は半分と言っていた――そしてもう半分が消えた。手を伸ばしても、虚空をつかむばかりだった」

「これらの反射像が何かに投映されたのは間違いない。おそらく鏡だろう。もっとも一般的な反射面だ。しかし、彼は幽霊を目撃した場所を走り抜けたけれど、鏡にぶつかりはしなかった。気がついたら、隣の図書室にいたという。ドアを通り抜けていたのだ。その日の午後、彼がその手で閉めたドアだ。それ以来、開けてはいなかった」

「すぐに私は、スライド式の鏡を思いついた。これならば、すべての平仄《ひょうそく》が合う。彼はドアのところに幽霊を見た。それが半分になり、さらに全部が消えた。彼はそれがいた場所を通り抜けた。もし大きな鏡が引き戸になっていて、壁の中に隠されたというのなら、簡単に説明がつく。明瞭ではないか？」

「確かに」と、ウエストン氏が言った。

「ええ」ハッチは熱心に聞きながら言った。「続けてください」

「この引き戸の鏡は、ハッチ君がネズミではないかと思った物音の原因でもあったのではないだろうか。前にハッチ君は、四枚の大きな鏡が居間と食堂にあると言っていた。彼の説明どおりの配置ならば、反射をどのように利用したのかはすぐにわかる」▼99
「こうして考えていけば、幽霊がなぜ見えるのかはすぐにわかった。しかし、いつ、どうして現われるのだろうか？　これは、いささかやっかいな問題だ。ただのいたずらという可能性もある。しかし、私はこの説はとらない。なぜか？　まず、イタリア人労働者が来るまで、まったく誰にも知られていなかったことだからだ。ウエストン氏の注文で工事が行なわれようとしたときまで、どうして現われなかったのだろう？　その目的は、労働者を遠ざけておくためではないだろうか？」

「こうした疑問が次々に湧いてきた。するとハッチ君が、あの屋敷で起きた事件と行方不明の宝石の話をしてくれた。彼には、さらに情報を集めるよう指示した。もしこの宝石がまだ屋敷の中にあるのなら、とてもおもしろいことになるだろうと、彼の注意を喚起しておいた。誰か、その存在を知っている者が探しており、必ず見つかると信じているのだが、夜間に侵入してくる好奇心旺盛な連中や浮浪者や村人を遠ざけておきたかった。そこで幽霊話、というわけではなかっただろうか？」

「こんな噂をたてれば、ウエストン君は屋敷の修理と内装工事を行なわないだろうとも期待したのではないかな。そこでやはり、幽霊はうってつけだったのかもしれない。また一方で、この幽霊にはミス・エヴァラードとウェストン君の結婚を妨害しようという意図もあったのかもしれない。そこでハッチ君には、ウェストン君、君と一族についての情報をすべて集めるよう指示をしたのだ。五十年も経ってしまったが、君の一族の人間なら、行方不明の宝石がどうなったか誰よりも知りたいだろうと思ったのだ」

「そして、ハッチ君が君と従兄弟のジョージ・ウェストンから聞いたことから、私には幽霊の動機がわかった。それは思っていたように、労働者を遠ざけるためだった。ほんの一時期、宝石を探すあいだだけでもよかった。その昔屋敷で起きた悲劇は、幽霊が出るいい口実になった。頭のいい犯人はそれを思いつき、実行に移した」

「さて、この宝石について一番よく知っている人物とは誰か？　年下の従兄弟ジョージ・ウェストンだ。最近彼は、宝石について何らかの新しい情報を入手したのだろうか？　それはわからない。だが可能性はある。なぜか？　彼自身の説明によれば、当時まだ新婚だった母親は、この出来事すべてについて、直接祖母から聞いたそうだ。その祖母は誰よりも事件を記憶していたそうだが――もしかしたら祖母は、夫がどこに宝石を隠すつもりだったかも聞いていたのではないだろうか」

▼100 思考機械はちょっと間を置いて座り直すと、さらに続けた。

「ジョージ・ウェストンは、君やハッチ君と、幽霊探検と君が呼んだ遠出に同行するのを断った。その晩は、プロヴィデンスの舞踏会に出かけると言っていた。しかし、そこにいる通信員から聞いたのだがね、ハッチ君、彼はプロヴィデンスには行かなかったのだよ。だから、ジョージ・ウェストンは幽霊探検に行けたはずなのだ」

「これらのことを調べた結果、村で姿を目撃されずに幽霊を出現させるには、夜間にモーターボートで現地まで往復するのが一番いいという結論に達した。夜でも簡単に走らせることができて、崖の下に停められる。村の誰にも気づかれる心配はない。ジョージ・ウェストンはモーターボートを所有しているか？　その通りだ。電動だから、まったく音もたてずに走ることができる」

「ここからはまったく簡単だ。純粋論理のおかげで、どうやって幽霊が現われたり消えたりしたのかは、わかった。屋敷の内部を一目見て、確信を得た。幽霊を捏造する動機は、宝石探しのためだともわかった。宝石を探している男の名前もわかった、いやわかったと思われた。十分な知識と十分な機会があり、計画を立てるだけの頭脳がある男だ。そして次の段階では、わかったことを証明するのだ。まず最初にすべきことは、宝石の発見だ」

▼101 「宝石の発見？」とウェストンは繰り返し、笑みがこぼれた。

「ここにある」思考機械は平然として言った。

そして、仲買人が目を丸くしているその前で、五十年間行方不明だった宝石を、ポケットから出してみせた。ウェストン氏は騒ぎたてなどしなかった。彼は驚きのあまり動けなくなってしまい、光り輝く宝石の山を黙って見つめていた。ようやく彼は声を出せるようになった。

「いったいどうやって見つけたんですか？」と、彼は問いただした。「どこで？」

「頭を使った。それだけだ」というのが、それに対する返事だった。「私は古屋敷に入り、所有者がどこに隠しそうかということを、あらゆる状況を想定しながら捜索した。そして発見した」

「しかし――しかし――」仲買人は口ごもった。

「これらの宝石を隠した人物は、一時的にとりあえず隠そうと考えていた」と、思考機械は苛立たしげに言った。「当然彼は、屋敷の木造部には隠さない。火事になったら燃えてしまうからだ。また、地下室の床には埋めない。念入りに探されてしまうからだ。さて、あの屋敷の地下室より上には、木造部分と煙突しかない。しかし彼は、宝石を屋敷内に隠した。それは、彼を殺した男が、屋敷内で殺されていたからだ。外の地面は雪に覆われ、中に入った足跡は二組だけ、誰も出ていった形跡はなかった。よって彼は、地下室内に隠した。ではどこに？　石造部分だ。他には場所がない」▼102
「当然、目の高さの部分には隠さなかっただろう。なぜなら、その高さの石を取り外し、また元に戻したならば、よく見ればわかってしまうからだ。よって、視線より上か下かのどちらかだ。彼は上に隠していた。煙突の大きな石が緩んでおり、それを取り外すと、そこに宝石を入れた箱があった」

ウェストン氏は改めて驚きと尊敬の念をこめ、思考機械を見つめていた。

「宝石を発見し、入手したならば、残されたのは実際に幽霊の理論を証明してみせることだけだ。ウェストン君、私が君に連絡をしたのは、犯罪と呼べるものは行なわれてはいないのにせよ、その犯人は君の手に委ねたほうがいいと思ったからだ。君がやってきて、私はありきたりのハンマーを手に幽霊屋敷に入り、階段で待っていた」

「ついに幽霊が笑い声をあげて現われた。私は靴を脱いでこっそり階段を下りた。その正体が何かはわかっていた。私は輝く幽霊に近づき、ハンマーで砕いて、二度と出てこられないようにした。大きな引き戸の鏡は粉々になった。思っていたとおり、引くと戸袋に隠れる仕掛けになっていた。鏡が割れたので、箱の上に立って背の高い幽霊のふりをしていた男は、驚いて飛び出した。そして、入ってきた台所の扉から逃げ出そうとした。しかしその出口では、男が入ったあとに駐在が頑張っていたので、幽霊は踵《きびす》を返して屋敷の正面玄関へと向かった。そこで彼は、ハッチ君と鉢合わせをした。そしてさらに、正面玄関から外へ飛び出した。あとでわかったのだが、そこはしっかり施錠されていなかったようだ。それ以降は御存知の通り。あなたはモーターボートを発見し、そこで待ち構えていた。彼はそこにやってきて――」

「私を刺そうとした」と、ウェストンは続けた。「身を守るために、発砲せざるを得なかった」

「まあ、傷は浅かった」思考機械は言った。「いずれ奴の腕は治るだろう。そしておそらく、宝石と引き換えに四、五年ヨーロッパにでも旅行に行かせてやれば、彼も健康を取り戻すことだろう」

「私もそうしようと思っていました」仲買人は静かに言った。「もちろん、警察に訴えるつもりはありません」

「すると幽霊の正体は――？」と、ハッチが言いかけた。

「従兄弟のジョージ・ウェストンだったんだよ」仲買人は言った。「できれば、この話の一部は秘密にしておいてもらいたいのだけれども、お願いできるかな」
▼ハッチは考え込んだ▲103。
「そうですね」と、彼はようやく言い、思考機械のほうを向いた。「ただ、彼はどこで幽霊を演じていたんですか？」▼104
「食堂の、執事準備室の脇だ」と返事があった。「準備室のドアを閉め、リンを塗ったローブをかぶり、出てくるだけだ。その姿は、裏から食堂に入ったときに真正面に見える、背の高い鏡にそのまま映る。そこからさらに、居間の反対側の壁にかかった鏡に映る。それがまた、客間から図書室へ通じるドアのところの引き戸の鏡に映る。これを私が割ったのだ」

「それから、文字を書くのはどうやったんですか？」

「ああ、あれか？　もちろん亡霊が目の前にかざした透明のガラスの上に、逆さ文字で書いたのだ。そうすれば、最後に客間のガラスに反射したときには、正しい文字で映るから、読むことができる」

「幽霊が庭で駐在さんたちに血をかけたのは、どういう仕組みだったんですか？」と、ハッチはたたみかけた。

「犬の血だよ。薬局で行なった実験で、判明した。▼村人を絶対に近づかせないようにする、懸命の努力だった。幽霊猫も、見張りをベッドに縛りつけるのも、簡単だ▲105」

　全員、座ったまましばらく黙っていた。ようやくウェストン氏が立ち上がり、科学者に宝石の発見の礼を述べた。そして皆におやすみの挨拶をして、出ていこうとした。つられてハッチもその後についていこうとした。戸口で彼は振り返り、最後の質問をした。

「駐在が発砲しても、鏡が割れなかったのはどうしてですか？」

「なぜならば、彼はおびえていたので弾丸は鏡のとなりの扉に当たったのだ。弾はナイフで掘り出しておいたよ。ではおやすみ」


底本は第一短篇集。「ボストン・アメリカン」紙初出との異同を以下に記す。

▼1　このあとに「背が高く痩せていて、肝の据わった青年だった。考え深げな顔つきで、信頼が置け、落ち着きのある度量の大きな、

事実を重んじる男だった。いざというときには頼りになるので、社会部長のお気に入りの部下だった。／さて、呼び出された彼は、」。

▼2　このあとに改行。

▼3　このあとに「手書き文字を解読するという至難の業《わざ》を駆使したのちに、彼は記者のほうを向いた。」。

⧗4「こいつは建設会社にいる友人からの電話での情報だ。サウス・ショアに幽霊屋敷があるそうだ」。

▼5　このあとに「ステート街の投資家にして」。

▼6　このあとに改行。

▼7　このあとに「。それにまず僕を捕まえなくちゃいけないでしょうし」。

▼8　このあとに「ハッチは一目でこの記事はものになると判断した。そして喜んで取材を承知した。」。

▼9　このあとに改行。

▼10　このあとに「管理人か」。

▼11　このあとに「彼は社会部長が示唆したように、一晩そこで過ごす決心をすでに固めていた。」。

▼12　このあとに改行。

▼13　このあとに改行。

▼14　このあとに改行。

▼15　このあとに改行。

▼16　このあとに「そこはそれまでにして、彼は客間を通り抜けて、玄関ホールへ移動した。」。

▼17　このあとに「そして彼はホールへと戻った。（改行）」。

▼18　このあとに「さきほど見つけたときに閉めたままになっていた。」そのあとの改行はなし。

▼19　このあとに「予想された通り、」。

▼20　このあとに改行。

▼21　このあとに「どの部屋も、壁に床から天井までの背の高い鏡がはめ込まれていたからだ。」。

▼22　このあとの改行なし。

▼23　このあとに「勝手口から」。

▼24　このあとに改行。

▼25　このあとに「戻って幽霊の出現を待つつもりだった。」。

▼26　このあとに「これ以来、彼は結婚する予定で、その暁には古屋敷に戻って住むために補修や改築を依頼したのだという噂が、村で流れた。」。

⧗27「屋敷の内部や屋根はまだだ」。

▼28　このあとに改行。

▼29　このあとに「。それ以来、敷地整備はちょっと行なわれたが、大したことじゃない」。

▼30　このあとに改行。

▼31「第二部」。

▼32　このあとに「哲学博士、法学博士、医学博士などの称号を持つ」。

⧗33「人呼んで思考機械のビーコン・ヒルにある自宅の呼び鈴を鳴らした。この高名な科学者の家政を取りしきる召使いのマーサという老婆が応えて出た。玄関先にいたハッチ」。

▼34　このあとに「『デューセン教授にお目にかかれますか』と、彼は告げた。／マーサは何も言わずに彼を中に入れて、小さな客間へと案内した。五分後、科学者にして論理学者、そしてハッチの友人でもあるヴァン・デューセン教授が部屋に入ってきた。／巨大な頭に秀でた額、黄色いもじゃもじゃの髪の毛、弱々しげな顔に、分厚い眼鏡の向こう側ではいつものやぶにらみの目つきをしていた。ハッチにはお馴染《なじ》みすぎるほどの普段通りの姿だった。」。

⧗35「思考機械は訊いた。彼は機嫌がいいときでも、いつもこんな苛《いら》ついたような口調だった。／ハッチは立ち上がり、思考機械が伸ばした長くてほっそりとした手を握った。痩せて背中の曲がった科学者の上に屈み込んでいるのだが、彼は怯《おび》えた子供のような気分になる。なぜならば、この男の存在感に気圧《けお》されるからだ。彼は、この謎に光明を当ててもらいたかった。かつて個人的な経験から、ほとんど誰も知らないこの人物のことを知ったのだった。／『それで？』と、思考機械は繰り返した。／『ええ、はい、ええ』ハッチはびくりとしたように言った。」このあとの改行なし。

▼36　このあとに「科学者はいつものお気に入りの姿勢で座り、ほっそりした両手の指の先をつき合わせて、天井をじっと睨みつけた。」。

▼37　「！」のかわりに「、」。

▼38　このあとに「どういう経緯でそこに行くことになったのか、」。

⧗39　「実際何もないところに」。

▼40　「ハッチ」。

▼41　このあとに改行。

▼42　このあとに「教授、それに臆病者だとは信じてはいません。また、」。

▼43　このあとに「こうした考えが頭の中を駆け巡り、」。

⧗44　「突進しました。そして――」。

⧗45　「ハッチは」。

▼46　このまえに「数分にわたって沈黙が続いた。」。

▼47　このあとに「と、記者は断言した。」。

▼48　「第三部」。

▼49　このあとに「ステート街の資本家」。

▼50　このあとに「ハッチンソン・」。

▼51　このあとに「さらに彼は、ほんの数年のうちにひと財産を無にしてしまったウェストン本家の相続人の一人でもあった。」。

▼52　このあとに「彼のそれまでの行ないを理由にして」。

▼53　このあとに改行。

▼54　このあとに「ばかばかしい話だと痛いほどわかっていながら、」。

▼55　このあとに「ただ、他人にはなかなか説明しづらいのだけれど、ちょっとだけ勇気があったように脚色をしてしまった。（改行）」。

▼56　このあとに「サウス・ショアに」。

▼57　このあとに「。もちろん現在では全然残っていない」。

▼58　このあとに「他の人々は、黙ったまま聞いていた。」。

▼59　このあとに「』と、ジョージ・ウェストンは続けた。『」。

▼60　このあとに「ハッチは黙って座ったまま、待っていた。」。

⧗61　「高名だとかいう」。

▼62　このあとに「という返事だった。」。

▼63　このあとに「短剣をふりかざし、頭はあるが顔はなく、見たところ八フィート、いや九フィートの背丈があった。」。

▼64　「第四部」。

⧗65　「古びたウェストン屋敷」。

⧗66　新聞初出にはない。

▼67　このあとに「しかし今から考えてみると、あちらかこちらかといえば、ドアの近くに現われたと言うほうがよかったように思えた。」。

▼68　このあとに改行。

⧗69　「真っ青な顔で記者のほうを向いた」。

⧗70　「記者のほうを振り返った」。

▼71　このあとに「そしてまた、中断した仕事を再開した。ハッチは数分間、いらいらしながら座って待っていた。ようやく思考機械がこちらを向き、彼をじろりと睨みつけた。」。

▼72　このあとに「（改行）間があいた。（改行）」。
▼73　このあとに「と、ハッチは言った。」。
⧖74　この部分が、新聞初出では後述の「翌日正午ごろ、彼はアーネスト」のあとに誤って入っている。
▼75　このあとに「『いいえ』と、彼は繰り返した。」。
▼76　このあとに「ハッチ自身が先日の晩に一人で屋敷に行ったときと、ほぼ一緒の体験だった。」。
▼77　このあとに改行。
⧗78　「数分後、ハッチは再び思考機械が仕事をしている小さな実験室に駆けつけた。科学者は、外出用の洋服を着ていた。帽子をかぶっていないだけだった。／『君を待っていたのだ』と、彼は待ちかねたように言った。／彼らはサウス・ショア行きの汽車に乗った」。
⧗79　「彼ら二人は崖の上から海を見下ろす古いウェストン屋敷に向かった。彼らは何の目的もないかのように一時間以上、あたりを歩き回っていた。そしてようやく、屋敷に歩み寄った」。
▼80　このまえに「不思議に思いながらも、」。
▼81　このあとに「三十分以上」。
▼82　このあとに「壊れた窓、」。
▼83　「第五部」。
⧗84　「これを発表するときは、すべてを語るときになるだろう。」。
⧗85　「ハンカチの汚れに、一種の血液試験を行なったのだと、ハッチは理解していた。しかし、駐在の理解を超えているだろうから、このことは彼に説明せずにいた」。
▼86　このあとに改行。
⧗87　「質問をした」。
▼88　このあとに改行。
▼89　このあとに「思考機械の血液を沸騰させるようなことはなかった――。彼は単に、それは何だろうと思っただけだった。（改行）」。
▼90　「第六部」。
⧗91　「ハッチンソン・ハッチ記者」。
▼92　このまえに「何事かと思いながら」。
▼93　このあとに「階段を下りると」。
▼94　このあとに「思考機械は光のあるほうへと下りていった。」。
▼95　このあとに「この何日もの幽霊騒ぎについて、自分の行動についてなどなど、」。
▼96　このあとに中見出し「幽霊はモーターボートで逃走した」。
⧗97　「そして残りの二人が闇の中から現われ、駐在と記者に歩み寄った。幽霊屋敷の所有者アーネスト・ウェストンと、思考機械だった」。
▼98　このあとに中見出し「教授の論理と結論」。
▼99　このあとに「それらの鏡は汚れていたか、それとも掃除してあったか？　ハッチ君は気がつかなかった』（改行、中見出し）なぜ屋敷に幽霊が出たのか？」。
▼100　このあとに中見出し「宝石をアーネスト・ウェストンに渡す」。
▼101　このあとに「その声音には皮肉っぽい響きがこもっていた。」。
▼102　このあとに中見出し「なぜ彼は宝石を屋敷の地下室に隠したのか」。
⧗103　「ハッチは長い時間をかけて考えた」。
▼104　このあとに中見出し「ガラス板に逆文字で」。
⧗105　新聞初出にはない。

大型自動車の謎

The Great Auto Mystery

1

いかにも楽しそうな笑い声をあげ、青い目を輝かせながら、マーガリート・メルローズはグロテスクな自動車用マスクをつけ、御し難い髪の毛をヴェールの中に最後の一本まで押し込んだ。その可愛らしい顔は、口から眉毛まで隠れてしまった。そしてカールした髪の毛も、しっかり結んだヴェールで固定された帽子の下に収まった。

「ひどい顔だよね？」と、彼女は連れに言った。

ジャック・カーチスは笑い声をあげ、

「まあね」と、冷やかし加減で言った。「まあ、本当は可愛いってわかっているんだからいいじゃないか」

「でも、これじゃあさっぱりわからないよ」と、チャールズ・リードは口を出した。「白人か黒人かもさっぱりわからないほど、顔が見えないや」

娘が唇を突き出して不満気な顔をしたせいで、白い歯も見えなくなってしまった。[1]彼女は気を悪くした様子だった。

「こんなの、取っちゃおうかな」と、ついには言い出した。

「だめだよ」カーチスは警告した。「いい道路では、グリーン・ドラゴン号はものすごいんだから」[2]

「髪の毛を出しちゃいなよ」と、リードが茶々を入れた。

「ジャックがそれを許したら、髪の毛がぶわっと広がって――！　どこに行ったって、目立ってしょうがないぞ」

「いくら夜だからって、こんなに暗くて大丈夫？」と、娘は間髪入れずに訊いた。[3]

「機関車みたいな双子のライトがあるから問題ないよ」カーチスはにっこり笑って保証した。「完璧に安全。心配ないさ」[4]

彼はマスクとゴーグルをかけた。リードも同じようにした。[5]グリーン・ドラゴン号は、車高の低いレース用のガソリン車だった。ホテルの脇玄関の前で、ずっとエンジンをふかしたまま彼らを待っていた。カーチスはミス・メルローズに手を貸して前の席に座らせると、自分もその隣に座った。

リードは後部座席に座った。ぶるんと振動するとぐいっと動き、そして走り出した。[6]

三人のうちの一人、マーガリート・メルローズは五年前から西部で注目を集めはじめた女優で、その演技は確固たる地位を築いていた。ジャック・カーチスは彼女の幼なじみで、二人ともサンフランシスコに住み、同じ学校に通っていた。そしてチャールズ・リードは彼の親友で、デンヴァーの鉱山主の息子だった。[7]

はからずも三人はボストンで出会い、よくつるむようになった。デンヴァーで二年前に会って以来だった。そのときミス・メルローズは、舞台に立っていたのだ。彼女は今、次のシーズンに西部に戻るまでの期限つきで、ボストンで声楽の勉強をしていた。

リードはボストンで、[8]社交界のある若い女性を辛抱強く口説いていた。[9]ミス・エリザベス・ドウとは、サンフランシスコで初めて会った。彼女はまだ十九歳だが、それにもかかわらず彼は情熱的に口説き続け、ミス・ドウが東部に帰ってもその熱は冷めることはなかった。[10]ボストンで彼は、彼女はモーガン・メーソンという別の男性を気に入っているという噂を耳にした。貧乏だけれども、名門の出の男だった。頭にきたリードは、まさに西から来たロキンヴァー〔訳注：サー・ウォルター・スコットの詩「マーミオン」に登場する情熱的な男性〕といった調子で、その噂が本当かどうかを確かめに来た。

カーチスは、新しくて画期的な方法で興奮を追い求めることしか頭にない男だった。彼は、リードとともに東部にやって来た。彼らはボストンに来て以来、ずっと一緒だ。[11]彼はリードとは違った種類の人間で、富は悩みの種でしかなかった。なすべきことは何もなく、単にいくらでも浪費ができる立場の人間でしかなかった。彼の暴走のおかげで、他の青年たちはふと立ち止まり、自己を省みることができた。

カーチスとリードの二人とすっかりうちとけた女優のミス・メルローズは、思いやりがあり、彼らと一緒にいたおかげで、しばしば二人にお説教する羽目になった。ミス・メルローズに怒られるというのもまた乙なものだったので、わざと悪さをしてしまうほどだった。彼女の名前が売れ出して以来、カーチスはほとんどの時間を彼女のために費やした。一方リードは、ミス・ドウの気持ちを変えさせようと、さんざん苦労していた。[12]

グリーン・ドラゴン号と三人の乗客は、ミス・メルローズが宿泊しているホテル・ヤーマスを、しずしずと出発した。[13]コモン公園に向かって、[14]自動車で混雑している中を、あっちへこっちへと曲がりくねりながら進んだ。夜六時半のことだった。[15]

「ここからコモンウェルス・アヴェニューまで突っ切ったら」と、ミス・メルローズは提案した。彼女にはなにか心当たりがある様子で、その青い目は不格好なマスクの下できらめいていた。「この道を行ったところに、とてもいい古風な宿屋があるのを知っているの。食事に寄るには理想的なところよ。五年前にボストンに住んでいたときに、行ったことがあるの」

「どれくらいの距離だ？」と、リードは訊いた。

「十五マイルか二十マイルじゃないかしら」との答えが返ってきた。

「わかった」カーチスは行った。「行こうぜ」

彼らはコモンウェルス・アヴェニューを疾走していった。この時間帯は、ほぼ自動車愛好家専用道路といってもいいくらいだった。ヴェンドーム、そしてサマーセットを通り過ぎ、真っ平らでなめらかな道路を進んでいった。[16]明々と、照明で照らしだされている。その周囲には電気街灯が設置されていたからだ。しかし月は出ておらず、ひとたび郊外に出ると、真っ暗になってしまった。[17]

カーチスは自動車に熱中していた。リードはしばらく考えにふけっていたが、やがて身を乗り出すと、ミス・メルローズに話しかけた。

「[18]今日、君が興味を持ちそうな話を聞いたんだけど」と、彼は言った。

「何？」と、彼女は訊いた。

「ドン・マクリーンがボストンにいる」

「それは聞いてるわ」と、彼女はさらりと答えた。

「そいつは誰だ？」と、カーチスが問いただした。

「マーガリートを熱烈に愛している男だ」と、リードはにやにやしながら言った。

「チャーリー！」娘は叱りつけ、その顔は真っ赤になった。「別に何でもないのよ」

カーチスは彼女の顔をちょっと覗き込んだが、再び視線を前方の道路へ戻した。

「女の子に七回もプロポーズするなんて、大したことはないよなあ？」と、リードはからかい半分に訊いた。

「そんなことをしているのか？」と、カーチスがすかさずたたみかけた。

「単にバカをやって、わたしまで巻き添えになっているだけよ」と、女優は心をこめてカーチスに答えた。「彼は——わたしに恋しているんでしょうけど、わたしが舞台に立っているものだから、家族は反対しているわ。相続から外すって脅されたりなんだりしているらしいわ。だから——おしまいなの。それに、そもそも真面目になんて考えたこともないし」と、つけ加えた。

また沈黙に包まれた。グリーン・ドラゴン号は、郊外の闇の中を突っ走った。二つのライトは煌々《こうこう》と前方を照らし、道路のどんなへこみも突起も明らかにした。しばらくしてカーチスがまた口を開いた。[19]

「奴は今ボストンにいるのか？」

「ええ」娘は言った。「そう聞いているわ」慌ててつけ加える。

そして会話は、別の内容へと移っていった。カーチスは巨大な自動車の運転に没頭していた。無数のレバーを、あっちを押したりこっちを引いたりまたあっちと操作し、会話から外れていった。リードとミス・メルローズは話を続けた。しかし、自動車のスピードが上がると風切音がひどくなり、会話もろくにできなくなった。そしてついには、娘は高速の快感に身を任せるままになった。危険な楽しみは神経をぞくぞくさせ、さらにもっと強い刺激を求めさせるのだ。

「ガソリンの臭いがしないか？」と、いきなりカーチスは二人のほうを向いて訊いた。

「そんな気がする」と、リードが答えた[20]。

「まいったな！　タンクにひびが入ってしまったのなら、まずいぞ」と、カーチスは怒った様子もなく叫んだ。

「宿屋につくまではもちそう？」ミス・メルローズが訊いた。

「あと五、六マイルもないと思うけど」

「止まるまで走るさ」カーチスは答えた。「いざとなったら、道路沿いの家に助けを求めればいい。彼らも自動車には慣れているはずだ」

　木々のあいだから前方にたくさんの明かりが、輝きはじめた。

「あれがきっとその宿屋だ」と、カーチス。「そうだろう？」彼は娘に訊いた。

「うーん、よくわからない。でも、違うような気がするわ。わたしの言っていたのはもっと遠くにあるのだと思うけど[21]、途中で通り過ぎたのも似ていたし。でも、よく覚えていないわ」

「ともかく、停車してガソリンを手に入れよう」と、カーチスは言った。

　どうにかこうにか機嫌を取りながらグリーン・ドラゴン号を走らせて、道路から二十フィートほど引っ込んだ古屋敷の正面の行き止まりに停めた。電気がついていて、中から賑やかに食器がぶつかる音がしたり、白いエプロンをかけたウェイターたちが動き回っているのが見えた。玄関の上には「モナーク・イン」という看板がかかっていた。

「これがその場所かい？」と、リードは訊いた[22]。

「いいえ、違うわ」ミス・メルローズは答えた。「わたしが言っている宿屋は、道路から三、四百ヤード離れた林の中だもの」

　カーチスは自動車から飛び降りた。そのとき、何かがポケットから落ちた。立ち止まって、あたりを手探りで探した。そして、ガソリンタンクも調べた。

「漏れている」苛立《いらだ》たしげに言う。「あと半ガロンもないや。彼らはガソリンを持っているはずだ。ちょっと待っていてくれ」

　ミス・メルローズとリードは自動車の中に座ったまま、彼が建物へ歩いていくのを見守っていた。ベランダの近くで彼は振り返り、声をかけた。

「チャーリー、飛び降りたときにそのへんに何か落としたような気がするんだ。降りてマッチをすって、探してみてくれないか。マッチを持ってガソリンタンクの近くに行くんじゃないぞ」

　彼は建物の中に姿を消した。リードは自動車から降りて、何本かマッチをすった。ようやく落とし物を見つけ外ポケットにつっこんだ。ミス・メルローズが道路のほうを眺めていると、二つの明るい光がこちらに高速で近づいてきた。

「うすら寒いね」と、リードは立ち上がりながら言った。「コーヒーか何か欲しくない？」

「いらないわ」と、娘は答えた。

「ちょっと行って、何か温かい飲み物がないか訊いてみる。かまわないかな？」

「いいえ、チャーリー、嫌よ」娘は慌てて言った。「そんなの駄目」

「いや、大丈夫だよ」と、彼は軽く答えた。

「戻ってきても口をきいてあげないから」と、彼女は冗談混じりに言い張った。

「ああいいよ、どうぞどうぞ」彼は笑い声をあげ、建物へ入っていった。

　ミス・メルローズは可愛い顔をあちこちきょろきょろさせて、いらいらしながら待っていた。そしてこちらに向かってくるライトの光に[23]腕時計をかざした。明かりは近づくにつれてまぶしくなり、なめし革の自動車用コートを着た彼女の姿は、相手の自動車からもはっきり見えた。新しくやってきた自動車が停車し、中の人間の姿は彼女には見えなかったけれども、こちらに話しかけてきた。

「ちょっと車の向きを変えてくれませんか。そうすれば、こちらが道路から中に入れるんですが？」[24]

「わたし、運転できないんです」と、彼女は困ったように答えた。

　間があった。もう一台の自動車の主▼は身を乗り出して、彼女をじっと見つめた。[25]

「君かい、マーガリート？」と、彼はおもむろに訊いた。

「ええ」彼女は答えた。「あなたは誰？　まさかドン？」

「そうだよ」

　もう一台の車から人影が飛び降りると、彼女のほうにやってきた。

＊＊＊

　二十分後、カーチスは大きなガソリン缶を持ってグリーン・ドラゴン号に戻ってきた。二人の同乗者の影が、くっきりと夜空に浮かんでいた。リードは後部座席にふんぞりかえって、煙草を吸っていた。

「あったかい？」と、彼は訊いた。

「ああ」と、カーチスはうなった。そして彼はガソリン漏れを修理し、タンクに補給をした。ほんの五分ほどのことだった。そして、自動車に乗り込んだ。

「寒いかい、マーガリート？」と、彼は訊いた。[26]

「彼女が口をきいてくれないんだ」と、リードはちょっと前かがみになって言った。「僕がスコッチのお湯割りをもらいに行ったものだから、怒っているんだ」

「僕も飲みたかったな」と、カーチスは言った。

「次の場所につくまでの我慢だ」リードは慰めた。「少しでも何か腹に入れれば、機嫌も直るさ」

　答えもせずに、カーチスはレバーを引いた。そして自動車は発進した。彼らがやってきたときに停まっていた二台目の自動車は、まだその主《あるじ》を待って停まったままだった。遅れてしまったので、カーチスはフルスピードを出した。[27] しばらくしてリードは前かがみになり、娘に話しかけた。

「気[28]分はいいかい？」と、彼は訊いた。

　彼女[29]は、何かが聞こえた様子さえも見せなかった。そこでリードは、同じ言葉を繰り返しながら、彼女の肩に手を置いた。それでも、何の答えも返ってこなかった。

「君からも何か言ってやれよ、ジャック」と、彼はカーチスを促した。

「どうしたんだい、マーガリート？」と、カーチスはちらりと脇見[30]をしながら訊いた。

　それでも、答えなかった。彼は自動車の速度をちょっと落とした。そして彼女の腕をつかみ、そっと揺さぶった。何の反応もなかった。

「おい、いったいどうしたんだ？」と、彼は叫んだ。「失神でもしたのか？」

　もう一度彼女を揺さぶった。今回はさらに強くした。

「マーガリート」と、名前を呼んだ[31]。

　そして、彼女の顔を触ってみた。それはぞっとするほど冷たく、顎のあたりは気持ちが悪いほどだった。顔の上部はマスクで覆われたままだった。三度目に彼女を揺さぶり、恐怖に駆られた様子の彼は、手袋をしている彼女の手首をつかみ、自動車を停めた。まったく脈を打っていなかった。手首は完全に冷たくなっていた。

「病気に違いない——重病だ」と、彼は動揺しながら言った。「このへんに医者はいないか？」

　リードは後部座席から立ち上がり、まったく身動きをしない彼女へ身を乗り出した。そして、おどおどした声音[32]でこう言った。

「できるだけ急いで、先にある宿屋に行ったほうがいいんじゃないか」と、カーチスに反対した。「さっき出発したところよりも近いだろう。そこだったら、医者もいるかもしれない」

　カーチスは狂ったようにレバーを引き、自動車は闇夜の中に飛び出した。三分ほどで、次の宿屋の明かりが見えた。二人の男は同時に自動車から飛び降り、競うように建物まで走っていった。

「医者だ、急いでくれ」と、カーチスは息を切らせながらウエイター[33]に要求した。

「隣ですよ」

　さらなる指示を待たずに、カーチスとリードは自動車に走り戻り、娘を抱きかかえると、[34]ほんの数フィート先の家へと運んでいった。しばらく大騒ぎをした末に、誰かが起きてきた。医者はいるのだろうか？　いた。急いで診てくれるのだろうか？　そうだ。

玄関が開かれ、彼らは娘の身体を玄関ホールの長椅子に横たえた。レナード医師が現われた。彼は白髪の老人で、鋭い眼差しを持ち、固く口を閉じていた。

「どうしたのだ？」と、彼は訊いた。

「彼女が死んでいる[35]と思うんです」と、カーチスは答えた。

医者はせわしなく眼鏡を調整した。

「誰なのだ？」と質問しながら、ぴくりとも動かない彼女に屈み込み、喉や胸を調べた。

「ミス・マーガリート・メルローズという女優です」と、カーチスは慌てて説明した。

「彼女に何が起きたんですか？」と、リードは急《せ》き込むように問いただした。[36]

医者は患者に屈み込んだままだった。ぼんやりしたランプの光の中、真っ青になったカーチスとリードは心配そうに立って待っていた。ようやく医者は立ち上がった。

「どうですか？」と、カーチスは訊いた。

「死んでいる」というのがその答えだった。

「なんてことだ！」リードは叫んだ。「原因は？」カーチスは言葉を失っていた。

「これだ」と医者は言うと、血まみれの長いナイフを取り出した。「心臓を突き刺していた」

カーチスは彼を、ナイフを凝視した。そして命を失った遺体を見た。さらに最後には、マスクの下から露出している真っ青になった彼女の顎を見た。

「見ろよ、ジャック！」と、リードはいきなり喚《わめ》いた。「あのナイフだ！」

カーチスは改めてそれを見つめた。そして、長椅子の遺体の脇にへたりこんだ。

「ああ、神様！　恐ろしい！」と、彼は口にした。

2

レナード医師は、ハッチンソン・ハッチや他の半ダースもの新聞記者に、夜遅くジャック・カーチスとチャールズ・リードが娘の遺体を自宅に運んできたこと、そしてその後の顛末について知る限りのことを語って聞かせた。警察[37]と検死官のフランシスもすでに新聞記者たちに会見をし、遺体は近くの村に運ばれていった。

「彼らはひどい興奮状態でここに来た」と、レナード医師は説明した。「遺体を運んできたのだ。カーチスという男が肩を持ち、リードという男が足を持っていた。彼らはこの長椅子に遺体を置いた。誰かと訊くと、マーガリート・メルローズという名の女優だと答えた。彼女の身元については、それしか聞いておらん」

「そしてわしはまだ息があるかどうか調べたが、だめだった。しかし、遺体はまだ完全に冷たくなっていたわけではなかった。心臓を調べてみると、致命傷を与えたナイフが見つかった。重たい武器で、手荒い仕事に使われるものであることは見るからに明らかだった。刃渡りは六、七インチあっただろう。そのナイフを抜いた。[38]もちろん、心臓を貫いているのはわかっていた。これでは助かるはずがない」

「彼らの一人、カーチスは、このナイフに注目するようリードが言うと、かなり興奮した様子を見せた。カーチスはわしからナイフを取り上げて、舐めるように観察し、もらっていいかと言った。[39]彼には、これは検死官に渡すものだと説明した。あれこれ文句を言っていたが、ようやくそれも収まり、わしは彼からナイフを取り上げた。リードがカーチスに、医者にはナイフを保存する義務があると説明をしたので、ようやくカーチスは納得した」

「そしてわしは警察[40]に連絡をしなくてはいかんと言った。わし自身が電話で通報した。彼らはずっとわしと一緒だった。この悲劇の解明の助けになるようなことを何か知らないかと質問したが、何も答えられなかった。カーチスによると、ガソリンがしまってある納屋の鍵を持つ男をずっと探していたのだが、十五分から二十分はかかったという。そしてガソリンが手に入ると、すぐに自動車に戻った」

「リードとミス・メルローズはその間自動車の中にいたと、彼は言っていた。カーチスは、留守にしているあいだに何が起きたのかは知らなかった。さらにリードは、ミス・メルローズと少し話をしたあとに車から降りて宿屋に入ったと言っていた。[41]そこに十五分ほどいたそうだ。なんでも、その中に知り合いの女性がいて、話をしていたからしい。三人いるウエイターの誰でも、自分[42]がモナーク・インにいたと証言してくれるはずだと主張している[43]」

「警察に連絡してから、カーチスは見るからに挙動不審になった――そのときは気にとめなかったが、今から思えばそうだった――そしてリードに、ボストンに行って私立探偵、それもピンカートン探偵社に連絡をしようじゃないかと言い出した。わしはやめるよう言ったのだが、彼らは出ていってしまった。[44]止めようもなかった。しかし名刺を残していった。[45]彼らはホテル・チュートニックの宿泊客で、そこに来ればいつでも逢えると言っていた。[46]その後、検死官と警察がやってきた。彼らに事情を話すと、刑事の一人がただちにボストンに急行した。彼らは今ごろ、刑事にこの話をしているだろう」

「その若い女性はどんな顔だったんですか？」と、ハッチが訊いた。

「実を言うと、よくわからんのだ」と、医者は言った。「彼女は自動車用マスクをしていて、顔は顎以外隠れていたし、帽子の上からヴェールで縛っていたので、髪の毛も隠れていた。[47]わしはそれらを外さなかった。検死官のために、遺体はできるだけそのままにしておいたからだ」

「服装はどうでしたか？」と、ハッチはさらに訊ねた。
「長いなめし革の、自動車用ダスト・コートを着ていた。贅沢な品物のようだった。そしてその下にはぱりっとした——決して高級品ではないが——ドレスを着ていた。[48]注文仕立てだな、あれは。それに、素晴らしいスタイルの女性だったぞ」

レナード医師から聞き出せたのは、それですべてだった。そしてハッチや他の新聞記者は、競うようにしてボストンへ戻った。翌日の新聞各紙は、西部出身でボストンを訪れていた美人女優ミス・メルローズ殺人事件の謎でもちきりになった。各新聞は、ライバル紙にミス・メルローズの写真が掲載されるかどうかお互い注視していたが、どこもそんなところはなかった。[49]

新聞には、ジャック・カーチスとチャールズ・リードと殺人事件の関係についての記事も掲載された。それは、レナード医師が会見で述べた通りの内容だったが、さらに詳しく書かれていた。この二人が自動車から離れているときに、誰かがミス・メルローズを殺害したのだろうというのが、大方の推測となった。

それは誰なのだろうか？[50] 男か、それとも女なのか？ 誰もわからなかった。リードがモナーク・インで知り合いの女性と話をしていたという件は——その名前は絶対に明かさなかったが——ハッチの新聞が裏づけを取った。三人のウェイターが、彼を目撃していた。

検死官は、簡単な声明を出しただけだった。質問への答えの中で彼は、ミス・メルローズを殺害した犯人は彼女の右側にいたと述べた。すなわち、カーチスが運転中にいた側であり、後部席から乗り出して刺すことも可能だった。だから、自動車の中にいた男たちは[51]二人とも彼女を殺害することができた。けれども、どちらの男もそんな犯罪を犯すような人物ではなかった。

致命傷が右側から加えられたという事実は証明されていると、明敏な検死官が述べた。それは、ナイフの傾きからわかったことだ——反対側、すなわち左側からでは、ナイフはあのような傾きにはならないのだ。[52]検死官の言葉にはいろいろな含蓄があった。しかし、彼はそれ以上何も語らなかった。一方、遺体は村に置かれたままだった。彼女の写真を手に入れようという努力は実らず、新聞社の画家の、彼女の死に顔をスケッチさせてほしいという申し入れも、黙殺された。

　カーチスとリードは、最初の証言をしたあとは、チュートニックに逼塞《ひっそく》していた。[53]必要とは思われなかったので、逮捕はされなかった。二人とも、事件解決につながるのであればどんなことでも協力すると言い、実際ピンカートン探偵社の私立探偵を雇って捜査をさせていた。しかし、彼らは警察以外の人間には会いもしなければ、言葉も交わさなかった。警察はこうした態度の彼らを元気づけ、「二十四時間以内には逮捕に至るだろうと」思われる証拠があるとほのめかしていた。

　ハッチは、こうしたほのめかしを読んでにやりとした。そして彼は、持ち前の忍耐力と知性を駆使して取材を行なった。そして、ボストンでのリードの恋愛話を嗅ぎつけた。しかし、それだけではなかった。実を言うと、リードはビーコン・ヒルにあるミス・エリザベス・ドウの家を昼過ぎに訪問していたのだ。

「お嬢様はいらっしゃいません」と、メイドは答えた。

「では、名刺を残していきます」と、リードは言った。

「お戻りにならないと思います」と、娘は答えた。

「戻らないって？」リードはおうむ返しに言った。「どうして？」

「今日の夕刊を見ていないんですか？」娘は訊ね返した。

「それでわかると思います。お母様のドウ夫人に、誰とも話すなと命じられております」

　リードは眉をひそめながら家を離れ、コモン公園へ向かって歩いていった。そこで彼は新聞の売り子を呼び止めて、夕刊を買った。いろいろな種類を買った。第一面に、ミス・メルローズ殺人事件の詳細が載っていた。さまざまな推理やら憶測やらとともに、彼女のそれまでの人生と、サンフランシスコでの芸能生活について書かれていた。

　リードは身震いしてそれらの記事を飛ばし、新聞をめくっていった。すると、メイドが言っていた記事を見つけた。[54]

「なんてこった！」と、彼は叫んだ。

[55]それはエリザベス・ドウと、モーガン・メーソンというリードのライバル[56]が駆け落ちをしたという記事だった。[57]どうやら、ミス・ドウとメーソン[58]はモナーク・インで待ち合わせをし、そこから自動車で旅立ったらしかった。彼女は出発前に両親宛てに置き手紙を残しており、メーソンは貧乏だけれども、彼のことを愛している[59]と書かれていた。一家[60]は、この件について話すことを拒否しているという。しかし、結婚許可証の写しが掲載されていた。

[61]リードは歩いてホテルに戻りながら、次第に苦渋の表情になっていった。カフェの奥にある個室で、カーチスを見つけた。かなりの量を飲んでいる様子だったが、気の立った人間にはよくあるように、それほど酔っているようには見えなかった。リードは新聞を投げてよこし、駆け落ちの記事を開い

た。

「それを見ろよ」と、ぶっきらぼうに言った。

　カーチスは読んだ――というより、ちらりと見た――何の反応も見せなかったが、しかしモナーク・インという名前に行き当たると、はっと顔を上げた。

「あの事件が起きた場所じゃないか？」と、彼は苦渋に満ちた顔で言った。

「そうだ」

　カーチスは、別の話題をべらべらと喋《しゃべ》った。あの悲劇について語ることを、わざと避けていたのだ。しかし、心の内にはひっかかるものがあった。いくら酒を飲んでも、忘れようがなかった。彼はしばらく酔っぱらいの管を巻いていたが、突然リードに向き直った。

「僕は彼女を愛していたんだ」いきなり情熱的な告白をした。

「ああ、神様！」[62]

「考え込まないようにしろ」と、リードは助言した。

「例のことは絶対に黙っていてくれるだろうな――あのナイフのことを？」と、カーチスは哀願した。

「もちろんだとも」リードは苛立たしげに言った。「どんなに締め上げられたって白状するものか。しかし飲み過ぎだぞ――墓穴を掘りたいのか。いつの間にか君だって喋ってしまうかもしれない――まずは立ち上がって店から出て、散歩をするんだ」

　カーチスはしばらく呆けたようにリードを見つめていたが、やがて立ち上がった。いくらかは、理性が戻った様子だった。しかし顔は真っ青だった。

「[63]出たほうがいいな」と、言った。

　しばらくして、彼はカフェの入口から脇道へと出ていった。冷たい空気に触れたおかげで気が引き締まり、トレモント街を繁華街へ向かって歩き始めた。[64]午後二時のことで、路上は混み合っていた。[65]

　半ダースもの新聞記者がホテルのロビーにたむろして、リードかカーチスの帰りを所在なく待っていた。本来であれば事件に遭遇した二人にしか知り得ないような詳細について、新聞各紙は見当違いなことを書きたてていた。帰ってきたリードは、新聞記者らが群がるのを断固として押しのけて進み、彼らの質問など歯牙にもかけなかった。カーチスの姿は見えなかった。

　カーチスはといえば、新聞記者に追いかけられずに、トレモント街から脇道を横切り、繁華街へ向かう途中で、ハッチンソン・ハッチに出くわした。彼はホテルへ行く途中だった。ハッチはすぐに彼だとわかり、[66]後ろにくっついて、これからどこに行くのか探ってやろうとした。そして、機会があれば他の記者を出し抜いて、[67]取材をしてやろうと思った。

　カーチスはウィンター街に入り、女性たちで混み合う中をぶらぶらと歩いていった。ウィンター街を半分進んだところまでハッチは尾行したが、一瞬彼を見失った。きっと店に入ったのだろうと、彼は想像した。入口の前で待っていると、カーチスが出てきた。女性たちを押しのけて、頭がおかしい人間のように腕を振り回し、その顔はひきつっていた。二十歩ほど走ると、転んで倒れた。

　ハッチは急いで駆け寄って助け起こし、恐怖にとりつかれた両目と灰色の顔を見つめた。

「どうしたんだ？」と、ハッチは慌てて訊ねた。

「僕は――具合が悪い――医者が必要だ」カーチスはあえいだ。「どこかに連れていってくれ、頼む」

　彼はハッチの腕の中でぐにゃぐにゃになって、なかば意識を失った。辻馬車がゆっくりと群集の中を進んできたので、ハッチはカーチスに手を貸しながら乗り込み、御者に行き先を伝えた。

「急いでくれ」と、つけ加えた。「この紳士は病気だ」

　御者は鞭をくれて、トレモントへと動き出した。そして、パーク街へ向かっていると、カーチスは少し身を起こした。[68]

「どこに行くんだ？」と、訊いた。

「医者のところだ」と、ハッチは答えた。[69]

　カーチスは目を閉じて、後ろに身をもたせかけた。その顔は真っ青だった。あまりに顔色が悪かったので、ハッチは脈をとり、ちゃんと心臓が鼓動しているかどうか確かめたほどだった。数分後、辻馬車は止まり、[70]いまだに手助けが必要なカーチスとハッチは玄関へと向かった。呼び鈴に答えて、一人の老婆が出てきた。

「ヴァン・デューセン教授はいらっしゃいますか？」と、新聞記者は訊いた。

「はい」[71]

「ハッチとすぐに診察が必要な紳士が来たと伝えてください」と、ハッチ[72]は急いで言った。

　彼はこの家の間取りをよく知っていた。カーチスを支えながら、中に入っていった。老婆はどこかに姿を消した。カーチスは、小さな客間の長椅子にぐったりと座り込んだ。死んだような目でハッチを見ていたが、音も立てずに、長椅子の上で意識を失って倒れてしまった。

　その直後にドアが開き、オーガスタス・S・F・X・ヴァン・デューセン教授こと思考機械[73]が姿を現わした。彼はどうしたんだといわんばかりにハッチを見つめた。ハッチは[74]カーチスに向かって顎をしゃくった。

「いやはや、いやはや」と、思考機械は[75]叫んだ。

　彼は倒れた男の傍らに屈み込んでいたが、[76]別の部屋に姿を消すと、皮下注射器を持って戻ってきた。[77]しばらく気をもんでいると、やがてカーチスは身を起こした。彼は二人の男を見つめているようだったが、実はそうではなかった。その目には、言いようのない恐怖が宿っていた。

「彼女を見た！　彼女を見た！」と、大声で叫び出した。

「心臓に短剣がささっていた。マーガリート！」

　再び彼は意識を失った。思考機械はハッチを睨みつけた。

「この男は精神錯乱である」と、苛立った様子で断言した。

3

　十五分ものあいだ、ハッチは黙って思考機械が意識不明の男を治療しているのを見つめていた。一、二度カーチスはうごめき、わずかにうめいた。[78] ハッチは思考機械にどういう状況だったのかを説明しようとしたが、苛立っている科学者は[79]彼をじろりと睨みつけたので、新聞記者は口を閉じた。十分か十五分経った後に、思考機械はようやく温和な表情でハッチのほうを向いた。[80]

「もう少しすれば元気になるだろう」彼は言った。「何があったのだ？」

「実は、殺人事件なんです」[81] ハッチは話し始めた。「マーガリート・メルローズという女優が昨晩心臓を刺されたんですが――」

「殺人だと？」思考機械は口を挟んだ。「自殺という可能性はないのかね？」

「可能性でいえば、あります」新聞記者はちょっと考えてから、そう言った。「でも、殺人のように思われます」

「君が殺人だというのなら」と、思考機械は言った。「現場に駆けつけて、その目で見てきたのだろう。続けなさい」

　そしてハッチは、ことのなりゆきを最初から知るかぎり説明した。グリーン・ドラゴン号がモナーク・インに停車したこと、そこで起きたこと、娘がナイフで刺されたときにカーチスとリードがどこにいたのか、リードの[82]話の裏が取れたことなどだ。[83] そして、レナード医師の家に二人が娘を連れていったこと、そこで何が起きたのか、カーチス[84]がナイフを欲しがったこともだ。

　両手の指の先を合わせて、上のほうを睨みつけたまま、思考機械は聞いていた。そして、カーチスがついさっきこの部屋に連れてこられた顛末で、この物語は終わった。思考機械は立ち上がり、カーチスが寝かされている長椅子に歩み寄った。彼はほっそりとした指で、意識不明の男のふさふさとした髪の毛を何度もさわった。

「ハッチ君、ミス・メルローズが自殺をしたという可能性が十分にあると思わないかね？」と、彼はようやく訊いた。

「可能性はあると思いますが、そのようには見えません」と、ハッチは言った。「動機がありません」

「しかし、君は他の何についても動機を示してはおらん」不敵な物言いで反論が返ってきた。「もっとも、彼と直接話をするまでは、私にも何も言えんが」と、彼はつぶやいた。

　そして再び患者のほうに向き直り、血の気が戻ってくるのを観察していた。

「ああ、これでもう大丈夫だ」と、彼は言った。[85]

　そうこうしているうちに、さらに十分が経ち、患者は突然長椅子の上に身を起こして、目の前の二人の男を当惑した様子で眺め回した。

「何があったんだ？」と、彼は訊いた。まだ、ろれつもよく回らない様子だった。意識は取り戻したが、まだ不安定だった。

　ハッチは彼に、なにが起きたのかを簡単に説明した。彼は黙って聞いていた。そして、思考機械のほうを向いた。

「こちらの紳士はどなたです？」と、彼は訊いた。科学者の変わった外見に気づいて、じろじろと見つめた。

「ヴァン・デューセン教授、高名な科学者で医師です」と、ハッチは紹介した。「僕があなたをここに連れてきたんです。もう一時間も、つきっきりで治療してくださっているんですよ」

「それではカーチス君」と、思考機械は言った。「ミス・メルローズ殺人事件について、君が知っているすべてを語ってくれれば——」[86]

　カーチスはさっと真っ青になった。

「どうして僕にそんなことを訊くんですか？」と、彼は言い返した。

「無意識のうちに、いろいろ喋ってくれた」と、夢見るような目つきで天井を見ながら、思考機械は答えた。「そのことを気に病んでいて、さらに大量のアルコール摂取が相まって、君は神経衰弱の一歩手前の状態になったのだ。すべてを告白したほうが、よろしい」

　ハッチは科学者の発言の意図を汲み取って、黙っていた。カーチスはしばらく二人を見つめていたが、神経質な足取りで室内を行ったり来たりした。彼は、自分が何を口走ってしまったのか、覚えていなかった。どんな重要な言葉を漏らしてしまったのか、わからなかった。そして、ようやく決心した様子になった。彼はいきなり、思考機械の真ん前で立ち止まった。

「僕が殺人を犯すような人間に見えますか？」と、彼は訊いた。

「いいや、違う」と、すぐに答えが返ってきた。

　彼の語った話はほぼハッチのものと同じだったが、科学者は慎重にそれを聞いていた。

「詳しく、もっと詳しく！」と、彼は[87]一度口を挟んだ。

　その話は、カーチスが自動車を降りた[88]瞬間から、カーチスとリードがホテルに戻ってきたところまでで終わった。そして彼は口をつぐんだ。

「カーチス君、どうして君はレナード先生からナイフを取り上げようとしたのだね？」と、思考機械はおもむろに質問をした。

「それは——だって——その——」彼は口ごもり、赤面して黙り込んだ。

「それは自分に容疑がかかる恐れがあるからだろう？」と、科学者は[89]言った。

「何が起きるか、予想もつかなかったんです」というのが、それに対する答えだった。

「君のナイフか？」

　再びカーチスは真っ赤になって、何も言わずとも真実を物語った。

「いいえ」と、彼は断言した。

「リードのナイフか？」

「そうじゃありません」と、彼は即座に否定した。

「ミス・メルローズに惚れていたな？」[90]

「はい」と、しっかり答えた。

「彼女に結婚の申し込みを断られたことがあるかね？」

「一度も申し込んだことはありません」

「どうして？」

「警察の尋問なんですか？」と、カーチスは怒って反駁《はんばく》し、立ち上がった。「僕は囚人なんですか？」

「いいや、違う」思考機械は穏やかに言った。「しかし、囚人になるかもしれん。なにしろ、無意識のうちにいろいろ言っていたからな。私は単に、君を助けようとしているだけだ」

　カーチスは椅子に座り込み、頭を抱えると、しばらく身じろぎもしなかった。ようやく彼は顔を上げた。

「質問に答えます」と言った。

「どうして君はミス・メルローズに結婚を申し込まなかったのだ？」[91]

「それは――その、実は、ドナルド・マクリーンという別の男も彼女を好きで、彼女ももしかしたらそいつのほうが好きなんじゃないかと思っていたからです。[92]二人が結婚しても、男が勘当されないことになったら、きっと一緒になるだろうと思っていました。マクリーンは今、ボストンにいるんです」

「ほう！」と、思考機械は叫んだ。[93]

「君の友人リードは、彼女に恋しなかったのかね？」

「いいえ」というのが彼の返事だった。「リードがここに来たのは、ミス・ドウという社交界の娘を口説くためです。僕はそれにつきあって来ました」

「ミス・ドウだって？」と、ハッチは即座に反応した。「昨夜モーガン・メーソンと駆け落ちした娘じゃないか？」

「そうです」カーチスは答えた。「あの駆け落ちとこちらの――殺人事件のせいで、リードは僕同様に落ち込んでいます」

「どの駆け落ちだと？」と、思考機械が質問した。

　ハッチは、メーソンがどうやって結婚許可証を入手したか、どのようにしてミス・ドウとメーソンがモナーク・インで待ち合わせたか――すべての話を合わせると、そこはミス・メルローズが殺害された現場に間違いなかった――どうやってミス・ドウが両親宛ての手紙をそこから出し、二人で姿を消したのかを、説明した。思考機械は、興味もなさそうに聞いていた。[94]

「君はミス・メルローズ殺害に使われたナイフを所有していたのかね？」と、最後に彼は訊いた。

「いいえ」[95]

「同じようなナイフは持っていたか？」

「ええ、昔」

「それが君の自動車工具箱にないときは、どこに入れて持ち運んでいた？」

▼96「コートの下のほうのポケットです」

「ところで、ミス・メルローズはどういった外見をしている？」

「あんな美人には今まで会ったことがありません」と、カーチスは熱を込めて言った。「身長は普通ですが、スタイルは抜群です——どこでも人目を引くような女性です」

「ヴェールと自動車用マスクを、殺害時にはつけていたそうだが？」

「はい。顎以外は全部覆われていました」

「自動車用マスクをした彼女が、首を回さずに左右を見ることはできたかね？」思考機械は辛辣な質問をした。「もし君が彼女を刺そうとして、そう、運転中に片手にナイフを持ってだ、日中なら、彼女は振り返らずに気づくことができるかね？　または、もし彼女がナイフを持っていたとしたら、君からは見えるか？」

　カーチスはちょっと肩をすくめた。

「いいえ、無理だと思います」

「彼女はブロンドか、それともブルネットか？」

「ブロンドです。豊かな黄金の髪の毛でした」と、カーチスは答えた。その声音には、また称賛の色が含まれていた。

「黄金の髪の毛？」と、ハッチは繰り返した。「たしかフランシス検死官は、黒髪だと言っていたはずだが？」

「いいえ、金髪です」と、断言した。

「君は遺体を見たかね、ハッチ君」と、科学者は質問した。

「いいえ、誰も見ていないのです。フランシス医師は記者には見せてくれないのです」

▼97思考機械は立ち上がり、一人で隣室に行ってしまった。電話の呼び鈴が聞こえ、誰かがその二つの部屋をつなげるドアを閉めた。科学者は戻ってくると、ハッチが待ちに待った点を鋭く突いてきた。

「今日の午後、ウィンター街で何があったのだ？」

　カーチスはこのときにはもう十分平静を取り戻していたのだが、この言葉を聞くと、再びそわそわしはじめた。あっという間に真っ青になったかと思うと、今度は髪の毛の根元まで真っ赤に染まった。

「飲み過ぎていたんです」と、ようやく彼は言った。「あれやこれやのせいで、本当に参ってしまいました。自分が自分ではないようです」

「何を見たと思ったのだ？」と、思考機械は問いただした。

「僕はある店に入りました。何をしにかは、よく覚えていません。そこは、たくさんの女性たちでごったがえしていました——僕は彼女たちに取り囲まれてしまいましたが、そこで見たのは——」彼は口をつぐみ、しばらく黙り込んだ。「そこで僕が見たのは」絞り出すように言う。「女です——ちょっとだけ、店内の大勢の頭越しにちらりと見えただけなんですが――その――」

「その、何なんだ？」と、思考機械は言い募った。

「その瞬間、マーガリート・メルローズに間違いないと思ったんです」という答えが返ってきた。

「もちろんそれは見間違いだとわかっていたのだろう？」[98]

「今ではわかっています」カーチスは答えた。「たまたま似ていただけでしょう。でも僕は恐怖に駆られ、叫び声を上げて外に飛び出しました――そう見えたんです。[99]そして気がついたらここでした」

「それでは、ここで君が何を口走ったのか、まったく覚えていないというのだな？」と、科学者は興味深げに質問した。

「ええ。ぼんやりとしか覚えていません」[100]

しばらくして、科学者に仕える老召使いのマーサが、入り口に姿を現わした。

「マロリー様と紳士がお一人お見えです、旦那様」

「こちらに案内しなさい」思考機械は言った。「カーチス君」むっつりとした顔で彼のほうを向いた。「リード君が来た。私が、君が呼んでいることにして呼び寄せたのだ。彼に二つの質問をする。もし彼が答えれば、まあ答えると信じてはいるが、君は無罪であり、ミス・メルローズ殺人事件には無関係だと証明してやろう。私が質問をしているあいだ、君はどんな質問にもヒントを出したり、ほのめかしをしたりしないように。よろしいかね？」

「わかりました」と、カーチスは答えた。彼の顔は真っ青だったが、その声はしっかりしていた。

マロリー刑事をカーチスは知らなかった。そして、チャールズ・リードが部屋に入ってきた。二人とも興味津々であたりを見回した。マロリーはぶっきらぼうにハッチに会釈をした。リードはカーチスを見つめたが、カーチスは視線を逸らした。
「リード君」と、思考機械は前置きもなしに言った。「カーチス君によれば、ミス・メルローズ殺害に使われたナイフは君の所有物だそうだな。その通りかね？」この問いに、カーチスは啞然とした。

「いいえ」と、リードは怒声をあげた。

「それともカーチス君のナイフなのか？」と、思考機械は訊いた。

「そうだ」と、リードは叫んだ。「彼の自動車工具の一つだ」

カーチスは何かを喋ろうとした。思考機械は手で彼を指し示した。マロリー刑事はその身振りを見て、ジャック・カーチスこそが殺人事件の容疑者なのだと理解した。

4

カーチスは連行され、勾留された。彼は怒り狂い、リード▼[101]が口を割ったことを激しく非難したが、否定はしなかった。そして、最初の怒りが収まると、何も言わなくなった。

彼が警察に捕まったあと、マロリー刑事の指揮のもとでホテル・チュートニックの彼の部屋が家宅捜索されると、血のついたハンカチが見つかった。ほんのわずかだったが、染みが付着しているのは間違いなかった。これはただちに専門家の手に渡り、人間の血液であるという分析結果が出た。そして、カーチスの容疑は完全にかたまったように見えた。犯行には彼のナイフが使われ、彼はミス・メルローズを愛していた。すなわち、彼女に嫉妬をしたのが動機なのだろう。そしてだめ押しになったのが、血痕だった。

一方リードはといえば、立て続けの出来事にまいってしまったようで、殺人事件とミス・ドウの駆け落ちの両方に関する報道がないかと、目を皿のようにして紙面を追っていた。▼[102]彼は殺人よりも後者の事件に心を奪われているようで、長年の親友が今や殺人犯になってしまったことにも関心がないかのようだった。

また一方で思考機械は▼ハッチ▲[103]に、犯行現場を訪れて、そこでなにが起きたのかを自分の目で確かめたいと要求した。そして、午後遅くに彼らはモナーク・インに一番近い村へ行く汽車に乗って出発した。

「これは実に異常な事件だ」思考機械は言った。「君の想像以上に異常である」

「どういう点でですか？」と、記者は訊いた。

「動機において、あの女性が死を迎えた実際の方法において、そして今具体的なことは言えないが、さらに数多くの細部においてだ。なぜ言えないかというと、私はすべての事実をまだ把握していないからだ」

「でも、これが殺人事件だっていうことは、間違いないでしょう？」

「そうでないとも限らん」と、思考機械はあいまいな答えをした。「ミス・メルローズの自殺の動機を探してみよう。何があるだろうか？　マクリーンという男との恋愛についてだが、彼が勘当されるということを知っていたので、彼女は結婚を断っていた。彼女は二年ほど彼と会っていなかったが――彼は諦めるつもりだったとしよう――彼女がモナーク・インの前で車に乗っているときに、彼がいきなり現われたとして——彼女の愛情が再び呼び覚まされ、すべてを終わらせる決心をしたとか？[104]」

「しかしカーチスのナイフと、ハンカチの血痕はどう説明するんですか？」

「そうだな、自殺をする決心をしたら、凶器を探すだろう？」思考機械は滔々《とうとう》と続けた。「ナイフなどを探すとして、一番ありそうなのは工具箱あたりじゃないか。それはきっと彼女の手近にあったはずだろう？　二人の男が自動車から離れている隙に自分自身を刺したか、それとも真っ暗な中を再び走り出したときに刺したかということになるのではないかな？[105]」

　ハッチはがっかりした様子になった。

「じゃあ、先生は彼女が自殺したとお考えなんですか？」と、訊いた。

「そんなはずはあるまい」と、即座に答えた。「ミス・メルローズが自殺をしたなどとは、絶対に信じない——しかし、そうではないと言い切れるかというと、まだ何も事実を把握していないのだ。カーチスのハンカチの血痕にしても、彼は遺体をレナード医師のところまで運んだではないか。そのときに付着したのかもしれない[106]——ほんのわずか飛び散った血液が、ついたのかもしれない」

「しかし、カーチスが関係していることは、状況から考えて間違いないんじゃないですか」

「私は状況証拠で人を有罪にしようとは思わない」というのが、それに対する答えだった。「自白に導くぐらいしか、価値はない」

　新聞記者は不思議に思って首をひねった。それが顔色にも現われた。彼にわかっていないことは山ほどあるが、一番の疑問はこれだった。

「じゃあ、どうして先生はカーチスを警察に引き渡したりしたんですか？」

「それは、彼がナイフの持ち主だったからだ」と答えた。

「ナイフについて彼が最初から嘘をついていることは、わかっていた。あれよりも乏しい証拠で処刑された人間はたくさんいる」

　汽車が停まり、彼らは検死官事務所へ向かった。そこに、女性の遺体が保管されていた。ヴァン・デューセン教授はすぐに遺体を見せてもらうことができた。彼は検死解剖の助手を申し出て、すぐにそれが行なわれたのだ。しかし、新聞記者は入り口に留められた。一時間後、思考機械が出てきた。

「彼女は右側から刺されている」と彼は、ハッチの待ちきれないと言わんばかりの顔に答えた。「彼女の右側に座っていた人間か、それとも右肩越しに乗り出してきたか、さもなければ彼女自身がやったのか」
[107]そして彼らは五マイル先のモナーク・インに行った。風景をちらりと見ると、思考機械は中に入り、半時間にわたって三人のウェイターに質問をした。
　ウェイターたちはリード氏を目撃したのか？　そうだ。新

聞に掲載された彼の写真を見せられると、この紳士がやってきてバーでスコッチのお湯割りを飲んだと証言した。誰か連れがいたか？　いいや。宿屋で誰かに話しかけたか？　そうだ。一人の女性に。

「その女性の人相は覚えているかね？」と、思考機械は訊いた。

「よくわかりません」ウェイターは答えた。「女性は自動車でやってきました。マスクをして、帽子をヴェールでしばっていて、長いなめし革の自動車用コートを着ていました」

「マスクをしていたのでは、顔は見えないだろう？」

「顎しか見えませんでした」

「髪の毛は見えたか？」

「いいえ。ヴェールで覆われていました」

そして思考機械は、さらに多くの質問をした。その結果、問題の女性が宿屋で誰かを一時間近く待っていたところに、リードが現われたということがわかった。彼女は一人でやってきて、求めに応じて個室に通された。「連れの紳士」を待っているのだと、彼女はウェイターに話していた。

リードがやってきた音を耳にして、彼女はドアを開けて外を覗き見た。しかし誰なのかわかる前に、彼はバーへと行ってしまった。彼が立ち去ろうとするときに、彼女はまた顔を出した。そのとき、お互いに顔を合わせた。彼女は驚いた様子でドアを閉めようとしたが、彼のほうから言葉をかけた。誰も、何を言ったのかは聞こえなかった。しかし彼は部屋に入り、ドアが閉まった。

リードやその女性がいつ宿屋を離れたのか、誰も知らなかった。リードが部屋に入ってから三十分ほどして、ウェイターはドアをノックしてみた。何の答えもなかった。ドアを開けて中に入ってみたが、誰もいなかった。待っていた紳士がやってきたので、二人で立ち去ったのだろうと思われた。カーチスとミス・メルローズとリードが乗っていた自動車に加えて、もう一台の自動車がやってきて、また立ち去ったという事実もあった。

すべての質問を終え、思考機械が事実を手にしたので、新聞記者は仮説を立ててみた。

「その女性がミス・ドウなのは間違いないでしょう。リードとは知り合いだし、その晩モーガン・メーソンと駆け落ちをしています」

思考機械は何も言わずに彼を見つめたが、先に立って、その女性が待っていたという個室へ入っていった。ハッチも後に続いた。二人はそこに、五分か十分くらいいた。思考機械は外に出ると、そこから八フィートか十フィートしか離れていない正面玄関をじっと見つめた。道路は、二十フィート向こうだった。

「行こう」と、ようやく彼は言った。

「どこへ？」と、ハッチは訊いた。

「わからんのか？」思考機械は苛立った様子で問い返した。「ミス・メルローズも、自動車を離れてこの宿屋の中に数分問いたということも、十分考えられるではないか？」

先ほど教えられた情報をもとに、[108]思考機械は今度は[109]ガソリンタンクの責任者を探しにいった。出かけたまま、三十分以上が経った[110]。
[111]ハッチがいらいらしながら待っているところに、科学者が戻ってきた。彼らは、宿屋まで乗ってきた自動車に再び乗車した。
「この道を二マイル行き、最初の角を右に曲がって、指示があるまで進んでくれ」と、運転手に指示をした。

「どこに行くんですか？」と、ハッチは興味深げに訊いた。

「まだわからん」という謎めいた答えしか返ってこなかった。

自動車は、夜の闇の中を走った。大きくまばたきもせぬ灯は、真っ平らなアスファルトの道路の先をまっすぐ照らしだしていた。角で曲がり、脇道はもう少しゆっくりと走った。二軒目の家がぼんやり浮かび上がると、思考機械は停まれと合図をした。[112]

ハッチが[113]飛び出した。思考機械もそのあとに続いた。二人はその家に歩み寄った。道路から少し引っ込んだ、小さなコテージだった。小道を歩いていくと、もう一台の自動車に出くわした。しかし灯は消え、エンジンも止まっていた。闇の中でも、前輪の一つが外れ、前部が破損しているのがわかった。
[114]「ひどい事故を起こしたようですね」と、ハッチは[115]言った。
[116]ノックに答えて、老婆と少年が玄関先に現われた。
「昨夜自動車事故にあった紳士を探しているのだが」と、思考機械は言った。「まだここにいるかね？」

「ええ、どうぞ入って」

二人が中に入ると、別の部屋から男性の声がした。

「誰だ？」

「二人の紳士が、怪我人に会いに来たんだよ」と、女は大きな声で言った。

「彼の名前はご存知かな？」と、思考機械は訊いた。

「いいえ」と、女は答えた。そして、先ほどの声の男が現われた。

「怪我をした紳士と会えるかね？」と、思考機械は訊いた。

「まあ、お医者さんによると、誰にも会わせないほうがいいってことだが。伝言でもあずかろうかね？」

「彼が誰だか知りたいのだ」と、思考機械は言った。「事情によっては、ここから連れていくかもしれん」

「名前は知らないんだ」男は説明した。「でも、彼の持ち物はここにある。あの男は頭に怪我をしてここに担ぎ込まれてから、一言もしゃべってない」

思考機械は金時計、小さなメモ帳、さまざまな[117]仕事関係の名刺、ニューヨーク行きの鉄道切符二枚、そして高額紙幣で千ドルを手に取った。メモ帳には、ちらりと目をやっただけだった。そのどこにも、氏名は書かれていなかった。鉄道切符も同様だった。名刺はとりあえず、何の手がかりにもならなかった。科学者が注目したのは金時計だった。彼はその両面を、さらに内側を注意深く観察した。そして、ようやくもとに戻した。

「その紳士がここに来たのは何時だね？」と、彼は訊いた。

「道路からその人を運び込んだのは、九時ごろだ。自動車が何かにぶつかる音がしたので急いで出てみると、その人が脇に倒れていた。意識はなかったよ。自動車がカーブの石にぶつかって、頭から放り出されたようだ」

「彼の妻はどうした？」

「妻って？」男は思考機械から女へと視線を移した。「妻？　他には誰もいなかったぜ」

「君が外に出たとき、誰か走って逃げなかったか？」と、科学者は問いただした。

「いいや」と、断言した。

「では、彼のことを訪ねてきた女もいないのだな？」

「いないよ」

「他に誰も？」
「全然」
「事故のとき、自動車はどちらの方向へ向かっていた？」
「さっぱりわからないねえ。俺たちが見つけたときには、道路のまん真ん中でひっくり返っていたからなあ」
▼「自動車のナンバーはいくつだ？」
「そんなものはなかった」▲118
「この紳士はきちんとした治療を受けたのだろうね？」

「そりゃもう。レナード先生が診てくださったよ。危険な状態ではないそうだ。ここにいさせてやっているのは、元気になったときに謝礼を払ってくれるだろうからさ」

「ありがとう――以上だ」思考機械は言った。

「おやすみ」

　ハッチとともに、彼は家から出ていった。

「こりゃあ、どういうことなんです？」と、ハッチは当惑した様子で質問した。

「あの男は、モーガン・メーソンだ」と、思考機械は言った。

「ミス・ドウと駆け落ちした男ですか？」と、驚いたハッチが訊いた。

「さて、ミス・ドウはどこに行った？」と、思考機械は訊き返した。

「まさか、もしかして――」

思考機械は闇の中で手を振って見せた。その身振りで、ハッチはすべてを理解した。[119]

5

[120]ハッチンソン・ハッチは、村へと戻る道すがら、じっと考え込んでいた。そして彼と思考機械はボストン行きの列車に乗った。ハッチは、ありとあらゆる可能性を考えてみた。[121]ミス・ドウはメーソン以外の誰かと駆け落ちしたのではないか？　他の人物には今までまったく触れられていない。彼女がミス・メルローズを殺害した可能性はあるだろうか？　その動機を考えてみたけれども、何も思いつかなかった。そして、この仮定はばかばかしいと笑い飛ばしてしまった。では何があったのか？　どこで？　どうやって？　そしてなぜ？
「女優が自動車内で謎の死を遂げたという事件は、国じゅうに打電されただろうな、ハッチ君？」と、思考機械は訊いた。

「はい」ハッチは答えた。「この事件について、今ごろ国じゅうで知らない町はありませんよ」

「それは実に素晴らしい。新聞の優れた点だ」と、科学者はつぶやいた。

ハッチもしぶしぶ頷いた。内心では、思考機械が誰かに矢継ぎ早に質問を浴びせかけるだろうと期待していたのだが、これでおしまいだった。[122]しばらくして汽車ががたんと揺れると、思考機械はまた口を開いた。[123]

「思うにだが、ハッチ君、ミス・ドウの失踪についてはまだ報道しないほうがいい」彼は言った。「今はまだ時期がきていない。誰にもよくわかっていないのだから――」

「わかりました」と、ハッチは言った。これは命令だった。

「ところで」相手が言った。「カーチスが入った、ウィンター街の店の名前は覚えているかね？」

「はい」そして彼は店名を言った。[124]

思考機械とハッチがボストンに到着したのは、真夜中近くになっていた。新聞記者はぶっきらぼうな言葉を残して去った。

「明日の昼にまた来ます」

ハッチは帰っていった。[125]翌日の昼ちょうどに、彼は思考機械の自宅の客間で待っていた。科学者は留守だった――ウィンター街に行ったと、マーサは説明した――そしてハッチはいらいらしながら帰りを待っていた。彼はようやく帰ってきた。[126]

「どうでした？」と、新聞記者は質問した。

「明後日まで何も言えん」と、思考機械は言った。

「そのときに？」と、ハッチは訊いた。

「解決だ」科学者は断言した。「さて、これから客が来る」

「ミス・ドウですか？」[127]

「そのあいだに、君はリードと面会をして、女性が服の上につけるようなものをプレゼントしなかったかどうか聞き出してくれ。たとえばミス・ドウに」
「ああ、彼が何か言うとは思えません」[128]
「それから彼が西部に戻るつもりかどうかも調べてくれ」[129]
ハッチはそれに三時間も費やしてしまった。しかも、とんでもない忍耐力と手管が必要だった。そしてようやく、先日の誕生日に、ミス・ドウはリードから頭文字《モノグラム》入りのベルトのバックルをもらったということを聞き出した。それですべてだった。そしてそれは[130]思考機械から指示されていたことではなかったが、ミス・ドウのメイドから、駆け落ちしたときに彼女はそのベルトを身につけていたということを聞き出した。自動車用コートの下につけていたのだ。
「ミス・ドウから何か他に聞いていませんか？」と、ハッチは質問した。
「ええ」メイドは答えた。「今朝、お嬢様からお父様に手紙が届きました。シカゴからのもので、お嬢様と夫の方はサンフランシスコに向かう途中で、新婚旅行が済むまでもう家族には連絡しないとあったそうです」
「なに、なんだって？」ハッチは驚愕した。頭が混乱した。
「彼女はシカゴにいて、夫と一緒だって？」
「はい、そうです」[131]
「彼女の筆跡に間違いないんだろうね？」[132]
「はい」メイドは断言した。「もちろんです」
「しかし——」ハッチは言いかけてやめた。

一家がミス・ドウの夫だと思っている人物は、モナーク・インの近くの農家で意識不明になっており、ミス・ドウの消息も不明だということを、うっかりメイドに口走ってしまいそうになったのだ。さてその手紙だ！　彼は一生懸命考えた。

「ミス・ドウがメーソンさんと駆け落ちしたのは間違いないんだね、他の誰かじゃなくて？」と、彼は訊いた。

「メーソンさんに間違いありません」娘は答えた。「駆け落ちをするってあたしは知っていましたし、ミス・ドウが出ていく準備のお手伝いもしましたもの」と、彼女はこっそり打ち明けた。「メーソンさんだということは知っていました」

ハッチは慌てて辞去すると、思考機械に電話をした。この最新情報を伝えるのを、次に会うときまで我慢できなかったのだ。

「ミスを犯しました」と、彼は電話口で怒鳴った。

「何のことだ？」と、思考機械は好戦的な口調で言い返した。

「ミス・ドウは夫とシカゴにいます——家族が彼女からの手紙を受け取りました——頭を怪我したあの男は、メーソンではありえません」と、新聞記者は早口で説明した。

「いやはや、いやはや！」[133]と、思考機械は電話越しに言った。そしてもう一度「いやはや！」

「彼女のメイドがすべてを話してくれました」ハッチはさらに喋り続けた。「ミス・ドウの駆け落ちの手助けをしたと言っていました。だからミスを犯したに違いありません」

「いやはや！」また思考機械の声が響いた。そして「ミス・

ドウの髪の毛はブロンドか、それともブルネットか？」

見当違いの質問が飛んできたので、ハッチは思わず笑ってしまった。

「ブルネットです。誰がどう見てもブルネットですよ」

「それでは」思考機械はまるでブロンドかブルネットかが決め手であったかのような口ぶりで、「メーソンの写真をどこかで手に入れたまえ――君ならばできるだろう――そして、頭を怪我した男がメーソンかどうか確かめるのだ。その結果を電話で報告するように」

「わかりました」ハッチは望み薄というような口調で言った。「でも、それは不可能だと――」

「それを口にするな」思考機械はぴしゃりと叱りつけた。「それを口にするな」と、怒りを込めて繰り返す。「その単語を耳にすると、いらいらする」[134]

その晩十時近くになって、ハッチは再び思考機械に電話をした。彼は写真を手に入れて、頭を怪我した男の顔を確かめに行った。同一人物だった。それを思考機械に報告したのだ。

「ふむ」彼は静かに言った。「リードがミス・ドウのために注文したプレゼントのことはわかったかね？」と、彼は訊いた。

「ええ、モノグラム入りの金のベルトのバックルです」と、答えた。[135]

ハッチはさっぱりわけがわからなかったが、そんなものだとわかっていた。彼は事実を発掘し、想像力をたくましくして質問に答えてはいるが、女優マーガリート・メルローズ殺人事件に関する謎は、自分ではまったく解けなかった。[136]

「明後日の一時に私の家に来なさい」と、思考機械は指示した。「そのときに会うまでは、この件についてはできるだけ報道しないように。これは異常事態だ――まことに異常このうえない。ではさようなら」

それで終わりだった。ハッチはこんがらがった頭で、何か事実をつかむことはできないかと首をひねった。そこで思い出したのが、リードが西部に戻るつもりかどうかという点を、まだ確認していないということだった。そこで、ホテル・チュートニックを訪ねた。その従業員によると、リードは二日後に出発する予定だという。リードは、[137]カーチスが投獄されてからというもの、ほとんど部屋から出てこないそうだ。

それから二日後の一時ちょうど、思考機械に指示された通り、ハッチは駆けつけた。[138]思考機械は実験室で蒸留器に屈み込んでいた。新聞記者に気がついて、何ごとかと言わんばかりの顔をした。

「ああ、そうだ」と、彼がやってきた用事を思い出したかのように言った。「ああ、そうだ」

彼は客間に案内して、訪問客は誰でも通すようにとマーサに指示をした。そして彼はゆったりと椅子に腰を下ろした。しばらくすると呼び鈴が鳴り、二人の男が案内されてきた。一人はチャールズ・リード、もう一人はハッチと顔見知りの刑事だった。

「ああ、リード君」思考機械は言った。「面倒をかけて申し訳ない。しかし、君が行ってしまう前に、いくつか質問をしたいのだ。ちょっと待っていてくれるかな」

リードは一礼して椅子に座った。

「彼は逮捕されているんですか？」と、ハッチはそばの刑事に訊いた。

「ああ、いいや」と、答えた。「違う。マロリー刑事に、彼を連れてくるよう頼まれただけだ。どうしてかは知らない」

しばらくすると、また呼び鈴が鳴った。ハッチの耳に、マロリー刑事の声とスカートの衣ずれの音が聞こえた。さらにもう一人の男の声もした。しばらくしてマロリーが姿を現わした。彼の背後には、ヴェールをかぶった女性が二人と、ハッチの見たことがない男が立っていた。

「[139]一つ頼みがある、マロリー刑事」思考機械は言った。「そうしたら、リード君も喜ぶだろう。ミス・メルローズ殺害容疑で逮捕されたカーチス君を、釈放してやってほしいのだ」

「どうしてです？」と、マロリーは即座に訊いた。ハッチとリードも、科学者を驚いて見つめた。

「これだ」と、思考機械は言った。

[140]二人の女性が同時にヴェールを外した。

その一人は、ミス・マーガリート・メルローズだった。[141]

6

「元ミス・メルローズだ」思考機械が説明した。「現在は、ドナルド・マクリーン夫人。こちらの紳士は彼女の夫だ。もう一人の若い女性は、ミス・ドウのメイドだ。これから皆で、カーチス君の自動車[142]で発見された若い女性の死の真相を解明していこうではないか」

あまりのことに呆然としながら、殺されたといわれて国じゅう[144]を驚きと混乱におとしいれた女を、ハッチ[143]は見つめていた。リードは、ほとんど読み取れないほどの感情を表わしただけだった。ようやく、彼はミス・メルローズ、いやマクリーン夫人に手を差し伸べた。

「マーガリート[145]」と、言った。

娘は彼の目をじっと見つめ、差し出された手を握った。

「それでジャック・カーチスは？」と、彼女が訊いた。

「マロリー刑事がここに連れてくれれば、君の殺人に関する彼の容疑はすぐにでも解くことができる」と、思考機械は言った。

「誰——じゃあ殺されたのは誰なんですか？」と、ハッチが訊いた。

「それを明かすには、もうちょっと話が進んでいなくてはいかん」と、思考機械は答えた。

マロリー刑事が別室に行き、カーチス[146]を連行してくるよう電話で命じた。間違いがあった、あとで説明すると彼は言った。カーチスは数分後《ママ》、監獄から刑事に連れられてきた。不思議そうな顔つきだった。

すぐそばに▼マーガリート▲147がいるのを一目見て、彼女の手を握った。彼はしばらく、声も出せなかった。だが、その必要はなかった。赤面した女優は、黙ってそばに立ち、彼を見つめているマクリーンを指さした。

「私の夫なの、ジャック」と、彼女は言った。

即座に事情を理解したカーチスは、それぞれの顔を見つめた。そしてマクリーンに近づいて手を差し伸べた。

「おめでとう」彼は感無量の様子で言った。「彼女を幸せにしてくれたまえ」

リードはそのあいだ、誰にも注意を向けられることもなく、立ちつくしていた。ハッチは室内の人々の顔を、順に観察していった。リードの顔には、どうしてあんな呆然とした表情が浮かんでいるのだろうと思った。リードとカーチスが顔を合わせたが、二人とも何も言わなかった。

「いやしかし、これはいったいどういうことなんですか?」と、それまで黙っていたマクリーンは発言した。▼148

「人間の頭脳の奇妙な研究なのだ」思考機械は答えた。「そして、状況証拠はまったく役に立たないということを、ささやかではあるが、証明してくれた。どういうことかというと、ミス・メルローズは死んだと思われていたのだ。カーチス君は彼女に嫉妬しており、酒を飲みながら彼女を脅していた▼149——その事実を私はホテル・ヤーマスで知ったが、今となっては大した問題ではない——そして、彼のナイフが彼女を殺した凶器であり、さらに彼のハンカチには血痕が付着していた。これが完璧な状況証拠の輪だ。しかし、ミス・メルローズは生きて姿を現わした」

「私が最初に出くわしたところから、この事件を考えてみよう。すべての物事を実際の糸に還元し、織物にして一つにするという思考方法だ。私とこの事件との関わりは、ハッチ君が我が家にカーチス君を連れてきたことから始まる。カーチス君は具合が悪かった。彼には強壮剤を与えた。するといきなり目を覚まし、『彼女を見た！　心臓に短剣がささっていた。マーガリート！』と叫んだ」

「私は最初、彼は精神病ではないかと思った。次に、大量の飲酒のせいで精神錯乱を起こしたのではないかと考えた。あとになって、これは大量の飲酒と過度の緊張による一時的な精神崩壊であるとわかった。すぐに私は、マーガリートとこの『心臓に短剣がささっていた』という発言を関連づけた。つまり、マーガリートは死んだか怪我をしたのだろう。そんな『彼女を見た』わけだ。死んだのか、生きているのか?　それが私が最初に考えたことだ」

「私はハッチ君に、何が起きたのかを訊ねた。彼によると、女優のミス・メルローズが前の晩に殺害されたという。私は、自殺ではないかと言った。なぜなら、明らかな事故死でない変死の場合、自殺の可能性が一番高いからだ。彼は、殺人だと思うと言い、その理由を述べた。彼は知る限りのことを喋った」

「グリーン・ドラゴン号は、モナーク・インでガソリン補給のために停車した。カーチス君は警察に供述したように、ガソリンを探すために姿を消した――現にそれを持って帰っていることで、その事実は証明された。リード君の警察での証言によると、宿屋に入ってスコッチのお湯割りを飲んだという。これについても裏はとれた。結局、ここに犯行の機会が生まれたのだ――カーチス、もしくはリード以外の誰かが犯行に及んだのだとしたらな」

「そしてハッチ君は私に、レナード医師から聞かされたことも教えてくれた。最初に気に留めたのは、カーチスが娘を医者の家まで運ぶときに、肩を持っていたということだ。娘は心臓を刺されていたのだから、カーチス君の手、さらにはハンカチや洋服に血がつくのは当たり前のことだ。これは、彼が殺人に関係しているという話になる前から、わかっていたことだ」[150]

「カーチスはレナード医師に、娘は[151]ミス・メルローズだと言った。遺体はまだ冷たくなっていなかった。だから、死んだのは医者の家につく直前だったに違いない。そして、ナイフが発見された。ここで、最初の具体的な証拠品が現われた。危険なナイフだ。刃渡りは六、七インチはある。女性が持ち歩くような品物ではない。ではそれは、どこから現われたのだろうか？」[152]

「カーチスは医者を説き伏せて、ナイフを我が物にしようとした。もしかしたら、もともとカーチスのナイフなのかもしれない。あるいはリードのものかもしれん。では、どうしてカーチスのものだと考えられるのか？　そのナイフは刃渡りが六、七インチもあるところから、ペンナイフなどではなく、力仕事に使うものと思われる。普通に考えて、こんなナイフをリードは持ち運ぶまい。だから、これはカーチスの自動車工具キットの一部だと思われるのだ。彼はそれをポケットに入れていたのかもしれない」

「こうして、死んだのはミス・メルローズだと思われた。わかっている事実は以下の通り。すなわち、ほんの数分前に死んだ。おそらく、二人の男性が自動車から離れていたときに刺されたと思われる。それにはカーチスのナイフが使われた――他の自動車工具キットのものではない。いいかね、なぜなら、カーチスはこのナイフを認識していたのだ。二たす二が四になるのは、ときどきではなく、常にそうなのだ」

部屋にいる全員が、身を乗り出して耳をすましていた。リードは真っ青になっていた。思考機械はついに立ち上がり、歩み寄るとリードの髪の毛に指を通して、再び座ると天井を睨んだ。そしてまるでひとりごとのようにまた語り始めた。

「ハッチ君は私に、もうひとつ重要な事実を述べた。そのときにはただの偶然のように思えたが、後になって、非常に重要な点だとわかった。それは、レナード医師が娘の顔を実際には見ていなかったということだ――顎しか見ておらん。髪の毛はヴェールで隠し、顔のほとんどはマスクで覆われていた。ここで初めて、その女性はミス・メルローズではないという可能性があることに思いが至った。だがそれは単なる可能性であり、そう信じたわけではない。信じるに足る理由はなかったからな」

「そして、若い女性の衣服には、何の意味もなかった。他の多くの自動車に乗っている若い女性と、なんら変わることはなかったからな。上質に仕立てられたドレス、なめし革の埃《ほこり》よけコートといったところだ。そして私は、カーチス君を引っ掛けた――こう表現してもよかろう。つまり、無意識のうちに不名誉な告白をしてしまったと、彼に信じ込ませたのだ。それから、彼の頭を詳細に調べた。いつも言っているのだが、殺人犯の頭にはあるくぼみが存在するのだよ。カーチス君の頭にはそんなくぼみはなかった。リード君にもない〔訳註・骨相学のことか。現代では非科学的とされている〕」

「娘を殺害したナイフについて最初カーチス君がした説明では――そのときはまだ私も、ミス・メルローズが被害者だと信じていたが――彼の手元から離れたかもしれないということだった。彼によると、自動車から飛び降りたときに、何かを落としたような気がしてあたりを探したが見つからず、急いでいたのでそのままにしてしまった。彼はリード君に声をかけて、落とし物を探してくれと頼んだ。こうして、カーチス君はナイフをなくした。そしてリード君の手に渡った。彼は見つけたのだ▼153」

全員の視線がリードに集まった。彼は啞然として、上を向いている科学者の顔▼154を見つめた。

「ミス・メルローズと思われる娘が死んだ。カーチス君のナイフが凶器だ。最後にそれを持っていたのはリード君だ。ハッチ君は以前私に、娘の致命傷は右側から加えられたと検死官が述べていたことを説明した。つまり、リード君が自動車内で犯行に及んだ可能性があった――たんなる可能性だが」

「私はカーチス君に、どうしてレナード医師からナイフを取り戻そうとしたのかと質問した。彼は答えに窮した。しかし実は、そのナイフに見覚えがあったからなのだ。彼は、容疑が自分に及ぶのが怖かった。カーチス君は、ナイフは自分のものではないと否定したが、私にそう言いながら、そうだと認めてしまったのだ。リード君のものではないと、私は推測した。カーチス君はさらに私に、ミス・メルローズを愛していたとも言った。しかし、殺人の動機になるほど強いものではないように見えた。そして彼は君、マクリーン君のことにも言及した▲155」

「さらにカーチス君は、リード君がミス・ドウの愛情を求めているとも指摘した。ハッチ君によれば、この娘、ミス・ドウは、昨晩モーガン・メーソンとモナーク・インから駆け落ちしたという。いや、正確に言うと、彼女の家族が、駆け落ちするという娘の手紙を受け取った。さらに、メーソンは結婚許可証を取得していた。この娘をリード君が愛していたということを、思い出していただきたい。駆け落ちも殺人事件もともにモナーク・インで起きたというのは、奇妙だと思わないかね」

「しかし、カーチス君が、ミス・メルローズは金髪だと私に教えてくれるまでは、ぼんやりとした疑惑でしかなかった。さらに、注意深い検死官がミス・メルローズは黒髪だと証言したと、ハッチ君が聞き込んできたおかげで、その可能性が大きく広がったのだ。私は彼に、遺体をその目で見たのかと質問した。そうではなかった。しかし、検死官が彼にそう告げたのだ。即座に私の心の中で疑問がわきあがった。殺害されたのは、本当にミス・メルローズだったのか？　単なる可能性にしかすぎない。それに、まださほど重要な問題だとは、私も思っていなかった」

「▼156私はカーチス君に、ウィンター街で失神したときの状況について質問した。彼によると、ミス・メルローズそっくりの女性を目撃したからだという。もし彼女が死んだことを知らなかったら、彼女に間違いないと証言してもいいくらいだった。黒髪とブロンドの件に引き続いて、この問題だ。その瞬間、私はひらめいた。ミス・メルローズは本当に死んだのか？　死んでいないと信じるに足る十分な証拠がある」

「以前、あのナイフが誰のものかということをずっと考えていたときに――もっとも、カーチス君のものだと思ってはいたが――リード君を呼び出した。彼に、カーチス君が君のナイフだと言ったと告げた。リード君は罠にかかり、予想通りのことをしてくれた。彼は怒気を込めて、ナイフはカーチス君のものだと言い、カーチス君が自分に罪をなすりつけようとしているのだと言った。そして、カーチス君を警察の手にゆだねた。彼は投獄されたが、何の犯罪も犯していないということはわかっていた。なぜなら、あのナイフは彼からリード君に渡ったものだからだ」▼157
リードの目は怒りでぎらついていた。恐怖ではない。自分を押さえつけようとして必死だったのだ。思考機械はさらに続けた。

「私は、亡くなった女性の遺体を観察した――検死解剖の補助をしたのだ。彼女は間違いなくブルネットだった――しかし、ミス・メルローズはブロンドだ。身元確認を誤ったのは仕方がない。なにしろ、どちらの女性もマスクをつけ、髪の毛をヴェールで隠していたのだから。そして、その女性は右側から刺されていた――いまだに自殺の可能性は否定できなかった」

「その女性は誰なのですか？」と、カーチスは問いただした。もうこれ以上我慢できないという様子だった。

「ミス・エリザベス・ドウ、モーガン・メーソンと駆け落ちしたと思われていた人物だ」と、穏やかな声が返ってきた。

リード以外の全員の顔に、驚愕の色が浮かんだ。そして、すべての目が再び彼に集まった。ミス・ドウのメイドはわっと泣き出した。

「リード君は、その女性が誰かずっと知っていた」思考機械は言った。「ミス・ドウが死んだ女性なのだとわかっていた

——Ｅ・Ｄと頭文字が彫られた金のバックルで、確認できたからだ——この方向で考えれば、すべてが明瞭になる。ウェイターたちは、リード君を宿屋で目撃した。彼は、マスクとヴェールをつけた女性と話をしていた。彼女はすでに、一時間近くそこで待っていた。彼が彼女と一緒に個室に入るところも目撃された。しかし、宿屋から出ていくのを見た者はいない。リード君には、その女性が誰かわかっていた——顔を見なくても。どうしてか？ 頭文字がついたベルトのバックルに見覚えがあったからだ。彼がプレゼントしたものだろう」

「彼は贈っていました」と、ハッチが口を出した。

「そのとおりだ」と、リードは冷静に言った。彼は初めて言葉を発した。

「さて、リード君は個室に入り、ドアを閉めた。カーチス君のナイフを持っている」と、思考機械は続けた。「その部屋でなにが起きたのかについては、▼私自身が見ていたわけではないので、▲158ありのままを伝えることはできないが、おおよそのことはわかる。リード君は何らかの方法で、ミス・ドウが駆け落ちをすることを知った。メーソンがやってくるはずの場所で、彼女がずっと前から待っていたことも知った。彼が土壇場になって逃げ出し、自分は恥をかかされたのだと、彼女は思い込んでいた。非常に興奮した状態で彼女は、メーソンも自分自身も信じられなくなり、自殺をほのめかしたのではないかね？」

「そうです」と、リードは静かに答えた。

「続けなさい、リード君」と、思考機械は促した。

「僕もそうだと思いました。メーソンは気が変わったのだと」青年はしっかりした声で続けた。「僕はミス・ドウに、駆け落ちなんてやめろと懇願しました。だって、僕も彼女のことを愛していたんですから。そしてようやく、僕達と一緒に行くことに同意してくれました。彼女の自動車は、すでに行ってしまっていましたし。僕たちは連れ立って宿屋から出ました。自動車——グリーン・ドラゴン号——に近づくと、ミス・メルローズが▼159、席を外しているあいだにやってきたマクリーン君の自動車に乗り込むのが、見えました。どういうことになったのか、僕にはすぐに想像がつきましたが、ミス・ドウには何も言いませんでした。なにしろ、マクリーン君の自動車は猛スピードで走り去っていきましたから」▼160

「さて、ミス・ドウをグリーン・ドラゴン号に連れてきたのは、彼女をミス・メルローズに紹介しようと思っていたからでした。彼女は、カーチスとはすでに知り合いでした。ミス・メルローズが姿を消してしまったので、カーチスはきっと騒ぎ立てることでしょう。でも、説明なんかしている暇はありません。だって、いつメーソンが姿を現わして、ミス・ドウを連れていってしまうかとびくびくしていましたから。だから、彼女をできるだけ遠いところに引き離そうと思っていました。そこで彼女に、次の宿屋につくまで一言も口をきかないようにと頼みました。カーチスには、そっちについてから説明するつもりでした」

「モナーク・インと目的の宿屋のあいだで、ミス・ドウは気を変えました。おそらく、恥辱に耐えられなくなったのでしょう。あのナイフを使ってしまいました。彼女は、僕がナイフをポケットから取り出し[161]、彼女の脇に置いてある道具箱に放り込むのを見ていました。足元だったので、屈んでそれを拾い上げるのは簡単なことでした。そして――」

「リード君の言うような状況ならば」と、思考機械は遮った。「彼女が死んでいるのを発見しても、どうして真実をカーチス君にさえ言わなかったのか、理解できるだろう。地上のどの陪審員でさえ、状況証拠だけでは彼を殺人で有罪にはしまい。そして、ミス・ドウが亡くなり、ミス・メルローズと間違われても、彼は自分の秘密をさらけ出さずには真実を言えない[162]。だから沈黙を守った」

「こうしたことではないかと――リード君が証言した細部までは知り得なかったが――大筋において、ウェイター諸君と話をしたあと、私は推察した。おそらく、事故が起きたのではないかと考えたのだ[163]。そして偶然、モナーク・インのガソリンタンクの責任者と話をしたときに、事件のあった晩に近所で自動車事故の音がしたということを、聞いたのだ」

「ハッチ君とともに、私は怪我人を発見した。彼の時計には〝M・M〟[164]と頭文字が彫ってあり、モーガン・メーソンだと判明した。メーソン氏は大事故を起こし、いまだ意識不明の状態だ。事故を起こしたとき、彼はミス・ドウを迎えに行く途中だった。彼は、ニューヨーク行きの鉄道切符二枚をポケットに入れていた。もちろん、彼本人と花嫁のためだ」
[165]リードはじっと、思考機械を見つめたまま座っていた。他の人々は、悲劇の真相を聞いて畏怖していた。
「メーソンとミス・ドウの消息が判明し、次にミス・メルローズの行方を追うことにした。リード君から教えてもらうこともできただろう。しかし、彼は話そうとしなかった。そんなことをしたら一生懸命隠そうとしていたことが、明るみに出てしまうからだ。ミス・メルローズが生きているのなら、カーチス君が彼女をウィンター街の店舗で目撃することも、十分にありえる」[166]
「私はハッチ君に、その店を覚えているかどうか質問した。覚えていた。さらに、ミス・メルローズの事件についての記事が全国に打電されたかどうかも訊いた。彼はそのはずだと答えた。ミス・メルローズがどこの町にいようと、汽車に乗っていようと、自分が殺されたという事件を耳にしないわけがない。気がつけば、ただちに否定をするはずだ」
「では、彼女はどこにいるのか？　新聞が届かない船の上ではないか？[167]　私はウィンター街の店に行き、殺人事件の翌日に、その店から出港間近の汽船へ購入品を配達するよう依頼はなかったかと、問い合わせてみた。すると、ミス・メルローズの特徴に一致する女性がいくつかの品物を購入し、ハリファックス行きの汽船へ届けるよう指示していたことがわかった」

「ミス・メルローズとマクリーン氏は、結婚してその汽船に乗ったのだ。私はハリファックスに電報を打って、ただちに帰国するよう連絡した。彼女がそれに応じてくれたので、待っていたのだ。謎はすべて、二日前に解決していたのだよ、ハッチ君。そういうわけで、ミス・メルローズことマクリーン夫人が戻るのを待っていたのだ。これですべてだと思うが▼168」

「シカゴからのミス・ドウの手紙については？」と、ハッチは促した。

「ああ、そうだ」思考機械は言った。「あれは▼▲169彼女の信頼の置ける友人にいったん送られ、決められた日に投函されたものだ。実は、彼女とメーソンはニューヨークに行き、さらにヨーロッパに渡る予定だった。だが事件が起きてしまったので、二通の手紙は――もう一通はモナーク・インから送られた――投函されて取り戻すこともできなかったのだよ」

＊＊＊

この▼170奇妙な話は、アメリカの新聞に掲載された、最も驚くべき記事となった。チャールズ・リードは逮捕されたが、彼の証言はしっかり裏が取れ、釈放された。彼の主な証人は、オーガスタス・S・F・X・ヴァン・デューセン教授、ジャック・カーチス、そしてドナルド・マクリーン夫人だった。

底本は第一短篇集。「ボストン・アメリカン」紙初出との異同を以下に記す。

▼▲1　「マーガリート・メルローズは笑いながらグロテスクな自動車運転用マスクをつけた。彼女の可愛らしい顔が口から額まで覆われた。豊かな金髪を、帽子がずれないように頭にきっちり巻きつけたヴェールの下に押し込んだ。そして、仲間のジャック・カーチスとチャールズ・リードのほうを向いた。／『ひどい顔だっていうのはわかっているのよ』と、彼女は笑顔で言った。／『まあね、美人だってことがこれじゃさっぱりわからないや』と、リードは陽気に答えた。『この顔じゃ、黒人だか白人だかもわからない』」。

▼▲2　「どこか長くて真っ平らな道路を見つけて、そこでぶっ飛ばすつもりなんだから。グリーン・ドラゴン号を飛ばしたら、ものすごいことになるぞ」。

▼▲3　「ちょっと心配げに」。

▼▲4　「『正面に機関車みたいな双子のライトが二つあるから大丈夫だ』と、カーチスは言った。『道路は百ヤード向こうまで昼間みたいに明るくなる。完璧に安全。心配ないさ』」。

▼5　このあとに「そして大きなゴーグルも装着した。おかげで見えるのは口髭《くちひげ》だけだった。」。

▼▲6　「レース用の車高の低いガソリン車は、彼らが階段を下りて来たときには、待ちかねたようにエンジンを吹かしていた」。

▼▲7　「『デンヴァーで君に会ったあと、ジャックはグリーン・ドラゴン号でオーモンド・ビーチ競技場で勝利してから、たくさんのレースで勝ってきたんだぜ』と、外に出ながら、リードが口火を切った。／『あら、そうなの？』娘はさらっと答えた。『すごいじゃない？』／『そいつもいつの日か事故を起こすまでさ』カーチスはそう言って、にやりと笑った。『いつやっちゃって一文無しになるか、

わかったもんじゃない』／彼らは自動車に乗り込んだ。ミス・メルローズは前の座席のカーチスの隣に座った。リードは後部座席に座った。ミス・マルガリート・メルローズは、五年前からその美しさで西部で注目を集め始めた女優で、それ以来、その演技で確固たる地位を占めてきた」。⧗8 「東部――正確にいえばボストンで」。

▼9 このあとに「まだ若いにもかかわらず、素晴らしい美人だった」。

▼10 このあとに改行。

▼11 このあとに「彼らはミス・ドウの家族にしばしばもてなされていた。（改行）」。

▼12 このあとに中見出し「危険なドライブ」。

▼13 このあとに「ビーコン・ヒルを越え、」。

▼14 このあとに「ホールトン街へ」。

▼15 このあとに「大きな車はボイルストン街をアーリントンへと向かった。」。

▼16 このあとに改行。

▼17 このあとに「だから彼らには、グリーン・ドラゴン号の正面にある大きな二つのライトが頼りだった。」。

⧗18 「このあいだ」。

▼19 このあとに「そして娘を見やった。」。

⧗20 「答えて、臭いを嗅いだ」。

⧗21 「何年も前のことだし」。

▼22 このあとに中見出し「娘の脅迫」。

▼23 このあとに「再び」。

▼24 このあとに「と、相手は頼んできた。」。

⧗25 「が何をしているのか、彼女からは見えなかった」。

▼26 このあとに中見出し「死んだように静まり返った」。

▼27 このあとに改行。

▼28 このまえに「もう」。

⧗29 「娘」。

⧗30 「彼女を見」。

⧗31 「叫んだ」。

⧗32 「声」。

▼33 このあとに「とウェイターは言った。」。

▼34 このあとに「宿屋から」。

▼35 このあとに「に違いない」。

⧗36 「『彼女が誰だって、今はどうでもいいじゃないか』カーチスは怒って言った。『彼女に何が起きたんだ？』」。

⧗37 「州警察」。

▼38 このあとに改行。

▼39 このあとに改行。

▼40 このあとに「と検死官」。

▼41 このあとに改行。

▼42 このあとに「そのとき」。

▼43 このあとに「。わしは彼の言う通りだと信じている。彼は快活で、よく喋《しゃべ》る青年だからな」。

▼44 このあとに「止めたくとも」。

▼45 このあとに「それらは警察に提出した。」。

▼46 このあとに改行。

▼47 このあとに「死んでいるとわかったので、」。

⧗48 「健康体」。

▼49 このあとに中見出し「多く含蓄のある手がかり」。

▼50 「?」なし。

▼51 このあとに「その地位から考えて」。

▼52 このあとに改行。

▼53　このあとに「警察は」。
▼54　このあとに中見出し「駆け落ち」。
▼55　このまえに「そして彼は記事を読みふけった。」。
⧗56　新聞初出にはない。
▼57　このあとに「メーソンのせいでリードは西部から、ミス・ドゥの愛情争奪戦のためにわざわざやってきていたのだ。新聞には、事件の詳細が書かれていた。（改行）」。
▼58　このあとに「ボストンから十八マイル離れた」。
▼59　このあとに「、彼と結婚するつもりだ」。
▼60　このあとに「『ボストン・アメリカン』紙には」。
▼61　このまえに「その新聞を手にした」。
▼62　このあとに「（改行）それは前の晩の悲劇への言及だった。リードはわかっていた――彼がカーチスを一人残していったのも、同じような爆発を避けるためだった。（改行）」。
▼63　このまえに「しばらく」。
▼64　このあとに「前の晩以来、初めて彼はホテルから出た。」。
▼65　このあとに「彼はゆっくり歩きながら、むっつり考え込んでいた。」。
⧗66　「わかった。／その日のボストン中の新聞が彼の写真を掲載していたので、本人だと気がついたハッチは」。
▼67　このあとに「カーチスに」。
▼68　このあとに中見出し「思考機械」。
▼69　このあとに「『あなたは病気だ』」。
▼70　このあとに「相変わらずぐったりとして、」。
▼71　このあとに「と彼女は答えた。」。
⧗72　「記者」。
⧗73　「、哲学博士、法学博士、医学博士などなど、有名な科学者、論理家であり、世間一般には思考機械として知られている人物」。
▼74　このあとに「気を失っている」。
▼75　このあとに「不機嫌そうに」。
▼76　このあとに「ハッチはもじゃもじゃの黄色い髪の毛が生えた巨大な頭を見つめていた。そしてこの科学者は」。
▼77　このあとに「これを打ち、」。
⧗78　「うめいたが、いまだに意識不明だった。その顔は、真っ青だけれども魅力的だった。しかし、自堕落な生活の痕跡がありありと残されていた。（改行）」。
▼79　このあとに「何かの薬を混ぜる作業をしていたが、さっと振り返ると分厚い眼鏡越しに」。
▼80　このあとに「（改行）『ハッチ君、静かにしたまえ』と彼は命じた。『君が話しかけようとするから、患者に何もしてやれん』／ずばり言われてまごついた新聞記者は、そのまま黙って静かにしていた。さらに十分か十五分が経過した。ずっと患者の青白い顔を観察していた思考機械の表情が緩んだ。彼は長くてほっそりとした指を忙《せわ》しくこすり合わせ、意識不明の男のすぐそばに座った。（改行）」。
▼81　このあとに「美人」。
⧗82　「リードが宿屋の中にいたという」。
▼83　このあとに改行。
▼84　このあとに「、ミス・メルローズが殺された」。
⧗85　「言い、両手をこすり合わせた。『カーチス君はあと数分で元気になる』」。
▼86　このあとに中見出し「有罪の証拠」。
▼87　このあとに「苛立たしげに」。
⧗88　「降りて何かを落とした」。
▼89　このあとに「厳しく」。
▼90　このあとに「と、科学者は質問した。」。

▼91 このあとに「と、思考機械は訊いた。」。

▼92 このあとに『』と彼は答えた。『』。

▼93 このあとに「そして彼はしばらく黙った。」。

▼94 このあとに中見出し「ナイフを認める」。

▼95 このあとに「と、カーチスは答えた。」。

▼96 このあとに「右側の」。

▼97 このまえに「再び長い沈黙が続いた。」。

▼98 このあとに「と、相手は質問した。」。

▼99 このあとに「さっき言ったように、ずっと酒を飲んでいましたから、頭がおかしくなっていたのでしょう。」。

▼100 このあとに「。恐怖でどうにかしていたのです」。

▼101 このあとに「ナイフの所有者が誰か」。

▼102 このあとに改行。

⧗103 「ハッチンソン・ハッチ記者」。

▼104 このあとに「そうとは考えられないか？」。

▼105 このあとに「これなら完璧にあり得る」。

▼106 このあとに「もしくは実際に犯行に及んだときに、」。

⧗107 「思考機械とハッチ」。

▼108 このあとに「ウェイターに」。

▼109 このあとに「建物から少し離れたところに建っている」。

⧗110 「ガソリンの責任者はそこにいた」。

▼111 このまえに「『少しのあいだ待っていなさい』と、思考機械は指示をした。／彼はガソリンの責任者とその場を去り、三十分ほどいなくなった。そしてようやく、」。

▼112 このあとに中見出し「自動車事故」。

▼113 このあとに「何も言わずに」。

▼114 このまえに「誰だか知らないが、」。

▼115 このあとに「何気なく」。

▼116 このまえに「『そうかもな』と、ぶっきらぼうな答えが返ってきた。（改行）」。

⧗117 「二、三枚の」。

⧗118 新聞初出にはない。

▼119 このあとに「（改行）『彼女は行方知れずになってしまった』と、彼はつけ加えた。」。

▼120 このまえに「これらの死亡事件と行方不明事件の両方の最新の驚くべき進展について、思考機械がどう考え、どう思っているかを何も話してくれないので、」。

▼121 このあとに「ハッチの頭の中は混乱していた。（改行）」。

▼122 このあとに「もっともこちらから質問しても無駄だとわかっていたので、自重してじりじりとしながら、相手の顔を見つめるばかりだった」／もじゃもじゃの黄色い髪の毛が生えている巨大な頭は座席のクッションにもたれかかっていた。そして、分厚い眼鏡の向こう側の細い目の青い瞳は、上を向いていた。／あの素晴らしい分析頭脳が、どんな変わったことを考えているのか、彼は想像さえできなかった。そんなことができれば、と思った。しかしこの事件の解決の鍵はそこに、いやそこから生じてくるのだ。彼は今までいやというほどそういう光景を見てきたので、疑う余地はなかった。（改行）」。

⧗123 「目をしばたかせて、我に返った」。

▼124 このあとに「（改行）『よろしい』と、相手は評した。（改行）」。

⧗125 「前者の自宅に戻ったのは、ちょうど娘の死体が自動車内で発見されてから二十八時間後だった。／『おやすみ』と科学者は玄関口で言った。／ハッチは少々躊躇した。／『どうか教えてください』と彼は頼んだ。『先生の心の中では、犯人の目星はついているんですか？　事実から推理を組み立てましたか？』／推理はまだだ

（中見出し）／『推理だと？』と、思考機械は言った。『いいや。私は判明した事実を並べてはみたが、いまだにこの事件の重要な事実には手が届いておらん。不可欠な事実と言ってもいいだろう』／『解決は？』と、ハッチは即座に訊いた。／『おやすみ』というのが答えだった。『明日の昼に来なさい』／こうして追い出されて、ハッチはこの日は帰っていった」。

▼126　このあとに「長くてほっそりとした指をこすり合わせていた」。

▼127　このあとに「と、ハッチは即座に訊いた」。

▼128　このあとに「と、ハッチは絶望した様子で言った」。

▼129　このあとに「と相手は言うと、ドアを閉めてしまった」。

▼130　このあとに「自動車用コートの外につけるものという」。

▼131　このあとに「と言ったメイドは、いささか戸惑った様子だった」。

▼132　このあとに「とハッチは質問した」。

▼133　「！」なし。

▼134　このあとに中見出し「ミス・メルローズ！」。

▼135　このあとの改行なし。

▼136　このあとに「しかし彼は言われた通りにした」。

▼137　このあとに「ほとんど姿を見せなかった。彼は」。

⧗138　「ハッチはビーコン・ヒルにある家の階段を上り、中に飛び込んだ」。

▼139　このまえに「片方の女性のヴェールの下から、豊かな金髪が溢れ出していた。もう一人のヴェールの下からは、暗い、真っ黒と言っていい色の髪の毛が見えていた。リードは驚いたり困惑したりしていたとしても、それを顔に出さなかった。（改行）」。

▼140　このまえに「彼は二人の女性に手で合図をした」。

▼141　このあとに「もう一人は」。ここでこの回の連載は終わっているので意味不明。誤植か。

▼142　このあとに「、グリーン・ドラゴン号」。

⧗143　「ハッチンソン・ハッチ」。

⧗144　「チャールズ・リード」。

⧗145　「君に会えて嬉しいよ、マーガリート」。

▼146　このあとに「思考機械の自宅に」。

⧗147　「マーガリート・メルローズ」。

▼148　このあとに中見出し「状況証拠」。

▼149　このあとに「のを聞かれていた」。

⧗150　「彼」。

▼151　このあとに「女優の」。

▼152　このあとに中見出し「カーチス、ナイフに気がつく」。

▼153　このあとに中見出し「リードがやったかもしれない」。

▼154　「目」。

⧗155　「言及し、その方向でいくつかの示唆をした」。

▼156　このまえに「この点をふまえた上で、」。

▼157　このあとに中見出し「死んだ女の黒髪」。

⧗158　強調なし。

▼159　このあとに「――声を聞いたので彼女だとわかりました――」。

▼160　このあとに中見出し「彼女自身がナイフをふるった」。

⧗161　「真っ暗な中だったら十分可能でした。彼女は僕がポケットからナイフを出し」。

⧗162　強調なし。

▼163　このあとに「そして私は、どうしてメイソンが現われなかったかを調べることにした。事故が原因だというのは、十分にあり得ることだ」。

▼164　このあとに「――ただしこの時計はマーガリート・メルロー

ズのものだということも考えられたが、これは男物だから、モーガン・メーソンのものだ」。

▼165　このまえに「長い沈黙が続いた。」。

▼166　このあとに中見出し「ハリファックスへ出港」。

▼167　このあとに「十分可能性が高い。」。

▼168　このあとに「?」。

▼▲169　「ミス・ドウは若かったので、結婚前に居場所がばれてしまうと、家族が式を邪魔するのではないかと恐れたのだ。だからシカゴから数日前に」。

▼170　このあとに「思考機械が暴いた」。

百万長者の赤ん坊ブレークちゃん、誘拐される

Kidnapped Baby Blake, Millionaire

第一部

　百万長者のダグラス・ブレークは、床にぺたりと座り、色とりどりの絵本に目を輝かせて見入っていた。彼はまだ十四カ月にしかならず、この絵本は、彼が生まれて以来見たもっとも美しいものだった。イヴリン・バートンという二十二、三歳の可愛らしい娘も向かい合わせに床に座り、ブレークちゃんが絵本を見て興奮して声を上げるのを、にこにこしながら見守っていた。

　ブレークちゃんが座っているのは、リン市郊外にあるブレーク家の図書室だった。小奇麗で控えめに飾りつけられたこの屋敷は、ブレークちゃんの父親、ラングドン・ブレークが建てたものだ。しかし彼は四カ月前に亡くなり、ブレークちゃんの美しい母親エリザベス・ブレークを未亡人として残していった。彼女はその衝撃に心が破れ、かつてその頂点に立っていた社交界から身を引いてしまった。

　ここには、ブレーク夫人が三人の召使いやミス・バートンと一緒に、ひっそりと住んでいた。ミス・バートンは召使いというよりも、彼女の話し相手とでもいったほうがいいような存在だった。

　巨大な屋敷は陰鬱だが、かつては幸せな光景が繰り広げられた場所であり、彼女はその記憶にすがっていた。建物は、敷地のほぼ真ん中に建てられていて、表の道路から二百フィート、背後は三百フィートほどの距離があった。石壁が、敷地の周囲を取り囲んでいた。

　夏になると、この敷地は緑のヴェルヴェットのような芝生で覆われている。現在は冬で、セメント舗装の歩道が、通りに面した壁の間から屋敷の正面玄関まで、うねりながら続いている以外は、一インチほど降りつもった初雪に、すっかり覆われていた。小道だけは雪が取り払われ、まるで真っ白な中に黒い糸があるかのようだった。

　玄関ポーチの近くでこの小道は枝分かれし、建物の裏へと続いていた。こちらも雪は除かれていたが、裏口より向こう

側は、裏手の壁まで何もかもがすっかり雪に覆われていた。裏手の壁近く、屋敷の裏から右側に、大きな納屋と馬屋が建っていた。敷地の左側の隅には高い木々が生い茂っていて、あちこちへ枝を伸ばしていた。

正面玄関からの馬車道は、雪に覆われていた。ブレーク夫人が自動車や馬を最後に使ってから、もう数週間が経っていた。だから、納屋を閉鎖し、馬は外部に預けてしまった。現在、納屋はまったく人気《ひとけ》がなくなってしまった。大きな木に、ぶらんこが下げられていた。ブレークちゃんの遊び道具としてつくられたものだが、所在なげにぶらぶら揺れている。

夏に、ブレークちゃんはよちよち歩きで屋敷からぶらんこまでの百ヤードほども歩いていけるようになっていた。しかし、現在その遊びは禁止されていた。非常に寒いので、家の中に閉じ込められていたのだ。

その日の二時ごろ、雪が降り始めた。ブレークちゃんは大喜びの様子だった。なにしろ、初めて見る雪だったのだ。暖かい図書室の窓辺に立ち、太った指で示しながら、ミス・バートンに言った。

「ぼく、あれほしい」

ミス・バートンは、雪の降る外に出てみたいという意味だと解釈した。

「だめ、だめ」彼女はきっぱりと言った。「寒いわ。赤ちゃんは出たらだめよ。寒い、寒い」

ブレークちゃんが、子守り役が相手にしてくれないのに対して声を張り上げて抗議したので、ミス・バートンはこう言ってなだめた。「雪がやんだら郵便受けまで行きましょうね」

それからというもの、ブレークちゃんの関心を外からそらすために、ありとあらゆる手が使われた。

この雪は、一時間降り続いてやんだ。そして雲が晴れた。午後六時十五分、月が寒々と光り、まっさらな雪の上を照らし出した。星が夜空に撒《ま》き散らされて、風はやみ、あたりはしんと静まった。ときおり自動車が通り過ぎる際の騒音も、雪に弱められた。どこか遠くから響いてくるそりの鈴の音を耳にして、彼は好奇心いっぱいに頭をもたげた。

「かわいいお馬さんね」と、ミス・バートンはすかさず、開いた本の挿絵を指さした。

「かゆいおおまさん」と、ブレークちゃんも言った。

「おうまさん」ミス・バートンは言った。「四足よ。いち、に、さん、よん」と、数えた。

「かゆいおおまさん」と、ブレークちゃんは言った。

外のことを忘れた様子で、ページをめくる。

「かゆいねこちゃん」と、おりこうに続けた。

「ええ、かわいい猫ちゃん」と、子守りはほめた。

「かゆいわんちゃんと、かゆいぞーだん、うーあー」ブレークちゃんは夢中だった。「ぞーだー」と言いながら彼の目は、ページいっぱいの絵に吸いつけられた。

「象よね、そう」ミス・バートンは言った。「もうおやすみの時間よ」

「いや、いや」ブレークちゃんは激しく言い張った。「かゆいぞーだん」▼

　そしてブレークちゃんは椅子から立ち上がり、ミス・バートンが座っているところまでよちよち歩きしていくと、その正面にぺたんと座り込んだ。絵本を両手に持ち、彼女の膝を枕にして仰向けに寝転がった。そのとき、ブレーク夫人が戸口に現われた。

「ミス・バートン、ちょっとお願い」と彼女は言った。顔は真っ青で、声も奇妙にうわずっていた。

　心配になった娘は立ち上がり、隣の部屋へ向かった。ブレークちゃんは、床に広げた絵本と一緒に残された。ブレーク夫人は、封を切った手紙を彼女に渡した。包装紙の切れ端に殴り書きをしたもので、ほとんど読めないと言っていいほど乱暴な筆跡だった。

「午後遅くの配達で来たの」と、母親は言った。「読んでみて」

「おまえのあかんぼうをさらうつもりだ」ミス・バートンはゆっくり読み上げた。「だれもおれたちをとめられない。けいさつにいってもいいことはないぞ。いちまんドルだせばやめてやる。『ボストン・アメリカン』しんぶんに『はい』か『いいえ』とおまえのなまえをサインしてこうこくをのせろ。そうしたらつぎどうするかおしえる。（サイン）みっつつ」

　ミス・バートンは自分が何を読み上げたのか理解して、黙り込んだ。そしてはっと息を呑んだ。

「誘拐の脅迫よ」母親が言った。「イヴリン、イヴリン、こんなこと、信じられるかしら？」

「ああ、ブレーク夫人」と言う娘の目には涙が湧いてきた。「ああ、なんてひどい」

「一体どうしたらいいのかしら」母親は途方に暮れた。

「警察に言ったほうがいいと思います」娘は即座に答えた。「すぐに警察に届けましょう」

「そんなことをしたら、新聞に知られてしまう」と、母親が言った。「それはだめよ。明日ここを離れて、冬のあいだボストンで過ごしたほうがいいんじゃないかしら。こんなひどい脅しを受けるようじゃ、ここではもう暮らしていられないわ。赤ちゃんを奪われたら、わたしは生きていけないもの」

「そうおっしゃるのなら。でも、とにかく警察には届けたほうがいいと思います」と、娘は静かに主張した。

「もちろん、お金なんてどうでもいい」母親は続けた。「赤ちゃんのためだったら、一銭残らずくれてやったっていいの。でも、恐怖や不安が残るでしょう。あなたはダグラスちゃんのお洋服の荷造りをしてもらえるかしら。そして、明日ボストンのホテルに移って、冬の滞在先を探しましょう。このことはお屋敷内の他の人には言わないようにしてね」

「それが一番だと思います」ミス・バートンは言った。「でも、やっぱり警察に通報したほうがいいと思うんですけど」

　二人の女性は、ブレークちゃんが絵本を見ていたはずの図書室に戻ってきた。しかし、子供の姿は消えていた。ミス・

バートンはさっと振り向いて、ブレーク夫人の顔を見た。母親は、まだ気がついていない様子だった。[1] 子守りは別の部屋に行った。ダグラスがそちらに行ったと思ったからだ。

十分もしないうちに、屋敷じゅうが大騒ぎになった。ブレークちゃんが行方不明になったのだ。ミス・バートン、召使い、そして動転した母親が、たくさん部屋がある屋敷の中をかけ回り、ありとあらゆるくぼみや隅を、ダグラスの名前を呼びながら探し回った。反応はまったくなかった。ついにミス・バートンとブレーク夫人は、図書室に戻って赤ちゃんのお気に入りの絵本のそばで、顔を見合わせた。

母親を無視して、イヴリン・バートンは電話に走り、警察に通報した。[2] 彼らは即座に行動した。三人の刑事と二人の制服警官がやってきた。脅迫状は彼らの手に渡り、[3] 一人が電話でその内容を上司に報告して、各所に警報が発せられた。

制服警官がもう一度地下室から屋根裏部屋までを捜索しなおすとともに、刑事たちが外を探した。三人は協力して敷地を調べたが、雪の上は彼ら自身の足跡と歩道以外は、まったく乱れもなにもなかった。道路に面した正面の塀から、刑事たちはゆっくり歩いていき、屋敷の各面まで、雪に足跡が残っていないかそれぞれが探した。[4]

しかし、そんな捜索も空振りに終わった。彼らは屋敷の裏手に集まった。みな首を横に振っていた。すると、一人が突然動きを止め、足元から裏庭に広がる雪を指さした。もう一人の刑事も目を凝らし、驚いて凍りついた。[5]

彼が目にしたのは、子供、それも赤ん坊の足跡だった。その足跡は雪の上をまっすぐ裏手へと進んでいた。二人の男は、言葉もなく我先に後を追った。歩けるようになったばかりの赤ちゃんの足どりはしっかりしていた。十、二十、三十フィートと、まっすぐ進んでいた。すでに刑事もわかっていた。ブレークちゃんは、自らの意志でさまよい出たのだ。

そして足跡を追っていった末、彼らはいきなり立ち止まって困惑した。それぞれ雪の中にひざまずいて、何かを探しまわる。何フィート四方もの場所を調べた末に、足跡のところに戻ってきた。

「いや、これは――」と、一人が言いかけた。

足跡はしっかり庭を横断して進んできたのだが、そこでなくなってしまったのだ。最後のブレークちゃんの足跡は、さらに前進しようとしているようだったが、次の一歩がなかった。足跡は消えてしまったのだ。ブレークちゃんはこの地点まで歩いてきた。そして――。

「虚空に消えてしまうなんてことがあるのだろうか」と、刑事は息を呑んだ。足跡が終わったところから三、四フィートの場所にあった小さな木箱に腰を下ろし、顔の汗を拭った。

第二部[6]

「単純な思考の過程を経て、すべての問題は数学原理に還元することができる」と、オーガスタス・S・F・X・ヴァン・デューセン教授は熱を込めて主張した。「一度問題が還元できれば、それが何であろうとも、解決は可能なのだ。ハッチ君、君もチェスをするならば、私の言うことがわかるはずだ。チェスの名人と呼ばれる人々は、真の大論理学者であり大数学者であるにもかかわらず、彼らの努力は芝居がかった技をこれみよがしに見せびらかすことにしか役に立たないのだ。人間の心の可能性は、限度がないのだよ」

新聞記者のハッチンソン・ハッチは、椅子の背にもたれかかり、偉大なる科学者にして論理学者が、ささやかな実験室の大窓のそばにある、長い作業用ベンチのまわりを歩きまわるのを、眺めていた。ヴァン・デューセン教授は、ここでなしとげたいくつもの発見のお陰で、世間の大注目を浴び、数えきれないほどの称号を受け取ることになったのだ。

ハッチは、はたして教授自身もそれらの称号を思い出せるのだろうかと考えていた——それはよくあるPh.D（哲学博士）やLL.D（法学博士）、M.D.（医学博士）、M.A.（文学修士）といったものだけではなく、フランスやイタリアやドイツやイギリスの教育機関だの科学研究所だのから授与された奇妙な頭文字の組み合わせもたくさんあって、思考機械と異名を取るヴァン・デューセン教授のような高名な科学者を心から称えるものだった。

痩せ細った科学者は、長年の研究と顕微鏡を覗き続けてきたせいで、背中が曲がっており、まるで身体が弱っているかのように見えたけれども、実際その印象は間違ってはいなかった。そして、巨大な頭がその上に乗っているので、とても異様な感じがした。さらに、長くて黄色い髪の毛が、ときおり作業中に顔にふりかかり、その奥では鋭く青い目が、分厚い眼鏡の向こうから睨みつけているのだった。

「数学原理に問題を還元するということは、つまり結果をもたらした原因を発見するということなのだ。たとえば、ある男が死んだとする。それしかわかっていない。理性によって、彼が自然死をしたのか、不審死なのかどちらかだということはわかる」

「もし不審死なら、事故、殺人、もしくは自殺のどれかだ。他の選択肢はない。普通の知能ならば、これらの可能性を把握し、即座に事実として認定する。なぜならば、普通の知能でも死とつき合っていかねばならず、理解することができるからだ。これを一次推論本能と呼ぼう」

「長年の研究と実験、想像力が必要とされるさらなる高次元では、事実の不足による空白を埋めることが要求される。想像力が、この科学的思考の背骨となるのだ。マルコーニが無線電信を発明する前には、この想像力が必要だった。電話も、電報も、蒸気機関も、現在の日常生活の一部となっているさまざまな発明も同じだ」

「高次元の科学的精神は、すなわち論理学者の精神である。極限までの想像力を有しなくてはならぬ。たとえば、すべての物質は原子からなることを科学は証明した——分子論である。これが証明されてからは、科学の想像力は、その原子もさらに小さな原子からなると考え、その証明に挑んだ。そして成功したのだ」

「原子は原子からなり、さらに小さな原子が原子をつくる。そしてその連鎖は、まったく見ることのできない段階まで続いていく。これが論理である」

「この想像力を他の方向に応用してみると――まったくの論理であるが――驚くべき可能性がでてくる。極論すれば、こういった具合だ。人間は原子からできている。人間とその創造物も、原子とみなして、町ができる。町と自然を原子とみなせば、国がつくられる。国と海を原子とみなせば、世界がつくられる」

「そして想像力を極限まで活かせば、世界でさえも単なる原子でしかないということだ。巨大な太陽系も、想像が及ばないような広大な存在からしてみれば、ひとつの原子でしかないかもしれない。私はそう思うのだ。すべては論理、論理、論理なのだよ」

その苛《いら》ついた声が止まり、科学者は立ち上がると計量カップを手にして灯にかざし、中身を観察した。ハッチンソン・ハッチが唖然として見つめていると、それは明るい赤から真っ白に変色した。

「私がよく言っているだろう、ハッチ君」思考機械は再び口を開いた。「二たす二は四なのだ。ときどきではなく、いつも必ずそうだ――原子は原子を作る。よって原子はすべてを作るのだ」彼はいったん口をつぐんだ。「この化学物質の色の変化は、単に原子の変化でしかない。液体の重量はまったく変わることはない。しかし赤い原子は消えた。白色によって駆逐されたのだ」

「白い原子のほうが強いという論理ですか？」と、ハッチはおそるおそる訊いた。

「その通り」思考機械は答えた。「常に赤い原子に勝利するのだ。言い換えれば、それは赤と白の原子の戦争であり、今君はそれを目撃したのだ。我々はこの小さな戦争を目撃したが、地球を原子として観察しているより大きな存在にとって、地球上の戦争はとるに足らないものだろうか？」

ハッチはこの質問に目を白黒させた。思いもよらぬ壮大なことを訊かれてしまった。彼はただの新聞記者にすぎなかった。ヴァン・デューセン教授は背を向けると、別の容器にさらに化学物質を入れて混ぜた。そして、その中身をまた別の容器にあけた。

ハッチは、隣の部屋で電話の呼び鈴が鳴っているのに気がついた。しばらくすると、科学者のささやかな自宅の召使いであるマーサという老婆が、入り口に姿を現わした。

「どなたかから、ハッチさんにお電話です」と、彼女は言った。

ハッチは電話に出た。相手は、苛立ちをあらわにした社会部長だった。

「でかい誘拐事件だ」社会部長は言った。「びっくりだ。お前をあちこち探したんだぞ。起きたのは今夜六時ごろ――現在八時半だ。リンへ急いで飛んでいって、ネタをつかんでこい」

そして社会部長は、それまでにわかっている事件の詳細を説明した。リンの警察から聴き込んだ内容だ。ほんの数分間子供から目を離した隙だったということ、▼誘拐の脅迫状が一万ドルを要求していたこと、▲7雪上の足跡が忽然と消えていたこと。

新聞記者としての本能を活発に働かせながら、ハッチは思考機械が実験を続けている実験室に戻った。

「新しい謎ですよ」と、彼は誘い文句を投げかけた。

「何だ？」と、思考機械は背を向けたまま訊いた。

ハッチは聞かされた内容を繰り返した。雪の上の足跡が突然消えてしまったというところまで、思考機械は黙って聞いていた。

「赤ん坊には羽などないのだ、ハッチ君」と、思考機械は厳しい声で言った。

「わかってます」ハッチは答えた。「一緒に来て現場を見てみませんか？」

「そんなところで足跡が途切れたなどと、馬鹿げている」思考機械は噛みつくように言い切った。「どこかに行ったに違いない。そうでなかったら、それは子供の足跡ではなかったのだ」

「来てくださるのなら」ハッチは甘言で誘った。「九時半までには現地に到着しますよ。今八時半ですから」

「行こう」と、彼はいきなり言った。

一時間後、彼らはリンにあるブレーク家の正門の前にいた。思考機械は母親、子守りのイヴリン・バートン、さらに他の召使いたちと長時間話をした。そして、ちいさな足跡が発見された裏庭に出た。

月光に煌々《こうこう》と照らされていたおかげで、はっきりと観察することができた。思考機械はそこに一時間もいた。どこにも続いていないちいさな足跡を見て、刑事が座った箱の上に腰かけた。そしてやおら立ち上がると、その箱を調べた。木製で、ちょうど二平方フィートの大きさであり、地上からほんの四、五インチの高さしかなかった。屋敷の主水道管の接続部を覆って、保護するためにつくられたものだった。思考機械は中を見て、納得した様子だった。

この箱から各方向へ、明らかに刑事や自分やハッチのものでない足跡や痕跡が残っていないかを、彼は探した。誰も敷地の向こうへ行くことは許されていなかった。刑事が捜査を終えるまで、禁止されていたからだ。

何の痕跡も足跡もなかった。痕跡を残した人間が、人為的に隠した様子も見られなかった。

再び思考機械は箱の上に座り、周囲を観察した。ハッチはどうしたものかと彼を見つめていた。まず彼は、石塀のほうを見やった。百ヤードほど先の正面だ。ハッチの見る限り、雪には何の痕跡も残されていないようだった。そして科学者は、屋敷のほうを振り返った。刑事の一人によれば、箱からの距離は四十八フィートだそうだ。しかし、そこには刑事とハッチと彼自身がつけた足跡しかなかった。

そして思考機械は、敷地の裏手のほうに目をやった。明るい月光のおかげで、納屋や木立ちが見えた。その数本は石塀の内側に生え、他は外側にずっと続いて生えており、雪の降り積もったグロテスクな姿が月光に照らされていた。この方向を見てから、思考機械は他の石塀のほうに視線を移した。百フィートほどの距離だ。こちらでも、彼は雪の上に足跡を探したが、なにも見つからなかった。

最後に彼は立ち上がり、ハッチには当惑しているように見える表情を浮かべながら、そちらの方向に歩いていった。小さな黒い点が雪の中にあったので、注意を引かれたのだ。それは、八フィートか十フィートほど箱から離れた場所だった。彼は立ち止まり、観察した。表面が平らな石だった。一平方フィートほどの面積で、雪はなかった。

「どうしてここには全然雪がつもっていないのだ?」と、彼はハッチに問いかけた。

ハッチはそれをじっと見て、首を横に振った。思考機械は地面近くまで屈み込み、しばらく石を見つめ続けた。そして姿勢を正すと、塀に向かって歩きだした。数フィート進むと、洗濯紐が行く手を遮った。立ち止まらずにその下をくぐり抜け、塀に向かって進み続けたが、その目はじっと地面に落とされたままだった。

彼は塀から洗濯紐のところまで戻り、そしてその下を進んでいった。いまだに雪を見つめたままだ。六、七十フィート、裏庭方向へと歩みを進めた。二、三本の支柱が等間隔に紐の下に立っていたが、それもじっくりと調べた。

「何か見つけましたか?」と、ハッチはついに訊いた。

思考機械は苛ついたように、首を横に振った。

「驚いた」と、彼は不機嫌に大声で言った。落胆した子供のようだった。

「そうですね」と、ハッチも同意した。

思考機械は背を向けて、やってきた屋敷のほうへと戻った。ハッチはそのあとを追った。

「ボストンに戻ったほうがよかろう」と、彼は辛辣な調子で言った。

ハッチはしぶしぶそれに従った。二人とも、汽車に乗るまで一言もしゃべらなかった。そして思考機械はいきなり首をひねっている新聞記者のほうを向いた。

「あれは赤ん坊の足跡ではなく、ただの靴の跡でしかないという可能性を、君は考えなかったのかね?」と、彼はいきなりただした。

「どうやってつけたのでしょう?」と、ハッチは問い返した。

思考機械は首を振った。

▼＊　＊　＊▲8

翌日の午後、新聞がこの事件を大きく扱っているころ、ブ▼

レーク夫人はこのような手紙を受け取った。前と同じ「みっつ」というサインがあった。

おまえのあかんぼうをゆうかいした。二まん五せんどるはらつたらかえしてやる。「ボストン・アメリカン」しんぶんにまえにいったように「はい」か「いいえ」をこうこくでだせ。▲9

▼第三部▲10

午後遅くにハッチンソン・ハッチが、この手紙のことを思考機械に報告しにきたときには、科学者は小さな実験室に座り、指と指を突き合わせ、じっと天井を睨んでいた。秀でた額には皺がよっていた。こんな様子を、ハッチはそれまで見たことがなかった。そして、その青い目には困惑の色があった。

思考機械はぴくりとも動かずに、ハッチから手紙とその内容についての報告を聞いていた。

「どう思われます、教授？」と、記者は訊いた。

「わからん」というのが、その答えだった――ハッチはいささか驚いた。「こいつはびっくりだ」

「唯一わかっている事実は、ブレークちゃんは誘拐され、現在誘拐犯の手元にいるらしいということです」と、ハッチは言った。

「あの痕跡が――つまり雪上の足跡のことだが――この事件の真の問題だ」しばらくして相手が言った。「おそらく、赤ん坊がつけたのだろう。しかし、そうではないかもしれん。赤ん坊を探す人間を惑わすために、わざとつけられたのかもしれん。もし赤ん坊がつけたのだとして――どのようにして、そしてなぜああいうふうに消えてしまったのか？　捜査攪乱のために赤ん坊の靴でつけたにすぎないとしても、同じ疑問が残る――どうやって？」

「考えてみよう。赤ん坊が空中へと歩いていって消え去ったという、一見そうとしか考えられない事実は置いておく。あの足跡は、赤ん坊がつけたものだとしよう。それから、赤ん坊が足跡をつけたときに、誰かと一緒だったという可能性も否定しよう。他の足跡がなかったのは、間違いないのだから。赤ん坊の足跡が消えた地点から、先に進むのも後に下がるのも、一切他の足跡はなかった」

「では、どんな可能性があるか？　残ったものはなにか？　気球？　もし気球説をとるとしたら、同時に計画的誘拐の可能性も否定せねばならない。どうしてか？　なぜなら、赤ん坊が自らの意志であの時間にあの場所にやってこなければ成功しないような計画など、立てられるはずがないからだ。もしそうだとすれば、気球はあの場所に何千回も飛んできて失敗をしていたはずだ。ところが、気球は大きい――人目につくはずだ。だからこれは排除される」

「非常に低いが、可能性としては、碇《いかり》かフックをぶら下げた気球がたまたまあの土地の上を飛び、それが赤ん坊の洋服を引っ掛けて運び去ったということも考えられる。しかし、それでは誘拐ではなく、単なる事故だ。事故説では、誘拐犯の手紙があるという事実に矛盾する」

「気球でなければ、鷲だろうか？　まさかそんなはずはない。十四カ月の赤ん坊を運び去るなんて、とんでもない力持ちの鳥だ。それに、そんな可能性は万に一つだ。科学では有翼人は発見されていないが、これはそいつのしわざのようにさえ見える。要するに問題なのは、赤ん坊が足跡を残したのだとしたら、どうやって広い土地の真ん中近くで赤ん坊を引っ張り上げたのかということだ」

「今度は視点を変えて、足跡をつけたのは赤ん坊ではなく、誰か他の人間だったとしよう。すると、同じ疑問に直面する――どうやったのだろうか？　長い棒に靴を縛りつけて道具をつくり、雪から、そうだな、二十フィートほど離れたところからそれを操って、足跡をつけたのかもしれない。しかし足跡は御存知の通り、四十八フィート離れた箱のところまで達していた」

「もし犯人が往復の足跡をつけることなく箱の上に立てたとすれば、棒の先に靴をつけてあの足跡をつくることはできただろう。しかし、誰もその箱まで行ってはいない」

　思考機械は数分のあいだ黙っていた。ハッチにはもうそれ以上つけ加えるべきことはなかった。思考機械はあらゆる可能性を徹底的に検討したようだった。

「もちろん、気球に乗った人間ならば、あそこに足跡をつけることは可能だろう。しかし無意味な行動だ」科学者は続けた。「屋敷の上を気球で漂うなど、発見される危険を冒すだけで、何の得にもならん。いかに夜だといってもな。我々は石壁に突き当たってしまったのだ、ハッチ君――石壁にな。現在の立ち位置から、通じるところへと導かれるしかないのだ」

　彼は立ち上がり、隣室へ姿を消すと、数分後、帽子とコートを身につけて戻ってきた。

「もちろん」彼はハッチに言った。「もし赤ん坊が生きていて、誘拐犯の手元にいるのならば、取り戻せる可能性はある。そして、それを目指す。しかし、真の問題は残ったままだ」

「もし[11]生きていて？」と、ハッチは繰り返した。

「そう、もし、だ」彼は簡潔に答えた。「その点については、残念な可能性が考えられる」

「でも、誘拐犯の手紙があるでしょう？」と、ハッチは言った。

「誰がそれを書いたのか、行って確かめよう」と、彼は謎めいた答え方をした。

　二人は一緒にリンに出向き、思考機械は三十分ほどブレーク夫人と話をした。ようやく出てきた彼は、包みをひとつ手にしていた。

　目を真っ赤に泣きはらしたミス・バートンは、可愛らしい顔に罪悪感をありありと浮かべていた。彼女も同時に、その部屋に入ってきた。

「ミス・バートン」と、科学者は質問した。「ダグラスちゃんの体重がどのくらいかわかるかね――おおよそでいいのだが？」

　娘は驚いたように彼を見つめていた。「だいたい三十ポンドくらいだと思います」と、彼女は答えた。

「ありがとう」思考機械はそう言って、ハッチのほうに向き直った。「二万五千ドルがこの包みに入っている」彼は言った。

　ミス・バートンは振り返り、さっと彼に視線を走らせた。そして、部屋から出ていった。

「それをどうするのですか？」と、ハッチは質問した。

「誘拐犯に渡すのだ」というのが、それに対する返事だった。「警察はブレーク夫人に、脅しに屈しないようにと助言をした。だが私は彼女に、別の方法を提案した。そして、私にこれを渡してくれた」

「次は何をするのですか？」と、ハッチは訊いた。

「『はい』という言葉と、ブレーク夫人のサインを載せた広告を新聞に出す」思考機械は言った。「手紙の条件通りにする」

　一時間後、二人はボストンにいた。広告は指示通り、「ボストン・アメリカン」[12]紙に掲載された。翌日、ブレーク夫人は三通目の手紙を受け取った。

「かねをふるしんぶんにつつんでおまえのすんでいるところから一ぶろっくさきのあきやのごみのやまにのせろ」と、書かれていた。「いちばんうえにおけ。おれたちがてにいれたらあかんぼうは二じかんごまただける。みっつ（3）」

　この手紙は、すぐに思考機械の手元に届けられた。ブレーク夫人の顔は希望に輝いていた。そして、子供が戻ってくることを信じていた。待ちきれなくてたまらない様子だった。

「さて、ハッチ君」思考機械は命令した。「この包みを、指示された通りにしなさい。そのうち誰かが取りに来る。その男が誰か、どこへ行くかを確かめる仕事は、すべて君にまかせる。おそらく頭の鈍い男だろうが、手紙のような誤字を書くほどひどい阿呆ではないだろう。簡単に罠にかかるはずだ。奴の邪魔はするな。見たままを報告してくれたまえ」

　思考機械は一人でボストンに戻っていった。三十六時間後の早朝、彼宛ての電報が届いた。それには、こう書かれていた。

りんデオトコノイバショトアカンボウノテガカリハッケン
――ほてるニソッコクコラレタシ　はっち

第四部[13]

　思考機械は、電報の呼び出しにただちに応じた。しかし、彼の顔に浮かんでいたのは機嫌のよさそうな表情ではなかった。むしろ、驚きといってもよかっただろう。列車の中で、彼は電報を繰り返し読んだ。

「赤ん坊の手がかりか」彼はつぶやいた。「どうしてだ。まったく理解できん」

疲労で顔色が悪く、寝ていないので目が腫れぼったいハッチンソン・ハッチは、思考機械とホテルのロビーで再会した。そして彼らは、ただちに記者が泊まっている三階の部屋に向かった。

思考機械は何も言わずに、ハッチがそれまでの行動の報告をするのを聞いた。彼は金を置き、その空き家を見渡せる部屋を借りて、窓から何時間も監視していた。ついに夜になったが、都合のいいことに雲が出て、月を隠してしまった。そこでハッチは外に出て、ゴミの山の近くに隠れた。

彼はここで、夜六時から朝四時までがんばった。寒さで感覚もなくなっていったが、動こうとはしなかった。そしてとうとう、長い張り込みが功を奏した。一人の男がゴミの山の近くに忽然と現われ、あたりをこそこそと見回すと、新聞紙包みを取り上げた。そして、中身が入っているのを手触りで確かめて、急ぎ足で立ち去った。

彼を尾行するのは、ハッチにとって難しいことではなかった。まっすぐにリンの東端の安アパートまで行き、その中に消えた。午前中の時間が過ぎていき、その建物の住民が起き出すころ、ハッチは簡単に男の正体を突き止めた。

彼の名前はチャールズ・ゲーツといい、妻と四階の貸室に住んでいるという。あまり評判はよくなく、かなりの酒飲みだった。いささかの教育はあり、あの手紙のような文章を書くとは思えなかった。

「これらの事実が判明して」ハッチは続けた。「僕は彼かそのかみさんに、直接会ってやろうと思いました。今朝九時に、本のセールスマンとして行ってきましたよ」新聞記者はにやりと笑った。「妻のゲーツ夫人は、本など欲しがりませんでした。あとちょっとでミシンは売れるところでしたが」

「ともかく、僕はアパートの中に入り込み、十五分か二十分のあいだそこにいました。四つある部屋のうち、僕が立ち入らなかったのは一つだけでした。彼女によると、その部屋で夫が寝ているそうです。彼は前の晩、遅くまで外にいたそうです。もちろん僕はそのことを知っていましたけど」

「赤ん坊がいるかどうか訊くと、いないということでした。その建物の他の住人によれば、彼らが知る限り本当だということです。いろいろな人に訊いてみたのですが、あのアパートには、赤ん坊はずっと前からいないそうです。ところが僕は、こんなものを見つけてしまったんですよ」

ハッチは何かをポケットから取り出し、手の上に広げて見せた。それは、上等な生地でできた赤ん坊の靴下だった。思考機械は手にとって、じっくり観察した。

「ブレークちゃんのか？」と、彼は訊いた。

「はい」記者は答えた。「ブレーク夫人と子守りのミス・バートンにも、確認してもらいました」

「いやはや！　いやはや！」と、科学者は考え込みながら叫んだ。再び彼の顔に、当惑の表情が浮かんだ。

「もちろん、赤ん坊はまだ戻ってきていないのだな？」と、科学者は続けた。

「ええ、まだです」と、ハッチは言った。

「ゲーツ夫人は、二万五千ドルの分け前を突然もらった女のような態度を見せていたか？」と、思考機械は訊いた。

「いいえ」ハッチは答えた。「彼女は混合酒パーティに出たあとみたいな顔でした。唇が切れて出血し、片目には青あざができていました」

「夫が古新聞包みの中身を見たときに、やったものだ」と、思考機械は言った。

「金ではなかったから、ですか？」と、ハッチは訊いた。

「間違いない」

　二人とも、しばらく黙りこくっていた。思考機械は、小さな靴下を長くてほっそりとした指でいじっていた。額には、考え込んで皺が寄っていた。

「ゲーツが持っていた靴下を、どうお考えですか？」と、ようやく記者は訊いた。

「ブレーク夫人と話をしよう。彼女には、このゲーツという男が包みを取ったことは、話していないだろうな？」

「していません」と、記者は答えた。

「心配させるだけだ」科学者が説明した。「希望は持たせていたほうがいい。なぜならば――」

　ハッチは驚いて、思考機械の顔を見つめなおした。

「なぜならば、何なんです？」と、彼は訊いた。
▼「ブレークちゃんは亡くなっている▲[14]可能性が非常に高いからだ」という答えがかえってきた。
　どうして赤ちゃんが死なねばならないのか、さっぱりわからないまま、ハッチは黙り込んだ。そして二人は、ブレーク夫人邸に着いた。子守りのミス・バートンが、玄関で出迎えてくれた。

「ミス・バートン」思考機械は中に入るやいなや、きっぱりとした口調で切り出した。「いつこの靴下を」言いながらそれを取り出し、「チャールズ・ゲーツに渡したのだ？」

　娘はさっと顔色を変え、返答に窮した。

「あの――何をおっしゃっているのかさっぱりわかりません。そのチャールズ・ゲーツって、誰です？」

「ブレーク夫人とお会いできるかな？」と、科学者は訊いた。彼は娘の瞳をじっと睨みつけていた。

「はい、もちろん、その、大丈夫だと思います」と、彼女はうろたえながら答えた。

　彼女が姿を消し、数分後にブレーク夫人が現われた。期待に満ちた表情をしていた。希望を抱いていた。しかし、厳粛な顔の思考機械を見て、それがしぼんでいくのが見てとれた。

「ミス・バートンと契約をしたときに、どのような推薦状がありましたか？」と、彼はずばり質問した。

「それ以上ないというほどのものです。彼女は以前、カナダ総督一家の家庭教師をしていました。十分な教育があり、そこからこちらに移ってきたのです」

「彼女はリンに馴染《なじ》みがありましたか？」と、科学者は訊いた。

「それはわかりません」ブレーク夫人が言った。「彼女が今度の事件に関係しているとお考えなら——」

「よく外出はしますか？」と、遮った。

「ほとんどしません。そして、たいていは私と一緒です。彼女は召使いというよりも、私の話し相手なんです」

「彼女を雇ってどれくらいになりますか？」

「うちの子が生まれて一週間後からです——」そして、母親の唇がわずかに震えた。「夫が亡くなってから、献身的に尽くしてくれました。心から彼女を信頼しています」

「これはおたくの赤ちゃんの靴下ですね？」

「間違いありません」彼女は確かめてからそう答えた。

「同じようなものを何足か持っていると思いますが」

「詳しくはわかりません。そうだと思うだけです」

「ミス・バートンか誰かに命じて、靴下が全部揃っているかどうか確かめさせてください」と、思考機械は指示した。

わけがわからないまま、ブレーク夫人はミス・バートンにそれを命じた。彼女も首をひねりながら承り、部屋から急いで出ていった。背中の曲がった科学者に、憤慨している様子だった。

「ブレーク夫人、赤ちゃんがドアを開けられるかどうか、おわかりになりますか？　たとえば玄関とかは？」

「できると思います」彼女が答えた。「ご覧の通り、取っ手は低いところにありますから」そして彼女は玄関ドアのノブを指し示した。彼らが立っている客間からも、目にすることができた。

思考機械はさっと向きを変えて、図書室の窓まで歩いていくと、裏庭を見渡した。胸中で、なにやら議論をしている様子だった。それは、母親に子供が死んでいる恐れがあるということを告げるか、それとも事態が明らかになるまで隠しておいたほうがいいかという葛藤だった。彼だけが知っているいくつかの理由から、子供が死んでいるというのは可能性があるばかりでなく、蓋然性が高かったのだ。

心の中での議論がどう決着したのかはわからなかったが、雪上に赤ん坊の足跡が残っていた場所を見渡す裏窓から、彼はさっと目をやって外を見つめ始めた——今は雪は溶けてしまっていた——少し驚いたように、食い入るようにして見ていた。月光のもとで捜査をしたあの晩以来、初めてこの場所を目にしたのだ。

「いやはや、いやはや」と、彼はいきなり叫んだ。

そして、ぷいと向きを変えて部屋を離れ、次の瞬間に裏庭に向かっていくその姿を、ハッチは見ていた。ブレーク夫人は窓辺で、どうしたものかと眺めていた。外に出た思考機械は赤ん坊の足跡があった場所へまっすぐ歩いていった。彼が立ち止まり、水道管の接続部を覆う箱がわずかに持ち上がっているのを見つめていることに、ハッチは気がついた。

この箱から科学者は五歩分、前回目に止めた平らな石のほうへと歩いていった。ハッチは、その距離は十フィートと判断した。そしてそこから思考機械がさらに四歩分、洗濯紐がぶら下がっているほうへと歩いていくのも、ハッチは見ていた。約八フィートだった。さらに、思考機械の背中の曲がった姿は、裏庭の背後の壁に向かって洗濯紐の下を歩いていった。

　彼が紐の端で立ち止まった。ブレークちゃんのぶらんこがぶら下がっているところから、十五フィート弱の場所にいた。このぶらんこは、二十フィート上の枝からぶら下がっていた。とても太い枝で、樹の幹からまっすぐ横に十五フィートは突きだしていた。思考機械はちょっとそれを調べると、上を見上げながら木の向こうに行って、姿を消した。

　十五分後、ブレーク夫人が待っている図書室に、彼は戻った。ハッチは、いろいろ訊ねたくてたまらない顔をしていた。

「解決した」[15]思考機械はまるではねつけるかのようにぴしゃりと言った。「解決した」[16]

第五部[17]

翌朝、[18]思考機械の指示により、ブレーク夫人は以下のような広告をボストンとリンのすべての新聞に、一面の四分の一もの大きさで出した。

現在ダグラス・ブレークを監禁している者への通告

お前の名前、住居、現在十四カ月のダグラス・ブレークの隠し場所、そしてその子をどうやってさらったのかも、今やすべて判明している。

　母親のブレーク夫人は、お前の知る通りの理由で、お前を告訴するつもりはない。二十四時間の猶予を与えるので、赤ん坊を無事にリンの自宅へ返せ。

　逃亡を企てたりすれば、ただちに逮捕される。お前は二十四時間じゅう、監視下にある。逮捕されれば、当然起訴されるだろう。

　子供を返せば、何も尋問されることはない。名前も公表されることはない。さらに、子供を連れてきた人間には千ドルの報奨金が与えられるだろう。

　思考機械が書きあげたこの文面をハッチンソン・ハッチは読み、驚きのまなざしで科学者を見つめた。

「本気ですか？」と、彼は訊いた。

「残念ながら子供は死んでいる」思考機械はあいまいな口調で言った。「まことに残念なことだ」

「どうしてそう思うのですか？」と、ハッチは訊いた。

「あの裏庭からどうやって子供が連れ去られたのか、わかったからだ。そうだとすると、子供自身があの足跡をつけたことになる。そして、連れ去った方法を考えると、もう死んでいるという可能性がさらに増すのだ。おそらく、二度と会えることはないだろう」

「どうやって子供は庭から連れ去られたのですか？」

「子供が二十四時間以内に発見されなかったら、教えてあげよう。残酷な話だ」[19]

ハッチは今のところ、その言葉で満足せねばならなかった。思考機械をこれ以上問いただしても、無駄だということはわかっていた。

「ところでハッチ君」思考機械が訊いた。「ダグラス・ブレークが死んだ場合、父親が信託基金として残した三百万ドル近い遺産は、ブレーク夫人の四人の親戚に分割されるのだな？」

「なんですって？」と、ハッチは少々びっくりして聞き返した。

「たとえば、ブレークちゃんが行方不明のままということもあるだろう」と、続けた。「一定年数後、死亡したと推定されて、遺産は相続人のものになる。だとすれば、この事件の強い動機になるのではないかな」

「しかし、まさか殺人事件だなんて？」

「いや、殺人ではない」思考機械は辛辣な声で反論した。

「殺人だとは言っておらん。子供は死んでいるだろうと言っただけだ。もし死んでいないのなら、彼の失踪で得をするのは誰だろうか？　私が言う四人だ。さて、ブレークちゃんがそれらの人間の手に落ちたとしよう。どこかに隠してしまうのは、まことに簡単なことだ。殺す必要もない。孤児院に預けてしまうか、名前を隠して捨ててしまえばいいのだ。それが一番ありえることだ」

ハッチは、かすかに光明がさしたかのような気がした。

「するとこの広告は、現在子供を預かっている人に向けてなんですね？」と、彼は訊いた。

「そう書いてあるではないか」と、返事があった。

「でもしかし――」と、ハッチは言いかけた。

「昔々あるところに、嫌われ者の才人がいた。彼は必要に迫られて、人間の本性を研究した」思考機械は話し始めた。

「どの人間にも、懸命に知られまいとしている隠しごとがあり、もしそれを知られたら破滅するか、監獄行きになるのだと、彼は言った。誰であろうと名前を挙げてくれれば、彼もまたそうであると証明してみせるとも言った。その犠牲者として、ある有名な聖職者の名前が挙げられた。その才人は、宴に出席していた聖職者に『スベテハ露見シタ　イマノウチニ逃亡セヨ』と電報を送り、送り手の名前は『友人』としておいた。聖職者はそれを読み、やおら立ち上がると部屋から出ていった。そしてその日以来、彼の姿を見たものはない」

ハッチは笑い声を上げたが、思考機械はむっとしたような表情を浮かべて彼を見返した。

「君を笑わせようとしたのではない」と、ぴしゃりと言った。

「単に、罪悪感に与えられる影響を説明しただけだ」

この驚くべき広告が新聞紙上に掲載されると、警察の注目を引いた。まず彼らは驚き、面白がり、そして真面目な問題としてとらえた。しばらくすると、警察官がブレーク夫人を訪ねてきて、どういうことなのかと質問をした。彼女は、ヴァン・デューセン教授の助言にしたがって行動したのだと告げた。すると、警察は再び面白がった。自分たちより上手の人物がいると、警察は面白くもないのにそんなふりをしたがるのだ。

その日の午後、ハッチが思考機械の指示で、ブレーク家の近くでまた監視をしていると、電話で科学者から奇妙な指図を受けた。それは以下のようなものだ。

「すぐにブレーク家に行け。ブレークちゃんが失踪する直前に見ていた絵本を探し、それに何が描いてあったかを急いで電話で報告するのだ」

「絵本ですって?」と、ハッチは繰り返した。

「そのとおり、絵本だ」科学者は苛立たしげに言った。「それから、子守りとブレーク夫人から、赤ん坊はちょっとでも叩いたりされたら、簡単に泣くような子供だったかどうかも、聞いてくるように」

指示を胸に納めて、ハッチはブレーク家に行った。絵本を確認し、ブレークちゃんはちょっとでも嫌なことがあったらすぐに泣き出す子だったかどうかを確かめ、電話口に戻った。そして馬鹿馬鹿しいと思いながらも、見てきた絵本のことを、思考機械に報告した。

「載っていたのは馬、そして猫と三匹の子猫」彼は説明した。「さらに薄紫色のサイ、それから犬、象、鹿、ワニ、猿、ヒヨコ三羽、そしてたくさんの鳥でした」

「鷲は?」と、電話の向こうから質問がきた。

「はい、その中に鷲もいました。ウサギを爪でつかんでいます」

「それから猿だが、何をしていた?」

「椰子の木にしっぽでぶら下がり、両手でココナッツを持っています」と、記者は答えた。この奇妙な状況が、なんだかおかしくなってきた。

「そして、赤ん坊が泣くかどうかは、どうだ?」と、科学者は質問した。

「簡単には泣かないそうです。母親も子守りも、そう言っていました」記者は答えた。「勇敢な子供で、自分の思い通りにならないときには泣くこともあるけれども、恐怖やちょっとした痛みでは泣かないと二人とも言っています」

「よろしい」思考機械が言うのが聞こえた。「今夜は八時半までブレーク家の正面で監視を続けるように。子供が戻るとしたら、おそらくそれよりも早くだろう。連れてきた人物が屋敷に子供を置いていこうとしたら、呼び止めなさい。そうすれば、事情を話してくれるだろう。理解してもらえれば、危険なことはない。そうしたら、ただちにボストンの私の家に来るように」

ハッチは浮き足だって、足が地に着かない思いだった。思考機械がこうした積極的な指示を出すのは、たいてい事件の幕引きが近づいているときなのだ。彼はそう解釈した。

そして、ハッチンソン・ハッチは慎重に隠れた。ブレーク家の正面がしっかり見える場所を確保できた。そして何時間もそこで待った。

＊＊＊[20]

百万長者の赤ん坊の母親であるブレーク夫人[21]は夕食を終え、図書室の隣の小さな居間に移動した。そして、長椅子にゆったりと座った。夜の七時十分だった。そのとき、ミス・バートンが部屋に入ってきた。

　長椅子からすすり泣きの声が聞こえたので、娘は思わずブレーク夫人に駆け寄った。彼女はそっと泣いていた――今では一日中涙にくれていた。慰めの言葉をかけ、女性だったらまだ産むことができるとかというようなことを言い、娘はひざまずいていたのを立ち上がって、図書室へと行った。そこには、ぼんやりと明かりが灯っていた。

　その部屋に入るやいなや、彼女は硬直し、叫び声を上げ、言葉も発せずに床に倒れて失神した。ブレーク夫人は長椅子から立ち上がり、ドアへと走っていった。彼女も叫び声を上げた。しかし、その声は娘のものとは違った色を帯びていた――それは、母親の愛情に満ちた叫びだった。

　なんと図書室の床には、百万長者のブレークちゃんがぺたりと座り、熱心にきれいな絵本を眺めていたのだ。

「かゆいおうま」子供は母に言った。「みて！　みて！」

第六部[22]

　そんな心あたたまる情景を、ハッチンソン・ハッチはブレーク家で七時半ごろに目撃した。母親は赤ん坊をしっかり胸に抱き、喜びにくれ、瞳からは嬉し涙があふれていた。ブレークちゃんは逃げ出そうともがいていたが、母親はきつく抱いて離さなかった。

「わたしの赤ちゃん、わたしの子供」と、彼女はすすり泣きながら何度も繰り返した。

　ミス・バートンは母親の脇で床に座り、やはり泣いていた。その情景を目撃したハッチは、心からのお礼を言われた。しかし、それは何度も泣き笑いで中断されねばならなかった。特に涙もろいわけでもないのに、ハッチンソン・ハッチのほうでも、涙を拭わなければならなかった。

「誰かを告発しようという気はないんですね、ブレーク夫人？」と、彼は訊いた。

「まさか、そんな」泣き笑いしながら彼女は答えた。「これで十分です」

「よろしければお願いがあるんですが」と、彼は言った。

「なんでもどうぞ。あなたやヴァン・デューセン教授のためでしたら」と、返事があった。

「赤ちゃんの絵本を、明日まで貸してくれませんか」と、彼は頼んだ。

「もちろんですとも」幸せいっぱいの母親は、どうしてそんな変な頼みをするのか、まったく疑問にも思わなかった。

　ハッチが絵本を借りた理由は、自分にもよくわかっていなかった。思考機械が絵本と子供の失踪事件を関連づけたように思えたので、この本を手に入れてボストンに戻れば、思考機械が謎を明らかにしてくれるのではないかと感じたのだ。なにしろ、未だに彼には謎だった――さっぱりわけがわからず、糸口さえつかめていなかったのに、いつの間にか赤ん坊は、ちゃんと家に帰っているのだ。

　新聞記者はボストンに戻り、思考機械の自宅に直行した。科学者は小さな実験室でのんびりしていた。ハッチが入ってきても、振り返っただけだった。

「赤ちゃんは家に戻ったか？」と、簡潔に訊いた。

「はい」と、記者は答えた。

「よろしい」と言い、ほっそりとした両手をこすり合わせた。「座りなさい、ハッチ君。私が予想していたよりもよい結果となった。さて、まず君の話からだ。赤ん坊が家に連れてこられたとき、どうだった？」

「僕はご指示通り、昼すぎから七時数分前まで見張っていました」ハッチは説明をしはじめた。「ブレーク邸の正門に近づく人間は、すべてはっきり見えました。しかし、反対側の建物の陰になって、他の部分はよく見えませんでした」

「二、三人の人物が門から庭に入るのが見えましたが、彼らは出入りの商人でした。出てきたときに話しかけて確かめています。そしてついに、一人の男がやってくるのを目撃しました。なにかしっかり包んだものを抱えています。門のところで立ち止まり、歩道をしばらく見つめ、何度もあたりをきょろきょろ見回すと、敷地の中に▼入っていきました。彼はブレークちゃんを運んでいたのです。直感でわかりました▲[23]」

▼悲鳴が二つ聞こえた▲[24]

「男が屋敷の正面玄関まで行ったので、一瞬陰になって、僕からは見えなくなりました。そのあと、彼は玄関を開けました。鍵はかかっていなかったようです。赤ん坊を下におろし、そっとドアを閉めました。そして、彼は急ぎ足で歩道を門のほうへと歩いていきました。それからちょっとして、屋敷から二人の叫び声が聞こえました。そのおかげで、赤ん坊が中にいることがわかりました。死んでいるのか生きているのかまでは確認できませんでしたが、おそらく生きているのだろうと思いました」

「運んできた男もその叫び声を聞いたようで、足取りを早めました。おかげで僕は走らされるはめになりましたよ。僕が追ってくるのに気がついて、あちらも走り出しました。二ブロック追いかけて、ようやく捕まえました。そうすると、こちらを向いたので、殴り合いになると覚悟しました」

「すると、『逮捕も起訴もないという約束のはずだ』と、彼は言うのです」

「僕も急いでそれは保証しました。そして、通りを歩きながら話をしました。なんとも奇妙な話でした。真実なのかどうかはわかりませんが、僕は信じます。あの赤ん坊は、行方不明になった夜六時半ごろから、数分前に奴が家に返すまで、その男夫婦の世話になっていたというのです」

「男の名前はシェルドン、マイケル・シェルドンという前科者でした。強盗で懲役を受けていますが、以前はかなりの犯罪を犯していたようです。彼はそのおかげで、子供を警察に渡さなかったのだそうです。リンのある店で店員として働いており、新しい生活を送っています。現在の彼は更生して、新しい生活を送っています。前歴にもかかわらず信頼されているということも確かめました」


「さて、これからが奇妙な話になります。シェルドンとかみさんは、リン北部のアパートの三階に住んでいます。その家の食堂には窓が一つあり、非常階段に続いています。夫婦が六時半に食事をしていたとき——言い換えると赤ん坊がブレーク家で姿を消してから半時間余りのことです」

「何か物音がしました。それが何かはわからないけれども、非常階段からです。けれど彼らは、特に関心を払いませんでした。すると今度は別の音がそちらからしてきました。赤ん坊の泣き声です。シェルドンは歩み寄り、窓を開けました。非常階段には、ブレークちゃんがいたのです。どうやってそこまでやってきたのか、誰にもわかりません」

「私はわかっている」思考機械が言った。「続けて」

「さっぱりわけがわからないまま、彼らは子供を鉄階段から下ろしました。うっかりすると、下に落ちて歩道にたたきつけられるところでした。赤ん坊は見たところ怪我もなく、いくつかあざがあるだけでしたが、服は汚れてぐしゃぐしゃになり、身体は冷えきっていました。かみさんはまるで母親のように子供に温かいミルクを与え、風呂に入れてやって世話をしました。夫のシェルドンは外に出て、いったいどうやって赤ん坊が非常階段にやってきたのかを確かめようとしました。この建物には赤ん坊がいないのは知っていたからです」

「じっと慎重に観察をしました。人間が三階まで非常階段を昇ってくることはできません。ましてや十四カ月の赤ん坊にできるわけがありません。六フィートものフェンスがあるし、その上を乗り越えたとしても、今度は五フィートも上にぶら下がっている階段にとびつかなくてはならないのです。赤ん坊を抱えていては、そんなことは誰もできません。しかも雪が積もっていたのですから、足元がおぼつかず、立っていることさえ困難です」

▼途方に暮れたシェルドン▲25

「そこでシェルドンは同じ間借り人のところを尋ね歩きました。しかし、誰もまったく手がかりになりそうなことは知りません。ただし、彼らには赤ん坊の存在を明かしませんでした。まず、その洋服がとても上等だったので、裕福な家庭の子供だろうとあたりをつけたからです。その夜はおとなしくしておいて、翌日、何か情報はないか、子供を取り戻したら報奨金を出すという記事はないかと調べました。子供がどうやってあそこに現われたのかという謎を解くことは、あきらめてしまったのです」

ハッチはいったん口をつぐんで、葉巻に火をつけた。

「そしてその翌日」彼は続けた。「シェルドン夫妻は新聞で、ブレークちゃんの謎の失踪事件の記事を読みました。行方不明の赤ん坊の写真を見て、ブレークちゃんは自分たちの手元にいる——命を救った子供だと確信しました。そして、子供を家に戻すか、それとも警察に届けるかという問題が残ったのです」

「すぐに身代金の要求が明らかになり、シェルドンは怯《おび》えました。彼には前科がありましたから、警察を恐れていました。自分が無実であっても、警察に子供を連れていき、あんな奇妙な話を信じさせるなんてことができるとは思えませんでした。僕にだって、警察の木偶《でく》の坊たちが彼を監獄に叩き込むのが想像できます。僕だって警察のことはよく知っていますからね。十中八九彼らはシェルドンを逮捕して、無実の罪で監獄行きにするはずです」

「なるほど」と、思考機械は相槌を打った。

「そこで夫妻は、赤ちゃんをどうやって家に戻したらいいかと頭をひねりました。いろいろ考えましたが、なかなかいい方法が思いつきません。そして、ああでもないこうでもないと言い合っているうちに、あなたの広告が出たというわけです。実際、シェルドンはすっかり怯えてしまいました。あなたにすべてを知られていると思い込み、自分は仕組まれて面倒に巻き込まれているんじゃないかとさえ思っていました。それで彼は、免責してくれるというので赤ん坊を家に返しにきたのです」

少しの間が開いた。思考機械はじっと天井を睨んだままだった。

「それで終わりか？」と、彼はようやく言った。

「はい」ハッチは答えた。「ところで、どうして——一体全体どうやって、あの赤ちゃんが自宅の裏庭の真ん中から消え、突然三ブロック先の非常階段に現われて、まったくの他人に保護されたのでしょうか？」

「これは私が今まで体験した中でも最も驚くべき事件だ」思考機械は切り出した。「気球の碇がたまたま子供の洋服を引っ掛けて、非常階段に落としたけれども怪我がなかったというのも、ひとつの解答だろう。しかしそれではすべてが解決しない。赤ん坊はあそこに運ばれたのだ」

「正直に言えば、君と一緒にブレーク夫人に話を聞きにいって、図書室の窓辺に立って外を見るときまで、この事件に説明をつけることはまったくできなかった。そのとき、一瞬にしてすべてがひらめいたのだ。私は外に出て、得心をした。図書室に戻ってきたときには、あらゆる理由から、ブレークちゃんは死んでいると確信していた。そのような考えは、以前にも抱いていた。あの広告を新聞に出したときも、子供は死んでいると確信していた。しかし、生きているチャンスはまだあったのだ」

雪の中の足跡[26]

「赤ん坊の足跡が雪の中で途絶えているのを見て、いくつかの疑問が湧いた。もし赤ん坊がこの足跡をつけたのならば、いきなり地面から持ち上げられたことになると、即座にわかった。しかし、何によってなのだろうか？[27] 気球という可能性はないことはないが、まともには受け取れない。鷲はどうか？ それも検討に値しない。鷲はごくまれにしかいない。しかも、三十ポンドの体重の赤ん坊を持ち上げられるほどの力がある鷲は、さらにまれだ。実際、はるかかなたの西部にしか存在していない。そのような生物がこちらで目撃されたことはないのだ。それにより、鷲ではありえないと結論づけた」

「庭には、赤ん坊のもの以外の足跡はないことを確認した。そして――ふと思いついたのは、あの小さな箱の上に立っている人間だったら、手を伸ばして子供を持ち上げ、足跡を途切れさせることもできるのではないかということだった。しかし、離れすぎている。それに、誰かがそこに立って子供を持ち上げたとしても、箱から石塀を飛び越していくのは不可能だ。どの方向にだって、百フィートはあるのだ」

「私は、十フィート先に石があるのを目にした。箱の上に立った人間が、あの石まで飛べるだろうか？ まず無理だ。そしてその石から、次にどこに行けばいいのだ？ どこにも行けはしない。私はこの問題を何時間も、いや何日も考え続けた。しかし、一向に光は差してこなかった。だが、もし赤ん坊が足跡をつけたのならば、あの箱が出発点だというのは確信していた。そして、赤ん坊が実際に足跡をつけたと信じていた。あの子は雪の中に出たかったのだ。一人きりにされたときに、ドアを開けて外に出たのだ」

「そして私はひらめいた。箱の上に立ち、四フィート先の子供を持ち上げ、そこから石へと飛べる動物がいたとして、その次にどこに行った？ 洗濯紐が石から八フィートほどのところに下がっていた。非常にしっかりした紐で、かなりの重さにも耐えられる」

彼はここで言葉を切り、食いつくようにして聞いているハッチに視線を向けた。

「これでもうわかったかね？」と、彼は訊いた。

記者は途方に暮れたようにして、首を振った。

「ブレークちゃんを箱の上から持ち上げて、そこから石へと飛び、さらに洗濯紐へと移って、その端までつたって行ったのだ。木製の支え棒から一番近いもの、すなわちぶらんこまでゆうに十五フィートはある。そいつはぶらんこの紐まで飛び、木立の中に姿を消した。枝の中を自由に動き回り、木から木へつたって、一ブロックほど先で地面に下りた」

「猿ですか？」と、ハッチは言った。

「オランウータンだ」と、思考機械は頷いた。

「オランウータンですって？」ハッチは驚いた。そして肩を震わせた。「それで、もう子供は死んでいるとおっしゃったわけがわかりました」

「オランウータンは、人間ができることほぼすべてができる知能を持つ、唯一の動物だ――オランウータンの仕業《しわざ》に間違いない」彼は断言した。

「成獣のオランウータンは人間とほぼ同じ背の高さで、しかも非常に背が高い人間よりもおよそ三分の一手が長く、力も強い。だから、あんな跳躍ができたのだ。雪の中を歩くよりもよかったのだろう。連中は雪が嫌いだ。熱帯の生物だからだ。だからどうしても仕方ないとき以外は、踏もうとはしない。洗濯紐から十五フィート跳躍してぶらんこのロープに移るなんてことは、子供を腕に抱えていても簡単だっただろう」

「そいつはどこからやってきたのだろうか？　それはわからん。おそらく、船から脱走したのではないだろうか。船乗りは奇妙なペットを飼う。あるいは、どこかの見世物かサーカスから逃げ出したのかもしれん。誘拐の真犯人はオランウータンだということしかわからん。人間には非常階段を昇るのは困難だが、オランウータンならば大したことではない。単に、五フィート上に飛べばいいだけだ」

思考機械はこれで終わりだと言うかのように、口を閉じた。

ハッチはしばらく待っていたが、まだいくつか疑問に思う点があった。

▼誘拐の脅迫状▲[28]

「金を要求する脅迫状は、誰が書いたのですか？」というのがその最初だった。

「君が見つけたではないか――チャールズ・ゲーツだ」というのが、それに対する答えだった。
▼「では、誘拐後に二万五千ドルを要求する手紙を書いたのは誰です？」
「もちろん彼が書いたのだ。しかし、これははったりだ。金に困ったこの嘘つきの阿呆は、誰かが二万五千ドルをゴミの山の上に置いてくれれば、それを持って逃げようと思っていただけだ。それしか頭になかった。▲[29]赤ん坊の行方など知らぬ。あの包みの中には、金の代わりに古新聞といくつかの助言を書いた紙を入れておいたから、きっとそれを見てあいつはかみさんを叩いたことだろう」

「しかし、やつの部屋には靴下がありました。それから先生がミス・バートンにした質問は？」
▼「赤ん坊が行方をくらます前に、誘拐するぞという脅迫の手紙をこの男が書いたのは間違いない。▲[30]誘拐が起きたあと、彼が小さな靴下やら何やらを洗濯部屋から盗み出したのは間違いないだろう。なにしろ、ミス・バートンがなくなったこと

に気づいている。もしくは誰かにやらせたのかもしれん。赤ん坊がいなくなったあとで、そうした品物をひとつひとつ母親に送りつけて、子供は手元にいると信じこませようとしたのだろう。そんなことはお見通しだ。ミス・バートンに、そういったものをゲーツに与えたのではないかと問いただしてみたが、その態度でわかった。すぐに、そんなことはしていないとわかった。名前さえ聞いたことがないのだろう。それから、包みに二万五千ドル入っていると漏らして、彼女がどんな反応をするか試した」

「赤ん坊が死んだ場合には、ブレーク夫人の親戚に遺産が行くというのは？」

「財産の相続の件として、なにげなく彼女から聞き出した。そうした人間の手元に赤ん坊がいる可能性は、ずっと捨てきれなかった。失踪した方法はわからなかったがな。それが明らかになったことで、彼らは関係ないとわかった。私が新聞に出した広告は、明らかな罠だ。しかし、狙い通りの結果になったよ。やましい心に訴えることができた。罪悪感におびえ、罠にかかり、予想通りの行動をしてくれた」

「赤ん坊が生きて発見されるというのは、まったく予想外でしたね」ハッチは言った。「オランウータンというやつは、とても凶暴だと思い込んでいたんですが」

「彼らについて調べてみるがいい、ハッチ君」思考機械は言った。「彼らは面白いことに、まったく反対の、いたずら好きの性格だとわかるだろう。もっとも、この子供は無傷で解放されたけれども、他の子だったら四肢をバラバラにされてしまったかもしれない」

　しばらく沈黙が続いた。ハッチはすべてがこれで解明されたと思った。しかし突然、あの絵本のことを思い出した。

「絵本を調べて何が載っているか報告するようにと、電話でおっしゃいましたが、どうしてですか？」

「猿の絵が載っているだろうと思ったのだ」と答えた。「赤ん坊が猿を見たことがあるか、いや、オランウータンを知っているかどうか確かめたかっただけだ。どうしてかって？　もし赤ん坊が知っていれば、その実物が現われても驚かないだろう。そして、オランウータンにさらわれても泣き叫ばないかもしれない。実際、誘拐されるときに誰も泣き声を聞いていない」

「ああ、なるほど」ハッチは言った。「本に猿の絵があると言いましたっけ」彼は本を取り出し、探した。「これです」そして科学者に差し出した。彼はちらりとそれを目にして頷いた。

「私が言ったことを確かめたいというのなら」思考機械はつけ加えた。「明日ブレーク家に行きなさい。ブレークちゃんにその絵を指し示しながら見せるのだ。きっとそれでわかるだろう」

　ハッチはその通りのことをした。

「かゆいおさる」ブレークちゃんは言った。「だーだー」

「行きたいと言っているんです」ミス・バートンはハッチに

説明した。
ハッチは納得した。

▼＊　＊　＊▲31

二日後、「ボストン・アメリカン」紙は、リン近郊の村で半分人に馴れたオランウータンが警察官に殺されたという記事を掲載した。ある水夫が飼っていたもので、二週間以上前に汽船から脱走していたものだった。

底本は「ボストン・アメリカン」紙初出。ブライラー版との異同を以下に記す。

▼▲1　「そしてブレークちゃんは椅子から立ち上がり、ミス・バートンが座っているところまでよちよち歩きしていくと、その正面の床にぺたんと座り込んだ。『郵便受けまでお散歩しましょうか』とミス・バートンは言い、ブレークちゃんに暖かいコートを着せた。／そのときブレーク夫人が、ドアのところに現われた。／『ミス・バートン』彼女は言った。『ちょっと手を貸してくれないかしら?』／娘は立ち上がり、ブレーク夫人とともに隣の部屋に行った。子供は一人で図書室に残された。彼はまた、床に広げてある絵本に戻った。／二人の女性は十分ほどして、ブレークちゃんが絵本を見ていたはずの図書室に戻ってきた。しかし子供の姿はなかった。ミス・バートンは驚いた様子だったが、母親は特に関心を示さなかった」。

▼▲2　「『外には行っていないはずです』と、ミス・バートンは言った。ブレーク夫人を見つめるその顔は真っ青だった。／『それは不可能だから——もしかして誘拐?』と、母親はふとつぶやいた。／『私——わかりません』と、子守りは震え声で言った。『そうじゃないといいんですけど』／『ああ』と、ブレーク夫人は叫び声を上げ、蠟のように真っ白な顔で、長椅子にへたりこんだ。『警察を呼んで!』／イヴリン・バートンは電話に走り、警察に通報した」。

▼▲3　ブライラー版にはない。

▼4　このあとの改行なし。

▼5　「て、立ち止まった」。

▼▲6　ブライラー版にはない。

▼▲7　ブライラー版にはない。

▼▲8　ブライラー版にはない。

▼▲9　「ブレーク夫人はこのような手紙を受け取った。（改行、一行アキ）おまえのあかんぼうをゆうかいした。おまわりにいうとろくなことはねえぞ。二まん五せんどるはらったらかえしてやる。『ボストン・アメリカン』しんぶんにはいかいいえとおまえのなまえをこうこくでだせ。そうしたらどうするかしらせる（サイン）みっつ（3）」。

▼▲10　ブライラー版にはない。

▼▲11　強調なし。

▼▲12　「二通目」。

▼▲13　ブライラー版にはない。

▼▲14　強調なし。

▼▲15　強調なし。

▼▲16　強調なし。末尾に「!」あり。

▼▲17　ブライラー版にはない。

▼▲18　「翌日」。

▼19　このあとに「という答えだった」。

▼20　ブライラー版にはない。

▼21　ブライラー版にはない。

▼22　ブライラー版にはない。

▼23　ブライラー版にはない。

▼24　ブライラー版にはない。

▼25　ブライラー版にはない。

▼26　ブライラー版にはない。

▼27　このあとに「どこから？　どうやって連れ去られた？」

▼28　ブライラー版にはない。

▼29　「もちろん二万五千ドルを要求する手紙は、ただのはったりにしかすぎない。この惨めな阿呆は、きっと誰かが二万五千ドルをゴミの山に放り投げてくれるだろうから、それを取って逃げるつもりだった。最近何件も誘拐事件が起きているから、ヒステリー状態になっているだろうと、踏んだのだろう」。

▼30　ブライラー版にはない。

▼31　ブライラー版にはない。

アトリエの謎

The Mystery of a Studio

1

ボストンにある有名な美術館の一隅に、やわらかな光が斜めに差しかけていた。そこには大きな絵画が飾られていた。題名を「成就」といった。目の肥えた美術評論家は、以前からこの作品を激賞していた。ここに展示されて以来、大いに論議の的になっている。一般大衆も、この絵画は目を見張るような驚くべき美しさだとたたえ、常に観客に取り囲まれていた。

「成就」は女性を描いていた。彼女は、陰鬱でけだるい背景の前に、堂々と力強く立っていた。薄衣で覆われた半裸の肉体が大胆に描かれ、その身体の線がはっきりと認められる。彼女は鑑賞者に向かって腕をつき出しており、黒髪は肩にかかり、赤い唇はわずかに開いていた。[1]完全な勝利と人生の完遂の謎は、その瞳の中にあった。

この絵画の中に画家は、精神世界と現世[2]をともに織り込んでいた。キャンヴァスの上に、広い意味での成功というものを、象徴的に描いていた。この絵の第一印象は、まず肉感的であるということだ。[3]もう一度見直すと、その下に成功、愛、そして人生の象徴が隠されている。それぞれの意味が立ち現われてくるのだ。

画家の名前は、コンスタンス・セントジョージといった。絵を見た者たちに起こる最初の興奮が収まると、次には批評[4]の嵐がやってきた。すると、この名作を描くのに何カ月も心血を注いできた画家は、倒れてしまった。一部では過労であると言われた――それはある面、正しかった。また、絵の表面しか見ていない批評家の攻撃を悲しんだのだとも言われた。おそらく、それも正しかったのだろう。[5]

しかし、そうだとしても、この絵画が展示されてから数カ[6]月も、セントジョージは保養所に入院していたのだ。医者によると、神経衰弱だという――完全にまいってしまって、精神に異常をきたすおそれがあるという。[7]ようやく容体が回復し、彼は世間へ戻った。[8]それ以来彼は自分のアトリエで静かに暮らしていた。そこは[9]大きなオフィス・ビルの中にあった。ときどき彼のところに、あの絵を買いたいという申し出があったが、いつも断った。ニューヨークのある富豪は五万ドル[10]の値段をつけたが、あっさり断られた。[11]

画家はこの絵を、自分の頭から生み出した子供[12]のように愛していた。彼は展示されている美術館を毎日訪れ、自賛[13]の眼差しでじっと鑑賞するのだった。そしてぼさぼさの顎髭《あごひげ》[14]を引っ張り、目に涙を浮かべながら黙って帰っていくのだった。彼は誰にも話しかけなかった。それに、観客が群がっている時間帯を避けていた。[15]

「成就」に批評家がどのような意見を言おうが、大衆がどう判断しようが、画家がキャンバスに素晴らしく美しい女性の姿を描いた作品だという事実は変わらなかった。だからしばらくすると、「成就」のモデルは誰なのだろうという疑問が湧いた。誰もその答えを知らない様子だった。セントジョージと知り合いの画家たちも、知らなかった——ただ、ポーズをとった女性[16]はプロのモデルではないということしかわからなかった。

これは推測を生んだ。アメリカでも指折りの美女の名前がいくつも挙げられた。そして、ロマンスが想像された。画家がモデルと愛しあったのだが、結婚を断られたので、彼は神経衰弱になってしまったのではないかともささやかれた。油絵に永遠にその姿を残した女性への愛で、画家[17]はがんじがらめになってしまったのだとまで、言われるようになった。

噂話[18]がますます広がり、より信じられるようになった。そしてときおり、またモデル探しも行なわれた。半ダースもの噂を、抜け目のない新聞記者ハッチンソン・ハッチは追いかけたけれど、まったくだめだった。彼はあの絵画をじっくり鑑賞して、一筆一筆までしっかり記憶した。セントジョージ本人にも[19]二回取材をした。画家は、モデルの正体については、固く口を閉ざしていた。

これが、十一月二十七日金曜日の朝までの状況だった。そのときハッチは、自分の新聞社の記者室に入っていった。彼を目にした社会部長は、くわえていた葉巻を手にし、まっ平らなデスクの上にある「新聞名の活字」の上にそっと置き、記者を呼んだ。

「若い女性が行方不明だそうだ」と、だしぬけに言った。「名前はグレース・フィールド、住所はドーチェスター市◯◯街百九十五番地。スターという、大きなデパートの写真売り場につとめている。今日早くに警察に失踪届を出したのは、ルームメイトのエレン・スタンフォード。彼女もスターにつとめている。すぐに行って、できる限りの情報をかき集めてこい。これが[20]人相の警察公式発表だ」

ハッチはその紙を受け取って読んだ。

「グレース・フィールド、二十一歳、身長五フィート七インチ、体重百五十一ポンド、豊かな黒髪、ダークブラウンの瞳、優れたスタイル、たまご型の顔、美人といわれる」

そしてその人相書きには、服装などの詳細な点まで記載されていた。ハッチはこれらを頭に叩き込み、社を出ていった。そして彼はまず、デパートに出向いた。すると、ミス・スタンフォードは今日はまだ出社していないと言われた。体調が悪いという手紙が届いたそうだ。

　店からハッチはすぐに、紙に書かれていたドーチェスターの住所[21]に向かった。ミス・スタンフォードはそこにいた。新聞記者に会ってくれるだろうか？　会ってくれるそうだ。そこでハッチは、下宿屋のささやかな客間に勇躍乗り込んだ。しばらくすると、ミス・スタンフォードが登場した。彼女は小柄なブロンドで、ピンクの頬と青い瞳をしていたが、その目は泣きはらしていた。

　ハッチは簡単に来訪の目的を告げた――[22]グレース・フィールドの捜索に一役買いたいと申し出ると、ミス・スタンフォードは涙ながらに、知っていることを何でもお話ししましょうと答えてくれた。

「グレースと知り合ってから、もう五カ月です」と、彼女は始めた。「つまり、彼女がスターで働くようになってからということです。彼女の売り場は、わたしの隣です。だから仲良くなって、一緒に住もうということになりました。わたしたちはどちらも、東部では一人ぼっちですから。彼女は西部から、ネヴァダのどこかから来たと言っていました。わたしはケベックからです」

「グレースは、あまり自分のことは話しませんでした。でも、彼女はわたしと会う以前にも一年ほどボストンにいたということは、知っていました。ブルックリンのどこかに住んでいたのだと思いますけど、ある程度のお金があって、スターに来るまでは働いていなかったようです。少なくとも、わたしはそう思っていました」

「三日前の火曜日に、仕事から帰ってくると、グレース宛ての手紙が来ていました。とても驚いた様子でしたが、中に何が書いてあるのか一切教えてくれませんでしたし、私からも訊きませんでした。その晩は、彼女はよく眠れないようでしたが、翌朝[23]仕事に向かうときは、普段通りでした。それで、地下鉄の駅までは何の変化もなかったんですけれども、そこからお店に行くときに、彼女はちょっと遅れていくと言い出したんです」

「彼女と別れて、頼まれた通りにわたしたちのフロアのマネージャーに、彼女は遅刻すると伝えました。[24]そのときから今まで、彼女の姿を見た人も、声を聞いた人もいないんです。どこに行ったのか、まったくわかりません」そして彼女は、わっと泣き出した。「なにか恐ろしいことになったに決まってます」

「駆け落ちしたという可能性は？」[25]と、ハッチは訊いてみた。

「いいえ」娘は即座に答えた。「いいえ。彼女は恋はしていましたけれども、好きだった彼にも、彼女からは何の連絡もないそうです。失踪した日の夜に、彼と話しました。彼女に会いにここに来たんですが、仕事にも行っていないし、まだ家に帰ってもいないと聞いて、驚いていました」

「なんという名前の彼？」と、ハッチは訊いた。

「彼は銀行員なんです」ミス・スタンフォードが答えた。

「名前はウィリス――ヴィクター・ウィリスといいます。彼と駆け落ちをしたのなら、別に驚きはしないのだけれども、そうではないのは明らかです。だとしたら、▼どこに行ってしまったんでしょう？▲[26]」

「他に彼女のことを好きな人はいますか？」と、ハッチは訊いた。▼[27]

「いいえ」娘は断言した。「彼女に惚れている人はいるかもしれませんが、そんなのを相手になんかしません。嫌になってしまうって言ってましたもの！――わたしにはわかります」と、彼女は口ごもった。

「ウィリス君とあなたは、いつからの知り合いですか？」と、ハッチは訊いた。

娘の顔は真っ赤になった。

「グレースと知り合ってからだけです」彼女は答えた。「彼女が紹介してくれました」

「ウィリス君は、あなたに気のある素振りは見せなかった？」

「全然」ミス・スタンフォードは怒っているようだった。

「グレースに夢中でした」

その声音には、皮肉っぽいところなどまったくなかった。そしてハッチは、睨んだ通りだと思った。ウィリスはたぶん、二人の女から愛されているのだろう。もしそうだとしたら、ミス・スタンフォードはグレース・フィールドの行方について、喋《しゃべ》っている以上のことを知っているかもしれない。次はウィリスに会いに行かねばならない。

「ミス・フィールドを発見するために、ありとあらゆることをしたのでしょうね？」と、彼は訊いた。

「もちろんです」と、娘は答えた。

「彼女の写真はありますか？」

「一枚あります。ええ、でもまさか、グレースが――」

「それを紙面に掲載してもかまいませんか？」ハッチは訊いた。「通常でしたら無理でしょうが、しかし彼女が行方不明の今、これがその足跡を探す最良の方法なのです。僕に貸してくれませんか？」

ミス・スタンフォードは黙っていた。そしてついに決心した様子で、▼立ち上がった。▲[28]

「もしよろしければ」ハッチはさらに言った。「▼さっき言ってい▲[29]た手紙も見せてもらえませんか」

娘は頷いて、出ていった。戻ってきたときには、写真を手にしていた。それは、イヴニングドレス姿の女性の半身写真だった。▼娘はさらに、紙くずを調べていた。▲[30]

「どうしました？」と、ハッチはすかさず質問した。

「▼よくわからないわ▲[31]」と、彼女は▼答えた。▲[32]「彼女はいつも手紙をびりびりに破いて、このくず箱に捨てるのよ。毎日中身は捨てているけど、よく見たら、これが藤の網目の底に張りついているのを見つけたわ」

「見せてもらえませんか」と、記者は訊いた。

娘は彼に紙切れを渡した。それは明らかに破かれた手紙の一部で、封筒に入れるために折り目をつける部分だった。そこには、これらの単語がはっきりした筆跡で書かれていた。

s day
ill you
to the
ho

ハッチは目を見開いた。[33]

「この筆跡に見覚えはありますか？」と、訊いた。

娘は口ごもった。[34]

「いいえ」と、ようやく返事が返ってきた。

ハッチは彼女の顔を冷たい目でしばらく見つめていたが、やがて紙切れを裏返した。裏は白紙だった。彼女の様子を見ながら、興味津々なのを押し隠していた。

「それで写真は？」と、彼はおとなしく言った。

娘が彼に写真を手渡した。ハッチはそれを受け取って、一目見た瞬間、驚愕の叫びを抑えるのに苦労した――勝利の叫びを。[35]頭のなかは、あれやこれやの考えでいっぱいになりながら、その家を辞去した。写真と紙切れは借りてきた。十分後、彼は電話で社会部長と話をしていた。

「すごい特ダネです」彼は簡潔に説明した。「行方不明の娘は、セントジョージの絵画『成就』の謎のモデルだったんです」

「そりゃすごい」と、社会部長の声が返ってきた。[36]

2

社会部長に取材結果を報告すると、[37]ハッチは席に座って、紙片に書かれた文章について考えた。[38]「sday」というのは曜日のことだと思われるのは、明らかだ[39]――火曜日か、水曜日か、木曜日だ。これらの単語のみ、「day」の前に「s」の文字がついている。これはまず間違いないようだが、まだその意味はわからない。実際、ミス・フィールドの姿が最後に目撃されたのは水曜日だった。しかしそれで？[40]――さっぱりわからない。
紙片の次の部分を、ハッチはかなり重要視していた。それは脅迫の言葉かもしれない――「ill you」という。[41]これは「kill you」か「will you」か「till you」か、他には何か考えられるだろうか？「ill」で終わる単語なんて無数にあるだろうけれども、彼はこのときそれ以上思いつかなかった。彼の想像力は、「kill you」のところで思考停止してしまった。[42]次の「to the」という部分はわかりやすい。しかし何の意味も持たない。最後の文字は「ho」であり、もしかしたら「hope」だったのかもしれない。[43]
そして[44]ハッチは、この事件における本来の仕事に取りかかった。まず彼は、銀行員のヴィクター・ウィリスと面会した。ミス・スタンフォードによると、グレース・フィールドを愛している男だそうだが、ミス・スタンフォードも彼のことを愛しているのではないかと、ハッチは疑っていた。ウィリスは陰鬱な顔をした二十八歳の青年で、ほとんど何も言わなかった。

それからというもの、ハッチは数時間にわたってしゃかりきになって働いた。そしてついに、ミス・フィールドが失踪した水曜日に、おそらくグレース・フィールドと思われるヴエールをかぶった女性が、銀行でウィリスを呼び出したということがわかった。そしてウィリスが、やむなく休みをとって、銀行を早退したこともわかった。彼は、翌朝まで姿を見せなかった。[45]その行動を見ても、同僚は誰もこれから駆け落ちする男だとは思わなかった。そしてハッチも、ミス・フィールドが駆け落ちしたという説は放棄した。駆け落ちをする理由など、ひとつも見当たらなかったからだ。

ハッチはコンスタンス・セントジョージのアトリエ兼自宅を訪問して、長いあいだ謎だったモデルが行方不明になったと報告しようとしたが、セントジョージ氏は不在だった。セントジョージはドアのノックに返事をせず、まる一日ほどその姿を目撃されていないということだった。よくこうやって姿を消すのだと、彼の行動に詳しい人物は言った。[46]

こうした事実と――不明な事実とともに――金曜日の夜、ハッチはS・F・X・ヴァン・デューセン教授[47]のもとを訪れた。[48]思考機械は誰にでもそうするように礼儀正しく彼を迎え入れた。[49]

「さて、どうしたね？」と、彼は訊いた。

「先生をわずらわせるほどのことかどうかはわからないのですが、教授」ハッチはおもむろに言った。「ただの若い女性の失踪ですが、いくつか腑に落ちないことがあります。[50]でももしかしたら、ただの駆け落ちなのかもしれません」

思考機械は足乗せを引き寄せて、小さな足をゆったりと乗せると、椅子によりかかった。[51]

「続けなさい」と、指示をした。[52]

そしてハッチは、事件について説明した。例の絵画が美術館に展示されたところから始まり、写真と紙片を手に入れたあとでウィリスと会ったことまで続いた。思考機械相手では、序の序からきちんと話したほうが時間の節約になるとわかっていた。彼は今では当然のこととして、そうしていた。

「それで、その紙片は？」と、思考機械は訊いた。[53]

「ここにあります」と、記者は答えた。

しばらく科学者はその紙切れを調べていたが、記者に返してよこした。

「これと娘の失踪についてはっきり関連性を示せればいいのだが、このようになっていては、何の意味もない。二人の娘が住んでいる部屋のごみ箱に、どれだけの数の手紙が捨てられるのか、わかったものではない。だから今は、これは置いておく」

「しかし、こうは考えられませんか——[54]」と、ハッチが言いかけた。

「どのようにも考えられるのだ、ハッチ君」と、[55]厳しい反論が返ってきた。「画家のセントジョージの筆跡を調べてみるのもいいかもしれない。それから、ウィリスのもな。[56]しかし、これがウィリスのものだったとしても、事件とは何の関係もないかもしれん」

「しかしミス・フィールドの身の上には何が起きたのでしょう？」

「可能性は五十通りもある。路上で突然死して、病院か葬儀屋に運ばれたのかもしれん。万引きで逮捕されたが偽名を名乗っているのかもしれん。発狂してどこかに行ってしまったのかもしれん。別の男と駆け落ちしたのかもしれん。自殺をしたのかもしれん。殺されたのかもしれん。問題は、何が起こったのかもしれないいかではなく、何が実際起きたのかだ」

「ええ、よくわかっています」ハッチは笑みを浮かべて答えた。「しかし、でもまだよくわからないんですが——」

「おそらく君にはわからんだろう」と、ぴしゃりと言った。「彼女は駆け落ちや自殺をしたのでも、殺人事件の被害者になったのでもないと信じ込んでいる。君は、彼女は駆け落ちをしなかったと確信している。しかし君は、ウィリスとの駆け落ちの可能性しか検討していないではないか。彼とは駆け落ちしていないと、信じている。だが、それではセントジョージとではどうだね？」

「セントジョージですか？」と、ハッチは驚いた。「大芸術家が、女店員と？」

「彼女は世界的な大傑作のモデルだったそうじゃないか」と、厳しい声が返ってきた。「そうだとしたら、彼女を妻にするのは理想的なことじゃないかね？」

　ハッチは、言われるまでまったくそんなことを考えもしなかった。彼は頷きながらも、頭のなかは混乱していた。

「さてそれに、セントジョージはアトリエから二日も姿を消しているという」科学者は言った。「二人がどこかで一緒にいるというのは、ありえることではないか？」

「なるほど」と、記者は言った。[57]

「それに私の理解では、セントジョージは彼女[58]に恋をしているのだ」思考機械はさらに続けた。「だから、セントジョージに注目すればこの謎は解けるのではないかと思う。自殺の線は考えなくていいだろう。彼女には、自殺をするような理由が見当たらん。それに、もし彼女がウィリスを愛していたというのなら、生きているほうが自然だ。また、殺人も除外していいだろう。再考慮する可能性はあるがな。セントジョージに問いただすのだ。彼ならきっと君の言葉に耳を傾け、答えを与えてくれるだろう」

「しかし、彼の家は閉ざされています」ハッチは言った。「半分頭がおかしくなっているという評判ですが？」

「おそらくそうかもしれん」思考機械は言った。「しかし、アトリエにこもって仕事をしている可能性もある——あるいは、すでにミス・フィールドと結婚して、一緒にいるのかもしれん」

「でも、彼がそこにいるのかどうかを確かめる方法がないですね」記者は渋面を作りながら言った。「もちろん、昼も夜も監視していれば、食事に出かけるか出前を取るかするところを押さえられるかもしれませんが」

「それでは時間がかかりすぎる。それに、空振りで終わるかもしれん」と、思考機械は言った。そして立ち上がると、隣の部屋に向かった。しばらくすると戻ってきて、暖炉の上の時計に目をやった。「今九時ちょうどだ。アトリエまで何分ぐらいかかる？」

「三十分です」

「では、今から行きなさい」科学者は指示した。「セントジョージ氏がアトリエにいるのなら、今夜九時三十二分に出てくるだろう。帽子もコートも身につけずに、走っていくはずだ」

「なんですって？」と言いながらハッチは、わけがわからないといった調子の笑みを浮かべた。

「彼が出てきても見られないところに隠れて待っていなさい」科学者は続けた。「彼が出てきたあと、ドアは開けっ放しになっているだろう。そうしたら中に入って、ミス・フィールドがいた痕跡を探すのだ。そして彼が帰ってきたら、玄関の外で会い、明日の朝私のところに来るように言うのだ。彼はその二十分後に、アトリエからまた出てくるだろう」

この科学者は何をわけのわからないことを言っているのだろうと感じたが、それまでにこの奇妙な人物が数多くの謎を解いてきたことを知っているので、たとえ馬鹿げているように思えても、それを疑うわけにはいかなかった。

「今夜九時三十二分ですね」と、記者は自分の時計を見ながら言った。

「ウィリスとセントジョージの筆跡を確認してから、明日ここに来なさい」科学者は指示した。「それから、今夜の出来事を報告しに来てもよい」

＊＊＊

ハッチは、馬鹿にされたような気がしていた。彼は、セントジョージのアトリエから数フィートのところの、暗い隅で待っていた。九時三十分ちょうどだった。そこに七分いた。どんな奇妙な力が、セントジョージを外に連れ出すというのだろうか。彼は二日もの間、アトリエにこもって誰にも会っていないというのに。それ以前に、実際彼はそこにいるのだろうか？

ハッチが時計を二十回目に見た。それは、思考機械の家の小さな置時計と時刻を合わせていた。ゆっくりとその針が回り、九時三十一分、九時三十一分三十秒となった。するとそのとき、アトリエのドアが音を立てた。そして、やおら開け放たれると、セントジョージが現われた。

周囲を確かめることもなく、帽子も上着も身につけず、彼は部屋から飛び出してきた。ハッチは、彼の顔をようやく確認できただけだった。唇をきっと結んでいた。その目には、狂気が宿っていた。ドアをさっと開けると廊下を走り抜け、通りに通じる階段を駆け下りて姿を消した。アトリエのドアは開けっ放しだった。

3

走り去る足音が消え去り、外玄関の扉がバタンと閉まる音を耳にしたハッチは、アトリエの中に入り、後ろ手でドアを閉めた。むっとした空気がこもっていて、シナのお香の強い香りが鼻を打った。白熱灯の明かりの下、ハッチはさっとあたりを見回して、自分がいるのは客間だと理解した。床から天井まで、いかにも芸術家の住処《すみか》だった。[59]色彩に満ちており、どこもかしこも描き損じや途中で投げ出された素描でいっぱいだった。[60]

新聞記者[61]は、どうしてセントジョージがあわててアパートから飛び出していったのか、その理由をつきとめるのをあきらめた。この場所の捜索に、集中力を傾けていった。客間には、特に興味を引くようなものはなかった。そして、[62]画家が作業をするアトリエへ入っていった。

[63]ハッチはざっとあたりを一瞥《いちべつ》した。[64]その目がすべてを確認したあと、半分が新聞紙で覆われている小さなテーブルに歩み寄った。それをひっくり返すと、屈み込み、あるものを拾い上げた——女ものの手袋だ。その傍らには、対になるもう一方もあった。[65]彼はそれらをポケットにつっ込んだ。[66]

何か手がかりになるようなものはないかと、彼は懸命に探した。[67]そして、もうひとつのドアにまで到達した。それは寝室に通じていた。そこにある大きなテーブルの上には、保温器つきの皿が一枚と、さらに多くの洗われていない皿があった。そして、自炊をしているだらしない男がいるという[68]証拠がほかにもたくさんあった。[69]そこには化粧ダンスもあった。かなり豪華なマホガニー製だ。その上に女性の[70]ヴェールがかけてあったのを、ハッチの目はとらえていた。

彼は、それも[71]ポケットにしまった。

「大漁、大漁」とつぶやいて、ニヤリと笑った。[72]

この部屋から、半開きのドアを抜けると、浴室に通じていた。ハッチはそこをちらりと見ただけで、時計を確かめた。十五分が経過している。脱出しなくてはいけない。そして彼は、玄関へと向かった。さっとドアを開けて廊下に踏み出すと、階下で外玄関が開く音がしたので、階段を降りていった。すると、半分ほど行ったところで、[73]セントジョージに出くわした。

「セントジョージさん?」と、彼は訊いた。

「いいや」との答え[74]が返ってきた。

ハッチは、彼のことは十分知っていた。なにしろ六回は会ったことがあり、話をしたことも二度あったからだ。名前を偽っても無駄だった。

「あなたの『成就』のモデル、グレース・フィールドが失踪したことをお知らせしに来たんです」と、ハッチは相手が[75]睨みつけるのも構わずに続けた。

「知るものか」相手はぴしゃりと言い、階段を駆け上っていった。ハッチは、アトリエのドアが閉まるまで、耳を澄ませていた。[76]

十時十分前、ハッチはビルから離れた。今度は彼は[77]ミス・スタンフォードに面会して、手袋とヴェールの持ち主を確認するつもりだった。[78]彼は自動車に乗り、手袋とヴェールを取り出すと、仔細に調べた。手袋はなめし革で、いささか分厚いものの小さかった。ヴェールは薄くて、まるでクモの糸のような素材でできていた。その名称を、彼は知らなかった。[79]

「もしこれらがグレース・フィールドのものだったら」記者は独り言を言った。「しめたものだ。そうじゃなかったら、僕はただの泥棒でしかないけど」

ミス・スタンフォードが住んでいるドーチェスターの家には、明かりが灯っていた。新聞記者は、呼び鈴を押した。[80]召使いが現われた。

「ちょっとミス・スタンフォードにお会いできませんか?」

「[81]まだお休みでなければ」

彼はまたあの小さな客間に入っていった。召使いは姿を消し、しばらくするとミス・スタンフォードが出てきた。

「こんな夜分にすみません」と記者が言うと、彼女[82]はにっこり笑った。「ちょっとお聞きしたいんですが、これらの品物に見覚えはありませんか[83]?」

彼は、手袋とヴェールを彼女に手渡した。ミス・スタンフォードはじっと観察していたが、その手は震えていた。

「手袋は見たことがあります。グレースのです――ヴェールはよくわかりませんけど」と、彼女[84]は答えた。

ハッチは大喜びだった。そして余計なことを言わないように注意した。

「もしかして――ウィリスさんが持っていたのを見つけたんですか?」と、娘は質問した。[85]

「どこで発見したかは申し上げられません」ハッチは答えた。

「これらがミス・フィールドのものだと断言してくれるのなら——手がかりになるかもしれません」

「ああ、こんなふうになるのを恐れていたのよ」と、娘はあえぎながら言い、長椅子に崩れ落ちると泣き出した。

「こんなふうになるって？」と、ハッチはわけがわからず訊いた。

「わかっていたの！　わかっていたの！」と、彼女はすすり泣いた。「ウィリスさんと直接に結びつけるなにか——この殺人との接点が見つかったの？」
▼記者は驚いて口を開きかけたが、黙った。彼は唖然としていた。何か発見したらしいのだが、それが何なのかさっぱりわからなかった。▲86
「ミス・スタンフォード」彼は優しく説いた。「この事件について知っていることをすべて僕に話してくれたほうがいいですよ。僕は断片的にしか知りませんが——あなたが新たな情報を提供してくれるのが、道義にかなうことなのです」

　娘はしばらく押し黙っていたが、顔を上げて彼を見つめた。

「ウィリスさんはまだ逮捕されていないんですか？」と、彼女は冷静になって訊いた。

「まだです」と、記者は答えた。

「じゃあ、何も言いません」と断言し、口を真一文字に結んだ。

「殺人の動機は何なのです？」と、ハッチは問いただした。

「何も言いません」と、彼女は断固として言い張った。

「じゃあ、どうして殺人だと断言できるんです？」

「おやすみなさい。二度と来ないでください。もうお会いしませんから」

　ミス・スタンフォードは、背を向けて部屋から出ていった。さっぱりわけがわからないまま、ハッチはその姿を見送った。そして、外に出た。漠然とした点と点をどうやったら線につなげるのか、彼は一生懸命考えた。そして、この新しい事実を思考機械に開陳しようと思った。▼87
　記者はドーチェスターから自動車に乗り、家に帰った。自室で机の上に事件の証拠を並べ、夜遅くまで考え込んだ。そしてようやくそれらをポケットにしまうと、がっかりして首を振りながら、明かりを消したのだった。▼88

翌朝ハッチは起きると、新聞を手にして朝食の席についた。新聞を目の前に広げる。すると、彼の目に飛び込んできたのは、コンスタンス・セントジョージ氏の部屋に泥棒が侵入し、セントジョージ氏を殺害しようとしたという、驚くべき大見出しだった。彼は一発発砲されて、銃弾は左腕[89]を貫通したという。

強盗がアパートのドアを破って侵入したとき、セントジョージ氏は就寝中だった。画家は物音に気づき、客間に出たところを撃たれた。重傷ではなかった。犯人は逃走し、手がかりはなにも残さなかった。

4

その朝ハッチは[90]思考機械に、一見どこからも解きほぐしようがない混乱した話をいつまで経っても続けていた。支離滅裂だけれども、さまざまなことが起こり、そのすべてはそもそもミス・フィールド失踪事件から派生した事態で、それぞれが関連しているに違いなかった。[91]そして最後に、ハッチは[92]アトリエ強盗の記事が掲載されている新聞を渡した。画家は病院に運ばれていた。[93]

思考機械は新聞記事を読み、記者のほうを向くとこう質問をした。

「君はウィリスの筆跡を見たかね？」

「まだです」記者が答えた。

「すぐに確かめなさい」と、指示を出す。「できれば、私に実物を見せてもらいたい。セントジョージの筆跡は見たかね？」

「いいえ」と、記者は白状した。

「それも確かめて、見本を持ってきなさい。まず、ウィリスが拳銃を現在もしくは以前所持していたかどうか、確認するのだ。あれば、その目で見て、装填されているか空なのか、正確な状態を把握する。さらに、セントジョージが拳銃を持っていたかも確かめること。もしあるならば、君の力を駆使して入手するのだ」

科学者は、ハッチが提出した一組の手袋とヴェールを指でいじっていた。そして記者に返した。[94]

ハッチは立ち上がり、帽子を手にしたまま待っていた。

「それから」思考機械はさらに続けた。「セントジョージの様子を正確に知ること――特に精神状態を。ウィリスが今日銀行に出勤しているかどうかも確かめ、昨夜どこでなにをしていたかを確認するのだ。以上」

「それで、ミス・スタンフォードはどうします？」と、ハッチが訊いた。

「彼女のことはかまうな」思考機械は言った。「私が彼女に会うかもしれん。他の事柄のほうが緊急性が高い。満足の行く結果が得られたら、ここに戻ってきなさい。君が急げば、悲劇[95]を防げるかもしれん」

記者は急いで出ていった。その日の午後四時に、彼は戻ってきた。思考機械は彼を招き入れた。彼は一枚の便箋を手にしていた[96]。

「で？」と訊ねる。

「ウィリスの筆跡です」ハッチはすかさず言った。「この目で見ました。まったく一緒です。それに書かれた紙[97]も同じ品物です」

[98]科学者はうなった。

「それから、セントジョージの筆跡も見ました」記者は続けた。暗唱しているかのようだ。「まったく[99]似ても似つかないです」

　思考機械は頷いた。

「ウィリスは拳銃を持っていません。誰も、そんな話を聞いたことはありませんでした」ハッチは続けた。「彼は昨夜、数人の同僚と食事をしていました。そして、レストランを出たのは八時でした」

「酒を飲んでいたかね？」

「少しは飲んでいたでしょう」記者は答えた。「彼は酒飲みではありません」

「セントジョージの拳銃は？」

「別の画家から、彼の筆跡見本を入手することしかできませんでした」記者は[100]弁明した。「彼は入院中で、[101]荒れ狂っているようです。かつての病気が再発したらしいのですが、前より悪くなってしまったとのことです。負傷そのものは、たいしたものではありません」

科学者は便箋を調べていた[102]。

「あの紙片[103]はあるかね？」と、彼は訊いた。

ハッチはそれを取り出した。そして、科学者は便箋の上に置いた[104]。両者を見比べているのだろうと、ハッチは推測するしかなかった。マーサがやってきたときにも、その作業を続けていた。

「今朝早くお見えになった若い女性がまたおいでで、面会を希望されています」と、彼女は報告した。

「案内しなさい」と、思考機械は視線も上げずに命じた。

　マーサが姿を消し、しばらくするとミス・スタンフォードが[105]入ってきた。ハッチは、彼女を驚きの目で見つめていたが、知らず知らずのうちに立ち上がった。科学者も立ち上がった。娘の顔はわずかに紅潮した。そして、その目には必死さがこもっていた。

「彼がやったんじゃないってわかってるんです」彼女は喋り出した。「スプリングフィールドから、グレースがいなくなった日に彼がそこにいたという手紙を受け取ったんですけど――それで――」

「誰が何をしなかったというのだ？」と、科学者は[106]質問した。

「ウィリスさんはグレースを殺していません」娘は、急に感情を抑えた声で言った。「これを見て」

　科学者は、彼女が差し出した手紙を読んだ。そして、娘は椅子にぐったりと座り込んだ。そのときようやく、彼女はハッチがいることに気がついたようで、驚きの表情が目に浮かんだ。彼女は一瞬彼を睨んだが、会釈をして、そのあとは思考機械を見つめていた。

「ミス・スタンフォード」彼はようやく切り出した。「あなたは前にここに来たとき、まったく真実を述べずに、いくつもの間違いを犯した。この事件に関して知っていることをすべて話せば、もっとはっきりすることだろう」

娘は真っ赤になって口ごもり、唇が震え出した。

「推測ではなくて、知っているのだね――ミス・フィールド、いやグレースと君は呼んでいるのだろうが、彼女がウィリスと婚約をしていることを？」と、苛《いら》ついた声は質問した。

「私――ええ、知ってました」と、彼女は口ごもりながら答えた。

「そして君はウィリスを愛していた――いや、今でも愛しているのではないかね？」

彼女の顔は再び真っ赤になり、言葉よりも雄弁な答えをした。彼女はハッチをちらりと見た。愛を告白させられた娘の気恥ずかしさだった。

「ウィリスさんをとても想っています」と、彼女は小さな声

でようやく言った。

「さて」と、科学者は立ち上がって、娘が座っているほうに歩み寄った。

「君がすべてを話さなければ、非常に重大な嫌疑がかかるということを、わかっているかね？　若い女性が失踪した。殺人の疑いも捨てきれず、しかも君の名前まで取り沙汰されている。ここまではわかるかね？」

長い間、沈黙が続いた。彼女は自分を見つめる目を、じっと見つめ返した。そしてようやく、彼女は目を▼伏せた。▲107
「わかっていると思います。何をお聞きになりたいのですか？」

「君は、ウィリスがミス・フィールドを脅しているのを聞いたことがあるのかね、ないのかね？」

「一度だけ、あります」

「ミス・フィールドは例の絵画のモデルになったことを、知っていたかね、知らなかったかね？」

「知りませんでした」

「あれはセミヌードの絵ではないかね？」

再び娘は真っ赤な顔になった。

「そう聞いたことはあります」彼女は言った。「一度も見た

ことはありません。見に行こうと何度もグレースを誘いましたが、彼女は承知してくれませんでした。今になってようやく、その理由がわかりました」

「ウィリスは彼女が絵のモデルだと知っていた[108]のかね？ つまり、君は今知ったけれども、彼は以前から知っていたと思われるようなそぶりはあったか？」

「わかりません」彼女は正直に答えた。「二人がぶつかる原因になる何かがあったのは知っていましたけど——それについて口げんかをしていました。もしかしたらそのことかもしれません。ウィリスさんが彼女を脅しているのを耳にして——彼女がまたそんなことをしたら撃つとかなんとか——でも、何のことだったのかはよくわかりません」

「ミス・フィールドは君と出会う前から彼と知り合いだったと、君は言っていたな？」

「彼女が私に、彼のことを紹介してくれたんです」

思考機械は便箋を手にして、それを指差した。

「君が持ってきたこの紙片が何なのか、知っていただろう？」

「はい、ある程度は」と、彼女は言った。

「では、どうして持ってきたのだ？」

「だって、わたしが持っているのは知っているとおっしゃったからです。だから、持ってこなかったら、わたしやウィリスさんにもっとひどいことが起こるのではないかと、怖くなってしまったんです」

思考機械は、その便箋を[109]ハッチに渡した。

「君も興味があるだろう、ハッチ君」彼は説明した。「括弧に入っている単語や文字は、手紙の全文を復元するために私が補ったところだ。君がその一部を持っているあれだ。君の紙片がぴったりはまることがわかるだろう」

記者はこれを読んだ。

「もし水曜日にあの画家に会いに（アトリat stud）エに行くのなら、お前を（俺はころI will k）す。なぜな（ら俺はause I w）世間に（おまえが）モデルだったなんてことを知られたくないからだ。この警告を聞いてくれ。 V・W」

ていねいに貼り合わされたつぎはぎの手紙を、記者はじっと見つめた。そして、思考機械をちらりと見た。彼はまた、ゆったりと椅子に座っていた。

「それで、ミス・スタンフォード」と、科学者は実務的な調子で訊ねた。「ミス・フィールドの遺体はどこにあるのだ？」

5

このいきなりの質問に娘は立ち上がった。やおら起立して、思考機械を睨みつけた。彼は微動だにしなかった。彼女は驚愕で身動きできなくなったように立ち尽くした。感情を押さえようとしていたが、胸が激しく上下しているのに、ハッチは気がついた。

「で？」と、思考機械は訊いた。[110]

「わかりません」ミス・スタンフォードは激しい口調で答えた。「彼女が死んだかどうかさえ、わたしは知りません。ウィリスさんが彼女を殺していないことはわかってます。だって、渡した手紙に書いてあるように、彼はスプリングフィールドにいたんです。もうこれ以上は、騙されてしゃべったりしませんから」[111]

いっきにまくしたてても、思考機械はびくともしなかった。彼はこの反抗的な小さな女性を見るのに、眉を上げさえしなかった。[112]

「ウィリス氏が拳銃を持っているのを最後に見たのはいつかね？」

「拳銃なんてぜんぜん知りません。ヴィクター・ウィリスがあなた同様に無実だということしか知らないんです。そしてわたしは彼を愛しています。グレース・フィールドがどうなろうと、知ったことじゃありません」

いきなり彼女の両目に、涙があふれ出した。そして背を向けると、部屋から出ていった。しばらくして、玄関から出ていってドアがバタンと閉まる音がした。ハッチはわけがわからないという顔をして、科学者のほうを向いた。[113]

「セントジョージのアパートに行ったときに、クロロホルムかエーテルのような臭いがしなかったか？」と、思考機械は立ち上がりながら質問した。

「いいえ」ハッチは答えた。「ただ部屋の空気がこもって、シナのお香の香りがしたことは覚えています。線香のようなものです。息詰まるほどでした」

思考機械はさっと新聞記者に目を向けたが、何も言わなかった。彼は部屋から出ていき、数分後に帽子とコートを身につけて戻ってきた。

「どこに行くんですか？」と、ハッチは訊いた。

「セントジョージのアトリエだ」というのが、その答えだった。

ちょうどそのとき、隣室の電話の呼び鈴が鳴った。科学者自らそれに出た。

「君のところの社会部長だ」と、ハッチを呼んだ。

ハッチは電話に歩み寄り、そこで数分話をしていた。彼は新たな興奮に満ちた顔で、戻ってきた。

「どうした？」と、科学者は訊いた。

「また新たに奇妙な事件が起きたと、社会部長が言っています」ハッチは答えた。「コンスタンス・セントジョージが発作を起こして、病院を脱走し、行方不明になったそうです」

「いやはや、いやはや！」即座に科学者は叫んだ。彼がこんな驚きを見せたことは、かつてなかった。「それは危険だ」[114]

急ぎ足で電話に歩み寄り、警察本部に電話をかけた。

「マロリー刑事を」と、彼が呼び出すのをハッチは聞いていた。[115]

「そうだ。こちらはヴァン・デューセン教授だ。ただちに私の家まで来てほしい。十分以内に来る？　よろしい。待っている。非常に重大な事態だ。では、あとで」

　思考機械はいらいらと動き回りながら待っていた。この論理家と長年のつき合いがある新聞記者も、こんな様子の彼を見たことはなかった。セントジョージが脱走したと聞いて、こうなってしまったのだ。

　ついに二人は家から出て階段に立ち、マロリー刑事がタクシーで現われるのを待った。そして、その車にハッチと思考機械も乗り込んだ。思考機械の指示にしたがって、タクシーは猛スピード[116]で走り出した。ハッチはさっぱりわけがわからなかった。マロリー刑事がどういうことかと訊いてくれて、ありがたいと思った。

「悲劇が起こる危険があるのだ」思考機械は、気難しげな調子で答えた。「まだ間に合うかもしれん。チャンスはある。一時間前にわかっていたら――いやせめて三十分前ならば――止められたのだが」

　タクシーが止まると、まず思考機械が飛び出した。そして、ハッチと刑事があわてて続いた。

「セントジョージ氏はアパートにいるのか？」と、科学者はエレベーターボーイに訊いた。

「いいえ」少年が答えた。「撃たれて入院中です」

「彼の部屋の鍵はあるか？　急げ」

「あると思いますけど、お貸しすることはできません」

「なら、俺に貸せ！」と、刑事は叫んだ。彼は少年の目の前に、警察バッジを突きつけた。すると、それまでの落ち着き払った態度が一変した。

「はっ、刑事さん！　了解いたしました」

「セントジョージ氏のところには何部屋ある？」と、科学者は訊いた。

「三部屋と風呂です」と、少年が答えた。

　二分後、三人は例のアパートの客間に立っていた。どこか奥のほうから、息の詰まるようなクロロホルムの臭いが流れてきた。周囲を一瞥した思考機械は[117]、隣のアトリエへと突入した。

「いやはや、いやはや！」と、彼は叫んだ。

　一人の男が床に倒れていた。頭部のいくつもの傷から、血が流れ出していた。[118]思考機械は屈み込み、ほっそりとした指を心臓の上に置いた。

「意識を失っているだけだ」と、彼は言い、男を抱き起こした。

「ヴィクター・ウィリスだ！」と、ハッチ[119]は叫んだ。

「ヴィクター・ウィリスだと！」思考機械は繰り返した。驚いた様子だった。「それは確かか？」

「もちろんです」ハッチは断言した。「例の銀行員です」

「では、我々は間に合わなかった」と、[120]科学者は言った。

　彼は立ち上がり、室内を見回した。右手にあるドアに注目した。彼はさっとそのドアを開け、中を覗き込んだ。そこは衣装棚だった。その部屋の反対側にもう一つ小さなドアがあったので、そちらも開けた。そこは小さな台所になっていて、たくさん缶詰[121]があった。
[122]思考機械は、ハッチが先だって捜索した狭い寝室に入っていった。彼は浴室のドアを開けて中を覗き込んだが、すぐにぴしゃりと閉めた。そして、クローゼットのドアを開けようとしたが、鍵がかかっていた。
「ほう！」と、彼は叫んだ。

彼は四つん這《ば》いになり、扉と床のあいだの隙間から中の匂いを嗅いだ。そして突然、満足したように立ち上がり、ドアから離れた。

「あの扉をぶちやぶれ」[123]と、彼は命令した。

マロリー刑事は呆然としていた。ハッチも同じような顔をしていた。

「な、何が中にあるんですか？」と、刑事は訊いた。

「ぶちやぶれ」[124]厳しい声で再び言う。「いいからぶちやぶれ。開ければわかる」

「君の拳銃を貸してくれ」と、思考機械は言った。

刑事がぼやぼやしているうちに、拳銃は彼の手に渡った。そして、銃口を鍵穴にあてた。思考機械は引き金を引いた。大音響が響いた。錠が吹き飛んだ。刑事は手を伸ばしてドアを開けようとした。

「内側から撃たれないように気をつけろ」と、思考機械は鋭い声で注意を促した。

6

思考機械はマロリー刑事とハッチを、[125]誰かが飛び出してきても大丈夫なように脇に引き寄せると、[126]クローゼットの扉を開けた。息の詰まるような臭いの煙が噴き出した。甘くて濃密なクロロホルムの香りが流れてきた。しかし、中では何の音もしなかった。[127]刑事は不思議そうな顔で思考機械を見つめた。

極めて慎重に、科学者はドアの角から中をのぞき込んだ。その中の光景を目にしても、彼は驚かなかった。[128]予想していた通りだったからだ。コンスタンス・セントジョージがうつ伏せになり、まるで死んでいるかのように床に倒れていた。血まみれの拳銃が、片手に握られていた。そしてもう片方の手は、女性の喉をつかんでいた。とても美しい女性だったが、仰向けに倒れ、その目からは生気が失われていた。

「窓を開けなさい――[129]すべてだ。そして手を貸しなさい」と、科学者は命じた。

マロリー刑事とハッチは、その指示に従った。思考機械[130]は画家の手から拳銃を取り上げた。そしてハッチとマロリーは戻り、意識不明の人びと[131]を窓辺に運んだ。

「グレース・フィールドだ」[132]と、新聞記者は口にした。[133]

何も喋らずに三十分あまり、[134]科学者は三人の意識不明患者の治療にあたった。刑事と新聞記者は脇に立って、言われるがままに働いた。[135]刺すように冷たい風が窓から吹き込んで、ほんの数分で[136]クロロホルムの臭いは消えた。[137]三人の意識不明者の中で最初に意識を取り戻したのは、[138]ヴィクター・ウィリスだった。彼がなぜこのアパートにいたのか、ハッチにはさっぱりわけがわからなかった。

彼がこんな状態になってしまった主な原因が、頭部の外傷であるのは明らかだった――そのうち二つ[139]は、ひどい出血だった。クロロホルムは、単に意識が遠のくのを助長したにすぎなかった。傷の原因は、拳銃の銃弾だった。画家の手にあった銃から発射されたものなのは明らかだった。ウィリスはようやく目を開き、いったいどうしたのだとのぞき込む人[140]びとの顔を見つめた。

「何が起きた?」と、彼は訊いた。

「君はもう大丈夫だ」科学者が、請けあった。「この男は逮捕し給え、マロリー刑事。セントジョージ氏宅の家宅不法侵入、そして殺人未遂だ」

マロリー刑事は大喜びした。ようやく、[141]理解できることが起きたからだ。手錠をかけて、逮捕できる男が現われたのだ。彼はただちに進み出て、手錠をかけた。

「救急車は必要ですか?」と、彼は訊いた。

「いいや」思考機械は答えた。「三十分もすれば大丈夫だろう」[142]

次第にウィリスも意識がはっきりしてきた。彼はようやく振り向いて、セントジョージとグレース・フィールド、そして彼の愛した娘が倒れている姿を目にした。

「彼女があそこにいる!」[143]いきなりそう喚《わめ》いた。「思っていた通りだ。死んでしまったのか?」

「あの馬鹿な青年を黙らせなさい、マロリー君」科学者は厳しい声で命じた。「別室に連れていくか、連行してしまいなさい」

マロリーは、言われたとおりにした。思考機械の冷静沈着な声には、否応なく従わざるを得なかった。[144]どうしてそんな命令をするのか、マロリーはまったく問い返しはしなかった。

ウィリスは[145]助けを借りて別室まで歩いていくことができた。[146]ミス・フィールドとセントジョージは、窓から吹き込む冷たい風にさらされながら、並んで横たわっていた。思考機械は、彼らの喉に少量のウィスキーを無理やり注ぎ込んだ。しばらくすると、セントジョージが目を開いた。

画家ははっと気がついて、起き上がろうとした。しかし弱っていたので、目に宿っている狂気が彼に力を与えたとしても、それは無理だった。結局彼は横たわったまま、喚き、金切り声をあげていた。思考機械は、彼を仔細に観察した。

「望みなしだ」と、ついに言った。[147]

科学者はそれからまた、長い時間をかけて娘を治療した。そしてようやく、彼女を搬送する救急車を呼ぶよう命じた。刑事は、アパートの電話から市立病院にかけて、救急車を呼びつけた。思考機械は、娘と画家をかわるがわる見やっていた。[148]

「望みなしだな」と、彼はまた言った。「セントジョージのほうのことだが」[149]

「娘のほうは回復しますか？」と、ハッチは[150]訊いた。

「わからん」正直な答えが返ってきた。「彼女は数日間、つまり失踪して以来、半分意識を失わされていた。健康状態が見た目通りに良好ならば、回復するかもしれん。今は入院させるのが最良の方法だ」

　ほんの数分で、[151]二台の救急車が到着し、三人の患者は搬送されていった。ウィリスは囚人でもあり、反抗的な態度をとって何の質問にも答えなかった。セントジョージは暴れまわり、荒れ狂っていた。大理石像のごとく美しい女性は、死んだように真っ青だった。

　彼ら全員が連れていかれてから、思考機械は寝室に戻ると、画家とグレース・フィールドを発見した小さなクローゼットをさらに詳しく調査した。そこは内張りをした小部屋で、幅も奥行きも六フィートほどだった。二、三インチの厚さのふかふかのクッションが、部屋の内部に張り巡らされていた。一番上には小さな開口部があり、そこからクロロホルムがわずかに換気できた。この場所は、毒気に満ち満ちていた。

「行こう」[153]と、[152]彼はようやく言った。マロリー刑事とハッチはそれに従った。そして数分《ママ》後には、[154]彼の小さな実験室で向かい合わせに座っていた。ハッチがこの事件を電話で社会部長に報告したところ、[155]手放しで大喜びしていた。これは[156]大大スクープだった。[157]

「さて、ハッチ君、もっと詳しい話が聞きたいだろう」思考機械はいつもの調子で切り出した。「それから、マロリー君もそうだろう。なにしろ、私に言われるがまま、ウィリスを逮捕してしまったのだからな。どうしてか知りたいかね？」

「もちろんです」と、刑事は答えた。

「時間を巻き戻して最初から始めよう。ハッチ君が私のところにやってきたときだ」思考機械は言った。「そうしたほうが、はっきりと説明しやすい。司法を代表するマロリー刑事は、すべてを正確かつ明快に知りたいだろう？」

「もちろんです」と、刑事は繰り返した。

「さて、ハッチ君は私に、この事件の前に起きた出来事を話してくれた」と、思考機械は話した。[158]「例の絵画の来歴を教えてくれた。モデルの正体の謎、彼女がとても美しいこと、それがどうやって店員のグレース・フィールドとわかったか、だ。さらに、画家のセントジョージの精神状態についても教えてくれた。[159]そしてモデルの娘が彼と結婚してくれないので、画家は頭がおかしくなったという噂も伝えてくれた」
[160]「これから考えられるのは、画家が娘を誘拐してしまったということだ。彼女は彼にとって、理想を具現する存在だったのだろう――希望、成功、そして人生そのものも。だから恋に落ちてもまったく不思議ではない。そして、娘は男を全然愛していないということも、想像に難くない。彼女は美しい女性だ。しかし、精神性が高潔だとは限らない。彼は大画

家で、ある面では奇矯で子供っぽいところもある。二人はまったく正反対の人間なのだ」[161]

「こんなことはすぐにわかった。ハッチ君は、写真と紙片を見せてくれた。だがそのときには、紙片はまだ何の意味もなさなかった。何の意味もないかもしれないと指摘はしていたが、誰の筆跡なのかという点は、確かめておく必要があった。もしウィリスのものならば、何の意味もなかっただろう。だがセントジョージだったのならば、大いに違う。なぜなら、[162]彼に直結するからだ。あの絵画が展示されたあとに、彼らのつき合いが終わりを告げたと思われるのだ」

「だから謎を論理に帰結させる初期の時点においても、セントジョージは中心人物であると考えられた。このことをハッチ君に説明し、娘と画家が駆け落ちをしてどこかへ一緒に行ってしまった可能性があると言ったのだ。まず、画家を調べる必要があった。しかし、ハッチ君はうまくいかなかった」

「子供だましの単純な手で、二日間閉じこもっていた画家を外におびき出したのだが、ハッチ君はそれにかなり驚いた様子だった。もしそこにいるのなら、画家は夜九時三十二分に部屋から出てくるだろうから、廊下で待っているように、そして彼がドアを開けっ放しにして出ていったら、アパートのなかに娘がいないか探せと命じた。セントジョージ氏は実際私が言ったように、その時間にアパートから出てきた。そして――」

「でもどうして、どうやって？」と、ハッチが訊いた。

「セントジョージが世界一大切にしているものがあるではないか」科学者は[163]説明した。「彼の絵だよ。彼の行動すべてに、それが現われている。私は電話帳で、彼の電話番号を調べた。自宅に閉じこもっているのなら、連絡をとる一番の方法は電話だというのは、常識だよ。彼は電話に出た。九時三十分ちょうどに、美術館が火事になり、君の絵が危ないと告げたのだ」[164]

「セントジョージは予想していた通り、帽子もかぶらずコートも着ずに、アパートのドアを開けっ放しにして確かめに向かった。ハッチ君は中に入り、手袋を一組とヴェールを発見した。すべてミス・フィールドのものだ。それはミス・スタンフォードが確認している。そして、これらはウィリスから手に入れたのか、ウィリスは逮捕されたのかと彼女は訊いた。どうしてそんな質問をするのだろうか？　ウィリスがこの事件になんらかの関係があるということを彼女は知っていた、もしくは知っていると思っていたことは、明らかだ」

「私がセントジョージに電話をした翌日、ハッチ君は自らの発見を詳しく[165]語り、そのあとにミス・スタンフォードとの会話の内容も報告してくれた。もちろん、火事の件は嘘八百だがね。ミス・スタンフォードは、自分が愛しているウィリスが、ミス・フィールドを殺したのではないかと疑っていることがわかった。どうしてか？　なぜなら、彼が脅しているのを聞いたことがあったからだ。ともかく彼は頭の悪い阿呆だ。何の動機がある？　嫉妬だ。何への嫉妬？　彼女がセミヌードの絵画のモデルをしたことを、なんらかの方法で知ったのだ。そして、その画家は彼女を愛している。それが嫉妬の原因だ。これで、ウィリスの行動すべてに説明がつく」

　思考機械はいったん口をつぐみ、▼さらに続けた。▲[166]

「このハッチ君との会話のおかげで、ミス・スタンフォードが話した以上のことを知っていると確信した。どうやって？　手紙でか？　たぶんそうだろう。彼女はハッチ君に、手紙の切れ端を渡していた。おそらく、別の手紙も見つけていたのではないか。それは何通もだったかもしれん。私は彼女に手紙を送り、そうした手紙を持っていることは知っている、ただちにここに持ってきなさいと命じた。ハッチ君と最初に会ったあとに、家の中で――たしか引き出しの中から見つけたと言っていた」

「一方ハッチ君は、セントジョージのアパートに強盗▼[167]が入ったと報告をしてくれた。ウィリスの仕業《しわざ》だと、私は即座に確信した。どうしてか？　普通、泥棒は中に誰かがいることを知っていたら、玄関から押し入ったりはしないものだ。彼らは錠をこじあけるのだ。それに、ウィリスが嫉妬に狂っていると聞いていたので、彼はセントジョージを狙って押し込んだりするような男ではないかと危惧したのだ。娘が中にいると信じ込んでいたら、なおさらだ▼[168]」

「セントジョージが娘の行方を知っていると思っていたのは、私だけではなかったということだよ。一番関心を持っていたウィリスが、彼女はそこにいると思っていた。私はミス・スタンフォードから青年について訊き出そうと厳しく問いただしてみたが、彼女は最後まで節を曲げなかった」

「これらのすべては、いくつかのことを物語っている。第一に、ウィリスは実際に娘の行方を知らないということだ。もし知っていたら、殺していただろう。第二に、もし彼女が男と姿を消していたのだとすれば、その相手はセントジョージだ。他にそれらしい候補はいないからだ。第三に、セントジョージは彼女と一緒か、あるいは近くにいるだろう。たとえ彼女を殺していてもだ。第四に、腕を銃で撃たれたことで再び精神状態が悪化し、彼は廃人になりかけているということだ」

「このように、ミス・フィールドとセントジョージは一緒にいた。彼女はウィリスを心から愛していたので、セントジョージと一緒にいるのは、彼女の意志に反してか、もしくは彼女が死んでいるかのどちらかだった。どこに？　彼の自宅か？　おそらくそうだ。私はそこを捜索する決心をした。セントジョージが発作を起こして暴力的になり、病院を脱走したと聞いて、ようやくこの決心に至ったのだ。女を手に入れることしか、もう彼の頭にはなかった。つまり、彼女が危険だということだ」

「私はこれらのことを踏まえ、画家のアパートに急行した。そこでは、ウィリスが怪我を負っていた。彼がそこを捜しているときに、セントジョージが帰ってきたのだ。そして、セントジョージが彼を襲った。こうした患者は、普通よりもものすごい力を発揮するものだ。こうして、あの男がまず何をしたかがわかった。これで彼はもうおしまいだ。娘と彼は死ぬしかない。どうやって？　おそらく毒物だろう。彼女を撃つとは思えない。その美しさを賞賛していたからだ。どこで？　おそらく、彼女がずっと監禁されていた場所だ。あのクローゼットには、すっかり内張りがされていた。音を立てても外から気づかれないようにするためだ。まさに防音監房だ。あの画家は、自分がときどき狂気の発作を起こすことを知っており、それがいつ来るのかもわかっていたので、あのクローゼットを用意して、自分自身を閉じ込めていたのではないかと思う。ここに娘を監禁しておけば、たとえ泣き喚いても音が漏れることはない。あとはご存知の通りだよ」

　思考機械は、話し終えて立ち上がった。もうこれで終わりだと言わんばかりだった。他の人たちも立ち上がった。

「マロリー君、君を連れていったのは、刑事だからだ。鍵がかかっているだろうが、君がいれば押し入ることもできるというわけだ。▼[169] これですべてではないかね」

「しかしどうやって娘はあそこまで連れてこられたんですか？」と、ハッチが質問した。▼[170]

「セントジョージが、彼女に来るようにと頼んだのだ。おそらくまたモデルになってくれと言ったのだろう。あの娘は喜んで行ったことだろうな――最初のときも、いささかの虚栄心があってモデルになったのだろう。▼[171] この虚栄心に、ウィリスは悩まされたのだ。そしてその結果彼は、脅したり、セントジョージを殺すと口走ったりする羽目になってしまった。もちろん、画家は彼女がやってきたときからすでに病状が悪化していた。彼の異常な愛情のせいで、彼女は意に反して囚われの身になってしまった。彼がいかに巧妙にやったのかは、見たとおりだ」

　ぞっとするような沈黙が訪れた。ハッチは帽子のけばを袖にこすりつけながら、考え込んでいた。マロリー刑事は黙りこくっていた。すべては語り尽くされた。▼二人は帰ろうと背を向けた。しかし、記者はまだ二つ疑問を残していた。▲[172]

「セントジョージは、絶望的でしょうか？」

「間違いない。数カ月後には、彼は命を失うだろう」

「ミス・フィールドは？」

「現時点でまだ死んでいないとしたら、回復するだろう。ちょっと待ち給え」彼が隣の部屋に行くと、電話の呼び鈴が鳴るのが聞こえた。しばらくして、彼は戻ってきた。「彼女は回復するだろう」と、彼は言った。「さようなら」

　感嘆しながら、ハッチンソン・ハッチ記者とマロリー刑事は、通りを一緒に歩き去っていった。

底本は第一短篇集。「ボストン・アメリカン」紙初出との異同を以下に記す。

▼▲1　「いて、」。

▼2　このあとに「の理想」。

⧗3 「次に」。

⧗4 「厳しい批判」。

⧗5 「ともかく」。

▼6 このあとに「美術館に」。

▼7 このあとに「何時間もこの絵について語り続けたり、そのあと何日も黙りこくっていたりした。」。

▼8 このあとに改行。

▼9 このあとに「公共の公園からちょっと引っ込んだところにある」。

⧗10 「三万ドル」。

▼11 このあとに「二カ月後彼は、五万ドルを提示したが、これも断られた。どんな値段でも売る気はないというのが、セントジョージ氏の一貫した答えだった。」。

▼12 このあとに「一度」。

⧗13 「崇拝」。

⧗14 「口髭」。

▼15 このあとに「実際、ほとんどの人は彼に気づかなかった。」。

▼16 このあとに「彼らの知っている範囲内の」。

⧗17 「なぜか沈黙している画家は心破れ、」。

▼18 このあとに「さらに」。

▼19 このあとに「面会を十二回も試み、」。

▼20 このあとに「ミス・スタンフォードによる」。

⧗21 「○○街百九十五番地」。

▼22 このあとに「行方不明の」。

▼23 このあとに「ボイルストン」。

▼24 このあとに「でも」。

⧗25 「のかもしれない」。

⧗26 「彼女はどうなったのでしょう?」。

▼27 このあとに「『ミス・フィールドはかなりの美人だと聞いていますから、おそらくあなたの知らない男が好意を寄せているんじゃないですか』」。

⧗28 「立ち上がり、部屋から出ようとした」。

⧗29 「前の晩に受け取った」。

⧗30 「そこまで観察したところで、写真はひっくり返され、娘は手に持った紙くずをごそごそいじっていた」。

⧗31 「小さな紙切れなのよ」。

⧗32 「答えて、彼をもどかしげに見つめた」。

⧗33 「ハッチはこの紙切れをちょっと調べながら、目を見開いた」。

⧗34 「一瞬口ごもり、顔面は蒼白になった」。

▼35 このあとに「ようやく」。

▼36 このあとに「(改行)『やりましたよ』とハッチは大喜びで言った。」。

▼37 このあとに「電話で」。

▼38 このあとに「彼には何か邪悪さが感じられたが、当然ながらそのことに新聞記事では言及することはなかった。後にその理由を解明できれば、掲載できるかもしれないが。(改行)」。

▼39 このあとに「ハッチにはすぐに見当がついた」。

⧗40 「それでも」。

▼41 「何を意味するの」。

▼42 このあとに改行。

▼43 このあとに「それでもまだ全然十分ではない。もし『hop』ならダンスを意味するかもしれない――おそらくそうだろう。もし『hope』ならば、明らかな関係はわからない。そして他の可能性もある。特にハッチには次の文字が『p』だという確信が持てなかった。」。

⧗44 「ミス・フィールド失踪の原因に不吉な影を感じつつ」。

▼45　このあとに改行。
▼46　このあとに「そんなときの彼は外出しているか、それとも仕事に没頭しているかのどちらかだと思われた。」。
▼47　このあとに「、哲学博士、法学博士、文学修士などなどである高名な科学者にして論理家、世間一般には思考機械というあだ名で知られている人物」。
▼48　このあとに「記者はいくつか質問をするだけのつもりだった。（改行）」。
▼49　このあとに「彼は長くてほっそりとした指をそっと記者の手に触れただけで、黄色い髪の毛がもじゃもじゃと生えている巨大な頭を椅子の後ろにもたせかけた。そして深々と座り込み、分厚い眼鏡越しに青い瞳が記者を見つめた。」。
▼50　このあとに「あります――今彼女がどこにいるかが一番の謎なんですが――」。
⧗51　「よりかかり、天井を睨んだ」。
⧗52　「いらいらしながら言った」。
▼53　このあとに「彼が喋り終えると」。
▼54　このあとに「？」。
▼55　このあとに「いつもの彼の特徴的な苛立《いらだ》たしそうな調子で」。
▼56　このあとに「彼のものか確かめるのだ。」。
▼57　このあとに「『なんてことだ！』」。
⧗58　「このモデル」。
▼59　このあとに改行。
▼60　このあとに「普通のアパートメントの客間の家具も置いてあった。」。
⧗61　「ハッチ」。
▼62　このあとに「入ってきた最初のドアを通って」。
▼63　このまえに「電灯の助けを借りて、」。
▼64　このあとに「数日前からの」。
▼65　このあとに「よく見もせずに」。
▼66　このあとの改行なし。
▼67　このあとに改行。
⧗68　「閉じこもって暮らしている」。
▼69　このあとに改行。
▼70　このあとに「薄い」。
⧗71　「それを手にとり、眺めると、外で調べるために」。
▼72　このあとに「送り返さなくちゃな。郵便を使えばどこからかばれることもないだろう。」。
▼73　このあとに「帽子も上着もなしで階段を上ってきた」。
▼74　このまえに「思いもよらない」。
▼75　このあとに「闇の中で」。
▼76　このあとに「そして帰っていった。」。
▼77　このあとに「行方不明の娘のルームメートの」。
▼78　このあとに「ドーチェスターには、十時半前には到着する計算だった。そうすれば、彼女と会えるだろうと思った。（改行）」。
▼79　このあとに「しかしよく身につけられているものだった。」。
▼80　このあとに「しばらくして」。
▼81　「ハッチ」。
⧗82　「小柄なブロンド娘」。
▼83　このあとに「取り出して」。
▼84　このあとに「硬い声で」。
▼85　このあとに「その声音にはわずかに恐怖の色がにじんでいた。」。
⧗86　「びっくりした。ハッチは何かを言いかけたが、考え直してやめた。彼の頭脳は回転していた。彼はさっぱりわけがわからなかった。どうやら何かを探り当てたようだが、それが何なのかはわか

らなかった。ようやく彼は決心した」。
▼87　このあとに「しかしそれができるのも明日になってからだ。」。
▼88　このあとに「(改行)『何が何だかさっぱりわからない』」。
▼89　このあとに「の肘のすぐ上」。
▼90　このあとに「ビーコン・ヒルの実験室で」。
▼91　このあとに「(改行)科学者は座って耳を傾けていた。いつものように指の先と先を合わせて、天井を睨んでいた。」。
▼92　このあとに「コンスタンス・セントジョージの」。
⧗93　「、今も入院中だ」。
▼94　このあとに「(改行)『セントジョージに返送したほうがいいだろう』と指示をした。『彼のアパートメントに送るのだ。管理人が保管しておいてくれるだろう』(改行)」。
⧗95　「ハッチ」。
⧗96　「て、思考機械の客間に飛び込んだ。彼がいらいらしながら待っていると、召使いのマーサは反対の方向へと姿を消した。数分して、科学者が部屋に入ってきた。普通の大きさの便箋を手にしていた」。
▼97　このあとに「ミス・スタンフォードが発見した紙片と、僕が見る限り、」。
▼98　このまえに「『うーむ』」。
▼99　このあとに「あの紙切れとは」。
▼100　このあとに「少々がっかりした様子で」。
▼101　このあとに「僕が聞いたところでは」。
⧗102　「長い沈黙が続いた。科学者は便箋を手にして調べていた」。
▼103　このあとに「ミス・スタンフォードが君に渡した」。
⧗104　「ハッチは例の小さな紙切れを取り出して、科学者に手渡した。彼はそれを破れていない便箋の上に置いた」。
▼105　このあとに「その部屋に」。
▼106　このあとに「気難しげに」。
⧗107　「伏せて、あいかわらずの低い声で言った」。
▼108　このあとに「あれのモデルだということを」。
▼109　このあとに「黙って座って聞いていた」。
▼110　このあとに「『ミス・フィールドの遺体はどこにあるのだ？』」。
▼111　このあとに「。どうせ全部でまかせなんでしょう」。
▼112　このあとに「彼女は立ち尽くしていたが、彼は質問をした。」。
▼113　このあとに「彼はまったく理解していなかった。そしてまったく答えも思いつかなかった。」。
▼114　このあとに「と、彼は謎めいた言葉を続けた。」。
▼115　このあとの改行なし。
▼116　このあとに「セントジョージのアトリエがある大きなビルへ」。
▼117　このあとに「刑事や記者の先頭に立って」。
▼118　このあとに「男は意識不明のようだ。」。
▼119　このあとに「信じられないという様子で」。
⧗120　「相手」。
▼121　このあとに「や似たような品物」。
▼122　このまえに「ここから」。
▼123　このあとに「。急げ」。
▼124　このあとに「(改行)力の強い刑事とハッチは、力いっぱい扉にぶつかった。しかし、扉は頑丈だった。彼らは取っ手を引っ張ってみた。それでも、びくともしなかった。(改行)」。
⧗125　「思考機械とマロリー刑事とハッチは、」。
⧗126　「引き下がると、刑事が」。
⧗127　「動いている人間はいなかった」。
▼128　このあとに「まさに見たのは」。

▼129 このあとに「急いで」。

▼130 このあとに「屈み込んで」。

⧗131 「三人で意識不明の男女」。

▼132 このあとに「、間違いない」。

▼133 このあとに「『しかしどうして――』（改行）『黙りなさい、ハッチ君』と思考機械は鋭い声で命じた」（改行、中見出し）患者の治療」。

⧗134 「彼」。

⧗135 「黙って見守っていたが、言われれば何でも指示に従った。しかし一言も喋らなかった。二人はおそらく、立て続けに起きた事件に呆然として、言葉を失っていたのだろう。（改行）」。

⧗136 「一瞬」。

▼137 このあとに「思考機械は治療を続けた。」。

▼138 このあとに「銀行員の」。

⧗139 「三つ」。

⧗140 「科学者」。

▼141 このあとに「実際の」。

▼142 このあとに中見出し「人事不省の娘」。

▼143 「！」なし。

⧗144 「くさせるのが、彼の一面でもあった。今までの経験から、科学者がいちばん物事を知っていると理解していたので、」

▼145 このあとに「ハッチとマロリーの」。

▼146 このあとに「彼らが大きなアトリエに戻ってくると」。

⧗147 「言い、首を振った」。

▼148 このあとに中見出し「狂気の芸術家」。

⧗149 「結局画家についてそう言った。」。

▼150 このあとに「熱心に」。

⧗151 「しばらくして」。

▼152 「思考機械」。

⧗153 「黙って猫背の科学者に」。

▼154 このあとに「ビーコン・ヒルの」。

⧗155 「新聞社に報告したところ、社会部長は」。

▼156 このあとに「誰もがうらやむ」。

▼157 このあとに中見出し「謎の説明」。

⧗158 「話しながら、ほっそりとした指先と指先を押しつけ合った」。

▼159 このあとに「彼の絵が厳しく批判されたこと、」。

▼160 このまえに「即座に」。

▼161 このあとに中見出し「重要な写真」。

⧗162 「行方不明になった娘と彼とが」。

▼163 このあとに「いらいらした様子で」。

▼164 このあとに中見出し「火事で飛び出す」。

⧗165 新聞初出にはない。

⧗166 「座り直した。そして物思いにふけりながら先を続けた」。

▼167 このあとに「らしき者」。

▼168 このあとに「。彼女がそこにいると思い込んでいなければ、行くわけがないだろう』（改行、中見出し）彼女がいるとウィリスは思い込む」。

▼169 このあとに「扉の錠を撃ったのは、一刻を争う事態で鍵を探しているひまなどなかったからだ。」。

▼170 このあとに中見出し「どうやって娘は連れていかれたか」。

▼171 このあとに「たとえセミヌードの状態だとしてもな。」。

⧗172 「一つ質問を思い出して振り返った」。

赤い糸

The Scarlet Thread

1

思考機械の異名をとる、オーガスタス・S・F・X・ヴァン・デューセン教授は、哲学博士（Ph.D）法学博士（LL.D）、王立学会特別研究員（F.R.S.）、医学博士（M.D.）[1]などなどの称号を持つ科学者にして理論家である。そんな彼は、新聞記者ハッチンソン・ハッチが語るこの世のものとも思われぬ奇妙な話に、じっと耳を傾けていた。背中の曲がった[2]学識豊かな学者は、大きな椅子にゆったりと腰掛けていた。黄色い髪の毛がもじゃもじゃと生えた巨大な頭を後ろにもたせかけ、細くて白い指先は左右を合わせ、細めた[3]青い目は厳しく虚空を睨みつけていた。科学者は、情報を取り入れる体勢に入っていた。[4]

「最初から、君の知るすべての事実を」と、彼は要求していた。

「すべてバック・ベイで起きたことなのですが」と、記者は説明した。「大きなアパートがありまして、とてもおしゃれな建物で、コモンウェルス・アヴェニューを入った通りに建っています。五階建てで二、三部屋には浴室つきというかたちで分けられています。これらの部屋はかなりよい、というよりもけっこう豪華な家具つきでして、高価[5]な家賃を支払える人たちが入居しています。[6]一番多いのは独身青年ですけれど、夫婦者も数組います。[7]この建物には、時代の最先端のサーヴィスが何もかも揃っています。エレヴェーター、受付のボーイ、制服を着たドアマン、広々とした廊下といったようなものです。ガスも電灯も揃っています。入居者は、どれも好きなだけ使えます」

[8]「若い仲買人、ウェルドン・ヘンレーは、そんなおしゃれなアパートに入居しています。二階の正面の部屋です。彼は株式市場でかなりの成功を収めました。[9]独身で一人暮らしをしています。彼個人が雇っている[10]召使いはいません。趣味は写真で、くろうとはだしの腕前だと言われています」[11]

「最近、彼がこの冬に、ヴァージニア州出身のある美しい娘と結婚するという記事が出ました。彼女はボストンをときどき訪れていた、ミス・リプスコム、シャルロッテ・リプスコムというリッチモンドの住民です。何度も取材を受けたけれども、ヘンレーはこの噂を否定も肯定もしなかった。彼女は今ヴァージニア州にいるはずですが、現在の社交シーズンの後半には、ボストンに戻ってくるはずです」

新聞記者はここで一息入れて、煙草に火をつけると椅子によりかかり、科学者の深遠な瞳をじっと見つめた。

「[12]ヘンレーがこのアパートを借りたとき、すべての電気照明設備を取り外すよう希望しました」彼は続けた。「彼は長期の契約を結んでいたので、要求が通った。その後、彼は照明としてガスしか使わず、一晩中ガス灯を常夜灯として小さく灯す習慣でした」

「健康には悪い」と、科学者は指摘した。

「さてようやく事件についてですが」記者は続けた。「五週間前のことです。ヘンレーはいつも通り、真夜中ごろに寝ました。ドアに内側から鍵をかけ――それは間違いないと言っています――朝四時ごろにガスで呼吸困難になって目が覚めました。[13]ようやく起き上がると窓を開け、新鮮な空気を取り入れました。つけたままにしてあったガス灯は消えており、室内はガスが充満していました」[14]

「おそらく事故だろう」思考機械は言った。「アパート内の隙間風か、ガス圧がわずかに減少したか、[15]いくらでも可能性がある」

「そう思われましたが」記者は言った。「もちろんこんなことは不可能――」

「不可能なことなどない」苛《いら》ついた声が遮った。「そんな言葉を使うな。実にいらいらさせられる」

「では、ドアが開いて誰かが侵入し、わざと消していったというのは、非常に可能性が低いと言い直しましょう」新聞記者は微笑《ほほえ》みながらさらに続けた。「ヘンレーは事故だと思い、そのことを誰にも言いませんでした。その翌日の晩も、彼はガスをいつも通りにつけっぱなしにしましたが、多少明るめにしました。ところが、また再び同じことが起きたのです」

「ああ」思考機械は座り直した。「二度目か」[16]

「今回も、彼は危ないところで目を覚ましました」ハッチは言った。「それでも彼は事故だと決めつけ、夜はガス灯を消して、再発を防ぐことにしました。そこで彼は小さな常夜灯ランプを買い、一週間ほど使いました」

「どうして一晩中明かりが必要なのだ？」と、科学者は厳しい調子で訊いた。

「僕にはわかりませんが」ハッチは答えた。「おそらく非常に神経質なのではないでしょうか。そして、夜中に何度も目が覚めるのでしょう。彼は、眠れないときには読書をすると言っています。小さいころからずっと、寝るときに明かりをつけている習慣だったのでしょう」

「続けなさい」[17]

「ある晩、彼は常夜灯ランプを探しましたが、どこかに行ってしまっていました。少なくとも、彼には見つけられませんでした。そこで、再びガス灯をつけました。かつて二回それが消えたという事実は、深刻にとらえていませんでした。翌朝五時、ベルボーイが廊下を歩いていると、ガスの臭いに気づき、慌てて調べました。ヘンレー宅から臭ってくるのがわかり、ドアをノックしました。返事はありません。[18]結局、ドアを破ることになりました。ヘンレーはベッドで意識不明になって倒れ、つけっぱなしにしておいたガス灯からガスが噴出して、部屋に満ちていました。彼は新鮮な空気のお陰で息を吹き返しましたが、数時間は非常に苦しんでいました」

「どうしてドアを破ったのだ？」思考機械は訊いた。「錠を開ければいいではないか？[19]」

「ヘンレーが[20]しっかりかんぬきをかけていたせいです」ハッチは説明した。「おそらく彼は疑い深くなっていたのでしょう。二度目のあと、彼は寝る前にはいつもドアにかんぬきを掛け、窓もすべてしっかり閉めるようにしていました。誰かが合鍵で入ってくる[21]のではないかと疑ったからです」

「それで？」と、科学者は訊いた。「そのあとは？」

「三週間ほど間が空き、今朝、次の事件が起きました」ハッチは続けた。「ちょっと違いはありますが、同じようなことがまた起きたのです。実は、三度目にガスが消えたあと、ヘンレーはどうしてこんなことが起きるのか調べる決心をし、事件のことを知っている数人の友人に伝えました。そして彼は毎晩ガス灯をいつも通りつけて、見張っていたのです。ところが、まったく何の異状もなく、一晩中燃え続けていました。[22]かわりに彼は昼間寝ていました」

「[23]ヘンレーは昨夜しばらく目を覚ましたまま横になって[24]いました。そして、疲れきっていたので、眠り込んでしまったのです。今朝早く、彼は目覚めました。部屋はまた、ガスで満ちていました。うちの社会部長がそのことを聞きつけて、謎を解決しろと僕に命じたというわけです」

それですべてだった。二人の男は、しばらく黙りこくっていた。そしてようやく、思考機械は新聞記者のほうを向いた。

「その建物の他の誰かも、一晩中ガスをつけているのではないか？」と、彼は質問した。

「わかりません。ほとんどの人は電気を使っていると思います」

「彼のような被害を受けた人は他にいないのかね？」

「いません。[25]鉛管工が建物じゅうの照明設備を点検しましたが、異状は発見されませんでした」

「建物のガスはすべて同じメーターを通ってくるのか？」

「はい。支配人はそう言っていました。このメーターはかなり大きなもので、機関室のすぐそばにあります。問題の晩、誰かがこの栓を閉めてアパートじゅうの明かりを消し、再び開けたということもあり得ると思います。だとすると、故意にやったということになります。これはヘンレー殺害の計画だと思いますか？」

「そうかもしれん」というのが、それに対する答えだった。

「そのアパートでガスを使うのは誰か、調べてもらえるかね。それから、一晩中明かりを灯し続けているのは誰かということもだ。また、メーターに近づくことができる人物について、ヘンレーとミス・リプスコムの恋愛のなりゆきについても調べてほしい。誰か邪魔者はいるのか？　いるならその名前は？　どこに住んでいる？　それらがわかったら、戻ってきなさい」

＊＊＊

その日の午後一時、ハッチは思考機械のアパートに、興奮した様子をありありと浮かべながら戻ってきた。

「それで？」と、科学者は訊いた。

「フランス娘のルイーズ・レグニが、アパートに住むスタンディング夫人にメイドとして雇われているのですが、今日の昼、三階の自室で遺体で発見されました」ハッチは急いで説明した。「自殺のようです」

「死因は？」と、思考機械は質問した。

「彼女の雇い主の夫妻は、二日間留守にしていました」ハッチは急《せ》きこむようにして説明した。「彼女はアパートに一人ぼっちでした。今日の昼、彼女が姿を現わさず、ガスの臭いがしたので扉が破られました。そして、死んでいるのが発見されたというわけです」

「ガス栓は開いていたのか？」

「開いていました。彼女は窒息死です」

「いやはや、いやはや」科学者は叫ぶと、立ち上がって帽子を手に取った。「なにが起きたのか、行って見てみようではないか」

2[26]

ヴァン・デューセン教授とハッチがアパートに到着したときには、すでに検死官と警察は到着していた。[27]二人の知り合いのマロリー刑事が、娘の遺体が発見されたアパート内を調べまわっていた。[28]遺体はすでに運び出され、ニューヨークにいる雇い主に電報が送られていた。

「遅すぎましたね」と、彼らが入ってくるなりマロリー刑事は言った。

「どんな様子だったのかね、マロリー君？」と、科学者は訊いた。

「自殺です。疑問の余地はありません。この部屋が現場です」そして彼は、二人をアパートの三番目の部屋に案内した。「メイドのミス・レグニは、ここに住んでいました。昨夜はひとりきりでした。雇い主のスタンディング夫妻は、数日間の予定でニューヨークに出かけていました。彼女一人が残され、自殺をしたのです」

　それ以上質問をせずに、思考機械はベッドに近寄った。そこから娘の遺体が運び出されたのだ。その脇に屈み込み、[29]一冊の本を拾い上げた。それは『公爵夫人』という題名の小説だった。彼は詳細にそれを調べ、さらに椅子の上に立って、ガス灯を調べた。それが終わると下に降り、この狭い部屋の窓に歩み寄った。ようやく思考機械は、刑事のほうを向いた。

「ガス栓はどのくらい開いていたのだ？」と、彼は訊いた。

「全開になっていました」というのが、その返事だった。

「この部屋のドアは、両方とも閉まっていたのか？」

「両方とも、そうです」

「綿とか布とかそういったものを、窓の隙間に詰めてはいなかったのか？[30]」

「いいえ。[31]どちらにせよしっかり閉まる窓ですから。これを事件扱いしようというのですか？」[32]

「ドアの隙間のほうはどうだ？」と、思考機械は[33]続けた。

「いいえ」刑事の唇には[34]笑みが浮かんでいた。

　思考機械はひざまずき、一方のドアの下端を調べた。それは、廊下に通じるほうだった。このドアの鍵は、従業員が押し入ったときに壊れてしまった。ことと、となりの寝室に通じるドアを調べた思考機械は、納得した様子だった。そして再び椅子に上り、ドアの上端を調べた。

「どちらの欄間窓も閉まっていたのだな？」と、彼は訊いた。

「はい。自殺で間違いないと思いますよ」刑事は言った。

「検死官もそういう意見です――私が発見したすべてのことも、そう示唆しています」

「わかった[35]」と、思考機械はいきなり言葉を遮った。「君の手はわずらわせまい」

　しばらくして、マロリー刑事は帰っていった。ハッチと科学者は事務所がある階まで降りていき、[36]支配人と面会した。彼はかなり落ち込んでいる様子だったが、この件についてできることはなんでもすると言ってくれた。

「ここの夜勤のボイラー技師は、完全に信頼の置ける人物か？」と、思考機械は質問した。

「まったく大丈夫です。あんなに素晴らしく信用できる男は、他にいません。常に警戒を怠《おこた》りません」

「ちょっと会えるかね、その夜勤担当に？」

「もちろんですとも。下にいます。そこで寝ています。そろそろ起きてくるでしょう。たいてい昼の一時まで寝て、夜通し起きています」

「こちらの入居者には、ガスを供給しているのか？」

「ガスも電気も、アパートの家賃に含まれています。入居者は、片方でも両方でも使えます」

「それで、ガスは一つのメーターを通ってくるのですな？」

「はい。メーターは一つだけです。機関室のすぐとなりです」

「この建物でガスを使うのは誰か、わからんでしょうな？」

「わかりません。使う人もいれば使わない人もいるでしょう。私は知りません」

これは、ハッチが科学者に説明したことと同じだった。二人は次に、地下室へ向かった。そして、夜勤の技師と面会した。彼はチャールズ・バーリンゲームといい、背が高くて力強く、身だしなみのよい男だった。きびきびした態度で、積極的な話しぶりだった。ほっそりとして、まるで子供のような体格とグロテスクなほど大きな頭の思考機械を見て、彼はいささか驚いた様子だった。

「君は毎晩、この機関室の中かその付近にいるのだな？」と、思考機械は言った。

「この四年間、一晩たりともさぼったことはありません」

「夜、誰かが会いに来ることはあるかね？」

「ありません。それは規則違反です」

「支配人や受付のボーイは？」

「ありません」

「この二カ月間も？」と、思考機械はさらに詰め寄った。

「この二年間だってそうです」そう断言した。「自分は、毎晩七時に勤務につきます。そして、朝七時までが就業時間です。少なくともこの一年間、この地下室で誰にも会ったことはありません」

思考機械は技師の目を、じっと鋭い瞳で見つめた。そのあいだ、どちらも口を開かなかった。ハッチは細部まで磨き上げられた機関室をうろつきまわり、壁に寄りかかって座っている日勤の技師に会釈をした。彼の真正面には蒸気圧計があった。

「火夫はいるのかね？」と、思考機械は次の質問をした。

「いいえ、釜は自分で焚きます」夜勤の男は答えた。「ここに石炭があります」ボイラー焚口から六フィートほど離れたところの、石炭置き場を指さした。

「ガスのメーターを操作する機会はあったかね？」と思考機械はさらに訊いた。

「生まれてこの方、そんなものには触ったことがありません。メーターについては、まったく知識がありません」

「夜一人きりのときに、ほんの数分でも眠りに落ちてしまったことはあるかね？　居眠りということだが？」

技師はおかしそうに笑った。

「そんな気になったことなんてないし、それにそんな暇もありません」そう説明した。「時間確認をしなくてはいけないんです」と、彼は指し示した。「一晩中、三十分ごとに、ここに穴を開けていかなくてはならないんです。これで、起きていたという証明になるんです」

「いやはや、いやはや」思考機械は苛立たしげに叫ぶと、歩み寄って時間確認表を確かめた——時間が記入された回転式の紙円盤で、時計の動きに合わせて動き、真ん中の窓に記入欄が現われる仕組みになっていた。

「それに、蒸気圧計も監視しなくてはいけません」技師は続けた。「居眠りをする技師なんているはずがありません。そんなことをしたら、爆発する危険があります」

「ウェルドン・ヘンレー氏を知っているかね？」と、思考機械はだしぬけに訊いた。

「誰ですって？」と、バーリンゲームは問い返した。

「ウェルドン・ヘンレーだが？」

「いいえ、全然」ゆっくりした口調で答えが返ってきた。「聞いたこともありません。誰なんですか？」

「入居者の一人だ。たしか二階だと思うが」

「いや、入居者の方々はまったく存じ上げません。その方がどうかしたのですか？」

「検針係がメーターの値を見にくるのはいつだね？」

「私は会ったことはありません。日中じゃないですか、そうだろう、ビル？」そして彼は日勤の技師のほうを向いた。

「いつも昼間、たいてい昼ごろです」と、ビルは隅から答えた。

「ここ以外に地下室への入り口はあるかね——それと、ここから入ってくる人間は、必ず君の目に触れるかな？」

「ええ、間違いありません。この地下室には、正面の歩道にある石炭投入口以外、他に入り口はありません」

「建物の正面には大きな電灯が二つあるね？」

「ええ、それがどうかしましたか」

思考機械の瞳に、わずかに不可解そうな色が浮かんだ。しつこく質問を続けていることから、彼が満足していないとハッチはわかった。しかし、その質問の意図をすべて理解できていたわけではなかった。誰かがメーターに手を伸ばした可能性をどうにか探ろうとしていた。

「夜間はいつもどこに座っているのだ？」というのが、次の質問だった。

「今ビルが座っているところです。私はいつもあそこに座っています」

思考機械は部屋を横切って、ビルのほうへ向かった。典型的な、労働者らしい労働者だった。

「ちょっとここに座ってもかまわないかな？」
▼▲[37]ビルはのろのろと立ち上がった。思考機械は彼の椅子に座った。その場所から、地下室の入り口がはっきりと見えた。そこにドアなどはなく、建物じゅうにガスを供給するメーターのほぼすべてが見えた。ドアの電灯のおかげで、昼間のように明るく照らしだされていた。▼[38]思考機械はこれらのことを

確認して立ち上がり、二人の男に礼を言って頷いた。そして、いまだに不可解そうな表情のまま、上階へと上っていった。

支配人は、まだ事務所で待っていた。

「技師室の時間確認表が夜通し正確に三十分ごとに記録されていることを、確認しているのでしょうな？」と、彼は訊いた。

「はい。あの円盤は毎日確認しています。ここに現物があります。それぞれ日付も入っています」

「拝見してもよろしいかな？」

今度は支配人が不可解そうな表情を浮かべた。彼はその紙を差し出した。一日が一枚だ。三十分ものあいだ、思考機械はそれらを綿密に調べていた。ようやく終わると、彼は立ち上がった。ハッチは何か言いたげに彼を見やったが、いまだに当惑した表情をしていた。

散々頼んだ末に、支配人は彼らをウェルドン・ヘンレーの部屋に入れてくれた。ヘンレー氏は、ステート街の事務所に出勤していた。ここでの思考機械のいくつかの行動は、支配人の好奇心を刺激した。特に、彼がガスの噴き出し口を詳細に調べたことがそうだった。そして[39]思考機械は、正面の窓の一つを開け、外の通りを見た。十五フィート下は歩道だった。上は頑丈な、このビル正面側の壁だ。唯一の障害物は旗竿で、一つ上の階の廊下の窓から歩道の上に十二フィートあまり突き出され、きちんとロープで固定されていた。

「あの旗竿は使われたことがあるのかね？」と、彼は支配人に訊いた。
「めったに使いません。祭日にはたまに——独立記念日とかそういうときですね。そのために、大きな国旗が用意してあります」
思考機械は部屋から廊下へと出て、階段を上ると旗竿に歩み寄った。窓から身を乗り出し、今出てきたばかりの部屋の窓を見下ろした。そして彼は旗竿のロープを調べ、ほっそりとした両手でゆっくり慎重に引きよせた。最後に、細い赤い糸をつまみ上げ、観察した。
「ほう」彼は声を上げ、ハッチに向かって、「行こう、ハッチ君。ありがとう」最後の言葉は、支配人に向けられていた。彼は、わけがわからないままその姿を見つめていた。

道路に出て並んで歩きながら、ハッチは思考機械に質問をしたくてたまらなかったが、口には出さなかった。そんなことをしても無駄だということがわかっていたのだ。ようやく、思考機械のほうから沈黙を破った。

「あの娘、ミス・レグニは殺されたのだ」と、彼はだしぬけに断言した。「ヘンレー殺害未遂も四回あった」

「どうやって？」と、ハッチは驚いて訊いた。

「まことに簡単な計画なので、君も私も警察も、まったく気づかなかった」驚くべき答えが返ってきた。「単純であるがゆえに、まことに恐ろしいのだ」

「それはどういうことなんです？」と、ハッチは食い下がった。

「今議論をしても無駄だろう。殺人が起きた。その方法もわかっている。だが問題なのは――誰がやったかということではないか？　ヘンレー殺害の動機があるのは誰なのだろうか？」[40]

3[41]

彼らは無言で歩いていった。

「どこに向かっているんです？」と、ハッチはようやく訊いた。

「私の家で、もう少しこの問題について考えよう」[42]と、思考機械は答えた。

それから三十分ものあいだ、小さな実験室でどちらも一言も喋《しゃべ》らなかった。[43]長いあいだ、科学者は考え込んでいた。深く思案にふけっていた。彼が本棚から一冊の本を取り出したので、ハッチはその題名を見た。『ガス――その性質について』だった。しばらくして彼はこの本を棚に戻し、別の本を取り出した。その題名が『解剖学』だったことに、記者は気づいた。[44]

「さて、ハッチ君」思考機械はいつも通りの[45]不機嫌そうな声で言った。「我々[46]は非常に難しい謎に直面している。[47]非常に単純だからこそ、難しいのだ。しかし、今は深入りはしないでおく。犯人の動機がわかったときに、君には明らかにしてあげよう」

「一般論として、大犯罪は発覚しない。なぜならば、それを行なう大犯罪者は優秀なので逮捕されないからだ。今我々が直面しているのは、驚くほど巧妙で、単純なやり口の大犯罪である。これほどの大犯罪は、計画されたことがあっただろうか。[48]すなわち、ウェルドン・ヘンレー殺害計画である。まず君にやってもらいたいのは、ヘンレー氏と面会して、危険を警告することだ。もう二度と窒息殺人はやらないだろう。しかし、毒殺、銃殺、刺殺など、ありとあらゆる可能性がある。実際、彼はとても危険な状態だ」

「表面上、メイドのミス・レグニの死は自殺に見える。しかしこれは、ヘンレー氏に何度も仕掛けた殺害計画の、思いもかけない副産物だったのだ。ミス・レグニは、計画の標的ではなかったと思われる。しかし、彼女が殺害されたという事実は残る。どうしてか？　それは、ヘンレー氏殺害計画の動機を発見すればわかるだろう」

　思考機械は本棚に歩み寄り、一冊の本を取り出してしばらく読んでいたが、さらに続けた。

「最初の問題は、動機があるのは誰かということだ。誰がウエルドン・ヘンレーを殺したくなるほど憎んでいたのか？　彼は株式市場[49]の成功者だと言っていたな。するとあり得ないかもしれないが、負けた人間に憎まれているかもしれん。ヘンレー氏のせいで自分の財産[50]が消し飛んでしまったら、かなり憎むことだろう。その人物が犯人かもしれん。この線を追っていけば、君の情報源から当たりをつけることができるだろう。徹底的に聞き込んでくれ」

「一方、ヘンレーには恋愛問題もある。彼の死を願うようなライバルは存在するのか？　そもそもライバルはいるのか？　もしいたら、その男のすべてを調べあげてくれ。その男がすべてを計画したのかもしれん。さらにまだ、答えを必要とする疑問がたくさんある。君がまたここに来るまでに、その答えを見つけておいてくれ」

「ヘンレーは不義密通に関係していなかったか？　恨みを抱いた女性や捨てられた恋人は、極端な手段に訴えることがある。彼の婚約の噂、相手はミス――」

「ミス・リプスコム」と、ハッチは助け舟を出した。

「ミス・リプスコムとの婚約の噂が、彼が昔愛した女性、もしくはかつて彼を愛したことのある女性に、彼の命を狙わせるきっかけになったかもしれない。陰険な殺人は――それは謎として非常に魅力的であるが――たいてい悪だくみに長《た》けた女性の仕業《しわざ》だ。私自身は女性についてはさっぱりわからんがね」彼は慌ててつけ加えた。「しかし、ロンブローゾ〔訳註：一八三五～一九〇九、イタリアの医学者、犯罪学者〕はそう考えている。だから、女性には注意が必要なのだ」

　こうした点のほとんどは、抜け目のない新聞記者であるハッチにもよくわかっていた。しかし、いくつかの点は、彼も考えつかなかった。彼はわかったと頷いた。

「さて、この事件の中心となるのはもちろん」思考機械は続けた。「ヘンレーが住むアパートの建物だ。彼の命を奪おうとした人物は、ここに住んでいるか、もしくはここにすぐ行けるところにおり、しばしばここに泊まったこともあるはずだ。これは、ぜひとも君に明らかにしてもらいたい非常に重要な問題だ。君にまかせるのは、私よりもどう調べたらいいかよくわかっているからだ。これで全部だろう。これらがすべて明らかになったら、また来なさい」

　思考機械はまるで、インタビューが終わったかのように立ち上がった。ハッチも不承不承立ち上がった。彼の心の中にある考えが湧いてきた。

「どんなものにせよ、ヘンレーとミス・レグニとのあいだに関係があったとお思いですか？」と、彼は訊いた。

「可能性はある。それは考えてみた。関係があったとしても、まだ明らかにはなっていない」

「すると、何らかの方法で彼女は殺されたか、それとも自殺したのか、どちらが真実かとなると――」

「ヘンレー殺害計画のせいで彼女は死んだ。今はそれしか言えん」

「それだけですか？」と、一拍置いてハッチは言った。

「▼いいや。▲51 ただちにヘンレー氏に、非常に危険だと警告するのだ。この計画をした人物は、やがてさらに極端な行動に出るだろうと伝えることも、忘れるな。私はもちろんヘンレー氏を知らん。しかし、彼が常に常夜灯をつけているという事実からすると、小心者であろうと推測できる。臆病者とまでは言わないが、剛胆な人物とはいえないだろう。だから、謎が解決するまで一週間ほど姿を隠しておいたほうがいい。要するに、彼に事の重大さを徹底的に叩き込まねばならん」

　思考機械は財布を取り出すと、旗竿のロープからつまみ上げた赤い糸を取り出した。

「これが、おそらくこの事件の核心となる証拠だ」彼はハッチに説明した。「何に見える？」

　ハッチは詳細にそれを調べた。

「あえて言えば、トルコ風のバスローブの糸のようです」と、ようやく下した判断を述べた。

「おそらくそうだろう。繊維の専門家に訊けば、何だか教えてくれるだろう。それが手がかりになるようだったら、その線を追ってくれ。あのアパートの住人の衣服の一部である可能性を探るのだ」

「しかしこんなわずかな手がかりでは――」と、ハッチは言いかけた。

「わかっている」ぴしゃりと遮られた。「わずかでしかない。しかしこれはヘンレー氏を四回も殺害しようとし、娘の命を奪った犯人、男か女かもわからないが、その人物が着ていたものの一部なのだ。だから重要なのだよ」

　ハッチはさっと彼を見やった。

「ではどうやって、どんな経緯で、先生が見つけた場所に付着したのでしょう？」

「簡単なことだ」科学者は言った。「もっとないのが不思議なくらいだ。それだけだ」

　指示に首をひねりつつも、その内容に間違いはないだろうと確信しつつ、ハッチは思考機械と別れた。旗竿で発見した吹けば飛ぶような赤い糸と、ヘンレーのアパートのガスの火を消すのとどんな関係があるというのだろうか？　どうやってヘンレーの部屋に入り、ガスの明かりを消したというのだろう？　ミス・レグニはどうやって殺されたのだろう？　殺害方法は何だったのだろうか？

　巨大デパートの衣料品の専門家は、この赤い糸くずの正体について、ハッチに協力してくれたけれども、トルコ風のバスローブの一部だろうということから、前進しなかった。

「男ものですか、それとも女ものでしょうか？」と、ハッチは訊いた。

「バスローブは男ものも女ものも、同じ生地からつくります。それ以上はわかりません。もちろんこれだけでは、ローブの柄さえもわかりません」

そしてハッチは金融街[52]に行き、ウェルドン・ヘンレーの事務所に押しかけた。ほっそりとしたハンサムな男で、年のころは三十二、三歳、青白い顔で、神経質そうな態度をしていた。彼はいまだにガス中毒の影響が残っている様子で、何だかはわからないけれども、何かに怯《おび》えているのが、その態度に現われていた。

ヘンレーは新聞記者相手に大いに語ることもあったものの、反対に口をつぐんでしまう話題もあった。彼はミス・リプスコムとの婚約は認めたが、いろいろ問いただした末にようやく、ミス・リプスコムに求婚していた別の男性、ヴァージニア州にかつて住んでいた[53]レグノート・キャベルがいたことを白状した。

「その男の住所を教えてくれますか？」と、ハッチは頼んだ。

「彼は僕と同じアパートの、二階上に住んでいます」というのが、その答えだった。

ハッチはびっくりした。あまりの驚愕に、それを隠しきれなかった。

「彼とはうまくやっているんですか？」

「もちろん」ヘンレーは言った。「この件については、これ以上話したくないのですが。都合が悪いのはおわかりでしょう」

「このガス漏れは、あなたの命を狙ったものだとお考えでしょう？」

「どんな可能性だってあり得ます」

ハッチは次の質問をしながら、相手の青白い顔をじっと見つめた。

「ミス・レグニが今日遺体で発見されたのはご存知ですか？」

「死んだんですか？」と叫んで、彼は立ち上がった。「誰が――何で――彼女は誰ですって？」

彼は落ち着くのに、かなり苦労した様子だった。

新聞記者は、娘の遺体が発見された状況を詳しく物語った。仲買人は黙って聞いていた。それ以後、新聞記者のどんな質問も、言い逃れをされたり回答を拒否されたりするようになった。最後にハッチは思考機械から聞いた警告を伝えたが、まったく達成感のないまま辞去した。

その晩八時――真っ暗な夜だった――ヘンレーは[54]コモン公園のほとんど人通りがない遊歩道に、意識不明で倒れているのが発見された。左肩に貫通銃創があり、大量の出血があった。彼は病院に搬送され、一時的に意識を回復した。

「誰に撃たれた？」と、訊かれた。

「お前には関係ない」と答えて、再び意識を失った。

4▼55

仲買人の命を狙った最新の事件のことなど知らずに、ハッチンソン・ハッチは地道に調査を続けていた。そしてついに、レグノート・キャベルの親しい友人にたどり着いた。南部人の青年は、コモンウエルス・アヴェニューから引っ込んだところの巨大な建物の四階にある部屋に住んでいた。ヘンレーが入居している建物の真正面だが、二階上だった。この友人は、バック・ベイの社交界の一員だった。彼は、キャベルについてなんでも話してくれた。

「いい奴ですよ」彼はそう説明した。「あんなにいい男には会ったことがない。しかも、ヴァージニア州でも名門の出身で――まさにヴァージニアの上流階級っていうんだろうな。ちょっと短気なところはあるけれど、実に素晴らしい奴で、どこに行っても友達ができるんです」

「ヴァージニアのミス・リプスコムを愛していたんですってね？」と、ハッチはさりげなく訊いた。

「いた？」相手は笑いながら繰り返した。「彼は今でも彼女を愛してますよ。でも最近、彼女が仲買人のウェルドン・ヘンレーと婚約したと知って――その男、知ってます？――かなりがっくりきていたようです。実を言うと、キャベルは相当落ち込んでいるそうです。ミス・リプスコムとは、ヴァージニアにいたころから知り合いでして――彼女も地元の名家の出身です――彼女に結婚を申し込むのは、自分をおいて他にはいないと自負していたそうですから」

ハッチは、ゴシップと片づけられてしまいそうな話のすべてを聞いた。しかしそれぞれの事実は、彼の心に重くのしかかった。そしてそれらが、さらに疑惑を深めた。

「キャベルは、金には困っていないようです」情報提供者は続けた。「僕たちが北部でいうような金持ちではありませんが、かなり余裕はあるようで、彼がボストンに来たのも、ミス・リプスコムがここでずっと暮らしているからだそうですよ。彼女はまだ二十二歳の若くて美しい女性で、どこの社交界でも大人気です。特にボストンではそうです。そしてさらに言えば、ヘンレーがここに住んでいますからね」

「キャベルにはチャンスは残されていない？」と、ハッチは示唆した。

「まったく絶望的ですね。でも失恋に心破れても、ヘンレーが彼女の愛を勝ち取ったことを一番最初に祝福するのは彼でしょう。彼もそう言っていますから」▼56
「今、彼はヘンレーにどんな態度をとっていますか？」と、ハッチは訊いた。彼は冷静な声で質問したが、その奥底には相手が気づかないほどの緊張が秘められていた。

「まるでお揃いのように、いつも会い、話しをし、行動しています。どちらにも、失恋の影響などないんでしょう。悪意なんてみじんもありません」

「キャベルは、復讐しようとはしないんですか？」

「復讐？」と言いながら笑い声を上げた。「いいえ。彼は大きな子供のようなもので、許したらそれでもう終わりですよ。すぐに頭に血が上りますけどね。ヘンレー相手に、ちょっとした行き違いでかっとするくらいはあるかもしれませんけど、そんなことが実際に起きてはいないでしょう」

　新聞記者の考えは、一点に集約していった。考え、疑問、疑いが湧き上がってくるのを、ぐっと押さえつけ、

「キャベルはもうどれくらいボストンにいるんですか？」

「七、八カ月――アパートに入居してから、それぐらい経つと思う――でも、何度も南部に戻っていますよ。南部だと思いますけど。ときどきふっと姿を消すことがあるんです。彼はもうすぐ南部に引き払うつもりだと思うな。確か、持っているアパートの借り手を探しているはずですよ」

　ハッチは情報提供者を見つめなおした。キャベルと面会する合理的な口実が、転がり込んできたのだ。

「僕はアパートを探していまして」彼は口に出した。「よろしければ名刺を頂いて、彼に紹介してもらえませんか？　うまくいけばいいんだがなあ」

　そして三十分後、九時十分過ぎごろには、ハッチは巨大なアパートの建物へと向かっていた。事務所で支配人に面会する。

「あのニュースを聞きました？」と、支配人は言った。

「いいえ」ハッチは答えた。「なんですか？」

「今夜早い時間に、コモン公園を歩いていたヘンレーさんを、誰かが銃撃したそうですよ」

　ハッチは驚いて口笛を吹いた。

「亡くなったんですか？」

「いいえ、でも意識不明です。病院の先生によると、重傷だそうですが、危険な状態ではないそうです」

「誰が撃ったんですか？　わかっているんですか？」

「彼にはわかっているようですが、喋らないそうです」

　この最新の動向に、彼は驚き慌てた。これはまさに、思考機械が予言していた通りのことだった。ハッチはしばらく立ったまま考え込み、いささか落ち着きを取り戻して、キャベ

ルについて質問した。

「会えるとは思いませんよ」支配人は言った。「真夜中の汽車で発つそうです——南部、ヴァージニアへ」

「今夜ですか？」ハッチは息を呑んだ。

「ええ。突然決めたらしいです。三十分ほど前にここで話したのですが、そのときにその話が出ました。彼がここにいるときに、電話番のボーイが私に、ヘンレーさんが撃たれたと報告してきました。病院からうちに、連絡の電話が入ったのです。すると、キャベルさんはかなり興奮した様子でした。そして、真夜中の汽車に間に合えば、今夜出発すると言いました。今、荷造りしています」

「ヘンレー銃撃で、動揺したんですかね？」と、記者は訊ね[57]た。

「ええ、そうだと思います。お二人はいつも連れ立っていて、同じクラブにも所属していましたから」

　支配人は、ハッチから受け取った紹介の名刺をキャベルの部屋に届けさせた。ハッチは上にあがり、家具のちょっとしたところ以外はすべてヘンレーの部屋と同一の部屋に入った。キャベルは部屋の真ん中に立っていた。彼の私物が散らかっている。見るからにフランス人らしい従者が、忙しく荷造りをしていた。

　キャベル[58]はおざなりの挨拶をした。彼は、興奮している様子だった。顔は紅潮し、ときどき茶色の長い髪の毛をかきあげていた。心ここにあらずといった様子でハッチを見つめたが、アパートの賃借についての交渉に入った。

「常識的な値段だったら、いくらでもいいです」キャベルは早口で言った。「ご覧のように、今夜出立するのです。予定していたよりも突然ですが。賃貸契約が私の手から離れてしまうことを心配していたんです。私はこの状態で、月に二百ドル払っているんですが」

「中を拝見してもいいですか？」と、ハッチは訊いた。[59]

　彼は手前の部屋から隣室へと入った。そこには、ベッドの上に大量の洋服が積み重ねられていた。従者は器用な手つきでブラシをかけて、たたみ、荷造りの準備をしていた。キャベルは彼の背後にいた。

「居心地はとてもいいですよ」彼はそう説明した。「独身でしたら、十分な広さじゃないですか？」

「ええ、そうですね」と、ハッチは答えた。

「こちらの部屋は」キャベルはさらに説明を加えた。「今はちょっと散らかっていますが。数週間、町を留守にしていたものですから、そして——おや、どうしました？」と、彼は驚いた様子で訊いた。

　ハッチはさっと振り向いて、彼を見つめた。すると、驚きの表情は徐々に消えていった。

「すみません」彼は口ごもった。「この市内で一週間ほど前にあなたをお見かけしたような気がしたものですから——もちろんそのときは存じ上げませんでしたが——見間違いだったのかと思ってしまったんです」

「そうに違いありません」相手はさらりとかわした。「そのときは留守にしていました。姉の友人の女性が、この部屋に泊まっていました。数日前に戻ってきたので、彼女は別の場所に移動したのですが、所持品はまだ全部置いたままになっています」

「なるほど」ハッチは、気にも留めない様子で答えた。「もし僕が彼女の次にここを借りても、いきなり彼女が戻ってくるなんてことはないでしょうね？」

「まったくありません。僕が戻ってきたのを知っていますし、ずっとここにいるものだと思っています。所持品は送らせることになっています」

ハッチは、わざとらしく部屋を見回した。トランクの上に、赤い縞模様《しまもよう》のトルコ風バスローブがかけられていた。彼はそれを手に取って詳細に調べたかった。しかしそのときはあえて触れてみようとはしなかった。二人は一緒に入り口に近い部屋に戻った。

「非常にいい部屋ですね」彼は一拍置いて言った。「しかしお値段が――」

「ちょっと待ってください」キャベルが遮った。「ジャン、荷造りを終える前に、僕のバスローブを入れ忘れないようにしてくれ。奥の部屋にあるから」

そして課題の一つは、ハッチにとって満足のいく結果に落ち着いた。しばらくすると従者が奥の部屋にあったバスローブを手にして、戻ってきたのだ。キャベルのバスローブだ。

ジャンが記者の目の前を通り過ぎるとき、ローブの端がトランクの隅に引っかかって、彼は立ち止まった。記者は、布の端を外してやった。糸切れが、金属部分にからみついていた。ハッチはそれを抜き取って、指で弄《もてあそ》んでいた。

「先ほど申し上げたように」話題を戻した。「ここは気に入ったのですが、お値段が高すぎます。おそらくこのアパートの支配人におまかせになるのでしょうが――」

「そのつもりでした」と、南部人は口を挟んだ。

「では、また彼と相談することにしましょう」と、ハッチはつけ加えた。

礼儀正しいものの心ここにあらずといった様子で、二人は握手をした。キャベルは彼を早々に追い出した。ハッチはエレヴェーターで下りながら、心の中は意気揚々だ。達成感に満たされていた。支配人はエレヴェーターを待っていた。

「キャベルさんの留守中に、かわりに住んでいた若い女性の名前を覚えていますか？」と、彼は訊いた。

「ミス・オースチンです」支配人は言った。「でも、若くはありません。四十五歳ぐらいじゃないでしょうか」

「キャベル氏は、召使いのジャンも連れていったのですか？」

「いいえ、違います」支配人は言った。「従者は、アパートの部屋を完全にミス・オースチンに明け渡し、キャベルさんが戻ってくるまで、私どもの従業員が使用する区画にある部屋に泊まっていました」

「ミス・オースチンは病気だったんですかね？」ハッチは訊いた。「上にはたくさん薬瓶がありましたよ」

「あの方が病気だったかどうかは、存じ上げません」いささか困惑したような顔つきで、支配人は答えた。「確かに、健全な精神状態の女性ではなかったようです――つまり、とても奇矯な方だったのです。キャベルさんが留守中にあの方に部屋を使わせたのは、思いやりの気持ちからのことでしょう。しかし、私どもとしては、歓迎できません」

　そしてハッチは、思考機械の実験室へと飛んでいった。

「これを見てください」と言い、勝ち誇ったように思考機械から受け取った赤い糸くずと、キャベルのバスローブから取った同じ色の糸を比べてみせた。「同じでしょう？」

　思考機械はそれらを顕微鏡の下に置き、詳細に調べた。しばらくして、それらを化学分析にかけた。

「同じものだ」と、彼はようやく言った。

「では謎は解けましたね」と、ハッチは言い切った。

5 ▼60

　大喜びではしゃいでいる新聞記者を、思考機械はじっと見つめた。見つめられたハッチは、嫌な予感がしはじめた。しばらくして、よく考えてみて、記者は自分が間違いを犯しているのではないかと感じた――どこがどうかはわからないが、そうに違いない。浮かれた気持ちはしぼんでしまった。思考機械の声が、まるで冷たいシャワーのように降りかかった。

「覚えておくのだ、ハッチ君」彼は厳しい声で言った。「浮かんでくる疑問のすべてを考慮しないかぎり、解決したと言ってはいかんのだ。まだ心のなかで引っかかっている疑問があるのではないかね？」

　記者はしばらく黙って考えた。そして、

「まあ、主な事実は抑えたのですが、いくつか小さな疑問が残ってはいます。でも、大きなものは答えが出たと思います」

「では君が何を知ったか、何が起きたのか、詳細に説明してみたまえ」

　ヴァン・デューセン教授は、大きな肘掛け椅子にいつもの体勢で座った。ハッチは何を知り、どう考えたかを説明した。さらに▼61ヘンレー負傷の奇妙な状況について、キャベルとアパートで交わした会話の一部始終を語った。思考機械はしばらく黙っていたが、やがて矢継ぎ早に質問を繰り出した。

「現在その女性、ミス・オースチンがどこにいるのか知っているのか？」というのが、手はじめだった。

「いいえ」ハッチは認めざるを得なかった。

「それから、彼女の正確な精神状態は？」

「わかりません」

「彼女とキャベルの正確な関係は？」

「わかりません」

「では、従者のジャンはこの事件について何を知っているのか？」

「それもわかりません」と、記者は言った。その顔は質問攻めのせいで赤くなっていた。「彼は、毎晩アパートにいたわけではありません」

「とすると、その男がガスを漏らしたのかもしれんな」と、厳しい声で言った。

「僕の知るかぎり、あの部屋に入ってガスを漏らすことなんて誰にもできません」記者はむっとした調子で言った。「ヘンレーはドアや窓にかんぬきをかけ、毎晩毎晩見張っていたんですから」

「それでも、疲れて居眠りをした隙に、ガスが漏れて彼の命が危なくなった」思考機械は言った。「これでわかることは、彼は自分が監視していた以上に、誰かに監視されていたということだ」

「ようやく、おっしゃっていることがわかりました」と、ハッチはしばらくして言った。

「遺体で発見された娘のことを、ヘンレーとキャベルと従者が知っていたかどうか、知りたい」思考機械は言った。「それに、ヘンレーの部屋か娘が発見された部屋に、ちょうどいい大きさの鏡があるかどうかも知りたい――机や化粧台にはめこまれているものではない。それを調べてもらいたい。そして――いや、いい。私も一緒に行こう」

　科学者は部屋を離れた。戻ってきたときには、コートと帽子を身につけていた。ハッチは言われるままに立ち上がり、後をついていった。二人は一ブロックほど、言葉も交わさずに並んで歩いた。思考機械のほうから、沈黙を破った。

「君は、キャベルがヘンレー殺害を企んだと思っているな？」

「正直に言えば、そうです」と、記者は答えた。

「なぜ？」

「だって彼には動機がありました――失恋という」

「どのようにして？」

「わかりません」ハッチは白状した。「ヘンレーの部屋のドアは、戸締まりがしてありました。どうやって通り抜けたか、見当もつきません」

「そして娘は？　誰が彼女を殺した？　どうやって？　なぜ？」

　ハッチは絶望したように頭を振って、歩き続けた。思考機械は、その沈黙の意味を正しく読み取った。

「結論に飛躍するのではない」彼は鋭い声で助言した。「君はキャベルに責任があると確信している――実際にそうかもしれんが、私にはまだわからん――だが、彼がどうやったのか、君はまったく説明できん。前にも言ったように、想像力は論理の片方にしかすぎないのだ」▼62
　ようやく、ヘンレーが住む巨大なアパートの建物の明かりが見えた。ハッチは肩をすくめた。これまでの経緯から、思考機械がキャベルに面会できるかどうか、彼は疑問に思っていた。もう十一時近かった。そしてキャベルは真夜中に、南部に向けて出発するのだ。

「キャベル氏は在宅か？」と、科学者はエレヴェーターボーイに質問した。

「はい、でも今お出かけになるところです。どなたにも面会されないと思います」

「この手紙を渡してくれ」思考機械は何かを紙に書きつけて命じた。「会ってくれるはずだ」

　ボーイは手紙を持って、エレヴェーターで四階に昇っていった。しばらくして戻ってきた。

「お会いになります」と、彼は言った。

「荷解きをしているか？」

「お手紙を二度読んで、従者に荷解きするよう命じていました」と、ボーイは答えた。

「ああ、思った通りだ」と、思考機械は言った。

　さっぱりわけがわからないハッチを従えて、思考機械はエレヴェーターに乗り込み、四階へ行った。彼らが降り立つと、キャベルの部屋のドアが開いているのが見えた。キャベルはドアの内側にいた。この青年の瞳に不安が漂っているのに、ハッチは気づいた。

「ヴァン・デューセン教授ですか？」と、キャベルは訊いた。

「いかにも」科学者は言った。「緊急最重要の要件でお会いしたい。さもなければ、夜中のこんな時間に訪れはしない」

　キャベルは手を振って了承した。

「僕は夜中に出発しようとしていましたが、あなたのお手紙を拝見した以上、当然行きはしません。従者には、荷物を解くよう命じました。少なくとも明日までは」

　記者と科学者は贅沢にしつらえられた室内に案内された。従者のジャンは、彼らが入ってきたときには、スーツケースに屈み込んできっちり詰め込んだ中身をまた取り出していた。客のほうを振り向いたり、注意を払ったりしようとはしなかった。

「これが君の従者かね？」と、思考機械は訊いた。

「はい」と、青年は答えた。

「フランス人なのか？」

「はい」

「英語は喋れるのか？」

「かなりひどいものです」と、キャベルは言った。「僕が話しかけるときは、フランス語を使います」

「君に殺人の容疑がかけられているのを、彼は知っているのか？」と、思考機械は穏やかな口調で話した。

　この言葉がキャベルに与えた影響は、おどろくべきものだった。彼はまるで顔を殴られたかのように、後ろによろめいた。そして、額が真っ赤に紅潮した。従者のジャンはさっと立ち上がり、振り向いた。その目には奇妙な表情が、ハッチには理解しがたい感情が現われていた。

「殺人ですって？」と、キャベルはあえぎながらようやく言った。

「そうだ。彼は英語はできるようだな」思考機械は言った。

「さて、キャベル君、ミス・オースチンとは誰か、そして彼女はどこにいるのか、彼女の精神状態はどうなのかを教えてもらおうか？　私を信じなさい。そうすれば、君はもめごとから免れられるだろう。手紙に書いたことは、決して誇張ではない」

　青年はさっと背を向けると、部屋の中を行ったり来たりし始めた。しばらくして、いらいらしながら答えを待っていた思考機械の前に立ち止まった。

「ええ、お話ししましょう」キャベルはきっぱりと言った。「ミス・オースチンという中年女性は、姉の友人だということになっていましたが、実は姉が子供のころ世話になった家庭教師なのです。ここ数年、彼女はまったく精神がおかしくなってしまい、しかもとても生活に窮していました。彼女を私立療養所に入院させる手はずを整え、僕が南部に行っているあいだ、彼女をこの部屋に住まわせておくことにしました。ジャンは連れていきませんでした――彼はこの建物の従業員区画に泊まらせ、アパートはミス・オースチンだけにしました。ただただ慈善の心からの行動です」

「どうして突然、今夜南部に帰る決心をしたのだ？」と、科学者は訊いた。

「その質問には答えたくありません」と、拒否された。▼[63]

　長いあいだ、緊張に満ちた沈黙が続いた。従者のジャンが、何度も行ったり来たりしていた。

「ミス・オースチンとヘンレー氏は、どれくらい前からの知り合いだ？」

「おそらく、彼女がこのアパートに来てからでしょう」と、答えた。
▼「君がミス・オースチンではないのかね？」▲[64]と、科学者は問いただした。
　この質問は、キャベルだけではなくハッチにもまったく予想外だった。南部人は突然顔を真っ赤にして、思考機械を殴るつもりかと思うほどの勢いで前に飛び出した。

「そんなことをしても何にもならん」科学者は冷たく言った。「君がミス・オースチンでないことは、間違いないのだな？」と、彼は繰り返した。

「言うまでもなく、僕はミス・オースチンではありません」と、キャベルは嚙みつくように言った。

「このアパートに、十二インチ四方の鏡はないか？」と、思考機械はいきなり関係のない話題に転じた。

「さあ――わかりません」と、青年は口ごもった。「多分――あるかい、ジャン？」

「ウィ」と、従者は答えた。

「そうか」思考機械はぴしゃりと言った。「英語で話してくれないか。それを見せてもらおう」

　従者は何も言わず、教授をじろりと見ると、背を向けて部屋から出ていった。彼はすぐに鏡を持って戻ってきた。思考機械は、その上下左右の枠を慎重に調べた。ようやく彼は視線を上げた。従者はまた、スーツケースに屈み込んでいる。

「このアパートでは、ガス灯は使うかね？」と、科学者は突然質問をした。

「いいえ」戸惑った答えが返ってきた。「一体全体、なにを聞きたいのですか？」

その問いには答えずに、思考機械は椅子をシャンデリアの下に引きずっていった。そこにはガスと電気が取りつけられており、彼はガスの噴き出し口を指で確かめはじめた。しばらくすると彼は椅子から降りて、ハッチやキャベルと一緒に隣の部屋に行った。二人とも、さっぱりわけがわからないという様子だった。そこでも科学者は同じようにして、ガスの噴き出し口を点検した。そして、ある噴き出し口に触れたときだった。

「ああ」と、彼は突然叫んだ。ハッチは、これが勝利宣言であることを知っていた。噴き出し口からガスは、ちょうど彼の肩の高さ、化粧台と窓のあいだに噴き出していた。彼は屈み込んで、ガスのパイプをじっくり観察した。そして、従者がいる部屋に戻った。

「さてジャン」彼は、冷静すぎるほどの声で言った。「どうか教えてくれるかな。君がミス・レグニを殺害したのは、故意だったのか、過失だったのか？」

「何をおっしゃっているのかわかりません」と、召使いは怒ってふてくされた様子で、科学者のほうを向いて言った。

「おや、ずいぶん立派な英語を話すではないか」と、思考機械は辛辣に批判した。「ハッチ君、ドアに鍵をかけ、警察に電話だ」

ハッチは言われた通りにしようとした。すると、キャベル青年がいきなり、ポケットから鋼鉄色のなにかを取り出すのが見えた。拳銃だ。その武器は、明かりをギラリと反射した。ハッチは飛びついた。鋭い音が空気をつんざいた。そして、弾丸が床にめり込んだ。

6 ▼65

拳銃をめぐって取っ組み合いが始▼まった▲66が、結局武器はハッチの手に渡った。彼もキャベルも、へとへとになっていた。従者のジャンは銃声とともに、廊下に通じるドアへと突進した。思考機械はその前に進み出て、ドアを背にして立ちはだかった。力づくならば、彼は従者に難なく倒されてしまっただろうが、彼の瞳にはその足取りを止めさせる力があった。

「さてハッチ君」科学者は皮肉っぽい声音で静かに言った。「拳銃を貸してくれたまえ。そしてマロリー刑事にただちにここに来るよう、電話をするのだ。殺人犯を捕まえたと報告しなさい――彼がすぐに来られないというのなら、君の知り合いの他の刑事を呼びなさい」

「殺人犯！」キャベルは息を呑んだ。

従者の目は怒りに燃えていた。ハッチが電話をかけているとき、その手に拳銃があるにもかかわらず、思考機械に襲いかかろうとした。ジャンは進み出たが、キャベルが断固たる態度でさっとそれを止めた。そして、南部人の青年は振り返り、思考機械に問いただした。

「一体、どういうことなんです？」と、わけがわからないという様子で訊いた。

「つまり、そこにいる男が」思考機械は従者に向かって顎をしゃくってみせた。「殺人犯なのだ。ルイーズ・レグニを殺した犯人だということだよ。そして、彼はウェルドン・ヘンレーをボストン・コモン公園で銃撃した。さらに、ミス・レグニの助けを借りて、これまでに四回、ヘンレー氏を殺害しようと試みた。彼は来られるかね、ハッチ君？」

「はい。すぐに来ると言っています」

「君は否定するのか？」と、思考機械は従者に詰め寄った。

「私は何もしていない」従者は不服そうに言った。「ここから出してくれ」[67]

　激昂した動物のように、彼は突進してきた。ハッチとキャベルは彼を捕まえて、床に押さえつけた。しばらく必死になって暴れていたが、縛り上げられ、他の三人は座ってマロリー刑事を待った。[68]キャベルは椅子にぐったりと座り、さっぱりわけがわからないという様子だった。ときおり彼はジャンをちらりと見やっていた。従者の顔から怒りの色は消えていた。そのかわり、恐怖におびえていた。

「説明してもらえませんか？」と、キャベルは我慢しきれなくなって懇願した。

「マロリー刑事が来て、彼を確保してからだ」と、思考機械は言った。

　十分後、外廊下に急ぎ足の足音が聞こえた。ハッチがドアを開けた。マロリー刑事が入ってきた。どうしたのだと言わんばかりに、一同の顔を次から次へと見つめた。

「あれが犯人だ、マロリー君」科学者は冷徹に言った。「ミス・レグニ殺人容疑で彼を告発する。君が自殺だと確信していた娘だよ。さらに、ウェルドン・ヘンレー殺人未遂の罪を五回犯したことでも告発する。四回はミス・レグニの協力でガス中毒によって、もう一回は銃撃によってだ。彼がヘンレー氏を撃ったのだ[69]」

　思考機械は立ち上がり、うつ伏せに倒れている男へと歩み寄って、ハッチに拳銃を渡した。彼は、ジャンを鋭い目で睨みつけた。

「どんな手を使ったのか、自分で説明をするか、それとも私から言おうか？」と、問いただした。

　相手は、ふてくされて睨み返しただけだった。彼は振り向いて歩いていき、従者が先ほど持ってきた四角い鏡を手にした。

「ここにネジがはまっていたのだね？」と、彼は鏡の枠の小さな穴を指さしながら訊いた。ジャンはそれをじっと見つめ、がっくりとうなだれた。「そしてこれは君が着たバスローブだな？[70]」と再び問いただし、スーツケースから赤い縞の服を取り出した。

「全部わかっているんだろう？」と、ふてくされた答えが返ってきた。

「君の口から白状したほうがいいのではないか？」と、思考機械は示唆した。

「そこまでわかっているならば、あんたが説明すればいいじゃないか」

「よろしい、わかった」冷静な答えが返ってきた。「私が話してあげよう。間違ったところがあったら、訂正してくれたまえ」

　しばらく誰も言葉を発しなかった。思考機械はどさりと椅子に腰を下ろし、分厚い眼鏡越しに天井を睨みつけていた。両手の指先をぎゅっと押しつけ合っていた。そしてようやく口を開いた。[71]

「事実がすべてはっきりするまで、いくつかの細かい点は、想像で補わねばならん。それらを自分で調べるつもりだったが、キャベル君が今夜南部に出発するということで、ジャンの逮捕を急がねばならなくなった。おかげで十二分の事件捜査[72]は行なえなかった」

「まず最初、ヘンレー氏殺害の巧妙な試みが何度も行なわれた。習慣としてつけていた常夜灯のガスが漏れるという方法だ。合計して、四回それが起きた。彼を殺害する意図だったのは間違いない。一度だけならば、事故かもしれない。二度でも、事故の可能性はある。しかし、同じ事故が夜間の同じ時間帯に四回も起こるはずがない」

「ヘンレー氏はついに、この奇妙なガス漏れは自分を殺そうとする計画だと気づき、毎晩ドアと窓に厳重に鍵とかんぬきをかけた。誰かがアパートに忍び込み、火を消してガスを出しっぱなしにしておくのだと、彼は信じていた。もちろん、それは真実ではない。しかし、ガスは漏れていた。いかなる手段によってか？　私は最初、単純な方法を考えていた。メーターで一瞬栓を閉じる。すると、明かりが消える。そして再び栓を開けるのだ。だが、この方法ではないということが、判明した。だから、どうやったのかという疑問は消えなかった」

「どれくらい広く知られていることなのかは知らんが、この建物のガスは、部屋から離れることなく、同時に消すことができるのだよ。どうすればいいのか？　単純なことだ。ガス噴出口を取り外し、ガスパイプに空気を吹き込むだけなのだ。これで、ビル内に燃焼できるガスがなくなってしまう。肺の排出力がパイプ内のガス圧よりも大きいので、強制的に駆逐されてしまうからだ」

「こうして、ヘンレー氏の部屋の明かりが消えた方法がわかった。いくらドアや窓に鍵をかけ、かんぬきを差しても無駄だったのだ。同時に、この建物内の他の人々の命も危険にさらしてしまう――つまり、ガスを使っているすべての者が危ない。おそらくその理由から、犯行はいつも真夜中に行なわれたのだろう。三時か四時ごろではないかな。それが犯行時間だろう？」と、彼はだしぬけに従者に訊いた。[73]

　思考機械の説明に驚いて口をぽかんと開いていた従者は、

思わずこくりと頷いてしまった。

「よし、よろしい」思考機械は満足気に話を続けた。「これは比較的簡単に判明した。次の問題は、どうやってヘンレー氏を監視していたかということだ。彼が眠りに落ちる前にガスを消してはまずい。また、本人が部屋にいないのにガスを放出してもよくない。室内の状況をすばやく把握することが必要だ」

「ヘンレー氏のアパートのドアはスプリング錠だ。だから、鍵穴から覗くのは不可能である。覗き見ができるような割れ目もない。どうやって監視を続けたのか？　ヘンレー氏が寝ていることをどうやって犯人は知ったのか？　ヘンレー氏が監視をしていたときは、どうしてガスが放出されなかったのか？　彼が窓越しに監視されていたことは、明らかだ」

「窓枠の出っ張りをよじ登り、ヘンレー氏宅を覗き込むのは不可能だ。通りからはアパートの中を観察できない。つまり、ヘンレー氏が眠っているか、ベッドに入っているかを見ることができないということだ。明かりは見えるがな。監視は、旗竿に鏡を取りつけて行なったのだ。そう、この鏡だ。枠にネジがはめこまれていた。今は外されているが。旗竿のロープにぶら下げ、竿の先まで引き出された。鏡を建物のほうに向けてだ。三階の廊下の窓辺に立っていれば、ちょうどヘンレー氏の部屋の内部が写る位置にくるのだ。おそらく、カーテンの隙間からベッドに入る姿も見えただろう。あの部屋の窓には、ブラインドはない。分厚いカーテンだけだ。そうだな？」

囚人は驚いて黙ったまま再び認めた。

「私はこれらの可能性を考えた。それに朝の三時か四時ならば、建物の上階の廊下をうろうろしていても、誰にも見咎《みとが》められることはないだろう。フードつきの分厚いバスローブを着ていれば、たとえ目撃されても誰だかわからない。それに、そんな格好をしていても不審を抱かれることはない。このバスローブにはフードがついておるからな」▼74

「さて、夜中に旗竿の鏡を調節しているときに、ローブから糸くずが落ちてロープに付着した。私は、この糸くずを発見した。後にハッチ君が、この部屋でまったく同じ糸を発見した。ともに、あのバスローブからとれたものだ。簡単な論理から、ガスパイプに息を吹き込んだ人物が、鏡のトリックを行なったことがわかる。そして鏡のトリックを行なった人物が糸くずを残した。糸くずは、バスローブから生じた――そのバスローブはここにある」彼は大げさな様子で指さした。「こうして、ヘンレーの死を願う者は、このアパートにいたか、もしくは容易に出入りできる人物であるということがわかる」

彼が一瞬口をつぐむと、緊迫した沈黙が訪れた。ハッチには、ゆっくりとではあるが、はっきり光明が差してきた。これらの話を聞いた頭脳は、忙しく働いていた。

「この部屋での犯行について調査する前から」科学者は穏やかに続けた。「ここに注目していたのだ。特に君だ、キャベル君。ミス・リプスコムを中心とする恋愛沙汰からだ。ハッチ君が、君とヘンレーが彼女を争うライヴァルだったことを調べてきてくれた。だから、赤い糸くずが発見される前から、君がこの事件について直接的にせよ間接的にせよ、何らかの関与をしているのではないかと考えられていた」

「君は、陰険で復讐心の強い男ではない、キャベル君。しかし君は短気だ――それもかなりひどい。今も、怒りに任せて話も聞かず、自分の名誉が汚されたと思ったら、床に弾痕をつけたりしていた」

「なんですって？」と、マロリー刑事が訊いた。

「ちょっとした事故だ」思考機械は急いで弁明した。「君は悪意のある復讐魔ではない。巧妙なヘンレー殺害計画をわざわざ立てるような人物ではない。一瞬の激情に駆られて彼を殺すことはあるかもしれんが――しかし、計画殺人をするような人柄ではない。それに、君は市内にいなかった。すると、このアパートにいたのは誰だったのだ？　誰がこのアパートに出入りできた？　誰が君のバスローブを使った？　おそらく、君の従者かミス・オースチンだろう。どちらだろうか？

さて、従者であるという結論にどのようにして達したのか、説明しよう」

「ミス・レグニは亡くなっているのが発見された。自殺ではない。どうしてわかったのか？　なぜなら、彼女はガス灯を煌々《こうこう》とつけて、本を読んでいたからだ。もし彼女がガス灯で本を読んでいたのなら、どのようにそれは消え、気がついてガスを閉めることもなく、眠り込んでしまったのは明らかだ。明かりをつけて本を読みながら、眠り込んでしまったのか？　明かりをつけて

「もし彼女がヘンレー殺害計画の一員だというのなら、どうして自室のガス灯をつけていたのか？　彼女の部屋の電球が切れたばかりだったからだ。だから、彼女はガス灯をつけた。あとでちゃんと消すつもりだった。ところが、居眠りをしてしまった。だから従者はこのときパイプに息を吹き込んでヘンレー氏を殺そうとして、気づかぬうちに愛する人、ミス・レグニを殺してしまったのだ。あの晩にそんな犯罪が行なわれることを彼女がまったく知らなかったという説をとることも、可能だ。しかし、彼女は他の犯罪は知っていた。ヘンレーが毎晩徹夜をして、自室の明かりを監視していたことを知っていた」

「そのときに判明した事実からは、ミス・レグニとこの男を結びつける情報はなにもなかった――それにミス・レグニとヘンレーとのあいだもだ。部屋でパイプからガスを噴き出させた人間は、ミス・レグニのことも知らないし、建物内の誰の命を奪うのかも知らなかったという可能性もあった」

「しかし、彼女の死とその方法がわかった。そしてキャベル君、君を容疑者から外した。残ったのは、ミス・オースチンと従者だ。ミス・オースチンは奇矯――頭がおかしいといってもいい。彼女にヘンレーを殺す動機があるだろうか？　さっぱり思いつかない。愛情？　違うだろう。金銭？　その方面ではつながりがない。何なのだ？　さっぱりわからない。

だから、とりあえずミス・オースチンは置いておく。キャベル君、ミス・オースチンが犯人なのだとしたら、あとで君に訊くことにしよう」

「残されているのは？　従者だ。動機は？　いくつか可能性があるが、最もあり得るのは一つか二つだ。彼はフランス人だ、いやそう自称している。ミス・レグニはフランス人だ。だから、同じ建物で働いている同国人として、二人は知り合いだという結論に至った。そして、キャベル君とミス・オースチンを省いたことで、従者だけが残った。彼はバスローブを使うこともできる」[75]

「さて、動機だ。正直言って、この事件でこれが唯一の困難な点だ。難しいのは、たくさんの可能性があるからだ。そしていろいろ考えられるそのどれもが、女性に結びつく。嫉妬か？　それこそ女性だ。憎悪？　女性の可能性がある。強奪？　女性の手助けがある。他の動機では、これほど手の込んだ殺人計画を立てるわけがない。その女性とは誰だ？　ミス・レグニだ[76]」

「ミス・レグニはヘンレーを知っているのか？　ハッチ君は、彼女の死を告げたときの態度から、知っていると判断した。どうやって知り合った？　このように比較的異なった階層の人間が知り合う理由は、たったひとつしかない。ヘンレーは典型的な若者で、あえていえば放埒《ほうらつ》で自由な人間だ。おそらく彼らは密通をしていたのだろう。この可能性に思いあたってからは、動機は先ほど述べた嫉妬、憎悪、そして強奪のすべてであろうと考えるようになった」

「ヘンレー氏とミス・レグニが[77]知り合いであったとしか思えないではないか？　密通というものは、秘密にしておくものだ。ヘンレーが同じ階級の女性と婚約をしたので、彼女は捨てられたのだろうか？　彼女はそのことを従者に相談したのだろうか？　どうかね？　動機はどんな犯罪のためにも十分だが、極悪非道なことだ。ヘンレー殺害の後は、おそらく現金を盗む計画もあったのだろう。ヘンレーを銃撃したのもこの男、ジャンだ。どうしてか？　彼がヘンレーを憎む原因となった女性が死んでしまったからだ。男のほうは？　元気だが復讐心に燃えている。ヘンレーが誰に撃たれたか、どうして撃たれたかを知っている。しかし、それを公表するわけにはいかない。そんなことが公になったら、世間体を失ってしまう。おそらくは、そういうことなのではないかな。他につけ加えたいことはあるかね？」と、従者に訊いた。

「いいや」彼は吐き捨てるように答えた。[78]「奴を殺せなかったのが残念だ。それだけだ。すべてあんたが言った通りだ。しかし、一体どうしてわかったんだ」と、彼は破れかぶれの様子でつけ加えた。

「君はフランス人か？」

「俺はニューヨーク生まれだ。しかしフランスに十一年間住んでいた。最初にルイーズに出会ったのは、そっちだった」[79]

　一同は、しばらく押し黙っていた。そして、ハッチが質問をした。

「教授、もうヘンレーを、ガス灯を消す方法で殺そうとすることはないだろうとおっしゃいましたが、どうしてそれがわかったのですか？」▼80

「なぜなら、その方法で間違った人間が死んでしまったからだ。だから、もう二度とその方法をとることはできなくなったのだ。君は、ルイーズ・レグニを殺すつもりはなかったのだろう、ジャン？」

「ああ、決してそんなつもりはない」

「すべてはこのアパートで行なわれた」思考機械はキャベルのほうを向いて言った。「私が先を取り外した噴き出し口から起こったことなのだ。きちんと元に戻されておらず、また唇に触れて湿り気を帯び、金属が変色していた」

「そんなことをするには、かなりの肺活量が必要でしょう」と、マロリー刑事は言った。

「どんなに簡単にできるかを知ったら、驚くだろう」科学者は答えた。「今度やってみればいい」

思考機械は立ち上がり、帽子を手にした。ハッチも従った。そして記者はキャベルのほうを向いた。

「どうして突然今夜出発しようと思ったのですか？」と、訊いた。

「お話ししましょう」キャベルは言いながら、顔を真っ赤にした。「実は、ヴァージニアのミス・リプスコムからの電報を受け取ったんです。ヘンレーの過去を彼女が知り、婚約を破棄したと知らせてきたのです。それに加えて、ヘンレーが銃撃されたという知らせがあり——僕は興奮してしまったんです」

思考機械とハッチ▼81は一緒に通りを歩いていった。

「キャベルに荷解きをさせましたが、いったい手紙には何と書いたのですか？」と、記者は興味津々で訊いた。

「誰にでも教えていいことばかりではないのだよ」謎めいた答えが返ってきた。「このことには、踏み込まないほうがいいのではないかな」

「わかりました、わかりました」と、記者は首をひねりつつも答えた。

底本は第一短篇集。「ボストン・アメリカン」紙初出との異同を以下に記す。

▼1　このあとに「、文学修士（M.A.）」。

▼2　このあとに「痩身の」。

▼3　このあとに「眼鏡越しに」。

▼4　このあとに「この会話の場所は、ビーコン・ヒルにある科学者のささやかな実験室だった——その部屋からときおり発表される科学的真実や発見は、世界を驚愕させ、思考機械は数えきれないほどの名誉ある称号を与えられることになった。同僚の新聞記者よりも多少明敏なハッチは、おかしなことだと気がついて、この科学者の鋭く冷徹な分析力の助けを借りに来たのだ。／まったく正反対の二人だが、なぜか彼らのあいだには温かい友情が育っていた。おそらくハッチにも思考機械にも、そのわけは説明できないだろう。一

人は、その発言が科学界で最重要であると見なされているけれども、偏狭で気難しい、まるで世捨て人のような生活をささやかな自宅で送っていた。もう一人は活発な新聞記者で、世界じゅうで起こる出来事を追って飛び回っていた。／これまでにも、彼ら二人は知恵を寄せ合って、いくつかの難解な謎を解決していた。これらは思考機械にとってみれば、実験室でのより重要な仕事の気ばらしだったかもしれない。ともあれ、彼は記者への協力を断ったことがなかった。そしてハッチは、どんどん助けを求めるようになっていった。科学者は常に助言を行ない、最後にはいろいろな謎が解決することで、その価値はさらに高まるのであった。さて、今回の事件について、ハッチが説明を始めた。」。

⧗5　新聞初出にはない。

▼6　このあとに「家賃は月に百ドルから二百五十ドルのあいだですから、それでどんなところかご想像がつくと思います。／これらのこじんまりとしたアパートの住人で、」。

▼7　このあとに「家事を行なうことは禁止で、そのかわり、全員一階のカフェを使う決まりになっています。ここの価格は、すべて家賃連動性になっています。」。

▼8　このまえに「ステート街の」。

▼9　このあとに「そして、家具つきの部屋の家賃二百五十ドルを難なく支払えるご身分です。」。

▼10　このあとに「従者や」。

▼11　このあとに「出来のいい写真はときどきアパートで友人に鑑賞してもらっているのですが、それがかなりの自慢のようです』／『さらにときどき、彼はささやかな午後のパーティを開きます。お茶やなにかが出るやつですよ。そこでは、姉のリアンケンバーグ・リー夫人、銀行家の奥さんですけど、彼女が取り仕切るそうです』／『そういったときに、彼はこの都市でも選りすぐりの人々を招待します。この小さな集まりは、非常にそつがなく、洗練されているといわれています。わけても、いつも客人に目新しい楽しみを与えてくれるのだそうです』（改行）」。

▼12　このまえに「言い忘れていましたが、」。

▼13　このあとに改行。

▼14　このあとに「。もしたまたま目が覚めていなかったら、窒息していたことでしょう」。

⧗15　「したら瞬時にガスは消える」。

⧗16　「ガスは二度目も同じようにして消えたのか？」。

▼17　このあとに「と、相手は言った。」。

▼18　このあとに改行。

▼19　このあとに「夜警は鍵を持っていたはずではないか。それに多分、その鍵はスプリング錠だろう」。

▼20　このあとに「廊下に出るドアに」。

⧗21　「きていったんガスを消してから、栓を開く」。

▼22　このあとに「このあいだじゅう、夜は、ドアと窓にはかんぬきをかけていました」。

▼23　このまえに「――これは前回ガスが消えてから二十三か二十四晩めです――」。

▼24　このあとに「ガスの噴き出し口を監視して」。

▼25　このあとに「それに」。

▼26　「第二部」。

▼27　このあとに「以前の事件で警察が介入したときに出会った」。

▼28　このあとに「彼らを気のない態度で迎え入れてくれた。彼は、思考機械の仕事ぶりについて知っていた。彼の素晴らしい働きをわかっており、全面的な信頼を置くべきところなのだが、そうしようとはしていなかった。／ハッチと思考機械は、娘の遺体が発見されたアパートで刑事と会った。」。

▼29　このあとに「明らかにそこに落としたと思われる」。
▼30　このあとに「閉めてあったのだろうな？」。
▼▲31　「ええ、閉まっていました。隙間の詰め物もありませんでした。しかし」。
▼32　このあとに「と、刑事は勝ち誇ったような笑みを浮かべて言った。」。
▼33　このあとに「刑事の質問などかまわずに」。
▼34　このあとに「いまだに」。
▼35　このあとに「。もうけっこう」。
▼36　このあとに「ビルの」。
▼▲37　「日勤の男」。
▼38　このあとに改行。
▼▲39　「その部屋には、電気照明の設備がなかった。かつて電線でひどく感電した経験があったので、ヘンレー氏は電気設備に対して偏見を持っているのだと、支配人は説明した。その偏見は、電話の使用にまで及んだ。彼はめったに電話をせず、やむをえず必要に迫られたときだけ使った。／この説明が終わると、」。
▼40　このあとに「それが現在の疑問なのだ」。
▼41　「第三部」。
▼42　このあとに「。助けになる手がかりを、君に与えられるかもしれん」。
▼43　このあとに「彼らはいつもの席に座っていた。」。
▼44　このあとに「さらに次の本の表紙には、『臓器の機能』と書いてあった。」。
▼45　このあとに「記者にはおなじみの」。
▼46　このあとに「私が実際の問題に興味を持って以来の、」。
▼47　このあとに「どうしてそんなに著しいのかというと、まさに、」。
▼48　このあとに改行、さらに「ここを出たら」。
▼▲49　「ステート街」。
▼50　このあとに「ステート街で」。
▼▲51　「そうだ」。
▼▲52　「ステート街」。
▼53　このあとに「、そして現在はボストン在住の」。
▼54　このあとに「ボストン・」。
▼55　「第四部」。
▼56　このあとに「。さっき言った通り、いい奴なんですよ」。
▼57　このあとに「狡猾に」。
▼58　このあとに「ハッチに」。
▼59　このあとに「彼は家賃どころか、このアパートについては相手よりもずっと詳しかったのだけれど、時間を稼ぎたかったのだ。」。
▼60　「第五部」。
▼61　このあとに「ウェルドン・」。
▼62　このあとに「——君はもう一方のほうは、まったく欠落しておるな、ハッチ君」。
▼63　このあとに「（改行）『君は答えたほうがいいぞ』と、警告を発した。『ミス・オースチンの行動のせいなのか？』／『まあ、そうです』／『何だ』／『それを答えたくないのです』」。
▼▲64　強調あり。
▼65　「第六部」。
▼▲66　「起きた」。
▼67　このあとに中見出し「格闘ののち拘束」。
▼68　このあとに「（改行）次から次へと思いもよらないことが起こり、驚きと体を使ったことから、ハッチはすっかり息が上がってしまった。」。
▼69　このあとに「。ちょっと待ち給え」。

▼70　このあとに「トルコ風の」。
▼71　このあとに「彼が語るこの事件の謎とその方法は、以下の通りである。（改行、中見出し）いかにして起きたか」。
▼72　このあとに「いつものようには」。
▼73　このあとに中見出し「従者は頷いて認めた」。
▼74　このあとに中見出し「糸が抜けた」。
▼75　このあとに中見出し「動機が示された」。
▼76　このあとに「。すぐに彼女の名前が浮かぶ」。
▼77　このあとに「秘密裏に親しい間柄の」。
▼78　このあとに「撃ったのに」。
▼79　このあとに「。だからフランス語が話せる」。
▼80　このあとに中見出し「人違いで殺された」。
▼81　このあとに「ハッチンソン・」。

「記憶を失った男」の奇妙な事件

The Strange Case of the "Man Who Was Lost"

1

ここに述べるのは、科学者にして論理家、S・F・X・ヴァン・デューセン教授に提供されたままの事実である。[1] この事件についての説明をその男の口から聴き終わると、これほど興味をそそる、注目に値する事件とは出会ったことがないと、彼は言ったのだが——。

いや、まずは最初から物語るとしよう。

＊＊＊

午後二時、思考機械[2]はささやかなアパートメントの自宅にある小さな実験室にいた。科学者が雇っているただ一人の召使いのマーサが、戸口に現われた。その皺だらけの顔には、不可解そうな表情が浮かんでいた。

「紳士がご面会においでです、旦那様」と、彼女は言った。

「名前は？」と、思考機械は背を向けたまま質問した。

「その——おっしゃいませんでした」と、彼女は口ごもった。

「いつも言っているだろう、マーサ、客には名前を訊くようにと」[3]

「お訊きしましたが——ご存じないというのです」

思考機械は驚きはしなかったが、当惑した表情でマーサのほうを向き、分厚い眼鏡越しに彼女をじっと睨みつけた。

「自分の名前がわからんだと？」彼はそう繰り返した。「いやはや！[4] なんとそそっかしい！ その紳士をすぐに客間にお通ししなさい」

それ以上くだくだしいことは言わずに、思考機械は隣の部屋に入っていった。客人は立ち上がり、進み出た。彼は背が高く、見たところ三十五歳くらい、さっぱりと髭《ひげ》をそり、有能そうな鋭い顔つきをしていた。もし目の下に隈《くま》ができておらず、顔色もこれほど真っ青でなければ、さぞ二枚目だったことだろう。彼は頭のてっぺんからつま先まで一分の隙もない服装をしており、どこでも一目置かれる人物のように見えた。

しばらく彼は、科学者を驚きの目で見つめていた。その驚きの態度のなかにも、育ちのよさが現われていた。[5]黄色い髪の毛がもじゃもじゃと生えた巨大な頭と、ほっそりとしたなで肩を、彼はじっと見つめていた。こうしてしばらく、二人は見合ったまま立ち尽くしていた。背の高い客とくらべると、思考機械はまるで小人のようだった。

「さて？」と、科学者は促した。

客は室内を行ったり来たりしていたが、[6]科学者の勧める椅子に腰を下ろした。

「[7]あなたの評判はずいぶん伺ってきました、教授」と、彼はめりはりのきいた口調で話し始めた。「そしてやっと、先生のご助言をいただく決心を固めました。私は非常に驚くべき状態にいるのですが――頭がおかしくなったのではありません。どうぞそう思わないでください。しかしこのびっくりするような窮状は、そうだと見なされてもしかたがないかもしれません。現在、私はわけがわからなくなってしまっています。私は私ではないのです」

「詳しく話してみなさい。何が起きたのだ？　私にどうしてもらいたいのだ？」

「途方に暮れています。まったく絶望しているのです」客は再び話し始めた。「自分の家がどこかも、何の仕事をしているのかも、自分の名前さえもわかりません。自分の人生について、何ひとつとして覚えていないのです。四週間以上前から、私が誰だったのかわからないのです。私は自分の正体を探しています。もし相談料がかかるのでしたら――」

「それは気にせんでいい」科学者は口をはさみ、客の瞳をじっと見すえた。「君が知っていることは何かないのか？　覚えているとき以降のことを、すべて話してみなさい」

彼は椅子にゆったりと腰掛けて、天井をじっと見つめた。客は立ち上がり、部屋を何度も行ったり来たりした末に、また椅子にどすんと腰を下ろした。

「まったくわけがわからないのです」彼は言った。

「まるで私は大人の姿でいきなりこの世に生まれたみたいで、言葉以外何もわからないのです。普通の品物、たとえば椅子やテーブルといったものは、ちゃんとわかります。しかし自分は誰なのか、どこから来たのか、どうしてここにいるのか——そういったことは、まったくだめです。四週間前のある朝、目が覚めたときからのことをお話ししましょう」

「それは八時か九時のことでした。私は部屋にいました。すぐにそれはホテルだとわかりました。しかし、どうやってそこに来たのかわからず、その部屋を以前に見たこともありません。着替えようとしたときには、自分の服を認識することもできませんでした。窓の外を見ても、風景は完全になじみのないものでした」

「三十分ほど、私は部屋のなかで、着替えをしたり、どういうことかと首をひねったりしていました。すると突然、いろいろ心配に暮れていたなかで、自分の名前がわからず、どこに住んでいたかとか、自らのことがまったくわからないことに気がつきました。泊まっているホテルの名前もわかりません。恐怖に駆られながら鏡を見ました。そこに映っていた姿は、今まで一度も見たことがないものでした。他人の顔だというのではありません。まったく知らない顔だということです」

「信じられない思いでした。そして私は、洋服に何か手がかりがないかと探しました。しかし、まったくの空振りでした——紙切れ一枚、名刺一枚入っていませんでした」

「時計は持っていたか?」と、思考機械が訊いた。

「いいえ」

「現金は?」

「はい、現金はありました」客は答えた。「百ドル札で一万ドル以上の札束が、ポケットに入っていました。どこから持ってきたのか、さっぱりわかりません。それ以来、その金で生活をしています。これからもそうせざるを得ないのですが、自分のものかどうか知りません。目にしたときに金だということはわかったのですが、それを以前見た記憶がないのです」

「宝飾品は?」

「カフスボタンがありました」と、客はポケットから一組取り出した。

「続けて」

「ようやく着替えを終えると、フロントまで降りていきました。このホテルの名前と、自分の名前を知ろうとしたのです。ホテルの宿泊者名簿からであれば、誰の注目も惹《ひ》かず、不審にも思われずに、調べることができると考えたのです。私は部屋番号を覚えておきました。二十七号室でした」

「私はホテルの宿泊者名簿を慎重に調べました。泊まっているのは、ボストンのホテル・ヤーマスだということがわかりました。慎重に見ながらページをくっていき、とうとう自分の部屋が出てきました。その部屋番号のとなりに、名前が書かれていました——ジョン・ドーンです。住所を書くべきところには、線が引いてありました」

「ジョン・ドーンが君の名前だという可能性があるということは、わかっているだろうな？」と、思考機械は訊いた。

「もちろんです。しかし、そんな名前は今まで聞いた記憶がありません。この宿泊者名簿によれば、私がホテルに到着したのは前の晩――いや、ジョン・ドーンがやってきて二十七号室に入った、おそらく私がジョン・ドーンなのだろう、と言ったほうがいいのでしょうか。そのときからこのホテルの人々は私をジョン・ドーンだと見なし、この四週間、目が覚めてから出会った他の人々も、そう考えています」

「その筆跡から思い出したことはないかね？」

「まったくありません」

「君の現在の筆跡と類似しているか？」

「私の目から見ると、まったく同じです」

「何か荷物は持っているかね。もしくは預けてあるかね？」

「いいえ。現金と今着ている洋服が、持ち物のすべてでした。もちろん、それ以降に必要な品物は買いましたが」

二人はしばらく黙っていた。そして客――ドーンは立ち上がり、またいらいらした様子で歩きまわった。

「それは仕立てたものか？」と、科学者は訊いた。

「はい」ドーンは即座に答えた。「おっしゃる意味はわかります。仕立てた洋服にはポケットの内側に布のタグが縫いつけてあり、そこに仕立て屋と仕立て職人の名前、さらに日付が書いてあるものです。私もそれは調べましたが、切り取られていました」

「ほう！」思考機械は唐突に叫んだ。「下着に洗濯屋の印もついておらんだろうな？」

「いいえ、まったくの新品でした」

「メーカーの名前は？」

「ありません。それも切り取られていました」▼8
ドーンは、客間を行ったり来たりしていた。科学者は、椅子に深々と腰掛けていた。

「ホテルに到着したときの状況はわかっているのか？」と、ようやく訊ねた。

「はい。慎重に聞き出してみました。酔っ払っていたということにして、従業員に頭がおかしいと思われないよう用心して訊ねました。それによると、私は夜十一時ごろにやってきて、荷物も持たず、宿泊者名簿に記入すると、百ドル札で支払ったそうです。釣りをもらい、宿泊者名簿に記入すると、上階に上っていったというのです。部屋の希望を言ったかどうかを彼が覚えているかは、聞きませんでした」

「ドーンという名前には心当たりがないのだな？」

「ありません」

「奥さんや子供のことは思い出せないか？」

「思い出せません」

「外国語を話すことはできるか？」

「いいえ」

「現在の精神状態ははっきりしているか？　記憶力は大丈夫

か？」

「ホテルで目が覚めて以来のことは、すべてきちんと記憶しています」ドーンは言った。「とてもはっきり覚えていると思います。非常に瑣末なことに、強くこだわりを持つようになったような気がします」

　思考機械は立ち上がり、ドーンには座るよう手で指図した。彼はぐったりと椅子に腰掛けた。そして科学者は、長くて細い指で客の豊かな黒髪の上から、頭をそっとていねいに触った。髪の毛を終えると、しっかりした顎へと移った。そして両腕へと移り、よく発達した筋肉をぎゅっと押した。[9] 最後に、形がよくて色の白い両手を、詳細に調べた。その観察には、拡大鏡が使われた。そして思考機械は、客の神経質で落ち着きのない目をじっと見つめた。

「身体に傷あとか何かはあるかね？」と、彼は訊いた。

「いいえ」ドーンは答えた。「それは思いついたので、一時間もかけて何かないか探しました。まったく何もありませんでした」彼は両目をぎらつかせると、ついに神経の発作を起こしたように、立ち上がろうと必死でもがきながら「ああ神様！」と叫んだ。「あなたにも何もできないんですか？　一体全体どういうことなんだ？」

「失語症の珍しいかたちのようだ」思考機械は答えた。「これは、神経が張り詰めた人間には、決して珍しい病気ではない。君は単に自分を――自分の正体を見失っているだけだ。これが失語症であるならば、時間が経てば治るだろう。それがいつになるのかはわからんが」

「それまではどうするんですか？」

「君が持っていた現金を見せてごらん」

　ドーンは、震える手で札束を取り出した。そのほとんどは百ドル札で、多くが新札だった。思考機械はそれらを丹念に調べた。そしていくつかのメモを取った。現金はドーンに戻された。

「これからどうしたらいいんでしょう？」

「心配するな」科学者は助言した。「できる限りのことはする」

「そして――私が誰なのか教えてくれるのですか？」

「ああ、それはちゃんと教えてあげよう」思考機械は答えた。「しかし、君が何者か言ってやっても、君自身が思い出せないかもしれんぞ」

2[10]

　どこから来たのかさっぱりわからないジョン・ドーンは、いくつかの指示を受けて思考機械の家を辞去していった。まず彼がせねばならないのは、アメリカの大きな地図を手に入れて、詳細に目を通し、[11] 各都市、町、村の名前を大きな声で読み上げることだった。これを一時間行なったあと、市民名簿を開けて、同じく書かれている名前を大きな声で読み上げるのだった。[12] そしてさまざまな職業や仕事を一覧表にして、これらも口に出して言う。[13] これらのことは、眠っている頭脳を呼び起こすためなのは明らかだった。[14] ドーンが帰った後、思考機械は新聞記者のハッチンソン・ハッチを電話で呼び出した。

「すぐに来なさい。君の興味をそそるようなことが起きた」

「事件ですか？」と、ハッチは早速食いついた。

「私がこれまで注目したさまざまな事件と比べても、これはかなり有望だ」と、科学者は答えた。

　ハッチはあっという間にやってきた。彼はまさに質問魔といってよかったが、それでも一生懸命噴き出してくる疑問を抑えていた。思考機械はようやく、知っていることを話した。

「さてこれは一見」思考機械は「一見」という単語を強調して言った。「一見失語症のように見える。もちろん君も、それがどういうものか知っているだろう。あの男はまさに、自分が何者かを見失っている。彼を詳細に診察した。彼の頭に、抑鬱や異常の兆候がないかを調べたのだ。まったくなかった。筋肉も調べた。二頭筋はよく発達し、現在もしくは過去に運動をしていたことが明らかだった。両手は白く、手入れがされていて、何の傷跡もなかった。肉体労働者の手ではなかった。ポケットにあった現金は、彼はそうした身分ではないことを物語っている」

「では彼は何者だ？　法律家？　銀行家？　資本家？　何だ？　どれでもありうる。しかし私が受けた印象では、専門家というよりもビジネスマンであるように感じた。彼はよく発達した、四角い顎をしていた。戦う男の顎だ。そしてそのふるまいから、彼が何をしていたにせよ、その業界では一流であったように思う。他より抜きん出ていたというのなら、当然都市、大都市へと移っていっただろう。彼は典型的な都会人だ」

「さて、ここで君の助けがいる。君の新聞の大都市の通信員に連絡をして、ジョン・ドーンという名前の男がいるかどうか調べてもらいたいのだ。彼は現在自宅にいるのか？　家族はいるのか？　彼についてすべてを調べてくれ」

「ジョン・ドーンが彼の本名だと思いますか？」と、記者は訊いた。

「そうでないと考える理由がない」思考機械は言った。「そうでない可能性はあるが」

「この街では問い合わせはしないんですか？」

「彼は地元の人間ではありえない。四週間ものあいだ通りをさまよっていたが、もしここに住んでいたのなら、誰か知人に会っているはずだ」

「しかし現金は？」

「そこから彼の正体を突き止められるかもしれん」思考機械は言った。「今はまだなんとも言えん。しかし彼は重要人物であり、おそらく誰かが彼をしばらく取り除いておく必要があったのだろう」

「でももしこれが単なる失語症だとしたら」記者は割って入った。「その発作が、ちょうど彼を排除したいときに都合よく起きたというのは、考えにくいんじゃありませんか」

「私は一見と言ったはずだぞ」科学者は辛辣に答えた。「適切に使えば、まったく同じ効果を生じさせる薬品はいくつもある」

「へえ」と、ハッチは言った。彼にもようやくわかり始めてきたようだった。

「特にある薬品だ。インド製だが、ハシシとは違う。こうしたたぐいのものは、どんなことだって起こりえる。明日君は、ドーン氏をためしに金融街に連れていってくれないか。そこでは特にティッカーテープ機〔訳註：株式市場の情報を電信で送り、テープに記録する機械〕の音を聞かせてやってほしい。興味深い実験になることだろう」

記者が帰ると、思考機械はモンタナ州ブッテ市にあるブランク・ナショナル銀行に電報を打った。

「百ドル札紙幣番号B組八四六三八〇カラ八四六三九五マデヲ誰ニ払イダシタカ？[15]　返事コウ」

翌日十時に、ハッチは思考機械を訪れた。そこで彼は、記憶を失った男ジョン・ドーンを紹介された。ハッチがやってきたとき、思考機械はドーンに質問をしていた。

「地図で何か思い出したか？」

「何も」

「モンタナ、モンタナ、モンタナ」と、科学者は一本調子に唱えた。「考えてごらん。モンタナのブッテ市」

ドーンは悲しげに、絶望したように頭を振った。

「カウボーイ、カウボーイ。君はカウボーイを見たことがあるか？」

再び頭を振った。

「コヨーテ——狼のようなものだ——コヨーテ。それを見たことはないか？」

「残念ながらだめです」と、相手は言った。

思考機械はいつも以上に苛《いら》ついている声を出したが、ハッチのほうに振り向いた。

「ハッチ君、ドーン氏と一緒に金融街を歩いてくれるかね？」彼は頼んだ。「私が指示したところへ行ってくれ[16]」

そして記者とドーンは一緒に出ていった。金融街の人混みの中を急ぎ足で歩いた。まず訪れたのは、市場相場が黒板に書かれている部屋だった。ドーン氏は興味津々だったが、そこでは何も起きなかった。彼はまったく心当たりがない様子だった。しばらくして、彼らは出ていった。突然、一人の男がこちらのほうに走ってきた——見るからに仲買人だった。[17]

「どうした？」と、[18]別の男が訊いた。

「モンタナの銅鉱が壊滅だ」というのが、それに対する答えだった。[19]

「銅だ！　銅だ！」突然、ドーンがあえいだ。

ハッチは連れをさっと振り返った。ドーンは夢中になっているようだった。半分記憶が戻ってきたような、半分戻らないような、光明がさした興奮を見せていた。

「銅だ！」と、彼は繰り返した。

「この言葉に何か心当たりがあるんですか？」と、ハッチは即座に質問した。「銅――金属のことですよね」

「銅、銅、銅」と、相手は繰り返した。そしてハッチが観察していると、苦悶の表情は消え、まったく絶望した様子がまた浮かんできた。

金融街[20]にはたくさんの専門家がおり、銅を扱っている人間もいた。ハッチはドーンをそうした一人の事務所に連れていき、そこの共同経営者に彼を紹介した。

「ちょっと銅について話があるんですが」と、ハッチは言いながらも、連れから目を離さなかった。

「買いたいのか、売りたいのか、どっちなんです？」と、仲買人は訊いた。

「売りです」突然ドーンが言った。「売り、売り、銅は売りだ――銅は」

彼はハッチのほうを向き、呆然として見つめた。そして死んだように真っ青になり、両手を上に上げると、意識を失った。

3[21]

意識不明のまま、謎の男は思考機械の家へと連れてこられ、ソファに寝かされた。思考機械は彼に屈み込んだ。今度は、内科医として診察をした。ハッチは脇に立って、興味津々でそれを見つめていた。

「こんなのは見たことがありません」と、ハッチは言った。「両手を上げると、やおら崩れ落ちたのです。それ以来、意識がありません」

「意識が戻ったら、記憶も取り戻しているかもしれない。そうなったら、君や私についての記憶を失っている可能性もある」と、思考機械は説明した。

ドーンはようやく少し身動きした。刺激剤のおかげで、真っ青な顔に多少色が戻ってきた。

「意識を失う前に、彼は何と言ったのかね、ハッチ君？」と、科学者は訊いた。

ハッチは、覚えている限りの会話を繰り返して説明した。[22]

「そして彼は『売り』だと言ったのか」思考機械が言った。「言い換えれば、彼は銅が下落すると思っている――あるいは下落することを知っていると思っていたのか。たしか彼が最初に聞いたのは、銅が壊滅だということだが――これは価格が下落したという意味だね？」

「はい」と、記者は答えた。

三十分後、ジョン・ドーンは長椅子に座り、あたりを見回していた。

「ああ、教授」彼は言った。「失神していたんですか？」

思考機械はがっかりした。目が覚めても、記憶が戻っていなかったからだ。この発言は、彼がいまだに同じ精神状態にあること、つまり記憶がなくなっていることを示していた。

「銅を売れ、売り、売り、売り」と、思考機械は命じるように繰り返した。

「はい、そうです。売りです」と答えが返ってきた。

非常に苦しげに精神の葛藤をしているのが、ドーンの表情から見て取れた。彼は、どうしても思い出せない何かを思い出そうとがんばっていた。

「銅、銅」と、科学者は繰り返した。そして、一セント硬貨を取り出した。

「ええ、銅貨です」ドーンは言った。「知っています。一セントです」

「どうして銅を売るというのか？」

「わかりません」弱々しい答えだった。「まったく無意識のうちに口走ったようです。わかりません」

彼は神経質そうに手を握ったり開いたりして、しばらく床をぼんやり見つめながら座っていた。一生懸命に記憶を探っているようだった。

「私にはきっと」ドーンはしばらくして言った。「銅という単語が、記憶を呼び起こすきっかけになっているようなんですが、またわからなくなってしまうのです。昔のいつか、私と銅はなんらかの関係があったに違いないと思います」

「そうだ」思考機械は言い、細い指をこすりあわせた。「しかしまた堂々巡りをしてしまった」

彼の言葉は、マーサが電報を手に戸口に現われたことによって、妨げられた。思考機械は急いで封を切った。その内容に、彼は再び困惑した。

「いやはや！　これは変わっている！」と、彼は叫んだ。

「どうしたんです？」ハッチは興味をそそられた。

科学者は再びドーンのほうを向いた。

「プレストン・ベルを覚えていないか？」と、彼は名前を強調して発音しながら、問いただした。

「プレストン・ベルですって？」相手は繰り返した。また彼の顔に、苦悶の色が現われた。「プレストン・ベル！」

「モンタナ州ブッテのブランク・ナショナル銀行の支配人だが？」と、さらにたたみかけてきた。「支配人のベルは？」

彼は身を乗り出し、患者の顔を見つめた。ハッチも無意識のうちに同じことをしていた。それがわかれば、記憶は戻るだろうと思考機械は考えていた。

「ベル、支配人、銅」と、彼は何度も繰り返した。

記憶が戻ったとでもいうようなひらめきが、ドーンの表情にさっと現われたが、疲れ果てた表情に一変した――不幸に疲れた顔だった。

「思い出せません」彼はようやく口にした。「もうくたびれました」

「長椅子に横になり、眠りなさい」思考機械はそう助言して、立ち上がって枕を整えた。「今はなによりも、睡眠が効果的だ。しかし寝る前に、身につけていた百ドル札を何枚か貸してくれないか」

ドーンは札束を差し出した。そして、子供のように眠り込んだ。食い入るように見つめていたハッチは、わけがわからなかった。

思考機械は札束を調べると、その中から十五枚を選び出した——ぱりぱりの新札だ。モンタナ州ブッテのブランク・ナショナル銀行から払い出されたものの一部だ。思考機械は現金をじっと観察し、ハッチに手渡した。

「これは偽札のようには見えないかね？」と、彼は訊いた。

「偽札ですって？」ハッチは驚いた。「偽札？」と、繰り返した。彼は札を受け取って、詳細に調べた。「僕が見る限り、普通だと思いますけど」彼は続けた。「しかし、百ドル札が本物かどうか鑑定するような能力はありませんから」

「専門家を知っているか？」

「はい」

「ただちに面会するのだ。この十五枚の札を持っていき、すべてを鑑定してもらうのだ。これらが偽札であると思われる理由、いかにもそれらしい理由を告げておいてくれ。そして鑑定結果をもらったら、私のところに戻ってくるのだ」

ハッチは札をポケットに入れて出ていった。そして、思考機械はもう一通電報を打った。宛先はブッテの銀行の支配人プレストン・ベル。その内容は以下のとおりだ。

「以前オ知ラセ頂イタ紛失事件ノ詳細ヲコウ。事件ヲ知ル人物ノ名前スベテモ。貴銀行ト司法ニ最重要ナリ。返事来次第詳細説明ス」

そして客が寝ているあいだに、思考機械はそっと靴を脱がせて調べた[23]。するとそこに、ほとんど消えかかっている、製造業者の名前を見つけた。虫眼鏡[24]で詳細に調べねばならなかったが、それを終えて立ち上がる思考機械の顔には、安堵の色が浮かんでいた。

「どうしてこれを先に思いつかなかったのだろう？」と、彼はひとりごとを言った。

そしてさらに、何通もの電報を西部へ発信した。一通は、コロラド州デンヴァーにある注文靴専門店だった。

「三カ月以内ニ投資家カ銀行家ニせねいと印ノ子牛革外羽根式短靴ヲ作リシヤ？　さいずハ八号D。じょん・どーんヲ知ルカ？[25]」

第二の電報はデンヴァー警察署長宛てだった。

「貴市ノ資本家、銀行家、経営者デ五週間以上、オソラク商旅行デ留守ノ者ガイレ[26]バ電報コウ。じょん・どーんヲ知ルカ？[27]」

それから思考機械は座って待った。[28]そしてついに玄関の呼び鈴が鳴り、ハッチが入ってきた。

「で？」と、科学者は待ちかねたようにして訊いた。

「専門家によると、これらは偽札ではないそうです」と、ハッチは言った。

今度は思考機械が驚かされた。ちょっと眉を上げ、一瞬口を開いて閉じ、黄色い髪の毛の頭を前に突き出した。

「さて、さて、さて、さて！」彼は最後に叫んだ。そして再び「さて、さて！」

「どうしたんです？」[29]

「これを見なさい」思考機械は百ドル札を手に取った。「これらの札はまったくの新品で、ブッテのブランク・ナショナル銀行から払い出された。そしてその記録によれば、おそらく最近ある人物に同時に払い出されたはずだ。それは間違いない。B組の八四六三八〇から八四六三九五だ」

「なるほど」と、ハッチは言った。

「さてこれを読んでみなさい」と、ハッチがさきほど出かける直前にマーサが届けた電報を、記者に渡した。それにはこう書かれていた。

「当行ヨリ払イ出サレタB組八四六三八〇カラ八四六三九五ノ百どる札ハ存在セズ。同組二十七枚ト共ニ焼却処分セリ。政府ニ同番号紙幣発行許可申請済。ぷれすとん・べる支配人」

記者は、わけがわからないという表情で顔を上げた。

「つまり」思考機械は言った。「この男は[30]泥棒か、もしくは金融詐欺の被害者のどちらかだということだ」

「とすると、彼は記憶を失ったふりをしているという可能性もありますね？」と、新聞記者は訊いた。

「それはこれからの展開次第だ」

4[31]

それからの数時間というものは、次から次へと驚くべき事態が展開した。まず、デンヴァー警察署長からの電報が届いた。彼の部下の調査した範囲内では、主だった投資家や資本家はそのとき、デンヴァーの外に出てはいなかった。しかし、さらに捜査が進めば、何かがわかるかもしれなかった。ジョン・ドーンという名前には、心当たりがないという。ジョン・ドーンの名で名簿に載っているのは、御者しかいなかった。[32]

そして、ブランク・ナショナル銀行からもう一通、「プレストン・ベル、支配人」とサインされた電報が届いた。百ドル札紛失の状況が説明されていた。ブランク・ナショナル銀行は、新しい建物に引っ越した。すると、一週間も経たないうちに、火災にあってしまった。思考機械が指摘した札を含む、百ドル札の包みなどの現金が焼けてしまった。銀行のハリソン頭取はただちに、これらの札が銀行内に保管されていた旨の宣誓供述書を政府に提出した。

　思考機械は、この電報をじっくり読み込んだ。そして、ハッチが調査報告をしているあいだも、ちらちらとそれに目をやっていた。ハッチの報告は、ジョン・ドーンという男がいるかどうか、各地の通信員からの連絡をまとめたものだった。その名前の男を数多く発見し、さらに彼らの詳細まで載っていた。それぞれの報告を思考機械は聞き、首を振った。

　最後に再び彼は、電報に戻り、しばらく考えた末に、また電報を打った――今度は、ブッテ警察署長宛てだ。この中で、以下のような質問をしていた。

「ぶらんく・なしよなる銀行デ財政問題アリシヤ？　過去資金不足ヤ横領アリヤ？　はりそん頭取ノ評判[33]イカニ？　べる支配人ノ評判ハ？　じょん・どーん知ルヤ？」

　やがて返事が返ってきた。短いが、要領を得たものだった。

「はりそんハ最近十七万五千どる横領シ行方不明。べるハ評判高シ。現在市外。じょん・どーん知ラズ。はりそんノ行方知ルナラ急電セラレタシ」

　この返事は、ドーンが目を覚ました直後に届いた。かなり気分はよくなった様子だが、それでも今回も――まだ何も思い出せなかった。一時間にわたり、思考機械は彼を質問攻めにした――ありとあらゆる分野、真面目なものもあれば宗教的なもの、さらにはバカバカしく思えるようなことまであった。どれもまったく記憶を呼び起こしはしなかったようだが、しかし、プレストン・ベルの名前に言及したときは違った。ドーンの顔に、奇妙で不可解な表情が浮かんだ。

「ハリソン――この人物を知っているか？」科学者は訊いた。「ブッテのブランク・ナショナル銀行の頭取だ」

　答えにならず、よくわからないという目つきで見つめるだけだった。それからしばらくして、思考機械はハッチとドーンに、散歩に行けと指示をした。誰かがドーンを知っていて、話しかけてくれるのではないかというかすかな期待を抱いていたからだ。彼らがぶらぶらと歩いていると、二人の人間が話しかけてきた。一人は男性で、会釈すると通り過ぎていった。

「あれは誰です？」ハッチは慌てて言った。「あの男と以前会ったことがあるのですか？」

「ええ、はい」彼は答えた。「あの人は私のホテルの宿泊客です。私をドーンだと思っています」

　六時数分前、ゆっくり歩きながら、巨大なオフィス・ビルの前を通り過ぎた。すると彼らのほうに、三十五歳ほどの立派な身なりの活動的な男がやってきた。こちらに歩み寄ると、くわえていた葉巻を手にとった。

「やあ、ハリー！」と彼は叫び、ドーンに握手を求めた。

「やあ」とドーンは言ったが、さっぱり心当たりがないという声だった。

「ピッツバーグはどうだい？」と、見たことのない男は言った。

「ああ、大丈夫だと思うよ」ドーンは答え、さらに当惑の色を浮かべながら「すいません、その――その、あなたの名前をど忘れしてしまって――」

「マニングだよ」と、相手は笑った。

「こちらはハッチさん。マニングさんです」

記者はマニングの手をぎゅっと握った。いきなり新しい手がかりが降って湧いたのだ。ドーンのことを「ハリー」として知っており、さらにピッツバーグという地名まで出てきた。

「最後に会ったのは、ピッツバーグでだったかな？」マニングは大声で言いながら、近くの喫茶店へと誘った。「しかしまあ、あの晩はひどいゲームだったよな！　俺が引いたジャックのことを覚えているかい。あのおかげで、千九百ドルもすっちまったんだから」と、いかにも後悔しているという顔でつけ加えた。

「ああ、覚えている」とドーンは言った。しかし、そんなことはまったく知らないということを、ハッチはわかっていた。そしてその間、何千という質問が記者の頭のなかでうねっていた。

「ポーカーの手ってやつは、痛い目をみたのに限っていつまでも覚えているものですよねえ」ハッチは、何気ない調子で会話に参加した。「それはどれくらい前のことだったんです？」

「三年前だったかなあ、ハリー？」と、マニングは訊いた。

「たしかそうだよ」というのが、その答えだった。

「二十時間もテーブルから離れなかった」マニングは言った。そしてまた、嬉しそうに笑い声を上げた。「最後にはもう、頭がクラクラだったさ」

喫茶店に入り、彼らは隅のテーブルについた。まわりには誰もいなかった。ウエイターが去ると、ハッチは身を乗り出してドーンの目をじっと見つめた。

「いくつか質問をいいですか？」と、訊いた。

「ええ、ええ」相手は熱を込めて答えた。

「何だい――どうしたんだ？」マニングが訊いた。

「実に奇妙なことになってしまいまして」ハッチは説明した。「あなたがハリーと呼んでいるこの男性ですが、我々はジョン・ドーンとしか知らないのです。彼の本名は何というのですか？　ハリーの名字は何というのでしょう？」

マニングはびっくりして、しばらく記者を見つめていた。そして、やがて笑みを浮かべた。

「一体何をたくらんでいるんだ？」彼は言った。「冗談きついぞ？」

「そうじゃありません。わからないんですか？」ドーンは厳しい声で言った。「私は何かの病気なんです。過去の記憶をすべて失ってしまったんです。自分自身のことをまったく覚えていません。私は何という名前なんですか？」

「いや、これはびっくりだ！」マニングは叫んだ。「びっくりした！　しかし、君のフルネームは覚えていないんじゃないかな。ハリー――ハリー――ええと、何だっけ？」

　彼はポケットから数通の手紙やたくさんの紙切れを取り出して、目を通した。そして、擦り切れた手帳をじっくり調べた。

「わからん」彼は告白した。▼[34]「君の名前と住所は昔の手帳に書いてあったはずだが、たぶん燃やしてしまった。だが、三年前にピッツバーグのリンカーン・クラブで会ったことは、覚えている。君をハリーと呼んだのは、誰もが皆をファーストネームで呼んでいたからだ。君の名字は、まったく覚えがない。しかしびっくりした！」彼はそう結論づけて、改めて驚きを表わした。

「どういう状況だったのか、詳しく教えてください」と、ハッチは頼んだ。

「俺はしょっちゅう旅行をしている」マニングは説明を始めた。「いろんなところに行く。ある友人が、ピッツバーグのリンカーン・クラブを紹介する名刺をくれたので、行ってみた。そこでは五、六人がポーカーをやっていて、その――ドーンさんもその中にいた。俺は同じテーブルに参加して、彼と一緒に二十時間ぐらい遊んだ。しかし、どうしても名字が思い出せない。ドーンでないというのは、間違いないんだが。人の顔を覚えるのは得意なんだ。あんたがそのときの男だったのは間違いない。本当に俺のことを覚えていないのか？」

「生まれてこのかた、あなたの顔を見たという記憶はこれっぽっちもありません」ドーンはのろのろとした口調で答えた。「ピッツバーグに行った記憶も、まったくありません――何ひとつ、覚えていないのです」

「ドーンさんがピッツバーグの住人かどうかはわかりますか？」ハッチは訊ねた。「それとも、あなたと同じように訪問者だったのでしょうか？」

「それがよくわからんのだなあ」マニングは答えた。「ああ神様、実に驚いたもんだ。ほんとうに俺がわからないのかい？　夜っぴて俺のことをビルと呼んでくれていたじゃないか」

　相手は首を横に振った。

「まあ、その、他に俺ができることはあるかい？」

「いいえ、ありません。ありがとう」ドーンは言った。「私の名前と、私が誰かということを教えてくれればいいんですが」

「残念だが、わからん」

「リンカーン▼[35]とは、どういった種類のクラブなんでしょう？」と、ハッチが訊いた。

「いわゆる金持ちクラブだな」マニングはそう説明した。「鉄鋼業の連中がたくさん所属している。俺はそういった連中と商売をしているんだ――そういうわけで、ピッツバーグに行ったというわけだ」

「そして、そこでこの人と会ったのは▼間違いないんです▲36ね？」

「そりゃそうだ。人の顔は忘れない。そういうのを覚えるのも仕事だからな」

「家族については何か言っていましたか？」

「いいや、覚えてないな。ポーカーのテーブルについているときは、家族のことなんて話さないものだ」

「何月何日の出来事か、わかりますか？」

「たしかあれは、一月か二月のことだ」という答えだった。「かなり寒くて、雪がずいぶん降っていた。そうだ、三年前の一月に間違いない」

　しばらくして、その男と別れた。マニングはホテル・チュートニックに宿泊しており、ハッチに名前と住所を喜んで教えてくれた。そしてさらに、この街にあと数日間滞在する予定で、できることならなんでもすると言ってくれた。彼にはこちらから、思考機械の住所を教えた。

　喫茶店から、ハッチとドーンは科学者の家へ戻った。彼は目の前のテーブルに、二通の電報を広げていた。ハッチはマニングと出会った顛末を簡単に説明した。その間、ドーンは頭を抱え込んでいた。思考機械は、何も言わずに聞いていた。

「これだ」話が終わると、彼は一通の電報をハッチに差し出して言った。「ドーン氏の靴から靴屋の名前がわかったので、デンヴァーのその店に電報を打って、販売記録が残っていないかどうか問い合わせた。その返事がこれだ。声に出して読んでごらん」

　ハッチは言われたとおりにした。

「言ワレタヨウナ靴ハ九週間前ニ、ぶってノぶらんく・なしょなる銀行支配人ぷれすとん・べるニ作ッタ。じょん・どーんハ知ラズ」

「ええっ――なんですって――」ドーンは戸惑って口を開きかけた。

「つまり、君はプレストン・ベルだということだ」と、ハッチは力を込めて言った。

「違う」思考機械はすぐに否定した。「▼▲37▼その強力な可能性▲38があるということでしかない」

＊＊＊

　玄関の呼び鈴が鳴った。そしてマーサが現われた。

「女性の方がご面会です」

「名前は？」

「ジョン・ドーン夫人です」

「諸君、すまないが隣の部屋に移動してくれたまえ」と、思考機械は命じた。

　ハッチとドーンは扉を通り抜けた。そのときのドーンの顔には、なんともいえないような表情が浮かんでいた。

「ここにご案内なさい、マーサ」と、科学者は指示した。

　廊下に衣ずれの音がすると、ドアにかかっていたカーテンがさっと開き、贅沢なドレスを着た女性が、勢い込んで部屋に入った。

「主人は？　ここにいるんですの？」彼女は息を切らして問いただした。「ホテルに行ったら、ここに治療に行ったと聞きました。どうぞ、どうぞ、ここにいるのかどうか教えてください」

「ちょっとお待ちを、奥様」と、思考機械は言った。彼は、ハッチやドーンが出ていったドアに歩み寄り、[39]何かを告げた。すると、一人がドアの向こうから姿を現わした。ハッチンソン・ハッチ[40]だった。

「ジョン、ジョン、わたしの愛する夫」女はハッチの首にしがみついた。「わたしを覚えていないの？」

　真っ赤になったハッチは、彼女の肩越しに思考機械と目を合わせた。彼は、立ったまま手をこすり合わせていた。科学者と知り合ってからずいぶん経つが、こんな笑みを浮かべている姿を、ハッチは初めて見た。

5[41]

　しばらく沈黙が続いた。そして泣き声がした。女はハッチにむしゃぶりつき、顔を彼の胸にうずめていた。そして、[42]「わたしのことを覚えていないの？」と、彼女は何度も何度も訊いた。[43]「あなたの妻なのよ？　本当に覚えていないの？」

　いまだに科学者の顔から笑みが消えないのを眺めながらハッチは、何も言わなかった。

「この紳士はあなたの夫に間違いないのですな？」と、思考機械はようやく言った。

「ええ、そうですとも」女はすすり泣いた。「ああ、ジョン、覚えていないの？」彼女は少し離れて、記者の瞳をじっと見つめた。「わたしを思い出せないの、ジョン？」

「あなたを見た記憶はない」ハッチは正直に答えた。「僕は――実は――」

「ドーン氏の記憶は現在まったく失われている」思考機械はそう説明した。「あなたのほうから、彼について教えていただけるかな。彼は私の患者であり、きわめて興味深い症例なのだ」

　実になめらかな口調だった。そのときだけ、いつものいらいらした様子が消えていた。女はハッチと並んで座った。派手な顔だちの彼女は、美しいといってもよかった。その顔を思考機械のほうに向け、片手は記者の手を撫でていた。

「どこからおいでになったのかね？」と、科学者は始めた。

「つまり、ジョン・ドーンの住所はどこなのだ？」

「バッファローです」彼女はぺらぺらと喋《しゃべ》った。「そんなことも覚えていないの？」

「そして、彼の職業は？」

「しばらく健康を害していたので、ほとんど仕事をしていませんでした。以前は銀行関係でしたけれど」

「最後に彼と会ったのはいつ？」

「六週間前です。ある日家から出ていったきり、まったく連絡がなくなってしまいました。ピンカートン探偵社に捜索を依頼して、ようやく彼が▼44ヤーマス・ホテルにいるという連絡をもらい、急いで駆けつけました。さあ、一緒にバッファローに帰りましょう」彼女はハッチをじっと見つめた。「ねえ、そうするわよね？」

「何にせよ、ヴァン・デューセン教授の考えが最優先だ」と、あいまいな答えが返ってきた。

　思考機械のやぶにらみの目から、次第に面白がっているような表情が消えていった。ハッチが目をやると、口は真一文字に結ばれていた。もうすぐ爆発をする。彼はそのことをよく知っていた。それでも科学者は、今までにないほどの猫撫で声だった。

「ドーン夫人、一時的に記憶喪失を起こさせる薬品をご存知ですかな？」

　彼女は驚いて相手を見つめたが、しっかり自分を律していた。

「いいえ」ようやく彼女は言った。「どうしてですか？」

「それにもちろん、この男はあんたの夫ではないということも、▼45わかっているでしょう？」

　今度の質問の効果は絶大だった。女は突然立ち上がり、二人を睨みつけると、蒼白になった。

「違う？――違うの？――どういうことなの？」

「それはだな」彼の口調は、いつもの苛ついたものに戻った。

「今回の事件の真相を話さない限り、警察を呼んであんたを引き渡すということだ。これではっきりわかっただろうが？」

　女はぎゅっと口元を引き締めた。自分が罠にかかってしまったということがわかったのだ。手袋をした両手を、強く握りしめた。顔色は真っ青から、怒りの色に変わりつつあった。

「それから、あんたはいまだによく理解していないようだから言っておくが」思考機械は説明を加えた。「そのジョン・ドーンとかいう男が被害者であるこの銅取引について、私はすべてを知っているからな。彼が現在どういう状態なのかも知っておる。真実を話すというのなら、監獄行きは免れるかもしれん——さもなければ、長期刑になるぞ。あんただけではない。共犯の連中もだ。さあ、話す気になったか？」

「嫌よ」と、女は言った。彼女は出ていこうとするかのごとく、立ち上がった。

「やめておいたほうがいいぞ」思考機械は言った。「我々とここにいたほうがいい。しかるべきときに逮捕されるだけだ。ハッチ君、マロリー刑事に電話してくれたまえ」

　ハッチは立ち上がり、隣の部屋へ行った。

「よくも騙したわね」と、女はいきなり喚《わめ》き出した。

「その通り」彼はけろりとして認めた。「次回は、自分の夫の顔ぐらいは確かめておくべきだな。ところでハリソンはどこにいる？」

「二度と口をきくもんか」と、間髪を置かずに返ってきた。

「よろしい」科学者は冷静に答えた。「すぐにマロリー刑事がやってくる。それまでこの部屋のドアには鍵をかけるとしよう」

「そんな権利があるものか——」と、女は言いかけた。

　その言葉に耳を貸さず、思考機械は隣の部屋に入っていった。そこで三十分ものあいだ、ハッチやドーンと何事かを熱心に話していた。そして最後に、ピッツバーグのリンカーン・クラブの支配人宛てに電報を送った。その文面は以下のとおりだ。


「三年前一月ノ訪問者名簿ニ、名ガはりーモシクハへんりーノ客アリヤ？　アラバソノ氏名ト人相、サラニソノ客ノ名字ヲ知ラセヨ」


　この電報が打たれた数分後、玄関の呼び鈴が鳴って、マロリー刑事が入ってきた。

「どうしたんです？」と、彼は訊いた。

「隣の部屋に犯人がおる」というのが、それに対する返事だった。「女だ。現在はジョン・ドーンと呼ばれている男に対する詐欺の共犯として、告発する。もっとも、その名前が本名かどうかはわからんが」

「その事件について、どれくらいのことがわかっているんですか？」と、刑事は訊いた。

「今ではかなりわかっているぞ——もう少しすれば、さらにわかる。そうしたら、説明してあげよう。諸君、今夜はどこかで暇つぶしでもしてきてくれたまえ。あとでまた寄ってくれれば、電報の返事が届いているだろうから、この一件についてより明白になるだろう」

謎の女は文句を言いながら、マロリー刑事に連行されていった。ドーンとハッチも、すぐそのあとを追った。思考機械の次の行動は、モンタナ州ブッテのプレストン・ベル夫人宛てに電報を打つことだった。それは以下のとおりだ。

「▼御主人ハコチラデ一時記憶喪失ナリ。▲46タダチニオイデコウ。返事マツ」

メッセンジャーボーイが電報の配達に来ると、玄関に一人の男がいた。思考機械は電報を受け取り、男はマーサにマニングという名前を名乗って、それが伝えられた。

「マニングもか」科学者はつぶやいた。「案内なさい」

「どうして俺がここにくることがわかったんですか？」と、マニングは言った。

「ああ、それはだね、ドーンの名字を思い出したのだろう。なんというのか教えてもらえるかね？」

マニングは驚きを隠せず、科学者を見つめるばかりだった。

「そう、そのとおりです」彼はようやくそう言って微笑《ほほえ》んだ。「彼の名字はピルスベリーだ。今さっき思い出した」

「思い出したきっかけは何だったのだ？」

「その名前がでかでかと書いてある雑誌広告を見たんだ。すぐに、ドーンの本名を思い出したね」

「ありがとう」科学者は言った。「ところであの女は——誰なんだ？」

「女だって？」と、マニングは訊いた。

「いや、気にしないでくれたまえ。君の情報には、深く感謝する。他に思い出したことはないだろうね？」

「いいや」と、マニングは言った。彼はいささか戸惑っている様子だったが、そのまま帰っていった。

一時間以上、思考機械は指と指を突き合わせ、天井を睨みながら座っていた。彼の熟考は、マーサによって破られた。

「また電報です、旦那様」

思考機械は、待ちかねたように受け取った。それは、ピッツバーグのリンカーン・クラブ支配人からだった。

「へんりー・C・かーねー、はりー・めるつ、へんりー・ぶれーく、へんりー・W・とーるまん、はりー・ぴるすべりー、へんりー・かるばーと、へんりー・るいす・すみす。全員御指摘ノ月ニ当くらぶ来訪。ドノ人物ニツイテ詳細ヲ求ムルヤ？」

ピッツバーグへの長距離電話回線がつながるまで、三十分以上かかった。通話を終えたとき、思考機械はいかにも満足そうだった。

「さて」彼はつぶやいた。「あとはプレストン夫人からの返事だが」

　それが届いたのは、真夜中近くになってからだった。ハッチとドーンがすでに劇場から戻り、科学者と話をしているところに、その電報は運ばれてきた。

「重要なことが書かれているんですか？」と、ドーンは心配げに訊いた。

「そうだ」と、科学者は言い、封筒の蓋の下に指をすべり込ませた。「これではっきりする。最初から最後まで魅力的な謎だったが、これで――」

　彼は電報を開いて、目を通した。そして、不可解そうな表情を浮かべ、口を半開きにしてテーブルの傍らの椅子にどすんと腰を下ろし、両腕で頭を抱え込んでしまった。電報がテーブルの上に広げられたままになっていたので、ハッチはそれを読んだ。

「ぼすとんノ男ハ夫デハアリエナイ。現在ほのるる滞在中。今日彼ヨリ電報受ケ取ッタ。ぷれすとん・べる夫人」

6[47]

　三十六時間後、三人の男は再会した。思考機械は先般[48]、いきなりハッチとドーンを追い出してしまったのだ。何かまったく予想外の事態が起きたに違いないと、記者は思った。それはプレストン・ベルと何か関係のあることだろうと、推察するしかなかった。[49]三人が再会したのは、警察本部のマロリー刑事の部屋だった。ドーンが夫だと主張をした、[50]謎の女もそこにいた。ほかにいたのはマロリー、ハッチ、ドーンそして思考機械だった。

「この女は名前を名乗ったか？」というのが、科学者の最初の質問だった。

「メアリー・ジョーンズですと」刑事は答えて、にやりと笑った。

「住所は？」

「言いません」

「彼女の写真は、前科者リストにあったかね？」

「いいえ。慎重に調べましたが」

「誰か彼女について問い合わせてきたか？」

「男が一人いました。彼女を問い合わせてきたのではなく――一般的な質問をしにきただけなんですが、女の様子を探りにきたように思えました」

　思考機械は立ち上がり、女性に近づいた。彼女はふてくされた様子で見返した。

「間違いがあったのだ、マロリー君」科学者は言った。「まったく私の誤りだ。この女を釈放しなさい。このような深刻な不正義をはたらいてしまい、誠に申し訳ない」

　すぐに女性は立ち上がり、その顔は喜びに輝いた。一方でマロリーは、とても渋い顔になった。

「手続きなしでは即時釈放するわけにはいきません」刑事はぶつぶつ言った。「こんなのは通常ではあり得ません」▼51

「彼女を自由にするのだ、マロリー君」思考機械はそう命じたが、女の肩越しに刑事は驚くべき光景を目にした。思考機械がウインクをしたのだ。それは、はっきり時間をかけたウインクだった。

「ああ、わかりました。でも通常ではあり得ないことですからね」

女は早足で部屋から出ていった。絹のスカートは、さらさらと音をたてた。彼女は再び自由になったのだ。あっという間に姿を消した。思考機械の態度ががらりと変わった。

「一番の腕っこきに、彼女を尾行させるのだ」と、彼は早口で指示を出した。「彼女の家まで追わせ、そこに夫として一緒に住んでいる男を逮捕するのだ。そして家宅捜索をして現金を探し、二人ともここに連れ戻すのだ」

「どうして――なんで――いったいどうしたっていうんですか？」と、マロリーは目を丸くして問いただした。

「彼女のことを問い合わせた男は、同居している男であり、モンタナ州ブッテで十七万五千ドルを横領して指名手配されている男だ。彼女を絶対に見失わせるな」

刑事は部屋から飛び出していった。十分後に戻ってみると、思考機械は彼の椅子にふんぞり返って、虚空を睨んでいた。ハッチとドーンは、いらいらしながら待ちかねていた。

「それでは、マロリー君」科学者は言った。「君にもわかるように、この一件を説明してあげよう。話し終えるころには、君の部下がここに女と横領犯を連行してきてくれることだろう。男の名前はハリソンという。女のほうはわからん。ハリソン夫人だとは思えん。しかし、彼は既婚者のはずだ。ともかく話をしよう。事実から事実へと、数珠つながりになっているのだ。一連の出来事は、一つ一つでは非常に不可解であるが、論理的につながっているのだよ」

刑事は葉巻に火をつけ、他の人たちも耳をそばだてた。▼52

「この紳士が私のところにやってきて」思考機械は話し始めた。「記憶を喪失したというのだ。名前も自宅も仕事も、自分に関することはすべて覚えていないという。最初は、これは精神科医の領分ではないかと思った。しかし興味をそそられた。失語症の極端な症例だと思った。だが、一万ドルの札束を持っている一方で時計もなく、身元の手がかりになりそうなものはすべて衣服から剝ぎ取られているということがわかってからは、そうとも言っておられなくなった。なにしろ、下着の製造業者の名前までないのだからな。意図的なものだということだ」

「そして、これは失語症ではないということもわかった。その疾病は歩いているときでも、寝ているあいだでも、仕事をしているあいだにでも、突然かかることはあるが、その正体への手がかりを自分で取り除こうとしたりはしない。反対に、単に記憶を失っただけの健全な精神状態の人間が、通常まず何をしようとするかというと、自分が何者かを知ろうとするものだ。この紳士はそうしていた。そして、少しでも手がかりを見つけようとして、いかなる機会ものがすまいと頑張っていた。私がどんな質問をしても、食いつくようにして答えていた。よって、彼は人並以上に明敏な男性だと判断した」

「しかし、失語症でなければ、何だったのか？　どうして彼はこんな状態になってしまったのだ？　薬品のせいか？　ハシシではないが、そんな薬がインドにはあると聞いたことがある。だから、しばらく私は薬を疑っていた。それがたたき台になった。そしてそのときまでは、何がわかっていたのか？　強靭な精神を持つ一人の男が、ある計画の犠牲となって薬品を飲まされ、人事不省になり、遺棄された。筆跡は一致するかもしれん。筆跡は、精神異常をきたしてもほとんど影響されない。これは肉体的機能だからだ」

「ここまではいい。事故にあった可能性を考えて、彼の頭部も調べた。何もなかった。彼の手は白く、タコはできていない。これらの事実と、強靭な精神力の持ち主であるということを考え合わせると、彼は資本家か銀行家ではないかと思った。同じく法律家である可能性も示唆されるが、彼の物腰や、念入りに衣服に手入れをしている点から、法律家よりも資本家であると判断した」[53]

「そして、彼が目を覚ましたときに所持していた現金を調べた。百ドル札十五、六枚が、新札で続き番号だった。それらは、あるナショナル銀行〔訳註：当時のアメリカでは、複数の銀行が紙幣を発行していた〕が発行したものだった。その相手は誰か？　銀行に記録が残っているかもしれない。私は電報で問い合わせた。そしてさらにハッチ君には、各都市の通信員にジョン・ドーンについて訊いてもらった。ジョン・ドーンというのが本名である可能性もないわけではないからだ。さて、彼がホテルに投宿したときは、一服盛られていたと考えていいだろう。彼は自分の名前を忘れ、ジョン・ドーンとサインしてしまった——最初に頭に浮かんだ名前だ。しかし、それは彼の名前ではなかった」

「銀行からの返事を待っているあいだ、私は西部の事物に言及して、彼の記憶を呼び起こそうとした。西部からあの金を持ってきたというのは、十分にありえることだからだ。さらに、彼は資本家であるという考えのまま、金融街に送り出した。そして、結果が得られた。『銅』という単語に反応し、『銅は売りだ、売り、売り、売り』と叫んだあとに、彼は意識を失った」

「これで男の正体についての推定の確証を得られた[54]。彼は、銅の取引をしていたことがあったのだ。市場で銅を売ったのか、それともそうするつもりだったのか。私は、複雑怪奇な株式市場のことは知らん。しかし、こんなふうにして意識を失う男は、病気と同じくらい興味深いものだ。こうして資本家であり、銅の取引をし、陰謀のせいで一服盛られた男が手元にいる。ここまではいいかね、マロリー君？」

「いいですとも」と、答えが返ってきた。[55]

「このとき、ブッテの銀行から電報の返事がきた。私が問い合わせた番号の百ドル札は燃えてしまったという。この電報のサインは、『プレストン・ベル、支配人』とあった。もしそれが正しいのなら、この男が持っていた札は偽物だということになる。それは間違いない。彼に、プレストン・ベルを知っているかと訊いてみた。多少にせよ、彼が反応を見せた唯一の人名がこれだった。誰だって、自分の名前を一番よく知っている。すると、これが彼の名前なのか？　しばらくは、そうだと考えてみた」

「すると、事件はこういうことになる。ブッテ銀行の支配人プレストン・ベルは、一服盛られて犯罪の犠牲になった。おそらくこれは、銅に関連する大きな事件の一部なのだろう。しかし、もしこの男がプレストン・ベルだとしたら、電報のサインは誰がしたのだろうか？　単に会社の慣習なのだろうか？　電報の返事にはその名前が、いつもいつも使われているというだけのことなのだろうか」

「さて、この記憶をなくした男、ドーンもしくはプレストン・ベルは、私のアパートで寝ていた。そのときは彼が紙幣偽造犯である可能性は十分にあると思っていた。なにしろ、札は燃やされたはずだったからだ。ハッチ君に、専門家の鑑定を依頼させた。さらに、ブッテの火災による損失の詳細と、この事件をよく知る人物の名前を電報で問い合わせた。そして、私はこの紳士の靴を脱がせて製造業者の名前を調べた。見つけることができた。この靴は素晴らしい品質で、おそらく仕立てたものだっただろう」

「覚えておいてほしいのは、この時点で私は、この紳士はプレストン・ベルだと、さきほど述べた理由から信じていたということだ。その業者に靴の特徴を知らせ、資本家か銀行家に、そんな靴を販売した記録があるかどうか、電報で問い合わせた。さらにデンヴァー警察に、四、五週間前からいなくなっている資本家か銀行家はいないかと問い合わせた。すると、驚くべき情報が届いた。ハッチ君によると、あの百ドル札は正真正銘の本物だという。その答えからすると、私がそうだと決め込んでいたプレストン・ベルは、窃盗犯か、なんらかの金融犯罪の犠牲者だということになる」▼[56]

　沈黙の中、皆の視線は記憶を失ったドーン、もしくはプレストン・ベルに集まった。彼はまっすぐ前を見すえて座り、神経質そうに両手をぎゅっと握りしめていた。その顔には、絶望と精神的葛藤が見て取れた。彼はいまだに、過去を思い出そうとしていた。

「そして」思考機械は話を再開した。「デンヴァー警察から連絡があった。ざっと調べたところでは、主だった資本家や銀行家は町から外に出ていないという。断言はできないが、助けにはなった。さらに別の電報が、ブッテから来た。プレストン・ベルのサイン入りで、百ドル札が燃えてしまった経緯を述べてあった。すべてが燃えたとは書いていなかった。単に、そうだったらしいというだけだ。最後に目撃されたのは、ハリソン頭取の部屋だった」

「ハリソン、ハリソン、ハリソン」と、ドーンは繰り返した。

「あの銀行の財政に何か間違ったことが行なわれているので

はないかという疑いが湧いてきた。おそらくハリソンも、もしかしたらここにいるベル氏も知っていたのかもしれない。銀行は、元の紙幣が失われたとはっきりしていなければ、再発行の許可は絶対に出さない。しかし、ここに札は存在する。なんらかの不正が行なわれたのだ。ブッテ警察に、いくつかの問い合わせをしてみた。その答えによると、ハリソンは十七万五千ドルを横領して行方不明だという。これで、彼が失踪事件に関係し、おそらくは燃えたはずの札も持っているだろうということがわかった。明らかなことだ。ベルも窃盗団の一味なのだろうか？」

「同じ電報によると、ベル氏の評判は最高で、彼も市外にいるという。おかげで、この銀行の規則として電報のサインは帳場係名にすると決められていることがわかった。さらに、この男がプレストン・ベルであることは間違いないと思われた。状況証拠の鎖は完璧だった。二たす二は、常に四になるのだ」▼57

「さて、その計画とはどんなものだったのだろうか？　銅に関係しているらしい。そして横領が行なわれた。私は、ベルを個人的に知っている人間を探した。彼をハッチ君とともに散歩に出したのだ。そんなことを、以前にもした。すると突然、別の人物が事件に登場してきた。そのときは面食らったものだ。それはマニング氏だ。彼はドーンだかベルを、ハリー某として知っていた。三年前に、ピッツバーグのリンカーン・クラブで会ったという」

「ハッチ君がこの男について報告してくれた直後、デンヴァーの靴屋からの電報が届いた。それによると、私が言ったような人相の男に、数カ月前に靴を作ったという（原文ママ）。その男は、プレストン・ベルと名乗っていた。その客は資本家か銀行家ではないかとも訊いていたのだ。だから、その名を電報で知らせてきてくれた」

「するとこのとき、女性が現われてジョン・ドーンは自分の夫だと主張した。私はハッチ君に頼んで、先に彼女の前に出てきてもらった。その彼をドーンだと誤解した彼女は、いきなり抱きつき、ジョンと呼びかけた。だから、彼女は偽物だとわかった。彼女は、ジョン・ドーンのこともプレストン・ベルのことも知らないのだ。誰かの指示で動いていたのだろうか？　もしそうならば、誰の手先になっていたのだろう？」

　間があいて、思考機械は椅子の上で座り直した。しばらくして、彼は続けた。

「あまりにも微妙なので言葉では説明できないような、感情とか直感とかというものがある。私は直感的に、ハリソンとベルは共犯だと感じていた。そして、この女もハリソンの共犯だと思った。この事件はまったく新聞で報道されておらず、知っているのはほんの数人でしかないのだ。マニングが女の黒幕となり、一万ドルを手に入れるために動いていたという可能性はあるのだろうか？　それも、検討すべき可能性ではある。私は女に質問をした。彼女は、たいしたことは言わなかった。頭のいい女だ。しかし、ハッチ君を夫だと間違えるという、致命的なミスを犯してしまっていた」
　記者はちょっと赤面した。[58]
「私はさりげなく、薬について質問した。彼女は平然としており、それについてはまったく何も知らないようだった。しかし、私は彼女が犯人だと思った。そして私はすべてを暴露し、彼女は間違いを犯したことを思い知った。彼女をマロリー刑事に託し、監獄に入れた。そうした上で、私はピッツバーグのリンカーン・クラブに電報を打って、この事件に登場してきた謎の『ハリー』について問い合わせた。私は自信満々で、ブッテのベル夫人にも電報を打った。ベル夫人がいるはずだと思って、夫について問い合わせたのだ」
[59]「マニングは私に会いに来た。彼が来たのは、君があのとき名乗っていた名前を思い出したからだということはわかっていた」そして思考機械は、この身元不明事件の主役のほうに顔を向けた。「しかし、私が予想していたと聞いて、彼は驚いていたな。彼は、君がハリー・ピルスベリーだったと思い出した。彼に、この女は誰かと訊いた。しかしその態度から、彼女のことをまったく知らないということがわかった。そこでやはり彼女はハリソンの仲間だろうということになった。何らかの理由で、君と対立している男だ。それはまず間違いないだろう。彼女の目的は、君を連れていき、おそらく監禁することだった。少なくとも、銅の価格が鍵となる大きな取引が終わるまではだ。そう私は推論した」
「そしてさらに、ピッツバーグのリンカーン・クラブから電報が届いた。ハリー・ピルスベリーという名前が、三年前の一月の訪問者名簿にあった。それが君だ――マニングは見誤るような男ではない――そのとき私は、解決すべき点はあとひとつしかないと思っていた。それは、プレストン・ベル夫人からの返事だ。ベル夫人が存在していれば、夫がどこにいるのか知っているはずだ」

　再び沈黙が訪れた。ベルの頭のなかでは、たくさんのものごとが渦巻いていた。この話は、筋が通っていた。そして、彼にとってきわめて重大なものだった。彼の表情から、半分記憶が戻りかけているということがわかった。[60]

「その電報によると、プレストン・ベルはホノルルにいるという。妻は、その日に打たれた電報を受け取っていた。そのとき正直言って、私は困った。それまでに積み上げてきた全体像が、みるみるうちに溶けて流れていってしまったような気がした。考えなおすのに、何時間もかかってしまった。すべてを細部から見直し、再び事実がきちんと調和する理論を組み立てた。その理論は正しい――二たす二が四であるのと同じく正しいのだ。それが論理というものだ」

　三十分後、刑事がやってきて、マロリー刑事のそばで何かを告げた。

「上出来だ！」マロリーは言った。「連れてこい」

　すると、例の捕まっていた女と、五十歳ぐらいの男がやってきた。

「ハリソン！」ベルはいきなり叫んだ。彼はよろめき、両手を前に突きだした。「ハリソンだ！　知っている！　知っているぞ！」

「よし、非常によろしい」と、思考機械は言った。

ベルの震える両手がハリソンの喉につかみかかろうとしたが、マロリー刑事が脇に押しのけた。彼は一瞬突っ立っていたが、床にドスンと崩れ落ちた。彼は意識を失っていた。思考機械は急いで診察した。

「よろしい！」彼は再びそう言った。「意識を取り戻したら、すべて記憶が戻っていることだろう。ただし、ボストンで経験したこと以外をだ。さて、ハリソン君、例の薬の一件も、ホノルルの新たな銅発掘の争いも、すべてわかっているのだよ。そして、君の仲間もすでに逮捕されている。君の薬は、あまり効き目がよくなかったようだ。まだ何か言いたいことはあるかな？」
▼四人は押し黙っていた。▲61
「彼の部屋の家宅捜索はしたか？」と、思考機械は二人を逮捕した刑事に質問した。

「はい。そしてこれを見つけました」▼62
それは分厚い札束だった。思考機械はざっと目を通した——七万ドルあった——紙幣番号を確認した。そして六枚の札を取り出した。それらは、ブッテの銀行火災で焼失したはずのものだった。

ハリソンと女は連行されていった。その後、彼は自分が長年頭取を務めていたにもかかわらず、その銀行から計画的に金を盗み出していたことがわかった。また火災そのものも彼の仕業《しわざ》で、それに乗じて多額の現金を手に入れる計画だった。さらに、あの女は彼の妻ではなかった。逮捕後、すべての悪事が露見した。共同経営者のベルに黙って巨額の銅取引を行なっていた。そして、別人をベルになりすまさせてホノルルに派遣し、有望な銅鉱脈の選択権を買い占めさせていた。ホノルルに行ったこの偽者は、ブッテにいる妻に電報を打ち、彼女はそれをまったく疑いもしていなかった。

一日ほどして、ハッチは思考機械を訪問し、いくつか質問をした。

「どうやってベルは一万ドルも手に入れられたのでしょう？」

「おそらく与えられたのだろう。なぜならば、彼を殺害するより、記憶喪失になって国じゅうを放浪してくれるほうが安全だったからだ」

「そして、どうやって彼はここにやってきたのでしょう？」

「その疑問は、おそらく裁判の中で明らかになるだろう」

「それから、どういういきさつで、ベルは一時ハリー・ピルスベリーという名前で知られていたのでしょう？」

「ベルはユナイテッド・ステーツ・スチール社の取締役だ。あとからわかったのだがね。三年前にピッツバーグでその会社の内密の取締役会が開催された。彼はお忍びで会議に出席し、さらにリンカーン・クラブにハリー・ピルスベリーの名前で紹介されたのだよ」
「へえ！」と、ハッチは叫んだ。

底本は第一短篇集。「ボストン・アメリカン」紙初出との異同を以下に記す。

▼1　このあとに「思考機械の異名を取るこの有名人を、日常に発生する事件に注目させたのは、評判の新聞記者ハッチンソン・ハッチとの交流のたまものだった。」。

▼2　このあとに「ビーコン・ヒルにある」。

▼3　このあとに「彼は苛《いら》ついた様子で言った。」。

⧗4　新聞初出では二回繰り返す。

▼5　このあとに「この男に世界的名声とグロテスクな容貌をもたらした、」。

▼6　このあとに「ふと我に返って、」。

▼7　このまえに「この四週間、」。

▼8　このあとに「（改行）二人はまた五分ほど黙りこくっていた。」。

▼9　このあとに改行。

▼10　「第二部」。

▼11　このあとに「そこに印刷されている」。

▼12　このあとに改行。

▼13　このあとに「さらにときどき、いるかもしれない妻や子供のことを座って考える。」。

▼14　このあとに「そこが空白になってしまったせいで、同じ人間の群れの中で、男はたった一人わけもわからず孤立してしまったのだ。この奇妙な謎について思考機械がどのように判断したのかは、ドーンには知らされなかった。」。

▼15　このあとに「。オーガスタス・S・F・X・ヴァン・デューセン」。

▼16　このあとに「。あの盛況ぶりを見せてやってくれ。この実験はやる価値がある」。

▼17　このあとに「そしてすれ違いざまに彼らとひどくぶつかっていった。」。

▼18　このあとに「ハッチの背後にいた」。

▼19　このあとに「彼は急いで走り去った。」。

⧗20　「ステート街」。

▼21　「第三部」。

▼22　このあとに「『それで「買い」とか「売り」とは、株式市場でどういう意味なのかね？』／『ええと、「買い」とは文字通り買い注文のことです。市場が上昇すると思う側の投資家が言います。「売り」とは単にその反対で、市場がこれ以上伸びないと判断したときの注文です』」。

⧗23　「、毛布をかけてやった。彼は靴を詳細に調べた」。

⧗24　「顕微鏡」。

▼25　このあとに「至急返事乞ウ」。

▼26　このあとに「至急」。

▼27　このあとに「当地記憶喪失ノ男アリ。正体見ツケタシ」。

▼28　このあとに「ときどき彼は札束を手にし、詳細に調べた。そして座ったまま厳しい目つきでじっと天井を睨んでいた。」。

▼29　このあとに「ハッチは再び訊いた。」。

▼30　このあとに「偽造犯か」。

▼31　「第四部」。

▼32　このあとに「彼がその人物なのだろうか？」。

▼33　このあとに「タダチニ返事コウ。最重要」。

▼34　このあとに「一年前くらいに」。

▼35　このあとに「・クラブ」。

⧗36　強調あり。

⧗37　「彼がプレストン・ベルだという」。

⧗38　強調あり。

▼39　このあとに「中の二人に向かって」。

▼40　このあとに「記者」。

▼41　「第五部」。

▼42　このあとの改行なし。

⧗43　邦訳では違いがはっきりしないが、新聞初出では「she was repeated many times」、第一短篇集では「she asked again and again」と、違う表現。

▼44　このあとに「ボストンの」。

▼45　このあとに「ジョン・ドーンでもないことも、」。

⧗46　「ぼすとんニテ一時的精神疾患患者アリ。御主人ト思ワレル」。

▼47　「第六部」。

⧗48　「前の晩」。

▼49　このあとに「なぜなら、電報がそのきっかけらしかったからだ。（改行）」。

▼50　このあとに「ハッチとドーンを間違えて抱きついてきた」。

▼51　このあとに中見出し「教授、ウインクをする」。

▼52　このあとに中見出し「謎の解決」。

▼53　このあとに中見出し「紙幣を調べる」。

⧗54　「これは、金融関係や株の仲買人の言い回しではないか。ある意味、この男は資本家であるという私の説の裏が取れた」。

▼55　このあとに中見出し「紙幣が燃やされた」。

▼56　このあとに中見出し「ドーンに集まる視線」。

▼57　このあとに中見出し「計画とは」。

▼58　このあとに中見出し「彼女の誤りが露見」。

▼59　このまえに「メッセンジャー・ボーイが姿を消すやいなや、」。

▼60　このあとに中見出し「最後の当惑」。

⧗61　「『ない』と男はふてくされた様子で言った」。

▼62　このあとに中見出し「巨額の札束」。

黄金の短剣の謎

The Mystery of the Golden Dagger

第一部

すべての動物には同じく欲求と情熱がある。しかし、推理力と呼ばれる能力のおかげで、人間は下等動物よりも上位に属することができるのだ。論理は推理力の中心とでもいうべきものだ。だから論理は、一連の出来事という一つの事実から、結果を再構成してくれる精神の力であるともいえる。ひとつの結果から、その原因へと遡及することも、専門家が骨のかけらから全身の骨格を再構成できるのと同じように、可能なのである。

このように明確に、しかも的確に、オーガスタス・S・F・X・ヴァン・デューセン教授はかつて、新聞記者ハッチンソン・ハッチに説明したことがあった。難事件をいくつも解決した彼の分析力は、警察や新聞の注目を引いていた。まさに日曜日の教会の説教で使われそうな言葉であり、そのことをハッチは誰よりも痛感していた。

ヴァン・デューセン教授は現代の最高峰の論理学者だった。彼は現在まで、国の内外で数々の名誉に浴していた。なにしろ、彼が受けた称号を表わす略号だけで、すべてのアルファベットを消費してしまいそうな勢いだった。思考機械というあだ名は新聞がつけたものだが、この科学者の異名としてしっかり定着した。彼はこの名前で、世界中に知られていた。

彼がそう呼ばれるべき人間であるということは、何度も証明されていた。かつてこの科学者が監獄から誰にもわからない方法で姿を消した事件を、ハッチははっきりと覚えていたし、またかの有名な自動車事件というのもあった。さらに最近では、「赤い糸」という名で知られる、奇妙な出来事が立て続けに起きた事件もあった。ここに掲げられた事件は、ある日の午後、ハッチが思考機械のもとを訪れたところから始まった。そして数時間後、彼はまた別の事件のためにこの論理家のもとに駆けつけることになるのである。

ハッチは、殺人事件だというので飛び出し、ようやく新聞社に戻ってきた。警察で取材した事件のあらましを整理して、記事を書き上げたあとに、彼はビーコン・ヒルにある思考機械の自宅を訪問した。もう、夜の十一時になっていた。思考機械は彼を招き入れた。そして彼は、その事件について説明したのだった。

＊＊＊

チャールズ・ウィルクスという名前の男が、十月十四日に、ワシントン街にある不動産業ヘンリー・ホームズ社を訪れた。ちょうどこの話をハッチが語っている現在から、三十二日前のことだ。彼は三十代に見えた。がっしりした体つきで見た目もよく、髭《ひげ》もさっぱり剃っていた。特に注目を惹《ひ》くような点はなかった。彼は大きな製造業者の東部代理店であり、かなりの距離を旅してきたと言った。

「ケンブリッジに六、七部屋ある一戸建てが欲しい」彼はそう説明した。「静かで、あまり近所は立て込んでいないところがいい。家内はとても臆病だし、車が多い大通りからは二ブロックほどひっこんでいるほうがいい。そんな物件が、ケンブリッジ郊外の大きな住宅地の真ん中にあるといいんだが」

「ご予算は？」と、社員が訊いた。

「四十五ドルから六十ドルのあいだだったらいくらでも」という答えだった。

たまたまヘンリー・ホームズ社にはそんな物件があった。その社員は、ウィルクス氏と内見に行った。ウィルクス氏は気に入って、最初の一カ月分の家賃の六十ドルを、同行した社員に支払った。

「君と店には戻らない」彼は言った。「すべて気に入った。うちの社員を、二日のうちに引っ越させよう。そして、翌月分の集金日になったら、君のところの人間をよこしてくれ」

ウィルクス氏はとても人当たりのいい人物だった。この社員は彼のことを気に入り、取引も満足のいくもので、彼の会社は優良な入居者を得ることができた。彼はウィルクス氏の住所を尋ねたり、現在家具がどこに保管されているのかなどと質問することもなかった。その後の出来事からすると、これらの軽率な行動が、▼事件解決の鍵▲1となったのである。

一カ月が経過し、ホームズ社の事務所は家賃の集金日まで、そのことをすっかり忘れていた。そして、ケンブリッジ市担当の集金人ウィラード・クレメンツが、例の家へ集金に行った。正面玄関には鍵がかかっていた。鎧戸《よろいど》は下ろされたままだった。誰かが住んでいたり、使用していたりする様子はまったくなかった。外から見た限りでは、そんな印象だった。クレメンツは家の周りを一周してみた。裏口は開けっ放しになっていた。

クレメンツは家の中に入った。そこに三十分はいただろう。やがて出てきた彼は顔面蒼白で、唇は震え、目には恐怖の色が浮かんでいた。彼は家の脇を走り抜けると、大通りを目指していった。数分後には警察署に飛び込み、言葉にならない言葉で一生懸命説明をした。いつもだったら仏頂面の当番警察官も、聞いているうちに驚きをあらわにした。

三人の▼警官に、その家に行ってウィルクス▲2の話を確認するよう命じられた。そのうち二人が開いたままの裏口から▼ウィルクス▲2と中に入り、三人目のファーレー刑事は建物を調べ始めた。裏口から入ると、左手に台所があった。そこには、もう何カ月も誰も住んでいないように見えた。ざっと見て気が済むと、彼は屋敷の主な部分へと移動した。それは客間、食堂そして寝室だった。ここでも、なにも発見できなかった。埃《ほこり》は分厚く、床や暖炉や窓枠に積もっていた。

玄関ホールの階段を上ると、二階には寝室が三部屋あった。階段の下には、地下室に通じる短い階段があった。ドアは開けっ放しで、じめじめした冷気が立ちのぼってきた。その下には、闇が広がっていた。刑事はぞっとして身震いすると、仲間のいる二階へ上がっていった。

彼らは三つある寝室のうち一番狭いところで、ベッドに屈み込んでいた。顔色が悪く、両手を神経質そうにぶるぶる震わせていたクレメンツは、ドアのところで立ち止まっていた。そのドアは打ち破られていた。

「何かあったのか？」と、刑事は質した。

「いやだ」クレメンツはあえぎながら答えた。「あの部屋には、百万ドル積まれても行きたくない」

刑事は笑い声を上げ、中に入った。

「なにがあった？」と、別のひとりが訊いた。

「若い娘だ」という答えが返ってきた。

「その娘がどうしたっていうんだ？」

「刺されている」簡潔な答えだった。

二人の同僚は脇にのき、刑事は遺体を見下ろした。二十歳か二十二歳くらいの娘だった。かつては美人だっただろう。しかし、死の手によってそんな痕跡は拭い去られてしまっていた。髪の毛は豊かで、赤っぽい金色をしており、ありがたいことに死に顔を覆い隠してくれていた。両手は、ベッドの白いシーツの上に広げられていた。

彼女は外出着を着ていた。帽子は、まだ髪の毛に貼りついたままだった。長くて黒い頭のついたピンで止められていたからだ。ダークブラウンの服は、品質はいいが贅沢品ではなかった。マフが傍らに転がり、コートのボタンは開いたままだった。

ファーレー刑事の目には、その死因は明らかだった。胸の刺し傷に間違いなかった。

「ナイフはあるか？」と、彼は訊いた。

「どこにもない」

「他に外傷はあるか？」

「検死官が来るまでなんとも言えない。俺たちが発見したときのままだ」

「おい、オブライエン」刑事は指示をした。「ひとっ走り行ってロイド先生に電話をして、大至急こっちに来てもらえ。単なる自殺かもしれないが」

彼らの一人が出ていった。刑事は、マフを拾い上げて調べた。そしてそこから、小さな財布を取り出した。開けてみたが、しおれたバラしか入っていなかった。現金も、名刺も、鍵も、この娘の正体の手がかりになりそうなものは、なにもなかった。

しばらくすると、ロイド医師が現われた。十分ほど、その部屋に一人でいた。そのあいだ警察官たちは、屋敷の二階の他の部屋に移動した。医者がドアを開けて出てくると、何かを手にしていた。

「これは殺人事件だ」と、彼は刑事に言った。

「どうしてですか？」

「背中に二カ所外傷がある。自分ではつけることができないような場所だ。そして、これを遺体の下から発見した」

彼の手のひらには短剣が載っていた。黄金の短剣だ。その柄は奇妙で複雑な形をしており、見た目からすると、金の延べ棒から削り出したものと思われた。その末端にはキラキラと輝く素晴らしい宝石――ダイヤモンドが埋め込まれていた。おそらく三、四カラットはある、純白の石だった。鋼鉄の刃は柄の近くはきれいだったが、先は真っ赤に汚れていた。

「なんてことだ！」刑事は調べながら叫んだ。「こんな証拠があるんだったら、もう結末は見えたようなもんだ」

＊＊＊

以上の話を、ハッチンソン・ハッチは思考機械に語って聞かせた。科学者は椅子にゆったりと座りながら、注意深く聞いていた。巨大な黄色い髪の毛の頭は、クッションにもたせかけていた。彼は、たった三つしか質問をしなかった。

「その娘は、死後どれくらい経っていたのだ？」

「検死官によると、死後二、三日以上は経過しているとしか言いようがないそうです」ハッチは答えた。「彼の個人的な意見では、一週間か十日だそうですが」

「地下室には何があった？」

「わかりません。誰も調べていません」

「誰がドアを壊した。クレメンツか？」

「はい」

「明日一緒に行こう」思考機械は言った。「その短剣と、それから地下室も見たい」

第二部

　翌日十時に、ハッチンソン・ハッチと思考機械はロイド医師を訪問した。検死官は喜んで黄金の短剣を見せてくれ、さらに専門用語で例の娘の死因を解説した。医学用語を使わずに言うと、彼の意見では、胸の傷が最初に与えられ、その際に短剣の切っ先が心臓を突き破ったのだそうだ。背中の傷のうちの一つは、やはり心臓にまで達していた。もう一つの傷は浅かった。

　思考機械は遺体を調べ、検死官に同意した。さらに彼は、短剣の柄から刃までを詳しく調べ、写真を撮影した。そしてハッチを連れて、ケンブリッジの家へと向かった。

「自殺じゃないんですね？」と、ハッチは道すがら質問した。

「違う」答えは即座に返ってきた。「まだ詳しく説明する段階ではないが、唯一の疑問は、娘があの家で殺されたかどうかという点だ」

「どうしてあんな高価な短剣を、すぐ見つかるようなところに放置しておいたんでしょう。馬鹿じゃなかろうか——それとも、何か意味があるんでしょうか？」と、ハッチは質問した。

「理由はいくらでも考えられる」科学者は答えた。「可能性のあるものとしては、殺人犯が凶器を回収することにも気が及ばずに、怯《おび》えて逃げていったということだ。遺体の下から発見されたという事実を思い出してもらいたい。彼女を殺害した人間は、いろいろなことで起きうる、ちょっとした物音を耳にして、凶器を取り戻すよりも逃げ去るほうを選んだのかもしれない。もちろんそれに対する反論として、短剣には非常な価値があるということが言える。私は宝石についてはほとんど知らんが、それでも、あれが何千ドルもの価値のあるものだということはわかる」

「それなら、置いていくはずはありません」と、ハッチは言った。

「その通り。しかしもしかしたら短剣に価値があるからこそ置いていったのかもしれない」

　ハッチはさっと振り向いて、さっぱりわけがわからないという顔つきで思考機械を見つめた。

「つまり」思考機械は説明した。「あの短剣は、その持ち主の住所氏名が書いてあるといっていいほどの名品だ。あっという間に出所がわかることだろう。その所有者であれば、どんな状況でも手放すはずがない」

　ハッチは首をひねった。科学者の難解な説明に、彼はついていけなかった。唯一の確実な物的証拠と彼は思っていたのだが、それが問答無用に却下されそうになっていたのだ。思考機械はさらに続けた。

「犯人の目的が、この娘を殺すだけでなく、誰か他の人物に罪をなすりつけることでもあったとしたらどうする？　一番効果的な方法は、彼女をその誰かが所有する特徴ある短剣で殺し、凶器を現場に放置しておくことだろう」

「ああ」ハッチは叫んだ。「ようやくおっしゃっている意味がわかりました。すると、このナイフの所有者は疑いをかけるべきではないということですね？」

「しかし反対に」思考機械は▼鋭い声で言った。「そうするのが正しいのかもしれない。もっとも、彼女を殺した人物の頭がおかしかったら、という条件つきだが」▲3
　数分後、彼らは問題の家に到着した。二階建てで、大通りから三、四十フィートひっこんでおり、こぢんまりした地所の真ん中に建っていた。一番近い家からは三、四百フィート離れていた。思考機械が屋内に入る前に敷地を調べているのを見て、ハッチは驚いた。一平方フィートたりとも、詳細に調査されないところはなかった。

　そして彼らは裏口から中に入った。そこは台所だった。思考機械は同じように詳細に調査をした。彼は流し台を厳しい目でじっと見つめると、何気ないそぶりで水道の栓を回してみた。そして、錆《さび》だらけのレンジを調べた。さらに食堂に行き、同じく詳細に調査をした。客間、廊下それから一階の寝室も見てまわった。それが終わると、二人は二階に上っていった。

「娘はどの部屋で発見されたのだ？」と、思考機械は訊いた。

「裏の部屋です」と、ハッチは答えた。

「さて、まずは他の二つから調べるか」そして科学者は、家の正面のほうへとまわった。彼の調査は、主に水回りに集中している様子だった。どの蛇口も栓をひねって、水を流してみた。浴室でも同じことをした。

　それも終わり、残るは死体が発見された部屋だけになった。検死官が出ていったときのままになっていた。唯一の違いは、死体がないことだけだった。彼女が横たわっていたシーツと枕を詳細に調べあげた。そして思考機械は姿勢を正した。

「ここには水道は通っていないのか？」と、彼は訊いた。

「通っていないようですね」と、ハッチは答えた。

「よろしい。今度は地下室だ」

　記者には、思考機械が地下室で何を探すつもりなのか、さっぱり見当もつかなかった。そこは、じめじめして薄ら寒かった。科学者が持ってきた懐中電灯の明かりで、炉が照らしだされた。それは錆だらけで、ほぼ真ん中に置かれていた。思考機械はその中の灰まで調べたが、何も発見できなかった。そしてその周囲を歩きまわったが、ほぼ一目見て納得したようだった。最後に彼は、ハッチに向き直った。

「行こう」と、彼は促した。

　四十五分後、二人は再びビーコン・ヒルのアパートに戻っていた。科学者はいつもの大きな椅子に座り、しばらく押し黙ったままだった。ハッチはじっと待っていた。

「短剣の写真は、まだ公表されていないだろうな？」と、思考機械はようやく言った。

「今日のボストンの新聞全部に載っていますよ」

「いやはや、いやはや」科学者は叫んだ。「もし写真が公表されていなければ、短剣の持ち主はいとも簡単にわかっただろうに」

「所収者が犯人だということが、ありえるとお思いですか？」

「いいや。ただ、そいつの頭がおかしければ話は別だが。しかし、どうやってそのナイフが犯人の手に渡ったのかを調べてみるのも、おもしろかろう。▼やってしまったのか？　だとしたら誰に？　あの短剣の価値を考えれば、相手は親しい人物、大切に思っている人間だったはずだ。男が女性に与えるような類《たぐい》のものではない。むしろ、国王が忠臣に与えるようなものだ。見た目は東洋風だから、当然東洋が考えられる。しかし言ったように、あれの所有者はあの娘をそれで殺してはいない」▲4
「するとあれはどうしたものだというんです？」と、ハッチは興味津々で訊ねた。

「おそらく盗まれたのだろう。ここに問題が発生する。名前のわからない娘が、正体不明の犯人に殺された。彼女の殺害の凶器が、あの短剣だということはわかっている。すると——もともとの短剣の所有者を探し、彼がどのようにして入手したかを調べればよいということになる。そうすれば、あの家を借りた人物に結びつくかもしれん。そして、短剣を盗んだ男と娘を殺した男、もしくは誰が殺したかを知っている男にたどりつくかもしれん」

「それは実に明白ですが」ハッチは不機嫌そうに言った。「たしかに、この事件の解決方法はわかったかもしれませんが、いまだ解決そのものからは遠く離れています」

　思考機械は突然立ち上がり、隣の部屋へ行った。しばらくして、電話の呼び鈴が鳴っていることに、ハッチは気がついた。思考機械が戻ってきたのは、三十分ほどしてからだった。

「このナイフの所有者が、今日の午後三時に私に会いに来る」と、彼は伝えた。

　ハッチは驚きのあまり腰を浮かせた。そして再びどすんと腰を下ろした。

「警察がそんなことを知ったら、誰であろうと即座に逮捕しますよ」と、間を置いて彼は言った。

「何の容疑で？」

「殺人です。明白な状況の事件じゃないですか」

「もし逮捕されたら」科学者は言った。「国際問題となるやもしれぬ」

「誰なんですか？」と、ハッチは訊いた。

「やがてわかることだろう。それまでに、短剣についてなんらかの言及が存在する、宝石強盗事件についての警察の報告書があるかどうか、調べてくれたまえ」

首をひねりながら、ハッチは指示にしたがってその場をあとにした。六年前にまでさかのぼっても、そんな強盗事件は見当たらなかった。警察の記録にはいくつかの目ぼしい事件があったので、それらを書き写した。

　午後一時に彼は再びケンブリッジに到着し、警察や半ダースもの新聞記者と一緒になって、娘の正体について調べまわった。その後彼は不動産屋のヘンリー・ホームズ社を訪れて、何か新たな手がかりはないかと聞き込んだ。しかし空振りだった。

「このウィルクスという男は、何かにサインをしませんでしたか？」彼は訊いた。「賃貸契約とかなにかそういう書類は？　彼の筆跡のサンプルがあると助かるんですが」

「いいえ。そんなものが必要だとは思いませんでした」

　そして警察も、チャールズ・ウィルクスが何者かについての捜査は、まったくお手上げになった。それは最初からわかっていたようなものだが、結局ウィルクスというのは偽名だった。ウィルクスはあの家を殺人に使う目的で借りたのだから、本名であるはずがなかった。どんなに想像力をたくましくしてみても、殺人の動機にもさっぱり思い当たらなかった。まったく、異常なことだらけだ。そして、これは周到に計画された犯罪だった。警察は、この事件全体の鍵となるのはあの黄金の短剣だと考えていた。そこで、彼らの歩みは止まってしまった。
　▼▲5八時にハッチは思考機械の自宅に戻った。玄関の呼び鈴を鳴らし、科学者本人が現われるやいなや、小さな客間へと突き進んでいった。そこには、一人の客がいた。肌は浅黒く、東洋風の真っ黒い顎髭を生やしていた。
　彼はアリ・ハッサンであると、ハッチは紹介を受けた。そして思考機械は、例の短剣の写真を取り出した。

「この写真のものに間違いないですな？」と、彼は訊いた。

　客はじっくりと観察した。

「そのようです」と、彼はようやく言った。

「これに似ている短剣はこの世に存在しますか？」

「いいえ」

「どうやってこれを手に入れたのですか？」

「トルコのスルタンからの贈り物でした」というのが、それに対する答えだった。

第三部

　ハッサン氏は、沈痛な面持ちで座っていた。思考機械は向かい側の自分の大きな椅子に戻った。ハッチは、一言も聞き逃すまいと身を乗り出していた。あの素晴らしい黄金の短剣を所有していた男の話は、まさに一般大衆も知りたがっていたことだった。

「さて」思考機械が口火を切った。「その短剣の来歴を、さしつかえなければ教えていただけますかな？」

「不信心者に話すべき話ではありません」というのが、それに対する答えだった。「つまり、信仰が同じではない人ということですが。しかし、どうしても訊くべきだとお思いになる質問には、できるだけお答えしましょう」

思考機械のやぶにらみの目に、いささかの戸惑いの色が浮かんだ。けれどそれは、浮かんだときと同じようにすぐに消え去った。

「あなたはイスラム教徒ですな?」

「はい」

「あの短剣には宗教的価値があるのですか?」

「ええ、聖なるものです。サルタン、わが帝国の主《あるじ》からの下賜品で、皇帝の手で祝福されたものは常に聖なる品となるのです。異教徒の目に触れることさえ許されない場合もあります」

ハッチはちょっと姿勢を正した。思考機械は大きな椅子の上で座り直した。

「あなたはオックスフォード大学で教育を受けましたな?」と、彼は唐突に無関係なことを言った。

「はい。一八八七年の卒業です」

「キリスト教に改宗しなかったのですか?」

「いいえ。私はイスラム教徒であり、主に忠実であります」

「失礼ですが、サルタンはあなたにどのような役目を命じられているのでしょう?」

「それは申し上げられません。英国駐在のトルコ大使館書記官として、王室に仕えていたこともありましたが」

「どのような状況で、あの短剣はあなたの手から離れたのでしょう?」と、思考機械は穏やかに質問した。

「私の手元から離れてはおりません」と、同じく穏やかな答えが返ってきた。「そのような考えは、冒瀆であります。そう、いまだにそれは私のところに――きちんと守られて――あるのです」

正直に言って、ハッチンソン・ハッチは仰天した。彼はあからさまに、それを顔に出した。思考機械は、椅子によりかかって天井を睨んでいた。

「とすると」少しの間を置いて、彼は言った。「写真に写っているあの短剣は、現在もあなたの所有下にあるということですかな?」

「私に下されてからずっと、私の手元から離れたことはありません」と、驚きの返答があった。

「では、この写真をどう説明なさる?」

「一顧だにしません」

「しかしロイド先生が――あの短剣は――僕もこの手にとった」と、ハッチは戸惑った様子で口を挟んだ。

「あなたは間違っている」トルコ人は静かに答えた。「この品物は、変わることなく私の手元にある」

「見せていただけますか?」と、思考機械は冷静に言った。

「お断りします」彼はそう断言した。「不信心者の目には触れさせないと申したでしょう」

「殺人の容疑がかけられたら、提出してもらえますか?」と、思考機械はたたみかけた。

「嫌です」

「逮捕を免れるためでも？」

「逮捕されても何の問題もない」彼はいまだに冷静だった。「私はワシントンのトルコ公使館と関係があり、そこでは信頼されている。私は、我が政府の保護下にある。私になんらかの容疑をかけるとしても、そちらを通じていただきたい」

長い沈黙が続いた。ハッチは質問を浴びせたくてたまらなかったが、思考機械が軽い合図をして黙らせた。このような特殊な状況ではあるが、ハッサン氏の言ったことは真実であると、科学者は理解していた。これは、国際法の特異性なのだ。

「もちろん、あの短剣で一人の女性が殺害されたことはご存知でしょう？」と、科学者は訊いた。

「女性が殺されたということは聞いています」

「あの武器に、魔法の力があるとでもお考えか？」

「いえ、まったく」

「結局いまはどこにあるのです？」

「そちらの政府があなたに提出するよう命じたら、出してくれるのですか？」

「わが政府は、そのような命令は下さないでしょう」

ハッチはいらいらした。すべては茶番だった。もしハッサン氏が短剣を持っているのなら、それは複数あるということだ。新聞記者にはわかっていた。これが抜け目のない嘘なのかどうか、彼にはわからなかった。しかし、娘を殺害した凶器の短剣が、検死官の手元にあることは間違いなかった。

「もしその短剣がなんらかの事情であなたの所有から離れたとしたら、ハッサンさん、あなたはどうなりますか？」と、思考機械は訊いた。

「命をかけて守ります。もし私の手元からなくなったら、自殺をするでしょう。それが慣習であり、我が国ではそうするものと決まっています」

「ほお」科学者はだしぬけに叫んだ。「あとどれくらいボストンにご滞在ですかな？」

「おそらく数日間でしょう。その間、いくらでもご協力はいたします。心から喜んで」

「ここには、今までどれくらいいましたか？」

「一週間ほど」

「ボストンに以前来たことはありますか？」

「二年前に一度だけ。はじめてこの国に来たときです」

ハッサン氏は立ち上がり、帽子を手にした。彼は礼儀正しくハッチと思考機械に挨拶をし、門口で振り返った。

「たしか、この短剣は現在、検死官のロイド医師のもとにあるのでしたね？」

「ええ」と、科学者は言った。

ハッサン氏は出ていった。ハッチはしばらく怒りを抑えようと座っていたが、ついに爆発した。それは避けられないものだった。彼と、この事件に興味をいだいた高名な科学者の知性に対する侮辱への、当然の反発だった。

「ハッサン氏は嘘つきだ。そうでなければ、短剣は二本あるんだ」と、彼はわめいた。

「ハッサン氏はトルコ公使館の紳士だよ、ハッチ君」思考機械は咎めるように言った。「君はロイド医師と親しいかね？」

「はい」

「すぐに彼に電話をして、例の短剣を秘密裏に安全な金庫に移すよう伝えてくれ」科学者はそう指示を出した。「そして君は警察と協力して、娘の身元の手がかりがないか調査してくれ。ハッサン氏は短剣を手に入れたら、見せてくれるつもりだろう」

　その日の残りから次の日の途中まで、ハッチは小さな可能性を追った。心のなかに湧き上がったささやかな疑問を、解決しようとしていたのだ。その結果、とても明らかな結果が得られた。そして、再び思考機械を訪れた。彼は達成感を感じていた。

「僕は」彼は説明を始めた。「このウィルクスという男が、死んだ娘と連絡を取っていたり広告欄で人を募集したりしていたのじゃないかと、思いついたんです。そこで、新聞三紙の募集広告欄を当たってみました。そしてついに、これを見つけました」

　彼は小さな新聞の切り抜きを、思考機械に渡した。それを受け取ると、彼はしばらくじっと見つめていた。この切り抜きは、知的な若い女性を話し相手として募集する広告で、彼女が発見されたケンブリッジの家がある通りと番地が書かれていた。

「非常によろしい」思考機械は言い、両手をはげしくこすりあわせた。「ハッチ君、この娘の名前を調べるのは、長くて困難な仕事になりそうだ。もしかしたら、数週間もかかるかもしれん。この切り抜きは警察に渡して、捜査をまかせたほうがよかろう。これは十月十九日、ウィルクスがあの家を借りてから四日《ママ》後の日付だ。しかし、娘が死んだのは最近十日以内だ。そのあいだには、埋めねばならない時間の空白がある。この広告が、複数回掲載されていないかどうかを確かめるのだ。そして、新聞社から元原稿も入手しなさい。それはウィルクスの筆跡かもしれん。もしそうだとしたら、証拠の品となる」

「ハッサンの短剣について、何か情報はありましたか？」と、記者は訊いた。

「いいや。しかし、彼はいずれ見せてくれることだろう。ロイド医師には電話で連絡したかね？」

「昨日指示された通り電話しました。でもそのとき、ロイド先生は町を留守にしているといわれたんです。今朝も二度電話しましたが、誰も出ませんでした。おそらく、まだ帰っていないんじゃないでしょうか」

「誰も出ないだと？」思考機械は即座に反応した。「返事がない？　いやはや、いやはや！」彼は立ち上がり、部屋の中を二度往復した。そして、新聞記者の前で立ち止まった。

「それはまずい、まずい、まずい！」と言った。

「どうしてです？」と、ハッチは訊いた。

思考機械はくるりと向きを変え、となりの部屋に入っていった。戻ってきたときには表情が一変していたが、ハッチはどう解釈していいのか戸惑っていた。

「ロイド医師は今日一時に自宅で発見された。縛られて、猿轡《さるぐつわ》をはめられていた」簡潔にそう説明した。「唯一の召使いは、薬を飲まされて意識不明になっていた。強盗が入ったのだ。彼らは家じゅうを家探ししていた」

「なんですって――どういうことです？」と、ハッチは驚いた。

するとちょうどそのとき、廊下に通じるドアが開いてマーサが現われた。思考機械の年老いた召使いだ。

「ハッサン様です、旦那様」と、彼女は告げた。

例のトルコ人が、彼女のうしろに現われた。慇懃無礼《いんぎんぶれい》で、上品ぶった態度だった。

「ああ」思考機械は言った。「短剣を持ってきたのですな？」

「ワシントンにいるトルコ大使と電話で連絡し、これを見せる必要性を説明しました」ハッサンは言った。「ここに持参しましたので、見て納得してもらいましょう」

「ワシントンにあるものだと思っていた」と、ハッチは口を滑らせた。

「これです」と、トルコ人は答えた。彼は豪華な宝石箱を取り出した。その中には、黄金の短剣が入っていた。思考機械はそれを手にした。刃は輝き、曇り一つなかった。素早い手さばきで、思考機械は柄をひねって取り外した。刺激的な液体が数滴、床にこぼれ落ちた。

第四部

ハッサン氏はその晩、ボストンからワシントンへと出発した。彼は短剣を持っていった。思考機械は、何らの反対もしなかった。そして、問題の男の行方は、いまだに警察も把握できていなかった。

「あの短剣が必要になったときは」彼はハッチに説明した。「しかるべき筋から要求することができる。ハッサンが生きていればの話だがな。この事件は、国際法の問題になりそうだ」

「ハッサン本人が、今回の事件となんらかの関係があるとお思いですか？」と、ハッチは訊いた。

「どんなことでも可能性はある。ところで、ハッチ君。不動産屋の集金人クレメンツ、つまり娘の死体を発見した男のことについて、もう少し知りたい。彼は、あの家が空き家であることを知っていたかもしれん。まだ、あらゆる可能性が残されている。しかし、真の問題はあの黄金の短剣にかかっているのだ」

「だとしたら、ハッサンがまた関わりあいになるかもしれません」と、記者は執拗に言った。

「いいかね、ハッチ君、私が頼んだ例の広告の件に、まずは集中するのだ。そして、ロイド医師と面会をすること。まだ短剣があるかどうかを確認するのだ。広告の原稿が手に入ったら、警察に提供しなさい。ハッサンのことについては、今は言わなくてもよろしい」

その晩、まだ早い時間に、ハッチはロイド医師と面会した。

「強盗は短剣を盗っていきましたか？」と、彼は訊いた。

「何も言うことはない」というのが、それに対する返事だった。

「今も短剣はありますか？」

「何も言うことはない」

「地方検事に提出したんですか？」

「何も言うことはない」

この面談の結果、ロイド医師は短剣を持っていないという確信を、ハッチは得た。強盗が誰だったにせよ、それを盗んでいったのだ。連中はおそらく、ハッサンに雇われたのだろう。そして、ロイド家に押し入ったのには、短剣を手に入れるという目的があったのだ。

それからハッチは、広告が掲載された経緯についても調べた。別々の日に、あわせて四回掲載されていた。原稿は見つかり、彼に手渡された。男性による、しっかりした筆跡だった。これを警察に提供し、広告についてわかっていることのすべてを伝えた。

そして、長く詳細な調査が始まった。その結果、六人もの娘が行方不明であるということがわかった。しかし、彼女たちはこの事件とは関係ないということが、すぐにわかった。最初から、ウィルクスについての捜査は続いていた。ウィルクスという名前は偽名であると、皆が思っていた。

二日目の朝、新聞社に出社したハッチは、くたびれ果ててぼろぼろだった。しかし、社会部長が興奮した様子で駆け寄ってきたときに、その疲労は吹き飛んだ。

「ウィルクスが捕まったぞ」彼は言った。「昨夜遅くに、ウォーチェスターで逮捕された。不動産屋の社員が、面通しで確認もした。あと一時間ほどで、警察本部に連行されてくるはずだ。取材してこい」

「誰だったんです？」と、ハッチは訊いた。

「わからん。奴は別人だとは言わず、自分の名前はウィルクスだと言いはっている。しかし、ホテルの宿帳にはチャールズ・ウィンゲートと書かれていた」

夕刊の早刷りは、殺人の容疑者の逮捕の記事でいっぱいになっていた。一方、ハッチや他の記者は、ウィルクスの話を間接的にしか聞けなかった。警察は、この件をできるだけ隠しておきたいようだった。取材を終えると、ハッチはただちに思考機械のところに行った。

「警察がウィルクスを逮捕しました。彼はウィルクスという名前で通っているようです。ホテルにウィンゲートという名前で宿泊したのは、怯えていたからだそうです。国じゅうの警察に追われていることは、わかっていたそうです」

「家のほうはどうなのだ?」と、思考機械は訊いた。

「彼は一見、まともそうな説明をしていました。あの家を借りたのは、夫婦で数カ月間あそこに住むためだったそうです。しかし、実際には貸家に入りませんでした。引っ越しを予定していた日に妻が重病になり――持病の神経病が、いつもよりも重い発作を起こしたというのです。そして医者の助言にしたがって、新居の生活ではなく、キューバでの転地療養を選んだとか」

「新聞に広告を載せたのは、この病気が深刻だとわかる前でした。夫妻はキューバに二、三週間滞在し、妻はまだあちらにいると言っています。彼が帰国した日に殺人事件が判明したので、すべてが解決するまで姿を消していたほうがいいと判断したとのことです」

「彼の職業は何なのだ?」と、思考機械は訊いた。

「クリーヴランドにある刃物関係の大きな会社の東部代理店です。本社はボストンにあります。つい最近任命されたばかりで、ボストンに知人はいません。任命されたときから、旅行続きだそうです。彼は、あの家に住むのをやめたと不動産屋に告げるのをうっかりしたと言っていました。しかし、ともかく一カ月は借りていたわけです」

思考機械は黙っていた。青い目は上を向き、長くてほっそりとした指はその前で合わされていた。ハッチは、彼の顔をじっと見つめていた。ときどき複雑な皺が生じたが、すぐに消えてなくなった。頭脳を働かせている証拠だった。

「彼は娘と知り合いだったのか?」

「まったく知らないと断言しています。広告に応募した人間に、一人も面会しなかったそうです」

「当然そう言うだろうな」思考機械はぴしゃりと言った。

「彼は遺体を見たのか?」

「今日の午後見る予定です」

「警察は、娘の身元について何か情報を得ていないのか?」

「ないと思います」ハッチは答えた。「すぐに解決できるという大口はいつものことですが、何の意味もありませんから」

再び沈黙の中、科学者は座ったまま、じっと天井を睨みつけて考え込んでいた。

「彼はハッサンと知り合いなのか?」と、彼はようやく訊いた。

「わかりません」ハッチは答えた。「だってハッサンのことは、先生と僕しか知らないじゃないですか。それに僕はまだ、このウィルクスという男と会っていませんし」

「彼と会えるかね?」

「どうでしょうか。それは警察のさじ加減一つですから」

「今から一緒に行って、彼と会おう」と、思考機械は強く言った。

数分後、彼らは州警察署長の部屋にずかずかと入っていった。ハッチがお互いを紹介した。署長は今まで何度も、この有名な客の評判を聞いていた。しかし、今回が初対面だった。

彼のことは、おもしろい伝説のように思っていた。

「ウィルクス氏と面会させていただけるかな？」と、思考機械は依頼した。

「いや、今は駄目だ」というのが、それに対する答えだった。

「警察の目的は、正義を行なうことではないのかね」と、科学者は辛辣に言った。

「その通り」と答える署長の顔は、紅潮していた。

「実は、娘を殺した短剣の持ち主を、私は知っておる」科学者はそう言い切った。「その男かどうか、会って確かめたい」

署長は驚きのあまり立ち上がり、客のほうに身を乗り出した。

「知っている――本当かね。それは誰だ？」

「ウィルクスと会わせてくれるか？」と、相手は言い募った。

「まあ、そういう事情ならば、いたしかたない――」

「ではさっそくだ」と、思考機械は言った。

署長はボタンを押した。すると部下がやってきた。

「ウィルクスをここに連れてこい」と、署長は命じた。

部下は出ていき、しばらくするとウィルクスを連れてきた。別の部屋で、厳しい尋問にあっていたのだ。囚人の顔は真っ青で、一挙手一投足に緊張の様子が窺《うかが》われた。

「ウィルクス君、短剣はいつあなたの手元から離れたのかな？」と、思考機械は黄金の短剣の写真を差し伸べながら、だしぬけに質問した。

「こんな短剣は、見たことがありません」というのが、写真を長いあいだじっくり観察した末に返ってきた答えだった。

「これ用に、刃の注文を受けなかったか？」思考機械はさらに訊いた。

「ウィルクス君、私は警察が知っている以上のことを知っているつもりだ。しかし、そんな私でも知らないことを君は知っているだろう。この短剣で殺された娘は、一体誰なのだね？」

囚人の顔に戻っていたわずかな生気は、あっという間に消え去っていた。彼は激しく震え始めた。いきなり椅子に倒れ込むと、顔を両腕で覆った。

＊＊＊

「わかりません、わかりません、わかりません」彼はすすり泣いた。

その日の午後、ウィルクスは被害者の娘の遺体の脇に立った。じっと彼女を見つめた末に、大きな泣き声をあげ、気を失いかけながらすがりついた。

「アリス、アリス！」と、彼はあえぎながら名を呼んだ。

第五部

ウィルクス、別名ウィンゲートは、死んだ娘について知っていることを話した。嘘偽りのない表情で、要領を得たものだった。遺体安置室の隣の小部屋で気つけの処置を受けて平静を取り戻すと、よどみなく話をした。警察にとってもっとも印象深かったのは、彼が細部にいたるまで詳しく話をしたということだった。思考機械は、この供述についてどう思うか、何も言わなかった。彼は、何の感想も述べずにただ聞いているだけだった。

余計な部分を省いて、簡潔にまとめるとこういうことだ。問題の娘は、アリス・ゴーハムという。その身元については、何の疑問もない。クリーヴランドのスチール・トラスト社と長年関係のある人物の娘だった。父親に不運がふりかかったおかげで、ヴァッサー大学〔訳註：実在する有名女子大〕の最終年だったにもかかわらず、実家に戻らねばならなくなった。その直後に父親は突然亡くなり、何の遺産も残らなかった。母親はすでに数年前に亡くなっていた。彼女は一人っ子だった。

彼の話によれば、ウィルクスは彼女を子供のころから知っていた。彼の父親もかつてスチール・トラスト社の社員で、その後独立して刃物会社を共同経営したが、現在その会社は彼が社長を務めている。娘の年齢は、ウィルクスによると、二十一歳ほどであった。

父親が亡くなり、身一つで世間に放り出されて、彼女はクリーヴランドのある老齢の女性の話し相手として雇われた。しかし、行き違いが生じたので、娘は東部に移住する決心をした。遺体で発見されるほんの数週間前に、ボストンにやってきたばかりだった。

「これが、私が知っているすべてです」ウィルクスは話を終えた。「もちろん、彼女が亡くなっているのを見て、大きなショックを受けました。彼女がボストンに来たことは知っていました。それに彼女が住んでいたところから突然姿を消したのは知っていました。家内も私もです。キューバに行く前に訪問して、行方も探したのですから」

「彼女が失踪してから遺体で発見されるまでの最大十四日間、どこにいたかについては、まったく心当たりはないのかね？」と、思考機械は訊いた。

「ありません」と、ウィルクスは答えた。

「彼女が恋愛をしていたとか、誰か男性がいたとかいうことを聞いていないか？」と、思考機械は質問を重ねた。

「いいえ、そんなことはまったく聞いていません」

「もちろん、君はこの事件についての新聞報道を読んだだろう。そこには、娘の詳細な人相が記されていたはずだが、亡くなった女性と彼女とを結びつけて考えはしなかったのか？」

「ええ、直接には結びつけませんでした。新聞記事でいちばん頭に残ったのは、あの家を借りた男が殺人犯に違いないと何度も書かれていることでした。これはまさしく、私のことを指しています。だから、実を言うととても怯えてしまって、しばらくは偽名で隠れていようと思ったのです。もちろん、馬鹿げた行為でした。でももう逃げ場がないかのように思い込んでしまって――だからこんなことをしてしまったんです」

「ミス・ゴーハムと最後に会ったのはいつだ？」

「クリーヴランドで七カ月前でした」

「以上だ」と、思考機械は言うと、去ろうとするがごとく立ち上がった。

「これで先生は何がわかったんですか？」と、州警察所長は質問した。

「明日またおじゃまして、何がわかったか、どうやって知ったかを説明しよう」と答えた。

「あの短剣は誰が持っているのです？」と、署長は続けた。

「ロイド医師宅から盗まれた短剣のことかね？」と、思考機械は問い返した。その声音には、いささか皮肉の色が混じっていた。

「誰が――どうやって――何をあなたはわかったというんです？」

「行こう、ハッチ君」思考機械は唐突に言った。「明日会おう、署長」

いったん外に出ると、思考機械はスコレー・スクエアの地下鉄へと向かった。

「今度はどこに行くんですか？」と、ハッチは訊いた。

「ケンブリッジの家だ」思考機械は説明した。「もう一度見てみたい。いくつか見逃した点があるのだ」

「ウィルクスがミス・ゴーハムを殺したとお考えですか？」と、ハッチは訊いた。


「わからん」

「今は、ハッサンの仕業《しわざ》だと思っているのですか？」

「わからん」

それ以上、問いかけても無駄のようだった。二人は黙ったまま、ケンブリッジの家へ到着した。そして再び思考機械は地下室から屋根裏まで、建物全体を調べつくした。前回よりも、いっそう慎重を期した。特に、地下室は念入りだった。床は、一寸足りとも見逃すことはなかった。彼は、小さな布切れをつまみ上げた――黒い布だった。そしてそれを、詳細に調べあげた。さらに、四つん這《ば》いになって反対側の角の柔らかい地面がむき出しになっている床を調べた。ハッチは立ったまま、じっと見つめていた。

「これを見たか？」と、思考機械が尋ねた。

ハッチは電灯の光の下で目を凝らしたが、土にいくつかのくぼみがあることぐらいしかわからなかった。何か、入念な彫刻が施された重いものが、土の上に置かれて跡がついたようだった。

「何なんです？」と、彼は訊いた。

思考機械は、答えずに立ち上がった。二人は、二階の殺害現場の部屋に上った。ここで科学者は、ベッドのすべすべした木材をいきなり切り取った。彼はその小さなかけらを手にして、記者に渡した。

「何に見える？」と、彼は訊いた。

「マホガニーですね」と、ハッチは答えた。

「よろしい、非常によろしい。さてハッチ君、君はボストンに行って、不動産屋の集金人のウィラード・クレメンツという青年に面会したまえ。厳しく質問をするのだ。特に、強盗と知り合いではないかと攻め立てるのだ。興味深い実験になるぞ。彼について、ありとあらゆることを調べあげるのだ。私のアパートで、今夜八時に会おう。私はまだここでいくつかやることがある」

「先生、彼がやったんですか？」と、ハッチは訊いた。

「わからん。彼が知っていることを知りたいだけだ」

思考機械独特の方法をハッチが知らなかったら、こんな指示に当惑していたことだろう。しかし、彼にはお馴染《なじ》みのものだったので、クレメンツとこの事件をつなげる糸があるかどうか、単に心に留めておくだけにした。さしあたりクレメンツのことは置いておいて、娘の知り合いのウィルクス、もしくは短剣の所有者のハッサンについて集中することにした。

一人になった思考機械は、他人にはさっぱりその意図がわからないであろう、いくつかのことをした。彼は裏口から敷地を調べ始めた。屈み込んだり、雑草をじっと見つめたりした。背を丸めてゆっくりと、敷地の裏手の奥へと歩いていった。そして、行く手を阻《はば》む塀をゆさぶった。見るからに新しい囲いだったけれど、板がまるごと一枚取れて落ちた。その外は、細い道になっていた。

彼はここからいちばん近い近所の家に行き、となりの庭で誰かを見かけなかったかなど、いろいろと質問をした。誰の姿も目撃されていなかった。最後に彼は、最寄りの警察署への道順を訊ねた。

「最近この近所で、多くの強盗が入っているというようなことはないかね？」と、彼は自己紹介をしたあとに訊ねた。

「三、四件ですが、どうしてですか？」

「現在誰も住んでいない家具つき一戸建てが、泥棒に入られたということはないかね？」

「ええ、古いエセックスの地所が――ここから四ブロックほどですが」

「正確には何が盗まれた？」

「わかりません。その家の所有者は、現在ヨーロッパに滞在しています。ですから、何がなくなったのか、知りようがないのです。盗みに入った連中は、逮捕しました」

「彼らの名前を教えてくれるだろうか」

「一人は〝レディ〟・ブレークと呼ばれていて、もう一人はジョンソンと名乗っています」

「どこで逮捕された？」

「家の中です。彼らは馬車を用意して、重たいマホガニーのサイドボードを運び出そうとしていました」

「それはいつのことだ？」

「ああ、一週間ほど前です。連中は、それぞれ三年の懲役になりました」

「他に同様の事件はなかったかね？」

「いいえ」

「ありがとう」そして、思考機械は立ち去った。その晩、ハッチンソン・ハッチは科学者宅を訪問した。彼は電報を手にしていた。

「クレメンツと面会したか?」思考機械が質問した。「そして、彼には強盗の知り合いがいるか?」

「会えました」と、ハッチは軽く微笑《ほほえ》みながら言った。「彼は戦うつもりですよ」

思考機械は電報を開き、記者に渡した。

「君の興味をそそるのではないかな」と、彼は言った。

ハッチは黄色い紙を受け取り、以下の文面を読んだ。

「今朝あり・はっさん自殺シタ」

「こりゃあ、自白じゃないですか」と、記者は言った。

第六部

翌日の朝、警察署長室に六人の人間が集まった。署長、思考機械、チャールズ・ウィルクス、ファーレー刑事、ウィラード・クレメンツ、そしてハッチンソン・ハッチだった。クレメンツは呼び出しをかけられて、非常に驚いた。最初は大いに腹を立てたが、それが一段落すると、次第にびくびくし始めた。

署長を含む全員が、思考機械の言葉を待ちかねていた。ハッチはいまだにトルコ人のハッサンが犯人だと固く信じていたので、クレメンツがその場にいることに驚いた。

ファーレー刑事は黙って座り、葉巻をくちゃくちゃ嚙みながら、かすかな笑みを浮かべていた。署長は笑ってなどいなかった。彼は、黄色い髪の毛の巨大な頭をしたこの小柄な人物の、迫力を感じていた。

「さてクレメンツ君」思考機械が口を開くと、青年はぎょっとしたようだった。「君がミス・ゴーハムを殺害したとは思っておらん。おそらく最悪でも、君の罪状は強盗罪、もしくは強盗を知っていたにもかかわらず通報しなかったというところだろう。君の友人〝レディ〟・ブレークと仲間のジョンソンは、すでに一部自白をしている。さて、残りを白状してもらおうか?」

「白状って何を? 一体なんのことを言っているんだ?」と、青年は問い返した。

「そのつもりならかまわん」と、思考機械はいらいらした様子で言った。彼は署長のほうに向き直った。

「この事件では、われわれに運が向いてきた」彼はそう言った。

「特に、ウィルクス氏を逮捕できたということによってだ。ウィルクス氏を逮捕したあなたの部下の能力に、賛辞を送る」

署長は深々と頭を下げた。

「しかし、彼は殺人犯ではない」

科学者はさらに続けた。

検証された供述

「電報を使って、私は彼の供述を詳細に検証した。あなた自身でやってもよかったことだ。これが、私の電報への返信だ。おそらく、これで納得されるのではないかな。もうすでに、本当の殺人犯はチャールズタウン監獄に収監されておる。つまり〝レディ〟・ブレークもしくはジョンソンのことだ」

再びこの二人の名前が登場して、全員の視線はクレメンツに集中した。彼の表情が急に変わった。今や、彼は怯えきっていた。ウィルクスのほうは、生気を取り戻していた。

「証拠、証拠は」と、署長は簡潔に言った。

「ウィルクス君の供述をまた繰り返しても時間の無駄だろう」と、思考機械は続けた。「それが証明されたのだ。では、あとは何が残っている？　短剣の話題に移ろうではないか。そして、そのなりゆきを見ていこう」

「私はこの短剣を調べた。非常に変わった武器だ。その価値は、何千ドルにもなるだろう。柄にはトルコの三日月の印など、半ダースにもわたる帝国の宗教的な印が刻み込まれていた。トルコのこのような品物に詳しい人に電話をして聞いてみるのは簡単なことだ。ボイストン街の東洋美術専門店に、トルコ人がいる」

「私は彼と話し、短剣の詳細を説明した。彼は教育がある人間で、母国とその習慣を熟知していた。そしてこのような短剣は、私が考えていた類のものであるのは間違いないと、請け合ってくれた。つまり、王族や支配者が、任務をよく行なった臣下に与える贈り物なのだ。このような武器が我が国にあるかどうか知っているかと、私は訊いてみた。彼は知らないそうだが、ボストンにいるあるトルコ人紳士は、かつて主君に忠実に仕えていたそうで、彼ならばそんな褒美の品を受け取っている可能性はあると教えてくれた。その人物の名前は？　アリ・ハッサンだ」

「ハッサン氏は、ホテル・チュートニックに止宿していた。私は彼に手紙を出した。我が家にやってきて、黄金の短剣の写真を見てすぐに、自分の所有物だと断言した。これが娘を殺した凶器の短剣の写真だということを、思い出してもらいたい」

嘘で死を免れる

「あの短剣は自分の所有物であると断言したので、私はいささかびっくりした。同時に、これは聖なる品なので、異教徒の目に触れさせるわけにはいかないとも説明した。しばらく、私はわけがわからなかった。そして、もし何かがあって短剣が彼の手元を離れたとしたらどうするかと、質問をした。彼は、自殺をすると答えた。注目すべき発言だった。彼は嘘をついたのだ。彼は短剣を持っていなかった。持っていないということを知られたら、それは死を意味するのだ。彼は嘘をついて生きながらえていた。以前にも、そんなことがあったのではないだろうか。偽の短剣をつくっても、通用しないのだから」

「もしこの男が短剣の所有者で、それを認めたのなら」と、署長は口を挟んだ。「ただちに逮捕する」

「それができない、二つの理由がある」思考機械は静かに反論した。「第一に、ハッサン氏はワシントンにあるトルコ公使館の書記官だった。第二に、彼は死んでしまった」

署長たちは唖然とし、少し間が空いた。

「死んだですと」署長は叫んだ。「どうして？」

「毒で自殺した」簡潔な答えが返ってきた。「ともかく、私は短剣の所有者をはっきりさせた。さらに遺体が発見される五日前からハッサンがボストンにいたことがわかった。娘は一週間から十日前に死んだ――おそらく十日だろう。よって、ハッサンがミス・ゴーハムを殺したのではない。それは間違いない」

「そして出てきた疑問は、彼がどのようにして短剣を失ったのかということだ。誰かにくれてやったのではないのは、はっきりしている。盗まれたのか？　おそらくそうだ。いつ？　ハッサン氏は、この二年間ボストンには来ていないということだ。しかし、強盗は国じゅうで発生している。きっと強盗だろう。〝レディ〟・ブレーク一味が、ワシントンでかつてあの短剣を盗んだと考えられる。そして何らかの理由で、売り飛ばさずに手元に保管しておいたのだ。たとえ故買屋だろうと、四カラットのダイヤモンドを売りさばこうとする人間などおらん。それに、ハッサン氏は短剣の紛失を警察に届けなかったのだろう。ブレークは、もちろんそんなことは知らなかった。彼は短剣をとっておいた。一番安全なのは、自分の手元だったからだ」

思考機械は椅子に背をもたせかけ、天井を睨みつけた。聞き手のほうは、身を乗り出していた。署長は、この奇妙な話に夢中になっていた。科学者は再び口を開いた。

ブレークやその仲間

「短剣が検死官のロイド医師の元にあったという事実は、ハッサン氏との面会でも言及したし、新聞にも載っていた。この男の手下がロイド家に押し入り、短剣を取り戻したであろうことは、容易にわかる。それがあるか否かは、ハッサンの命に関わるからだ。この強盗事件の直後に、彼はワシントンに戻った。そこで自殺をした。おそらく、上司の命令だったのだろう。私がこの事実を電報で知らせたのだが、もちろん、彼の死を招こうとしたわけではない。必要ならばここに短剣を提出させるためだ。これで、短剣が誰の所有物かという問題に結論が出た。そして〝レディ〟・ブレーク一味が盗んだことも明らかになった」

思考機械は突然、クレメンツのほうを向いた。

「ヘンリー・ホームズ社の集金人として、君はケンブリッジ市のことはよくわかっているはずだ。君は、どこに金目のものがあるのか知りえた。さらに、ケンブリッジの空き家のこともよく知る立場だ。そうした知識から、君はどの空き家が窃盗団の隠れ家として最適なのかわかっていた。そしてたまたま、ウィルクス氏が借りた家にまだ誰も入居していないことを知った。しかしあの家が貸し出されていたということを、その手に請求書が渡されるまで君が知らなかったという可能性も十分にある。ただ、これらは推測にすぎない。さて、ここからは事実だ」

「君はあの家に集金に行った。正面玄関には鍵がかかり、鎧戸も閉まっていた。当然ここには誰も住んでいないと判断したことだろう。誰かの注目を集めるために、声を張りあげたかもしれない。しかし、当然君は頼まれない限り、二階に上ってそれ以上探しまわったりはしないはずだ。君は裏の部屋で、おそらくドアに鍵がかかっていたにもかかわらず、あれを見つけた。君はドアをこじ開けた。どうしてあの部屋に行ったのだ？　どうしてドアをこじ開けたりしたのだ？」

スパイの恐怖

「そこで考えてみよう。もし君が窃盗団の最重要メンバーだったとしたら——どうして重要かというと、君は紳士らしい風体だから、どこに行っても何を見聞きしても、まったく注意を惹かないからだ。この家が盗品の隠し場所だったと考えてみよう。あの娘が、ウィルクス氏の話し相手募集の広告に応《こた》えてやってきたのだとしよう。しかし、家には誰もいなかった。彼女が中に入って歩きまわり誰かいないか探したということも、十分にありえる」

「彼女はそこで、窃盗団と出くわしてしまったのではないか。彼女をスパイではないかと恐れて、排除しようとしたのではないか」

「これ以上に、彼女を監禁する理由があるだろうか？　少なくとも、隣の家から四百フィートは離れている。そして四十、五十、六十フィートは大通りから離れていて、分厚い壁の中だ。彼女の叫び声は聞こえないだろう」

「これで娘は、黄金の短剣を持つ窃盗団に囚われの身となった。いつ殺されてもおかしくない。ほんの数日のうちにそうなるだろう。一方で窃盗団は、盗品の中からベッドや家具で娘の寝場所をつくってやりもした。君、クレメンツ君は、娘が二階に監禁されていることを知っていた。だからあの部屋に行ったのだ。あのときすでに殺されていたのを知っていたとは言わん。ともかくそれを発見した。興味津々だったなりゆきが、最悪の結果になって恐怖に怯えた。もしかしたら、少しは怒りも感じたのかもしれん。もしかしたら、窃盗団は盗品を持ちだして売りさばき、君を放り出していったのかもしれん。そうだったのかね？」

クレメンツは死んだような目で彼を見つめていた。そしていきなり頭を両手で抱えて前のめりになり、激しく泣き出した。自白したも同然だった。

「どうして窃盗団のことにお気づきになったのですか？」と、署長は訊いた。

「二度、あの家を調査した。一回目は徹底的ではなかった。水道が通っているかどうかを確かめ、さらにどこかに血痕が残っているのではないかと調べた。ミス・ゴーハムを殺した犯人の手に血がつき、洗い落とすときに指紋を残していくこともありえるからな。そんなものはなかった。犯人は注意深かった」

塀の板が落ちた

「二度目の調査で、特に地下室に窃盗団の痕跡がないかどうか調べた。そこには、柔らかい地面に押しつけられたばかりの跡があった。それは湾曲したピアノの脚の跡と、その脇に何か大きな跡だ。つまり、グランドピアノが壁にたてかけてあったのだ。普通、ピアノを地下室に保管したりはしない。つまり、隠してあったのだ。当然、窃盗団が考えられるだろう。家の裏から塀まで、道はない。しかし、裏口から塀のある板のところまで、人が行き来した痕跡が残っていた。揺さぶってみたら、塀の板が外れた。門ではない。窃盗団は、夜でも正面玄関からは出入りをしないものだ。ピアノのような大きな品物でも、裏の小道から塀の板を外してくぐり、家に運び込むのは朝飯前だ。だから窃盗団なのだよ」

「さて、窃盗団はピアノやマホガニーのベッドを、人が住んでいる家から馬車に積んで盗み出したりはしない。警察によると、〝レディ〟・ブレークを含む窃盗団は、人が住んでいないが家具は揃っている家から盗みを働いているそうだ。連中ならば、ピアノでも何でも盗める。これで事件は解決だ」

「それらがすべて真実だとしても」署長は言った。「どうしてミス・ゴーハムを殺した犯人は、短剣を現場に残していったのでしょう？　おっしゃるとおりそいつが強盗ならば、そんな価値がある品物を残していくはずがないでしょう？」

「人を殺すときは、誰でも馬鹿になるのだ」思考機械は答えた。「怯え、頭が働かなくなり、思いもよらないようなことばかりする。あの家で、仲間の一人が大きな物音を立てたとしたらどうする。それも、ちょうど娘がうしろに倒れたときだ。そして、ナイフは遺体の下に隠れてしまう。殺人犯はそのまま置いて逃げてしまうだろう。これが事実だとは言わないが、かなり可能性が高いのではないかな。ナイフを取りに戻るつもりだったのかもしれないが、ブレークとジョンソンは逮捕されてしまい、それも不可能になった。そういうことだろう」

「どうしてウィルクス氏は家の下見に行ったときに、盗品に気づかなかったのでしょう？」と、署長は訊ねた。

「なぜなら、それらは地下室にあったからだ。地下室には行かなかっただろう、ウィルクス君？」

「そのとおりです」と、ウィルクスは答えた。

「それから思い出してもらいたいが、そのとき娘は、まだ家には来ていなかった」思考機械はつけ加えた。「ウィルクス君が家を借りたあとで出した広告に応募して、彼女はやってきたのだ」

　それまでじっと耳を傾けていたハッチンソン・ハッチが、質問をした。

「どうしてウィルクス氏に、この短剣を見たことがあるか、その刃の注文を受けたことはないかと質問したのですか？」

「短剣の刃はアメリカ製だった」科学者は答えた。「元の品物は壊れたのだ。なんと、新しい刃はウィルクス氏の刃物会社で製造されたものだったのだよ。だから、この短剣が彼の手元にあったと考えてもおかしくはない」

　長い沈黙が続いた。署長と、噛んで半分くちゃくちゃになった葉巻を口から離したファーレー刑事は、顔を見合わせた。ファーレーは首を振った――彼は何の質問もしなかった。最後に署長は、思考機械のほうを向いた。

「もしおっしゃるとおりなら、ブレークとジョンソンがミス・ゴーハムを殺したということになります。どうやってそれを証明したらいいのでしょう？　これは証拠ではなく、推理でしかありません」

「簡単なことだ。彼らはチャールズタウン監獄で、同じ房に入っているのかね？」

「そうだとは思えません。ああいうギャング連中が、同じ監房に入れられることはまずありません」

「そうだとしたら」思考機械は言った。「看守を囚人それぞれに会わせ、相棒は警察の証人になってお前を殺人犯として売り渡したぞと告げるのだ」

　やがてジョンソンは自白した。

底本は「ボストン・アメリカン」紙初出。

⧓1　「事件発生の一因」の誤りか。

⧓2　「クレメンツ」の誤りか。

⧓3　⧓4　新聞ではこれらの部分がそっくり入れ替わっているが、「possesion」と思われる単語の一部「sion」が残っているところなどを見ると、誤植と思われるので、著者生前に単行本には収録されなかった作品だが、後世の単行本の表記に従う。

⧓5　著者没後の単行本では「九時」。どちらにしても前述の「午後三時」とは一致しない。

命にかかわる暗号

The Fatal Cipher

第一部

　オーガスタス・S・F・X・ヴァン・デューセン教授——思考機械と異名を取っていた——は、その手紙を三度読み返した。目の前のテーブルの上に広げ、分厚い眼鏡越しに、青い目を極限まで細めて調べていた。彼にこの手紙を託した若い女性、ミス・エリザベス・デヴァンは、思考機械の自宅の小さな客間の長椅子に、辛抱強く座って待っていた。彼女は青い目を見開いて、この複雑な謎を解く鍵となる人物を、魅せられたように見つめていた。

　その手紙とは、以下のようなものである。

関係者一同へ

▼私は疲れた。あとはあの世に行くだけだ。もう十分だ。野望は潰えた。わが足元で、墓穴が口を開けて待っている。我が息子にすべてを残す。私の得た成果は失われ、あとは自分自身の手によって、命の灯を消したいと思うばかりだ。

　私を罵《ののし》り、傷つけた者は、これを読んで、わが息子よ、私がこのようにして罰してほしいと知るだろう。これが私が彼らを許す方法なのだ。

　私はあえて公表しないので、生きていても死んでも、諸君の怒りは収まらないだろう。諸君が口にせず、心に秘めていた秘密は明らかにしない。そして私の耳は金庫のごとく閉ざされて、諸君の声を永遠に聞くことはない。わが墓所は安息の地だ。

　一族の絆は聖書のごとく強く、すべてを息子に残す運命であった。私は（七）と彼への愛を、我が人生の輝かしく素晴らしい一ページに記した。

　さらば。私は死ぬ。

ポメロイ・ストックトン

「一体どのような状況で、この手紙があなたの手に渡ったのだね、ミス・デヴァン？」思考機械は訊いた。「包み隠さずすべてを話してもらおう」

　科学者は椅子に深々と座り、巨大な黄色い髪の毛の頭をクッションにもたせかけ、長くて細い指の先を突き合わせた。[1]彼は、美しい客の顔を見ようともしなかった。彼女は相談にやってきたのだ。彼は喜んで相手になった。それは、彼が常に興味を抱いている抽象的な問題に、また一つ挑戦できるからである。彼の専門分野である科学において、その名声は世界じゅうに高かった。そのような評価を実際的な研究で得ている彼にとって、こうしたことで頭をつかうのは、一種の息抜きだったのかもしれない。

　ミス・デヴァンはやわらかな、聴きとりやすい声で話をしていたのだが、ときおり言葉に詰まることもあった。もしかしたら泣いていたのかもしれない。その顔はいささか紅潮していた。そして、強調したいところにかかると、手袋をした華奢な両手を素早く握ったり開いたりした。

「父、いえ、養父といったほうがよろしいと思うのですけど、ポメロイ・ストックトンは発明家でした」彼女はそう話し始めた。「わたししたちは、ドーチェスターにある大きな古いお屋敷に住んでいました。わたしが子供のころからです。まだほんの五歳か六歳のときに、わたしは孤児となり、ストックトンの養子になりました。当時、彼は四十歳でした。わたしは今二十三歳です。常に、わたしをほんとうの娘として育ててくれました。ですから、お亡くなりになったのが悲しくてなりません」

「ストックトンはやもめで、自分自身の子供は息子のジョン・ストックトンだけです。現在三十一歳ほどです。非常に立派な方で、[2]かなり信心深い方でした。ある大きな商社の次席共同経営者をなさっています。ダットン・アンド・ストックトン社という、皮革を扱う会社です。おそらく、かなり裕福だろうと思います。かなりの金額を慈善事業に寄付されていますし、大きな日曜学校の理事長として活躍されています」

「養父のポメロイ・ストックトンは、この息子の憧憬の的でした。でも、何か恐れているような態度も見せ

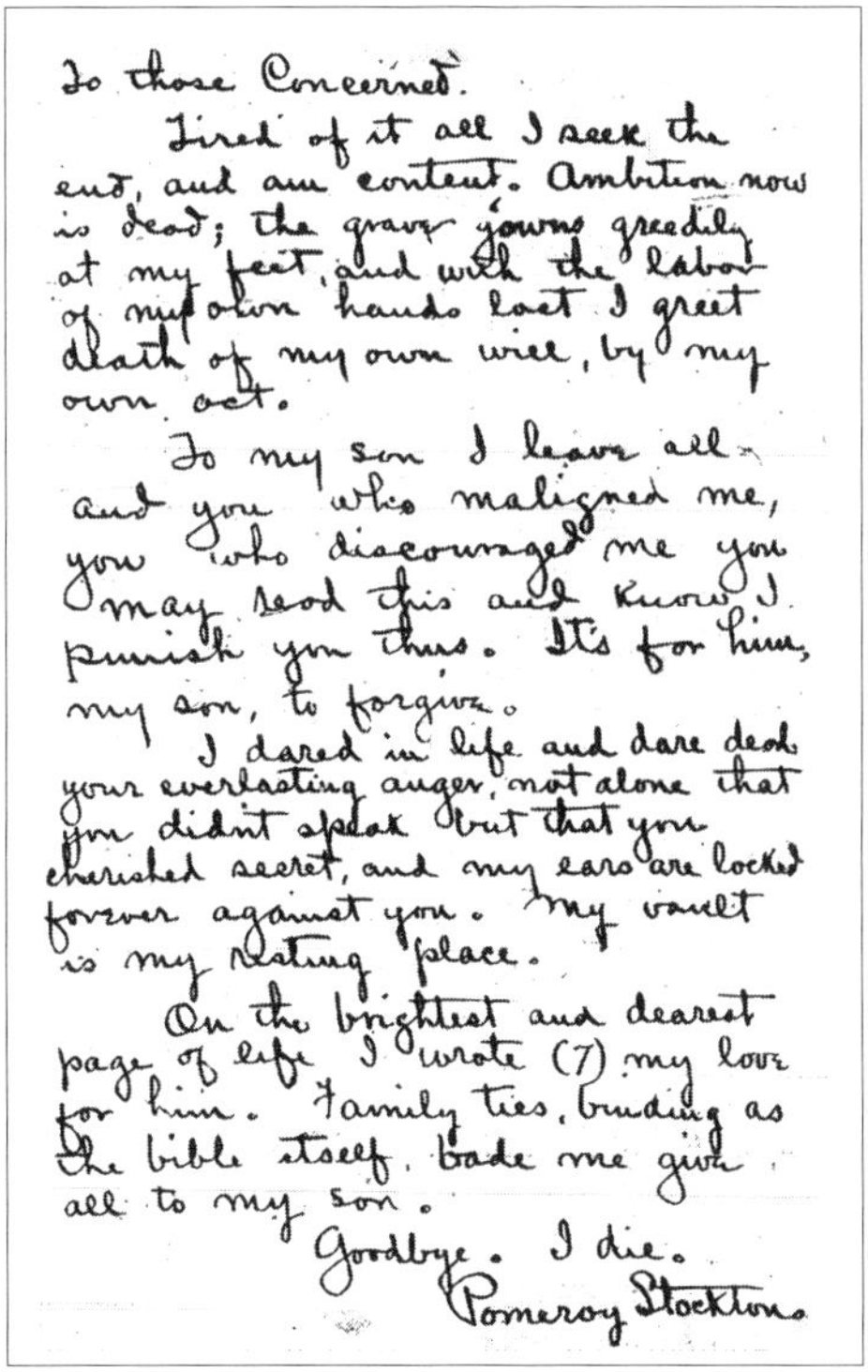
To those Concerned.
Tired of it all I seek the end, and am content. Ambition now is dead; the grave yawns greedily at my feet, and with the labor of my own hands last I greet death of my own will, by my own act.
To my son I leave all — and you who maligned me, you who discouraged me you may read this and know I punish you thus. It's for him, my son, to forgive.
I dared in life and dare dead your everlasting anger, not alone that you didn't speak but that you cherished secret, and my ears are locked forever against you. My vault is my resting place.
On the brightest and dearest page of life I wrote (7) my love for him. Family ties, binding as the bible itself, bade me give all to my son.
Goodbye. I die.
Pomeroy Stockton

ていました。細かい仕事をしていたせいで、父は文句が多く、怒りっぽくなっていました。それでも、これほど素晴らしい人はいないと思います。父はほとんどの時間を、小さな作業場で過ごしていました。自宅一階の裏の大きな部屋を、そのために当てていました。いつも作業をするときには、ドアに鍵をかけていました。そこには炉、型取りなどわたしには用途がわからないさまざまな道具が、たくさん置いてありました」

「誰だか思い出したぞ」思考機械が言った。「銅硬化法の秘密を再発見しようと研究していた人物だ——古代エジプト以来失われた技術だ。ストックトン氏の評判はよく知っている。どうぞ続けなさい」

ミス・デヴァンは続けた。「父がどんな研究をしていたにせよ、とても慎重に、秘密にしていました。誰もその部屋の中に入らせませんでした。わたしも中にある品物をちらりと見たことがあるだけでした。特に息子に対して厳しく、十数回も作業場から追い出されて、その都度激しい口論になっていました」

「ストックトンが最初に病気になったときには、そういう状況でした。六、七カ月前のことです。そのとき、父は作業場の扉に二重に鍵をかけ、二階の自分の部屋に閉じ込もり、二週間以上引き込もっていました。その部屋はわたしのとなりで、その間に二度、息子と父が、まるで口論をしているかのような大きな声でやりとりをしているのが聞こえました。二週間が過ぎて、ストックトンは作業場での仕事に戻りました。するとすぐに、同じ家に住んでいた息子がビーコン街にアパートを借りて、荷物を運び出してしまったのです」

「そのときから、せんだっての月曜日まで——今日は木曜日ですよね——息子さんを家では一度も見かけていません。月曜日は、父はいつも通り作業場で仕事をしていました。前に教えてくれたのですが、今手がけている仕事はほぼ終わりで、完成すれば大金が手に入ると言っていました。月曜日の午後五時ごろ、息子さんが家にやってきました。いつ帰ったのかは、誰も知りません。でも、父がいつもと同じ六時三十分に夕食をとらなかったのは事実です。わたしは、仕事をしているのだと思い、声もかけませんでした。今までこんなことは何度もあったからです」

娘はしばらく黙り込んだ。深い悲しみを抑えきれなくなってしまったようだった。

「そして翌朝？」と、思考機械は優しく促した。

「翌朝のことです」娘は続けた。「父が作業場で死んでいるのが見つかりました。ちょっと見たところでは、遺体には死因がわかるような痕跡はありませんでした。作業炉の一つの側の椅子に座っており、毒を飲んで即死したように見えました。青酸が入っていたと思われる小瓶が、椅子のすぐ側の床で砕けていました。何度ノックしても返事がなかった末に、遺体が発見されたのです。うちの執事のモンゴメリーが、わたしの命令でドアを打ち破り、父が死んでいるのがわかりました」

「わたしがすぐに息子のジョン・ストックトンに電話をしたので、家にやってきました。その手紙は、父のポケットの中に入っていました。今ご覧になった通りです。ストックトンさんはかなりお怒りになり、手紙を破ろうとしました。彼に、そんなことをせずにわたしに渡すようにと言いました。すぐに、何かおかしいという気がしたからです。父はよく、将来についてわたしに話をしていました。これから自分はどうするかとか、わたしにいずれどうさせるかといったことです。何も心配ごとはなかったはずです。あの手紙は、偽物ではないかという気がするのです。そうだったらいいのに――そうだったらいいのに。でも、いろいろ考えて――」

「遺体は解剖されたのかね？」と、思考機械が訊いた。

「いいえ。ジョン・ストックトンは、どんな捜査にも反対でした。警察の注目を惹《ひ》くようなふるまいは、どんなことでも反対だとも言っていました。父は、ベントン先生の死亡証明書で埋葬されました。ジョン・ストックトンとは、大学時代からの友人です。そうして、自殺の疑いもなにもかも、まったく隠蔽されてしまいました」

「葬儀の前後、ジョン・ストックトンはわたしに、この手紙を秘匿しておくか破棄するよう、約束させました。もううるさく言われないようにと、手紙は破棄したと言いました。彼のこうした態度について考えれば考えるほど、あれは自殺ではないのではないかと思うようになりました。毎晩毎晩、わたしはこのことばかり考えていました。そしてとうとう、警察ではなく先生のところを訪ねる決心をしたのです。この背後には怪しい謎が隠れているのではないでしょうか。どうかお助けください――」

「よし、よし」思考機械は口を開いた。「その作業場の鍵はどこにあった？　ポメロイのポケットの中か？　彼の部屋か？　ドアにささっていたのか？」

「実は、わたしにはわかりません」ミス・デヴァンは答えた。「そんなことには、思いをいたしませんでした」

「ストックトン氏は遺言状を残していたかね？」

「はい。顧問弁護士のスローンさんに預けていました」

「それは公開されたのか？　内容はわかっているかね？」

「あと一日くらいで公開されるはずです。その手紙の第二段落から推しはかると、たぶんすべてを息子さんに譲るつもりだと思います」

　思考機械はこの手紙の四度目の読み直しをした。そしてまた、ミス・デヴァンをじろりと見た。

「この手紙全体を、あなたはどう解釈しておるのだ？」と、彼は訊いた。

「父についてわたしが知っていることや、あの方が置かれていた状況から考えて、この手紙の意味はまさにそこに書かれている通りだと思います。第一段落から考えられるのは、父が発明した何かを奪い取られたか、盗まれたということです。第二、第三段落は、おそらく、一部の親戚への反論なのではないでしょうか――兄弟が一人と遠縁の従兄弟《いとこ》が二人います――その人たちはいつも父のことを変人呼ばわりしていて、しばしば本人に向かってまでそう言っていました。一族のそちら側の系統の歴史については、わたしはあまりよく知りません。最後の二つの段落は、一カ所以外はわかるのですが――」

「七という数字を除けば、ということだろう」科学者は口を挟んだ。「これがどういう意味か、見当がつくかね？」

娘は手紙を手に取り、しばらくじっと見つめていた。

「いいえ、全然」彼女は言った。「手紙の中のどの内容ともまったく結びつきません」[3]

「ミス・デヴァン、この手紙は無理やり誰かに書かされたものだということは、あり得るかね？」

「はい」娘は即座に答えた。彼女の顔は紅潮していた。「わたしもちょうど、同じことを考えていました。最初から、何か恐ろしくて邪悪な計画が背後でうごめいているのではないかと思っていたんです」

「それとも、もしかしたらポメロイ・ストックトンはこの手紙を目にしたことがなかったかもしれん」思考機械はつぶやいた。「偽造だという可能性があるかもしれん」[4]

「偽造ですって！」娘は驚いた。「するとジョン・ストックトンが……」

「偽造にせよ本物にせよ」思考機械は静かに続けた。「これは、実に驚くべき文章だ。まるで詩人が書いたようだ。実に回りくどい表現方法だ。要点をついていない。実際的な人間は、こんな書き方はしない」

しばらくのあいだ、沈黙が続いた。娘はテーブルの上に身を乗り出し、深遠な科学者の瞳を見つめた。

「もしかしたら、もしかしたら」彼女は言った。「何か、暗号が隠されているということはないでしょうか？」

「おそらくその通りだろう」思考機械は断言した。「これは暗号なのだ。しかも非常に天才的な方法でなされたものだ」

第二部

二十四時間後、思考機械は新聞記者のハッチンソン・ハッチを呼び出し、この事件について話した。思慮深くて慎重なハッチは彼のお気に入りで、もちろん喜んで彼に協力した。

ハッチは問題の手紙を読んだ。暗号が仕込まれていると思考機械が言っていた代物だ。そして、ミス・デヴァンについての状況も、新聞記者に説明した。

「これが暗号だとお思いなんですか？」と、すべてを聞いたハッチは質問をした。

「暗号だ」思考機械は答えた。「ミス・デヴァンが言っていたことが正しければ、ジョン・ストックトンはこの事件についてまだ何も喋《しゃべ》っていないはずだ。君には、直接彼と会って、話をしてもらいたい。そして、彼についてのあらゆることを調べ、遺言状によってどのように遺産が分割されたかも調査してほしい。遺言状で、すべてが息子に相続されるのかどうか」

「それから、ジョン・ストックトンとミス・デヴァンとのあいだに個人的な対立があるかどうかも調べてくれたまえ。あるとしたらその原因は何か、男が関係しているのか？　そうだとしたら誰なのか？　これらすべてを調べあげたら、ドーチェスターの家に行き、先祖代々の聖書があれば、それを借りてきてくれ。おそらく大きな本だろう。もしなければ、ただちに電話で連絡がほしい。もしあれば、ミス・デヴァンはきっと貸してくれるはずだ」

　これらの指示を受けて、ハッチは出かけていった。三十分後、彼はジョン・ストックトンの仕事場にある部屋にいた。ストックトンは顔の長い男で、痩せこけていて、一見聖職者ではないかと思わせるような風貌だった。独善的な雰囲気を漂わせているのが、ハッチには気に入らなかった。とはいってもそれは、猫なで声や余計な馬鹿ていねいさといったような、行動の端々に窺《うかが》われるだけだった。

　ハッチが最初の質問を発したときに、ストックトンの顔には不愉快そうな表情が浮かんだ。それは、父親のポメロイ・ストックトンとの関係を示唆していた。

「この件が新聞沙汰にならないよう、希望をしておったのでございますが」と、ストックトンはペラペラと優しげな声で言った。「なにしろ、亡くなった父の思い出に泥を塗るだけのことでございますからね。父の発明は、世界の進歩に大きな貢献をしておったわけですから。でも、必要というのでしたら、この一件に関して存じ上げていることをお話ししたり、お調べいただくのもやぶさかではございませんよ。正直申し上げれば、やめていただきたいのは山々なのですが」

「お父上の遺産は、どれほどなのでしょう？」と、ハッチが質問した。

「百万ドル以上にはなるでしょう。そのほとんどは、列車連結装置の発明で生み出されました。これは現在ほぼすべての鉄道で使用されています」

「そして遺言状では、遺産はどのように分割されることになっているのですか？」と、ハッチは訊いた。

「私はまだ遺言状を見ておりません。しかし、ほぼすべては私に残され、ミス・デヴァンには年金とドーチェスターの家を与えるものと理解しております。彼女のことはずっと、娘分として扱っていましたから」

「するとあなたは、遺産の三分の二か四分の三は相続するわけですね」

「そのようなことになるでしょう。おそらく、八十万ドルくらいかと」

「現在、遺言状はどこにあるのですか？」

「父の顧問弁護士の、スローン氏の手元にあるはずです」

「いつ公開される予定ですか？」

「今日公開されるはずだったのですが、いささか遅れが生じているのです。弁護士が、数日の延期を決定しました」

「お父上が自殺したのは明らかで、さらにそれ以上の不審な点さえ指摘されているというのに、どうして自然死したことにしようとしているのですか、ストックトンさん？」と、ハッチは問い詰めた。

ジョン・ストックトンは椅子の上で姿勢を正し、ぎろりと目を光らせた。彼はのんきに手をこすり合わせていたのだが、そんな動きをやめ、記者を睨みつけた。

「不審な点ですと？」彼は言った。「何のことでしょうか？」

ハッチは肩をすくめた。しかし、その視線に宿る非難の色は消えなかった。

「お父上が自殺をされる動機などはおわかりですか？」

「何もわかりません」ストックトンは答えた。「まあ、動機のない自殺だったとして、私の唯一の過ちは、友人から事件の一報を知らされたのに、警察に届け出なかったことでしょうかな」

「その点ですが、どうしてそんなことを？」

「もちろん、一家の名誉を守るためです。しかし、それがあなたのおっしゃる不審な点なのですか？　自殺か自然死以外に、別の考えを持っている人がいるとでも言うのですか？」

彼はそう問い返したが、その表情にはいささかの変化が生じていた。彼は記者のほうへ身を乗り出した。その薄い唇からは、もう聖人ぶった薄笑いは消えていた。

「ミス・デヴァンは、亡くなったお父上が持っていた手紙を見せてこう話したのですが――」と、記者が言いかけた。

「エリザベスか！　ミス・デヴァン！」と、ジョン・ストックトンは叫んだ。彼はいきなり立ち上がり、何度も室内を行ったり来たりした。そして、記者の目の前に立ち止まり、「あの手紙の存在を、絶対に口外しないと誓ったくせに」

「しかし、彼女は公表してしまいましたよ」ハッチは言った。「それに彼女は、お父上の死因は現在言われているような自殺ではないと、ほのめかしていました」

「あの女は頭がおかしいんだ」ストックトンが罵った。「誰が父を殺せるというんだ？　どんな動機があるというんだ？」

ハッチはにやりと笑って、唇をねじまげた。

「ミス・デヴァンは、正式にお父上の養子になっていたのですか？」と、彼はだしぬけに訊いた。

「そうです」

「だとしたら、他の親戚はともかく、お父上があなたに遺産の四分の三を与えるというのは、ちょっとおかしいんじゃありませんか――あなたはすでに自分で資産を築いていらっしゃるのに――まったく何も持っていないミス・デヴァンにほんの一部というのは、いかがなものでしょう？」

「それは父の考えることですから」

沈黙が訪れた。ストックトンは、いまだに室内をうろうろしていた。

ようやく彼は、デスクの側の自分の椅子に腰を下ろした。そして、しばらく座ったまま記者を見つめていた。

「もうおしまいにしてよろしいでしょうか？」と、彼は訊いた。

「もし差しつかえなければお聞きしたいのですが、ミス・デヴァンとあなたの対立には、何か原因があるのですか？」

「対立なんてとんでもない。単に仲がよくないというだけですよ。父と私は、彼女について数度にわたり言い争いをしましたが、その理由はお話ししたくありません」

「お父上が亡くなる前の晩にも、そのような議論をしましたか？」

「彼女について、いささか論じ合ったとは思います」

「あの晩は、作業場から何時にお帰りになりましたか？」

「十時ごろです」

「では、午後からずっとお父上とあの部屋に一緒にいたということですね？」

「ええ」

「夕食もとらずに？」

「ええ」

「食事を忘れるなんて、何をしていたんです？」

「父は、最近完成した発明についての説明をしてくれました。それを私が売り出すことになっていたのです」

「自殺をするような原因には、まったく心当たりがないということですね？」

「ええ、まったくありません。われわれは将来について念入りに計画を練っていました」

　もしかしたら、この男の見た目に対するいささかの偏見があったせいかもしれないが、ハッチはこの面談の結果には大いに不満だった。ストックトンは率直に答えているように見えたが、何の成果もなかったような気がした。彼は最後の質問をした。

「お父上の家に、先祖伝来の大型の聖書はありますか？」

「何度も見たことがありますよ」と、ストックトンは答えた。

「まだあそこにありますか？」

「私の知る限りでは、そのはずです」

　こうして対話は終わった。ハッチはまっすぐドーチェスターの家に行き、ミス・デヴァンと面会した。思考機械の指示に従い、先祖伝来の聖書を見せてくれるよう頼んだ。

「つい先日まであったんですけど」ミス・デヴァンは言った。

「でも、なくなってしまったんです」

「お父上が亡くなってからですか？」と、ハッチは訊いた。

「ええ、その翌日です」

「誰が持っていったか、心当たりがありますか？」

「もしあの人でなければ――」

「ジョン・ストックトンですね。彼はどうして持っていったんですか？」と、ハッチは口走った。

娘はわずかに手ぶりで、「わかりません」という意思を伝えた。

「彼から聞いたのですが」ハッチはむっとしながら言った。「聖書は今でもここにあるはずだと」

娘は記者ににじりよると、白い片手を彼の袖の上に置いた。瞳に涙をいっぱいためて、その顔を見上げた。彼女の唇は震えていた。

「ジョン・ストックトンが、あの本を持っていったんです」彼女は言った。「父が亡くなった翌日に、ここから持っていってしまったんです。何か目的があるようなのですが、私にはわかりません」

「本当に間違いなく、彼が持っているのですか？」と、ハッチは訊いた。

「彼の部屋で目撃しました。そこに隠しているのです」と、娘は答えた。

第三部

ハッチは会見の結果を、ビーコン・ヒルの自宅にいる科学者に報告した。ミス・デヴァンが一族伝来の聖書は息子の所有下にあると言ったというところまで、科学者は黙って聞いていた。

「もしも、ミス・デヴァンとストックトンの仲が悪いのだとしたら、どうして彼女はストックトンの家を訪問したりしたのだ？」と、思考機械は問いただした。

「わかりません」ハッチが答えた。「父親の死と何か関係があると彼女が考えて、自分で調査をしていたとしたら話は別ですが。それで結局、この聖書は事件に何か関係があるのですか？」

「かなり深い関係があるかもしれん」思考機械は謎めいた答えをした。「これからやるべきことは、聖書がストックトンのアパートにあると言った娘の言葉が本当かどうか調べることだ。さあハッチ君、この仕事は君にまかせた。私はぜひ、その聖書をこの目で見たい。君が私の眼前に持ってきてくれれば、これに増す喜びはない。もし持ってこられないのなら、本文の七ページ目に、鉛筆でなんらかの書き込みがされていないかどうか、調べてもらいたい。そのページを破り取ってここに持ってきてくれれば、さらにいい。別に悪いことではない。しかるべきときに戻せばいいのだから」

ハッチは聴きながら、さっぱりわけがわからないとばかり、額に皺を寄せた。殺人事件と思われる今回の謎と、聖書の七ページ目がどう関係しているというのだろう？　ストックトンが残した手紙には、聖書への言及があった。しかし、意味はまったく不明だ。そしてハッチは、同じ七という数字が丸括弧に入っていたことを思い出した。一見、あの手紙の他の部分とは何の関係もないように見えた。ハッチがこの事件について考えをめぐらせていると、思考機械の声にさえぎられた。

「私はここで君の報告を待っているからな、ハッチ君。私の予想通りだとしたら、今夜遅くにちょっとした探検の航海に出ることになるはずだ。それまでに、問題の聖書を見つけ、その結果を報告するように」

　ハッチはたやすくビーコン街のジョン・ストックトンのアパートを見つけ出した。彼一流のやり方で中に忍び込み、家探しをした。だから、そこから出てきたときの彼の顔には、悔しそうな表情が浮かんでいた。そして、近所にある思考機械の自宅へと急いだ。

「どうだった？」と、科学者は訊いた。

「聖書はありました」と、ハッチは言った。

「そして、七ページは？」

▼「切り取られて、なくなっていました▲[5]」と、記者は答えた。

「ほう」科学者は声をあげた。「思った通りだ。今夜遅く、先ほど言ったようにちょっとした遠出をするぞ。ところで、ジョン・ストックトンが万年筆を持っていたか使っていたか、気がついたかね？」

「そんなものまでは目にとまりませんでした」と、ハッチは言った。

「ではすまないが、彼の会社の社員に知っているかどうか訊ねてくれないか。今晩十時にここでまた会おう」

　こうしてハッチは出ていった。少しして、彼は何気ないふりを装い、再びストックトンを訪問した。そのときの調査で、ストックトンは万年筆を所有していないということがわかり、大いに満足した。そしてストックトンを相手に、ふたたび聖書の話題を取り上げた。

「確かストックトンさん」彼はぺらぺらと喋った。「先祖伝来の聖書があるとは知っているけれども、それがドーチェスターの家にあるかどうかは知らないとおっしゃっていましたよね」

「その通り」と、ストックトンは言った。

「それでは」ハッチは続けた。「まったく同じ聖書があなたのアパートのソファの下の箱のなかに、ごていねいに隠してあるのはどうしてなんですか？」

　ストックトンは唖然としたようだった。いきなり立ち上がり、両手を握りしめ、新聞記者に対して身を乗り出した。その瞳には、怒りの炎が燃えていた。

「そのことをどうやって知ったんだ？　お前は何を言っているんだ？」と、彼はかみついた。

「つまりですね、あなたはこの本の行方を知らないと言っていながら、隠し持っていた。それはどうしてですか？」

「私の部屋にある聖書を見たのか？」と、ストックトンは訊いた。

「そうですよ」と、新聞記者は平然として答えた。

彼の顔には、新たな決意がみなぎっていた。馬鹿ていねいな態度は消え失せ、聖人ぶった薄ら笑いは消え去った。薄い唇は一文字になった。

「もうこれ以上何も言うことはない」と、彼は厳しい声で言った。

「どうして聖書の七ページを切り取ったんですか？」と、ハッチは訊いた。

ストックトンは彼を呆然と見つめた。まるで魂が抜かれたようだった。彼は顔色を失った。真っ青になってしまった。そして次に彼の口から出てきた言葉には、緊張が満ちていた。

「その――その――七ページがないって？」

「そうだ」ハッチは答えた。「どこにやった？」

「どんな状況であっても、これ以上何も言うことはない」

一体どういうことなのか、どんな意味があるのかまったくわからないまま、ハッチは事実と矛盾する言葉を引き出してしまった。どうしてストックトンは、七ページがなくなっているという言葉に驚いたのだろうか？　どうして聖書は、ドーチェスターの家から持ち出されたのだろう？　どうして慎重に隠していたのだろう？　どうやってミス・デヴァンは、あそこにあることを知ったのだろう？

これらは、記者の心の中に渦巻いていた数々の疑問のほんの一部にしかすぎなかった。彼はさっぱり、雲をつかむような思いだった。あの手紙に暗号が隠されているのだとしたら、それは何なのだろう？　この事件に、どんな関連があるのだろう？

これらの疑問の答えが見つかるかもしれないと、ハッチはタクシーに乗り、ドーチェスターの家へ戻った。すると、思考機械が玄関口に立っており、中に案内されるのを待っているのを目にして、彼はびっくりした。科学者は、彼がやってきても当たり前のような顔をしていた。

「ストックトンの万年筆について何かわかったかね？」と、彼は訊いた。

「万年筆を持っていないことは間違いありません。つまり、あの手紙が書かれた時期には、少なくとも所有していなかったということです。それがご質問の意味だったんじゃないですか」

二人は家の中に招き入れられ、しばらくするとミス・デヴァンが現われた。思考機械が、ストックトン氏の遺体が発見された作業場を見たいのだと言うと、彼女は理解を示した。

「それから、ストックトン氏の筆跡の見本があれば見せていただきたい」と、科学者は頼んだ。

「変わっているかもしれませんが」ミス・デヴァンは説明した。「手紙との比較に耐えるほどの見本はないのです。父はかなりの数の手紙を出していたのですが、それらは皆、わたしが父に代わってタイプライターで打っていたのです。ときどき、科学雑誌に投稿する論文の準備をすることもあったのですが、それらもわたしが口述筆記していました。もう長年、そういう習慣でした」

「この手紙が唯一のものなのかね？」

「もちろん、小切手やその他のものにサインはしました。そういったものでしたらご提供できます。でも、父がこの手紙を書いたということに、疑いの余地はありません。父の筆跡です」

「万年筆を使ったことはないと思うが？」と、思考機械は言った。

「わたしの知る限りでは」

「君は持っているかね？」

「はい」と、娘は答えて、ショールのような金色の小ぶりな被り物の胸の部分から、万年筆を取り出した。

科学者はペン先を親指の爪に押しつけて、青インキの滴を出した。例の手紙は黒インキで書かれていた。思考機械は満足した様子だった。

「では作業場だ」と、彼は促した。

ミス・デヴァンは長くて幅の広い廊下を、建物の裏まで案内してくれた。そして、打ち壊された跡のあるドアを開け、中に入れてくれた。さらに思考機械の求めに応じて、彼女はまた最初から話を繰り返した。ストックトンの遺体が発見された場所、青酸の瓶が割れていた場所、それから召使いのモンゴメリーが彼女の命令で壊したドアの場所を教えた。

「ドアの鍵は見つかったかね？」

「いいえ。一体どうなったのか、見当もつきません」

「この部屋は、遺体が発見されたときそのままかね？ つまり、何か持ち出されたものはないか？」

「ありません」と、娘は答えた。

「召使いたちは、何か持ち出さなかったか？ 彼らはこの部屋に入れるのかね？」

「この部屋に入ることは、固く禁じられていました。遺体は運び出されましたし、青酸の瓶のかけらは片づけました。でも、それ以外はまったくそのままです」

「この部屋にペンやインキがあるかどうか、知っているかね？」

「考えたこともありません」

「遺体発見以来、絶対にそれらを持ち出してはいないのだな？」

「わたしは――その――していません」と、娘は口ごもった。

ミス・デヴァンは部屋から出ていき、ハッチと思考機械は一時間ほど調査を続けた。

「ペンとインキを探すのだ」と、思考機械は指示した。

しかし、それらは見つからなかった。

その六時間後の真夜中に、思考機械とハッチンソン・ハッチは、ドーチェスターの家の地下室を探索していた。小さな懐中電灯の光が、陰鬱でじめじめした空気を切り裂いてくれるのが頼りだった。ついにその光は、地下室の頑丈な壁に埋め込まれた小さなドアを照らしだした。

　思考機械からかすかな驚きの声があがった。そしてその直後に、拳銃の撃鉄を起こすカチリという音が、背後の闇の中から聞こえた。

「急いで伏せて」とハッチは声を絞り出すと、懐中電灯に飛びついて一撃で明かりを消した。それと同時に、拳銃は火を噴いた。弾丸は、ハッチの頭の後ろの壁に当たった。

第四部

　銃声の反響がいまだハッチの耳の中でわんわんと響いていたが、思考機械の手が腕に触れるのを感じた。そして、真っ暗な地下室の中で、科学者のいらいらした声が発せられた。

「右側、右側だ」と、鋭い声で言った。

　だが、その言葉とはうらはらに、科学者はハッチを左へと引っ張っていった。次の瞬間、二発目が発射された。その閃光で、最初の銃撃が行なわれたときに彼らがいた場所の十二フィート右側から狙っていたことがわかった。銃を持った犯人は、科学者の声に騙されたのだ。

　科学者はハッチを、地下室の階段の下まで引っ張っていった。階段の上から差してくるかすかな明かりで、彼らが立っているところとは反対側の闇の中を覗き込む、背の高い人物が浮かび上がっていた。ハッチは、ここですべきことは一つと、躊躇なく実行に移した。彼は跳躍し、その人物の背中に飛びつき、床に押し倒した。そして間髪入れず拳銃に手を伸ばし、それをもぎ取った。

「大丈夫です」彼は宣言した。「やっつけました」

　先ほど思考機械の手からたたき落とした懐中電灯に再び明かりが灯り、地下室を照らしだした。そして、ジョン・ストックトンの顔に向けられた。男はいまだに新聞記者につかまったまま、なすすべもなくあえいでいた。

「なんだ？」ストックトンは平然として言った。「強盗じゃなかったのか？」

「明るいところに行こう」と、思考機械は指示した。

科学者とジョン・ストックトンが初めて顔をつき合わせたのは、このような異常な状況だった。ハッチは事務的な態度で二人を紹介し、ストックトンに拳銃を返した。科学者が頷いて、そうするよう促したからだ。ストックトンは、テーブルの上に拳銃を置いた。

「どうしてわれわれを殺そうとしたのだ？」と、思考機械は質問した。

「あなたたちを強盗だと思ったのですよ。物音が地下室から聞こえたので、調べに降りていったのです」

「君はビーコン街に住んでいるのではなかったのかね」と、科学者は言った。

「そうです。しかし、今夜は少々やることがあったのでここに来たら、あなた方の物音を耳にしたというわけです。地下室で何をしていたのですか？」

「ここに来てからどれくらいになるのかね？」

「五分か十分です」

「この家の鍵は持っているのかね？」

「長年持っていますが、これはいったいどういうことなんです？　どうやってこの家に侵入したのですか？　どんな権利があってここにいるのです？」

「ミス・デヴァンは今夜在宅かな？」と、思考機械は相手の疑義を無視して問い返した。

「わかりません。多分そうでしょう」

「もちろん、彼女には会っていないだろう？」

「確かにそうです」

「君はここに、彼女に知られないようこっそり来たのだな？」

ストックトンは肩をすくめて、何も言わなかった。椅子に座っていた思考機械は立ち上がり、ストックトンの目をじっと睨みつけた。そしてハッチに話しかけたが、視線はまったくそらそうとしなかった。

「召使いを起こして、ミス・デヴァンの部屋を教えてもらい、彼女に異変がないか確かめるのだ」と、指示を出した。

「そんなことはしないほうがいいんじゃないですか」と、ストックトンは即座に口を挟んだ。

「どうしてだ？」

「これはわたくしごとなんですがね」ストックトンは言った。「できれば、私がここに来たことは彼女には告げ口しないでいただきたい。さらに言えば、あなた方が来たこともミス・デヴァンには知らせないでいただきたいのですがね」

男の態度にはいささか不審な様子が見られた。どうしてもミス・デヴァンに知られたくないという態度だったので、かえってハッチはすぐに行動を起こした。彼は急いで部屋から出ていき、あわてて着替えたミス・デヴァンと一緒に十分後には戻ってきた。召使いは好奇心満々で、外の廊下に立っていた。しかし、ドアは閉まっていたので、中で何が起きているのか知られることはなかった。

ミス・デヴァンが入っていくと、ストックトンは椅子から立ち上がり、いささか芝居じみただんまりの場面が繰り広げられた。思考機械はそれぞれをじろりと見つめた。娘の顔は真っ青になり、ストックトンは見るからに動揺していた。

「どうしたんです？」ミス・デヴァンが質問した。彼女の声は少し震えていた。「どうしてみなさんここにいるのですか？　何が起きたんです？」

「ストックトン氏が今夜ここに来られたのは」思考機械は穏やかに話し始めた。「地下室の鍵のかかった金庫室から、中身を取り出すためだ。あなたに知られないよう忍び込み、先に来ていたわれわれに発見された。ハッチ君と私がここに来たのは、あなたが私に委ねた事件の捜査の一環である。われわれも、あなたには内緒でここに来た。これが最良の方法だと判断したからだ。ストックトン氏は、自分がやってきたことはあなたには絶対に知られたくないと言っていた。あなたから今言うべきことはありますかな？」

娘は怒りをあらわにしながら、ストックトンのほうを向いた。非難せずにはいられないという態度だった。彼女の小さな手がストックトンを指した。彼の顔には奇妙な表情が浮かぼうとしていたが、それを押し殺そうと必死だった。

「殺人犯！　泥棒！」と、娘は非難した。

「どうして彼がやってきたのか、わかるかね？」と、思考機械は訊いた。

「おっしゃる通り、金庫室から盗もうとしたんです」娘は厳しい声で言った。「父が最後の発明の秘密を明かそうとしなかったから、この男に殺されてしまったんです。どうやってあの最後の手紙を書かせたのかは、わかりませんけど」

「エリザベス、一体おまえは何を言っているんだ」と、ストックトンは真っ青になって言った。

「あまりにも強欲すぎて、遺産を独り占めしようとしたんだわ」娘は激しい言葉を続けた。「わたしがほんの一部をもらうことにだって、我慢がならなかったのよ」

「エリザベス、エリザベス！」と、ストックトンは頭を抱えて前かがみになりながら言った。

「この秘密の金庫室について、何を知っているのだ？」と、科学者は訊いた。

「わたしは――わたしは――地下室には秘密の金庫室があるだろうと、ずっと思っていました」娘はそう説明した。「知っている、と言ってもいいかもしれません。だって、父が大切にしているものはすべて自分で家の中のどこかにしまっていましたから。それは地下室以外には、ありえないだろうと思っていました」

長い沈黙が続いた。娘は直立し、体を丸めているストックトンを、同情のかけらもない表情で睨みつけていた。ハッチはその表情に気づき、ミス・デヴァンは執念深い人間なのだと初めて思った。彼ら二人のあいだには、長年にわたる対立があったのだと確信した。その長い沈黙を、思考機械が破った。

「ミス・デヴァン、ストックトン氏の自宅に隠されているのをあなたが見つけた聖書の七ページがなくなっているのは、知っていたかな？」

「気がつきませんでした」と、娘は答えた。

ストックトンはその言葉を聞いて立ち上がり、顔色を失いながらもじっと耳を傾けていた。

「今までに、その聖書の七ページを見たことはあるか？」と、科学者は質問した。

「思い出せません」

「私の部屋で何をやっていたんだ？」と、ストックトンは娘を問い詰めた。

「どうしてページを破り取ったのだ？」と、思考機械が訊いた。

ストックトンは初め、この質問を自分に向けられたものと思い、答えようと振り向いた。そして、これはミス・デヴァンに向けられたものだと気がつくと、彼女のほうに向き直った。

「わたし、破り取ってなんていません」ミス・デヴァンは叫んだ。「そんなもの、見たこともありません。何のことをおっしゃっているのか、わたしにはわかりません」

思考機械は苛《いら》ついたように両手を振り、ストックトンへ次の質問をぶつけた。

「父上の筆跡の見本を持っているかね？」

「いくつかでしたら」ストックトンはそう答えた。「父からの手紙がここに三、四通あります」

ミス・デヴァンは、驚いたように小さく息を呑んだ。ストックトンは手紙を取り出し、思考機械に手渡した。彼は、そのうちの二通に目を通した。

「たしか、ミス・デヴァン、父上はいつも、手紙はあなたに口述筆記させていたと言いましたな？」

「そう申し上げました」娘は言った。「そんなものがあるなんて、知りませんでした」

「お借りしてもかまいませんかな？」と、思考機械は言った。

「どうぞ。それほど大切なものではありませんから」

「では今度は、秘密の金庫室に何が入っているのか見てみようではないか」と、科学者は続けた。

彼は立ち上がり、再び地下室に入っていった。懐中電灯で行く手を照らす。ストックトンはすぐそのうしろに続き、さらにミス・デヴァンが続いた。彼女の白い化粧着が、ぼんやりした明かりの中に不気味にたなびいていた。しんがりはハッチだった。思考機械は、ストックトンに撃たれたときにハッチと一緒にいた場所へとまっすぐ向かった。地下室の壁に埋め込まれた小さな扉が、再び明かりに照らしだされた。触れるとすぐに、その扉は開いた。狭い金庫室にはなにもなかった。この小部屋の調査に没頭していた思考機械は、そのとき何が起きたのか、まったく気づかなかった。いきなりまたピストルの音が響いた。そして、女性の悲鳴が続いた。

「ああどうしよう、彼が自殺した！　自殺した！」
ミス・デヴァンの声だった。

第五部

思考機械が懐中電灯で後方を照らしだすと、ミス・デヴァンとハッチが、倒れているジョン・ストックトンに屈み込んでいた。髪の生え際から赤い滴が滴り落ちている以外、彼の顔は真っ青になっていた。その右手には、拳銃が握られていた。

「いやはや！　いやはや！」科学者は叫んだ。「どうしたのだ？」

「ストックトンが自殺したんです」と、ハッチは興奮した口調で言った。

科学者はひざまずいて負傷者をざっと診察し、いきなり――うっかりだったのかもしれないが――ミス・デヴァンの顔に明かりをつきつけた。

「君はどこにいた？」と、即座に問いただした。

「彼のすぐ後ろです」娘は言った。「死んでしまうんですか？　致命傷ですか？」

「絶望的だ」科学者は言った。「上に運ぼう」

意識不明の男を抱え上げ、ハッチを先頭にして再び先ほどまでいた部屋へ戻った。ハッチはかたわらになすすべなく立ち尽くしていたが、医師でもある思考機械は傷口をさらに詳しく調べた。弾痕は右のこめかみの上で、ほとんど出血はしていなかった。その周りには、焼けこげた火薬輪が残っていた。

「ちょっと手を貸してくれないか、ミス・デヴァン」と、思考機械はハンカチを包帯がわりに怪我人の頭に巻きつけながら言った。ミス・デヴァンは包帯の最後の結び目を結んだが、思考機械はその両手をじっと見つめていた。作業が終わると、彼女のほうを向いて、だしぬけに単刀直入に言った。

「どうして彼を撃ったのだ？」と、訊いた。

「わたしは――わたしは――」娘は口ごもった。「彼を撃ってなんかいません。自分で撃ったんです」

「では、どうして君の右手に火薬痕がついているのだ？」

ミス・デヴァンは右手をちらりと見た。するとみるみるうちに顔色が失われていった。そして恐れおののいていた。

「わたし――わからない」つっかえつっかえそう言った。「まさかわたしがそんなことを――」

「ハッチ君、救急に電話をかけ、マロリー刑事がただちにここに来られるかどうか確かめなさい。この男を銃撃した容疑で、私はミス・デヴァンを拘束する」

娘はしばらく呆然と彼を見つめていたが、どさりと椅子に腰を下ろした。死んだように真っ青で、その目には恐怖が宿っていた。ハッチは、電話を探しに出ていった。ミス・デヴァンはしばらく我を失ったかのように黙って座っていた。ようやく力を振り絞って立ち上がり、ふてくされたような顔で思考機械と対峙した。

「撃ってなんかいないわよ。やってない、やってない。自殺したのよ」

思考機械の長くて細い指が拳銃に伸び、そっと負傷者の手から取り上げた。

「ああ、私が間違っていたようだ」彼は唐突に言った。「思っていたほどの重傷ではないようだ。ほら！　意識を取り戻しつつある」

「意識を取り戻すですって！」ミス・デヴァンは叫んだ。「じゃあ、死なないんですか？」

「どうして？」と、思考機械は問い詰めた。

「だって、こんなひどいことをしたんだから、罪を自白したようなものじゃないですか」彼女はあわてて説明した。「死なないんですか？」

次第にストックトンの顔色がよくなってきた。思考機械は彼の上に屈み込み、片手を心臓の上に置いた。まぶたが震えているのを見ていると、ゆっくり目を開いた。するとただちに、心臓の鼓動が感じられるほどになった。ストックトンは一瞬彼に目をやり、そして弱々しく再び目を閉じた。

「どうしてミス・デヴァンは君を撃ったのだ？」と、思考機械は問いただした。

間が空き、また目が開いた。ミス・デヴァンは彼から見える場所に立ち、ストックトンに懇願するかのように両手を伸ばした。

「どうして彼女は君を撃ったのだ？」と、思考機械は繰り返した。

「彼女は――やって――ない」ストックトンはゆっくりと言った。「私が――自分で――やった」

その瞬間、思考機械の額には難問に直面したときにできる細かい皺が生じたが、すぐに消えた。

「わざとか？」と、彼は訊いた。

「自分でやった」

再び目は閉じられた。ストックトンは意識を失ったようだった。思考機械は視線を上げて、ほっとした表情のミス・デヴァンの顔を見つめた。彼の態度は豹変した。がっかりした様子で、彼女のほうに向き直った。

「誠に申し訳ない」そう言った。「間違いを犯したようだ」

「彼は死んでしまうの？」

「いいや。それももう一つの過ちだ。彼は回復するはずだ」

数分後には、市立病院の救急車が騒々しい音を立てて玄関先に到着し、ストックトンを連れていった。気を失いそうになっていたミス・デヴァンは、ハッチが同情して自室へと連れていった。思考機械はその前に、気つけ薬を少し与えていた。マロリー刑事は、呼び出しても電話に出なかった。

思考機械とハッチは、ボストンに戻った。パーク街の地下鉄駅で、思考機械がいくつか指示をしたあと、二人は別れた。ハッチは翌日のほとんどを、それらの指示にもとづいて行動した。まず、ベントン医師と面会した。ポメロイ・ストックトンを埋葬する際の死亡証明書を発行した医師だ。新聞記者がやってきた当初、ベントン医師はかなり警戒している様子だった。しかし、しばらくするとこの事件についておおいに語り出した。

「ジョン・ストックトンとは、大学時代から一緒でした」彼は言った。「あんなにいい男は他には絶対にいませんよ。信じられないくらいです。そのうえ、善良な人間でありながら財産を築き上げることに成功しているのですから、もっと信じられないじゃありませんか。別に、彼が偽善者だなんて言っているわけじゃありませんよ」

「父上が亡くなっているのを発見してすぐに、彼が僕に電話をかけてきたので、ドーチェスターの家に駆けつけました。彼によると、ポメロイ・ストックトンが自殺したのは明らかだそうです。こんなことが公になって名誉を傷つけられるのをひどく恐れていて、どうにかしてくれと僕に頼んだのです。僕としては、死亡証明書を自然死、たとえば心臓病とでも偽って出すことしか考えつかないと言いました。これはまったく、彼との友情から発した言葉です」

「僕は遺体を調べ、ポメロイの舌に青酸の痕跡を見つけました。彼が座っていた椅子の脇では、青酸の瓶が割れていました。解剖は行ないませんでした。もちろん、倫理的な罪を犯したということはわかっています。でも、実際に何かに害を及ぼしたというわけではないでしょう。もちろん、今あなたが事実を知ってしまったことで、僕の経歴は危うくなっているわけですが」

「自殺だというのは、間違いないのですね？」と、ハッチは訊いた。

「自信を持って言えます。それに、ポメロイのポケットから手紙が発見されたでしょう。僕はそれを読んだので、疑いは払拭されました。この手紙は、ミス・デヴァンの手に渡ったはずです。今でも彼女が持っているんじゃないですか」

「ミス・デヴァンのことはよくご存知なのですか？」

「全然。ただ、彼女は養女になったにもかかわらず、何らかの理由で前の名字のままになっているそうです。三、四年前、彼女はちょっとした恋愛沙汰を起こし、ジョン・ストックトンがそれに反対しました。破談になったのは、彼が原因だったと思います。実際ある時期は、彼自身が彼女を愛していたけれども、彼女のほうが結婚相手として受け入れなかったのです。それ以来、いささか関係が悪化してしまったのですが、彼から聞いた大まかな事情しか知らないのですよ」

そしてハッチは、思考機械の次の指示を遂行することにした。それは、ポメロイ・ストックトンの遺言状を預かっている弁護士と面会し、どうして遺言状の公表が遅れたのかを訊くというものだった。

ハッチは、フレデリック・スローン弁護士をたやすく見つけだした。これまでにわかっている事実を、すべて腹蔵なくスローン氏に語って聞かせた。そして、どうして遺言状はいまだに公表されないのかと質問をした。スローン氏も、ざっくばらんな人間だった。

「それは、その遺言状が私の手元にないからですよ」彼は言った。「どこかに置き忘れたのかも、なくしたのかも、はたまた盗まれたのかもしれないなあ。今のところ、家族には内緒にしておくつもりですよ。そして、遺言状の公開を遅らせているあいだに探すとしましょう。まだ手がかりさえもないんですがね。一体どこに行ったことやら、見当もつきませんや」

「遺言状の内容はどういうものですか？」と、ハッチは訊いた。

「遺産のほとんどはジョン・ストックトンに残されて、五千ドルの年金がミス・デヴァンに与えられます。それから、ドーチェスターの家も彼女にですな。かつてポメロイ・ストックトンが、自分の発明を盗んだと非難した他の親戚は、切り捨てられています。ストックトン氏が亡くなったあとで発見された手紙ですが――」

「あの手紙のことも知っているんですか？」と、ハッチは口を挟んだ。

「ええ、もちろん。この手紙は遺言状の裏づけになりますな。ただ、一般的に言えば、これではミス・デヴァンも外されてしまいますが」

「相続から外されたストックトンの親戚が、遺言状を手に入れて破棄しようとしたとは考えられませんか？」

「当然その可能性はありますが、その一族の二系統は何年も没交渉ですからなあ。そちらの系統は西部の端っこのほうに住んでいて、彼らは遺言状が行方不明になったことは何の関係もないと確かめるのに、骨を折りましたよ」

これらの新事実を発掘して、ハッチは思考機械に報告しにやってきた。彼は三十分ほど待たされた。ようやく科学者がやってきた。

「解剖に立ち会っていた」と、彼は言った。

「解剖？　誰のですか？」

「ポメロイ・ストックトンの遺体だ」

「へえ、もうすでに埋葬されたものと思っていました」

「いいや。霊安室に安置されていた。解剖の許可を得るために、検死官を説き伏せねばならなかった。われわれが一緒に行なったのだ」

「何か発見しましたか？」と、ハッチは訊いた。

「君のほうは、何を発見したのだ？」と、思考機械が問い返した。

ハッチは手短にベントン医師とスローン弁護士との面会内容を話した。科学者は何も言わずに耳を傾け、それが終わると大きな椅子に腰を掛けて天井を睨みつけた。

「これですべて終わったようだ」彼は言った。「われわれが直面した問題は、以下の通りだ。第一に、どのようにしてポメロイ・ストックトンは死んだのか？　第二に、一見したような自殺でないとしたら、どういう動機なのか？　第三に、動機があるとしたら、それは誰につながるものなのか？　第四に、あの手紙の暗号はなんと書かれているのか？　さあハッチ君、今や、そのすべてが明らかになったと思われる。あの手紙には、暗号が隠されていた――それは五の暗号と言ってもいいだろう。五という数字が鍵なのだよ」

第六部

「第一にハッチ君」思考機械は、ミス・デヴァンが持っていた例の手紙を取り出して、テーブルの上に広げながら口を開いた。「この手紙に暗号があることははっきりした」

「暗号には、一千もの異なる種類がある。その一つ、まさに暗号の典型とでもいうべきものが、ポーの小説『黄金虫』に見事に描かれている。その暗号は、数字や記号がそれぞれアルファベットの文字に対応していた」

「そして、本を利用した暗号がある。これはおそらく、すべての暗号のなかで一番安全なものだろう。なぜならば、単語を選び出してページ数などの数字で指定したときの、元の本がわからない限り解くことができないからだ」

「この話題にこれ以上深入りしても仕方がないので、問題の手紙が暗号かどうかを考えてみよう。手紙を注意深く調べると、取っ掛かりと思われる三つの点が見えてくる。その最初は、手紙全体の調子だ。これから自殺をしようという人間が書くような、直截で腹蔵ない書きぶりではない。何か目的があるようだ――つまり、表面上の文章の他に何か目的があるのだ。だから、これには裏に隠された暗号があると思っても間違いあるまい」

「第二の点は、ある単語が見当たらないということだ。本来であれば『cherished』と『secret』のあいだに『in』という単語があるべきなのはわかるだろう。これはもちろん、うっかり書き忘れたのかもしれない。そんなことは誰だってやる。しかし、さらに調べていくと第三の点が現われるのだ」

「それは、丸括弧に入った七という数字だ。ぱっと見たところ、それまでの文脈にも、それ以後にも、まったく関係がない。うっかり間違えたということはありえない。では、どういう意味なのか？　あわてて作った暗号の、外部への雑な手がかりなのか？」

「この七という数字を私は最初、暗号があったとして、手紙全体にかかる鍵なのではないかと考えた。この数字から七語数えると『binding』という単語がある。それからさらに七語数えると、『give』という単語だ。これら二つの単語を並べると、何か意味が出てきそうだ」

「私はそこで立ち止まり、今度は最初に戻って七語さかのぼると、『and』になった。『and』から七語さらにさかのぼったが、無意味なようだ。手紙の単語を七語ごとにひろうという方法を全体に当てはめてみたが、まったくわけのわからない単語の羅列になってしまった。七文字ずつでやってみても、同じことだった。これらの文字が、それぞれ別の文字を表わしているとでも考えれば別だが。しかし、それでは複雑すぎる。私は常に、まず一番単純な方法を選んでみることにしているのだ。そこで私は、最初からやり直した」

「では、七に一番近い単語で、一緒にするとなんらかの意味を形作るのはどれだろうか？　七から下ってみたが、『family』ではない。『Bible』も違う。『son』もだめだ。七から上ってみたらどうだろう。するとこれは脈があるんじゃないかという単語にぶつかった。それは『page』だ。『page』は、七から五つさかのぼった単語だ」

「さらに五つさかのぼると、どんな単語が出てくるだろう？　それは『on』だ。これで『on page 7　七ページに』と、言葉がつながった。五単語ごとだ。七から五単語ずつ下ってみると、『family』だ。次の五単語めは『Bible』だ。これで、『先祖伝来の聖書の七ページに』となった」

「自分で暗号を解いてごらん」

「あとはもう、くだくだしく暗号解読の過程を説明することもないだろう。私は七から五単語ごとに単語を拾って、すべてを明らかにした。ここには下線をひいてある。下線の単語を読み上げて、自分で暗号を解いてごらん」

　ハッチは、書き込みのある手紙を受け取った。

関係者一同へ
私は疲れた。あとは**あの世に行く**だけだ。もう十分だ。野望は潰えた。わが足元で、墓穴が口を開けて待っている。我が**息子**にすべてを残す。私の得た成果は失われ、あとは自分自身**の手によって**、命の灯を消したいと思うばかりだ。
　私を罵り、傷つけた者は、**これを読んで**、**わが息子**よ、私がこのようにして**罰してほしい**と知るだろう。これが私が彼らを許す方法なのだ。
私はあえて公表しないので、生きていても死んでも、諸君の怒りは収まらないだろう。諸君が口にせず、心に秘めていた**秘密は**明らかにしない。そして私の耳は**金庫の**ごとく閉ざされて、諸君の声を永遠に聞くことはない。わが墓所は安息の地だ。
　一**族の**絆は**聖書の**ごとく強く、すべてを息子に残す運命であった。私は（**七**）と彼への愛を、我が人生の輝かしく素晴らしい一**ページに記した**。
　さらば。私は死ぬ。

ポメロイ・ストックトン

　ハッチはゆっくり読み上げた。「私はあの世に行く。息子の手によって。これを読んでわが息子を罰してほしい。私はあえて公表しない。秘密は金庫の、一族の聖書の七ページに記した」

「いや、これはびっくりした！」と、記者は叫んだ。それは思考機械への賛辞であり、同時に今自分が読み上げた文章への驚きでもあった。

「いいかね」思考機械は説明した。「もし『in』という単語が通常通りに『cherished』と『secret』とのあいだに入っていたら、暗号が崩れてしまい、まったく意味を失ってしまうのだ」

「これで、ストックトンを電気椅子送りにするには十分ですね」と、ハッチは言った。

「もしこれが偽物でなければな」と、科学者は不機嫌そうに言った。

「偽物ですって」ハッチは驚いた。「ポメロイ・ストックトンが書いたんじゃないんですか？」

「違うな」

「ジョン・ストックトンじゃないでしょう？」

「違う」

「ミス・デヴァンだ」

「じゃあ、誰のしわざなんですか？」

「ミス・デヴァンだ」

「ミス・デヴァンですって！」ハッチは驚いておうむ返しに言った。「すると、ミス・デヴァンがポメロイ・ストックトンを殺したんですか？」

「いいや、彼は自然死だった」

ハッチはわけがわからなくなった。山のような疑問が押し寄せて、答えを探してもがいていた。彼はあんぐりと口を開けたまま、思考機械を見つめていた。この事件について今まで考えたことすべてが、ひっくり返ってしまった。根こそぎだった。

「つまり、こういうことだ」思考機械は言った。「ポメロイ・ストックトンは心臓病で自然死した。ミス・デヴァンは彼が死んでいるのを発見し、この手紙を書いて彼のポケットに入れ、青酸を彼の舌に垂らし、毒の入った瓶を床に叩きつけて部屋から出てドアに鍵をかけた。そして翌日、押し破ってみせたというわけだ」

「ジョン・ストックトンを撃ったのは彼女だ。彼女が、先祖伝来の聖書の七ページを破った。そして、本をストックトンの部屋に隠した。なんらかの方法で遺言状を手に入れたのも、彼女だ。まだ持っているかもしれないし、すでに破棄してしまったかもしれない。年老いた養父の突然死を利用して、女性でも実行できる、恐ろしい非人間的な計画でライヴァルを蹴落としたのだ。悪女ほどの悪はこの世には存在しない。そんな言葉を前に聞いたことがある」

「しかしこの事件は、何が、どうして、どうなっているのか、もうさっぱりわかりません」

「この暗号は、受け取ってからほんの数時間で解読した」思考機械は言った。「当然、次に知りたいのは、この息子というのが何者なのかという点だ」

「私は、ミス・デヴァンの話はもちろん聞いていた――父と息子が反目して、親子喧嘩をしていたという簡単なものだ。

その話の根底からは、ミス・デヴァンがいかに狡猾であろうとも、にじみ出てくる嫌悪感が感じられた。彼女は上手に事実と嘘を織り交ぜていたので、真実のみを取り出すのは難しかったが、私は自分の選択に自信を持っていた」

「ミス・デヴァンは、私に言ったように、この手紙は強制されて書いたものだと思わせようとしていた。殺されようという人間が、こんなに複雑な暗号を書くはずがない。それに、自殺をする人間も、こんな手紙を書く理由など持ちあわせていない。『私はあえて通報しない』という一節などは、馬鹿げている。ポメロイ・ストックトンは囚人ではない。自分を殺す計画におびえたのならば、どうして通報しないのだ？」

金庫室は空だと知っていた

「これらすべてを呑み込んだ上で、私は君にジョン・ストックトンとの面会に行かせたのだ。先祖伝来の聖書について彼がなんと言うのか、私は特に気になっていた。しかし、その七ページはすでに破り取られており、ミス・デヴァンの手元にあることはわかっていたのだ」

「それに、秘密の金庫室が空っぽだということも、察しがついていた。これらの二つは見なくとも、彼女が暗号を書いたからには、すでに始末をしてしまっているはずだ。さもなければ、暗号でそれらを示唆するわけがない。彼女が、これは暗号じゃないかと最初に私に注意を促した時点で、彼女が書いたのではないかと疑っていたのだ」

「暗号が偽造であり、彼女が書いたのだとすると、内容はジョン・ストックトンを非難するものであり、彼女が私のところに持ってきたのだから、もしポメロイ・ストックトンが殺されたのだとしたら、彼女の仕業《しわざ》に間違いないということになる。ジョン・ストックトンが、自殺と思い込んで隠蔽しようとした動機は明らかだ。それは自分でも言っていた通り、名誉を守るためだ。このようなことはよくある」

「君が彼に殺人事件の可能性を示唆したときから、彼はミス・デヴァンを疑い始めた。どうしてか？　なぜならば、何よりも彼女には機会があったからだ。そして、ジョン・ストックトンを憎んでいたからだ」

「これは、恋愛が邪魔されたという事実からわかる。ジョン・ストックトンが破綻させたのだ。彼自身が、ミス・デヴァンを愛していたからだ。彼女は彼を受け入れなかった。その後、彼が恋愛の邪魔をして以来、彼女から憎まれるようになった」

「彼女の復讐計画は、実に恐るべきものだ。それまでの借りをすべて返すとともに、遺産まで手に入れてしまうのだ。私が暗号を解読することを、彼女はわかっていた。そして、ジョン・ストックトンを電気椅子送りにさせるつもりだったのだ」

「何と恐ろしい」と、ハッチは身震いしながら言った。

「計画がうまくいかないのではないかと心配になり、彼女はストックトンを射殺しようとした。地下室は暗かったが、拳銃を撃った人間の手には十中八九火薬の跡が残るということを、彼女は忘れていた。ストックトンは、彼女が撃ったのではないと言ったが、それは愛していた女への不可解な忠誠心というやつなのだ」

「ストックトンが昨夜こっそり家に忍び込んだのは、彼女に知られずに金庫室の中身を持っていくためだった。たぶん父親から聞いていたのだろう。聖書の七ページに書いてあるのは、おそらく彼が研究していた銅硬化法ではないだろうか。そこに、見えないインキで書いてあるのだと思うよ。ジョン・ストックトンはそこにあることを知っていた。▼父親が告げたのだ。▲[6] 父親が話しているときに、ミス・デヴァンも多分耳にしたのだろう。彼女も知っていたのだ」

手紙をポケットに入れる

「さて、死の真相だ。娘は作業場の鍵を持っていて、使ったこともあったのだろう。月曜日の晩に、ジョン・ストックトンが家から帰った後、彼女はその部屋に入った。そして、父親が心臓病で死んでいるのを発見した。心臓病であったことは、司法解剖で判明した」

「そして彼女は、すべての計画を思いついたのだ。あの暗号の手紙を偽造した――ポメロイ・ストックトンの秘書として、彼の筆跡がどんなものか誰よりも熟知していたはずだ――それをポケットに入れ、あとはご存知の通りだ」

「しかし、聖書がジョン・ストックトンの部屋にあったのはどうしてです？」と、ハッチは訊いた。

「ミス・デヴァンの仕業だ」思考機械は答えた。「ストックトンを情け容赦なく罪に落とす計画の一部だ。彼女は頭の切れる女だ。万年筆を見せたときが、その真骨頂だ。あらかじめ、黒いインキではなく青に詰め替えておいたのだからな」

「金庫室には何が入っていたのでしょう？」

「それは推測するしかない。発明家は、製法の一部分だけを聖書のページに書いておき、その他の部分は金庫室にしまっていたのかもしれない。両方をあわせて、初めて価値が出るという仕組みだ」

「そうそう、ジョン・ストックトンが持っていた手紙は偽物ではない。ミス・デヴァンの知らないうちに書かれた手紙だ。彼女が書いた暗号の手紙と、父親が書いたそれら本物の手紙とは、かなり筆跡が違っていた」

「もちろん、行方不明の遺言状は今もミス・デヴァンの手元にあるだろう。どうやって手に入れたのかは、知らん。それがなくなってしまい、そしてこの暗号によって息子が有罪と認められれば、少なくとも遺産の半分、もしかしたら全部が彼女のものになったかもしれない」

　ハッチは、考え込みながら煙草に火をつけた。そして、しばらく黙りこくっていた。

「これからどうなるのでしょう？　もちろん、ジョン・ストックトンは元気になるんでしょうけど」

「世界から大いなる科学の発見、すなわち銅硬化法の秘密が失われるという結果に終わるのさ。ポメロイ・ストックトンが再発見した成果が。ミス・デヴァンが関係書類のすべてを燃やしてしまったのは、まず間違いないだろう」

「しかし、彼女はどうなるんでしょう？」

「彼女はこのことは何も知らない。おそらく、ストックトンが回復する前に姿を消すだろう。いずれにせよ、彼は告発はしないだろうがね。なにしろ、かつて愛した女なのだから」

＊＊＊

ジョン・ストックトンは、二週間後には回復期に入った。市立病院の看護婦が、彼に一通の手紙を渡した。開けてみると、ひとかたまりの灰がこぼれ出て、彼の指のあいだをすりぬけ、ベッドの上に散らばった。彼は枕に身を投げ出して、すすり泣いた。

底本は「ボストン・アメリカン」紙初出。一部破損しているので後世の単行本を適宜参照した。

▼1　新聞初出の破損している部分。ただし、手紙全文は手書きで挿絵として掲載されているので、確認できる。
▼2　後世の単行本ではこのあとに「最初にお会いしたときからすでに、」。
▼3　新聞初出の破損部分。
▼4　後世の単行本では疑問形。
▼5　後世の単行本では強調あり。
▼6　「たぶん父親から聞いていたのだろう」と文章が重複するが、原文通り。

絞殺

The Mystery of the Grip of Death

第一部

深い沈黙、それから長く震える恐怖の叫び、絞められた喉から助けを求める息も絶え絶えな声、そしてまた深い沈黙に戻る。間が開いた。しばらくすると、重い靴音が階下の廊下を歩いていくのが聞こえた。扉がバタンと閉まり、一人の男が人気《ひとけ》のない通りによろめきでた。やつれ、わななき、唇を一文字に結んでいた。ふらつきながら通りを歩き、最初の角を曲がる。震える両手を狂ったように振っていた。

またしばらくして、サウス・ボストンの巨大な六階建てビルの二階の貸室から、闇に向かって一条の光が差した。そして靴下だけの足音が、廊下を駆けるのが聞こえた。恐怖に凍りついた半ダースもの男女が、先ほど叫び声がした部屋の入口に集まり、なすすべもなくお互いに顔を見合わせ、手をこまねき、耳をそばだてていた。

ようやく部屋の中から、まるで風が枯れ葉を鳴らしているような、あるいはスカートの衣ずれのような、はたまた死にかけた男のあえぎ声のようなかすかな音がした。彼らはその音がやむまで、息を呑んで耳を澄ませていた。

やっとのことで、一人の男がドアを軽くノックした。返事もなく、何の物音もしない。再びノックした。今度はもう少し強めだ。さらに続いて拳でドアを叩き、声をかけた。何の反応もなく、不安になった。皆の瞳に、いったいどうしたのだろうという色が浮かんだ。

「ドアを破ろう」と、ついに誰かがおずおずと囁《ささや》いた。

「警察に連絡しよう」と、別の誰かが言った。

警察が到着した。彼らはドアを破った。古くてもろくなっていた。二人の警官が、真っ暗な部屋に入った。一人がランタンを掲げた。ドアの外に集まっている連中は、叫び声を聞いた。

「死んでいる！」

ドアの向こうから首を伸ばし、青白い顔で覗き込んでいた野次馬は、その男を目にした。寝間着で床に倒れている。二脚の椅子が転がっていた。ベッドの掛け布団は乱れていた。警官の片割れが遺体に屈み込み、ざっと見分していた。そして、ようやく立ち上がった。

「ロープで絞殺されている――しかしここにロープはない」彼は相棒に説明した。「こいつは検死官と刑事の仕事だ」

「男はなんという名前だ？」と、警官の一人が野次馬の男に質問した。

「フレッド・ボイドです」と、答えが返ってきた。

「同居人はいるか？」

「いいえ」

もう一人の警察官は、テーブルのあたりを明かりで照らして調べていた。そしてこちらを向くと、手に持っているものを差し出した。

「こいつを見ろよ」と、彼は言った。

それは真新しい結婚指輪だった。ランタンの明かりで、金がきらきらと輝いた。

＊＊＊

一時間後、一人の男が、脇道から大通りへと曲がった。問題の大きなアパートがある角だ。そして、そちらの方向へと歩いていった。二階から叫び声が聞こえた直後に、一階のドアから出ていったあの男だ。そのときの彼の顔はやつれ、歪《ゆが》んでいたが、今はすっかり冷静になっていた。しかし、憂鬱と後悔の色がわずかに残っていたかもしれない。

アパートの玄関の周りには、興味にかられた見物人が五十人ほど集まっていた。大した防寒着も着ずに駆けつけて、夜の寒さに震えながら、玄関を封鎖している警察官の広い肩越しに、中が見えないだろうかと鶴のように首を伸ばしているのだった。

たくさんの窓からも、多くの人々がなにごとかと首を突き出していた。低い声で、ぼそぼそと言葉が交わされていた。

この正体不明の男は、ちょっとした人混みの外側に立ち止まり、他の人々と同じように興味津々に玄関を覗き込んだ。だが、何も見えなかった。脇に立っている人に話しかけた。

「なにごとですか？」と、彼は訊いた。

「人殺しですよ」と、簡潔な答えが返ってきた。

「殺人ですって？」男は叫んだ。「誰が？」

「フレッド・ボイドとかいう人物です」

男の顔に恐怖の色が走った。彼は思わず、心臓の上に手を置いた。そして、どうにかして自分を落ち着かせた。

「どうやって――殺されたのですか？」と、彼は訊いた。

「絞殺です」相手は言った。「少し前に助けを求める声を聞いた人がいたそうですが、警察がやってきたときには、そいつは閉まったドアの中で死んでいたそうですよ。遺体はまだ温かかったようです」

男の顔は死人のように真っ青で、唇はぶるぶると震えていた。両手をポケットに突っ込んでいたが、爪が肉に食い込むほど握りしめていた。

「何時に起きたんですか？」

「警察によると、十一時十五分前だそうです。ボイドの部屋がある二階の住人が、叫び声を聞いて起きたあとに時計を見たので、何時かわかったそうです」

男の目には、恐怖の色が浮かんだ。しかし、誰も気づかなかった。皆じっと玄関を見つめて、何かが起きないかと待っていた。

「今、バリー検死官とマロリー刑事が中にいますよ」隣の男は聞かれもしないのに言った。「遺体はすぐに運び出されるでしょう」

すると、ざわざわと野次馬がどよめいた。「やってきたぞ」

男は他の人々と同じように、背伸びをして目を凝らした。

「警察には、犯人の目星がついているのでしょうか？」と、彼は訊いた。その声は緊張していたが、必死で震えるのを抑えていた。

「いいえ。でも噂では、誰かが今夜ボイドの部屋を訪ねたそうですよ。大声で話しているのを、お隣さんが聞いたそうです。ずっとトランプをしていたらしいですね」

「その男は出ていったんでしょうか？」と、男は訊いた。

「誰もその姿は見ていません。でもたぶん、警察には何者だかわかっているんじゃないでしょうか。きっと今頃はそいつを追跡しているはずです。たとえわかっていなくとも、マロリー刑事なら解明するから大丈夫ですよ」

「なんてことだ！」と、男はぎゅっと結んだ唇の奥で叫んだ。

相手の男はそちらを向いて不思議そうな顔で見つめた。

「どうしました？」

「いや、なんでもありません」男は慌てて言った。「ほら、来ましたよ。あれがそうでしょう。ああ、恐ろしい、恐ろしい」

玄関にいた大柄な警察官が脇に寄り、男どもが運ぶ担架が出てきた。そこには、かつて人間であったぞっとするような物体が載せられていた。その上には、布がかけられていた。脇には、マロリー刑事とバリー検死官がつき添っていた。野次馬の群れは、遺体を前にして沈黙した。

男はまるで取りつかれたように、眼前の遺体に目を奪われていた。担架は警察の救急車に載せられ、検死官が何か指示をするのが聞こえた。そしてマロリー刑事は、再び建物の中に入っていった。車は走り去った。

　さっと背を向けると、男は急ぎ足で大通りを最初の角へ向かって歩き出した。そこで曲がり、闇の中に飲み込まれた。しばらくして遠くのほうから、男の走り去る足音が聞こえた。

第二部

　ハッチンソン・ハッチを含む数人の新聞記者は、マロリー刑事と一緒に犯行現場を視察した。二階にある正方形の角部屋だった。家具はベッド、テーブル、洗面台、椅子しかなかった。床のひび割れを隠すカーペットもなければ、二つの窓のカーテンさえなかった。

　建物は古く、ひどい建築だった。カーテンボックスの一部は壊れて垂れ下がり、壁にはかびが生えていた。天井は煙ですすけ、スチーム・ラジエーターのそばには大きなネズミも出入りできるほどの巣穴が開いていた。ガス灯の噴き出し口は汚れきっていた。

　二つある窓のうち、ひとつはうしろの壁に、もうひとつは横の壁についていた。ハッチンソン・ハッチは、マロリー刑事と部屋を調べていた。窓は二つとも、下のサッシの真ん中に留め金が差し込んであり、しっかり開かないようになっていた。壊れた窓ガラスもないので、誰かが窓から出ていったとしても、誰かがそのあとで戸締まりをしたことになる。

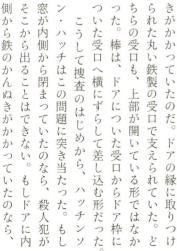

　マロリー刑事はクローゼットを調べたが、貧しい男の持ち物しか見つからなかった。洋服、古帽子、汚れたトランクだけだ。秘密の出入口などなく、壁もしっかりしていた。そしてマロリー刑事は、破壊されたドアに歩み寄った。クローゼット以外、これが唯一の扉だった。欄間窓もなかった。

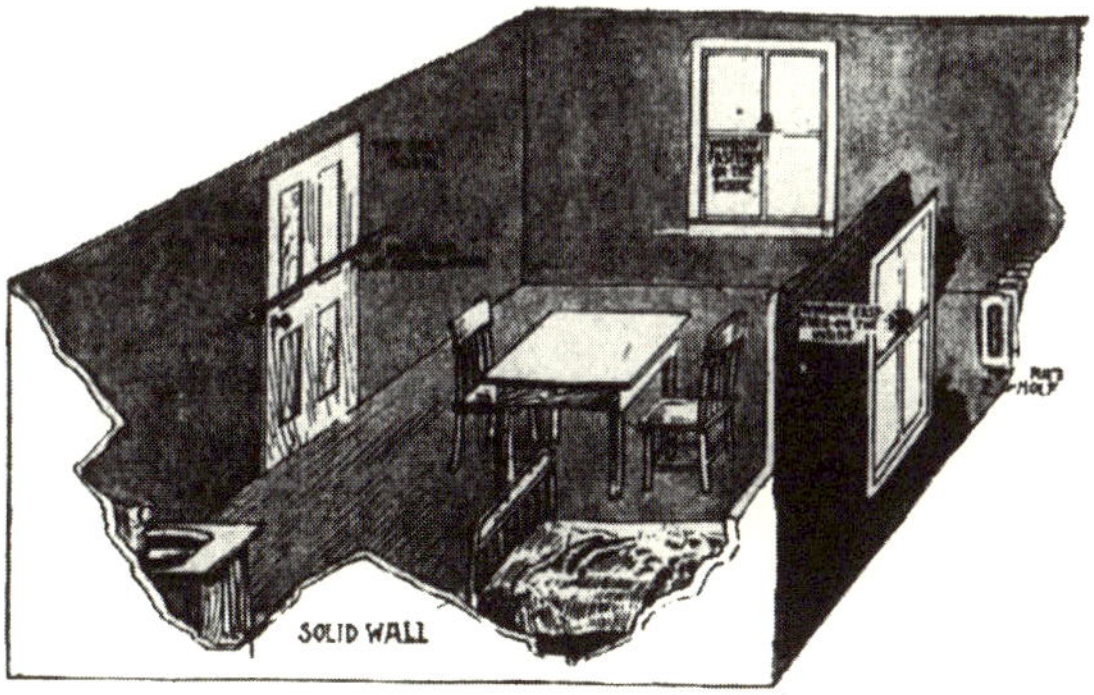

　マロリー刑事と新聞記者たちは、このドアを長いあいだ見つめていた。警察がやってきたとき、それは閉まっていた――鉄のかんぬきがかかっていたのだ。ドアの縁に取りつけられた丸い鉄製の受口で支えられていた。どちらの受口も、上部が開いている形ではなかった。棒は、ドアについた受口からドア枠についた受口へ横にずらして差し込む形だった。
　こうして捜査のはじめから、ハッチンソン・ハッチはこの問題に突き当たった。もし窓が内側から閉まっていたのなら、殺人犯がそこから出ることはできない。もしドアに内側から鉄のかんぬきがかかっていたのなら、殺人犯はそちらからも外に出られない。ではどうしたのだろうか？

ハッチはある有名な科学者にして論理家を思い出した。彼はオーガスタス・Ｓ・Ｆ・Ｘ・ヴァン・デューセン教授といって、哲学博士、医学博士、法学博士などの称号を持ち、思考機械と呼ばれていた。かつて、一見不可能にみえた事件をこの科学者が見事に解決したことを、よく知っていたのだ。「しかし、これではあの人も頭をひねってしまうだろう」と、ハッチはにやにやしながら心の中でつぶやいた。

そしてマロリー刑事が、この建物に住むたくさんの間借り人にさまざまな質問をするのを聞いていた。刑事は得られた事実を簡潔にまとめた。

刑事が慎重にその特徴を記録した一人の男が、その晩八時半ごろにボイドを訪れていた。彼は今までそこに何度も来たことがあるという。四人の人間が、その晩ボイドの部屋にいるのを目撃していた。しかし、誰も彼の名前を知らなかった。通りがかりに、ボイドが彼とトランプをしているのを見ただけだ。

十時ちょっと過ぎ、その建物のほとんど皆がベッドに入った時間、ボイドと訪問客が突然、口論のように声を荒らげるのを隣室の男女が聞いた。それは五分ほど続き、そして静かになった。そのようなことはよくあったので、特に気にせずに二人は眠りに落ちた。

そのわずか数分後、彼らは悲惨な恐怖に満ちた叫び声で目を覚ました。ぞっとするような声だった。建物の他の人々も起き出して、慌てて服を身につけた。さらに、重たい足音が下の廊下から響き、通りに面した玄関が音を立てて開閉するのが聞こえた。

叫び声が聞こえてから、男が倒れていた部屋の前に行くまで、ものの五分もかかっていないと彼らは主張した。叫び声で目を覚ましたあとに、ボイドの部屋から誰かが出ていくのが聞こえたというのだ。しかし、彼らが廊下に立っていても、その部屋からは何の音も聞こえなかった。そしてようやく聞こえてきたものは――？

「それは変な音でした」男は説明した。「最初、絹のスカートの衣ずれかと思いました。もちろん、あの部屋には女なんていませんが。あれは、死にかけた男の呼吸音だったに違いありません」

「絹のスカート！　女！　女！　結婚指輪！」ハッチは考えた。誰のものなのか？　男でさえ脱出不可能な部屋から、どうやって女が逃げ出したのだろう？　質問は終わり、マロリー刑事はじっと待っていた記者たちのほうへ向いた。真夜中を過ぎていた。第一版の締め切りがもうすぐだった。記者たちは、刑事の言葉を熱望していた。

刑事が始めようとしたときに、ハッチの同僚が入ってきて彼を一隅に呼び、早口で何かを言った。ハッチは頷くと、テーブルから手にしたトランプをいじりながら言った。

「よし」彼はそう口にした。「編集部に戻って記事を書いてくれ。僕は、マロリー刑事の発表を電話で送る。彼には、そのことは伝えておく。もうちょっと取材をしたい。編集部には二時半過ぎには戻れるだろう」

記者は急いで出ていった。

「君たちは、この事件がどうやって起きたのか知りたいだろう？」刑事は言った。そして葉巻に火をつけ、股を広げた。「話せるかぎりのことは話そう――もっとも、わかっていることのすべてではないから、注意してくれたまえ。そんなことをするのは馬鹿げているからな。しかし、どうやって殺人が起きたのかは教えよう。そうすれば、どきどきするような記事が書けて満足だろう」

「今晩八時半ごろ、一人の男がボイドに会いにここに来た。ボイドのことはよく知っていた――おそらく、数年来の友人だろう――そして、ここにも何度も来ていた。彼の正確な人相風体は把握している。彼を見知っている複数の人物に目撃されている。だから、そいつを逮捕すれば、本人かどうかの確認はたやすいはずだ」

「さて、この二人の男はおそらく、二時間ほど部屋で一緒だった。トランプをやっていたのだ。記録にある殺人事件の過半数は、衝動的なものだ。彼らも、ゲームが原因で口論になった。たぶん『ピッチ』か『カジノ』だろうが――」

「あれはピノクル・パック〔訳註：どれもトランプゲームの名前〕ですよ」と、ハッチが言った。

「そして犯行に至った」刑事は、口を挟まれたのも無視して続けた。「正体不明の男は、ここに座っていた」マロリーは、右側に倒れている椅子を指さした。

「彼は、こんなふうに跳びかかった」そして刑事は、目をむいて実際に演じてみせた。「ボイドの喉をつかみ、取っ組み合いになった。もう一つの椅子もひっくり返っているのに注目してくれ。そして謎の男は、首を締めながらボイドを押し倒した。彼は窒息死した」

「被害者が発見されたときは、洋服を脱いでいたんじゃなかったんでしたっけ？」ハッチは質問した。「ベッドもあんなふうでしたよね」そして、乱れたままの寝具を指さした。

「そうだ。だが――俺が言った通りだったに違いない」と、刑事は言った。どきりとするような質問をする新聞記者は嫌いだった。「被害者は死に、殺人犯はあのドアから出ていった」彼は大げさな身振りで示した。

「まさか、鍵穴から外に出たんですか？」ハッチは白々しく言った。「あのドアは内側から戸締まりがされていましたが、犯人が出ていったあとに死人がかんぬきをかけるなんてことはあり得ないんじゃないですか」

「部屋を出たあとで、外側から鍵をかけるなんて、よくある泥棒のトリックだよ」と、刑事は高慢な態度で言い切った。

「結婚指輪についてはどうお考えですか？」

「ああ！」刑事はそう言って、得意げな顔になった。「あれは、今どうこう言うほどのものじゃない」しかし彼は失敗を犯してしまったことを一瞬にして悟った。自分の名声さえも、あっというまに地に落ちてしまったと感じていた。記者連中は、質問の洪水を浴びせかけた。「どうしてボイドは寝間着に着替えていたんですか？」「誰がガス灯を消したんですか？」「どうやって強盗は鉄のかんぬきをはめたんですか？」「強盗だと思っているんですか？」

マロリー刑事は片手を上げた。「この事件について、もうこれ以上話すべきことはなにもない」

「刑事さんのおっしゃっていることを、われわれが正確に理解しているかどうか確認しましょう」ハッチは、あざけるような笑みを浮かべながら言った。「警察の公式見解によれば、こういうことです。一人の男がここに来た。喧嘩が起きた。殺人犯は、ドアから逃走した。ボイドは絞殺された。そして殺人犯と取っ組み合いになった。おそらく、鍵穴もしくは適当なひび割れをくぐり抜けてだ。そして死んだはずのボイドは起き上がり、洋服を脱ぎ、ガス灯を消し、床に寝転がり、助けを呼ぶ叫び声を上げ、また死んだ。これでよろしいですね？」

「やかましい！」マロリー刑事は、顔を真っ赤にして怒った。「お前のほうがよほど詳しいようじゃないか」と、あざけるような態度でつけ加えた。

「まあ、そうかもしれませんね」ハッチは答えた。「少なくとも、今夜ここにいた男の名前を知っていますし、他の記者も、外にいる連中が入ってきたら、知ることになるでしょう」

「知っているだと」マロリー刑事は問いただした。「誰だっていうんだ」

「彼の名前はフランク・カニンガム、◯◯街二一三番地の時計職人です」

「じゃあ、そいつがボイド殺害犯だ」マロリー刑事は断言した。「一時間以内に逮捕してやる」

「彼は行方不明です」と、ハッチは言い、部屋を出ていった。

第三部

ハッチンソン・ハッチはサウス・ボストンのアパートから、フレッド・ボイドが運ばれた遺体安置所へ行った。そこに行けば、彼が絞殺されたときの絞め跡を詳しく調べられるのだ。そして彼はタクシーに乗り、思考機械と異名をとるヴァン・デューセン教授の家へ向かった。近づいていくと、教授の実験室に明かりが灯っているのに気がついた。彼が階段を上っていったのは、ちょうど一時十五分だった。

思考機械本人が、玄関の呼び鈴に応《こた》えて出てきた。黄色い髪の毛がもじゃもじゃで、ライオンのような頭、綺麗に髭《ひげ》をそった顔、分厚い眼鏡の向こう側でずっと細めたままの目の彼が、近くのアーク灯の光の中に異様な姿をぬっと現わした。

「誰だ？」と、思考機械が訊いた。

「ハッチンソン・ハッチです」新聞記者は答えた。「お宅の明かりがついていたので、ぜひともご助言を受けたく思いまして――」

「入りなさい」と、科学者は言い、長くほっそりとした指で指示をした。

ハッチは、痩せて背中の曲がった科学者のあとに続いた。彼はまるで子供のように見えた。彼らが実験室に入ると、椅子に座るよう態度で示された。そしてハッチは、例の事件について知る限りのことを話した。そのあいだじゅう、教授は座って彼をじっと睨みつけ、長くて先細りの両手の指を合わせ続けていた。

「被害者をその目で見たのか？」と、思考機械は訊いた。

「はい」

「どういった種類の痕跡が、彼の喉には残っていたのだ？」

「太いロープでできたような跡が、喉の周りについていました」

「皮膚に傷はついていたか？」

「いいえ。でも誰が締めたにせよ、かなりの力が加わったに違いありません」記者は言った。「圧力は、首の周囲全体にかかっていたようです」

思考機械はしばらくのあいだ、黙ったまま座っていた。

「ドアは、内側に鋼鉄のかんぬきをかけて戸締まりがしてあった」彼はつぶやいた。「そして欄間窓もない。だから、かんぬきの位置を戻すこともできない。両方の窓には内側から鍵がかかっていた」

「ボイドが死んだあとにあの部屋を出るのは、どんな人間にだって不可能だと思います」と、記者は力をこめて言った。

「不可能などというものは存在しないのだ、ハッチ君」思考機械は辛辣に言った。「それはかつて、明瞭に証明してみせたはずではないか。最悪の場合でも、非常に困難なだけであって――不可能なのではない」

ハッチは深々と頭を下げた。彼はかつて、思考機械のお得意の台詞《せりふ》をうっかり否定してしまったことがあったのだ。

「男は洋服を脱いでいた」思考機械は続けた。「ベッドは乱れていた。椅子はひっくり返っていた。ガス灯は消えていた」彼はちょっと間を開け、そして質問した。「男は明かりを消したあとでベッドに入り、そして殺人犯は相手が気づいていないところを襲ったと、君は推論しているのだな？」

「それが、考えうるうちで唯一あり得ることではないでしょうか」と、ハッチは言った。

「そしてその場合でも、もう一人の男、カニンガムは、そこにいるはずがないのだな？」

「そのとおりです」

「結婚指輪はどのような品物だ？」

「まったくの新品です。身に着けたような痕跡はありません」

思考機械は椅子から立ち上がり、壁の本棚にずらりと並ぶ中から、一冊の重たそうな本を取り出した。

「カニンガムが怒って部屋をいったん出ていき、そしてボイドが眠ってから戻ってきて彼を殺したという可能性を、君は考えないのだな？」と、思考機械はページに指を走らせながら訊いた。

「ドアに鍵がかかっていたら、戻ってこられるはずがありません」と、ハッチは断言した。

「もちろん可能性はないわけではないが」思考機械は言った。「それはほとんどあり得ないだろう。カニンガムが帰るまで、誰かがクローゼットの中にひそんでいて、そしてボイドを殺害したというのはあり得ると思うかね？」

「それはいくらかあり得そうに見えます」ハッチは少し考えてから言った。「しかし、犯人が部屋から出てドアや窓の戸締まりをすることはできません」

「もちろんできたのだ」と、思考機械は苛《いら》ついたように言った。「できるはずがないなどと言うものではない。そんな言葉を耳にすると、腹が立つ」

　やり込められたハッチは、思考機械が何かを本の中から見つけようとしているあいだ、黙って座っていた。

「そうだとすると当然、その部屋に隠れていた誰かは、計画的に殺人を行なうつもりだった、ということにならんかね？」と、科学者は訊いた。

「はい、そのとおりです」と、記者は答えた。

「そこなのだよ」思考機械は言いながら、手に持っている本をじっと見つめた。「それが、数字へと帰結させる論理なのだ。犯罪学者はほぼ皆同意していることなのだが、計画的な犯罪の三十と三分の一パーセントは、直接的にせよ間接的にせよ、金銭目当てで行なわれている。二パーセントは狂気が原因だ。そして、残りの六十七と三分の二パーセントは、女性が動機なのだ」

　ハッチは頷いた。

「今回は、狂気については考慮から外してもいいだろう。ほとんどあり得ないからだ。金銭も、まず問題にはならないだろう。なぜならば、どちらの男も貧しいからだ。すると、残るのは女だ。結婚指輪が室内で発見されたことも、女性を暗示している。もっとも、どう関係しているのかは明らかではないが」

「さて、ハッチ君」彼は厳しい目で記者を睨みつけながら言った。「このボイドという男の私生活について調べられる限りのことを調べつくすのだ。おそらくは、同じ階級の他の男と大差ないだろうが。そして、特に恋愛関係について調べるのだ。それから、カニンガムとその色恋沙汰についても調査するのだ。もし、調査の過程で女が浮かび上がったら、彼女とその恋愛についても調べなさい。わかったかね？」

「はい」と、答えが返ってきた。

「ボイドの死後、部屋から出ることなんて不可能だなどと、勝手に推論をしてはいかん」科学者は、子供のようにかたくなな態度で続けた。「これが結論だとは言わんが、仮にボイドが婚約していたとしよう。そして、誰かが彼の婚約者を愛していた。その誰かが、カニンガムが帰るまで彼の部屋に隠れていたとしたらどうする。わかるかね？」

「なんてことだ！」記者は叫んだ。「そんなことは思ってもみませんでした。しかし、どうしてそんなことがわかったんですか？」と、彼は途方に暮れたようにして言った。

「もしそんなことをした人間がいたとしたら、あとで現場を見た人間が首をひねるよう、ありとあらゆる手をつくして部屋に細工をしておくだろう。いいかね、これが実際に起きたことだったと言ってはおらんぞ。単に、さらなる材料が発見されるまでの一時的な仮説として述べたまでだ」

ハッチは立ち上がり、長い脚を伸ばすと、手袋をはめながら思考機械に礼を言った。

「あまりはっきりしたことが言えずにすまない」科学者は言った。「先ほど指示した調査が済んだら、また戻ってきなさい。そうしたら、また何か力になれるだろう。ボイド殺害現場をこの目で見ていないのだから、とても不利な立場なのだよ。そうだ一つだけ、特に今すぐ、今夜中に調べてもらいたいことがあった」

「何ですか？」と、ハッチは訊いた。

「そのアパートは古い建物だそうだな。入居者たちはネズミに困らされたことはあったのか、そして現在も困っているのだろうか？」

「よくわかりませんが――」と、驚いた記者が言いかけた。

「それはそうだろう」思考機械は不機嫌そうに遮った。「しかしそれを知りたいのだ」

「調べてきます」

まだ一時間近く時間があったのでハッチンソン・ハッチは、サウス・ボストンのアパートに駆けつけた。住民を叩き起こして質問するつもりなのだ――「ネズミの被害でお困りですか？」なんていう実に馬鹿馬鹿しい質問をしなくてはならないとは、悔しさに歯嚙みしながらも思わず笑ってしまった。

彼は、アパートに到着するとまっすぐ二階に向かった。階段からほんの数フィートのところにあるドアの向こうが、あの事件の現場だった。ハッチはそのドアをまじまじと見つめた。警察の姿はもうなかった。その部屋はまたしんと静まり返り、謎をはらんだままになっていた。

そこに立っていると、何か物音がして彼は驚かされた。ボイドの遺体が発見された部屋から聞こえてくるのだ。間違いない。かすかなささやき声が、枯れ葉が風でかさかさ音をたてるように、スカートの衣ずれのように、はたまた死にかけの男のあえぎ声のように聞こえてくるのだ。

どきどきしながら、ハッチはドアに駆け寄ると、さっと開け放った。そして中に踏み込みながら、マッチを擦った。だが、部屋には貧相な家具しかなかった。まったく、生き物の影も形もなかったのだ！

第四部

そこに立ったまま彼は、どんな物音も聞き逃すまいと耳をそばだて、目を凝らしたが、マッチが指のあいだで燃え尽きた。また一本、そしてさらにもう一本と火をつけた。しかしあの音がすることは二度となかった。しんと静まり返る中、ついにはぞっとして怖くなり、壁の圧迫感で気がおかしくなりそうになった。彼は短い笑い声をあげた。

「想像力がたくましすぎたのが原因の典型例だな」彼はひとりごとを言って、外に出た。「気がおかしくなりそうだ」

そして、馬鹿馬鹿しいとは思いながら、何人かの住人を叩き起こすと、いかにも心配げな顔をしながら、ネズミの被害にあったことがあるか、その被害がなくなったようなことはあるかと訊いてまわった。

皆異口同音に、くだらない質問だと感じながらも、二週間前までネズミは大いに暴れまわっていたと答えた。それ以後は、誰も特に気にしてはいなかった。ネズミに関することを、彼は思考機械に電話で報告した。

「ああそうか」彼は電話越しに言った。「ありがとう。おやすみ」

それ以降、警察や新聞はフランク・カニンガム発見に全精力を集中した。フレッド・ボイド殺害犯として指名手配されたのだ。彼は完璧に姿を消していた。彼が有罪であることに多少の疑問があったとしても、その事実は警察に確信を与えるに十分だった。

カニンガムが、とある小さな銀行に二百八十七ドルの預金を持っているという事実をつきとめたのは、ハッチ個人の手柄だった。例の事件の翌朝、サウス・ボストンの店舗で小切手が現金化され、全額が引き出された。これでもう、決定的だと思われるようになった。

さらに、カニンガムは失踪した日から一週間後にキャロライン・ピアースと結婚する予定だったという事実も、ハッチが調べあげて警察に通報したのだった。ウエスト・エンドで働く娘だった。それればかりか、そのキャロライン・ピアースも行方不明だと、ハッチは調べあげた。ボイド殺害後の朝、彼女は出かけたのだが、仕事に行くものと思われていた。彼女はどこに消えてしまったのだろう？　誰にもわからなかった。ウエスト・エンドで、三部屋からなるアパートに彼女と同居しているミス・ジェロッドもだった。どうして彼女はいなくなってしまったのだろう？　誰にもわからなかった。いつ彼女はいなくなったのだろう？　これもわからなかった。いつ彼女は戻ってくるのだろう？　これもまた、答えは同じだった。

新聞記者にとって、ありうる答えは一つだけだった。カニンガムは、預金を銀行から引き出した——これは、愛する女の子とささやかな家庭を持つためのものだった——そして、彼らは一緒に逃亡したのだ。ハッチは、職務として当然だが、これを記事にした。そして、警察の目に止まった。マロリー刑事はにやりと笑った。

しかし、ボイドの部屋にあった結婚指輪はどういうことだろう？

その説明は、まったくつかなかった。ボイドの女性関係など、誰も知らなかった。彼は仕事熱心だった。業務には忠実な男だった。ある電話会社に雇われた電気技師で、カニンガムとは幼なじみの友人だった。

こうした事実そのものが興味深いとはいえ、実際の事件に何らかの光明を与えるものではなかった。誰が、どうしてボイドを殺害したのか？　ハッチは、再び自分自身に問いただした。まったくうか？　どうやって殺人犯は逃亡したのだろ答えは出てこなかった。こうして、サウス・ボストンのアパートで発生した事件は、まったく手がかりもなく、解決されえなかった。

事件から二日目、ハッチは再び思考機械に相談に訪れた。科学者はじっと、慎重に話を聞いた。しかし、新聞記者が発見した事実にはあまり興味を惹《ひ》かれない様子だった。

「その女の子が住んでいたところに、見張りをつけたかね？」と、彼は訊いた。

「いいえ」ハッチは答えた。「彼女はもう、戻ってこないのではないですか」

「そうは思わん」思考機械は言った。「彼女が戻ってきたときのために、人を派遣しておくべきだ」

「そうすべきとお考えでしたら」ハッチは言った。「でも、このカニンガムという男が犯人に違いないとは思わないのですか？」

科学者はしばらく、記者を睨みつけていた。まるで、その質問が耳に入らなかったかのようだった。

「僕にはそう見えるんですが」ハッチはおずおずと続けた。「けれども正直言って、ボイドが死んだあとに彼がどうやってあの部屋から脱出したのか、さっぱり見当がつきません」

それでも、科学者は黙ったままだった。一方、記者は困ったように帽子をいじりまわしていた。

「君が伝えてきたネズミについての情報は、実に興味深い」思考機械がようやく口を開いたかと思うと、まったく別の話題だった。

「そうかもしれません。でも、どう解釈すべきなのか、さっぱりわかりません」

「ボイドが発見された部屋の窓から外を見たら、何が見える？」と、科学者は遮った。

ハッチは、窓の外を見たことがあるかどうかも思い出せなかった。そこが脱出口として使われなかったということを確かめただけで、満足してしまったのだ。恥ずかしさのあまり真っ赤になった。

「どうやら見ていなかったようだな」思考機械は辛辣に言った。「たぶんそんなことだろうと思った。では、今日の午後にサウス・ボストンに行って問題の部屋を見よう」

「承知しました」と、ハッチは顔を輝かせて言った。期待以上の運が向いてきたようだ。「承知しました」と、彼は繰り返した。

「今から行くか」と、思考機械は言った。彼は部屋から出ていき、すぐに外出の支度をして戻ってきた。ほっそりとして背中が曲がり、巨大な頭をしたその姿は、普段にもましてグロテスクに見えた。

「出かける前に編集部に電話をして、信頼の置ける人間に娘の家を監視させるのだ。われわれから連絡があるまで、中に入ったり誰かに話しかけたりしないよう、注意をしておきなさい」

ハッチが言われた通りにしているあいだ、思考機械は立ったまま、いらいらして待ちかねていた。そして彼らはタクシーに乗り、サウス・ボストンのアパートに向かった。

「いやはや、なんともおんぼろで崩れ落ちそうな建物だ！」と、科学者は階段を上りながらぼやいた。

ボイドの部屋には鍵はかかっていなかった。家具や男の私物は、運び出されていた。検死審問で役に立つかもしれないと、検死官の管理下に置かれたのだ。

「ボイドが発見されたとき、この部屋にはどのような戸締まりがされていたのだ？」と、科学者は訊いた。

ハッチはドアと窓がどのような状態だったかを説明した。思考機械はしばらく聞き入っていたが、やがて脇の窓から外を見た。まっすぐ十五フィート下には、灰が入った樽や空き箱や紙くずが積み重ねられていた。安アパートの典型的なゴミ置き場だ。そして思考機械は、裏の窓から外を見た。そこには空き地があった。野球のダイヤモンドが描かれていたが、サーカスがテントを張った痕跡が、二カ所にあった。

室内をざっと見渡したあと、おざなりにクローゼットの中ものぞいた。部屋がすすで汚れていることにも、気がついたようだった。カーテンボックスは外れかけ、天井はすすけ、床にはひび割れができていた。ラジエーターの脇にはネズミの巣穴が開き、汚らしいガス管が、噴き出し口一つだけのガス灯へと続いていた。彼は壁にもたれかかりながら数分間、手帳から破り取った紙に何事かを書きつけていた。

「封筒を持っているか？」と、彼は訊いた。

ハッチは一つ取り出した。思考機械は書いたものを封筒に入れ、封をして返した。

「いずれ、君の興味を惹くようなことが書いてある」彼は言った。「しかし、いいと言うまで開けてはいけない」

「わかりました」記者は言ったものの、思わず質問が口をついて出た。「でも、教えてください――」

「何だと？」科学者はぴしゃりと否定した。「だめだ。開けるときに説明する」

彼らは一緒に階段を下りた。

「どこか、公衆電話のあるところへ行ってくれ」と、思考機械はタクシーの運転手に指示した。近くのドラッグストアの電話室に彼は姿を消し、五分ほどそこにとどまっていた。出てくると、先ほどハッチに渡した封筒を出せと言った。そして、判読しにくい小さな文字で、そこに「十一月九日から十日」と書いた。

「保存しておくように」記者に返しながらそう命じた。「さて、例の娘の家へ向かうぞ」

タクシーが、ウエスト・エンドに到着したのは、夕暮れ時を少し過ぎてからだった。キャロライン・ピアースと女友達は、アパートの一階正面の一室に住んでいた。思考機械とハッチが建物に入ろうとすると、ハッチの同僚記者のトム・マニングが歩み寄った。

「例の娘はまだ戻ってないよ」彼は報告した。「もう一人の娘、ミス・ジェロッドは、ほんの数分前に仕事から戻ってきた」

「彼女に会おう」と、思考機械は言った。そしてマニングに向かって、「私がこのアパートに入ってから君の時計で二分が経過したら、呼び鈴を数回鳴らしたまえ。遠慮せずに、鳴らすのだ！　男でも女でも、誰かが走り出てきたら、捕まえるのだ。ハッチ君、君はこのアパートの裏口に行きなさい。男だろうが女だろうがこの部屋から出てくる人間は誰でも阻止しなさい」

「ということは先生は――」と、ハッチは言いかけた。

「二分で裏口に着くんだぞ」と、思考機械が叱りつけた。

ハッチは慌てて姿を消した。そして一秒たりとも狂うことなく、思考機械はちょうど二分間、待っていた。彼は、アパートの呼び鈴を押した。ミス・ジェロッドがドアから姿を現わした。そして彼女に招き入れられ、中に入った。

マニングは正面玄関の前で腕時計を睨みながら待っていた。二分が経ち、彼は続けざまに呼び鈴を鳴らした。長めにしつこく鳴らした。けたたましい音をたてて鳴るのが聞こえた。するとと、何か物音がした。ドアをバタンと閉める音、そして駆け足と取っ組み合いの音だ。それから、思考機械が彼の前に現われた。

「入りなさい」と、穏やかに言った。「カニンガムが中にいる」

第五部

ささやかなアパートの一室で、ちょっとした人情悲劇が繰り広げられていた。フレッド・ボイド殺害犯として指名手配されているフランク・カニンガムが、ドアから一番遠いところにぐったりと座り込んでおり、それをハッチンソン・ハッチがしっかり見張っていた。この男は、髭も剃らずくたびれ果て、おどおどと視線を泳がせて、法の裁きから逃れようとおびえきっていた。彼の妻となるはずだったキャロライン・ピアースは、長椅子に身を投げ出して、大泣きをしていた。

それを見下ろしていたのが、痩せていて小柄な思考機械だった。ミス・ジェロッドは、カニンガムを罠にはめたと口を極めて罵《ののし》っていた。科学者は不愉快げではあったが、黙ってそれを聞いていた。彼にはどうしようもなかったからだ。

「あなたは言ったじゃない」ミス・ジェロッドはわめいた。「彼が無実だと信じているって。それがこんな、こんなざまに――」

「それで？」と、思考機械は平然と言った。

ミス・ジェロッドは何かを言おうとしたが、カニンガムが手振りでそれを止めた。

「これでよかったんだ」彼は言った。「いや、彼女のためにならないのなら、俺はこうなったほうがいいのかもしれない」言いながら、キャロライン・ピアースを指した。「フレッド・ボイドが殺されて以来の恐怖を、俺はそれまで味わったことがない。だから、すべてが明らかになって実はほっとしているんだ」

「隠れても無駄だということは、わかっていたようだな」と、思考機械はあけすけに言った。

「俺が過ちを犯したことはわかっている――」カニンガムは答えた。「しかし俺たちは――キャロラインと俺は――怖かった――俺にはどうしようもなかった」

「では、話してみなさい」と、科学者は不機嫌そうに促した。

もう一人の新聞記者のマニングは、部屋を横切ってハッチの隣に座った。一方カニンガムも移動して、長椅子で泣き崩れている娘の隣に座り、彼女の髪を優しくなでてやった。

「知っている限りのことは話します」彼はようやく言った。

「あんた方がどう思うかはわからないが――」

「ちょっと待ちたまえ」思考機械が言った。彼はカニンガムに歩み寄り、その長くてほっそりした指で、囚われ人の頭を数回なでた。そしてやおら彼は屈み込み、カニンガムの頭を見つめた。

「これは何だ?」と、彼は訊いた。

「それは、銀の板を埋め込んだところです」カニンガムが答えた。「十四歳のときに転落事故を起こして、重傷を負ったのです」

「そうか、そうか」科学者は言った。「話を続けなさい」

「俺とボイドは、ヴァーモント州以来の幼なじみです」カニンガムは話し始めた。「そして、キャロラインと知り合ったのもそこででした。俺たち三人は、同じ小さな町の出身で――キャロラインは二歳年上なだけです。彼女がこっちにやってきたときにはもう、ボイドと俺はボストンで七年も暮らしていました。ボイドはあの――サウス・ボストンのアパートに――五年も暮らしていました。あの事件が――」

「気にするな」思考機械が言った。「続けなさい」

「ええ、さっき言ったようにキャロラインは二年前にこちらに来ました。ボイドも俺と同様に、彼女を愛していました」カニンガムは言った。「でも、彼女は俺と一緒になると言ってくれて、次の水曜日には結婚するはずだったんです――」

「しかし、あの晩ボイドは殺された」思考機械は待ちきれないように口を挟んだ。「その話をしなさい」

「俺はあの晩八時数分過ぎに、ボイドの部屋に行きました。俺たちは一時間ほど、仕事や将来の計画などのいろいろな話をして、トランプ遊びをしました――ピノクルでした。俺たちはどちらもゲームに熱くなることはありませんでした」

「ボイドは、俺とキャロラインの結婚式が迫っていることは知りませんでした。そして最後になってたまたま彼女の名前が出ました。そこで彼に、その日に購入した結婚指輪を見せました。それを見て、これはどういうことなのだと訊いてきたので、俺はキャロラインと結婚するつもりだと答えました」

「彼は驚きました。同じ立場だったら、誰だって驚いたでしょう。おそらくは、彼女に結婚を申し込むつもりだったようですから。彼が怒り出したので、なだめようとしました」

「きっと彼は、俺が思っていた以上にショックを受けたのでしょう。話をしているあいだも、何度も指輪を手に取ってはじっと見つめて、またテーブルの上に置くということを繰り返していましたから」

「しばらくして、彼は手札を捨ててもうトランプはやめるという素振りを見せました。『おい、フレッド』俺は言いました。『お前がそれほどショックを受けるとは、思ってもみなかった』彼は、卑怯だとかなんとか言っていたようですが、どういう意味なのかよくわかりませんでした」

「そして売り言葉に買い言葉となり、ついには彼がキャロラインにぶつけたひどい言葉に、俺は激怒してしまいました――正気だったら絶対に口にしないようなものです――そして、謝るよう要求しました。ところが彼はさらに頭に血が上って悪口を言い募ったので、その後はあまりよく覚えていません。ただ俺も頭に来て奴と取っ組み合いになって――でも――」

カニンガムは口をつぐみ、優しく娘の手に触れた。

「そしてどうした？」と、思考機械は言った。

「この俺の頭の傷は、ご想像よりもずっとひどいものなんです」と、カニンガムは言った。「ときどき、特に頭にきたときには、わけがわからなくなってしまうんです。記憶がなくなってしまうんです。どうしたらいいんでしょう。昔、外科の先生が、どうしてこんなふうになるのかを説明してはくれましたが、覚えていません」

「私にはわかる」思考機械が言った。「続けなさい」

「それで、そこから口論がとてもひどくなり、もう何が起きたのか、記憶が飛んでしまいました」カニンガムは言った。

「ようやく我に返ったのは、ずいぶん時間が経ってからで、下の廊下にいました。後ろ手に扉を閉めて、そこから出ていったのは覚えています」

「俺は通りを歩き、自分の家まであと少しというところで、指輪をボイドの部屋に置いてきたことを思い出しました。そのころには、頭もはっきりしてきました。戻ってボイドと冷静に話し合い、言うべきではないことを口にしていないか、確かめたかったのです。彼ともう一度会うためと、指輪を取り戻すためという二つの理由で、俺はアパートに戻りました」

「すると、アパートの外に人だかりがしていました。どうしたのだと訊いてみました。男は、ボイドが殺されたのだと教えてくれました――絞殺されたのだと。そして、警察にはすでに犯人が誰かわかっていて、そいつを探していると言っていました。俺は恐怖におののきました。遺体が運び出されたあとで、俺は立ち去りました。恐怖にとりつかれたまま、脇道に入ると、思わず走り出してしまいました。だって、俺は自分が何をやったのかさっぱり覚えていないのですから」

「そして、真夜中だったにもかかわらず、まっすぐここにやってきました。キャロラインとミス・ジェロッドを起こし、何が起きたかを二人に知っている限り説明しました。もう、姿を隠すしか方法はないように思えましたので、そうしました。俺はずっとここにいました。安全だと思えるまで、そうするつもりでした。新聞記者が二、三人やってきて、取材をしていきました。刑事も一人やってきました。でも、ミス・ジェロッドがうまい受け答えをしてくれて、連中も納得したものだと思っていました――ついさっきまでは。明日、キャロラインと俺はヴァーモント州に戻るつもりでした」

長いあいだ、沈黙が続いた。キャロラインは、愛する男の手を自らの頰に押し当てて、変わらぬ信頼を態度で現わした。思考機械は長くてほっそりとした指の先を合わせて、黙ったまま座っていた。

「カニンガム君」彼はようやく口を開いた。「まだ一つ、重要なことをわれわれに話してないな。君はフレッド・ボイドを殺したのか、殺していないのか、どちらなのだ?」

「わかりません。わかればいいのに!」

「ああ」思考機械はうなった。「君はわからないだろうと、私も思っていた」

第六部

ハッチンソン・ハッチともう一人の記者マニングは、びっくり仰天してカニンガムを見つめ、そして思考機械を凝視した。

「殺したかどうかが、よくわからないって?」と、ハッチは信じられないという顔で訊いた。

「まったくあり得ることだよ、ハッチ君」思考機械はそっけなく言った。「私にはわかる、カニンガム君」彼は続けた。「君は自分の意思で、私に同行してくれるだろうな?」

「嫌、嫌、嫌」と、キャロライン・ピアースが突然、恐怖に駆られたように叫んだ。

「警察にではないよ、ミス・ピアース」と、思考機械は言った。彼は口をつぐみ、まじまじと娘を見つめた。女性については、彼は無知だった。そして、彼自身もそれを自覚していた。「ミス・ピアース、カニンガム君はボイドを殺していないと私が言ったら、安心してくれるかね」

「じゃあ、彼はやっていないと信じているの?」と、彼女は必死になって言った。

「彼が殺していないことはわかっている」と、思考機械は簡潔に述べた。「二たす二が四なのは、ときどきではなく常に、なのだ」彼は謎めいた言葉を続けた。「もしカニンガム君が一緒に来てくれれば、ボイドの死の原因を一点の曇りもなく証明してみせよう。私を信じてくれるかね？」

「はい」と、娘はゆっくり答えた。そして、科学者の細い目をじっと見つめた。「わたし――わたし、あなたを信じます」

思考機械は咳払いをした。やや動揺した様子だった。そして、ハッチのほうを向いたときには、かすかに頬が染まっていた。

「じゃあ、誰がボイドを殺したんですか？」と、驚いたハッチは質問した。

「それをこれから実演してみせようというのだ」というのが、それに対する答えだった。「来なさい」

カニンガムが女の子たちに大丈夫だと約束をして、四人の男は夜中に出かけていった――もう十時近かった――タクシーに乗り、サウス・ボストンのアパートに行った。彼らは階段を上り、ボイドが発見された部屋に入った。ガス灯をつけ、科学者は室内を見渡した。

「どの壁も非常に薄い」彼は不機嫌そうに言った。「ここで拳銃を発射したら、隣の部屋の誰かを殺してしまうかもしれない。そうだ、ナイフのほうがいいかもしれない。諸君、誰かナイフを持っていないか――簡単には刃がとれないようなやつだ」

「これでどうでしょう？」と、カニンガムは言いながら、ナイフを取り出した。

思考機械はそれを調べると、満足気に頷いた。

「今度は拳銃だ」と、彼は言った。


マニングが調達しに出ていった。彼がいないあいだ、思考機械はカニンガムとハッチに詳しい説明をしはじめた。

「これから私は明かりを消し、一人でこの部屋に残る」彼は言った。「十五分だけかもしれないし、明るくなるまでいるかもしれない。それはわからん。しかし、君たち三人にはドアの外で静かに待って、耳を澄ましていてほしい。助けが必要なときには、ただちにお願いする。命が危険にさらされるかもしれない。私は決して力は強くないからだ」

「どうしてなんです？」と、ハッチは興味津々で訊いた。

「しばらくしたら内側から何か物音が聞こえるだろう。それは間違いない」科学者は続けた。彼の質問などお構いなしだった。「しかし、私が呼んだり、格闘する音が聞こえたりしない限り、どのような状況であっても決して中に入ってはいけない」

「でも、どういうことなんですか？」ハッチは再び訊いた。

「さっぱりわけがわかりません」

「私はこれから、フレッド・ボイド殺害犯を見つける」科学者は言った。「どうかこれ以上、馬鹿げた質問を重ねないでくれたまえ。非常に不愉快になる。おかげで私がそいつを殺してしまうかもしれない」と、彼はぽろりと漏らしてしまった。

「殺すですって？」ハッチは驚いた。「その殺人犯はいったい誰なんですか？」訊かないわけにはいかなかった。

「そうだ、殺人犯だ」と、そっけない答えしか返ってこなかった。

マニングが拳銃を持って帰ってきた。思考機械はそれを点検すると、ハッチに渡した。

「君には、部屋に入ったらこれをどう使うべきかはよくわかっているはずだ」そう指示をした。「マニング君、君は他の二人と部屋に入ったら、ガス灯をつけるのだ。常にマッチを手に持っているように」

そして、二人の新聞記者とカニンガムが部屋を出ていく。ドアが閉まった。しかし、鍵はかけなかった。外側の壁に張りついて、耳をそばだてていた。ハッチが小声でマニングに説明しようとしたとき、科学者の苛ついた声がした。

「静かにしなさい」という、鋭い命令だった。

五分、十分、三十分と、何も音はしなかった。この大型アパートの、ずっと離れたどこかから聞こえてくるだけだった。しかし、誰も階段を上がってきたりはしなかった。ぼんやりしたガス灯の火が、廊下の向こうで不気味にゆらいでいた。

一時間が経過したが、まだ何も起きなかった。ハッチには、自分の心臓の鼓動が聞こえるようだった。そればかりか、思考機械の規則的な呼吸音さえ聞こえるような気がした。そしてついに、わずかな物音がした。ハッチはびくりとした。他の男たちも、その音を聞いた。

それは、かすかなささやき声ほどのもので、まるで風が枯れ葉をかさこそいわせているか、スカートの衣ずれか、あるいは死にかけた男のあえぎ声のようだった。

ハッチは拳銃をぎゅっと握りしめ、歯を食いしばった。何かと対決をするのだ――命に関わるほど恐ろしい何かだ――そしてそれが何なのか、まったく見当もつかなかった。マニングはいつでも擦れるようにマッチを構えた。

彼らが耳を澄ましていると、今度は別の音がした。それは、かすかなものだった。まるで、なにかが床の上を滑っていくかのようだった。突然、どすんという音がした。思考機械のくぐもったような叫び声が聞こえ、恐ろしい取っ組み合いの音がした。ハッチは部屋に突入し、拳銃を構えた。マニングがすぐあとに続いた。マッチの炎が輝き、床で科学者と何かが格闘しているのが見えた。その腕が上がり、三度振り下ろされた。そのたびに、ナイフの刃がきらめいた。

ガス灯の光が、格闘の様子をぱっと照らしだし、記者は拳銃の狙いをつけると、身をよじり、くねらせているところに銃弾をお見舞いした。二発発射すると、そいつは静かになっ

た。

　そのときようやく初めて、ハッチには何が起こったのかわかった。巨大な蛇が思考機械に巻きついて、絞め殺そうとしていたのだ。からみついている蛇の死骸を科学者から引きはがすのに、三人がかりだった。しばらく彼は倒れたままだったが、ようやくそのひ弱な身体に生気が戻ってきた。ハッチに抱きかかえられていたが、身を起こし、興味深く蛇を見つめていた。

「いやはや、いやはや」彼は言った。「もしこの蛇に殺されていたら、科学界の一大損失だった」

＊＊＊

　建物の住民は二発の銃声で起き出して、またしても恐怖の表情を浮かべながら、この部屋に詰めかけてきた。しばらくすると警察が到着し、何が起きたのかと質問攻めにする野次馬から四人を助け出した。全員で警察署に行き、そこで思考機械は警察への辛辣な皮肉を交じえながら、すべてを物語った。大蛇の死骸は長々と床に伸びていた。

「ここにいるハッチ君がこの事件について意見を聞きにきたのだが」警察署長に彼は説明した。「私は彼に協力できることをしたまでだ。彼がドアを壊して中に入ったときの部屋と遺体の状態を私に説明したとき――ドアと両方の窓はしっかり内側から施錠されていた――すぐに思いついたのは、自殺の可能性を除いたならば、ボイドを殺した者はいまだにその室内にいるか、それとも遺体が発見された直後に脱出したかのどちらかだということだ」

「どんな動物でも、たとえば蛇などは、群衆がドアをふさいでいたら逃げ出すだろうということは、想像に難くない。実際、そんな蛇が巨大なおんぼろビルに住み着いていたとしたら、どうだろう。なにしろ、ネズミはいくらでも食べ放題だ。水だってどこでも飲むことができる」

「だから、これは蛇の仕業《しわざ》だろうと考えた。そこでハッチ君にまず、このアパートの住人がかつてネズミの被害に悩まされていたか調べるよう依頼した。そしてそれが現在まで続いているか、あるいはやんだのならそれはいつか、ということもだ。彼の報告によると、事件の二週間前までは悩まされていたが、それ以降は気にならなくなったという。もちろん、蛇はネズミを餌にしている。だからネズミは建物から逃げ出したか、それとも食いつくされてしまったかのどちらかだ」

「ネズミの被害がやんでから二週間経ったというのは、どういうことだろうか？　つまり、その蛇は少なくともそれだけの期間、このビルに住んでいたということだ。私自身が犯行現場に行く前に、これだけのことがわかっていた。それが蛇だとしたら、どこかからやってきたのは間違いない。では、どこなのか？」

　思考機械は、そこで口をつぐみ、聞き手の顔を次々に見つめた。皆が一様に首を振った。最後のハッチも、そうせざるを得なかった。

「ところが君の新聞には、この事件が起こる以前から、答えがすでに掲載されていたのだよ」科学者は鋭い声で言った。「あの部屋の裏窓から下を見下ろすと、テントを張った跡が残っていた。以前、サーカスが興行していたのだ。蛇はそのサーカスから脱走し、この建物に侵入したに違いない」

「私は君の新聞の編集部に電話をしたのだよ、ハッチ君。そして、二週間前の十一月九日と十日にあそこでサーカスが行なわれたことを確かめた。さらに、大蛇が脱走したことも確認した。君たちが第一面に記事を載せていたではないか」

「なんてこった。あれはサーカスの広報のつくり話だとばかり思っていた」と、ハッチはがっかりして言った。

「今夜あの部屋に行ったのは、蛇をラジエーターの脇の大きな穴からおびき出すためだった——君たちもあれには気がついていたはずだな?——そして蛇が姿を現わしたら、外で待ち構えているハッチ君たちを呼ぶ手はずだった。もし蛇に襲われても、私はナイフを持っているし、ハッチ君は拳銃を持っている」

「しかし残念ながら、蛇がこんなにすばしっこく、しかも強大な力を持った生き物だとは、私は知らなかった」彼は悔やんでいた。「蛇が穴から出てくる音がすると、そいつはすぐに私に巻きついてきた。そのとき、彼らが突入してきた。すぐに、ボイドがどのようにして窒息死したのかを理解した。彼には抵抗のしようがなかった。野次馬がドアをノックしているほうへ這《は》っていくのがせいいっぱいだった。私も、危うく命を落とすところだった」

これで終わりのようだった。思考機械は口をつぐんだ。

「でも、フランク・カニンガムについてはどうなんです?」警察署長が訊いた。「どうして彼は逃亡したのです。そして彼は今どこにいるのですか?」

「カニンガムだと?」科学者は戸惑ったように繰り返した。

「ええ」署長は言った。「彼はどこですか?」

「そりゃあ、ここにいるぞ」思考機械は指名手配の男を指さした。「カニンガム君、署長へ紹介してもかまわないかね。ええと——彼の名前は、知らん」

署長は、驚きもしなかった。彼はまったく途方に暮れていた。一行の四人目の人間の名前を聞こうなどとは、まったく思いもよらなかった。二人の新聞記者のことは知っていたのだが。

「どうやって——どこで——いつ——」彼は言いかけた。

「彼は、友人のボイドを自分が殺したのかどうかわからずに」科学者が説明した。「婚約者のミス・キャロライン・ピアースのアパートに隠れていたのだ。記憶が欠けている原因は、変わった精神状態が原因だ。彼はかつて重傷を負い、頭部に銀板を埋め込まれている。それで、さまざまなことがわかる」

「どうやって彼を捕まえたのですか?」と、署長は驚きながら質問した。

「正面と裏口に人を配置して、出てきた者は誰でも捕まえるようにと指示をしておいてから、ミス・ピアースの部屋に入った。そして、ミス・ピアースの友人ミス・ジェロッドに、カニンガムは無実だと信じていると告げたのだ。実際にはそうだとわかっていたのだがね。そして、ここに来たのは彼に警告するためだと伝えた」と、思考機械は述べた。

「さらに彼女に、三人の警察官が正面玄関にいるとも言った。そのとき、私の指示通りマニング君が呼び鈴を激しく鳴らしたので、カニンガムは裏の部屋から飛び出して、裏口へと走っていった。そこにはハッチ君が待ち構えていた。実に単純なことだ――その部分はな。もちろん、彼がそこにいないという可能性もあったが――実際いたのだ」

思考機械は立ち上がった。

「それで終わりですか？」と、彼は訊いた。

「話をする前に、どうしてカニンガムの頭を調べたりしたのですか？」と、ハッチは訊いた。

「犯罪者の頭蓋骨の構造についていくつか仮説を立てていたので、単に調べてみたかっただけだ」科学者は言った。「そのときにたまたま、頭に銀板が埋め込まれているのを見つけたのだ」

「それでこれは？」と、ハッチは訊いた。彼はポケットから、封をした封筒を取り出した。思考機械が、部屋を調べた直後に渡したものだ。その封筒には、「十一月九日～十日」と書いてあった。これはサウス・ボストンでサーカスが開催されていた期間の日付だ。

「ああ、それか？」ヴァン・デューセン教授はいささか苛ついたように言った。「それはただの、事件のあらましだ」

ハッチは封筒を開けて、中身を見た。そこには、短くこう書かれていた。

「蛇。ラジエーター近くの穴から出てくる。壁のあいだに住み着いている。サーカスから脱走。カニンガムは無実」

「これで終わりでいいかね？」と、再び思考機械は質問した。何の答えもなかった。そして、科学者と二人の新聞記者は警察署から立ち去った。そのあとからカニンガムもついていった。

思考機械

The Thinking Machine

そんなことは絶対に不可能だった。二十五人のチェスの達人が、世界中から年間選手権のために集まったのだが、彼らは口をそろえて不可能だと言った。どんなことであろうとも、チェスの達人たちが意見の一致を見るなど、めったにないことだった。たった一人でさえ、人間のなし得る範囲のものではないという意見に、異を唱える者はいなかった。ある者は顔を真っ赤にしながら口角泡を飛ばし、ある者は嘲《あざけ》るような笑みを浮かべて沈黙していた。しかしほとんどの人間は、まったく馬鹿げたことだと一言で断言していた。

高名な科学者にして論理家のS・F・X・ヴァン・デューセン教授がふと漏らした一言が、この論争を引き起こした。彼は過去にも、たまたま述べた言葉が原因で、激しい論争を生じさせたことがあった。かつて彼は、科学界で物議を醸す元凶と言われていたこともあった。学界の主流から外れた、ある驚くべき仮説を発表したせいで、有名大学の哲学教授の座から追放されたこともあった。のちになってその大学は、彼が法学博士の称号を受けてくれたので、ほっと安堵したのだった。

二十年間にわたり、世界中の教育機関や科学研究機関が彼にさまざまな称号を授与してきた。彼本人でさえそらで言えないほどのたくさんの学位の略号が、ずらりと並んでいる。フランス、イギリス、ロシア、ドイツ、イタリア、スウェーデン、そしてスペインからも学位が与えられていた。科学界の最も偉大な頭脳であると認められた証である。科学の半ダースもの分野において、気難しい彼の足跡が記されている。彼が結論を述べるやいなや、侃々諤々《かんかんがくがく》の議論もぴたりとやんでしまうのだ。

世界のチェスの達人が口をそろえて異議を申し立てたのは、ヴァン・デューセン教授が、高名な三人の紳士に向かって述べた言葉に対してだった。そのうちの一人、チャールズ・エルバート博士は、偶然にもチェスの熱心な愛好家だった。

「チェスなど、脳の能力の恥ずべき無駄遣いにしかすぎない」ヴァン・デューセン教授は、いつもの苛《いら》ついた調子の声で述べた。「単に無駄な努力だ。しかも、おそらくあれはあらゆる理論問題の中でも最も困難なものであるから、なおさら無駄だ。当然だが、あんなものは論理で解決できる。論理は、どんな問題でも解くことができるのだ——▼ほとんどではなく、すべての▲[1]問題をだ。その法則を隅々まで理解していれば、誰でもチェス名人を破ることができる。二たす二が四になるのは▼ときどきではなく常に▲[2]なのと同じく、必然必至なのだ。私はチェスなど知らん。あんなくだらないものはやらないからな。しかし、数時間きちんと指導を受ければ、一生をチェスに捧げてきた人間でも破ってみせよう。そんな人間の精神は、チェスの論理にこだわり、縛りつけられている。私はそうではない。私はもっと広い視点から論理を応用しているのだ」

エルバート博士は激しく首を振った。▼[3]

「そんなことは不可能だ」と、彼は述べた。

「不可能なものなどない」▼[4]科学者はぴしゃりと言った。「人間の精神は何ごとでも成し遂げられる。だからこそ我々は、野蛮な生物よりも上の存在でいられるのだ。願わくばそのままでいてほしいものだが」▼[5]

この攻撃的で他人の意見を聞かないわがままな態度に、エルバート博士はかっとなった。ヴァン・デューセン教授は、そうやって多くの人々を怒らせていた。特に、他人より優れている、確固たる自分の意見を持っていると思っている学者仲間がそうだった。▼[6]

「君はチェスの定跡を知っているのか？　数えきれないほどの組み合わせがあるのだぞ？」と、エルバート博士は質問した。

「いいや」狷介《けんかい》な答えが返ってきた。「駒を決まった方向に動かして、相手のキングの動きを封じるということしか、このゲームについては知らん。これで正しいかね？」

「そうだ」エルバート博士はおもむろに述べた。「しかし、そんなふうにチェスを表現するのは、初めて聞いた」

「これで正しいというのなら、論理の純粋機械的法則を用いれば、真の論理家はチェスの達人を破ることができるという意見は変えない。いつか数時間かけて駒の動きを学んで、君を破って納得させてあげよう」▼[7]

ヴァン・デューセン教授は、エルバート博士の瞳をじろりと睨みつけた。

「私じゃない」[8]と、エルバート博士は言った。「君は誰でもいいと言ったじゃないか——チェスの名人を破ってみたらどうかね。このゲームを〝学習〟したあとで、名人と対決してもかまわないだろう？」

「もちろんだ」科学者は言った。「大衆を納得させるためには、馬鹿な真似をせねばならないということは、よくわかっている。やってみせよう」

　こうして、激しい論議の末にチェスの名人たちが立ち上がった。また、この高名なヴァン・デューセン教授に長年にわたって異を唱えてこなかった著名な人々も、反対の陣営についた。世界選手権が終わったあとで、ヴァン・デューセン教授と勝者が対決するという手はずになった。そして、その対戦相手は、ロシア人のチャイコフスキーとなった。彼は、過去六年間チャンピオンの座についていた。

　トーナメント戦が予想通りの結果に落ち着いてから、アメリカ人のよく知られた名人であるヒルスベリーが、ビーコン・ヒルにあるヴァン・デューセン教授のささやかなアパートメントで、彼と一緒に午前中を過ごした。彼は泣き出しそうな当惑した顔をして、帰っていった。その日の午後、ヴァン・デューセン教授はロシア人チャンピオンと対面した。新聞は、この対決について大いに書き立てていた。そして、何百人という見物客が試合会場に詰めかけた。

　ヴァン・デューセン教授が現われると、驚きのつぶやきが漏れた。彼は痩せていて、ほとんど子供のような体格だった。肩にも肉はついておらず、巨大な頭の下でしなびているように見えた。彼は、八号の帽子をかぶっていた。額はまっすぐ突き出てドーム状をなし、長い黄色の髪の毛がもじゃもじゃに生えていて、実にグロテスクな姿をしていた。目は細く瞳は青色で、分厚い眼鏡越しに相手を睨みつけていた。顔は小さく、髭《ひげ》は綺麗に剃り上げられ、学者らしく青白い顔色だった。唇は一文字に結ばれていた。両手は真っ白で柔軟、ほっそりとした指の長さも目を引いた。一目見ただけで、科学者としての五十年の人生の中で、肉体の成長は目的のうちに入っていなかったことがわかった。

　彼がチェス・テーブルに座ると、ロシア人は笑みを浮かべた。変人を楽しませてやろうと思っていたのだ。他の名人たちは近くで一団をなし、どうなることかと固唾《かたず》を呑んでいた。ヴァン・デューセン教授の先手でゲームが始まった。クイーンズ・ギャンビットだ。彼が何の躊躇もなく五手目を指すと、ロシア人の顔から笑みが消えた。十手目で、達人たちの緊張感が高まった。ロシア人チャンピオンは今や必死になって戦っていた。[9]ヴァン・デューセン教授の十四手目は、キング側のルークのクイーンの四への移動だった。[10]

「王手《チェック》」と、彼は述べた。

　長考の末、ロシア人はキングをナイトで守った。ヴァン・デューセン教授はその手を見ると、椅子の背にもたれかかり、指先同士を押しつけ合った。その目は盤上から離れて夢見る

ように天井を見つめていた。十分ものあいだ、何の物音も、何の動きもなかった。そして、

「十五手で詰みだ」▼11と、彼は穏やかに言った。

驚いて息を呑んだ。老練な達人たちも、この言葉を裏づけるのに数分を要した。しかし、ロシア人チャンピオンはそれを理解し、蒼白になってめまいを覚えながら、椅子に寄りかかった。彼は、驚きもしなかった。わけのわからない迷路の中で、どうしようもなく苦しんでいたからだ。やおら彼は立ち上がり、対戦相手のほっそりとした手を握った。

「今まで一度もチェスをしたことがないというのは、本当ですか？」と、彼は訊いた。

「一度もない」

「なんということだ《モン・デュー》！　あなたは人間じゃない。あなたは頭脳そのものだ――機械だ――思考機械だ」

「児戯にすぎん」と、科学者は無愛想に言った。その声音に喜んでいる様子はまったくなかった。いつもの通り、苛々してよそよそしい調子だった。

この人物が、オーガスタス・S・F・X・ヴァン・デューセン教授、哲学博士、法学博士、王立学会特別研究員、医学博士などなどである。そしてこれが、彼が世間に〝思考機械〟として知られた顚末であった。このロシア人の言葉を、科学者の異名として、ハッチンソン・ハッチ記者が新聞の見出しに使ったのだ。それが定着したのである。

底本は第二短篇集。「サンデー・マガジン」誌初出の「楽屋『A』号室」の冒頭部分との異同を以下に記す。

▼1 強調なし。
▼2 強調なし。
▼3 このあとの改行なし。
▼4 このあとに「！」。
▼5 このあとに「！」。
▼6 このあとの改行なし。
▼7 このあとの改行なし。
▼8 このあとに「！」。
▼9 このあとに改行。
▼10 このあとの改行なし。
▼11 このあとに「！」。チェスの手数の表記は、すべて原文のママ。

楽屋「A」号室

Dressing Room "A"

有名女優[1]アイリーン・ワラックが公演中、いまだ鳴り響く拍手の音が耳に残るうちに、スプリングフィールド劇場の楽屋から謎の失踪をとげたときの奇妙で説明しがたい状況は、思考機械が解決を依頼された純粋科学以外の難問の中でも、もっとも魅力的なものの一つだった。科学者がこの不可解な謎の解明に乗り出したのは、新聞記者ハッチンソン・ハッチのおかげだった。

[2]「この事件には、当たり前でない何かがあるような気がしてならないんです」ハッチは科学者に説明した。「女性が失踪したのです。友人たちの声が聞こえ、姿も見えるようなところで、まるで蒸発してしまったかのように消えたのです。警察にはなすすべもありません。彼らよりもずっと偉大な頭脳が扱うべき問題ではないでしょうか」

　ヴァン・デューセン教授は、新聞記者に座るよう手で合図をし、自分も巨大なふかふかの椅子に沈み込んだ。そのせいで、小柄な彼はさらに子供のように見えた。

「話してみなさい」彼は不機嫌そうに命じた。「すべてを詳しく」

　巨大な黄色い髪の毛の頭を椅子の背にもたせかけ、青い目はじっと上方を睨みつけていた。ほっそりした両手の指の先を合わせていた。思考機械は、話を聞く体勢に入った。[3]

「ミス・ワラックは三十歳の美人です」記者は話し始めた。「女優として彼女は、我が国だけでなく、イギリスでも認められています。彼女についての新聞記事を読んだことがおありと思いますが――」

「私はやむを得ない場合以外、[4]新聞など読まぬ」相手はぴしゃりと言った。「続けなさい」

「彼女は独身で、知られている限りでは、今の状態をすぐにも変えようなどという意図はなかったようです」ハッチは、科学者の痩せた顔をじっと見つめながら言った。「彼女に熱を上げている連中はいたでしょうが――美人女優にはつきものです――しかし、彼女はまったく身ぎれいなもので、スキャンダルの染み一つありません。こう申し上げるのは、彼女の失踪の理由として先生が考慮に入れられるかもしれないからです」

「さてここからが、失踪事件の実際の状況です。ミス・ワラックはシェイクスピア戯曲に出演していました。先週彼女は、スプリングフィールドにいました。土曜日の晩、そこでの契約の最終日ですが、彼女は『お気に召すまま』にロザリンド役で出演しました。劇場は混み合っていました。彼女は最初の二幕を、とても熱心に演じていました。実は時折り悩まされるひどい頭痛に見舞われていたにもかかわらずです。第二幕のあと、彼女は楽屋に戻り、第三幕の幕が上がる直前に舞台主任が呼びに行きました。彼女は、すぐに行くと答えました。彼女の声だったのは、まったく疑う余地もありません」

「ロザリンドは、第三幕が始まってから六分ほどは登場しません。ミス・ワラックの出番になりましたが、彼女は現われませんでした。舞台主任は、彼女の楽屋のドアを激しくノックし、名前を呼びました。しかし、何の答えもありません。もしかしたら気を失っているのではないかと心配して、彼は中に入りました。けれども、そこに彼女の姿はありませんでした。あわてて探したのですが見つからず、舞台主任はついに女優の急病のためにいささか遅れが生じると、観客に発表せざるを得なくなりました。十分か十五分あれば彼女は舞台に戻るだろうと、期待していたのです」

「カーテンは降ろされて、捜索が始まりました。劇場の隅から隅まで探しました。劇場の玄関番ウイリアム・ミーガンは出ていく人間を誰も見ていません。彼と一人の警察官が、楽屋口で少なくとも二十分は立ち話をしていました。だから、ミス・ワラックが楽屋口から外に出ていないことは確かです。残されているのは、舞台からフットライトを乗り越えて、観客席を通って出ていくしかありません。もちろんそんな道を通ったはずがありません。しかし、彼女の行方はわかりません。どこに行ってしまったのでしょうか？」

「窓はどうだ？」と、思考機械は訊いた。

「舞台は地下にあります」ハッチは説明した。「彼女の楽屋A号室の窓は、小さい上に鉄棒がはまっています。その先は通気孔で、まっすぐ十フィート上まで続き、上には鉄格子がかぶせてあります。劇場の他の窓にはたどり着けませんし、そちらにも鉄棒がはめられています。劇団員や裏方さんの目に触れずに、他の窓に近寄ることはできません」

「奈落はどうだ？」と、科学者は尋ねた。

「何もありません」記者は続けた。「大きなセメント塗りの地下室で、がらんとしています。そこも捜索しました。もしかしたら、ミス・ワラックが一時的に気がおかしくなって、迷い込んだということも考えられなくはなかったからです。作業用通路まで探しました。舞台を見下ろす通路で、緞帳を下ろす係が控えている場所です」

長いあいだ、沈黙が続いた。思考機械は指をひねり回し、虚空を睨みつけているばかりだった。彼は、記者のほうを見もしなかった。しばらくして沈黙を破った。▼5

「失踪時、ミス・ワラックはどのような服装だったのか？」

「ダブレット〔訳註：ルネサンス期の男性の身体にぴったりした上着〕とホース――タイツのことです」新聞記者は答えた。「彼女はその衣装を、第二幕から劇が終わるまで身につけていることになっています」

「彼女の外出着は、すべて部屋に残されていたのか？」

「はい。すべてそうです。閉じた衣装トランクの上に、広げてありました。まるで、呼び出しに応《こた》えて楽屋から出ていったままのようです――何も異状なく、彼女のテーブルの上には、キャンディの箱が開けっ放しになっていました」

「格闘の形跡は？」

「ありません」

「血痕は？」

「ありません」

「彼女のメイドは？　雇っていたのだろう？」

「ええ、そうです。メイドのことを話していませんでした。ゲートルード・マニングといい、第一幕直後に家に帰っていました。急病で早退したそうです」

思考機械はやぶにらみの視線を初めて記者へ向けた。

「病気？」彼は繰り返した。「どうしたというのだ？」

「よくわかりません」と、記者は答えた。

「彼女は現在どうしている？」

「わかりません。ミス・ワラックの騒ぎのせいで、皆彼女のことなんて忘れていました」

「キャンディの種類は何だ？」

「残念ながらそれも覚えていません」

「どこで買ったものだ？」

記者は肩をすくめた。そんなことを彼は調べもしなかった。思考機械は立て続けに質問を浴びせかけ、ハッチを厳しい目で睨んだ。彼は居心地悪そうにもじもじしていた。

「そのキャンディは今どこにある？」と、科学者は問いただした。

ハッチはまた肩をすくめた。

「ミス・ワラックの体重はどれほどだ？」

記者は、これくらいは推定してみようと考えた。彼女のことは、何度も見たことがあるからだ。▼6
「百三十から百四十ポンドのあいだだと思います」と、彼は思い切って言った。

「よもや、その一座に催眠術師はいないだろうな？」

「わかりません」ハッチは答えた。

思考機械は、我慢ならないというように細い両手を振った。彼は腹を立てていたのだ。

「まったく馬鹿馬鹿しい、ハッチ君」彼は忠告した。「わざわざ私に相談しにくるというのに、これほどわずかな事実しかつかんでおらんとはな。君がすべての事実を把握していたら、私とて何か言えただろうが、このありさまでは――」

新聞記者はむっとした。自分の業界では、目端が利いて洞察力があるという評判なのに、こんな失礼な態度でこの言われよう、しかも瑣末な質問ばかりされている。▼7
「さっぱりわかりません」彼は言いつのった。「あのキャンディに毒が仕込まれていたり、催眠術師がミス・ワラック失踪に一枚噛んでいるなんて、僕には思えません。毒だって催眠術だって、彼女の姿を見えなくすることはできないんですから」

「もちろん君にはわからんだろう▼[8]」思考機械は癇癪《かんしやく》を起こした。「わかっていたら、私のところになど来るはずがない。ところで、この事件はいつ起きたのだ？」

「さっき言ったように、土曜の晩です」いささか謙虚さを取り戻して言った。「それが、スプリングフィールドでの最終日でした。ミス・ワラックは、当地に今夜から出演する予定でした」

「いつ彼女は消えたのか――つまり、何時だったのかという意味なのだが？」

「舞台主任の時間表によると、第三幕の幕が上がるのは九時四十一分で、彼女にその一分前、つまり九時四十分に話しかけたと言っています。彼女が第三幕に登場するまで演技が六分間続きますから、つまり――」

「たった七分間のうちに、百三十ポンド以上も体重のある女性が、町なかを歩くのにふさわしい格好もせずに、楽屋から消えたということになるな。現在、月曜日の午後五時十八分だ。おそらくこの犯罪は、数時間のうちに解決できるだろう」

「犯罪ですって？」ハッチはびっくりして繰り返した。「これは犯罪だったというんですか？」


ヴァン・デューセン教授は、そんな質問を相手にしなかった。その代わり彼は立ち上がり、客間を何回も行ったり来たりした。後ろ手に組み、視線は下に落としていた。ようやく立ち止まると、同様に立ち上がっていた新聞記者と顔を合わせた。

「ミス・ワラックの劇団は、おそらく荷物とともにこちらにいるのだろうな」彼は言った。「劇団の男性団員全員と会い、話を聞くのだ。そして、特に▼彼らの目を観察するのだ▲[9]。どんな下っ端▼[10]だろうと、誰一人として見逃してはならない。それからキャンディの箱がどうなったかも調べること。できれば、いくつなくなっているかまで調べてほしい。そうしたら、ここに報告にきなさい。ミス・ワラックの身の安全は、君の敏捷さと観察眼にかかっている▼[11]」

ハッチはびっくり仰天した。

「どうして――？」と、彼は言いかけた。

「いいから、無駄口をたたかずに、急ぎなさい」思考機械は命じた。「君が戻ってくるころには、タクシーを用意して待っている。スプリングフィールドに行かねばならんからだ」

▼仮説の検証▲[12]

新聞記者は、命令に従うべく飛んでいった。彼にはまったくわけがわからなかった――男の目を注視するなど、思いもよらないことだった。しかし、仕方がないので指示に従った。

一時間半後、大急ぎで戻ってきた彼は、思考機械を乗せて待っているタクシーに飛び乗った。タクシーはガタガタ音を立てながらサウス駅へと向かい、二人はまさに出発せんとしていたスプリングフィールド行きの列車に急いで乗った。座席に座るやいなや、調査の結果が口から出かかっているハッチのほうに、科学者は向き直った。

「どうだった？」と、彼は訊いた。

「いくつかの事実をつかみました」記者は急《せ》き込むように報告した。[13]

「まず、ミス・ワラックの芝居の主演男優、ラングドン・メーソンは彼女と三年越しの恋仲でした。例のキャンディは、スプリングフィールドのシュイラーズという店で、土曜日の夕方に、彼が劇場に行く途中に買ったものです。本人に確かめました。口が重かったのですが、どうにか聞き出しました」

「ほう！」思考機械は叫んだ。はっきりした叫び声だった。

「箱からなくなっているキャンディは何個だった？」

「三つだけです」ハッチは答えた。「ミス・ワラックの持ち物は、楽屋にあった開いているトランクに詰められました。キャンディも一緒です。僕は支配人に――」

「よし、よし、よし」[14]と、思考機械は短気そうに遮った。

「メーソンはどんな目をしていた？　どんな色だ？」

「青です。柔和そうで、特に異常はありません」と、記者は言った。

「他の人々は？」

「目を観察しろという意味がよくわからなかったので、写真を撮ってきました。役に立つでしょうか」

「素晴らしい！[15]　素晴らしい！」と、思考機械は賛辞を贈った。彼は、写真を次から次へと繰っていき、時折り手を止めて、下に書いてある名前を読んだ。「これが例の主演男優か？」と、ようやく質問をして、一枚の写真をハッチに渡した。

「そうです」

ヴァン・デューセン教授は、また黙り込んだ。汽車は、スプリングフィールドへ九時二十分に到着した。ハッチは教授に続いて駅に降り立ち、何も言わずにタクシーに乗った。

「シュイラーズ・キャンディ店へ」[16]思考機械は命じた。「急いで」[17]

タクシーは、夜の道を飛ばした。十分後、煌々《こうこう》と明かりのついた菓子店の前に止まった。思考機械は店内に入ると、チョコレートのカウンターの向こうにいる女の子に歩み寄った。

「申し訳ないが、この男の顔を覚えていないかね？」訊きながら、メーソンの写真を出した。

「ええ、はい、覚えています」娘は答えた。「俳優さんでしょ」

「彼は土曜日の夕方、チョコレートの小箱を君から買ったのかね？」と、次の質問をした。

「はい。覚えているのは、とてもお急ぎだったからです――

実際、劇場に間に合うかどうか心配していました」

「それで、この男がここでキャンディ[18]を購入したかどうかについては、覚えているかね？」と、科学者は質問した。彼はもう一枚の写真を取り出し、女の子に渡した。彼女が見ているときに、ハッチは首を伸ばしたけれども、写真は見えなかった。

「買ったかどうか覚えていません」と、ようやく娘は答えた。

思考機械はぷいと脇を向くと、電話室へと入っていった。彼は、そこに五分ほどいると、またタクシーへ飛び乗った。ハッチもそれに続いた。

「市立病院へ[19]」と、彼は命じた。

タクシーは、再び全速力で走った。ハッチは黙っていた。言うべきことは何もなさそうだった。思考機械は、記者の知らない手がかりを追っているようだった。この事件は、めまぐるしく変化していた。市立病院の研修外科医であるカールトン医師と思考機械が立ち話をしているかたわらで、彼はその思いを強くした。

「この病院にミス・ゲートルード・マニングは入院しているか？」というのが、科学者の最初の質問だった。

「はい」外科医は答えた。「彼女はここに、土曜日の夜運び込まれてきました。原因は――」

「ストリキニーネ中毒、ああ、わかっている」教授が遮った。「おそらく、通りで発見されたのだろう。私は医師だ。彼女が回復しているのなら、いくつか質問をしたいのだが」


カールトン医師は同意した。ヴァン・デューセン教授とお供のハッチは、病室へ急いだ。そこには、ミス・ワラックのメイドが青白い顔でぐったりとしていた。思考機械は彼女の手を取り、ほっそりとした指で脈を測った。満足気に頷く。

「ミス・マニング、私がわかるかね？」と、彼は訊いた。

「はい」と、彼女は弱々しく答えた。

「キャンディを何個食べたのだ？」

「二つ」と、娘は答えた。彼女は濁った目で、上方にある顔を見つめた。

「ミス・ワラックは君が劇場から帰るまでに、それを食べたかね？」

「いいえ」

思考機械は、それまで以上に大急ぎで飛び出していった。ハッチは懸命にそのあとを追い、階段を駆け下りるとタクシーに乗った。ヴァン・デューセン教授はカールトン医師に大声で礼を述べた。次の目的地は、ミス・ワラックが失踪した劇場の楽屋口だった。

記者の頭は、混乱しきっていた。箱からキャンディが三つなくなっていたということ以外、さっぱりわけがわからなかった。それらのうち、メイドが食べたのは二つだけだった。彼女は中毒症状を起こした。とすると、ミス・ワラックが三つめを食べたのならば、彼女も中毒を起こしているだろうと十分予測できる。しかし、毒で姿が見えなくなるわけがない。記者は、絶望したように頭を振った。

ウイリアム・ミーガンという楽屋口の玄関番は、すぐに見つかった。

「ちょっと教えてもらいたいのだが」思考機械は話しかけた。「土曜日の晩、メーソン氏はキャンディの箱を、ミス・ワラックに渡してくれと君に預けなかったかな?」

「ええ」ミーガンは機嫌よく答えた。彼は、この小男が気に入った様子だった。「ミス・ワラックは、まだ来ていませんでした。メーソンさんはほぼ毎晩のようにキャンディの箱を持ってきて、いつもここに置いていきます。土曜日の晩、私はそれをこの棚の上に置きました」

「メーソン氏は、土曜日の晩は他の人たちよりも早く着いたのかね、それとも遅かったかね?」

「早くにです」ミーガンは答えた。「いつになく早かったです。おそらく、荷造りのためでしょう」

「ところで、劇団の他の団員たちは、郵便物を受け取るときはこの楽屋口止めにしておくのだろうね?」科学者は、棚の上の郵便箱をじっと見つめた。

「ええ、いつもそうです」

思考機械は深々と息を吸った。そのときまで、彼の額には気難しげな皺が寄っていたが、それが消えていった。

「では、教えてもらいたいのだが」彼は続けた。「土曜日の夜九時から十一時のあいだ、劇場から、どんなものでもいいから、包みや箱が持ってこられたりしたかね?」

「いいえ」ミーガンは断言した。「真夜中に劇団の荷物が運び出されるまで、何もありませんでした」

「ミス・ワラックは、楽屋にトランクを二つ持ち込んでいたね?」

「はい。でっかいのが二つです」

「どうしてそれを知っているのだ?」

「だって、運び込むのも、運び出すのも自分が手伝ったからですよ」と、ミーガンは答えた。

突然、思考機械は後ろを向き、タクシーへと走った。つき従うハッチも、あとに続いた。

「行け、全速力で一番近い長距離電話まで行くのだ」科学者は運転手に命じた。「一人の女性の命が危ない」

三十分後、ヴァン・デューセン教授とハッチンソン・ハッチは、ボストンへ戻る列車に乗っていた。思考機械は、十五分も電話室に入っていた。彼が出てくると、ハッチは質問を浴びせかけたが、まったく答えてくれなかった。彼らがスプリングフィールドを出てから三十分ほどして、ようやく科学者は話をする気配を見せた。そして、以前の会話を再開するかのように、唐突に話し始めた。

「ミス・ワラックが劇場の舞台から離れなかったのだとしたら、もちろん彼女はそこにいたのだ」彼は言った。「彼女が見えなくなったのではないとしよう。とすると問題は、彼女を劇場内でどうやって見つけるかということだ。彼女に暴力が振るわれなかったという事実は、さまざまな観点から間違いない。誰も彼女の叫び声を聞いていない。取っ組み合いもなかった。血痕も残されていない。よって、彼女の失踪につながる最初の一歩は、彼女の意に反したものではなかったと考えるのが妥当だ」▼[20]

「さて、すべての状況に合致する仮説を組み立てよう。ミス・ワラックはひどい頭痛持ちだった。催眠術で頭痛は治る。ミス・ワラックが治療のために頼んだ催眠術師はいなかったか？　いたとしよう。ならば、催眠術師は彼女を仮死状態に陥らせることができたのではないか？　動機さえあれば考えられる。では、どうやって彼女を運んだのか？」

「ここから、可能性はありとあらゆる方向へ枝分かれしてしまう。現実的な、信頼の置ける仮説に限定しよう。すべての状況にぴったり符合するものが、正しいのだ。催眠術師が彼女を楽屋の外に出そうとはしなかったのは明らかである。残っているのは何か？　彼女の部屋にあった、二つのトランクのどちらかだ」

「まさか、彼女は催眠術をかけられてどちらかのトランクに閉じ込められたのだと考えているのではないでしょうね。紐がかけられて、鍵もかかっていたのに？」

　ハッチは驚いた。▼[21]

「▼実現可能な▲[22]唯一の方法だ」思考機械は力を込めて言った。

「それゆえ、それが実際に起きたことなのだ」

「なんて恐ろしい！」ハッチは叫んだ。「生きた女性が、トランクの中に四十八時間も閉じ込められていたんですか？　そのときは生きていたとしても、今ではもう死んでいるに違いない」

　記者は小さく身震いをして、表情の読み取りにくい教授の顔をじっと見つめた。そこには、哀れみも恐怖も浮かんでいなかった。単に、頭脳が働いていることが窺《うかが》われるだけだった。

「彼女が死んでいると決めつける必要はない」思考機械は説明した。「もし彼女が催眠術をかけられる前に三つめのキャンディを食べていたとしたら、死んでいるかもしれん。彼女が仮死状態になったあとで口の中に入れられたのならば、死んでいない可能性がある。キャンディは溶けずに、彼女の体内に毒は吸収されないだろう」

「しかし、彼女は——窒息死するかもしれないし、トランクが手荒に扱われたら骨折するでしょう。いくらだって可能性は考えられます」と、記者は反駁《はんばく》した。

「仮死状態の人間は、奇妙なことにあまり怪我をしないのだ」科学者はそう答えた。「もちろん、窒息するかもしれない。しかし、かなりの量の空気がトランクには流れ込んでいるだろう」

「それで、キャンディは？」と、ハッチは訊いた。

「そうだ、キャンディだ。二つ食べたメイドは死にかけた。ところが、メーソン氏はそれを買ったと認めている。あっさり認めているということは、彼が買ったのは毒入りキャンディとは別物ではないかと考えられる。メーソン氏は催眠術師なのだろうか？　彼は、そのために必要な目をしていない。

彼の写真を見ればわかる。メーソン氏は実際、何度もミス・ワラックのためにキャンディを買っている。ときどき彼は、それを楽屋の玄関番に預けていた。一座の人間はそこに郵便を取りにいく。そのときに箱を盗み、毒入りキャンディとすり替えることは可能だと、すぐにわかるだろう。どの箱も、皆同じに見えるからだ」

「すべての背景には、狂気と狂気からくる奸計が横たわっている。ミス・ワラックの殺人計画は、長い時間をかけて練られたものだ。おそらく、実ることのない一方的な愛情が原因なのだろう。まずは毒入りキャンディから始まり、それが失敗したので、舞台主任が女優に最後に話しかけたときに次の計画を始動させたのだろう。催眠術師はそのとき、室内にいたのではないだろうか。そいつは、頭痛を治療することができると言ったのだろう。そしてそのとき、ミス・ワラックは演技がうまくできたのだろう。彼女は、以前のその経験を覚えていたのかもしれない」

ハッチはしばらく黙っていた。この説明を飲み込むのに、時間がかかっていたのだ。彼には、いまだに信じられなかった。人間が、このような恐ろしい犯罪を生み出すということが、納得できなかった。そして、まったく関係のない人間の頭脳が、純粋論理だけでこんな結論を引き出したということも、理解の範囲を超えていた。[23]

「ミス・ワラックは、まだトランクの中にいるんですか？」と、彼[24]はようやく訊いた。

「いいや」思考機械は答えた。「彼女は外に出されている。死んでいるか生きているかといえば——私は生きていると思うがな」

「それで、犯人は？」

「市に到着してから三十分以内に、そいつを警察に引き渡すつもりだ」

科学者とハッチは、サウス駅から警察本部に直行した。[25]マロリー刑事が出迎えた。

「スプリングフィールドからの電話をもらいまして——」と、彼は話し始めた。

「死んでいたか？」と、科学者が遮った。

「いいえ」マロリーは答えた。「意識不明でしたが、骨折もありませんでした。ただ、ひどい打ち身を負っていました。医者によると、催眠術をかけられているそうです」

「口の中からキャンディを取り出したか？」

「はい、チョコレートクリーム味でした。まだ溶けていませんでした」

「すぐにここに戻ってくるが、そうしたら彼女を起こそう」思考機械は言った。「まずは一緒に来たまえ。犯人を捕まえるのだ」

さっぱりわけがわからないまま刑事はタクシーに乗り、三人は十二ブロック先にある大きなホテルに乗りつけた。ロビーに入る前に、思考機械は一枚の写真をマロリーに手渡した。彼は、電灯の下でじっくりそれを観察した。

「この男は、他の連中と一緒に上階にいる」科学者は説明した。「そいつを確認して、我々が部屋に入るとき、背後に回るのだ。もしかしたら発砲しようとするかもしれん。私がいいと言うまでは、彼に触れないように」

五階の大きな部屋で、アイリーン・ワラック劇団のスタンフェルド支配人は、彼女の共演者たちと一緒にいた。これは、思考機械の電話での依頼によるものだった。ヴァン・デューセン教授が中に入ったときには、何の予備知識もなかった。彼は室内をじろりと一瞥して、まっすぐラングドン・メーソンに歩み寄り、彼の瞳をしばらく見つめた。

「君は、第三幕でミス・ワラックが登場する前に、舞台上にいたかね——土曜日の晩の上演のことだが?」と、訊いた。

「いました」メーソンは答えた。「少なくとも三分間は」

「スタンフェルド君、それは正しいかね?」

「はい」と、支配人は答えた。

長くて緊張した沈黙が続いた。その中に響くのは、マロリーの重たい足音だけだった。彼はずっと離れた部屋の隅に向かって歩いていった。その質問がまさに有罪か否かを問うも同然だったことに気がついて、メーソンの顔がわずかに紅潮した。彼は口を開いたが、思考機械のしっかりとした冷徹な声がそれを制した。

「マロリー君、犯人を逮捕したまえ!」

その瞬間、激しく荒々しい取っ組み合いが起きた。その場にいた人々は、刑事の太い腕がスタンレー・ウィットマンを押さえつけるのを目にした。彼は『お気に召すまま』では憂鬱なジャックを演じていた。俳優の顔は歪《ゆが》み、その目には狂気が宿り、檻に入れられた野獣のように荒れ狂った。一瞬の体の動きとともに、マロリーはウィットマンを放り投げ、両手に手錠をかけた。そして視線を上げると、思考機械が肩越しに突っ伏している男を見つめていた。

「そうだ、彼が催眠術師だ」科学者は、満足気に結論を述べた。「眼の瞳孔を見れば、必ずわかるのだ」

▼一時間後、▲[26]ミス・ワラックは意識を取り戻して証言を行なったが、思考機械の述べた内容とほぼ一緒だった。▼▲[27]そして三カ月後、公演旅行に復帰した。一方スタンレー・ウィットマンは、叶わぬ恋を思いつめた末に

頭がおかしくなり、まさにジャックのように叫んだり喚《わめ》いたりするようになって、保護監房に入った。▼精神鑑定医は、回復不能と診断を下した。▲28

底本は第二短篇集。「サンデー・マガジン」誌初出との異同を以下に記す。

▼1　このまえに中見出し「最初の問題」。
▼2　このまえに「『しかし私は科学者、論理学者だ』思考機械は抗議した。『犯罪についてなど、まったく知らん』／『犯罪が行なわれたかどうかなんて、誰も知りません』と、記者は急いでつけ加えた。」。
▼3　このあとに「ハッチは勝ち誇ったような気持ちだった。まったく説明不能なほど奇妙なこの事件に、この男に興味を持ってもらえるかどうか、自信があまりなかったからだ。」。
▼▲4　雑誌初出にはない。
▼5　このあとの改行なし。
▼6　このあとの改行なし。
▼7　このあとの改行なし。
▼8　このあとに「！」。
▼▲9　強調なし。
▼10　このあとに「チョコレート・」。
▼11　このあとの改行なし。
▼▲12　雑誌初出にはない。
▼13　このあとの改行なし。
▼14　このあとに「！」。
▼15　「！」なし。
▼16　このあとに「即座に」。
▼17　このあとに「！」。
▼18　このあとに「・チョコレート」。
▼19　このあとに「！」。
▼20　このあとに「。いいかね、彼女の服装はまったく外出には適していなかったのだよ」。
▼21　このあとの改行なし。
▼▲22　強調なし。
▼▲23　雑誌初出にはない。
▼24　このあとに「沈黙の後、」。
▼25　このあとに「ハッチも顔なじみの」。
▼▲26　「そしてこれが最初の問題の終わりの始まりだった。」。
▼▲27　雑誌初出にはない。
▼▲28　雑誌初出にはない。

黄金の皿を追って

The Chase of the Golden Plate

第一部　強盗と娘

第一章

リシュリュー枢機卿とミカドは、セブン・オークス屋敷の正面玄関を見下ろす狭いバルコニーに出て、煙草に火をつけると、広々とした大理石の階段に湧き出てくる群衆をぼんやり眺めていた。太り過ぎの清国の皇太后がいた。めいっぱい化粧をして着飾ったインドの戦士がいた。彼のすぐ後ろでは、二人のゲイシャ・ガールがクスクス笑いながらちょこちょこと歩いていた。その次には、豪華なローブを身にまとったロシア皇帝がいた。ミカドは微笑《ほほえ》んだ。

「わが仇敵である」と、彼は枢機卿に言った。

ワトーの絵画に出てくるような女羊飼いが、クリストファー・コロンブスの手を借りて自動車から降りてきた。そして二人は、腕を組んで階段を上ってきた。女ピエロが彼らの顔を覗き込みながら笑い声を立てて、その脇を走っていった。ダルタニアン、アトス、アラミス、そしてポルトスが剣をガチャガチャと鳴らしながら堂々と胸を張っていた。

「ああ！」枢機卿が叫んだ。「あの四人の紳士を、余はよく知っておるぞ」

スコットランドのメアリー女王、ポカホンタス、トルコのスルタン、そしてミカウバー氏〔訳註：ディケンズの小説『デイヴィッド・カッパーフィールド』の登場人物〕が、同じ言語で楽しくお喋《しゃべ》りをしていた。その背後に現われた人物は、すぐに人目を惹《ひ》いた。片手にランタン、もう片手に拳銃を持った強盗だった。黒いマスクで唇まで隠し、深くかぶった帽子のせいで目元も隠れていた。さらに一方の肩には、泥棒道具一式をぶら下げていた。

「なんということだ！」枢機卿は評した。「いや、実にうまくやったものだ」

「まさに本物そっくりですな」と、ミカドも賛同した。

強盗は脇でちょっと立ち止まり、ダイヤモンドを体のあちこちにつけたエリザベス女王を通してやった。そして、階段を上がった。枢機卿とミカドは、開いたままの窓を抜けて、彼の到着を見物しようとレセプションルームへ移動した。

「エリザベス女王陛下のご到着！」と、厳粛な面持ちの召使いが呼ばわった。

強盗は、お仕着せを着た声の主に名刺を渡した。その無表情な顔に驚きの色が一瞬浮かぶのを見て、面白がっていた。おそらく、拳銃を持ったほうの手で名刺を差し出したからだろう。声の主は名刺を見やり、ほっと安堵した。そして、

「強盗ビル様、ご到着！」と、告げた。

驚きと、興味を惹かれたつぶやきが、レセプションルームとその向こうにある舞踏室から漏れた。こうして強盗は一瞬注目の的になったが、その一方で笑い声が広がっていた。彼の後ろから、道化師が入ってきたのだ。皆の注目はそちらに移り、強盗は人混みの中に紛れ込んでしまった。

それからたった数分後、リシュリュー枢機卿とミカドは、面白いことはないかとばかりに、例の強盗を探し出し、喫煙室へと引っ張ってきた。そこにはロシア皇帝がいた。ミカドの友人で、彼のことをマイクと呼び、その仲間に加わった。

そして彼らは、一緒に煙草を吸った。

「どうしてこんな仮装をしようなんて思ったんだい？」と、枢機卿は強盗に訊いた。

強盗はにっこり笑って、丈夫な白い歯を見せた。マスクの下の髭《ひげ》をきれいに剃った四角い顎に、くぼみができた。女性ならば、それはえくぼといわれただろう。

「人と違ったことをやりたかったんですよ」彼は説明した。「本物の強盗がここで今仕事をする以上に、とんでもないことはないと思ったので、この格好でやってきました」

「警察に見られなくてよかったな」と、ロシア皇帝は言った。

強盗はまた笑った。彼は恐ろしげな格好をしているにもかかわらず、気のいい、木訥《ぼくとつ》な男のようだった。

「それについては心配していましたけど――ここに到着する前に挙げられてしまうんじゃないかと」彼は答えた。「『挙げる』というのを説明しますと、われわれの専門用語で、逮捕されるとか検挙されるという意味です。その恐れも、根拠がないわけじゃなくて、実をいうと、自動車を運転してきて、降りたとたん、二人の刑事が僕を睨みつけていたんですよ」

彼はランタンと拳銃を脇に置き、新しい煙草に火をつけた。

ミカドはランタンを手に取って、何度も明かりをつけたり消したりした。一方、皇帝は床に置いてある拳銃に手を伸ばした。

「やめておいたほうがいいですよ」強盗はこともなげに言った。「弾が入ってますから」

「弾が入っているって?」と、皇帝が繰り返す。彼は、恐る恐る銃を下におろした。

「だってそうじゃないですか」強盗は嘲《あざけ》るように笑った。「▼僕は本物なんですから。だから当然弾は入っていますよ。マスクを外す時間までには、一稼ぎしなくちゃいけませんな▲1」

「見た目通りの抜け目のない強盗ならば」枢機卿は、感心したように言った。「そうしないはずはないでしょうな。たとえば、エリザベス女王の宝石のコレクションでもしてみたらどうです。私が見ただけでもエリザベス女王は四人いましたし、まだ時間は十分にある」

「ああ、思う存分やらせてもらいますよ」強盗は軽く請け合った。「僕は実に狡猾ですからね。それに経験も豊富だ。僕が玄人《くろうと》だというところをお見せしましょう。ほら、この時計とピンは、我が友である皇帝陛下から五分前にスリとったものです」

彼は手袋をはめた手を差し出した。その上には、時計とダイヤモンドのピンが乗っていた。皇帝は驚きの表情をあらわにして、それを見つめていた。そして、突然ぞっとしたらしく、自分の体のあちこちを触れて確かめ、弱々しく笑った。ミカドは、マスクの吊り目のあたりまで葉巻を上に傾けて、笑った。

「外交的表現ではなあ、ニック」彼は皇帝に向かって言った。「君は『カモ』だって言われているんだ。君には前にも注意しておいたはずだがなあ」

「いやいや、うまいもんだ」枢機卿は言った。「そなたをダルタニアンたちと一緒に雇っておけばよかった」

強盗は再び笑い声を上げて、のっそりと立ち上がった。

「さあさあ、こんなことをしていないで」彼は促した。「外に出て、どんなふうになっているか見てみようじゃないか」

「なあ、俺たちのあいだでだけこっそり、君の正体を明かしてくれないか」皇帝は言い募った。「君の声を聞いたことがあるような気がするんだが、どうにも思い出せない」

「マスクを外す時間まで待てよ」強盗は、機嫌のよさそうな声で断った。「そうしたらわかるさ。それとも、玄関で僕の名刺を受け取った堅物に、賄賂を渡して聞き出そうとでも思っているなら、そうしてみるがいい。僕のことは覚えているはずだ。僕が登場しただけであんなに驚いたような顔をされたのは、生まれて初めてだったね」

四人組は、舞踏室へとぶらぶら歩いていった。ちょうどそのとき、全参加者による大行進が始まるという合図があった。数分後、絢爛豪華《けんらんごうか》な絵巻物が開始された。サー・ウォルター・ローリーに扮した招待主のスタイヴェサント・ランドルフと、とびきり見事なクレオパトラに扮した夫人は、色彩豊かなドレス、輝やく肩、宝石、そして鮮やかな制服[2]を眺めて、このうえなくご満悦の様子だ。

　ランドルフ氏は、まったく筋違いのカップルが手をつないでいるのを見て、マスクの下でにやにや笑っていた。エリザベス女王とミカウバー氏、リシュリュー枢機卿と女ピエロ、道化師はマリー・アントワネットと踊りを踊っていた。ロシア皇帝は、足取りも軽やかなゲイシャ・ガールを相手に完全に夢中になっていた。またミカドは、鈴のついた衣装に短いスカートの踊り子と一緒に、大はしゃぎしていた。[3]

　この行進の中でも不気味なのが、例の強盗だった。拳銃を無造作にポケットにつっ込み、ランタンはベルトにぶら下げていた。彼は、くだらない冗談を次から次へとマクベス夫人の耳元でささやきつつ、皇太后の豪華なもすそを器用に避けて歩いていた。やがて大行進は終わり、お喋りをしている人々は、いくつかの小さなグループにわかれた。

　リシュリュー枢機卿は、女ピエロと腕を組みながらそぞろ歩いていた。

「商売はうまくいっているかね？」と、彼は強盗に問いかけた。

「期待通りに」という答えが返ってきた。

　女ピエロが近づいて、つま先立ちをした――そんなくだらないことをしても何の役にも立たないのだが[4]――そして、強盗を見てしかめっ面をした。

「うーん！」彼女は叫んだ。「あなたって、本当に恐ろしいわよ」

「ありがとう」と、強盗は返答した。

　彼は深々と一礼した。そして、枢機卿とその連れは通り過ぎていった。強盗はしばらくその姿を見送っていたが、それから室内を興味深げに二、三回見回した。誰かを探していたのかもしれない。ようやく彼はぶらぶらと、人混みの中を歩[5]いていった。

第二章

三十分後、強盗は一人でいた。くるくると回転している踊り手たちを、じっと眺めていた。彼の腕に、そっと触れる手があった――彼はちょっと驚いた――愛情のこもった小さな声が、耳元で囁かれた。

「素晴らしいわ、ディック。素晴らしい！」

　強盗はさっと振り返り、一人の娘と向き合った――ゴールドラッシュ時代の、西部の娘の格好をしていた。魅惑的な丸い顎、わずかに開いたバラ色の唇、そしてきらめく青い瞳は――真っ青な――どこまでも青い瞳だった。頬から眉毛までは、残念ながらマスクで隠されているが、その上のソンブレロ帽は波打つ赤っぽい金髪の上に鎮座ましまし、三色のリボンが麗々しく飾られていた。拳銃は彼女のおしり――それも間違ったほうのおしり――にぶら下がっていて、さらに、見たところ無害そうなボーイ・ナイフが、ベルトに差し込まれていた。強盗はちょっと当惑したように見つめていたが、すぐににっこりと笑った。

「どうして僕だとわかった？」と、彼は訊いた。

「顎でよ」彼女は答えた。「そこをマスクで覆っていなかったら、正体を隠したことになんてならないわ」

強盗は、手袋をした片手で顎をなでた。

「そいつはうっかりした」と、彼は悔しげに言った。

「わたしに気がつかなかった？」

「いいや」

娘はさらに近づくと、片手を軽く彼の腕に乗せた。なぜか彼女は、声をひそめた。

「準備はいい？」と、彼女が訊いた。

「ああ、大丈夫だ」と、彼は即座に請け合った。彼の声も、警戒しているように低くなった。

「自動車で来たの？」

「そうだ」

「それで、宝石箱は？」

その瞬間、強盗は戸惑いの色を見せた。

「宝石箱？」と、彼は繰り返した。

「そうよ、宝石箱よ。ちゃんと持ってきたでしょうね？」

強盗は、彼女が真剣な表情で唇をきっと結んでいるのを見て取った。娘は一瞬彼を見つめたが、再び視線を落とした。その白い顎は、かすかに赤らんでいった。強盗はいきなり、感嘆したかのような笑い声をあげた。

「ああ、持ってきた」と、彼は言った。

彼女は素早く深く息を吸い、白い両手はかすかに震えた。

「もうすぐ行かなくちゃいけないんじゃない？」と、落ち着きなく彼女は訊いた。

「そうだね」と、彼が答えた。

「マスクを外す時間の前には必ず」彼女は言った。「だって――だってここには誰か知り合いがいるかもしれないし、それとも疑っている人が――」

「疑うって、何を？」と、強盗は問いただした。

「シーッ！」娘は警告した。そして、唇に指をかざした。

「大きな声を出さないの。誰が聞いているかわからないじゃない。今こっちにやってくる人たちが心配なのよ。あの人たちはわたしを知っているわ。五分後に温室で会いましょう。あなたと話しているところを見られたくないから」

彼女はさっとその場を立ち去った。強盗は、称賛となんともいえないような気持ちを

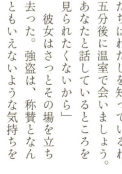

瞳に浮かべて、彼女を見送った。向きを変えて温室へ行こうとして、廷臣[6]の衣装を着た巨大な太った男の腕の中に飛び込んでしまった。太った男は後ずさりし、彼をじろじろと見た。

「おや、お若いの、大した得物をお持ちですな」と、男は声をかけてきた。

強盗は驚いて、失礼にならない程度に見返した。それは、その声音のせいだったのかもしれない。

「気に入っていただいて幸いです」と、彼は冷淡に答えて通り過ぎた。

彼が温室で待っていると、その瞳から愉快そうな色が消え、唇は真一文字に結ばれた。あの大男が、別の男性に話しかけているのが見えた。話しながら、温室のほうを指さしていた。しばらくすると、娘がかなり興奮した様子でやってきた。

「すぐに行かなくちゃだめよ」彼女は慌てて囁いた。「あの人たち、わたしたちを疑っているわ。わかるの。わかるのよ！」

「残念だがその通りだ」強盗はむっつり顔で言った。「だから、あの刑事は僕に話しかけてきたんだ」

「刑事？」娘は息を呑んだ。

「そうだ。刑事が紳士[7]に変装している」

「ああ、そんな人たちに見張られているなんて、どうしたらいいのかしら？」

強盗はそちらを見た。すると、太った男が先ほど話しかけていた相手が、温室に向かって歩いてくるのが見える。さっと、娘のほうに向き直った。

「本当に、僕と一緒に行きたいかい？」と、彼は訊いた。

「もちろんよ」と、彼女は言い切った。

「ヘマはしていないだろうね？」

「まさか、ディック、してないわよ！」彼女は再び口を開いた。「でも、もし捕まったら――」

「僕の言う通りにすれば、捕まるわけがない」強盗は断言した。鋭い命令口調だった。「君は一人で正面玄関へ行け。新鮮な空気を吸いに来たようなふりをして、外に出るんだ。僕もすぐにあとを追う。僕を待っていてくれ。刑事に目をつけられているから、もううかうかしていられない。外では、最初の自動車に乗って逃げるんだ」

彼は、考え込みながらリボルバーの弾倉〔訳註：原文ではbarrelとなっており、銃身とも訳せるが、リボルバーの円筒状の回せる部品は弾倉である。コナン・ドイルも「ホームズ」シリーズで同様の混同をしている〕を指で回し、舞踏室をじっと見つめていた。娘は絶望したように、彼にしがみついていた。腕をつかむその手は震えていた。

「わたし、怖い」彼女は告白した。「ああ、ディック、もし――」

「気を確かに持つんだ」彼は命じた。「動揺したら、ふたりとも捕まってしまう。さあ、すぐに行け。言われた通りにするんだ。僕も行く――走っていくかもしれないから、見逃さないようにしろよ」

さらにもう一瞬だけ、娘は彼の腕にしがみついた。

「ああ、ディック、愛しているわ！」と、彼女は囁いた。そして、背を向けると離れていった。

温室のドアから、強盗はスタイルのいい彼女の姿が群衆のあいだをすり抜けていくのを見つめていた。その姿が見えなくなると、彼は何気ない様子で玄関へと歩み寄っていった。再び彼は振り返った。太った男が、ゆっくりあとをついてきていた。お仕着せを着た召使いが招待主に歩み寄り、興奮した様子で何ごとかを囁く姿も見えた。

「行動を開始しろという合図だ」強盗はぼそりとひとりごとを言った。

目を離さずにいると、召使いがまっすぐに彼を指さすのが見えた。招待主はさっとマスクを剝ぎ取った。強盗は歩みを速めた。

「その男を止めろ！」と、主人が声をあげた。

一瞬にして、あたりはしんと静まり返った。そして、わっという驚きの声が、そのあとから襲ってきた――強盗は、玄関に向かって走った。客たちから彼へ、いくつもの手が伸びた。

「そっちに行ったぞ、そっちだ！」強盗は、興奮した声で叫んだ。「あっちの男だ！　俺が捕まえる！」

この策略のおかげで道は開き、彼はそこを通り抜けていった。娘は、階段の下で待っていた。

「連中、来るぞ！」彼女を引っ張っていきながら、彼はあえいでいた。「あそこの最後尾の車に乗り込め！」

何も言わず、娘は自動車へと走り、前の席へよじ登った。

数人の男どもが屋敷から走り出てきた。どうするのだろうと彼女が見つめる中、強盗は塀の陰に沿って走っていった。彼は窓の下で立ち止まり、何かを拾い上げると、自動車へと急いだ。

「奴を捕まえろ！」という叫びが起こった。

強盗が放り投げた荷物は、娘の足元に着地すると、ガチャンという音を立ててはねた。彼が彼女の隣に飛び乗り、自動車はがくんと揺れた。さっとハンドルを切って、彼は出発した。

「急いで、ディック、追ってくるわ！」と、娘は息を呑んだ。

足下にあるモーターがブーンと音を立て、あえぎながら自動車は動き出した〔訳註：この自動車は電気自動車と思われる。二十世紀初頭は多くの電気自動車が実用にあてられていた〕。

「止まれ、さもなくば撃つぞ」と、別の叫び声がした。

「伏せろ！」と、強盗は命じた。

彼の手が娘の肩をぐいと押さえつけ、さらに座席の下へと押し込んだ。ハンドルに屈み込みながら、半分まで速力を上げた。そして自身のヘッドライトが照らし出す前方の道路へと飛び出した。ちょうどそのとき、背後から銃弾が飛んできた。さらにもう一発が続いた。▼8
自動車は速度を増した。

第三章

セブン・オークス屋敷の所有者で、仮面舞踏会の主催者でもある百万長者のスタイヴェサント・ランドルフは、何が起きたのかを警察に告げるのが精いっぱいで、どのようにして起きたのかは、さっぱりわかっていなかった。要するに、これは泥棒だった。巧妙にも、ダークランタンと拳銃を手にした強盗に変装して、正面玄関から招待状を見せて仮面舞踏会に侵入したのだ。そして、ランドルフ氏がここまで話したときには、当の彼[9]でさえも、落ち着いた顔のままではいられなかった。

皆の知っている話を総合すると、こういうことだった。

大行進の直後に、召使いが喫煙室に入ってみると、強盗が一人で、開いた窓際に立って外を見ていた。この喫煙室は、廊下で小ぶりな食堂につながっていた。そこにランドルフは、黄金の食器を麗々しく保管していた。召使いが喫煙室に入ると、強盗は窓際から離れ、舞踏室へと移動した。彼は何も持っていなかった。興奮している様子もなかった。

十五分か二十分後、召使いは黄金の食器のうち、十一枚の皿がなくなっているのを発見した。およそ一万五千ドル[10]の価値のある品だった。その事実を、ランドルフ氏に報告した。これを聞かされて、招待主は舞踏会を楽しんでいるわけにはいかない。[11]彼はさっそく行動に出た。

一方――つまり、強盗が喫煙室を出てから正面玄関を突破するまでのあいだ――強盗は西部の娘に扮した覆面の女性と、何事かを熱心に話し込んでいた。彼女は彼を温室に残して立ち去り、正面玄関から出ていった。そして彼女は強盗と合流し、大騒ぎの中自動車で逃亡した――四十馬力の自動車で、風のように去っていったのだ。強盗がセブン・オークス屋敷まで乗ってきた自動車は、放置されたままだった。その後、所有者は名乗り出ていない。

強盗と娘の正体は、謎のままだった。どうやって強盗が金の皿を奪ったのかは、警察によれば、明らかなことだった。彼は喫煙室から食堂へと侵入し、金の皿を袋に詰めると、窓から投げ出したのだ。まことに単純きわまりなかった。しかし、娘の役割については、まだ明らかにはなっていなかった。おそらく、招待客が盗まれた数十点の宝石に、彼女の興味は向いていたのだろう。

それから、どうやって強盗と娘が、二台の車で追跡した警察を振りきったのかも、簡単にわかった。彼らが選んだ自動車は、そこにあった何十台もの車の中で、一番速度が速かった。そのうえ真っ暗な夜で、加えて強盗は何でもできそうな男だった。例の太った廷臣[12]は彼めがけて拳銃を二発撃った。実は、その正体はカニンガム刑事だった。しかし、その逃げ足を速めただけにしか過ぎなかった。

以上の事実は容易にわかった。しかし、二人組の正体についてはそうはいかなかった。これは実に難しかった。そして何よりも、彼らを闇の中から引きずり出すという仕事が残っていた。この仕事を命じられたのは、マロリー刑事だった。彼はこの都市中心[13]地区の刑事課の最高の頭脳であり、十一号の靴と六号の帽子を身につけた人物だった。彼は用心深く疑い深く、先を見通せた——まさに、刑事の見本だった。たとえば、驚くべき窃盗方法を淡々と解明したのは彼だった。

　マロリー刑事と二、三人の同僚はランドルフ氏の話を聞き、▼仮装をして舞踏会に参加した二人の部下の事情聴取をし、さらに召使いたちの話を聞いた。▲[14]それらが終わると、マロリー刑事は葉巻を噛みながら、数分間、一生懸命に考え込んだ。ランドルフ氏は、期待を込めてその姿を見つめていた。彼は、何一つとして失いたくはなかった。

「自分の理解では、ランドルフさん」と、警察の最高の頭脳はようやく口を開いた。「あなたの客が玄関で提出した招待状には、招待された人間の名前が書いてあるということでしたな？」

「そうだ」と、ランドルフ氏は答えた。

「ああ！」刑事はそつなく声をあげた。「では手がかりになる」

「招待状はどこにやった、カーチス？」と、ランドルフ氏は入り口に控えている召使いに訊いた。

「もういらないものだと思いまして、旦那様、すでに焼却炉に捨ててしまいました」

　マロリー刑事はうなだれた。

「セブン・オークス屋敷の仮面舞踏会の晩、強盗が玄関で提出した招待状に、名前が載っていたかどうか、覚えていないか？」と、彼は訊いた。このようにして、はっきり明確にするのが好みだったのだ。

「はい。私が覚えておりますのは、あの紳士が実に奇妙な格好をしていたからでございます」

「名前を覚えているか？」

「いいえ」

「また目にしたり聞いたりしたら、思い出せるか？」

　召使いは困ったようにランドルフ氏を見やった。

「無理だと思います」と、彼は答えた。

「娘のほうはどうだ？　彼女が渡した招待状に目は止まったか？」

「女性のほうはまったく覚えておりません。数多くのご婦人方が、到着されたときには上着をお召しになっていらっしゃいましたので、その下にどのような衣装を着ておられたのかは、わかりかねます」

　最高頭脳は、またしばらく考え込んだ。それから彼は、再びランドルフ氏のほうを向いた。

「強盗の仮装をしていたのが、舞踏会でたったひとりだったのは間違いないですね？」と、彼は訊いた。

「ええ、ありがたいことに」ランドルフ氏は力を込めて言った。「もしもう一人いたりしたら、ピアノまで盗まれるところでした」

　最高頭脳は顔をしかめた。

「そして、女のほうは西部の娘のような格好をしていた？」と、彼は訊いた。

「はい。西部魂を絵に描いたような姿をしていました」

「同じような仮装をした女性は他にはいない？」

「いません」と、ランドルフ氏は答えた。

「いませんでした」と、二人の刑事も答えた。

「さて、ランドルフさん、この舞踏会のために、何枚の招待状を発行しましたか？」

「三、四百でしょう。大きな屋敷ですから」ランドルフ氏は、弁解するように言った。「きちんとやろうとしていたのですが」

「実際には何人の客が舞踏会に参加したのですか？」

「さあ、わかりません。おそらく三百人くらいでしょう」

　マロリー刑事はまた考えた。

「こいつは間違いなく、二人組の大胆で頭の切れる玄人の犯罪者の仕業《しわざ》だ」と、彼はようやく正式見解を述べた。彼の部下は、その周りで熱心に聞き耳を立てていた。▼15
「あらゆるところにその特徴が見られる。連中はおそらく、この仕事を数週間前から計画していたのだろう。招待状を偽造したか盗んだ――多分盗んだのだろう」

　彼はさっと振り向いて、召使いのカーチスを指さした。

「強盗が君に渡した招待状の筆跡に、見覚えはないか？」と、問いただす。

「いいえ、特には」

「つまり、他の招待状と筆跡が違うことに気がついたかどうかという意味だが？」と、最高頭脳は固執した。

「そうだとは思えません」

「もしそうだったら、気がついていたか？」

「そうだろうと思います」

「招待状に書かれた氏名は、すべて同じ人物の手によるものですか、ランドルフさん？」

「はい、家内の秘書です」

　マロリー刑事は立ち上がり、眉間に皺を寄せて室内を行ったり来たりした。

「ああ！」彼はようやく叫んだ。「すると、その招待状は偽造ではない▼▲16。受け取った誰かから盗んだものだ。ここまでわかったのだから――」ここで彼は口をつぐんだ。

「わかったのだから、すべきことは」ランドルフ氏がその後を続けた。「招待状を誰から盗んだのかを調べることです。その犯人がうちの玄関で招待状を渡し、皿を盗み出したのだから」

　最高頭脳は、彼をじっと睨みつけた。ランドルフ氏の顔は真剣そのものだった。なにしろ、金の皿は彼のものなのだから。

「そう、その通りだ」マロリー刑事は同意した。「さて、それではこうすることにしよう。ダウニー、お前は強盗がセブン・オークス屋敷に乗り捨てた自動車を確保して、所有者を探せ。さらに、強盗と娘が逃走に使った自動車も探せ。カニンガム、お前はセブン・オークス屋敷に行き、内部を捜索しろ。特に、娘が残していったコートを探すのだ。彼女は、逃げるときには着ていかなかったのだからな。そして、その出どころを調べるのだ。ブラントン、お前はランドルフさんから招待客のリストをもらい、舞踏会に来ていた人物を調べ、来ていなかったのは誰かを確かめるのだ。そして――その連中を洗え」

「そんなの、何週間もかかりますよ！」と、ブラントンは不平を言った。

　最高頭脳はさっと振り返った。

「それがどうした？」と、彼は叱りつけた。しばらく睨みつけていると、ブラントンは上司の叱責に縮み上がった。「それから」と、マロリー刑事は寛大そうにつけ加えた。「俺は残りをやる」

　このようにして、強盗と娘を追い詰める計画が立てられたのだった。

第四章

　ハッチンソン・ハッチは新聞記者だ。背が高くて痩せている飢えたような顔つきの青年で、いつも事実を追求していた。この最後の点は、多分新聞記者の特筆すべき特徴だといえるのだろうけれども、ハッチはこのことに非常なこだわりを持っていた。だからこそ、社会部長は彼に信頼を置いていた。もしハッチがやってきて、ピンクの頬髯《ほおひげ》を生やした青い象を目撃したと社会部長に報告したら、その象は、精神的にも倫理的にも肉体的にも霊的にも永遠に青色であり、ぜったいに緑や紫ではなく、青なのだと社会部長は確信することだろう。

　ハッチは、他の点でも才能を発揮していた。たとえば、彼は人間のささやかな知性が仕事の役に立つと信じていた。実際何度も、彼は人間の知性がいかに素晴らしいものかということを証明していた。彼の心は安定し、方法は一貫し、スタイルは直截的だった。

　他の多くの連中と同様に、ハッチはランドルフ家盗難事件を取材していた。そして、他の記者が知っていることは知っていたが――それだけだった。彼はこの事件を詳細に研究した結果、奇妙なことだけれども、もしかしたら強盗と娘の正体についての警察の仮説は正しいのではないかと思い始めていた――つまり、彼らが玄人の犯罪者だということだ。彼には、そういったことも時にはできた――自分の考えを改めて、他人が正しいかもしれないと認めることをだ。

　それは、ランドルフ家の事件から二日経った土曜日の午後のことだった。ハッチは、警察本部のマロリー刑事の部屋に陣取り、この最高頭脳から強盗事件についてまだ明かされていない事実を引き出そうと苦労していた。電話のベルが鳴った。ハッチは、会話の一方だけしか聞くことができなかった――それは仕方▼▲17のないことだ。だいたいこんな調子だった。

「もしもし！……ああ、マロリー刑事だ……行方不明？……彼女の名前は？……何？……ああ、ドロシー！……うん？……メリット？……ああ、メリーマンか！……で、どう書くんだ？……つづりを言え！……M、e、r、e、d、i、t、 hか。どうしてそれを最初に言わないんだ？……彼女がいなくなってからどれくらい経つ？……ふむ？……土曜日の晩？……彼女の人相風体は？……金褐色の髪の毛とは、要するに赤毛だってことか？……ああ、赤っぽいってことか！　それは一体どう違うっていうんだ」

　刑事は便箋を引き寄せて、何かを書きとめた。ハッチが察するに、それは行方不明の娘の人相なのだろう。さらに、

「今話しているのは誰だ？」と、刑事が訊いた。

　ちょっと間が開いて、答えをもらったようだった。その答えを聞いて、彼は驚いたように口笛を吹いた。そして、ぼーっと窓から外を眺めている新聞記者のほうをちらりと見やった。

「いいや」最高頭脳は電話口で言った。「公表するのは得策ではありません。まったく必要ない。わかりました。ただちに捜索を命じましょう。いいや。新聞の連中は何も知らないでしょう。では」

「何か事件でしたか？」と、受話器をもとに戻した刑事に向かって、ハッチは何気ない態度で訊いた。

「大したことじゃない」というのが、それに対する返事だった。

「ええ、そのようですね」と、記者はさらりと言った。

「まあ、何にせよ、公表するほどのものじゃない」と、最高頭脳は厳しい声で言い返した。とにかく彼は、ハッチのことが気に入らなかったのだ。「新聞に載っけても何の役にも立たない類のものだ。だから、公表しないことにした」

　ハッチは、この件に対してまったく興味が失せたかのように、あくびをして見せると、出ていった。しかし、マロリー刑事をぎょっとさせるような名案が、彼の心中で芽生えていた。外を行ったり来たりしながら、考えを練る。女の子が行方不明！　赤毛の娘が失踪！　赤毛の女の子が木曜日から行方知れず！　木曜はランドルフ家の仮面舞踏会があった晩だ。西部の格好をした、行方知れずの娘は赤毛だった！　マロリーは、この最新の事件を知らせた人物の名前を聞いて、びっくりした様子だった！　つまり通報した人物はおそらく――地位が高いのだろう！　警察に事件を伏せておくよう頼んで受け入れられるなんて、地位が高いに違いない――そして、行方不明の女の子の名前は、ドロシー・メレディスというのだ！

　ハッチは角のところでしばらく立ち止まり、考えた。突然彼は電話に飛びついて、セブン・オークス屋敷のスタイヴェサント・ランドルフに電話した。彼は、どきどきしながら最初の質問を放った。

「ランドルフさん、ミス・ドロシー・メレディスの住所を教えていただけませんか？」

「ミス・メレディスだと？」答えが返ってきた。「ちょっと待ってくれ。たしか、モーガン・グレイトン家の郊外の屋敷に泊まっているんじゃなかったかな」

　記者は、叫びたくなるのを必死で抑えた。「うまくいった

ぞ！」と、心の中で喜びを爆発させた。そして、できるだけ平静を装いながら言った。

「彼女は、木曜日の仮面舞踏会に出席しましたよね？」

「うむ、招待はした」

「彼女がいるのは見かけなかったのですか？」

「いいや。ところで君は[18]誰だ？」

　ハッチはそこで受話器を置いた。あまりの興奮に、彼は息が詰まりそうだった。前に列挙したさまざまな美点に加えて、熱心さというものも、彼は持ち合わせていた。このことを、誰にも言うつもりもなかった。この娘が舞踏会の客だったかもしれないということをマロリーは知らないと、確信していた。そして、知りもしないのだから、調べようもないだろう。刑事には気の毒なことだ。

　こう考えて、ハッチは郊外にあるグレイトン家へと出発した。その屋敷は簡単に見つかった。モーガン・グレイトンは、年取った裕福な紳士で、排他的な人物だった――しかし不在だった。ハッチは、自分の名前だけを記した名刺をメイドに渡した。しばらくすると、グレイトン夫人が姿を現わした。彼女は、七十代の母性に満ちた可愛らしい女性で、非常にていねいな物腰をしているので、ありきたりの人間は自分のことが恥ずかしくなるぐらいだった。ハッチは彼女を目にしてそう感じ、さて、どうやって聞き出したものかと思案した。

「僕は、警察本部から直接こちらに参りました」彼は罠を仕掛けた。「ミス・メレディス失踪について、あらゆることをお聞きするためです」

「ええ、はい」グレイトン夫人は答えた。「主人は、警察にそのことについて相談すると申しておりました。ほんとうに謎めいた――とても謎めいておりますの！　駆け落ちをしたのでもないかぎり、ドリーがどこに行ってしまったのかさっぱり想像もつきません。こうした考えがどうしても頭からはなれないのはどうしてかしら？」

　彼女はまるで、わんぱくな子供のように話した。

「ミス・メレディスについて教えていただけますか――彼女はどういう方なのでしょう？」と、ハッチは促した。

「ああ、そうね、もちろんですとも[19]」グレイトン夫人は声をあげた。「ドリーは、夫の妹の夫の遠縁なの」彼女は詳しく説明を始めた。「彼女はボルチモアに住んでいるのだけれども、わたしたちのところへ遊びに来たのです。もう、数週間は滞在しています。可愛らしくてきれいな娘さんで、でも、きっと駆け落ちしてしまったんですわ」

　老夫人の声はわずかに震えた。ハッチは、このときほど自分を恥じたことはなかった。

「しばらく前のこと、彼女はハーバート――たしか、リチャード・ハーバートとおっしゃる青年と知り合ったの――」

「ディック・ハーバートですか？」と、記者はだしぬけに叫んだ。

「その青年をご存知なのかしら？」と、老夫人は反対に詰め寄った。

「ええ。たまたまなんですが、ハーバード大学[20]で同級生だったんです」と、記者は言った。

「その方は、いい青年なのかしら？」

「良心的で、身だしなみがよく、まっすぐなきちんとした男です」と、ハッチは答えた。ディック・ハーバートのことならば、確信をもって断言できた。「どうぞお続けください」と、彼は促した。

「そうね、わたしはどうしてだか知らないのだけれども、ドリーのお父様はハーバートさんとのおつき合いが気に入らない様子で、実のところ、メレディスさんはおつき合いを禁じてしまったのよ。でも、彼女は若くて頑固な娘さんだったから、表向きはお父様のいうことを守っているふりをしていたけれども、裏ではこっそりハーバートさんとの連絡を絶やさなかったの。このあいだの木曜日の晩、一人で出かけていって、それ以来彼女から何の連絡もないわ。わたしと主人の予測では——きっと駆け落ちをしたのだわ。彼女のご両親は、嘆き悲しむことでしょう。でもあの子がこれと決めた男性に出会ったならば、きっと添い遂げるものだとわたしは思ってますのよ。それに、彼は好青年[22]だとあなたが保証してくれたから、なおさら駆け落ちしたのだと思うわ[21]」

ハッチは、喉まで出かかった質問が引っかかって止まってしまった。訊きたくなかったのだ。その意図を知られたら、この愛らしくてお喋りな老夫人に嫌われることになるかもしれないと感じたからだ。しかし、ついに彼は意を決した。[23]

「ところで、ご存知でしょうか。ミス・メレディスは、木曜日の晩にセブン・オークス屋敷で開かれたランドルフ家の舞踏会に出席したのですか？」と、ハッチは訊いた。[24]

「招待状を受け取ったのは知ってます」という答えが返ってきた。「たくさんの招待状を受け取るのよ。でも、あの子が行ったとは思えないわ。それって、仮装しなくてはいけないのでしょう？」

記者は頷いた。

「それなら、まずあの子は行かなかったはずだわ」グレイトン夫人が答えた。「そんな衣装は、何一つ持っていませんから。いいえ、ハーバートさんと駆け落ちしたのは間違いありません。でも、直接彼女から事情を聞いて、ご両親に説明しなくてはならないの。ハーバートさんが、ここに訪問することを許していなかったものですから、わたしどもも説明に苦慮しているの」

ハッチは、玄関のほうからかすかな衣ずれの音がするのを耳にして、そちらへ目をやった。だが、誰も現われなかった。再びグレイトン夫人に向き直った。[25]

「ミス・メレディスが、ボルチモアに帰ったということはあり得ないですよね？」と、彼は訊いた。

「いいえ、そんなことはないわ！」断言した。「あちらのお父様から彼女宛てに今日電報が届いて——開けてみたら——こちらへ、おそらく今晩いらっしゃるとのことでした。わたしは——おつきになったら、一体どう説明していいものやら。

どうにか、なにか連絡がないか――そして――」[26]

　耐え切れなくなったハッチは辞去した。メイドが彼を、玄関まで案内した。

「ミス・メレディスが仮装舞踏会に行ったかどうかの情報に、いくら出します？」と、メイドがこっそり訊ねてきた。

「タレコミかい？」と、ハッチはむっとしながら答えた。

　メイドは肩をすくめた。

「いくら出してくれる？」と、彼女は繰り返した。[27]

　ハッチは手を伸ばした。彼女は、手のひらに載せられた十ドル札[28]を受け取ると、服の奥へとしまい込んだ。

「ミス・メレディスは本当に舞踏会に行ったのよ」彼女は言った。「ハーバートさんに会いに行って、そこから駆け落ちをする予定で、お嬢様のほうがすべての計画を立てたんです。あたしは信用されていたから、お手伝いをしたわ」

「どんな服を着ていた？」と、ハッチは食いつくように[29]問い返した。

「お嬢様の仮装は、西部の娘よ」メイドが答えた。「ソンブレロをかぶり、ボーイ・ナイフと拳銃を身につけていた」

　ハッチはびっくり仰天した。[30][31]

第五章

　七段抜きの見出しで頭がいっぱい[33]になりながら、ハッチは市内へと戻ることにした。列車のステップを上る前に、考え込みながら葉巻に火をつけた。

「禁煙です」と、車掌が言った。

　ぼんやりした目で彼を見つめると、そのまま中に入り、葉巻をくわえたまま席についた。

「禁煙だって言っただろう」と、車掌は喚《わめ》いた。

「そんなはずがない」と、立腹したハッチは叫んだ。彼は振り返って車内の他の乗客を見回したが、小さな女の子が一人いるだけだった。もちろん彼女は煙草を吸っていなかった。そして彼は車掌を見つめたまま、あることに気がついた。

「ミス・メレディスが例の娘だ」ハッチはそう考えていた。「マロリーは絶対に夢にも思わないだろうし、これからも気づかないだろう。彼は僕がしたようなことを、部下にやらせるわけがない。グレイトン家はこのことを公にしたくないし、本当の事実を知るまでは誰にも何も言わないだろう。僕だけが押さえたこの事実、さてどうやって料理したらいいものだろうか。ここで問題なのは、ドロシー・メレディスと例の強盗との関係、一体何なのだろう？　強盗はディック・ハーバートなのか？　いや、そんなはずはあるまい！[34]　では――何だ？」[32]

　こうしたことをじっと考え込んだまま、ハッチ[35]は乗り物から降りると、ディック・ハーバートに会いに急いだ。彼はあまりに夢中になっていたので、家のブラインドが下ろされているのに気がつかなかった。[36]呼び鈴を鳴らすと、しばらく経ってから、男の召使いが出てきた。

「ハーバートさんは在宅しているかね？」と、ハッチは訊いた。

「はい、おります」召使いが答えた。「しかし、お会いになるかどうかはわかりません。健康を害していらっしゃるのです」

「具合が悪いって？」と、ハッチは繰り返した。

「いいえ、病気なのではございません。傷を負われて――」[37]

「誰だ、ブライアー？」と、階段の上からハーバートの声が響いた。

「ハッチ様でございます、旦那様」

「上がってこいよ、ハッチ！」ディックは嬉しそうに彼を呼んだ。「会えてよかったよ。寂しくてたまらなくて、どうしていいものやら困っていたところだ」

新聞記者は階段を駆け上がり、ディックの部屋に入った。

「そっちはダメなんだ」ハッチが右手を差し出すと、ディックは笑った。「使い物にならん。こっちで頼むよ――」　そして左手を伸ばした。

「どうしたっていうんだ？」と、ハッチは訊いた。

「ちょっとした怪我をしただけさ」ディックが言った。「座れよ。こないだの夜にやられちゃって、それ以来この大きな家にブライアーと二人きりなんだ。医者には、外出してはいかんと言われた。他に誰もいないんだよ。家族全員でノヴァ・スコシアに行ってしまった。他の召使いも引き連れてだ。ところで、君のほうはどうだい？」

ハッチは座り、ディックをじっと見つめた。ハーバートは二枚目で力強そうな、二十八歳か三十歳くらいの実にいい奴だった。今の彼はいささか青ざめていて、生まれながらの浅黒い顔だけれども、顔色が悪そうだった。彼は名門一族の一員で、大金持ちだというわけではないが、将来成功しそうな資質を十分持っていた。まさにハッチが「良心的で、身だしなみがよく、まっすぐなきちんとした男」と言ったような人間だった。[38]

「実は、僕の仕事の関係で来たのだけれども」記者はようやく口を開いた。「正直、どう言ったらいいのかわからない」

ディックは椅子の上で姿勢を正し、驚きの表情を見せた。彼は何も言わなかったが、その瞳の表情にハッチは興味を大いに惹かれた。[39]

「君は新聞を読んだかい？」記者は訊いた――「つまり、ここ数日間のことだけれども？」

「ああ」

「それならもちろん、ランドルフ家強盗事件の記事は読んだよな？」

ディックは微笑んだ。

「うん」彼は言った。「見事なもんじゃないか？」

「そうだな」ハッチは力を込めて言った。「そうなんだ」

彼は煙草を受け取り、火をつける間、黙っていた。「まさかとは思うんだが」そう続けた。「もしかして、君はこの事件について何か知っちゃいないか？」

「新聞で読んだことだけだよ。どうしてだ？」

「正直に隠し立てなく質問をさせてもらうよ、ディック」ハッチは、居心地の悪そうな口調で言った。「忘れてもらっちゃ困るが、僕はここに仕事で来ている――つまり、友人としてではなく、新聞記者としてだ。答えたくなければ答えなくていい」

ディックはやや動揺した様子で立ち上がったが、その色はすぐに消え、窓際に座った。

「どういうことだ？」彼は聞き返した。「質問とは何だ？」

「君は、ミス・ドロシー・メレディスがどこにいるのか知らないか？」

ディックはさっとこちらを向き、眉をひそめて彼を睨みつけた。ともにフットボールに興じていたころから、お馴染《なじ》みの表情だ。

「彼女がどうしたっていうんだ？」と、彼は訊いた。

「彼女はどこにいる？」と、ハッチは問い続けた。

「僕の知る限りでは自宅だろう。どうしたんだ？」

「彼女はそこにはいない」記者は彼に告げた。「そして、グレイトン家の人々は、君が彼女をそそのかして駆け落ちをしたものと信じている」

「彼女と駆け落ちだって？」ディックはおうむ返しに言った。

「彼女は家にいないのか？」

「いない。彼女は木曜日の夜から行方不明だ――ランドルフ家の事件の晩だよ。グレイトン氏は警察に捜索願を出した。そして、現在隠密裏に捜査がなされている。新聞には――つまり他の新聞にはということだけれども――この事実は知られていない。君の名前は、警察にはばれていない。さあ、木曜日の晩に本当に彼女と駆け落ちするつもりだったのか、聞かせてくれないか？」

ディックはいらいらと室内を何度も行ったり来たりした。そして、ハッチの椅子の前に立ち止まった。

「まさか、僕をかつごうなんて思っているんじゃないだろうな？」と、彼は厳しい声で問いただした。

「木曜日の晩に、彼女と駆け落ちする計画だったというのは、事実じゃないんだな？」と、記者ははっきりした口調で言った。

「その質問には答えない」

「君は、ランドルフ家の舞踏会の招待状をもらったのか？」

「ああ」

「行ったのか？」

ディックはじっと下を向いたままだった。

「その質問にも答えない」と、しばらくしてから彼は言った。

「仮面舞踏会の夜はどこにいた？」

「その質問も答えられない」

新聞記者の本能が呼び起こされると、友達だろうが何だろうが関係なかった。ハッチは、ディック・ハーバートと旧知の仲だということを忘れてしまった。彼にとってこの青年は、どきどきわくわくしたがっている大衆を喜ばせる情報を持っているかもしれない、ただの取材対象にしかすぎなくなった。「君の腕の傷のせいで」相手を追及する弁護士のようなかしこまった態度で、彼は続けた。「舞踏会に行けなくなったのか？」

「それも答えたくない」

「負傷の原因は何なんだ？」

「おい、いいか、ハッチ」ディックは怒鳴った。その態度は、今にも爆発しそうな危険なものだった。「もうこれ以上、何一つとして答えない――特に最後のやつなんかなおさらだ――いったいどういうことなのかがわかるまではな。あの仮面舞踏会の晩に起きたいくつかの出来事について、君や他の連中と僕とは考え方が違う。僕は、あの仮面舞踏会について、いろいろ知っていることがあるんだ――ともかく、君と僕とではまったく話が嚙み合わないのだ」

彼は口をつぐみ、何かまた言おうとしたが、気が変わったように黙り込んだ。

「ピストルで撃たれた傷か？」と、ハッチは平然として続けた。

ディックは、口を真一文字に結んで、記者を睨みつけた。どうにかこうにか、自制心を保っていた。

「どうしてそんなことを考えるんだ？」と、彼は問いただした。

ハッチはどうしてそんなことを思うにいたったのか、説明するまでしばらく躊躇していたようだった。しかし、強盗と娘がセブン・オークス屋敷から逃走するときに、少なくとも二発発砲されているという事実からきているだろうと、予想できた。

記者が、この質問への答えをああでもないこうでもないと考えていると、ドアをノックする音がした。ブライアーが、名刺を持ってやってきたのだった。ディックはそれを受け取ると、ちらりと見て少々驚きの色を浮かべた。そして頷いた。ブライアーは姿を消した。しばらくすると、階段を上る足音がして、スタイヴェサント・ランドルフが入ってきた。

第六章

ディックは立ち上がり、ランドルフ氏に左手を差し出した。相手は無表情にそれを無視して、新聞記者へと視線を向けた。「できれば二人きりで話したいのだが」と、彼は冷たい声で言った。[40]

ハッチは立ち上がろうとした。

「座っていてくれ、ハッチ」ディックは命じた。「ハッチ君は僕の友人です、ランドルフさん。何の御用か知りませんが、彼の前で何を話しても問題ありません」

こんなディックの態度は、ハッチにはお馴染みのものだった。彼が相手を徹底的に攻撃するときには、まずこうした様子になるのだ。口調は冷静で、言葉は明確、そして顔は真っ青——さきほどよりもさらに血の気が引いていた。

「いやそれは困る——」と、ランドルフ氏が言いかけた。

「ハッチ君の前でしたら、何でも自由におっしゃってください。さもなければお帰りください。どちらでもけっこうです」ディックは淡々と述べた。

ランドルフ氏は二度咳払いをすると、両手を振って了承の意を示した。

「よかろう」彼は答えた。「ここに来たのは、私の金の皿を返してもらうためだ」

ハッチは肘掛けをぎゅっとつかんだまま、椅子から身を乗り出した。これこそ彼がずっと口にしたくてたまらなかった質問だったのだが、どう切り出したものかと迷っていたのだ。ランドルフ氏は、それをやすやすとやってのけた。

「どの金の皿ですって?」と、ディックは平然として言った。

「君が強盗の仮装をして、先だっての木曜日の晩に我が家から盗んでいった十一枚だ」と、ランドルフ氏は言った。彼もまた、冷静そのものだった。

ディックはずいと進み出て、顔を紅潮させて姿勢を正した。左手をしっかと握りしめた。その爪は肉に食い込んでいた。怪我をした右手の指は、ぶるぶると震えていた。次の瞬間、彼がランドルフ氏に飛びかかるだろうと、ハッチは予想した。[41]

しかしディックは再び自制心を働かせた。[42]ランドルフ氏が五十歳だということを思い出したからかもしれない。ハッチにはわかった。だが、ランドルフ氏がそのことを感じたかどうかはわからなかった。突然、ディックは笑い出した。

「お座りなさい、ランドルフさん。そしてご説明願います」と、彼は促した。

「くだくだしく述べる必要はなかろう」ランドルフ氏は立ったまま続けた。「そうしろと君は言うが、第三者のいる前で、これ以上詳しいことは言いたくない。さあ、皿を返してくれるのか、くれないのか、どちらなのだ?」

「どうして僕が盗んだとお思いになったのか、まずはそれを教えてくれますか?」と、ディックは言いはった。

「それは単純極まりない」ランドルフ氏は言った。「君は、仮面舞踏会の招待状を受け取った。強盗の仮装でやってきて、うちの召使いに招待状を手渡した。特に目についたので、招待状に書かれた君の名前を目にとめた。そして、その名を完璧に覚えていた。知っている限りの事情はマロリー刑事に話さねばならなかったが、君の名前は出さなかった。うちの召使いが、私に報告してくれたのだが、警察には言わないよう命じておいたのだ。彼らには、招待状は燃やしてしまったと説明した」

「おや、マロリー刑事には気の毒に」と、ハッチは思った。

「君の正体を知っているということを、警察には一言も漏らしていない」と、ランドルフ氏は立ったまま、さらに続けた。「あれは君の悪ふざけにしかすぎず、皿はいずれ返してくれるものだろうと信じている。他の理由で、君があれを持っていくとは考えられない。私が自制しているのは、もちろん、君やご家族の名誉を考えてのことだ。しかし、皿は返してもらいたい。強盗の役回りを演じた悪ふざけだというのなら、もう幕引きの時間だ。もし警察が捜査しているのが不安で、自分を守るために皿を手放さないと言うのなら、考え直したほうがいい。皿を返してくれれば、警察には手を引かせよう」

ディックはじっと、その言葉に耳を傾けていた。ハッチは彼のほうにちらちらと目をやっていたが、集中していたものの、怒りの色は見えなかった。

「それで娘のほうは?」ディックはようやく問い返した。

「あなたは巧妙に、彼女の正体も突き止めたのですか?」

「いいや」ランドルフ氏は正直に答えた。「彼女が誰なのか、さっぱりわからん。おそらく、君以外誰も知らないだろう。私は、皿を取り戻すこと以外には、まったく興味はない。実は、昨日の金曜日にもこちらを訪問して君への面会を求めたのだが、怪我をしたと聞かされたので帰った。君が回復するのを待っていたのだ」

「ありがとう」ディックは冷淡に答えた。「誠に恐れ入ります」

長い沈黙が続いた。ハッチは、優秀な新聞記者の耳をそばだてていた。

「さあ皿だが」ランドルフ氏は我慢できずに促した。「まだ盗んだことを否定するのかね?」

「もちろん」と、ディックは言い切った。

「それは残念だ。ハーバート君、そんなやり方は間違っているぞ」ランドルフ氏が言った。「君には、考える時間を二十四時間あげよう。もしそれまでに皿を返す気になったら、私もすっかりこのことは忘れて、警察にも圧力をかけて捜査を中止させる。だが、皿が戻らなかったら、君の名前を含むすべての情報を、警察に提供せざるを得まい」

「それで全部ですか?」と、ディックはつっけんどんに問いただした。

「そうだ、そのはずだ」

「では出ていってください。さもないと——」ディックは一歩前に進み出たが、後ずさりして椅子にどさりと座り込んだ。▼43
ランドルフ氏は、手袋をはめて出ていった。後ろ手にドアを閉めた。

長いあいだ、ディックは座ったままだった。ハッチの存在も忘れたようで、左手で頬杖をつきながら、右手はだらりと脇に下げていた。ハッチはなんだか気の毒になってきた。奇妙に思えるかもしれないが、一部の新聞記者には、人間的な同情心というものもあるのだ――もっとも、そんなものなど一顧だにしない連中もいるが。

「僕にできることはあるかい？」ハッチは意を決して訊いた。

「何か言いたいことはないのか？」

「ない」ディックは弱々しく答えた。「ないよ。どうとでも思うがいい。さっきも言ったように、言えない事情がいろいろあるんだ。たとえ疑惑を抱かれようとも――たとえ強盗の嫌疑をかけられることになろうとも。どうしても言えないんだ」

「しかし――でも――」と、記者は言いかけた。

「もうこれ以上、一言も喋らない」と、ディックは断言した。

第七章

土曜日の夕方、ランドルフ家事件を解明すべく手分けして捜査していた都市中心区[44]の警察最高頭脳の部下たちは、マロリー刑事の警察本部の執務室で、その目の前に勢揃いしていた。彼らはさっぱり嬉しそうではなかった。最高頭脳は片足をデスクの上に乗せて、彼らを睨みつけていた。それも仕事のうちだった。

「さて、ダウニーはどうだ？」と、彼は訊いた。

「自分はセブン・オークス屋敷に行って、指示通り、強盗が残していった自動車を回収してきました」ダウニーが報告した。「そして、その所有者もしくはそれを知る人物を探しました。ナンバープレートがついておらず、困難な仕事でしたが、なんとか所有者を発見いたしました」

マロリー刑事は、興味津々で彼を見つめた。

「その人物は、マートンに住んでいます。セブン・オークス屋敷から、四マイルです」ダウニーは続けた。「名前はブレーク、ウイリアム・ブレークです。彼の自動車は、自宅から百ヤードほど離れた物置小屋にしまわれていたそうですが、金曜日の朝にはなくなっていました」

「ふむ！」と、マロリー刑事は言った。

「ブレークが真実を話しているのは、間違いありません」ダウニーはさらに続けた。「おそらく強盗は、市内からマートンまで列車で行き、自動車を盗むと、セブン・オークス屋敷まで走らせたのでしょう。それが一番、あり得ることだと思います。ブレークが自動車の所有者だと証明されましたので、彼に返却しました」

最高頭脳は、くちゃくちゃと葉巻を噛んでいた。

「それで、もう一台の自動車は？」と、彼は訊いた。

「血で汚れたクッションを押収しました。強盗と娘が逃亡した自動車の、座席の背もたれであります」ダウニーは、香具《や》師《し》[45]が観衆を集めるときのような口調で始めた。「これは今日の夕方、プリーザントヴィルにある自動車屋で発見しました。

仮面舞踏会の客である、ネルソン・シャープの所有だということは、もちろんすでに判明しています。自動車屋の主人によると、今朝店を開けにやってきたら、その正面に停められていたそうです。ナンバーは外してありました」

　マロリー刑事は、ダウニーに渡されたクッションを調べた。いくつかの、茶褐色の染みができていた——車に乗っていた誰かが、傷を負ったのだ。

「うむ、こいつは証拠になる」最高頭脳は評した。「カニンガムの発砲のうち、少なくとも一発が自動車に乗っていた人物に当たったということがわかった。その線で捜査を進めていけ。強盗と娘はおそらく、前の晩に発見された場所で自動車を乗り捨てたのだろう」

「そうだと思います」ダウニーが言った。「ずっと手元に置いておくとは思えません。あの大きさや馬力の自動車は、簡単に所有者がわかります。シャープ氏にお越しいただいて、自分のものだと確認してもらいました。それから、血痕は新しいものでした」

　最高頭脳は黙ったまま、その情報を頭に叩き込んだ。一方部下たちは、優れた精神は何を考えているのだろうかとその

表情を窺《うかが》っていた。

「よくやった、ダウニー」マロリー刑事はようやく言った。「さて、カニンガムはどうだ？」

「何もありません」と、カニンガムは恥ずかしげに、残念そうに言った。「何もありません」

「あの屋敷で何も発見できなかったのか？」

「ありません」カニンガムは繰り返した。「娘は、セブン・オークス屋敷にコートを残していきませんでした。コートを預ける部屋にいた召使いは、彼女を目にした記憶がありません。敷地内を徹底的に捜査しましたが、喫煙室の窓の下にくぼみができていただけでした。ちょうど、金の皿を投げ落としたところです。そして芝生にも足跡のようなものがありましたが、それだけです」

「くぼみや足跡を逮捕するわけにはいかん」と、最高頭脳はぴしゃりと言った。

　部下たちは残念そうに笑い声をあげた。最高頭脳へのお追従だった。

「お前はどうだ、ブラントン？」マロリー刑事は訊いた。

「招待客リストから、何かわかったか？」

「まださっぱりです」ブラントンは情けなさそうに答えた。「三百六十人の名前が、リストに載っています。会えたのは、まだ三十人程度です。住民台帳を作るよりもたちが悪いですよ。一ヵ月以上はかかるでしょう。ランドルフ夫妻は、参加したとわかっている客はチェックしてくれましたから、その他の人々をできるだけ早く探します」

　刑事たちはむっつり考え込みながら、しばらく座っていた。ようやく、マロリー刑事が沈黙を破った。

「乗り捨てられた二台の自動車から考えれば、犯人のうち一人が負傷しているのはまず間違いないだろう。この犯人は、実に大胆不敵きわまりない。さて、われわれは、招待客の行方を突き止めて、あの晩どこにいたのかを聞き出すことに注力する。お前ら全員で、この仕事に取り掛かってくれ。強盗が招待状を提出し、そこに名前が書かれていたのは間違いないのだから」

　刑事たちはそれぞれに散っていった。そして、マロリー刑事は記者会見を開いた。その中には、ハッチンソン・ハッチの姿もあった。ハッチは心配していた。彼は、事件の全体像を知っていた。しかしだからといって嬉しくもなんともなかった。彼は、それを記事にする気にはならなかった。また、警察に伝えようともしなかった。そんなことをしたら、皆に知れ渡ってしまうからだ。▼もしその情報を最高頭脳が知ったら、どんなことをするかは十分にわかっていた。▲46

「さて諸君」マロリー刑事は、詰めかけた記者たちににこやかに言った。「今話すべきことは何もない。正直言って、何も情報が得られていないのだ――少なくとも、公表できるようなことはな。もちろん、事件に関係する二台の自動車が発見されたことや、クッションに血痕がついていたことは知っているだろう？」

　記者たちはみな頷いた。

「まあ、まだそんなところだ。うちの連中は、まだ捜査に当たっている。しかし、残念ながら金の皿は依然として発見されていない。おそらくは、溶かされてしまったのだろう。犯人どもが狡猾なことは、連中の自動車の扱い方から見て、諸君らにもわかるだろう」

　その晩遅くに、警察本部が最新発表を行なっても、ハッチはまったく驚かなかった。これは、スタイヴェサント・ランドルフ氏から、セブン・オークス屋敷に速達便で金の皿が返送された旨の電話がかかってきたという、緊急報だった。これで、警察はさっぱりわけがわからなくなってしまった。しかし、そんな当局の戸惑いも、ハッチにとってみれば何のことはなかった。ディック・ハーバートの部屋での様子を見ていたし、ランドルフ氏の脅しも知っていた。

「すると▼やはり、▲47ディックは皿を持っていたのだな」と、彼はつぶやいた。

第八章

翌朝早く[48]セブン・オークス屋敷には、刑事、新聞記者、新聞の挿絵画家の一団が現われた。前の晩は、捜査をするには遅すぎたからだ。新聞は、皿が返ってきたことについて裏を取ったと電話で報告するのが、ぎりぎりの時間だった。調べにやってきた全員が、「見せてくれ！」と声を揃えた。

マロリー刑事を先頭に、ダウニーやカニンガムが従うこの一団に、ハッチも間に合った。ブラントンは、まだ例のリストの捜査をやっているらしく、ここにはいなかった。刑事や記者がやってきたときには、ランドルフ氏はまだ朝食をとりに現われていなかったが、問題の皿や届いたときの包装や縛っていた紐を公開することを、召使いに許していた。

皿は、重たい紙箱に入って配達されてきた。硬い茶色の紙に二重に包まれ、住所と配送会社の「領収済」のスタンプ以外、何も書かれていなかった。マロリー刑事はまず、その住所に注目した。こう書かれていた。

スタイヴェサント・ランドルフ様
「セブン・オークス屋敷」
マートン町[49]

左上の隅にはこう書いてあった。

差出人ジョン・スミス
ステート街
ウォータータウン

マロリー、ダウニー、カニンガムの各刑事は、紙に書かれた筆跡を詳しく調べた。

「男の手だ」と、ダウニー刑事は言った。

「女だ」と、カニンガム刑事は言った。

「子供だ」と、マロリー刑事は言った。

「何にせよ、偽装だ」と、ハッチは言った。

彼はどちらかというと、カニンガム刑事の意見に傾いていた。女性がわざと、筆跡をごまかしているように思えた。だとすると――なんてことだ！　またしても七段抜きの大見出しが頭に浮かんだぞ！　しかし祝杯をあげるわけにはいかないのだ！[50]

セブン・オークス屋敷に金の皿が届けられたというだけの簡単な話を、召使いは、まるで波瀾万丈の物語であるかのように語った。

「あれは昨夜の八時でございました」彼は言った。「私は、ここの廊下に立っておりました。ランドルフご夫妻はまだ晩餐の席におつきでした。お二人だけでのお食事でした。突然、屋敷前のコンクリートの道路に、荷馬車の音が響きました。ええ、荷馬車の車輪の音でした」

　刑事たちは、互いに目配せをした。

「荷馬車が止まる音がしました」召使いは怯《おび》えたような声で続けた。「私は、耳を澄ましていました。すると、歩道を歩く足音がし、階段を上ってきました。私は廊下をゆっくり玄関まで歩いていきました。そうしていると、呼び鈴が鳴りました」

「ええ、チリンチリンとでしょ。わかってます。続けてください」と、ハッチは待ちかねたように促した。

「玄関を開けますと」召使いは続けた。「男が包みを持って立っていました。たくましい男でした。『ランドルフさんの家かい？』と、彼はぶっきらぼうに訊きました。『そうだ』と、私は答えました。『その人宛ての小包だ』と、男は言いました。『サインしてくれ』私は小包を受け取り、差し出された台帳にサインをし、そして――そして――」

「言い換えると」ハッチはまた口を挟んだ。「配達業者がここに小包を運んできて、あなたがサインをし、男は帰ったということでしょう？」

　召使いは、彼をじろりと睨みつけた。

「ええ、そういうことです」と、冷たい声で言った。

　数分後、ランドルフ氏本人が登場した。ハッチを見かけて少々驚いた様子だったが、ぶっきらぼうに会釈をすると、刑事たちのほうを向いた。▼51
　召使いが話したこと以上の情報を、彼が提供することはできなかった。皿は、前払い便で返却された。彼自身の中では、この一件は終わりを告げていた。さらなる詮索は無用のように見えた。

「他のお客さんから盗まれた宝石類はどうするんですか？」と、マロリー刑事は追及した。

「もちろんそれはあるな」ランドルフ氏は言った。「すっかり忘れていた」

「この事件は終結したどころか、始まったばかりだ」と、刑事は強調した。

　だがランドルフ氏は、もう興味を失ってしまった様子だった。立ち去ろうとしてふとドアのところで振り返り、ハッチにこっそり合図をした。記者はすぐに了解した。そして、ハッチとランドルフ氏は、数分後には廊下の向かい側の狭い部屋で相対した。

「君は何の仕事をしているのだね、ハッチ君？」と、ランドルフ氏は訊ねた。

「僕は新聞記者です」という答えが返ってきた。

「記者だと？」ランドルフ氏は驚きの色を現わした。「もちろん、ハーバート君の部屋で君と会ったときは」彼はちょっと間を置いて続けた。「君とは彼の友人として会った。あそこでのやり取りを目にしただろう。そこでだ、あのやり取りを記事にするつもりかどうか、聞かせてもらえるかな？」

　ハッチは、その質問に対してしばし考え込んだ。答えても、別に問題はなさそうだった。

「僕はすべてを知るまでは、もしくは警察が行動に出るまでは、何も記事にはできません」正直にそう言った。「昨日あなたがいらっしゃったとき、僕とディック・ハーバートはこの事件について、他人事《ひとごと》として話をしていました。僕も、警察が思いもよらないことを、いろいろ知っていました。いや、そう思っていました。しかしもちろん、警察が知り、発表したことだけを記事にします」

「それはありがたい――実にありがたい」ランドルフ氏は言った。「これはどうも、ハーバート君の奇行といったようなものだ。正直言って、私にはさっぱりわからん。もちろん、期待していた通り、彼は皿を返してくれはしたがね」

「本当に、ここに強盗の仮装をしてきたのは彼だと信じているのですか？」と、ハッチは興味津々で訊いた。

「確信がなかったら、君が目撃したようなことを私がするはずがない」ランドルフ氏はそう説明した。「いろいろな情報のうち、特に私が留意したのは――君が知っているかどうかはわからんが――例の強盗の顎には、くぼみがあったということだ。そして、ハーバート君にもそんなくぼみがある。さらに、招待状には彼の名前が記してあった。これらを総合すれば、決定的なことは承知しているだろう」

　ランドルフ氏と記者は、握手を交わした。三時間後、新聞と警察は、どのようにしてウォータータウンから小包が発送されたのかという謎を明らかにした。配達業者の御者の説明に、皆が耳をそばだてていた。

「親方[52]が俺に、ステート街[53]四一〇番地に行って荷物を受け取ってこいと命じたんだ」と、御者は説明した。「多分、誰かが電話をかけて、荷馬車を呼びつけたんだろうと思ったよ。俺はそこに、昨日の朝方に行った。小さな家で、通りから二百ヤードほど引っ込んでいて、周りはぐるりと石壁で囲まれてたな。俺は門を開けて中に入り、呼び鈴を鳴らした」

「最初は誰も出てこなかったんで、もう一度鳴らした。それでも何の返事もなかったから、玄関を開けてみようとしたけれども、鍵がかかってたんだ。家の周りをぐるっとまわってもみたよ。誰かが裏にいるかもしれないと思ってさ。でも、どこもかしこも鍵がかかってるじゃねえか。電話をかけた奴は留守にしているんだろうと思って、馬車に戻ってまたあとで寄ってみることにした」

「ちょうど門を出ようとすると、石壁の内側の外から見えないところに、荷物が隠して置いてあったんだよ。一ドル札もその上に載っけてあってさ。当然目が行くもんだ。ランドルフさん宛ての小包だった。電話をした人間は、外出する用事ができたから、ここに小包を置いていったんだろうと思ってさ、手に取ったよ。隅に書いてあったジョン・スミス宛ての領収書を作って、ポストにピンでとめると、小包と金を持っていった。それでおしまいだ」

「中に入るときには、小包があることに気がつかなかったのかね？」という質問が飛んだ。

「いいや全然。見なかったなあ。でも、帰りにはどうしても目につくもんだ。それで持ってったんだ」

刑事や記者は、今度は「▼親方▲[54]」を探し出した。

「電話をかけてきた相手は、名前を名乗ったか？」と、マロリー刑事は質問した。

「いいや、訊きもしなかった」

「話していたのは男か、女か？」

「男だ」きっぱりとそう答えた。「低くて重たい声の男性だ」

捜査陣一行は、落胆してがっかりしたまま、ぞろぞろと▼ステート▲[55]街四一〇番地へと向かった。そこは空き家だった。調べてみると、もう何カ月も誰も住んでいなかった。最高頭脳が鍵を開け、捜査陣ご一行は中に入り、きょろきょろと見回した。少なくとも、泥棒の隠れ家である証拠ぐらいは見つかるだろうと期待していた。しかし、ゴミや埃《ほこり》やすす汚れしかなかった。捜査陣ご一行は、市内へと戻った。黄金の皿が返送されてきたという事実がわかっただけだった。最初となんら変わりがなかった。

ハッチは家に帰り、椅子に座って頭を抱えると、この事件について、わからないことをまとめあげた。それは、驚くほどたくさんあった。
「ディック・ハーバートが舞踏会に行ったにせよ行かなかったにせよ」そうひとりごとを言った。「あの晩彼に何かが起きたのだ。黄金の皿を盗んだのか盗まなかったのかのどちらかだが、あらゆる状況は彼がやったと指し示してはいるものの――当然彼はやっていない。ドロシー・メレディスは舞踏会に出ていたか出ていなかったのか。メイドの証言では、彼女は行ったはずだ。しかし、誰も彼女を現場で確認はしていない――それは、彼女は行っていないということを示唆している。彼女は誰かと自動車で逃げたのか、逃げていないのか。ともかく、彼女に何かが起きている。なにしろ、行方不明なのだから。黄金の皿は盗まれた。そして、黄金の皿は戻ってきた。それはわかっている。ありがたいことだ！　けれども、他の連中よりもずっとよくこの事件について知っているにもかかわらず、僕には何もわかっていないんだ」

第二部「娘と皿」

第一章

ハンドルの上に屈み込んだ強盗は、セブン・オークス屋敷から平らな道路を自動車で、ほうほうの体で逃げ出していた。最初の弾が飛んできたときは、彼は座席に屈み込みながら娘も引っ張りこんだ。そして二発目には、顔をわずかに歪《ゆが》めて、ぐっと歯を食いしばった。自動車のヘッドライトが闇を煌々《こうこう》と照らし出し、壁のように立つ並木は背後へと飛んでいった。追手の叫び声ははるか後ろに遠ざかったが、娘は腕にしがみついたままだった。

「やめろよ」[56]彼はだしぬけに言った。「なにかに衝突しちゃうじゃないか」

「だって、ディック、撃ってきたのよ！」と、彼女は憤然として言い返した。

強盗は、彼女をちらりと見た。そして、再び平らな路面に視線を戻すと、一文字の唇からわずかな笑みがこぼれた。[57]

「ああ、そんな感じがするよ」と、彼は顔を歪めて、不本意ながら同意した。

「あんなことをしたら、死んじゃうかもしれないのに！」と、娘は続けた。

「そういうつもりで撃ったんじゃないか」強盗は答えた。「これまで、こんなまずい状況になったことはなかったのかい？」

「あるわけないじゃない！」と、娘は言い切った。

自動車の風を切る音と地面を蹴る音は、他の響き——背後からの音——を消し去った。しかし強盗は時折り後ろを振り返った。そして、ひとつまたひとつと、速度制御装置をさらに上の段階へと切り替えていった。すでに、恐ろしいほどの速度になっていた。道路にわずかな凹凸があるところでは飛んだり跳ねたりするので、隣りの娘は必死になって座席にしがみついていた。

「こんなに速くなくてもいいんじゃないの？」と、彼女はついにたまらなくなって言った。

風が彼女の頰を打った。仮面はあちこちに揺れていた。リボン飾りのついたソンブレロは乱れた赤毛の上にどうにかくっついていた。帽子をひっつかんでなんとか飛んでいくのを防いだが、髪の毛はばらけて肩にかかり、金髪が背後にたなびいた。

「ああ」[58]彼女は無駄口を叩いた。「帽子なんてかぶっていられない！」

強盗はまた、さっと背後を見た。そしてさらに速度制御装置を足で操作した。自動車は、突然の加速に飛び跳ねかねない勢いだ。速度制御装置は最高の段階に入れられていた。車はまるでオーモンド・ビーチ〔訳註：フロリダにある自動車レース場〕[59]でレースをしているようだった。

「ねえ、ねえったら！」娘はまた叫んだ。「もうちょっと速度を落とせないの？」

「後ろを見ろよ」[60]と、強盗は厳しい声で命じた。

　彼女はちらりと背後を見ると、小さな叫び声をあげた。二つの大きな目玉が、数百ヤード後ろから睨みつけていた。一台の自動車が、追いかけてきていたのだ。さらにその後ろには、不気味なもう一組のヘッドライトが見え隠れしていた。

「わたしたちを追いかけてきているの？」

「そうだ」強盗は険しい顔で言った。「タイヤさえもてば、追いつかれることはない。だが、もし破裂してしまったら――」彼は最後までは言わなかった。皮肉な響きが混じっていた。けれど、娘はいまだに後ろを向いたままで、聞いてはいなかった。あの巨大な目玉が迫ってくるような気がして、怖くなった彼女は、また強盗の腕にしがみついた。

「やめろって言っているだろ」と、彼はもう一度[61]命令した。

「でもディック、捕まってしまうわよ。絶対に！」

「そんなことはないさ」

「でも万一――」

「ないって」と、彼は繰り返した。

「だって怖いんですもの！」

「それどころじゃなくなるぞ」[62]

　ハンドルに屈み込んでいる彼を、しばらく黙って見つめていると、娘はなぜか安心した気分になってきた。自動車は角を曲がった。危険なほど車体が傾いた。そして、光る目玉が見えなくなった。彼女はほっと息をついた。[63]

「こんなに自動車の運転が上手だなんて、知らなかった」と、彼女は褒めた。

「他人の知らないことが、いろいろできるんだよ」と、彼は答えた。「まだ明かりは見えるかい？」

「いいえ、よかった！」

　強盗は、左側にあるレバーに触れた。車の騒音は小さくなった。そして、速度が落ちた。娘はそれに気づいて、新たな不安とともに彼を見つめた。

「ねえ、止まりそうよ！」と、彼女は叫んだ。

「わかってるって」[64]

　さらに数百フィート走った。強盗はブレーキをかけ、自動車はがくんと停止した。彼は飛び降りると、車の背後に回った。どきどきしながら娘が彼を見つめていると、いきなりガチャンという音がして、車体がわずかに揺れた。

「どうしたの？」と、彼女は早口で訊いた。

「テールランプを割ったんだ」彼は答えた。「連中から見えるようだと、追跡も簡単だからな」

　彼は、道路に撒き散らされた破片を踏みつけると、自動車の脇に歩み寄り、乗り込もうとして娘に左手を差し伸べた。

「早く、[65]手を貸してくれ」と、頼んだ。

　言われた通りにしながらも、どうしたのだろうと彼女が不思議に思っていると、彼はつらそうな顔で隣の席に座った。自動車は振動し、再び走り出した。最初はゆっくりと、そして次第にスピードを上げていった。娘は、連れを心配そうにじっと見つめていた。

「怪我をしたの？」と、ついに質問をした。

　彼はすぐには答えなかった。自動車が先ほどまでのスピードを回復し、夜の闇の中を一目散に駆け抜けるようになってから、口を開いた。

「右腕が使いものにならないんだ」彼はなんでもないことのように説明した。「一発目が肩に当たった」

「ああ、ディック、ディック」[66]と、彼女は叫んだ。「なのに何も言わないなんて！　助けが必要じゃないの！」

　同情の気持ちが一気に湧き上がって、彼の左腕にまた両手を置いた。すると彼は、怒ったように振り払った。

「やめろよ！」彼は命じた。もう三度目だ。「事故を起こして地獄に行きたいのか[67]」

　厳しい口調に驚き、彼女は身をすくめて黙りこくった。そして、自動車は進んでいった。先ほどと同じように、強盗はときどき振り返っていたが、灯りはもう二度と現われなかった。娘はしばらく口を閉じていた。ようやく彼は彼女のほうを見やった。

「すまない」彼は申しわけなさそうに言った。「あんなに厳しく言うつもりじゃなかったけれど、本当に危なかった」

「大丈夫」彼女はそっけなく言った。「ごめんなさい——本当にごめんなさい」

「ありがとう」と、彼は答えた。

「もう自動車を停めて、降ろしてくれないかしら」と、彼女はしばらくして言った。

　強盗は、そんな言葉を耳に入れず、気にもしていなかった。目の前に、小さな村のかすかな灯りが見えてきた。そして、再び消え去った。道路脇では、犬が寂しげに吠えていた。二人の車のヘッドライトが、前方の交差点を照らし出した。これで、確実に追跡を振り切ることができる。二人の車は、ぐっと角を曲がった。強盗の注意は、目の前の道路に集中していた。

「腕は痛い？」と、娘はおずおずと訊いた。

「いいや」彼はぶっきらぼうに答えた。「感覚がなくなっている。だが、出血しているようだ」

「村に戻ってお医者さまに診てもらったほうがよかったんじゃないの？」

「今晩はだめだ」彼女に理解できないほどの早口で、即座に答えが返ってきた。「すぐにどこかに停めて、とりあえず腕を縛る」

　村から十分離れたところまで来て、自動車は、どこに行くのかもわからないような森の中の暗い枝道で速度を落とし、曲がっていった。のしかかるように茂る枝々に隠されながら、彼らはゆっくり百ヤードほど前進した。そして、ようやく停車した。

「ここでやるしかない」と、彼は言った。

　彼は車から飛び降りると、よろめき倒れた。娘は即座に駆け寄った。車体に反射する光に照らし出されたのは、立ち上がろうとする彼のマスクの下にわずかに覗く、真っ青になった顎だった。

「思いのほか、ひどいようだ」彼は弱々しく言うと、気絶した。

　娘は屈み込み、彼の頭を膝の上に乗せると、何度も唇を彼の唇に押し当てた。

「ディック、ディック！」彼女はすすり泣いた。その涙が、強盗の凶悪な覆面に降り注いだ。

第二章

　強盗が意識を取り戻すと、天国にいるのではないかと思われた。彼は快適――きわめて快適だった――で物憂げな倦怠感に包まれ、目を開けて現実を見極めることができなかった。▼女性の手が額に置かれていた。もう片方は彼の手とつながれていることが、なんとなくわかった。横たわって目を閉じたまま、記憶を呼び覚まそうとしていた。誰かがそっと、かたわらで息をしていた。まるでそれが、音楽であるかのように耳を傾けた。▲68
　次第に、行動に移らなければ――どんな行動を、何のためにしなければいけないのかは、▼わからなかったけれども――という思いが起こった。彼は自由に▲69なる手を顔に上げ、仮面に触れた。すでに、額までずらされていた。舞踏会のこと、銃撃のこと、追跡のこと、▼そして森に隠れたことを思い出した。目を開けて驚いた。あたりは真っ暗闇だった――一瞬、目が見えなくなったのか、それとも夜の闇なのか判断がつかなかった。▲70
「ディック、目が覚めたの？」と、娘はそっと訊ねた。
　誰の声かわかって、彼はほっとした。
「うん」と、弱々しく答える。
　彼は再び目を閉じた。奇妙で、かすかな香りに包まれていた。彼はじっとしていた。暖かい唇が、彼の唇に押しつけられた。どきどきしていると、娘は柔らかい頬をそっと寄せた。
「わたしたち、本当に馬鹿だったわ、ディック」しばらくすると、彼女は甘い声でたしなめた。「あなたにこんな危険な真似をさせたなんて、全部わたしの責任よ。でも、まさかこんなことになるなんて、夢にも思わなかった。自分のことが許せないの。だって――」

「だけど――」と、彼は反論しようとした。

「今は何も言わないで」彼女は急いで制した。「今すぐ行かなくちゃ。気分はどう？」

「大丈夫だ。いやすぐによくなる」彼は答えると、立ち上がろうとした。「車はどこだ？」

「すぐそこよ。追いかけてきた人たちに気づかれないように、ライトを消して、それからどうにかエンジンも停止させたの」

「上出来だ！」

「車から降りるなり気を失ったから、わたしも急いで降りた。上手にできたかどうかわからないけれど、とりあえず腕を縛っておいたわ。ハンカチを傷口にぎゅっと押し当てて、それからあなたの上着を破ってそこに巻きつけた。出血は止まったけれど、ねえディック、今すぐ治療を受けなくちゃだめよ」

　強盗はちょっと肩を動かして、苦痛に顔をしかめた。
▼「そうしてすぐに」娘は続けた。「自動車から持ってきたクッションの上にこうして寝かせてあげたの」
「上出来だ！」と、彼は繰り返した。

「具合がよくなるまでじっと座って待っていたんだけれども、何も気つけになるようなものがなかったから、ただそのままにして――待つしかなかったの」そう言って彼女は、小さなため息をついた。

「どれくらい気を失っていた？」と、彼が訊いた。

「わからない。たぶん三十分ぐらい」

「鞄《かばん》は大丈夫だろうね？」

「鞄？」

「あれを詰め込んだ鞄――出発するときに自動車に放り込んだろう？」

「ああ、あれね。わかった！　すっかり忘れていた」

「忘れていたって？」強盗は繰り返した。その声には、驚きの色があった。

「いやはや、まいったね！」と、つけ加えた。▲71
　彼は立ち上がろうとしたが、力が入らずに尻餅をついた。

「ねえ」彼はこう頼んだ。「車の中の鞄を探して、こっちによこしてくれないか。見てみようじゃないか」
▼「どこにあるの？」
「前の席のどこかだ。飛び降りるときに足に触れた気がする」▲72
　暗闇の中、スカートの衣ずれの音がして、しばらくすると重たい金属同士がぶつかる鈍い音が聞こえた。

「すごい！」娘は叫んだ。「とっても重たいわよ。何が入っているの？」

「何が入っているかって？」強盗はそう繰り返して笑った。

「一財産だよ。一か八かやってみるに値するほどのものだ。どれどれ」

　暗闇の中で彼女から鞄を受け取ると、彼はそれをいじりまわしていた。また金属音が聞こえて、いくつかの重たい物体が地面に落ちた。

「純金で十四ポンドはある」強盗はそう結論づけた。「マッチが一本しかないけれど、どんなものだか見てみよう」

　マッチを擦った。一瞬パチパチという音がして、炎が立ちのぼった。金の皿の脇にひざまずいている強盗を、娘は立ったまま見下ろした。目を見開いて、ぎらぎらと輝く山をうっとりと見つめていた。

「ねえディック、これはどうしたの？」と、彼女は訊いた。

「ランドルフの皿だよ」強盗は満足気に答えた。「どれくらいの価値があるのかはわからないが、おそらく金の重さから考えれば、数千ドルにはなるだろう」
▼「これをどうするつもりなの？」
「どうするつもりかって？」強盗は繰り返した。見上げようとしたときに、マッチが指のあいだで燃え尽きたので、放り捨てた。「馬鹿な質問だな」▲73
「でも、どうやって手に入れたの？」娘は言い募った。
「簡単なことさ――鞄に詰め込んで、持ってきただけのことだ。これと君を、同じ晩に

――」彼は手を差し伸べたけれども、そちらに相手はいなかった。ちょっと笑みを漏らすと向きを変え、十一枚の皿を一つずつ拾い上げ、鞄に戻した。
「九――十――十一」と、彼は数えた。「君はどんなお宝をせしめてきたんだ？」
「ディック・ハーバート、どうか説明してちょうだい。あの金の皿をどうするつもりなの？」その声は否応なしの色を帯びていた。
　強盗は動きを止め、考え深げに顎をなでた。
▼「ああ、修理するために持ってきたんだよ！」と、軽く答えた。
「修理ですって？▲74 こんなふうに夜中に持ち出したのに？」

「そうさ」と、彼は言い、楽しげに笑った。

「まさかあなた――▼盗んだん▲75じゃないでしょうね？」彼女は絞り出すようにして言った。

「まあ、そう呼びたくはないな」強盗は言った。「それは辛辣な表現だ。とにかく、僕の所有物になった。もらった

わけではないし、買ったわけでもない。そういうわけだから、あとは察してもらえるかな」

　彼は鞄を脇に置き、左手でいとおしそうにそれをなでていた。長いあいだ、沈黙が続いた。

「君はどんなお宝をせしめたんだい？」と、彼は再び訊いた。

　はっと息を呑むのがわかった。娘の低く緊張した声には、非難の色が加わっていた。

「あなた——盗んだのね！」

「まあ、そう言いたいのなら——そうだ」

　強盗は、声がしてくる方向の闇をじっと見つめた。しかし、夜はあまりにも深く、娘の姿はまったく見えなかった。彼は、再び笑い声をあげた。

「今回こうした形で盗ったのはよかったようだ」彼は、嘲るような調子で言った。「それは、君にとってよかったってことだ。もし僕が行かなかったら、君は捕まっていただろうから」

　再び、驚きに息を呑む音がした。

「どうしたんだ？」また間を置いて、[76]強盗は厳しい口調で問いただした。「何か言ったらどうだ？」

　彼は、何も見えない闇の中をじっと見つめた。金の皿の入った鞄が、手の下でわずかに動いた。もっとしっかり持ち直そうと、いったん手を開いた。それが間違いだった。鞄がさっと引っ張られた。彼の手は——虚空をつかんだ。

「ふざけるんじゃない！」と、彼は怒りのあまり大声を出した。[77]「どこにいるんだ？」[78]

　彼は、立ち上がろうとしてよろめいた。右のほうで小枝が折れる音がしたのが、答えだった。彼はそちらに行こうとしたが、自動車にぶつかった。手探りのまま向きを変えたら、今度はぶざまに立木と正面衝突してしまった。左のほうでまた別の音がしたので、そちらへ走っていった。また何かにぶつかった。彼は、怒りに満ちた悪口を喚き散らしていた。お宝は持っていかれた——闇に消えてしまったのだ。娘は姿を消した。彼は声を張り上げたけれども、何の答えもなかった。怒りに任せて拳銃を引き抜いたが、考え直して気が収まらないまま地面にたたきつけた。

「僕のほうが大胆不敵だと思ったんだがな！」と、彼はつぶやいた。それがせいいっぱいの賛辞だった。

第三章

　東からとてつもなくまぶしい太陽が昇ってきて——べつに珍しいことではないけれども——田舎の道路をかっと照らし出した。いつも通り鳥はさえずり、木々は滴で光り、野の花は頭《こうべ》を垂れた。夜明けの空気は穏やかに流れ、木の葉を揺らしてその影を前後に動かしていた。

　そうした光景を、何の感動や高揚もなく眺めていた娘——美しい娘——は、ほんとうに美人だった。彼女は、黄色い道路脇の石の上にぐったりと座っていた。重たそうだが、まだ中身には余裕がありそうな荒い黄麻布《ジュート》の鞄が、かたわらの埃の中に転がっていた。彼女の褐色がかった金髪は、ひどく乱れて顔にかかっていた。リボンのついたソンブレロは膝の上に置かれ、短いスカートや丈夫そうな手袋とブーツ、ナイフや拳銃をさしたベルトとともに、虚勢を張りながらも、もうぼろぼろなのが察せられた。

▼コマドリが、道路の向こう側の切り株の上でひっきりなしにさえずりながら、ときおり彼女を観察していた。彼女は赤胸氏《シニョール・レッドブレスト》をじろりと見返した。それに気がついたコマドリは、歌をさえずり始めた。

「もう泣きたいくらいよ！」と、娘はいきなり叫んだ。

せっかく歌っているのに面子《めんつ》を潰され、びっくりして、コマドリは飛んでいってしまった。彼女の青い目には靄《もや》がかかったようになり、そこにしばらくとどまっていたが、白い歯を食いしばって、怒りの色を拭い去った。▲[79]

「ああ」再びため息をつく。「▼くたびれちゃったし、お腹が空いたけど、どこにも行きようがないわ！▲[80]」

しかし、そうは言ったものの、▼再び出発しようと彼女は立ち上がり、背筋をしゃんと伸ばして、鞄へと視線を落とした。台なしにされた希望、男の裏切り、潰された願望の象徴であり、そして――脇に何があるのかは、天のみぞ知るのだ。

「ここに置いていってもいいんだけど」彼女は、恨みがましく鞄を見つめた。「でも、隠したほうがいいんだろうな」彼女はこの問題について考えた。「いいえ、だめよ。持っていかなくちゃ。そして――そして――ああ、ディック！　ディック！　いったいどうしたっていうの？」

そして彼女は再び腰を下ろし、涙を流した。コマドリはそっと戻ってきて、木の葉の向こうから覗き見た。見晴らしのいい枝の上から彼女を観察していると、再び立ち上がり、▲[81]鞄を肩に担いで、とぼとぼと泥道を歩き始めた。ようやく――何にだって終わりはあるものだ――小さな家が茂みの後ろから姿を見せた。娘は、まさかと目を見張った。本当に家がある、本物だ！　煙突からは、ささやかな煙がたなびいていた。

「ああ、神様ありがとう。どうにかどこかに着いたみたい」彼女は、初めて喜色を現わした。「コーヒーか何かごちそうになれるかな」

目の前の五十ヤードを、それまでの重い足取りよりは多少は軽く進み、例のお宝が入った鞄を改めてしっかり握りしめた。そして――立ち止まった。

「そうだ！」突然彼女は眉間に皺を寄せた。「ピストルやナイフを持って家に入ったりしたら、盗賊と間違われちゃう――それとも泥棒かな。まあ、間違ってはいないんだけど」彼女はそう言いながら立ち止まり、鞄を地面に置いて休んだ。「少なくとも、盗品を持っているんだからね。さあ、なにか訊かれたら、どう答えたらいいだろう？　わたしは誰？　本当のことを言っても、信じてくれないだろうな。短いスカートにブーツに手袋だし。そうだ！　自転車乗りだ。自転車が壊れちゃって――」

すると彼女は、恐る恐る拳銃をベルトから抜き、草むらに放り込んだ——狙ったところとは、まったく別の方向に飛んでいった——そして、ナイフもそのあとを追った。こんな恐ろしい品物とおさらばした彼女は安心して、帽子をまっすぐに直し、髪の毛をその下に押し込むと、スカートをぐいっとひっぱって、意気揚々と小さな家へ歩いていった。

　そこには、天使が住んでいた——派手な花柄の服を着て、気難しそうな顔をした天使だった。彼女はさっぱりつじつまの合わないでっち上げの自転車事故の話を聞いた。その話はコーヒーを一杯恵んでくださいという言葉で終わった。彼女は黙ってその用意を始めた。やかんが沸騰する陽気な音がして、卵が用意され、ビスケットがストーブで温められた。天使は、テーブルを挟んで娘の向かい側に座った。

「本の訪問販売？」と、彼女は訊いた。

「いいえ、ちがいます！」と、娘は答えた。

「それともミシンかしら？」

「いいえ」

　用意をしているあいだ、天使は口をつぐんだ。そして、コーヒーを注いでくれた。

「注文生産の何か？」

「違います」娘はあやふやながら否定した。

「実のところ、何を売っているの？」

「そうじゃないんです。わたしは——わたしは——」彼女は口をつぐんだ。[82]

「鞄には何が入っているのかしら？」天使はさらに続けた。[83]

「あの——その——ただの——大したものじゃありません」

娘はしどろもどろになりながら、顔を真っ赤にした。

「どういった中身？」

　興味津々の相手の目を見つめた娘は、自分ではもうどうしようもないと思った。涙が流れ始めた。そして、真珠のような涙が美しい鼻を伝って、コーヒーの中に落ちた。そこまでが限界だった。彼女は両腕の中に突っ伏して、大泣きをした。

「どうか、どうか何も訊かないで！」彼女は懇願した。「わたしは、貧しくて馬鹿でどうしようもない、誤ちを犯していたと迷いから覚めた女なんです！」[84]

「そうなの」と、天使は言った。彼女は卵をよそい、こちらにやってくると娘の肩を優しく抱いた。「ほら、ほら！」と、彼女はなだめるように言った。「そんなふうにしないの！　コーヒーを飲んで、ちょっとは食べたら、気分も晴れるわよ！」

「昨日から全然眠っていないし、何も食べていません。それに、何マイルも何マイルも歩いてきたんです」娘は、堰《せき》を切ったように語り始めた。「どうしてかというと——どうしてかというと——」彼女は、突然口をつぐんだ。

「少しはお食べなさい」と、天使は命じた。

　娘はそれに従った。コーヒーは、薄くて泥のようだったけれども、おいしかった。ビスケットは、黄色くてごつごつしていたが、これも美味だった。卵は、ただの卵だった。天使は向かい側に座って、娘が食べるのを見つめていた。

▼「旦那さんに叩かれたの？」彼女はいきなり質問した。

娘は赤くなり、喉につまらせた。

「いいえ」慌てて言った。「夫はいません」

「まだ結婚していないで、男に叩かれていないのなら、深刻な問題じゃないわね」と、天使は断を下した。それが結論だった。

娘は答えなかった。その点については、彼女も十分にいろいろと知っているので、黙っているのはかなりの努力が必要だった。しかし、おそらく口を開いても褒められることはないだろう。▲85 彼女は黙って朝食を食べ終え、ようやく人心地がついた。

「急いでいるのかい？」と、天使は訊いた。

「いいえ。行くあてがないんです。一番近い村か町はどこでしょう？」

「ウォータータウンだよ。でも、もうしばらくここで休んでいくといい。くたくたのようじゃないか」

「ああ、本当にありがとうございます」娘は嬉しそうに言った。「でも、ご面倒じゃないかと――」

天使は麻布の鞄を手に取り、詮索でもするように振ると、さっさと短い階段を上り始めた。

「すみません、すみません！」娘はいきなり叫んだ。「それ、それはわたしが持ちますから、すみません！」

天使は何も言わずに、鞄を手放した。娘は、震える手でそれを受け取った。そしていきなり下に落とすと、天使の両腕をつかんで、男性だったら魂でも売りかねないほどのキスを彼女に浴びせたが、何の反応もなかった。天使は口を手の甲で拭うと、階段を上っていった。娘はそれについていった。

しばらくのあいだ、娘は涙を浮かべて清潔な小さなベッドに横になり、考えていた。屈辱、消耗、男の裏切り、幻滅、そして赤の他人の親切について、眠りに落ちるまでずっと頭がいっぱいだった。▼夢の中で彼女は、警察官が乗った自動車の目玉のようなライトに追いかけられ、そして固ゆで卵と黄色いゴツゴツしたビスケットのパレードが現われた。▲86

目が覚めたとき、室内は暗くなっていた。彼女は、戸惑いながら身を起こした。やがて、記憶が蘇ってきた。しばらくすると、階下から天使の声が聞こえた。不平そうな、愚痴を言っているような口調だった。すると今度は男の粗野な声が聞こえた。

「ダイヤモンドの指輪だと？」

娘はベッドから起き上がり、耳を澄ました。知らぬ間に、両手をしっかり合わせて握りしめていた。まだ指輪は無事だった。天使の声が、しばらくするとまた聞こえた。

「鞄には何か入っているのか？」と、男は質問した。

再び天使は何か言った。

娘はぞっとした。嫌な想像があっという間に膨らみ、ベッドから立ち上がると恐怖に震えた。彼女は音を立てないようにしながら、暗い室内を手探りで移動した。どんなものの影を見てもおびえた。やがて、下から重たい足音が響いてきた。彼女は、恐怖に駆られながら耳を澄ました。その音は、階段へと向かい、止まった。マッチが擦られ、階段に足音が響いた。

そして、ドアをノックする音がした。間を置いて、またノック。ついにドアが押し開けられ、大きな影――男の姿が現われた。片手に蠟燭を持っている。室内をきょろきょろと見回した。

「誰もいないじゃないか」と、無愛想に言い、階段を降りていった。

急ぎ足の音がして、天使が入ってきた。ゆらめく蠟燭の灯に照らされた彼女の顔は、歪んでいた。

「なんてことだい！」と、彼女は叫んだ。

「礼も言わずに行っちまった」と、男はぼやいた。彼は部屋を横切って、窓を閉めた。「まったくお前は馬鹿だな」彼は天使に言った。「来た人間を、誰でも中に入れちまうんだから」

第四章

もしウィリーの弟が腹痛を起こしていなかったとしたら、この物語はもっと別の筋書きになり、まったく違った結末になっていたことだろう。しかし、幸い彼は腹痛になり、暖かい夜の八時四十七分きっかりに、ウォータータウンの脇道を懸命に薬屋に向かって急いでいた。するといきなり娘――それも美人の――とびきりの美人の娘に出くわしたのだった。彼女は、一歩進むごとにガチャガチャ音を立てる鞄を運んでいた。

「ねえ、坊や！」▼と、彼女は声をかけた。

「え？」ウィリーはいきなり立ち止まったので、バランスを崩しそうになった。いつもの彼らしくなかった。

「いい子ねえ」と、娘は猫なで声を出しながら、もじゃもじゃの頭をなでた。どぎまぎした彼は、親指をがりがりとかじった。「わたし、とってもくたびれてるの。ずっと遠いところから歩いてきたのよ。だからね、▲87教えてくれないかな、どこか女性が一人でも泊まれるような場所が、このへんにないかしら？」

▼「へ？」ウィリーは、親指をくわえたままうめいた。▲88

弱々しく、娘はもう一度おなじことを繰り返した。するとウィリーは、くすくす笑い出した。とんでもない出来事が立て続けに起きていたけれど、そのなかでも最悪だった。娘は、鞄の取っ手をぎゅっと握りしめた。ウィリーは、十四ポンドの金塊で殴り殺される寸前だったなどと、知る由《よし》もなかった。

▼「どうなのよ？」と、娘は詰め寄った。

「知んねえ」ウィリーは言った。そして「ジミーが腹痛《はらいた》になっちゃったんだよお」と、まったく関係ないことを言い出した。▲89

「ホテルとか下宿屋とかは、近くにないの？」と、娘は問いただした。

「知んねえ」ウィリーは答えた。「おいら、下痢止めを買いに薬屋に行くんだ」

娘は唇を噛んだ。しかしうっかりそんなことを口走ったおかげで、ウィリーはひどい目にあわずにすんだのかもしれない。それを聞いて、娘は大きな声で笑ったからだ。

「その薬屋はどこにあるの？」彼女は訊いた。

「角曲がったとこ。そこに行くんだ」

「わたしも一緒に行っていいかしら」娘は言い、向きを変えると、彼と並んで歩き出した。おそらく、薬屋の店員からましな情報が聞けると思ったからではないだろうか。
▼「おいら、一ペニー玉飲んじゃったんだよ」ウィリーはいきなり打ち明けた。
「困ったわね！」と、娘は答えた。

「そうじゃないよ」ウィリーは打ち消した。「だってさ、それでおいらが泣いたら、父ちゃんが二十五セント玉をくれたんだ」彼は一拍置いて、次にこう言った。「もしおいらがそれを飲み込んだら、今度は一ドルくれるんじゃないかなあ、へへへ！」

こんな楽天主義が、地球を回していくのである。この哲学のおかげで、娘はなんだか気分が晴れた。▲90軽い足取りで薬屋に入っていくときには、口元に微笑みさえ浮かべていた。たった一人しかいない店員が進み出た。

「下痢止めちょうだい」と、ウィリーが告げた。

娘は微笑んだ。すると店員は、少年など目もくれず、彼女のほうに近づいてきた。

「まずこの子からにしてちょうだい」彼女が促した。「急ぎみたいだし」

店員は、ウィリーのほうを向いた。

「下痢止め？」彼が訊いた。「どれくらい？」

「多分、一クォートくらいかな」少年が答えた。「それで十分かな？」

「十分すぎる」と、店員は言った。彼は、処方室のついたての向こうに姿を消し、しばらくすると小さな水薬の瓶を持って戻ってきた。少年はそれを受け取ると硬貨を渡し、口笛を吹きながら出ていった。娘は彼に別れがたいというような視線を送った。

「さて、マダム？」と、店員は温厚そうに言った。

「ちょっと教えてもらいたいの」彼女は答えた。「自転車旅行をしていたんだけど」――ここでちょっと息が詰まった――「故障しちゃったのよ。だから、この町に一晩泊まらなきゃいけなくなっちゃったの。どこか泊まれるところ、静かなホテルか下宿屋を教えてくれないかしら？」

「もちろんですとも」店員は即座に答えた。「ストラットフォード・ホテルというのが、この通りの一ブロック先にあります。事情を説明すれば、大丈夫でしょう。請け合います」

娘は再び彼に微笑みかけ、明るい気分で歩いていった。あの少年のおかげで、落ち込んだ気持ちが次第に晴れていった。

ストラットフォード・ホテルは、難なく見つかった。同じように、自転車の嘘をついた。いつの間にか嘘は広がって、細かいことまで言うようになり、恥じる気持ちもなくなっていた。彼女は、エリザベス・カールトンという名前で申し込み、質素な小さい部屋に通された。

▼まず彼女がしたのは、クローゼットに金の皿を隠すことだった。次にしたのは、それを取り出して、ベッドの下に隠し直すことだった。そして彼女は、長椅子に座って考え込んだ。▲91一時間以上、このとんでもない顚末について考えをめぐらし、さてこれからこのまずい状況をどう打開すべきかと、首をひねった——女性は、悲観的な将来について考えるのが好きなのだ——そのとき、ふとその視線が夕刊紙に止まった。そこにでかでかと出ている見出しは、ランドルフ家の金の皿の盗難事件に言及していた。彼女はそれを読んだ。そこには、実際に起こったことばかりでなく、本当は起きていなかったことまで、微に入り細を穿《うが》って記されていた。

彼女はこれを知って恐怖に駆られ、さっと立ち上がると、鞄をマットレスとスプリングとのあいだに隠した。そして灯りを消し、ぶるぶると全身の震えが止まらないまま、寝床に入った。頭から布団をかぶってしまった。けれど、ほとんど眠れなかった——彼女はまだ考え続けていた——しかし、翌朝起きたときには、心を決めていた。

まず彼女は、十一枚の金の皿を丈夫なボール箱に入れた。そして、茶色い紙と紐でしっかり包装すると、「スタイヴェサント・ランドルフ様、セブン・オークス屋敷、マートトン町」と、住所を書いた。彼女は以前にも小包を出したことがあったので、どうすればいいのかはわかっていた。だから、差出人の名前を左上隅に書かなくてはいけないことも知っていたけれど、適当に「ジョン・スミス、ウォータータウン」と書いた。

これらの作業を終えて、いかにも重くなさそうな顔をして小包を抱え、一見なんの気なしのふうを装ってはいるものの、内心はどきどきしながら、一階へと降りていった。彼女は、従業員と向かい合った。不自然な笑みが、その口の端に浮かんでいた。

「お会計をお願いできます？」と、彼女は頼んだ。

「▼二ドル▲92でございます、マダム」と、彼は慇懃に答えた。

「実は今、持ち合わせがないの」彼女は、にっこりと微笑みながら説明した。「なにしろ、自転車で戻るつもりだったけれど、壊れてしまったでしょう。だから、市内に戻って小切手を郵送するまでのあいだ、代わりにこれを預かっておいてもらえないかしら？」

彼女は、その美しい指からダイヤモンドの指輪を外し、従業員に渡した。彼は真っ赤になり、彼女はその姿を冷たい視線で見つめた。

「まことに異例ではありますが」彼は説明した。「しかし、もちろんこうした状況ですから、けっこうでございます。市内の住所をお教えいただければ、指輪を預かる必要はありません」

「できれば、預かっていてもらいたいの」彼女は言いはった。「だって、それだけじゃなくて、市内へ戻る交通費も少し貸していただきたいんですもの――二ドルくらいかしら？　それで大丈夫よね？[93]」

従業員がはっと我に返ったのは、それから三十分もしてからのことだった。彼は娘に二ドル[94]を渡し、指輪をしっかりと手の中に握っていた。彼女は行ってしまった。たとえ彼女がホテルそのものを持っていってしまったとしても、あの従業員は何の文句も言わなかっただろう。

ホテルから一歩出ると、娘は急いだ。

「ああ、嬉しい。これで終わりだ」と、彼女は叫んだ。[95]

数ブロック、[96]彼女は歩いていった。そしてある小さな家に「貸家」の札が下がっているのを目にした。ステート街[97]四一〇番地だった。丈夫な石塀のあいだの門を通りぬけ、建物まで歩いていった。しばらくうろうろしたあとに、「貸家」の札を剝がしてしまった。そして彼女は、大通りに通じる小道をまた戻っていった。その石塀のすぐ内側に、住所を鉛筆で書き込んだ小包を残していった。一ドル札[98]が、その上に載せられていた。彼女は急いだ。一ブロックほど行って、小さな八百屋に到着した。

「すみません、運送会社に電話をして、ステート街[99]四一〇番地に、小包を取りに荷馬車をよこすよう言ってもらえませんか？」彼女は、低い声の八百屋に、優しく頼んだ。

「承知しました、マダム」と、彼は喜んで請け負った。

亭主が言われた通りにするまで待ち、それからレストラン[100]に入ってコーヒーを飲んだ。彼女はそこで、長い時間[101]をつぶした。そして、その日ほとんどずっと、ステート街をうろうろして過ごした。ついに運送会社の荷馬車がやってきた。御者が入ってきて、しばらくすると荷物を持って戻ってきた。

「ああ、ありがたい、これでわたしの手から離れたわ！」娘は安堵の息をついた。「さあ家に帰ろうっと」[102]

＊＊＊

土曜日の夜遅く、ミス・ドリー・メレディスはグレイトン家に戻り、号泣するグレイトン夫人に、しっかと抱きしめられたのだった。

第五章

日曜日の午後遅くのことだった。グレイトン家の石段を上るハッチンソン・ハッチの足取りは、決して軽いとはいえなかった。そして、呼び鈴を押すときに、葉巻を放り捨てたりもしなかった。階段を上りはしたものの、重い気持ちで、一歩一歩がなかなか前に出なかった。それは、くたびれていたからというわけではなく、彼の精神状態が反映されてのことだった。呼び鈴を鳴らしながら葉巻を捨てなかったのは、煙草を吸っていなかったからだ――しかし、ベルはちゃんと鳴らした。前回の訪問のときに会ったメイドが、玄関を開けた。

「グレイトン夫人はいる？」と、彼は会釈をしながら訊いた。

「いいえ、いらっしゃいません」

「グレイトン氏は？」

「いいえ」[103]

「メレディス氏はボルチモア[104]から到着したかい？」

「はい。昨夜遅くに」

「そうか！　彼ならいるだろう？」

「いいえ」

　記者は、ありありと落胆の色を浮かべた。

「まさか、ミス・メレディスから何か連絡なんてなかっただろうね？」と、無駄を承知で訊いてみた。

「お嬢様は二階におられます」

　画鋲を踏みつけた気分が、まさにそのときのハッチそのままだった。彼は地に足をつけていられず、許されもしていないのに、そのまま中にずかずかと入り込んでしまった。中に入って、札入れから震える指で名前だけの名刺を取り出すと、立ちつくしているメイドに手渡した。

「いつ戻ったんだい？」と、彼は訊いた。

「昨夜、九時ごろです」

「どこに行っていたんだ？」

「わかりません」

「すまないが、僕の名刺を渡して、どうしても面会に応じてほしいと伝えてくれないか」記者は続けた。「絶対に必要なんだと理解させてくれ。ところで、君は僕がどこから来たのか覚えているよね？」

「警察本部からでしょう」

　ハッチは、なるべく刑事らしく見えるように努力した。しかし、顔に浮かぶ知性のひらめきが、その邪魔をしていた。

「ミス・メレディスにそう伝えてくれてもいいんだよ」と、彼はけろりとした顔でメイドに指図した。

　メイドは姿を消した。ハッチは中に入って、客間の椅子に座った。そして「ひゃあ！」と、何度も声に出した。

「昨夜、小包でランドルフ家に黄金の皿が返ってきた」彼はつぶやいた。「そして、彼女も昨夜戻った。さてこれはどういうことだろうか？」[105]

　しばらくすると、メイドが再び現われて、ミス・メレディスが面会すると伝えた。[106]ハッチはこの伝言をもっともらしい表情で聞くと、紙入れから中の札を探す[107]ようなふりをしながら、仔細ありげに手招きをした。

「ミス・メレディスがどこに行っていたか、見当はつくかね？」

「いいえ。グレイトン夫人にもお父様にもおっしゃいませんでした」

「彼女はどんな格好をしていた？」

「とても疲れて、お腹が空いているようでした。まだ、仮面舞踏会の衣装のままでした」

▼紙幣▲[108]が、手から手へと渡った。そしてハッチは、またひとりきりになった。長いあいだ待たされた。やがて、スカートの衣ずれの音と軽い足音がして、ミス・ドリー・メレディスが現われた。
　▼彼女はおどおどしていた。それは間違いなかった。そして、青白い顔をしていた。しかし、その可愛らしい口元には、反抗的なほどの意志の強さが現われていた。しばらくハッチは手放しで彼女に見惚《みと》れていたが、どうにか仕事の気分に切り替えた。▲[109]
「ミス・メレディスとお見受けします」彼は真面目くさって言った。「僕については、メイドから聞いていると思いますが」

「ええ」ドリーは弱々しい声で言った。「あなたは刑事さんだと言っていましたけど」

「ああ！」記者は意味ありげに声をあげた。「では、われわれはお互いよく理解しているということですな。さて、ミス・メレディス、どこへ行っていらしたのか、お聞かせ願えますか？」

「嫌です▼[110]」

　彼女が即座にそう言い切ったので、ハッチはいささか狼狽してしまった。咳払いをすると、再び口を開いた。

「では、捜査上の質問ですが、ランドルフ家の舞踏会があった晩、どこにいらっしゃったのか教えていただけないでしょうか？」いかにもという感じで、言外に脅しをかけた。彼女が騙されてくれないかと、ハッチは期待した。

「言いません」

「どうして姿を消したのですか？」

「あなたには言いません」

　ハッチは、頭を整理するためにちょっと間を開けた。彼は、いったん後退することにした。今度は、権威をかさにきたような態度を改めて、人間味を前面に押し出してみた。

「もしかしたら、リチャード・ハーバートと知り合いじゃありませんか？」

　青白かった娘の顔に、ぱっと赤味がさした。

「申し上げません」と、彼女は答えた。

「実は、ハーバート君は僕の友人だと言ったら、どうします？」

「そんな恥知らずのことまでおっしゃるのですか！▼[111]」

　動揺した二つの青い瞳が、彼を見つめていた。当惑したようだ。真っ赤な唇をきっと結び、彼と友達だなどと言う男を、叱責しているかのようだった。彼がその名前に言及したことで、怒りのあまり、両頰に血の気がのぼった。ハッチはちょっと戸惑ったものの、咳払いをすると、改めて口を開いた。

「仮面舞踏会の晩に、リチャード・ハーバートと会ったことを否定するのですか？」

「いいえ」

「彼と会ったのは認めるのですか？」

「いいえ」

「彼が怪我をしたのは知っていますか？」

「もちろんですわ」

さて、秘密を漏洩させる一番簡単な方法は、それを女性に委ねることであるといういいかげんな理論を、ハッチはずっと信奉していたけれど、このとき彼は考えを捨てて、▼新しい切り口から攻めることに▲112した。

「ミス・メレディス」しばらくしてから、彼は優しい声で話しかけた。「ランドルフ家の強盗事件について、聞いたことがありますか、ありませんか？」

「いいえ」と彼女は言いかけたが、「確かにその事件は知っています」と言い直した。

「強盗犯として、男女二名が追われているのは知っていますね？」

「はい、それも存じております」

「男のほうは強盗の衣装を着ており、女のほうは西部の衣装を着ていることもご存知でしょうね？」

「新聞によると、そうです」と、彼女は優しい声で言った。

「それから、リチャード・ハーバートが舞踏会に強盗の仮装をして行き、あなたはそこに西部の娘の格好をして行った、これも間違いありませんね？」記者の声は今や厳しい追及の色を帯びていた。

ドリーは、自分を追い詰める相手の引き締まった顔を見て、あっという間に勇気がくじけてしまった。顔面は蒼白になり、激しく泣き出した。

「すみません」ハッチはなぐさめた。「すみません。そんなつもりじゃなかったんですが、しかし――」

ハッチは、どうしていいものやらわからずに口をつぐみ、赤毛の美人をじっと見つめるだけだった。世界のありとあらゆる物事のなかで、涙ほど相手を狼狽させるものはなかった。

「すみません」彼は、バツが悪そうに繰り返した。

ドリーは、涙で汚れた顔を上げ、訴えかけるような視線で見つめて、両手でハッチの腕を握りしめた。まさに、哀れみを誘う仕草だった。ハッチは、嬉しくなってぞくぞくしてきた。

「どうやってそんなことをお調べになったのかわかりませんけど」彼女は震える声で言った。「でも、わたしを逮捕するというのなら、素直に従います」

「逮捕するですって？」記者は驚いた。

「そうです。わたしは牢屋に行きます。そうするものなんでしょう？」彼女は当たり前のように訊いてきた。

記者は目を見張った。

「まさか、逮捕するはずがないじゃないですか！」彼はひどく混乱して、口ごもった。「そういうわけじゃないんです。それは——」

そして五分後、ハッチンソン・ハッチは、あてどもなく歩道を行ったり来たりしていたのだった。

第六章

ディック・ハーバートは、両手を目に押し当てて、自分の部屋の長椅子に横になっていた。ランドルフ家の皿がなぜか戻ってきたという、日曜版の新聞記事を読み終えたばかりだった。おかげで、頭痛がしてきた。脳みそのずっと奥のほうで、精神が花火のように激しく活動していた。次から次へと、くだらない考えやら思いつきやらが吐き出されていた。午後遅くから、日が陰って夕方となり、夕方は夕暮れとなり、夕暮れは闇夜となった。それでも彼は、じっと横たわったままだった。

しばらくして、階下で呼び鈴が鳴った。ブライアーが、軽い足取りで入ってきた。

「失礼いたします、旦那様。お休みでいらっしゃいますか？」

「誰だ、ブライアー？」

「ハッチ様でございます」

「通せ」

ディックは起き上がり、電灯をつけた。そしてぱっと明るくなると、勢いよく立ち上がった。ハッチが入ってきて、二人はしばらく黙って見つめ合っていた。新聞記者の瞳の中には、ディックの興味を激しくそそるものがあった。ディックの瞳の中には、ハッチがどうしても捕らえられない何かがあった。ディックが左手を伸ばして、その緊張した雰囲気を破った。ハッチも礼儀正しく握手をした。

「それで？」と、ディックは訊ねた。

ハッチは椅子に腰を下ろし、帽子をひねり回した。

「例のニュースは聞いたかい？」彼は質問した。

「金の皿が返されたというのだろう。知っている」そしてディックは、熱の出ている額を拭った。「おかげでめまいがする」

「ミス・メレディスから連絡はあったかい？」

「いいや。どうして？」

「彼女は昨夜、グレイトン家に戻った」

「戻ったって——」するとディックは、いきなり勢い込んだ。

「そりゃあ、戻っていけないことはなかろう」そしてさらに、「どうして彼女がいることを知ったんだ？」

記者は頭を振った。

「何も知っちゃあいないさ」弱々しく言った。「ただ——」

彼は口をつぐんだ。

ディックは片手で額を押さえたまま、部屋の中を何度も行き来した。思い出したように訪問客のほうを向き、

「ただ、何だ？」と、問いただした。

「ただ、ミス・メレディスの行動や言葉から、彼女はランドルフ家の金の皿の盗難事件に関係していたか、もしくは盗んだ人間を知っていると、僕は確信した」

ディックは、厳しい目で彼を睨みつけた。

「彼女が皿を盗んだのではないということは、わかっているんだな？」彼は追及した。

「もちろんだ」記者は答えた。「だからこそ、さらに驚きなんだ。今日の午後、彼女と話をしたんだが、取材後の彼女は、僕が逮捕しにきたと思っていたらしく、牢屋に入りたがっていたよ。びっくり仰天だった」

ディックは、まさかという顔で見ていたが、いらいらした調子で、また歩き出した。そして、いきなり立ち止まった。▼117
「彼女は、僕の名前を言ったか？」

「僕から言及した。君と知り合いだということさえ、彼女は認めようとしなかった」

しばらく間が開いた。

「彼女を責めはしない」ディックは、なぜかこう言った。

「僕のことを、悪党だと思っているんだろうな」

また間が開いた。

「それで結局、どうなるんだ？」ディックがようやく続けた。

「皿は戻ってきたんだし、一件落着ということになるんじゃないか」

「おい、いいかディック」ハッチが口を開いた。「一言、言いたいことがある。どうか冷静になって、最後まで聞いてくれ。この事件について、僕はいろいろ詳しく知っている——警察が絶対に知り得ないようなことまでもだ。言うまでもないが、それを記事にはまったくしていない」

ディックはおずおずと、相手を見やった。

「続けてくれ」と、彼は促した。

「知っていることを記事にしてもいいんだが」記者は続けた。

「すると、金の皿事件で君に逮捕状が出る。そして君が逮捕されれば、君自身やミス・メレディスの供述によって投獄されることになるだろう。しかし、いいかい、君の名前も彼女の名前もまだ記事にはしていないんだ」

ディックは冷静に聞いていた。じろりと睨んだだけだった。

「僕が皿を盗んだと、本当に信じているのか？」彼は訊いた。

「もちろんそうじゃない」ハッチは答えた。「しかし、君がやったと証明することはできる。世界中のどんな陪審員だって、納得させられる。君がどんなに否定しても無駄だ」

「それで？」と、ディックはしばらくして訊いた。

「それに、僕の知っている情報から、ミス・メレディスの逮捕状も出させることができる。彼女があの自動車に乗っていて、君の共犯だったと証明できる。これは、困った状況だと思わないかい？」

「しかし君、彼女が事件と関係しているとは思っていないのだろう！　彼女は――彼女はそんな女性じゃない」

「彼女は事件に関係していないと誓えるよ。しかし同時に、彼女がやったと立証することもできる」ハッチはそう答えた。「だから、僕が言いたいのは、もし僕が知っていることを警察が嗅ぎつけたら、君を――いや君たち二人を監獄送りにするだろうってことなんだ」

「君の心遣いにはなんとも、礼の述べようもない」ディックは優しく言った。「しかし、僕たちはどうしたらいいんだ？」

「そこなんだよ――ミス・メレディスと君と僕とで、君が逮捕される前に、この事件の真相を明らかにするんだ」と、新聞記者は言い切った。「いいかい、考えてみてくれ。僕たち三人が集まって、それぞれが真実を語り合い、そのすべてが明らかになったら、どうなると思う？」

「もし僕が君に真実を告げたら」ディックは冷静に言った。「ミス・メレディスに、拭い去ることのできない恥辱を与えることになるだろう。そして僕は、ひどいことをした野獣と呼ばれるようになる。もし彼女が君に真実を告げたら、間違いなく僕を強盗の罪で監獄送りにすることになるだろう」

「でも――」ハッチは言い聞かせようとした。

「ちょっと待ってくれ！」ディックは別室に姿を消した。記者は、知っていることを反芻《はんすう》しているしかない。しばらくすると、外出の支度をして戻ってきた。「さあハッチ」彼は言った。「ミス・メレディスのところに行こうじゃないか。しかし、会ってはくれないだろうなあ。会えさえすれば、君の心にわだかまっているいくつかの事柄を、明らかにできるかもしれない。だが、もし会えなければ――。ところで、彼女の父親はボルチモアから到着しているのかい？」

「ああ」

「よかった！」ディックは叫んだ。「彼にも会おう――正直に胸の内を話す。そしてそれが終わったら、すべてを君に教えよう」

　ハッチは編集部に戻り、ゴミ箱に蹴り込むぞと給仕の少年を脅して、八つ当たりした。

　ちょうどそのとき、グレイトン家に滞在していたメレディス氏は、「ミスター・リチャード・ハミルトン・ハーバート」と記された名刺を見ていた。見終えると、不愉快そうに鼻を鳴らし、客間に入っていった。ディックは立ち上がって迎え、握手の手を差し伸べたが、即座に拒否された。

「お伺いしたいのですが、メレディスさん」と、ディックは鋼のような冷たさを含む声で口を開いた。「どうしておたくの娘さんであるドロシーに、僕が関心を持ってはいけないのですか？」

「よくわかっているはずだ！」と、老人は声を荒らげた。

「ハーバード大学で、あなたの息子ハリーと起こした事件のせいですか。なるほど、そうですか。しかし、それだけなのですか？　絶対にそれが許せないと？」

「その一件で、君が紳士でないことは証明されたではないか」老人は噛みつくように言った。「君はただのひよっ子だ」

「もしあなたが、僕の愛した女性の父親でなかったら、鼻に一発お見舞いしているところだ」ディックは嬉しそうに答えた。「息子さんは今、どうしていますか？　あなたにまた認めてもらえる手立ては、もうないのですか？」

「ない！」メレディス氏は雷を落とした。「いくら謝っても、おまえが卑怯者だという証明になるだけだ！」

ディックは言葉に詰まったが、しかしどうにか絞り出した。

「お嬢さんは、あの事件についてご存知なのでしょうか？」

「まったく知らん」

「息子さんはどこにいるのですか？」

「お前の知ったことではない！」

「お嬢さんへの僕の愛が本物だということは、わかっていらっしゃいますよね？」

「あの子に熱をあげているのは知っている」厳しい口調だった。「それは止められるものではない。誰にしろ」彼は正直につけ加えてしまった。

「そして、あなたの反対にもかかわらず、彼女が僕のことを愛しているのも、ご存知でしょう？」と、青年は続けた。

「うるさい！　うるさい！」

「そしてあなたの頑迷な反対によって、娘さんの心を引き裂いていることも？」

「貴様――貴様は――」メレディス氏は口角泡を飛ばした。

ディックは平然としていた。

「ちょっとミス・メレディスとお会いしてもかまいませんか？」と、彼は続けた。

「君とは会わないだろう」激怒した父親は怒鳴った。「昨夜娘は、もう二度とお前とは会わないと言っていた」

「もし彼女が同意したら、今ここで会ってもかまいませんか？」ディックは言いはった。

「彼女は会わないと言っているだろうが」

「彼女に名刺を通じてもかまいませんか？」

「会わないと言っておるのだ」メレディス氏は、断固として繰り返した。

ディックは廊下に歩み出て、メイドに手招きをした。

「僕の名刺をミス・メレディスに渡してくれたまえ」と、指示をした。

メイドは、白くて四角い紙片を受け取り、ちょっと眉をあげると、階段を上っていった。ミス・メレディスは何気なく受け取って目を通したが、怒りのあまり背筋を伸ばした。

「ディック・ハーバート！」彼女は信じられないように叫んだ。「今さらどうして顔を出せるというの？　こんなふてぶてしい話は聞いたことがないわ！▼124 もう絶対に会わないんだから」彼女は立ち上がり、控えているメイドを睨みつけた。

「ハーバートさんに伝えてちょうだい」と、彼女ははっきり言った。「伝えて――今行きますって」

第七章

メレディス氏が腹を立ててどすどすと部屋から出ていき、ディック・ハーバート一人でぽつねんとしているところへ、怒りに満ちたドリーが入ってきた。傾けた赤毛の頭は見るからに反抗的で、青い瞳はぞっとするほど冷たかった。唇は真っ赤な直線に結ばれて、鼻から顎にかけては、よくもまあ、あなたはぬけぬけと、というような色が浮かんでいた。ディックは彼女の姿を目にすると、さっと立ち上がった。

「ドリー！」彼は、熱を込めて叫んだ。

「ハーバートさん」彼女は、冷たく応じた。取り澄まして、椅子の一番端っこに腰を下ろした。「何かご用でしょうか？」

ディックはかなり大胆不敵な人間だったけれども、いきなりの厳しい態度に凍りついてしまった。彼女を、しばらくじっと見つめる。

「わけを説明しにきたんだ――」

ミス・ドリー・メレディスは、鼻であしらった。

「わけを説明しにきた」彼は続けた。「どうして約束した通り、ランドルフ家の仮面舞踏会で逢えなかったのかを」

「どうして逢えなかったなんておっしゃるの？」ドリーは、冷たい声で問い返した。しかし、逆立てた柳眉には、いささか驚きの色も浮かんでいた。「どうして逢えなかったなんておっしゃるのかしら？」と、彼女は繰り返した。

「どうか信じてもらいたい。あの状況では、どうにも仕方がなかったんだ」と、ディックは続けた。彼女の言葉の一部が特に強調されていることには、わざと気づかないふりをしていた。「あの晩早くに、ちょっとした事件が起きて――そのおかげでどうしようもなくなってしまったんだ。僕が来なかったせいで、君が恥をかいて腹を立てたのは、当然だよ。でも、あの晩以来君と連絡の取りようがなかった。昨夜君が戻ったという知らせは、ほんの一時間前に聞いたばかりだ。君が失踪していたということは、知っていたけれども」

ドリーは、驚きのあまり青い目を大きく見開き、唇をわずかに開いた。しばらく彼女は、青年を見つめたまま呆然と座っていたが、小さく息を飲んで、椅子に深々と腰掛けた。

「では伺いますけど」彼女は驚愕から覚めて、質問した。

「この――この軽率な行動の原因は何なのかしら？」

「ねえドリー、僕は本当に真剣なんだ」ディックは熱心に語りかけた。「君には、ちゃんとわかるように説明をする」

「どうして逢えなかったなんておっしゃるの？」ドリーはまた繰り返した。「いいえ、わたしと逢ったじゃない！ そしてそれが――それがすべての間違いの元なのよ！」

　驚愕もなにもかも、ディックはすべて感情をぐっとこらえた。

「おそらく、それは誰かと人違いをしているのだと思う」彼は、ようやく言った。「ねえドリー、聞いてくれ。いや、頼むからちょっと待ってくれ！ 僕はランドルフ家の舞踏会には行っていない。君は行った。君は僕と一緒に計画した通りに、自動車で舞踏会から逃走したようだけれど、その相手は僕じゃないんだ。君は別の男と、本物の金の皿泥棒と逃げたんだ」

　ドリーは叫び声をあげようといったん口を開けたが、そのまま閉じた。

「ちょっと待ってくれないか、お願いだ」ディックは頼んだ。「君は僕と話しているつもりで、他の誰かと話をしていた。今は明かせないある理由で、そいつは君の計画に飛び入りをしたんだ。そして君は、そいつと一緒に逃げ出した――金の皿を積んだ自動車でだ。その後何が起きたのかは、僕は、推測するしかない。ただ、君は強盗と一緒に姿を消した、謎の女性だということしかわからない」

　ドリーは感情が高ぶってあえぎ、息が苦しくなった。顔は紅潮し、青い瞳には怒りの炎が燃えた。

「ハーバートさん」ようやく彼女は、声を振り絞った。「わたしが馬鹿か子供だとお考えになっているのかどうかは知りませんが、そんなお話は、理性のある人間にはとうてい受け入れられませんわ。わたしは、セブン・オークス屋敷からあなたと一緒に自動車で出発しました。あなたが、金の皿を盗んだ犯人です。あなたは右肩に銃弾を受けました。その後、出血のせいで意識を失ったことも知っています。どうやってその傷を縛ったかも覚えていますし――そして――いろいろ、全部覚えています！」

　いきなり一気にまくしたてたので、息が続かなくなった。ディックは黙って聞いていた。彼は、何か言おうと――説こうと――した。しかし、彼女はまた口を開いて、激しくまくしたてた。

「下手な仮装をしていたけれど、顎のくぼみであなただということはわかりました。あなたをディックと呼んだら、答えたじゃありませんか。小さな宝石箱を受け取ったかと聞いたら、そうだと答えたでしょう（原文ママ）。わたしはあなたの指示通りに舞踏室を出て、自動車に乗りました。あの恐ろしいドライブのことははっきり覚えていますし、金の皿が入った鞄を持って歩いていったことも覚えています。夜中に、へとへとになるまで歩き続けました。全部はっきり覚えています。どう嘘をつき、見て見ぬふりをし、馬鹿げた作り話をしたかということも――でもそれも皆、あなたを助けるためでした。ところが、よくもまあ、ぬけぬけとそんな嘘を！」

ドリーは、いきなりわっと泣き出した。ディックはもうそれ以上否定しなかった。その表情から、怒りの色は消えていた——ただ、深い困惑が浮かぶだけだった。▼彼は立ち上がり、窓辺に歩み寄ると、立ち尽くしたまま外を見つめていた。

「わたしには、全部わかっています」ドリーは、しゃくりあげながら繰り返した。「ただ、一つだけ、どうしてあなたがあのおんぼろのひどい皿を盗んだのか、それだけがわからないわ！」間が開いた。ドリーは、涙で濡れた指の隙間からこちらを覗き見た。「もう——どれくらい」彼女は訊いた。「盗癖は続いているの？」

ディックは、がっしりした肩を苛《いら》ついたようにすくめた。▲127

「お父さんはどうして、僕が君とつきあうのに反対なのか、今まで話したことがあるかい？」と、彼は訊いた。

「いいえ、でもこれでもうわかった」そしてまた、改めて涙に暮れた。「だって——だって、あなたは——泥棒なんですもの」

「僕が何を言っても、信じてくれやしないんだね？」

「何を言っているのよ。あなたと一緒になって、盗品を持って逃げたじゃないの？」

「たとえ、名誉にかけて君に真実を述べると誓っても？」

「そんなの信じられないわ、絶対！」ドリーは、絶望して泣き叫んだ。「誰も信じやしないわ。あなたが真っ暗な森のなかで怪我をして横たわっているときでさえ、夢にも思わなかったわ。もしそんなことがちょっとでも頭をよぎっていたら、絶対に——絶対に——キスなんてしなかったもの」

ディックはさっと振り向いた。

「僕にキスしたって？」彼は叫んだ。

「ええ、悪党のあなたに！」ドリーはすすり泣いた。「あなたの正体にちょっとでも疑いを抱いていたとしても、あれであなただって確信したわ。だって——だって——そうなんだもの！　それに、もしキスしたのがあなたじゃないのなら、ちゃんと言ってくれなくちゃ！」

ドリーは両手で顔を覆うと、椅子の肘掛けに伏せてしまった。ディックは部屋を横切って彼女の近くへ行くと、肩にそっと手を置いた。彼女は、怒ったように振り払った。

「どういうつもりなの？」彼女は激怒していた。

「ドリー、僕を愛していないのか？」彼は哀願した。

「愛してない！」と、即座に答えが返ってきた。

「だけど、このあいだまでは、愛してくれていただろう？」

「それは——そうだけど、でもわたし——わたし——」

「だから、もう一度僕を愛してくれないかな？」

「わたし——二度とごめんよ」

「でも、考え直してくれないかな？」

「馬鹿げた嘘を言わないで、きちんと真実を言ってくれるのなら」彼女は泣きじゃくった。「どうしてあなたが皿を盗んだのかはわからないけれど、ただ——ただ、実はあなたに——あなたに盗癖があるんじゃないかと。でも、全然本当のことは言ってくれないし」

ディックはむっつりとして、赤毛の頭を見下ろしていた。そして、態度をがらりと変え、彼女のそばにひざまずいた。「ねえ」彼は囁いた。「僕が盗ったと告白したら、どう思う？」

ドリーはさっと顔を上げた。新たな恐怖の色が浮かんでいた。

「まあ、本当にやったの？」彼女は問いただした。最悪の事態だ！

「もし、僕が盗ったと告白したら、どう思う？」

「ああ、ディック！」彼女はべそをかいた。そして、急に彼の首根っこにしがみついた。「わたしの胸を張り裂けさせるつもりね。どうして？　どうしてなの？」

「これで君は満足かい？」彼は続けた。

「どうしてそんなことをしてしまったの？」

彼女の瞳には、再び愛情の明かりが灯った。赤い唇が震えていた。

「もしこれが僕の悪癖で、盗んだものは、実際そうなったように、返すつもりだったとしたら、どうする？」彼は続けた。

ドリーは、自分を見上げている瞳をじっと見つめた。

「馬鹿な子ね」彼女は言った。そして、彼にキスをした。「でも、もう二度と絶対にしてはだめよ」

「絶対にしない」と、彼は厳かに誓った。

五分後、ディックは屋敷からの帰り際に、廊下でメレディス氏と出くわした。

「娘さんと結婚しますから」と、彼は平然として言った。

階段を降りていく彼に、メレディス氏は罵声を浴びせかけた。

第八章

部屋にひとりきりになり、鍵をかけて、ミス・ドリー・メレディスは心から嬉しく思った。泣いたり笑ったり、べそをかいたり身震いしたりした。物憂げになったり悲しげになったり、嬉しそうだったり憂鬱だったりした。将来、過去、そして現在を夢見た。馬鹿げて有頂天になって歌を歌ったりもした――ほんの一節だけだけれども――そしてまた大泣きをした。彼女の父親は、厳しく叱りつけて部屋に閉じ込めたのだが、そのときのことを思い出すと、クスクス笑いが漏れてしまうのだった。

「結局、なんでもなかったんだわ」彼女は確信した。「彼は、泥棒をするなんて馬鹿げたことをしただけで、しかももう元に戻したし、真実を語ってくれたし、それに、もともと返すつもりだったそうだし」今の彼女の気分ならば、何でも正当化できそうだった。「彼は強盗なんかじゃない。でも、お父様は彼を許してくれそうにないから、結局は駆け落ちするしかないのかなあ。だとしたら――とってもすごいじゃない。▼パパはきっと激怒するだろうけど、まあ大丈夫よ▲[128]」

しばらくして、シーツの中にもぐり込み、暗い中でじっとしていると、眠りに落ちた。屋敷の中は、静まり返っていた。午前二時ごろ、彼女は急にベッドから起き上がり、目を見開いた。何か物音が聞こえた――いや、寝ていたら、何か聞こえたような気がしたのだ。彼女はあたりを見回しながら、耳を澄ました。

ようやく、何か物音が本当に聞こえた――窓を強く叩く音だ。そしてまた静かになった。ドリーは、ピンク色のつま先まで、全身がぞっと震えた。間が開いて、再び窓を鋭く叩く音がした。すると、ドリーは裸足のままベッドから飛び出し、窓際まで走っていった。ほんの数インチだけ開いていた。

用心にも用心を重ねながら、外を覗き見た。窓の下の影の中に、男の姿が隠れていた。見つめていると、どうやらしゃがんでいるようだったが、さっと立ち上がった。彼女は思わず隠れた。するとまた、窓がぴしりと音を立てた。下にいる男が、窓ガラスに小石を投げつけて、彼女の注意を惹こうとしていたのだ。

「ディック、あなたなの？」彼女は用心深く声をかけた。

「シーッ！」答えが返ってきた。「君に手紙がある。窓を開けてくれたら、放り込む」

「本当に本物のあなたなの？」ドリーは念を押した。

「そうだ」相手は早口で囁いた。「急いで、誰か来る！」

ドリーは窓を上げると、後ろに下がった。くるくる回る白い物体が飛んできて、音も立てずにカーペットの上に着地した。それをさっとつかみ、窓辺に再び駆け寄った。下で、男が立ち去っていくのが見えた。それから、別の足音が響いてきた。大柄の警察官だ。もしかしたら、居眠りでもできる場所を探していたのかもしれない。

興奮に震えながら、ドリーは窓を閉めて日除けを下ろし、ガス灯をつけた。急いで手紙を開くと、床に座って読み始めた。内容のほとんどは、あまり意味のない感情的な褒め言葉だったけれども、肝心なのは、新しい駆け落ちの計画だった。実行は水曜日、午後二時半発の▼ヨーロッパ▲[129]行きの汽船に間に合うようにする、とあった。

ドリーは、このしわくちゃの手紙を何度も何度も読み返した。そしてついには、一言一句すべてを暗記してしまい、数えきれないほどのキスを浴びせかけた。もちろんこれは誇張した表現だ▼けれども、しかし――女の子とは、本当に素晴ら

しい生き物ではないか。▲[130]

「世界で一番彼が好き！」と、彼女は最後に告白した。

　残念だったけれど手紙を燃やし、その灰も窓から投げ捨てて、念入りに始末をした。そして、ベッドに戻った。翌月曜日の朝、娘が朝食の部屋におとなしく入ってきたとき、父親は厳しい目で睨みつけた。そして、いまだかつて誰もできたためしのないこと、つまり女性の表情から心の中を読み取ろうとしていた。ドリーは可愛らしく微笑んだ。

　朝食後、父親と娘は図書室の日の当たる隅で軽く会話を交わした。

「次の木曜日に、私たちは▼ボルチモア▲[131]に戻るつもりだ」彼は娘に伝えた。

「まあ、それでいいんじゃない？」と、ドリーは顔を輝かせた。

「さまざまなことを考慮したし、おまえがお父さんとの約束――二度とハーバートと会わないという約束――を破ったからには、これが一番いい選択だ」と、彼は続けた。

「そうかもね」と、彼女はつぶやいた。

「なぜあの男と会ったりしたのだ？」と、追及した。

「ただ、さようならを言うためだけよ」ドリーは控えめに答えた。「それに、この件について、わたしの立場を彼に明らかにするため」

　ああ、女というものは！　不誠実で、偽善で、誠実で、愛らしい。それが女性ではないか！　人生のもつれた糸とは、すべて女性のかわいい指のなせる業なのだ。すべての罪も悲しみも、そなたらのせいなのだ！

　メレディス氏は、考え深げに顎をなでた。

「これは私の希望、いや命令だと思ってもらいたい」彼は咳払いをすると言った。なにしろ、ドリーに命令するなどというのは、実に危ない橋をわたることにほかならないのだ。

「どのような方法にせよ、もう二度とハーバート君とは連絡を取らないこと。手紙でも何でもだ」

「はい、パパ」

　▼何の抵抗もなしに素直に受け入れられたので、メレディス氏はいささか驚いた。もし彼に女のやり方についての知識が少しでもあったら、怪しいと思ったはずだった。▲[132]

「ともかく、お前はあの男を本当は愛してなどいないのだ」

彼はついに言った。「あれは単なる、娘時代の気の迷いというやつだ」

「昨日、彼をどう思っているかはきちんと伝えました」彼女は、まことに正直な答えをした。

　こうして会話は終わった。

　その日の正午ごろ、ハッチンソン・ハッチは、ディック・ハーバートを訪問した。

「それで、君は何か発見したかね？」と、彼は訊いた。

「実はね」ディックは嬉しそうに言った。「この件については、これ以上君には何も言わないことにしたんだ。これは個人的な事柄だから」

「ああ、それはお互いわかっていることだ。しかし、警察は知らない」と、記者はむっつりしながら言った。

「警察か！」ディックは笑った。

「彼女と会ったのか？」ハッチは訊いた。

「ああ、会った――彼女の父親とも会った」
▼[133]謎を解決してくれると期待していたドアが、ハッチの目の前で閉じてしまった。
「ミス・メレディスは、自動車の娘なのか？」彼は不躾《ぶしつけ》に質問した。

「本当に、僕は答えないって」

「君が、金の皿を盗んだ張本人なのか？」

「それにも答えない」ディックは微笑みながら言った。「いいかい、ハッチ。君はいい友達だ。君のことが好きだ。詮索するのが君の仕事だけれども、この事件に限っては、君がほじくりだすのを阻止するつもりだ。警察を相手にしてもかまうものか」彼は歩み寄ると、記者としっかり握手をした。

「僕を信じてくれ。もし僕が洗いざらい真実を話しても――君は記事にはできないだろう――なにしろ僕が逮捕されることになってしまうからだ。そんなことを望んではいない」

　ハッチは立ち去った。▼[134]

　その晩、ランドルフ家の金の皿が再び盗難にあった。三十六時間後、マロリー刑事はリチャード・ハーバートを逮捕し、彼が持っていた皿も確保した。刑事が踏み込んできたときに、ディックは大笑いしていた。

第三部「思考機械」

第一章

オーガスタス・S・F・X・ヴァン・デューセン教授、Ph.D（哲学博士）であり、さらにLL.D（法学博士）、F.R.S.（王立学会特別研究員）、M.D.（医学博士）などでもある彼は、科学の最終審とでも呼ぶべき存在だった。▼身長は五フィート二インチ、体重百七ポンド、平均よりもほんの少し上で、八号の帽子をかぶっていた。もじゃもじゃの黄色い髪の毛が耳を覆い、髭をきれいに剃り上げた、しなびた顔のまわりを縁どっており、非常に攻撃的な雰囲気と子供っぽい不機嫌さという、相反する資質の両方が混在していた。口は、両端が少し下がっていなければ、一直線といってよかった。目は青色で、分厚い眼鏡の向こう側から、いつも目を細めて睨みつけていた。額はまっすぐ立ち上がって、堂々としたドーム状を呈し、その容貌のグロテスクな印象をさらに増していた。

教授のめったにない気晴らしとして大衆文学があったけれども、どのページにもどのページにも、たくさんの数字を挙げながら「学問」や「主義」の膨大な知識を元にした論評を繰り広げた。時にはこうした論評を彼自ら文章にまとめることもあり、相手を完膚なきまでに叩きのめすのもしばしばだった。ふだんの口調は苛立たしげで、何事も見通すような鋭い眼差しをしていた。彼は、ある有名なドイツ人科学者の息子の息子の息子であり、この一族の論理的思考は、何世代にもわたって科学界に名をとどろかせている。▲135

五十年の生涯のうちの三十五年を、精神的、物質的、心理学的要因と結果の論理、研究、分析に費やしてきた。彼個人のおかげで、少なくとも科学の二つの分野が完膚なきまでに叩き潰され、見直しが行なわれた。さらに、他の分野でも、数多くの新しい知見がつけ加えられた。かつて彼は、ある有名大学の哲学教授の座にあったが、あるとき、何の気なしに発表した理論が、教授会を驚嘆させ、ついには辞職勧告をするまでになった。ところが、十二年後その大学は、その影響力や外交力をおおっぴらに行使して、彼に法学博士の称号を受けさせるに至ったのである。

▼長年にわたって、海外やアメリカの教育機関、科学研究所などが、彼にさまざまな称号を授与した。彼はまったく頓着しなかった。うれしくもない名誉が記された仰々しい証書類を燃やしてしまうと、ささやかな自宅にある小さな実験室での仕事に戻ったのだった。そこで彼は、世捨て人のような生活をしていた。質素な生活の面倒をみているのは、たった一人の召使いマーサだった。▲136

これが思考機械である。この最後の称号、思考機械というのは、長々とした称号の羅列よりも、彼がどういう人物かをずっとよく言い表わしているだろう。これを命名したのは、ハッチンソン・ハッチである。この科学者が、午前中にチェスの指導を受けただけでチャンピオンを打ち破ったときに、つけたあだ名なのだ。思考機械は、論理は必然であると言い切っていたのだが、このゲームでそれを証明してみせたのだ。その後、この気難しい科学者と新聞記者とのあいだに、奇妙な友情が芽生えた。▼科学者にとって、ハッチは巨大でぐるぐる回る外の世界を代表していた。新聞記者にとって科学者は頭脳、そのもの――実験室での繊細で正確な実験とはかけ離れた大混乱の中であっても、とんでもなく鋭く、洞察力があり、絶対正しい導き手だった。▲137

さて、思考機械は客間の巨大な椅子に座り、長くてほっそりとした指の先と先を強く合わせて、天井をじっと睨みつけていた。ハッチは喋り続けていた。もう一時間以上も、時折り休みながら、話をしていた。ずっと話していたのは、セブン・オークス屋敷の仮面舞踏会での事件から、ドリー・メレディスが帰ってくるまでの、彼や警察が知り得た一連の事実だった。

「そこでだ、ハッチ君」思考機械が質問した。「金の皿の二回目の盗難について、わかっている事実は何なのだ？」

「単純そのものです」記者は説明した。「ただの強盗です。何者かが、月曜日の夜にガラスを切断して窓の鍵を開け、ランドルフ家に侵入しました。そして、皿を盗んで逃亡しました。これが周知の事実です」

▼「当然、何の手がかりも残していかなかったのだな？」

「見た限り、何もありませんでした」▲138

「推察するに、▼運送業者の手で▲139返還されたあとは、ランドルフ氏は皿を以前と同じ小部屋にしまわせたのだな？」

「はい」

「そいつは馬鹿者だ」

「はい」

「続けなさい」

「現在警察は、ハーバートの手元に問題の皿があることを発見した以外には、彼に不利な証拠として何があげられるのか、まったく公表しようとしていません」記者は言った。「しかしそれだけでも十分なのは当然です。それに、前提として、なぜ彼とこの事件を関連づけたかということも、説明しようとしません。マロリー刑事は――」

「ハーバート氏は、いつどこで逮捕されたのだ？」

「昨日、▼火曜日《ママ》▲140の午後、自分の部屋でです。十四枚の黄金の皿が、テーブルの上に載っていました」

▼思考機械は、一瞬視線をおろして、記者を睨みつけた。

「最初、盗まれた皿は十一枚だけだったと、君は言ったな？」

「ええ、十一枚だけです」

「そして確か、強盗に向けて二発発砲されたと言ったように記憶している、間違いないな？」

「はい」

「誰が発砲したのだ？」

「刑事の一人、カニンガムだと思います」

「刑事か――君はそれを知っていたのか？」

「ええ、知っていました」[141]

「なるほど、なるほど。続けなさい」

「皿は並べられていて――隠そうとはまったくされていませんでした」ハッチは話を続けた。「床には箱が置かれていて、マロリー刑事と二人の部下が入ってきたとき、ハーバートはその中に皿をしまおうとしているところでした。ハーバートの召使いのブライアーは、そのとき外出中でした。家族はノヴァ・スコシアに行っており、彼は一人でした」

「発見されたのは金の皿だけだったのか？」

「ああ、そうそう！」記者は叫んだ。「ケースの中には、宝石類がたくさん、そして十五から二十個のさまざまな品物があり――合計で少なくとも五万ドルはすると評価されています。警察はそれらを押収して、持ち主を探しています」

「いやはや！　いやはや！」思考機械は声をあげた。「どうして先に宝石のことを言ってくれないのだ？　ちょっと待ちなさい」

　科学者がじっと天井を睨みつけているあいだ、ハッチは黙っていた。椅子の上で、居心地悪そうにもじもじし、煙草を二本吸ったところで、思考機械は彼のほうを向いて頷いた。[142]

「以上が、僕の知っていることのすべてです」と、ハッチは言った。[143]

「ハーバート氏は、逮捕時に何か言っていなかったか？」

「いいえ、ただ笑っただけでした。どうしてかはわかりません。僕には、まったく面白いことのようには思えないんですが」

「その後、彼は何か言っていないか？」[144]

「いいえ。僕にも、他の誰かにも、何も。彼は予審の罪状認否では無罪を主張し、二万ドルの保釈金で保釈されました。金持ちの友人たちが都合してくれたのです[145]」

「何も言わない理由を明かしはしなかったか？」と、思考機械はいらいらした様子で問いただした。

「彼は僕に、何も言わないのは、たとえ真実だとしても誰も信じてくれないだろうからだと、述べたことがあります」

「それが無実だという抗議だとしても、悪いが誰も彼を信じないだろう」科学者は、謎めいた発言をした。彼は、しばらく黙っていた。そして、「兄弟かもしれん」と、つぶやいた。

「兄弟？」ハッチは即座に反応した。「誰の兄弟です？　何の兄弟ですって？」[146]

「私の見たところ」科学者は、その質問を無視して続けた。「最初の強盗事件については、ハーバートがやったとはまったく信じていないようだな？」

「ええ、もちろんですとも」ハッチは言った。「もちろんその通りです」彼は繰り返した。

「どうして？」[147]

「その、だって――だって彼は、そういう奴じゃないからです」記者は説明した。「彼とは昔からの知り合いだし、評判も聞いています」

「大学時代、彼とは特に親しかったのかね？」

「いいえ、それほどではありませんでしたが、同じクラスでした――彼はフットボールの花形選手でした」それが説明のすべてだった。

「彼は有罪だと思うか？」と、科学者は追及した。

「さっぱりわけがわかりませんが――でも、彼が正直者だということに、賭けてみたいと思います」

「そしてミス・メレディスは？」

記者は爆発寸前になった。御存知の通り、彼はミス・メレディスに面会して、取材もしていた。

「彼女がどちらかの強盗事件の犯人だなどと考えるのは、まったく馬鹿げている、そう思いませんか？」

思考機械は、それについては沈黙を守った。

「さて、ハッチ君」彼はようやく言った。「問題を要約するとこうなる。状況証拠から金の皿を盗んだと思われている男性、あるいは一緒にいた女性は、実際にそれを盗んだのか？強盗が逃亡に使った自動車のクッションには、染みがついていた。これからわかるのは、犯人の一人が負傷したということだ。ハーバート氏が右肩を負傷していることはわかっている――彼の説明によれば、問題の晩に負傷したのだという。しかし、その原因は白状しない。そして、第二の強盗事件が起こり、盗まれた品物が他の多くの盗品、宝石とともに彼の手元で発見された。これ以上議論の余地がないほど、明らかな事件であるように見える」

「しかし――」ハッチは抗議の声をあげようとした。

「しかし、もう少し考えてみよう」思考機械は続けた。「たった二つの点を明らかにするだけで、はっきりきちんと決定的に証明することができる。つまり、ハーバート氏が例の自動車の中で負傷したのかどうかということだ。もし彼が自動車内で負傷したのなら、第一の強盗なのだ。もしそうでなければ、違う。そしてもし彼が第一の強盗なら、おそらく二番目も彼だろう。しかし、彼が第一の強盗でなくとも、第二の強盗である可能性はある」

ハッチは、ぽかんと口を開いたまま聞いていた。

「まずすべきことは」思考機械は続けた。「木曜日の晩にハーバート氏の傷を治療した医者を見つけることだ。ハーバート氏は、この医者が誰か隠しておきたいだろうが、おそらく――ちょっと待ちなさい」そして、科学者は隣室に姿を消した。五分ほどして、彼は戻ってきた。「傷を治療した医者が、クラレンス・ウォールポール博士かどうか確かめなさい」

記者は目を白黒させていた。

「了解です」彼は言った。「そして？」

「傷の様子について、もちろん、当然すべき質問もしなさい」

ハッチは頷いた。

「それから」思考機械はさらりと言ってのけた。「ハーバート氏の血液をここに持ってきなさい」

記者は、さらに目をしばたたいた。そして、二度も息を呑んだ。

「どれくらい？」彼はよどみなく質問した。

「小さなガラス片に一滴で十分だ」と、科学者は答えた。

第二章

都市中心地区[148]の警察最高頭脳は、懸命に頭脳を絞っていた。[149]大したものではなかったけれども、自らの精一杯の洞察力に頼っていた。ちょうどそのとき、彼はどうしても、目

の前にあるはずの犯罪の手がかりに思いをいたすことができずにいた。考えがまとまらず、彼は降参して、新しい葉巻に火をつけると、デスクの上に足を乗せた。

座っているところに、[150]思考機械がやってきた。最高頭脳のマロリー刑事は、ヴァン・デューセン教授をよく知っていた。客を歓待はしたものの、胸につかえているもやもやを吐き出すことはしなかった。その代わりに、見事な自制心を発揮して、一見上機嫌で椅子に座り、横柄で見下したような態度をとった。[151]

「ああ、教授[152]」と、あいまいな挨拶をした。

「こんばんは、マロリー君」科学者は、細くて苛ついた声で答えた。いつもこれがマロリー刑事の気に障《さわ》るのだった。

「ハーバート氏逮捕に至る過程について、よもや話してはくれんだろうな？」

「話しませんよ」と、マロリー刑事は即座に拒否した。

「彼が所持しているところを発見された宝石や皿以外の、彼に不利な証拠がどんなものかということも、話してくれるつもりはないだろうな？」

「話しません」と、マロリー刑事は再び答えた。

「うむ、だろうと思っていた」思考機械は言った。「ところで、舞踏会の晩に強盗が逃亡に使った自動車の革クッションを、君の部下は押収したはずだが？」

「ええ、それがどうしましたか？」と、刑事は問い返した。
[153]「そのクッションを見せてくれるかどうか、訊きたいだけな[154]

のだが？」

マロリー刑事は、疑わしげに相手を見た。そして、むっつりした顔が次第に緩んでいった。ついには笑いながら立ち上がり、クッションを差し出した。

「このクッションから何かを導き出そうというのなら、無駄ですよ」科学者にそう告げる。「ハーバートと娘が逃亡に使った自動車の所有者はわかっています。このクッションには何の意味もありません」

思考機械は分厚い革を慎重に調べ、そこに付着している血痕にとりわけ注意を払った。彼はペンナイフで茶色の染みの一つをこそげとり、乾いた破片を手のひらで受けた。

「ハーバートは、盗品と一緒に逮捕されました」刑事はそう告げて、デスクを拳骨でドシンと叩いた。「本星を捕まえたってわけです」

「そうだな」思考機械は認めた。「君が真犯人を捕まえたように見える――今回はな」

マロリー刑事は、不満気に鼻を鳴らした。

「ハーバート氏の元で君が発見した宝石の所有者は判明したのかどうか、教えてもらえるかな？」

「もちろんですとも」刑事は答えた。「だからこそ、ハーバートが本星だと判断したのです。仮面舞踏会で宝石を紛失した四人が出頭し、例の盗品は自分のものだと申し立てました」▼

その瞬間、思考機械の額に当惑したような皺が現われたが、すぐに消えた。

「なるほど、なるほど」彼はつぶやいた。

「市警察でこれほど巨額の盗品が回収されたのは、もう長年ないことです」刑事は得意気にぺらぺら喋った。「それに、私が考えている通りならば、もっと出てくるはずです――いったいいくらになるか、見当もつきません。なにしろ、ハーバートは、何年も悪事を働いていたに違いないのですから。そして表面上は上品な紳士を装って、盗んでいたんですからなあ。奴の逮捕は、自分が警察に奉職して以来の大事件ではないかと思いますよ」▲155
「そうかね？」科学者は考え込みながら問い返した。彼は、いまだにクッションを見つめていた。

「これからさらにもう一山、やってきますよ」マロリー刑事はけたたましく言った。「そいつによって、本当の大騒ぎが起こるでしょう。ハーバートの逮捕なんて、すっかり過去のものになってしまうんじゃないですかね。またもう一人、逮捕者が出るでしょう――それも、上流社会の一員ですよ。そんなことになったらもう――」

「そうだな」思考機械が言葉を挟んだ。「しかし、今彼女を逮捕するのが賢明なことだと思うかね？」

「彼女？」マロリーは問い返した。「一体、どの女のことを言っているんです？」

「君は、ミス・ドロシー・メレディスのことを言っているのではないのかね？」思考機械は穏やかに答えた。「実は、君が部下に命じて彼女を逮捕してしまわないか、確かめてくれと言われたものでな」

　刑事は見るからに狼狽して、葉巻を真っ二つに噛みちぎった。

「どうやって――どうやって――彼女の名前を知ったのですか？」と、彼は問いただした。

「ああ、ハッチ君が教えてくれた」科学者が答えた。「何日も前から、彼女とこの事件の関係を、彼は知っている。ハーバート君のこともな。そして、二人ともから事情を聞いているはずだ」

　最高頭脳は、顔を真っ赤にして倒れそうになった。

「ハッチはそんなことを知っているのなら、どうして教えてくれないんだ？」と、怒声を発した。

「さあ、知らんな」科学者は答えた。「おそらく」冷たい声でこうつけ加える。「君が自分でそこにたどり着くだろうと、馬鹿げた思いを持っていたのではないかね。彼はときどき、へんてこなことを考えるから」

　マロリー刑事が冷静になったときには、思考機械はすでに立ち去っていた。

　一方ハッチは、クラレンス・ウォールポール博士と彼の医院で面会し、いくつかの質問をしていた。ディック・ハーバートの自宅から、目と鼻の先の距離だった。ウォールポール博士は最近、ハーバートの傷を縫合したのか？　博士は確かにそれをしていた。その傷は、銃弾によるものなのか？　そうだ。

「それはいつのことでしたか？」と、ハッチは訊いた。

「ほんの数日前のことだ」

「木曜日の晩じゃないですか？」

　ウォールポール博士は、卓上日記を確かめた。

「そうだ、[156]木曜日の晩、いやむしろ金曜日の朝といったほうがよかろう」彼はそう答えた。「二時から三時のあいだだった。ここにやってきたので、治療をしてやった」

「傷の場所はどこでしたか？」

「右肩だ」医師は答えた。「ちょうどここだ」そして彼は、[157]一本指で記者に触れた。「命にかかわるものではなかったが、かなり出血していた」

　ハッチは、しばらく目がくらんで何も言えなかった。どの新しい情報も、ハーバートにとって不利な証拠だった。傷の場所もそうだし、しかも弾傷で、治療をした時間さえもだ！　強盗事件が起きたのは比較的早い時間だったから、ウォールポール博士のもとを訪れるまでのあいだに、ディックにはかけられた容疑のすべてを行なう時間的余裕があっただろう。[158]

「ハーバート氏は、どうして負傷したのかは説明していないですよね？」ハッチは、おずおずと訊ねた。もししていたらどうしようと、ハッチは心配をしていた。

「いいや。質問したが、はぐらかされた。もちろん、私のすべき仕事ではないがね。弾丸を摘出したあと、傷を縫合した」

「その弾丸はお持ちですか？」

「うむ。通常の大きさ——三十二口径だ」

これで終わりだった。起訴され、犯行が証明され、判決が下されたも同然だった。十分後、ハッチの名前がディック・ハーバートの家で通じられた。ディックはむっつりとした顔で迎え入れ、握手をすると、中断されていた行ったり来たりを再開した。

「他の新聞記者とは、面会を断った」と、彼は疲れた様子で言った。

「なあ、いいかい、ディック」ハッチは言い聞かせた。「この事件との関係について、何か声明を出すつもりはないのか？　もし君がやったのだとしても、心から力になりたいと思っているんだ」

「いいや、声明など出す気はない——それだけだ」ディックは片手をしっかと握りしめた。「できない」そうつけ加える。「この件については、もう話す必要もない」彼は、しばらく歩きまわり続けた。そして、記者のほうを向いた。「僕が有罪だと信じているか？」彼はだしぬけに問いただした。
▼159「何も信じられない」ハッチは口ごもりながら言った。「そんなことは信じたくない」戸惑ったような間が開いた。「今、クラレンス・ウォールポール博士に会ってきた」
「それで？」ディックは怒ったように振り返った。

「たとえ盗品がここで見つかっていなくとも、彼の証言だけで君は監獄行きになるだろう」ハッチは答えた。

「君は僕を監獄に行かせようとしているのか？」ディックは追及した。

「僕は、真実を知りたいだけだ」と、ハッチは答えた。

「真実を語る前に、世界じゅうでたった一人の人間に、僕は会わねばならない」ディックは言い募った。「だが、その男が見つからない。どこにいるのかわからないんだ！」

「僕に探させてくれ。誰なんだ？　そいつの名前は何という？」

「そんなことを言ったら、すべてを白状するも同じだ」ディックは続けた。「その名前を口にしたくないがために、こんな状況に置かれても我慢をしているんだ。純粋に、われわれの個人的なことなんだ——少なくとも、僕にとってはそうだ——そして、もし彼に会えれば——」彼は何度も手を握ったり開いたりした。「真実は明らかになるだろう——もし、いきなり僕が彼を殺さなければだが」
▼さらに困惑し、さらに混乱し、なおさらわけがわからなくなったハッチは、両手で頭を抑えて、飛んでいかないようにした。ようやく彼は、ディックの姿を見つめた。彼は立ったまま拳を握りしめ、歯を食いしばっていた。ディックの瞳には狂気の炎が宿っていた。
「あれからミス・メレディスには会ったか？」と、記者は質問した。
ディックは弾けるように笑い出した。▲160
三十分後、ハッチは彼と別れた。インクスタンドのガラスの蓋の上に、ハーバートの血液を三滴載せていた。

第三章

　一言一句忠実に、ハッチはウォールポール博士との会話を思考機械の前で繰り返してみせた。そして、ウォールポール博士が彼に指し示した傷の場所を、この高名な科学者に直接触れて教えた。科学者はその長口舌を、何も言わずに聞いていた。そのあいだじゅう、ガラスの上の三つの赤い血痕を眺めていた。
▼「僕が前進と思っていたのは、すべて後退でした」記者は情けない笑みを浮かべながら結論を述べた。「ディック・ハーバートが皿を盗んだのではないと証明するかわりに、彼が強盗だとはっきりさせてしまいました――これほど赤裸々に暴いてしまっては、おそらく彼も逃れようがないでしょう」彼はしばらく黙りこくった。「ある程度したら」そして、ふさぎこんだ様子で言った。「僕が引導を渡します」
　思考機械は、きっと睨みつけた。

「君は彼を有罪ではないと信じていたのではなかったのか？」と、訊いた。

「だって、僕は――僕は――」ハッチは発作的に叫んだ。「畜生、もう何を信じていいのかわからない」その声は次第に弱まっていった。「絶対にそんなことは不可能だ！」

「不可能などというものは、存在しないのだ、ハッチ君」と、思考機械は苛ついた様子で断言した。「最悪の場合でも困難という程度だ。しかし、すべての問題は必ず解決できるのだ。二たす二が、ときどきではなく常に変わらず四であるようにな。頼むから、不可能という言葉を二度と使ってくれるな。とても気分が悪くなる」

　ハッチはこの優秀な友人を見つめ、にやりと笑った。彼も、個人的な人間関係で非常に気分が悪かった――動かしようのない事実が厳然と立ちはだかっているというやりきれなさから、むしゃくしゃしていた。▲161
「ウォールポール博士の説明に従えば」思考機械は、しばらくすると話し始めた。「今回の問題は、馬鹿馬鹿しいほど単純になる。二つの点だけでも、ハーバート氏が自動車に乗っていた男ではないということが、はっきりわかる。三つ目は、私が明らかにする」

　ハッチは言葉がなかった。▼英語では、ときとして適当な言葉が見当たらないことがある。そして、もし彼が口を開くとしても、ほんのかすかな希望しかなさそうな状態を意味する単語を、発明せねばならなかっただろう。▲162
「さて、ハッチ君」科学者は、さりげない様子で続けた。
▼「君は一八九八年にハーバード大学を卒業したはずだな。そうだろう？　ハーバートはそこで君の同級生だった。すまんが、その年のハーバード大学の学生名簿を手に入れてくれないか――全学生のだ」▲163
「家にあります」と、記者は言った。

「すぐに取りに行って、ここに持ってきてくれたまえ」と、科学者は指示した。

ハッチは出ていき、思考機械は実験室に消えた。▼時計によれば、一時間四十七分、そこにとどまっていた。▲[164]出てくると、記者は再び客間で頭を抱えて座っていた。科学者は、前にもまして不可解な表情を浮かべていた。

「これが名簿です」ハッチはそう言って手渡した。

思考機械は受け取ると、長くてほっそりとした指で二、三ページ繰った。そしてあるところで手を止めると、指をそのページの下までなぞっていった。
▼[165]「ああ」ついに声をあげた。「思った通りだ」
「思ったたって、何を？」と、ハッチは興味津々で訊いた。

「すぐに出かけて、メレディス氏と面会する」思考機械はだしぬけに言った。「▼来なさい。▲[166]彼とは会ったことがあるかね？」

「いいえ」▼[167]

メレディス氏は、ディック・ハーバートの逮捕と、金の皿や宝石が回収されたという新聞記事を読んでいた。彼は父親として、美しい娘にこの一件で意見をしていた。彼女は涙にくれていた。一度は愛した男の裏切りと背信のせいで、心がちぎれそうになっていた。ちなみに、明敏なメレディス氏だったけれども、駆け落ちの計画については、一度目も二度目も、まったく気づいていなかったことを申し添えておこう。

オーガスタス・S・F・X・ヴァン・デューセンの名刺が通じられて、何事かとメレディス氏は客間に入っていった。科学者とメレディス氏は、お互いに相手を品定めして、一瞬の間が開いた。そして紹介が行なわれ——思考機械はいつものごとく唐突に用件を切り出した。

「お訊きしたいのだが、メレディスさん」彼は口を開いた。

「息子は何人おありかな？」

「一人ですが」と、戸惑った様子でメレディス氏は答えた。

「その息子さんの現住所を教えてくださらんか？」と、科学者は続けた。

メレディス氏は、訪問客の厳しい目を見て、いったいどういうことなのかと当惑した。実は、メレディス氏本人も厳しい人物だったからだ。▲[168]

「▼こちらのほうこそ伺いたいが」と、こちらという単語を強調しながら彼は答えた。「どうしてそんなことを知りたいのかね？」

ハッチは、考え深げに顎をなでた。ここでひと悶着起こったら、自分にどんなことが降り掛かってくるだろうかと考えていたのだ。

「住所を教えてくれれば、彼を救うことになるし、あなたが迷惑を被ることもなくなるだろう」思考機械は言った。「緊急の要件で、大至急彼と連絡を取りたいのだ——純粋に個人的な要件で」

「▼個人的な要件ですと？」メレディス氏は繰り返した。「いきなりこんな不作法をはたらいて、相手に信用されるとでもお思いか」

　思考機械は深々と頭を下げた。

「どうか息子さんの住所を教えてくださらんか？」と、彼は繰り返した。▲[169]

　メレディス氏はしばらく考えた末に、ついに決心を固めた。

「彼は現在南アメリカに――ブエノス・アイレスにおります」と、答えた。

「なんですと？」思考機械が叫んだので、ハッチもメレディス氏もいささか驚いた。「なんですと？」彼は繰り返し、ドーム状の額に一瞬皺が寄った。

「南アメリカのブエノス・アイレスにいると申したのです」と、メレディス氏はこわばった様子で繰り返した。しかし、いささかぎくりとした▼様子だった。▲[170]「手紙でも電報でも、ブエノス・アイレスのアメリカ領事館経由で、ただちに息子の手元に届くでしょう」

　思考機械の細い目には落胆の色が浮かび、ほっそりとした白い指はぶるぶると震えていた。額には、皺が寄ったままだった。

「息子さんはもうどのくらい滞在しているのですか？」

「三カ月です」

「本当にそこにいるのでしょうな？」

　メレディス氏は何か言おうとしたが、ぐっとこらえて呑み込んだ。

「もちろんですとも」彼は答えた。「二日の日付の息子からの手紙が、三日前に届きました。そして、今日は▼ボルチモア▲[171]から電報が転送されてきました」

「その手紙は、息子さんの筆跡に間違いないですな？」

　メレディス氏はこの質問を聞き、そのたび重なる無作法さに、当惑と怒りの感情が入り乱れて言葉もなかった。

「まぎれもなくその通りだ」と、彼はぐっとこらえて威厳を保ちながら、ようやく答えた。訪問客は不可解そうな顔をしたが、眉間の皺が突然消えてなくなったのに彼は気がついた。

「ところでどういったご用なのでしょうか？」と、メレディス氏は厳しい声でやおら質問した。

「あなたは先日の木曜日の晩、どこにいましたか？」と、まったく平然とした声で続けた。

「そんなことは関係ないでしょう」メレディス氏は口走った。「私は、▼ボルチモアにいた▲[172]」

「法廷で、そのことを証明できますか？」

「証明ですと？　私が証明できるかということですか？」メレディス氏は顔色一つ変えない相手に、怒声を浴びせた。「関係ないだろう」

「もしできるというのなら、メレディスさん」思考機械は平静冷徹に言った。「その用意をされておいたほうがいい。なぜならば、先の木曜日の晩に、仮面舞踏会でランドルフ家の金の皿を盗んだ容疑があなたにかけられるかもしれないので、そのときに必要になるのですぞ。では、ごきげんよう」

第四章

「しかし、ハーバート様は誰ともお会いになりません」と、ブライアーは抗議した。

「ハーバート氏に告げてくれたまえ。私に今会わなければ、君の保釈金は没収されると」と、思考機械は命じた。

玄関ホールで立ったまま待っていると、ブライアーは階段を上っていった。ディック・ハーバートは、いらいらした様子で名刺を受け取り、目をやった。

「ヴァン・デューセンか」彼はつぶやいた。「ヴァン・デューセンって、誰だ？」

ブライアーは、下で伝えられた言葉を繰り返した。
▼「どんな様子の人間だ？」と、ディックは訊ねた。
「しなびた小男で、黄色の髪の毛に巨大な頭をしています」と、ブライアーは答えた。▲173
「お通ししろ」と、ディックは命じた。

こうして、メレディス氏と面会してから一時間もしないうちに、思考機械はディック・ハーバートと会った。

「保釈金がどうしたっていうんですか？」と、ディックは訊いた。

「君と話がしたかったのだ」科学者は冷静に答えた。「それが、君に重要な要件だと思わせる一番簡単な方法だったから――」

ディックはこの計略に、真っ赤になって怒った。

「まんまとひっかかったというわけか！」彼は怒声を発した。「あんたを階段から投げ落としたっていいんだが――どういうつもりなんだ？」

座れとも言われていないのに、思考機械は勝手に椅子に深々と座り、くつろいでいた。

「しばらく邪魔をせずに、私の言うことに耳を傾けてくれれば」彼は苛ついた調子で始めた。「その内容が、君の個人的な事情に深く関係していることがわかるだろう。私は、ランドルフ家の皿の事件に興味があり、おそらく私の捜査は、他の誰よりも進んでいるはずだ。少なくとも、より多くのことを知っている。しかし、まだいくつかわからない事柄がある。それらは非常に重要なのだ」

「おい、いいか――」と、ディックは声を荒らげた。

「たとえば」科学者は平然として続けた。「先だっての木曜日の晩、この部屋にハリー・メレディスが来たときに仮面をかぶっていたかどうかということは、私にとって非常に重要である」

ディックは畏敬の念に近い驚きをもって、彼を見つめた。▼同時に彼は、大きく目を見開き、あんぐりと口を開けた。そしてカチンと音を立てて白い歯を合わせると、思考機械と相対して座った。▲174その態度から怒りの色は消え去っていた。かわりに、取りつくろっていたその顔は、不安で真っ青になっていた。

「あなたはどなたなんですか、ヴァン・デューセンさん？」

ようやく、彼は質問をした。穏やかで、慇懃な声音だった。

「彼は仮面をしていたか？」と、科学者は言い募った。

長いあいだ、ディックは黙っていた。おもむろに立ち上がると、いらいらした様子で部屋の中を行ったり来たりした。向きを変えるごとに、思考機械の小柄な姿を見やった。

「何も言いません」と、彼は決意して言った。

「ハーバード大学[175]で、君とメレディスが巻き込まれた事件の原因は何だったのか？」と、科学者が訊いた。

再び、長い間が開いた。

「だめです」と、ディックはようやく言った。

「それは、強盗事件に関係があるのか？」

「あなたが誰なのか、そしてどうして一見関係のないこの事件に首を突っ込んできたのかも知りませんが」ディックは答えた。「何も言いませんからね——ただし——あなたが、この事件のすべてを説明できるただ一人の人間を連れてきたら別ですが。この部屋にそいつを連れてきて、僕に捕まえさせてごらんなさい！」

思考機械は、彼の頑健そうな肩をじっと、称賛の目で見つめた。

「ハーバート君、ハリー・メレディスとその父親が、まったく同じ体格と見た目をしていると思ったことはないかね？」

懸命に平静を保とうとしていたが、どうしても微妙な感情が顔に浮かび上がるのを、ディックは止めようがなかった。

再び彼は、座ったままの小男を見つめた。

「そして、君とメレディス氏がほぼ同じ体格だということも？」

おせっかいな質問と、ずっと沈黙を強いられる感情で顔を歪めながら、ディックはずっとうろうろしていた。彼は、ずっと頭を絞っていた。今まで一生懸命守ってきたものが、壊れそうになっていた。突然立ち止まると、思考機械のほうを向いた。

「この事件について、何を知っているというのですか？」と、彼は訊いた。

「私が知っているのはひとつだけ」科学者は断言した。「君は、自動車に乗っていた男ではないということだ」

「どうやって知ったのです？」

「今は答えを控えておこう」

「誰が自動車に乗っていたか、知っているのですか？」ディックは問い詰めた。[176]

「君が私の質問に答えたならば、答えよう」科学者は続けた。「ハリー・メレディスは、このあいだの木曜日の晩、この部屋に入ってきたときに仮面をつけていたのか？」

ディックは座って、ぶるぶる震える自分の両手をじっと見つめていた。ついに、彼は頷いた。[177]

思考機械は理解した。

「君には彼だとわかった。それは、彼が何か言ったからか、それとも服装でか？」

再び、ディックは嫌々ながらも頷いた。▼[178]

「両方です」と、彼はつけ加えた。

思考機械は椅子にもたれかかり、長いあいだ座ったままだった。ようやく、面会は終わりだとばかりに立ち上がった。▼さしあたり、彼には他に訊くべき質問もないようだった。▲[179]

「君は、必要以上に警戒することはない、ハーバート君」彼は、帽子を手に取りながら、ディックに請け合った。「私は、この件について慎重に行動する。君に敵対する何者かの代理で動いているわけではない。私に言わせると、君は二つ重大な過ちを犯した。第一は、皿が二度目に盗まれたときに、ランドルフ氏と面会もしくは連絡をしたことだ。そして第二は、本来警察が引き受けるべき品物を、君が預かったということだ」

思考機械が出ていくときも、ハーバートは頭を抱えて座り込んだままだった。

その晩かなり遅く、十二時を過ぎたころに、ハッチンソン・ハッチは思考機械のところにやってきた。その声音からも所作からも様子からも、かなり興奮しているのが見てとれた。どんな時間にでも、彼は気にせずやってきた。彼が来たとき、科学者はまるで昼間であるかのように仕事をしていた。

「最悪の事態が起こりました」と、記者は報告した。

思考機械は、振り返りもしなかった。

「マロリー刑事と二人の部下が今晩九時に、ミス・メレディスを尋問しました」ハッチは急《せ》き込むようにして続けた。▼「そしてがみがみと問い詰めて、ついに▲[180]自白させたんです」

「どういう自白だ？」

「彼女は、舞踏会の晩に自動車に乗ったことを認め、そして――」

「ハーバート氏が、彼女と一緒だったということか」科学者はつけ加えた。

「そうです」

「他には？」

「彼女が所有する宝石、二万ドル相当ですが、それが、ハーバートが逮捕されたときに持っていたものの中から発見されました」

思考機械は振り返り、記者を見やった。そして手を上げると、あくびをする口を隠した。

「では、彼女にはどうしようもなかったな」と、彼は平然として言った。

第五章

ハッチンソン・ハッチは、思考機械のところにさらに一時間以上いた。そして帰るときには、頭の中では山積みにされたさまざまな指示がぶんぶんうなりを上げていた。

「警察本部のマロリー刑事の部屋で、正午に会おう」思考機械は最後に言った。「ランドルフ氏とミス・メレディスも同席するだろう」

「ミス・メレディスが？」ハッチは繰り返した。「彼女はまだ逮捕されていませんよ。それに、来てくれるかどうか怪しいものだ」

「彼女は来る」と、科学者は当然のように答えた。

翌日、最高頭脳は自室の椅子に座っていた。いかにも満足気な顔だった。勝利と歓喜が入り混じった表情を浮かべていた。ドアが開いて、思考機械がドリー・メレディスとスタイヴェサント・ランドルフを引き連れて入ってきたときには、まだ笑みは残っていたものの、そこに好奇の色がつけ加えられた。

「ハッチ君はまだ来ていないのかね？」と、科学者は訊いた。
▼「ええ」と、刑事は答えた。
「いやはや！」相手は不平を漏らした。「もう十二時を一分過ぎている。どうして遅刻などするのだ？」▲[181]
騒々しい音を立ててタクシーが到着し、ハッチ本人が姿を現わした。大慌てで部屋に突進してくると、あたりを見回して止まった。
「手に入れたか？」と、思考機械は質問した。
「はい、入りました。でも――」と、記者は言いかけた。

「今はまだいい」と、相手は制した。
▼思考機械が椅子を選ぶあいだ、ちょっとした沈黙があった。他の人々も座った。
「さて？」と、最高頭脳はようやく問いかけた。▲[182]

「質問があるのだがね、マロリー刑事」科学者は言った。「ハーバート君が告発されている罪状について、無実であると私が君を納得させられると思うかね？」

「無理でしょう」刑事は即答した。「証拠も目の前に揃っているし、さらにこちらのミス・メレディスの証言――というよりも自白があるかぎり、無理です」

ドリーは真っ赤になり、唇はわずかに震えた。

「ではミス・メレディスに伺うが」平板な声はさらに続いた。「君は、ハーバート君は無実だと信じるかね？」

「わたし――わたしはそう思いません」彼女は口ごもりながら答えた。「だって――わたし、知っているんですもの」

それまで我慢に我慢を重ねていた涙が、わっと一気に溢れ出した。思考機械は驚いて、不愉快そうに彼女を睨んだ。

「やめなさい」と、命じる。「そんなことは――そんなことは、非常に不愉快だ」彼は口を閉じ、そして突然、ランドルフ氏のほうに向き直った。「あなたはどうですかな？」と、問いかける。
▼ランドルフ氏は肩をすくめた。▲183
　思考機械は椅子に深々と腰掛け、長くてほっそりとした両手の指先を押しつけたまま、夢でも見ているように上を向いていた。ハッチには、この動作はお馴染みのものだった。これから何かが起こるのだ。彼は、どきどきしながら待っていた。マロリー刑事もそれを知っていた。そして、落ち着きなくそわそわしだした。

「一つ考えてみよう」科学者が口火を切った。「ささやかなる人間の知性をこの問題に応用して視点を変え、警察が作り出した泥沼の中から、真実を探り出してみようではないか。論理学を使うのだ。決して間違えようのない論理によって、ハーバート氏は有罪であるという代わりに無実であると、単純明快に証明するのだ」

　ドリーは、やおら椅子から身を乗り出した。顔が真っ赤になり、目を見開き、口はぽかんと開いていた。マロリー刑事も、椅子から身を乗り出した。しかし、その表情は異なっていった――まったく別物だった。▼184
「ミス・メレディス、あなたが皿を盗んだ強盗と一緒に自動車に乗っていたことはわかっている」思考機械は続けた。「おそらく、あなたは彼が負傷したことを知り、多分傷の手当てもしたのだろう――女性だったら、誰でもそうするはずだ――それとも、彼が一人で手当てをするのを見ていたのかね？」

「わたしは、自分のハンカチで縛ってあげました」と、娘は答えた。その声は低く、囁き声と言ってもいいほどだった。

「傷の場所はどこだった？」

「右肩です」と、彼女は答えた。

「背後か、正面か？」と、科学者は問い続けた。

「背中です」彼女が答えた。「腕のすぐ近くで、肩から一インチほど下です」

　思考機械本人を除けば、ハッチはこの部屋でこの証言の意味を知っている唯一の人間だった。思わず叫び出したくなるのを必死で押さえた。

「さて、マロリー刑事」科学者は平然として続けた。「クラレンス・ウォールポール博士を知っているかね？」

「ええ、知っています」刑事は答えた。「かなり評判がいい方です」

「彼の証言は信頼できるか？」

「ええ、もちろんですとも」
▼最高頭脳は、剛毛の口髭を引っ張った。▲185
「ウォールポール博士が傷を縫合し、のちに宣誓下でその正確な場所を指し示したら、彼の言うことを信じるか？」

「それはもちろん、信じざるを得ないでしょう」

「よろしい」思考機械は苛ついた様子で言った。「さて、諸君には論争の余地のない科学的事実をお教えしよう。検証したいと言うのなら、いくらでもしてもらおう。まず重要なのは、人間の赤血球の平均な直径は一万三千三百分の一インチだということだ。これを覚えておいていただきたい。一万三千三百分の一インチだ。計測方法はほぼ完璧の域にまで達して、理解できない人間には説明不能なほどだ」

彼がそれからしばらく黙っていたので、マロリー刑事は再びそわそわしはじめた。他の人々は身を乗り出し、さまざまな表情を浮かべながら耳をそばだてていた。[186]

「さて、マロリー刑事」ようやく、思考機械が続きを語り始めた。「君の部下は、自動車に乗った強盗に向かって二発発射した。間違っておらんな？」

「はい――二発です」

「カニンガム君だな？」

「はい、カニンガム刑事です[187]」

「今、彼はここにいるか？」

刑事は、デスクのボタンを押した。制服警官が現われた。指示が与えられ、すぐにカニンガム刑事が不思議そうな顔をして、皆の前にやってきた。

「君はまったく疑いの余地なく証明してくれると思うが」科学者は、マロリー刑事のほうを向きながら言った。「二発――二発だけ――撃ったのだな？」

「二十人もの証人が証明してくれます[188]」との答えが返ってきた。

「よろしい、実によろしい」科学者は大声で言うと、カニンガムのほうを向いた。「君は、二発の銃弾が発射されたことをわかっているな？」

「自覚しています、はい」カニンガムは答えた。「自分が撃ったのですから[189]」

「君の拳銃を見せてもらえるかな？」

カニンガムは、銃を取り出して渡した。思考機械は、ちらりと目をやっただけだった。

「これが、君が使った拳銃だな？」

「はい」

「非常によろしい。では」科学者は穏やかに言った。「この証言だけでも、ハーバート氏にかけられた容疑は無実のものであると証明された」

一同は、驚いて息を呑んだ。ハッチは、思考機械が何を言わんとしているのか、だんだんわかってきた。そしてどきどきしながら、ドリー・メレディスの当惑と悲しみの表情を観察した。そこには、ありとあらゆる奇妙な感情が渦巻いていた。[190]

「無実が証明された？」マロリー刑事はせせら笑った。「自分の見たところ、あなたは彼に有罪判決を下したも同然じゃないですか」

「人間の血液の赤血球の平均直径は、先ほど言ったように、一万三千三百分の一インチなのだ」科学者は答えた。「もちろんほんのわずかなばらつきはある。しかし、自動車に残された強盗の赤血球を計測すると、ちょうど一万三千百四十七分の一インチだった。一方、ハーバート氏の赤血球を同じ機器を使って計測したところ、正確には一万三千五百六十分の一インチだったのだ」彼は、これですべてだと言わんばかりに口をつぐんだ。

「なんということだ！」ランドルフ氏は叫んだ。「なんということだ！」

「だからどうだっていうんです」マロリー刑事は癇癪《かんしゃく》を起こした。「陪審員や、他の常識的な人間には、まったく無意味な情報ですよ」

「計測結果の差によって、ハーバート氏は自動車内で負傷したのではないということが、疑いもなく証明されたのだ」邪魔など入らなかったかのように、思考機械は続けた。「さて、カニンガム刑事、君が発砲したとき、強盗は背中を見せていたのかね？」

「はい。▼191私から遠ざかっていました」

「よし、この証言は、強盗は背中を負傷していたというミス・メレディスの証言に一致する。ウォールポール博士は、ハーバート氏の傷を、仮面舞踏会の翌金曜日の午前二時から三時のあいだに縫合した。ハーバート氏は銃撃されていた。しかし、その傷は右肩の正面だったのだ」

　ドリー・メレディスの顔に、驚きと喜びの色があふれた。思わず、舞台の名演技に対してするように、拍手をしていた。マロリー刑事は何かを言おうとしたが、考え直してその代わりにカニンガム刑事を睨みつけた。

「さて、カニンガム刑事によると、彼は強盗をこの拳銃で射撃した」思考機械は、マロリー刑事の鼻先で振り回した。「これは、▼通常の警察装備品だ。▲192三十八口径である。ハーバート氏は、三十二口径の銃で撃たれたのだ。ここにその弾丸がある」そして彼は、それをデスクの上に放り投げた。

第六章

　奇妙な感情が激しくもつれ合い、ドリー・メレディスのささやかな頭のなかは、もうわけがわからなくなってしまった。笑っていいものやら、泣いていいものやら、それさえも判断がつかなかった。あのときキスをしたことをようやく思い出して、真っ赤になった——その相手は——ディック・ハーバートだったのだろうか？　いや、ディック・ハーバートではなかったのだ。ああ、どうしよう！

　マロリー刑事は、まるで野うさぎに襲いかかる猟犬のように弾丸に跳びかかり、手の中で矯《た》めつ眇《すが》めつした。カニンガム刑事も肩越しに覗き込み、拳銃から実包を取り出して、その弾丸と大きさを比べた。ハッチとランドルフ氏がその様子を眺めていると、彼が首を振り始めた。問題の弾丸は、この拳銃には小さすぎた。

　最高頭脳は、ドリーのほうをさっと振り向いて、びっくりしている彼女に指を突きつけ、追及した。

「ハーバート氏と自動車で一緒だったと、君は自白したんじゃないのか？」

「は、はい」と、彼女は声を震わせた。

「彼と一緒だったと言ったじゃないか？」

「そうだと思っていました」

「まさか、他の男と一緒だったのか？」

「そんなはずがありません！」怒りの血潮が、さっと頬を赤らめた。

「君の宝石箱が、彼の持っていた盗品の中から見つかったのだぞ？」

「ええ、でも――」

　最高頭脳は、手を振って説明を遮ると、今度は厳しい視線を思考機械に向けた。この落ち着き払った紳士はぴくりとも動こうとせず、じっと中空を睨みつけているだけだった。

「もう他に言うべきことがないのなら、マロリー刑事」彼は、ちょっと間を置いて言った。「どのようにして、どんな状況で、盗まれた皿や宝石がハーバート氏の手元に行ったのか、説明しよう」

「続けてください」と、ランドルフ氏とハッチは息を呑んで促した。

「説明できるものならやってごらんなさい。私は、あいつを盗品と一緒に捕まえたんですよ」と、最高頭脳は執拗に主張した。[193]

「論理学の最も単純な法則によって証明された事実は、論争の余地がない」科学者は口を開いた。「先ほど私は、ハーバート氏は自動車に乗っていた男、すなわち強盗ではないと明らかにした。では、ハーバート氏には何が起こったのか？　逮捕以来二度、どうせ誰も信じないだろうから説明するのは無駄だ、裏づけがない以上誰も信じないだろうと、彼は口にした。特に君はな、マロリー刑事」

「ミス・メレディスとハーバート氏は、舞踏会の晩にセブン・オークス屋敷から駆け落ちをする計画を立てていたということについては、認めている。ミス・メレディスに、自分の仮装が何かということをあらかじめ教えておかないほうがいいと、ハーバート氏は思っていたのだろう。しかし彼のほうで、彼女の仮装を知っておく必要があった。だから、この計画では彼が彼女を見つけることになっていたのだが、実際には彼女のほうが先に彼を見つけた――というよりも見つけたと勘違いした――のが、この大騒動の原因だったのだ」彼はドリーを見やった。「それで間違いないね？」

　ドリーは赤面して頷いた。

「さて、ハーバート氏は舞踏会に行かなかった――その理由

[194]はあとで説明する。それにより、ミス・メレディスは本物の強盗をハーバート氏と誤認した。さらに、強盗が皿やさまざまな宝石を盗んだあとに、どのようにして彼らが逃亡したのかはわかっている。この強盗は、優れた知性を有していると考えざるを得ない。だからこそ、若くて魅力的な――美しいといってもよかろう――女性が、誰かと誤解して話しかけてきたときも、ただちにそれをうまく利用したのだ。たとえば、彼女もそうだと信じている泥棒の正体を警察が明かしたとしても、娘はその正体を信じ込んだまま、警察の追及をかわそうとしてくれるかもしれん。さらに、彼は大胆で向こう見ずな人間だった。こんな大冒険は、彼には抗しがたい魅力だっただろう。しかしやはり彼は、ミス・メレディスには発覚や逮捕の危険にさらされている泥棒だと信じ込ませ、生まれ持った才能でそのような演技をしていたのだ。[195]そして彼が、ハーバート氏と間違えられたことに気づいていた可能性も否定できない」

　ドリーもだんだんわかり始めてきた。

「逃亡方法、そして追跡の顛末はわかっている」教授は続けた。「だから、金の皿の返還へ話は飛ぶ。論理学によってただちにわかるのは、これは、ここにいるミス・メレディスの仕業だということだ。皿を持っていないのだから、ハーバート氏には送り返すことはできないのは当然だ。そして、強盗は送り返したりはしないだろう。ようやく、一緒にいる男は本物の泥棒だと気づき――それでも、彼はハーバート氏だろうと信じながら――皿を持ったまま闇の中に逃げていったのではないかね？」

　質問口調で語りながら、思考機械はじろりとドリーを睨みつけた。[196]再び彼女は頷いた。彼女は、この説明に夢中になって聞き入っていた。

「彼女にとって配達業者を使って[197]金の皿を返却するのは、たやすいことだった。空き家と他人の電話を利用して、配達業者の馬車を呼べばいいのだからな。このようにして、セブン・オークス屋敷に皿は戻った。判明しているあらゆる事実を考え合わせた結果、そうであろうと思われる唯一の方法だ」

　思考機械は口をつぐみ、座って黙ったまま宙を睨んだ。聞き手たちは椅子の上で座り直し、[198]じっと待っていた。

「では、どうして[199]ハーバート氏はミス・メレディスに、自分が皿を盗んだと告白したのだろうか？」ひとりごとのように科学者は問いかけた。「おそらく、彼女がそれを強いたのだろう。ハーバート氏は忠誠心の強い青年で、しかも屈折したユーモアのセンスの持ち主だが、この後者のような性格には、警察は慣れておらん。ハーバート氏がミス・メレディスに、自分は強盗だったと告白したのは事実だ。[200]しかし、彼がこんな告白をしたのは、彼女が他のことを一切信じない様子だったからだし、さらに、本物の強盗を守ることが、彼にとって非常に重要だったからだ。一番大切なのは、この娘なのだ。事実が露見しなければ、彼はそのままでいい。もしばれてしまったとしても、今彼が守っている人物が捕まるだけで、彼には何の落ち度もないことが判明するから――問題はないのだ」

「くだらん！」最高頭脳は喚いた。「自分の経験から言えば、泥棒を自白するような奴は――」

「よって、こう考えてよかろう」思考機械は上機嫌で続けた。「ハーバート氏は、強盗をしたと嘘の告白をして、ミス・メレディスの信頼を取り戻したのだ。そして二人は、二回目の駆け落ちを計画した。ハーバート氏とミス・メレディスが会った直後にハッチ君が彼と交わした会話の内容が、まさにその裏づけとなっている。そしてこういう事態になり、非凡な能力を持っていると私も認めている本物の強盗は、もう一度皿を盗み出した――方法もわかっている」

「ハーバートが盗んだということだろう！」と、マロリー刑事は喚いた。

「その盗難事件は、ただちにミス・メレディスとハーバート氏の知るところになった」思考機械は顔色一つ変えずに、淡々と話を続けた。「そう、もう一度皿を元に戻したいと心から願っていたのは、もちろん彼だ。彼は、自らそれを成し遂げた。警察が失敗したにもかかわらず、彼は皿や数多くの宝石を発見して、強盗から取り上げた。そして、ランドルフ氏の財産を返却しようとしていたところに、刑事が踏み込んだのだ。だから、彼は笑い声を立てたのだ」

マロリー刑事は椅子から立ち上がり、何か無礼なことを言いかけた。しかしドリー・メレディスがいたので、汚い言葉をどうにかこうにか呑み込んで沈黙した。

「では誰が」彼はぐっとこらえたあと、ようやく口を開いた。「ハーバートでないというのなら、誰が泥棒だったというのですか？」

思考機械はその顔を見上げ、ハッチのほうを振り向いた。

「ハッチ君、君に調べてくれるよう頼んだ人物の名前はなんといったかな？」

「ジョージ・フランシス・ヘイデンです」口ごもりながら答えた。「でも――しかし――」

「では、ジョージ・フランシス・ヘイデンがその泥棒だ」

「でも、僕は――今、言おうとしていたんですが」ハッチは慌ててつけ加えた。「今言おうとしていたんですが、ジョージ・フランシス・ヘイデンは二年前に死んでいるんです」

思考機械はいきなり立ち上がり、新聞記者を睨みつけた。ぴりぴりとした沈黙が支配した。それを破ったのは、マロリー刑事の含み笑いだった。

「死んでいたと？」と、科学者は、信じられないという顔で繰り返した。「調べた結果がそうだったのか？」

「はい――そうでした」

思考機械は再び彼を睨みつけると、背を向けて部屋から出ていった。

第七章

三十分後、思考機械は前触れもなく、ディック・ハーバートのところにやってきた。玄関に鍵はかかっていなかった。ブライアーは、裏手のほうに引っ込んでいた。ハーバートは、どすんと椅子に腰掛ける彼を、あっけにとられて見つめていた。

「ハーバート君」科学者は口を開いた。「君が、ミス・メレディスと一緒に自動車に乗っていないこと、それから、君の手元で発見された金の皿を盗んでいないことを、さっき警察で説明してきた。そして犯人の名前もわかったのだが――」

「もし誰かの名前を口に出されたら」ディックは激昂し、「僕は我を忘れて――」

「その名前とはジョージ・フランシス・ヘイデンだ」と、科学者は続けた。

ディックはいささかびっくりした様子で、姿勢を正した。怒りの色が抜け落ちて、目の前のしなびた顔をあっけにとられて見つめていた。しばらくして、深い安堵のため息をついた。

「ああ!」彼は叫んだ。「ああ!」

「君が想定していた人物ではないということは、わかっている」相手は再び口を開いた。「しかし、ヘイデンがミス・メレディスを騙して駆け落ちをしたという事実は、厳然と残っている。そして、ヘイデンは実際に皿と宝石を盗んだ。さらに、こういう事実もある。ヘイデンは――」

「死んでいる」ディックは険しい顔でつけ加えた。「あなたはそうおっしゃいますが――」彼は、小さく咳払いをした。「もうちょっとお調べになってから発言されたほうがいい」

「死んでいるはずがない」科学者は平然として言った。

「しかし、本当に死んだんですよ!」と、ディックは言い張った。

「死んでいるはずがない」教授は言い切った。「そう思うのは、まったく馬鹿げたことだ。なぜか、論理学の最も単純な法則で、彼が金の皿を盗んだと私が証明したからだ。よって、彼が死んでいるはずはない。口にするのも馬鹿げておる」

ディックは、怒っていいものやら笑っていいものやら、わけがわからなくなった。▼彼はとりあえずこの問題は脇に置いておくことにして、他の不可解な事情についての説明を聞いてみることにした。▲205

「死んでからどれくらい経っている？」と、科学者が続けた。

「二年ほどです」

「君はそれを知っていたのか？」

「はい、知っていました」

「どうやって知った？」

「だって、彼の葬儀に出席しましたから」と、即答した。▼206客の顔に一瞬いらいらした表情が浮かんだのにディックは気づいたが、それもすぐに消えた。

「死因は何だ？」と、科学者は訊いた。

「小型の帆船で、行方不明になりました」ディックは答えた。

「二人で水着姿でセイリングに出かけたのです。数時間後、彼の姿は消えて、船が波間に漂っていました。二、三週間後、遺体が発見されました」

「ほう！」と、思考機械は叫んだ。

さらに三十分ほど、彼は話していた。そして——彼が痛烈に正鵠を射た驚くべき物語を続けるうちに——ディック・ハーバートはいっそう目を見開いた。ついには立ち上がり、畏敬の念を込めて、科学者のほっそりとした白い指をしっかりと握りしめた。そして最後には、帽子を頭に乗せて、共に外出した。

その晩八時に、マロリー刑事、ハッチンソン・ハッチ、ランドルフ氏、メレディス氏、グレイトン氏、そしてドリー・メレディスが、思考機械の要請に応《こた》えてグレイトン家の客間に集まった。彼らはじっと待っていたけれども、——何を待っているのかはわからなかった。

ようやく呼び鈴が鳴り、思考機械が入ってきた。彼の背後には、ディック・ハーバート、クラレンス・ウォールポール博士、そして見知らぬ人物が続いていた。メレディス氏は、ハーバートを睨みつけた。ドリーは、よそよそしく硬い表情を崩さなかった。ディックは訴えかけるような眼差しをしていたが、無視され、彼女から気づかれずに見つめられるような場所に腰を掛けた。

▼最高頭脳の顔が、一瞬曇った。今ここで、天と地がひっくり返るようなことが起こるのだ。もうどうしていいのか、さっぱりわからなくなってしまった。この直感は、思考機械がウォールポール博士を紹介しながら、マロリー刑事をじろりと睨みつけたことで、確信に変わった。刑事は、ぎりぎりと歯噛みをした。▲207

思考機械は座り、細い脚を伸ばして、宙を見つめると、両手の指先同士を押しつけた。他の人々は、そんな彼の姿を不安げに見つめていた。

「この数週間に起きた一連の事件の真の発端は、数年前にさかのぼる」彼は言った。「大学で、三人の青年が親友になった。誰かというと、当時一年生の[208]ここにいるハーバート君、そして三年生の[209]ハリー・メレディスとジョージ・フランシス・ヘイデンだった。こんな友情は、大学ではそう珍しいものではない。若者のロマンチックさで、彼らは自分たちのことをトライアングルと呼んでいた。彼らは同じアパートメントに住み、他人の入り込む余地はなかった。しかし、ハーバート君はフットボール選手だったので、その輪から少し外れることもあった」

ハッチは、心の中で思い出していた。

「誰かの発案で、三角形の懐中時計飾りが作られた。裏に頭文字が刻まれている以外は、おそろいだ。トライアングルの会員三人以外には意味のわからないシンボルがついていた。彼らは特注でこれらを作らせたので、世界に同じものは三つしかなかった。ハーバート君は今もそのうちの一つを時計の鎖につけている。もちろん、彼本人の頭文字が刻まれたものだ。そしてもう一つ、『G・F・H』の頭文字が刻まれているものが、ハーバート君のところでマロリー刑事が押収した宝石類の中から発見された。三つ目は、現在ブエノス・アイレスにいるハリー・メレディスが身につけている。現地のアメリカ領事館[210]に電報で問い合わせたところ、この事実が確認された。

「卒業年次になって、トライアングルの三人の青年は、貴重なダイヤモンドの指輪がなくなるという不可解な事件に巻き込まれた。大学内では、ハーバート君が犯人だとみなされて事件はもみ消された。自分は無実であり、この犯罪を実行する機会があったのはハリー・メレディスしかいないと知っていたハーバート君は、彼を問い詰め、さらにハリーの父親にも面会した。面会の結果、メレディス氏はそれまで以上にハーバート君が犯人だと確信した。しかし実は、犯人はジョージ・フランシス・ヘイデンだったのだ」

驚きのつぶやきがあちこちで漏れた。メレディス氏は、振り返ってディック・ハーバートを見つめた。ドリーは目の隅でちらりと彼を見やると、微笑して座り直した[211]。

「これで、トライアングルは崩壊した」科学者は続けた。「それから一年ほどして、ハーバート君はミス・メレディスと出会った。二年ほど前に、ジョージ・フランシス・ヘイデンは小型帆船から落ちて水死したと思われた。裏づけとなったのはその遺体が発見されたからなのだが、保険会社は巨額の保険金――たしか二万五千ドル――を彼の妻とされる女性に支払った。しかし、ジョージ・フランシス・ヘイデンは水死などしていなかったのだ。彼は、今も生きている。入念に計画された保険金詐欺に、彼は成功したのだ」

「そして、先の木曜日――セブン・オークス屋敷の仮面舞踏会の晩――のこととなる。ミス・メレディスとハーバート君は恋に落ちて、その情熱は高まるばかりだった。しかし当然ながら、父親は、大学で起きた事件を理由に反対していた。

ミス・メレディスもハーバート君も、舞踏会の招待状をもらっていた。駆け落ちをするにはいい機会なので、招待を受けた。ハーバート君は、どんな衣装を着るか、彼女に指示をした。しかし彼女は、彼がどんな仮装をするのか知らなかった」

「木曜日の午後、ミス・メレディスは自らのほぼすべての宝石が入った宝石箱を、ハーバート君に送った。▼もちろん、手放したくなかったからだ。二人はおそらく、海外に行くつもりだったのだろう。屋敷のメイドは、箱を預かって、ハーバート君本人に渡した。ここまではよいな?▲[212]」▼彼はさっと振り向いて、ドリーを睨みつけた。

「はい」と、驚いた彼女は即答した。彼女は父親へちょっと微笑みかけたが、彼は何ごとかぶつぶつと文句を言っていた。▲[213]

「ここで、覆面強盗の姿をした運命が、今回の出来事に介入してきた」科学者はまた話を始めた。「木曜日の晩、九時三十分ごろ、ハーバート君が一人でいるとき、覆面強盗のジョージ・フランシス・ヘイデンがハーバート君の屋敷に侵入した。おそらく、留守にしていると思ったのだろう。ところが、ハーバート君と出くわしてしまった。一方ハーバート君は、この強盗が例の三角形の時計鎖飾りをつけていたことから、ハリー・メレディスだと誤認してしまった。念を押すが、彼はジョージ・フランシス・ヘイデンは死んだと思っていたからだ」

「二人の男は思いがけず出会って、言葉を交わした。そして、ジョージ・フランシス・ヘイデンは発砲し、弾はハーバート君の右肩に命中した。彼は、宝石箱を強奪した。その中に、ハーバート君は舞踏会の招待状を入れていた。そして、意識不明で床に倒れたハーバート君を残して逃亡したのだ」

　ドリーは、真っ青になってあえいだ。思わずディックを見つめると、彼の瞳には愛情の炎が燃え上がっていた。彼女の頬は再び赤らんだ。

「数時間後、ハーバート君は意識を取り戻した」落ち着いた声は続いた。「彼は、近隣の医師ウォールポール博士に受診した。弾丸は摘出され、傷を縫合してもらった。この弾丸は、三十二口径ですな?」

　ウォールポール博士は頷いた。

「そして、カニンガム刑事の拳銃は三十八口径だ」科学者はつけ加えた。「さて、強盗のほうに戻ろう。彼は、宝石箱の中から招待状を発見した。そして大胆不敵な計画がひらめき、ものの見事にそれを実行してみせた。彼は、ぬけぬけと舞踏会に参加したのだ。持ちまえの大胆さ、冷静さ、そしてユーモア精神で、見事にやってのけた。▼あとはご存知の通りだ▲[214]」

「当然、この状況では、ハリー・メレディスが犯人だとハーバート君が信じても仕方ない。そんなことを口外したら、自分が愛している女性の不名誉になるではないか。そのかわり、彼はミス・メレディスに会ったとき、否定してもどうせ彼女は信じてくれないだろうから、とりあえず——説明はあとでいくらでもできるから――犯人は自分だと告白し、その上で、二回目の駆け落ちの計画をした」

「ミス・メレディスが運▼送業者を使って▲215皿を返したときには、まさか再び盗まれるとは思ってもみなかった。本物の強盗ジョージ・フランシス・ヘイデンの性格が、ここによく現われている。彼は取って返すやいなや、再びセブン・オークス屋敷から皿を盗み出したのだ。ただちに二回目の駆け落ち計画も中止になった。そしてハーバート君は捜索を開始し、手がかりをつかみ、それを追及して、皿だけではなく大量の宝石も回収した」

沈黙となった。ハッチは目の前がぱっと開ける思いで、もつれ合っていた話がよくわかるようになった。マロリー刑事はむっつり座り込み、腹の中で毒づいていた。メレディス氏は立ち上がり、ディック・ハーバートに歩み寄ると、しっかと握手をして、再び席についた。ドリーはにこやかに笑っていた。

第八章

「さてこれが実際に起きたことだが」思考機械はしばらくして口を開いた。▼「どうやって私がそれを知るようになったのか？　論理、論理、論理なのだ！　論理的精神は、与えられた場所から前にでも後ろにでも自在に進むことができる。当然の帰結に向かってな。二たす二が四であるのと同じく、確かである――ときどきではなく、常にそうなのだ」▲216
「まずこの事件では、ハッチ君がそれぞれの状況について行なった調査を詳しく語ってくれた。彼のひらめきのおかげで、ハーバート君とミス・メレディスをこの事件に結びつけ、警察が何も知らないうちに両者に取材をかけることができた。言い換えると、彼らが何日もかかったところを、彼は一瞬にして到達してしまったのだ。二度目の犯行後、彼は私のところにやってきて、経緯を説明してくれた」
記者はいささか赤面した。
「ハーバート君とミス・メレディスの身に起きたことは、盗難事件に大いに関係しているとハッチ君は考えていたが、それが正しいか正しくないか、一方的な見方しかできずに疑いが残っていた。その理由は、ハーバート君が忠誠心から沈黙を保っていたからなのだ。私にはそれがわかった。しかし、さらに先に進む前に、もしなんらかの昔からの関係が背後にあったとするならば、より筋の通る説明ができるのではないかと考えた。こう思いついたので、ミス・メレディスに兄弟がいるのではないかと仮定した。そんな人物が実在するかどうかは、まったく知らなかったが」
▼彼はちょっと口をつぐむと、親指を回しながら考え込んだ。▲217
「推理の過程を教えてくれませんか」と、ハッチは思い切って訊ねた。

「うむ、自動車内に残された血痕を調べて、ハーバート君がこの事件に関係しているかどうかを確かめた」科学者が答えた。「君も、血液試験の方法は知っているだろう。これによって、問題の血液はハーバート君のものではないということが証明された。しかしいいかね、ミス・メレディスが自動車に乗っていたことはわかっている。それに彼女が怪我をしていないことも知っている。▼それにより、この血液は誰か他の人物――男のものなのだとわかる▲[218]」

「ハーバート君が負傷していたこともわかっている――しかし、どういう事情だったかは改めて説明しない。自宅での出来事だったとしたら、一番近い医者にかかるのではないだろうか？　おそらくそうだ。私は電話帳から、ウォールポール博士の名前を調べ出した――彼のところが、ハーバート家に一番近い――そして、ハッチ君を派遣した結果、傷は体の正面にあり、三十二口径の弾丸によるものだということだった。警察の拳銃が三十八口径だというのは、すでに知っていた。よって、ハーバート君は自動車で負傷したのではない」

「これで、ハーバート君が最初の強盗事件の犯人である可能性が消えた。もっとも、彼の招待状が入り口で提示されたという事実は残っている。その招待状が盗まれたものであると考えるのは、道理にかなっているだろう。配達で皿が返却された直後に、ハーバート君はミス・メレディスと和解した。このことやその他の理由から、彼が第二の盗難事件の犯人一味であるとも考えられなかった。▼そして、第一の事件でも無実だということはわかっている。しかし、彼にはどういう事情があったのだろうか？　どうして何も言おうとしないのか？▲[219]」

▼「何事かを実現する前には、まず思い描かねばならない。つまり、想像力は科学的頭脳の最も重要な部分の一つなのだ。この場合、▲[220]ハーバート君の沈黙の理由を想像してみよう。いいかね、彼は銃撃されても口をつぐんでいたのだぞ。どうしてか？　もし相手がただの泥棒だったら、何の躊躇もなく供述したはずだが――招待状が、彼ではなく他人の手に渡ったことから、私は強盗の正体に見当をつけたのだ。つまり、彼に身近な、親しい人物が犯人だという異常事態なのだ。彼に身近で親しいのは、ミス・メレディスをおいていない。彼女が彼を撃ったのか？　違う。彼女の父親がやったのか？　おそらく違うだろうが、可能性は否定できない。兄弟は？　そのほうがより現実性が高まる。▼彼女の兄弟、もしくは父親以上に離れた関係の人間を、ハーバート君はそこまでして守ろうとはしないだろう▲[221]」

「そのとき私は兄弟だと考えたが、実在するのかどうかは知らなかった。どうやって、ハーバート君はこの兄弟と知り合ったのか？　大学時代にか？　ハッチ君は、三年前の卒業した年の学生名簿を見せてくれた。そこに、ハリー・メレディスの名前があった。このように段階を踏んで、純粋論理ははっきりと明快な結論へと導いてくれるのだ。私は次にメレディス氏と面会して、息子の住所を訊ねた――一人息子だそうだが――正直に言うと、そのときは彼が真犯人だと思っていた。しかし、この息子は南アメリカにいるという。それにはいささか驚いたが、父親が犯人ではないかと考え直した。だが彼は、問題の晩には▼ボルチモア▲222にいたのだ」
▼「そのとき、その——メレディス氏との友好的な話し合いの結果、それは真実であると理解した。▲223ここで、この点が問題になるのだが、ハーバート君から盗みを働いた男は、おそらく彼の家に侵入して銃撃をしたと思われるが、覆面をしていたのかと質問した。すると、ハーバート君はそうだと認めた。私が、ハリー・メレディスの名前を出してかまをかけたところ、ハーバート君は大いに警戒してみせた。どうして彼は、その男をハリー・メレディスだと思ったのだろうか？　何か喋ったのか、それとも何かを身につけていたからなのだろうか？　ハーバート君は、その両方だと認めた。それによって、この覆面強盗はハリー・メレディスでもその父親でもないと、私は判断した。では、その男は誰なのか？」
「その問題はハッチ君に調べさせることにして、私はウォールポール博士に面会した。ハーバート君の肩から摘出した弾丸を、私に見せてくれた。ハッチ君はすぐに戻ってきて、ハーバート君がミス・メレディスに自白したことを、彼女が認めたと報告してくれた。私には、なぜ彼女に自白をしたのか、すぐにわかった。そして、ハッチ君は私の依頼にしたがって、ハーバート君とハリー・メレディスがどんな大学生活を送っていたのかを調べてくれた。彼も少しは記憶していたのだが、トライアングルのことや、ダイヤモンドの指輪盗難事件を調査してもらった」

「ハッチ君には、ハリー・メレディスとハーバート君が大学時代に特に親しくしていた友人がいるかどうか調べてもらった。そして、そんな人物は存在していた。ジョージ・フランシス・ヘイデンだ。トライアングルの、三番目の仲間だ。これで、疑問は解消されたかのように思えた。しかし、ヘイデン氏はすでに死んでいるとハッチ君が報告してくれたおかげで、すべてが台無しになってしまった。私はただちに、ハーバート君に会いにいった。彼から、ヘイデン氏は死んだと思われ、埋葬もされたが、はっきりした証拠はないということを聞いた。三週間も水に浸かったあとで発見された遺体なので、まったく身元の確認はできなかったそうだ。それを考えれば、この犯行はヘイデン氏によるものだとしか考えられなくなった。なぜか？　なぜならば、強盗は、その発言や身に着けているもので誰だか判断されたからだ。ハーバート君にしてみれば、覆面をした男の正体などわかるはずがない。ただし、その覆面男が彼のよく知っている何かを身に着けていたり、その声に聞き覚えがあったりすれば、話は別だ。ハー▼バ▲224ート君は、根拠もなしにあれはハリー・メレディスだと思ったわけではない。しかし、ハリー・メレディスは南アメリカにいるのだから、犯人はジョージ・フランシス・ヘイデンだと考えるしかないではないか。これ以上何があろう」

「ヘイデンについて話をしたが、その中でハーバート君は私に、トライアングルというグループと、三つの懐中時計飾りについて教えてくれた。彼と私は、捜査に出発した。彼は私を、皿や宝石を見つけた部屋に案内してくれた――この紳士が管理するアパートメントの一室だ」科学者は、それまで黙りこくって聞いていた見知らぬ男へ向き直った。「彼に、ジョージ・フランシス・ヘイデンの昔の写真を見せたところ、アパートメントの住人であると認めた」

「ハーバート君と私は、そこを捜索した。ジョージ・フランシス・ヘイデンの、それまでに判明している不正行為から考えて、彼が大学時代の事件の真犯人でもあろうと考えたが、問題の指輪を私が発見して、その推測が正しいと証明された。当時盗まれた指輪だ。所有者の頭文字が刻み込まれているのだから間違いない」

　思考機械は指輪を取り出し、マロリー刑事に差し出した。彼は、地割れでも起きてそこに飲み込まれてしまいたいとでもいうような顔▲[225]をしていたが▼、指輪を手にすると、改めて詳細に確かめた。

「ハーバート君と私は、例の保険金詐欺を改めて洗いなおした――その結果、ジョージ・フランシス・ヘイデンは死んでおらず、まったくのぺてんだということが判明した。ヘイデン氏は、最近はチェスター・グッドリッチと名乗っている。彼の不在中に、ハーバート君が皿や宝石をアパートメントから取り戻して以来、姿を消していた。▼それから、蛇足かもしれんが、仮面舞踏会の日までは簡単に人相がわからないように髭もじゃの顔をしていたが、今はさっぱりと剃っている▲[226]」

　思考機械は、マロリー刑事をちらりと見やった。

「君の部下、ダウニー刑事と言ったかな――彼はいい仕事をした」彼は言った。「ミス・メレディスが自動車を捨てて自宅に戻るまでのあいだの行動を追い、そしてのちには君をハーバート君の元に導いた。盗品が彼の手元にあり、しかも肩を負傷していたのだから、彼が有罪だと確信したのも当然だといえよう。▼ただ唯一の間違いは、もう一歩踏み込みが足りなかったということですな▲[227]」

　それですべてだった。長いあいだ、沈黙が続いた。ドリー・メレディスの美しい顔はにこやかに輝き、父親をじっと見つめていた。メレディス氏は彼女を見やり、何度も咳払いをすると立ち上がり、ディック・ハーバートに握手の手を差しのべた。

「あなたのことを誤解していました」彼は真剣な声で言った。「どうぞ許してください。おそらくうちの娘も――」

　それは言うまでもなかった。ドリーはすでにディックにくっついて、父親が喋っている脇で、激しいキスの音を立てていたのだ。ディックはまんざらでもなく、さらにもっととさえ思ったけれども、ドリーは今度は、思考機械の首にかじりついた――しかし、彼は辟易《へきえき》して逃げ出した。

「まあおじさま！」彼女は文句を言った。「あなたが一番かわいくて、大好きなのに」

「いやはや！　いやはや！」思考機械は慌てた。「かんべんしてくれ。これはたまらん」

▼＊　＊　＊▲228

三カ月ほどのち、ジョージ・フランシス・ヘイデンの捜索もいまだ中途半端だったけれど、三日前にディック・ハーバートとの結婚式が終わったばかりというとき、ミス・メレディスは宝石の指輪と手紙が入った小箱を受け取った。そこには、簡単にこう書かれていた。

森のなかの一夜と、そこでの出来事の記念として、どうぞこれをお受け取りください――返品不可能ですよ。僕が正直に稼いだ金で買った、数少ない品物の一つであります。

〈強盗のビル〉

ドリーが複雑な気分で指輪を見つめていると、ディックが包装紙の消印を調べていた。

「こいつはいい手がかりになるぞ」と、彼は熱を込めて言った。

ドリーは彼のほうを向き、その言葉に厳しさを認めると、その手から消印が押された包装紙を取り上げた。

「ねえ」彼女は優しく言った――「どこから来たのか、忘れることにしましょうよ！」

ディックはちょっと驚いたけれども、彼女にキスをした。

底本はドット・ミード社版（一九〇六）。「サタデー・イヴニング・ポスト」誌初出およびイギリス初出の「ストランド・マガジン」誌版（一九〇七～八）との異同を以下に記す。

第一部第一章

▼▲1　「ストランド・マガジン」版では「僕は本物なんですから――フッフー！――だから当然弾は入っていますよ。マスクを外す時間までには――フッフー！　一稼ぎしなくちゃ――フッフー！――いけませんな」。

▼▲2　「サタデー・イヴニング・ポスト」版にはない。

▼3　「サタデー・イヴニング・ポスト」版ではこのあとの改行なし。

▼▲4　「サタデー・イヴニング・ポスト」版にはない。

▼▲5　「サタデー・イヴニング・ポスト」版にはない。

第二章

▼▲6　「ストランド・マガジン」版では「海賊」。

▼▲7　「ストランド・マガジン」版では「海賊」。

▼8　「ストランド・マガジン」版ではこのあとの改行なし。

第三章

▼9　「ストランド・マガジン」版では強調なし。

▼▲10　「ストランド・マガジン」版では「三千ポンド」。

▼11　「ストランド・マガジン」版ではこのあとに「先ほど描写したように、」。

▼▲12　「ストランド・マガジン」版では「海賊」。

▼▲13　「ストランド・マガジン」版では「この地区」。

▼▲14　「ストランド・マガジン」版では「召使いたちの話を聞き、

そして仮装をして舞踏会に参加した二人の部下から話を聞いた——そのうちの一人、例の強盗と同じくらいこりにこった海賊の衣装を身につけていたほうは、実弾入りの拳銃を所持していた」。
▼15「ストランド・マガジン」版ではこのあとの改行なし。
▼▲16「ストランド・マガジン」版では強調あり。

第四章

▼▲17「ストランド・マガジン」版では「——」。以下も同じ。
▼▲18「ストランド・マガジン」版では強調なし。
▼19「ストランド・マガジン」版では末尾に「！」。
▼▲20「ストランド・マガジン」版では「オックスフォード大学」。
▽△21「サタデー・イヴニング・ポスト」版にはない。
▼▲22「ストランド・マガジン」版では強調あり。
▼▲23「サタデー・イヴニング・ポスト」版にはない。
▼▲24「ストランド・マガジン」版にはない。
▼▲25「サタデー・イヴニング・ポスト」版にはない。
▼▲26「サタデー・イヴニング・ポスト」版にはない。
▼▲27「サタデー・イヴニング・ポスト」版にはない。
▼▲28「ストランド・マガジン」版では「ソブリン金貨」。
▼▲29「サタデー・イヴニング・ポスト」版にはない。
▼▲30「サタデー・イヴニング・ポスト」版にはない。
▽△31「ストランド・マガジン」版では「ハッチは驚いて息が止まりそうになった。」。

第五章

▽△32「サタデー・イヴニング・ポスト」版にはない。
▼▲33「ストランド・マガジン」版では「路面電車」。
▼▲34「ストランド・マガジン」版では強調なし。
▼▲35「サタデー・イヴニング・ポスト」版では「ハッチの次の行動は、急ぎディック・ハーバートに会いに行くことだった」。
▼▲36「ストランド・マガジン」版では「まるで空き家のようだった」。
▼▲37「サタデー・イヴニング・ポスト」版にはない。
▼▲38「サタデー・イヴニング・ポスト」版にはない。
▼▲39「サタデー・イヴニング・ポスト」版にはない。

第六章

▼40「サタデー・イヴニング・ポスト」版ではこのあとの改行なし。
▼▲41「ストランド・マガジン」版にはない。
▼42「ストランド・マガジン」版ではこのあとに改行。
▼43「ストランド・マガジン」版ではこのあとの改行なし。

第七章

▼▲44「ストランド・マガジン」版にはない。
▼▲45「ストランド・マガジン」版では「午後、」。
▼▲46「ストランド・マガジン」版にはない。
▼▲47「サタデー・イヴニング・ポスト」版では強調なし。

第八章

▼48「ストランド・マガジン」版ではこのあとに「——すなわち日曜日——」。
▼▲49「ストランド・マガジン」版では手書き文字で掲載されている。なお差出人住所の「ステート街」は「ハイ街」。
▼50「ストランド・マガジン」版では「！」なし。
▼51「ストランド・マガジン」版ではこのあとの改行なし。

⧗52 「ストランド・マガジン」版では「事務員」。
⧗53 「ストランド・マガジン」版では「ハイ街」。
⧗54 「ストランド・マガジン」版では「事務員」。
⧗55 「ストランド・マガジン」版では「ハイ街」。

第二部第一章

▼56 「ストランド・マガジン」版ではこのあとに「！」。
⧗57 「ストランド・マガジン」版にはない。
⧗58 「ストランド・マガジン」版にはない。
⧗59 「ストランド・マガジン」版では「ブルックランズ〔訳註：一九〇七年にイギリスのサリー州に建設された自動車レース場〕」。
▼60 「ストランド・マガジン」版ではこのあとに「！」。
⧗61 「ストランド・マガジン」版にはない。
⧗62 「ストランド・マガジン」版にはない。
⧗63 「ストランド・マガジン」版にはない。
⧗64 「ストランド・マガジン」版にはない。
▼65 「ストランド・マガジン」版ではこのあとに「！」。
⧗66 「ストランド・マガジン」版では両方の「ディック」のあとに「！」。
⧗67 「ストランド・マガジン」版では「自動車事故を起こしたいのか」。

第二章

⧗68 「ストランド・マガジン」版にはない。
⧗69 「ストランド・マガジン」版にはない。
⧗70 「ストランド・マガジン」版にはない。
⧗71 「ストランド・マガジン」版にはない。
⧗72 「ストランド・マガジン」版にはない。
⧗73 「ストランド・マガジン」版にはない。
⧗74 「ストランド・マガジン」版では「修理」ではなく「清掃」。
⧗75 「ストランド・マガジン」版では強調なし。
⧗76 「サタデー・イヴニング・ポスト」版にはない。
⧗77 「サタデー・イヴニング・ポスト」版では「と、彼は命令した」。
⧗78 「サタデー・イヴニング・ポスト」版にはない。

第三章

⧗79 「ストランド・マガジン」版にはない。
⧗80 「ストランド・マガジン」版では強調あり、「！」なし。
⧗81 「ストランド・マガジン」版にはない。
⧗82 「ストランド・マガジン」版にはない。
⧗83 「ストランド・マガジン」版では「天使は訊いた」。
▼84 「ストランド・マガジン」版では「！」なし。
⧗85 「ストランド・マガジン」版にはない。
⧗86 「ストランド・マガジン」版にはない。

第四章

⧗87 「ストランド・マガジン」版にはない。
⧗88 「ストランド・マガジン」版では「ウィリーは疑わしげにうめいた」。
⧗89 「ストランド・マガジン」版にはない。
⧗90 「ストランド・マガジン」版にはない。
⧗91 「ストランド・マガジン」版にはない。このまえの改行もなし。
⧗92 「ストランド・マガジン」版では「十シリング」。
⧗93 「ストランド・マガジン」版では「二ドル」ではなく「十シ

リング」、最初の「?」はなし。二つ目の「?」は「!」。
⧗94 「ストランド・マガジン」版では「半クラウン硬貨四枚」。
⧗95 「ストランド・マガジン」版にはない。
⧗96 「ストランド・マガジン」版では「数本の通りを」。
⧗97 「ストランド・マガジン」版では「ハイ街」。
⧗98 「ストランド・マガジン」版では「半クラウン硬貨二枚」。
⧗99 「ストランド・マガジン」版では「ハイ街」。
⧗100 「ストランド・マガジン」版では「菓子屋」。
⧗101 「ストランド・マガジン」版では「ハイ街」。
▼102 「ストランド・マガジン」版ではこのあとの改行および「＊　＊」なし。

第五章

⧗103 「ストランド・マガジン」版にはない。
⧗104 「ストランド・マガジン」版では「バーミンガム」。
⧗105 「ストランド・マガジン」版にはない。
▼106 「ストランド・マガジン」版ではこのあとに改行。
⧗107 「ストランド・マガジン」版では「ポケットの中の硬貨を探す」。
⧗108 「ストランド・マガジン」版では「硬貨」。
⧗109 「ストランド・マガジン」版にはない。
▼110 「ストランド・マガジン」版ではこのあとに「!」。
▼111 「ストランド・マガジン」版では「!」なし。
⧗112 「ストランド・マガジン」版にはない。
⧗113 「ストランド・マガジン」版では「通り」。

第六章

⧗114 「ストランド・マガジン」版にはない。
⧗115 「ストランド・マガジン」版にはない。
▼116 「ストランド・マガジン」版ではこのあとに「?」。
▼117 「ストランド・マガジン」版ではこのあとの改行なし。
⧗118 「ストランド・マガジン」版では「記者は知っていることを再び考えるしかできなかった」。
⧗119 「ストランド・マガジン」版では「バーミンガム」。
▼120 「ストランド・マガジン」版ではこのあとの改行なし。
⧗121 「ストランド・マガジン」版では「オックスフォード大学」。
⧗122 「ストランド・マガジン」版では「僕は我を忘れてしまうところだ」。
⧗123 「ストランド・マガジン」版にはない。
▼124 「ストランド・マガジン」版では「!」なし。

第七章

⧗125 「ストランド・マガジン」版では「どうして逢えなかったなんておっしゃるの?」。
⧗126 「ストランド・マガジン」版では「《ディック》」。
⧗127 「ストランド・マガジン」版にはない。

第八章

⧗128 「ストランド・マガジン」版にはない。
⧗129 「ストランド・マガジン」版では「アメリカ」。
⧗130 「サタデー・イヴニング・ポスト」版にはない。
⧗131 「ストランド・マガジン」版では「バーミンガム」。
⧗132 「ストランド・マガジン」版にはない。
▼133 「ストランド・マガジン」版ではこのまえに「ハッチは内心毒づいた。」。
▼134 「サタデー・イヴニング・ポスト」版ではこのあとに「(改

行）＊　＊　＊」。「ストランド・マガジン」版では一行アキのみ。

第三部第一章

▼135 「ストランド・マガジン」版にはない。
▼136 「ストランド・マガジン」版にはない。
▼137 「ストランド・マガジン」版にはない。
▼138 「ストランド・マガジン」版にはない。
▼139 「ストランド・マガジン」版にはない。
▼140 「ストランド・マガジン」版では「《火曜日》」。
▼141 「ストランド・マガジン」版にはない。
▼142 「ストランド・マガジン」版では「質問した」。
▼143 「ストランド・マガジン」版にはない。
▼144 「ストランド・マガジン」版にはない。
▼145 「サタデー・イヴニング・ポスト」版にはない。
▼146 「ストランド・マガジン」版にはない。
▼147 「ストランド・マガジン」版にはない。

第二章

▼148 「ストランド・マガジン」版にはない。
▼149 「ストランド・マガジン」版では「が深く考え込んでいるところに、」。
▼150 「ストランド・マガジン」版にはない。
▼151 「ストランド・マガジン」版にはない。
▼152 「ストランド・マガジン」版ではこのあとに「！」。
▼153 「ストランド・マガジン」版にはない。
▼154 「ストランド・マガジン」版にはない。
▼155 「ストランド・マガジン」版にはない。
▼156 「ストランド・マガジン」版にはない。
▼157 「ストランド・マガジン」版では「長い」。
▼158 「ストランド・マガジン」版にはない。
▼159 「ストランド・マガジン」版ではこのまえに「畜生、」。
▼160 「ストランド・マガジン」版にはない。

第三章

▼161 「ストランド・マガジン」版にはない。
▼162 「ストランド・マガジン」版にはない。
▼163 「ストランド・マガジン」版では「ハーバード大学」ではなく「オックスフォード大学」。
▼164 「ストランド・マガジン」版にはない。
▼165 「ストランド・マガジン」版ではこのあとに「！」。
▼166 「ストランド・マガジン」版にはない。
▼167 「ストランド・マガジン」版ではこのあとに「（改行）『では一緒に来なさい』」。
▼168 「ストランド・マガジン」版では強調あり。
▼169 「ストランド・マガジン」版にはない。
▼170 「ストランド・マガジン」版では「イギリス」。
▼171 「ストランド・マガジン」版では「バーミンガム」。
▼172 「ストランド・マガジン」版では「バーミンガム」。

第四章

▼173 「ストランド・マガジン」版にはない。
▼174 「ストランド・マガジン」版にはない。
▼175 「ストランド・マガジン」版では「オックスフォード大学」。
▼176 「ストランド・マガジン」版にはない。
▼177 「ストランド・マガジン」版ではこのあとの改行なし。
▼178 「ストランド・マガジン」版ではこのあとの改行なし。

⧗179「ストランド・マガジン」版にはない。

⧗180「ストランド・マガジン」版では「彼女を脅して」。

第五章

⧗181「ストランド・マガジン」版にはない。

⧗182「ストランド・マガジン」版にはない。

⧗183「ストランド・マガジン」版では「ランドルフ氏は、肩をすくめて答えとした」。

▼184「サタデー・イヴニング・ポスト」版では「！」。

⧗185「ストランド・マガジン」版にはない。

⧗186「ストランド・マガジン」版にはない。

⧗187「ストランド・マガジン」版では「はい、カニンガム刑事がやりました」。

▼188「ストランド・マガジン」版ではこのあとに「！」。

⧗189「ストランド・マガジン」版にはない。

⧗190「ストランド・マガジン」版にはない。

▼191「サタデー・イヴニング・ポスト」版および「ストランド・マガジン」版では、このあとに「そう思います。」。

⧗192「ストランド・マガジン」版にはない。

第六章

⧗193「ストランド・マガジン」版にはない。

⧗194「ストランド・マガジン」版では強調あり。

⧗195「ストランド・マガジン」版にはない。

▼196「ストランド・マガジン」版ではこのあとに改行。

⧗197「ストランド・マガジン」版にはない。ちなみに「配達業者」はドット・ミード社版では「express」、「ストランド・マガジン」版では「carrier」。

⧗198「ストランド・マガジン」版にはない。

⧗199「ストランド・マガジン」版では強調あり。

⧗200「ストランド・マガジン」版では強調なし。

⧗201「ストランド・マガジン」版では強調あり。

⧗202「ストランド・マガジン」版にはない。

第七章

▼203「ストランド・マガジン」版ではこのあとに改行。

⧗204「ストランド・マガジン」版にはない。

⧗205「ストランド・マガジン」版にはない。

▼206「ストランド・マガジン」版ではこのあとに改行。

⧗207「ストランド・マガジン」版にはない。

⧗208「ストランド・マガジン」版にはない。

⧗209「ストランド・マガジン」版にはない。

⧗210「ストランド・マガジン」版では「イギリス」。

⧗211「ストランド・マガジン」版にはない。

⧗212「ストランド・マガジン」版にはない。

⧗213「ストランド・マガジン」版にはない。

⧗214「ストランド・マガジン」版にはない。

⧗215「ストランド・マガジン」版にはない。

第八章

⧗216「ストランド・マガジン」版にはない。

⧗217「ストランド・マガジン」版にはない。

⧗218「ストランド・マガジン」版にはない。

⧗219「サタデー・イヴニング・ポスト」版にはない。

⧗220「ストランド・マガジン」版にはない。

⧗221「ストランド・マガジン」版にはない。

▼222 「ストランド・マガジン」版では「バーミンガム」。
▼223 「ストランド・マガジン」版にはない。
▼224 「ストランド・マガジン」版では強調あり。
▼225 「サタデー・イヴニング・ポスト」版にはない。
▼226 「ストランド・マガジン」版にはない。
▼227 「ストランド・マガジン」版にはない。
▼228 「ストランド・マガジン」版は一行アキのみ。

モーターボート

The Motor Boat

　灰緑色の水面の上を流れる早朝の薄霧の中、リディ・アン号の船首の手すりにつかまって、老練な船乗りハンク・バーバー船長はじっと目をこらした。長くて優美な姿のモーターボートだ。舵のところには一人の男が姿勢正しく座り、堂々と正面を見すえていた。船首が巻き波につっ込んで、わずかにふらついたが体勢を立て直し、水しぶきを浴びた。舵取りはじっと動かず、風が水滴を顔に叩きつけてもまったく気にする様子がなかった。

「あの船はたいしたもんだな」ハンク船長は考え込みながら言った。「まずいぞ！　もしこのままボストン港を走り続けたら、パブリック・ガーデンの岸で止まれやしねえ」

　その船が霧の中に呑み込まれて見えなくなるまで、じっとハンク船長は興味津々で見守っていた。そして、自分の仕事に戻った。彼はボストン港の外、二マイルのところから入港しようとしていた。灰色の朝、六時のことだった。モーターボートが姿を消してから数分後、ハンク船長は、二百ヤード離れたところから耳障《みみざわ》りな笛の音が響くのに気がついた。巨大な船の壮大な影が、ぼんやりと靄《もや》の中に浮かんだ――軍艦のようだった。

　ハンク船長がモーターボートを見失ってからほんの数分後に、今度はボストン港を全速力で走るその姿が一瞬見えた。水先案内人の船の、船首の目の前すれすれを飛ばして外へ出ていき、怒声を浴びせられた。のちに食事の席で、見張りに立っていた水先案内船の船員は、こう語った。

「ぱっとだよ！　ありゃすごかったぜ！　ペンキをこそげ落としもしないであんなに近くを通り過ぎていったなんて、俺は生まれてこのかた見たことねえぜ。あんなに近かったら、ツバを吐いても届いたんじゃねえか。声をかけたんだが、こっちを見もしねえ――まったく無視して突っ走っていったよ。▼あいつ、▲[1]のためを思って言ってやったんだがなあ」

　ボストン港内で、問題のモーターボートは奇跡を起こしていた。奇妙奇天烈なコースをたどり、危険極まりないスピードで飛ばして、霧など物ともせずに海の大波を克服すると、他の汽船のすぐ近くを通過したり大きな船の波をかぶったりしていた。あやうく、タグボートにぶつかりそうになった。ゆっくりした速度の商船と危機一髪のところで、怒声があがった。漁師は、いかにも漁師らしい罵《ののし》り声を浴びせた。そして、ようやくそのボートは空いている水面に出ると、ドックへ向かって最高速度で飛ばしていった。ボストン港始まって以来の、とんでもない船だった。

「あの船ぁ突っ込むぞ」老水夫は、ドックからその船を眺めて嘲笑《あざわら》った。「あの馬鹿、スピードを落とさねえと、まっつぐ波止場に突っ込んで▼おしゃかだあね▲[2]」

　ボートに乗っている男は、いまだぴくりとも動かなかった。船のモーターのうなり声が、静まり返った中に響き渡り、弱まることはなかった。再び、警告の叫び声が沸き上がった。もうこれでは、衝突するのは間違いなかった。すると、ビッグ・ジョン・ドーソンが、材木でできたドックの足場に姿を現わした。ビッグ・ジョンは、その声の深さと大きさでニューファウンドランドからノーフォークまで名が知れ渡っており、釣り船連中をぎょっとさせるに十分な実力を持っていた。

「そこの馬鹿野郎！」彼は平然としている舵取りに向かって吠えた。「エンジンを切って飛び降りやがれ」

　何の反応もなかった。ボートは、ビッグ・ジョンと仲間たちが集まっているドックへ向かってまっしぐらに走ってきた。漁師や野次馬は、衝突は避けられないと、蜘蛛の子を散らすように足場から逃げ出した。

「この▼大馬鹿もんが▲[3]」と、ビッグ・ジョンは無念そうに言った。

　そして、ついに衝突した。材木を粉々に砕き、モーターが回転する騒音だけが響き渡った。▼[4]ものすごいスピードのせいで、ボートは半分浮橋に乗り上げた。浮橋は、ひどく傾いてしまった。男は前方に放り出されて、浮橋の上でうつ伏せに丸くなって倒れ、身動き一つしなかった。汚れた水が、何度もその体にかかった。

　ビッグ・ジョンが、いの一番に浮橋に駆けつけた。倒れている男のそばに慎重ににじり寄り、仰向けにさせた。かっと目を見開いてその姿を見つめ、そしてドックから見つめる野次馬たちのほうを向いた。

「止まらなかったのも当たり前だぜ」彼は、おびえたような声で言った。「この馬鹿は、死んでやがる」

手助けを求めて、ようやくのことでこの死体をドックの上に引き上げた。男は、制服姿だった▼▲5――外国の海軍の制服だ。見たところ、四十五歳くらい、大柄で力強く、海の男らしく日焼けをしていた。真っ黒な口髭《くちひげ》と顎髭を生やしており、死体の真っ青な顔と対照的だった。髪の毛は、灰色がかっていた。そして左手の甲に一文字だけ――「D」――と、青い刺《いれ》青《ずみ》が入れてあった。

「こいつはフランス人だ」ビッグ・ジョンは、厳然として述べた。「あの制服は、フランス海軍の大尉だ」彼は遺体を眺めて、ちょっと不思議そうな顔をした。「しかしこの半年間、フランスの軍人はボストン港には来てねえなあ」

しばらくすると、警察がやってきた。マロリー刑事もついてきた。犯罪捜査部の大物だ。そして最後に、検死官のクロー博士もやってきた。刑事が、漁師や衝突を目撃した人々に聞き込みをしているかたわらで、クロー博士は遺体を調べた。

「検死解剖が必要だ」と、彼は立ち上がりながら宣言した。

「死後どれくらいですか？」と、刑事は訊いた。

「八時間から十時間だろう。死因はわからん。見た限りでは、銃創も刀傷もない」

マロリー刑事は、死人の服を詳しく調べた。名前も、仕立屋の印もなかった。下着は新品だった。靴の製造業者の名前は、ナイフで切り取られていた。ポケットには、何も入っていなかった。紙切れ一枚、小銭一枚さえなかった。

そしてマロリー刑事はボートに注意を向けた。船体もモーターも、フランス製だった。両側に、長くて深い引っかき傷がついていて、船名が読めないようにされていた。ボートの中で、刑事は何か白いものを見つけて拾い上げた。ハンカチ――女性もののハンカチだった。「Ｅ・Ｍ・Ｂ」という頭文字が、隅についていた。

「ああ、女が中にいたのか！」と、彼はひとりごとを言った。

そして遺体が搬出され、詮索好きな新聞記者の目から隠された。このようにして、死人の写真が報道されることはなかった。ハッチンソン・ハッチや他の新聞記者は、数多くの質問を浴びせかけた。マロリー刑事は、国際問題に関係するような質問には、あいまいに答えるにとどめた――死人はフランス軍将校だと、彼は言った。そして、何かしらの背後があるかもしれないとも述べた。

「すべてを語るわけにはいかないが」彼は抜け目なく述べた。「しかし、考えはまとまっている。こいつは殺人だ。被害者は、フランス軍の大尉だ。遺体は、モーターボートの中にあった。おそらく、軍艦の装備品だろう。ボートは漂流していた。これ以上は何も言えん」

「考えがまとまっているとは言いますけど」ハッチはさりげなく言った。「男の名前、死因、動機、男が乗船していた船の名前、ハンカチがなぜそこにあったのか、そしてどうして死体を海に遺棄せずにこんなやり方で処理したのかというはっきりした理由は、わかっていないわけですよね？」

刑事は鼻を鳴らした。ハッチはその場を離れて、自らの足で取材をしにいった。それから六時間もしないうちに、この六カ月間ボストンから五百マイル以内にフランスの軍艦は立ち入っていないという電報を受け取って、彼は大いに満足した。こうして、謎はさらに深まったのだ。山のような疑問が、何らの答えも与えられずに残された。

　翌日になって、このモーターボート事件に、[6]思考機械ことオーガスタス・S・F・X・ヴァン・デューセン教授が注目した。[7]この科学者はハッチの話を[8]むっとした顔つきでじっと聞いていた。

「まだ検死解剖は行なわれないのか？」と、彼は最後に質問した。

「今日十一時の予定です」記者が答えた。「今、十時過ぎです」

「私も参加しよう」と、科学者は言った。

　クロー検死官は、医学博士の資格もある高名なヴァン・デューセン教授の助力の申し出を歓迎した。一方、ハッチや他の記者たちは、路上でじっと待っていなくてはならなかった。二時間かけて、ようやく解剖が終了した。思考機械は、死体の制服の記章を調べるのに夢中になっていて、記者会見はクロー博士にまかせきりだった。この男は、殺されたのではなかった。心臓発作で死んだのだ。胃にはまったく毒物はなく、ナイフやピストルの傷もなかった。[9]

　待ちかねた新聞記者たちは、一斉に質問を浴びせかけた。誰が、ボートの船名を削り落としたのか？　クロー博士は知らなかった。削り落とした理由は？　これも、彼にはわからなかった。どうして、靴の製造業者の名前をそぎ落としてあったのだろうか？　彼は肩をすくめた。例のハンカチは、事件とどういう関係があるのか？　まったく見当もつかなかった。死人の身元に関する何か手がかりはないのか？　彼が知る限りなかった。遺体には、身元確認につながるような傷はなかったのか？　ない。

　ハッチは、当局一般に関する方針がどうのといったことを言ったあとで、こっそり思考機械を他の新聞記者から離れたところに誘導した。

「本当に、あの男は心臓発作で死んだのですか？」と、彼はずけずけと質問した。

「そうではない」苛《いら》ついた様子の答えが返ってきた。「毒物だ」

「しかし検死官は、胃の中に毒物はなかったと明言したじゃないですか」と、記者は反駁《はんばく》した。

　科学者は返答しなかった。ハッチはさらに質問を続けたかったけれど、ぐっと我慢した。家に戻った科学者がまずしたのは、百科事典を参照することだった。数分後、彼は不可解な顔つきで記者のほうに向き直った。

「この事件で、自然死という考え方は実に馬鹿げておる」彼は簡潔に述べた。「すべての事実が、それに反している。さてハッチ君、死体が発見された当日の、地元およびニューヨークの新聞すべてを持ってきてくれたまえ――その翌日ではないぞ。私のところに送るか持ってくるかして、それから、今日の午後五時にまた来てくれ」

「でも――でも――」ハッチは口ごもった。

「すべての事実を知るまでは、何も言えん」と、思考機械は遮った。

ハッチは、言われた通りの新聞を自分で思考機械のところまで持ってきた――この男は、絶対に新聞など読まないのだ――そして、帰っていった。その午後は、本当に辛かった。いらいらして耐えられなかった。五時ちょうどに、彼はヴァン・デューセン教授の実験室に突入した。新聞に埋もれかけて座っていた教授が、山の向こうから顔をさっと突き出す。

「殺人だ、ハッチ君」彼はだしぬけに叫んだ。「途方もない方法による殺人だ」

「誰――あの男は誰なんですか？　どうやって殺されたんですか？」と、ハッチは訊いた。

「彼の名前は――」科学者は言いかけてやめた。「おそらく、君の編集部には『アメリカ紳士録』[10]があるだろう？　電話をかけて、ランガム・ダドリーについての記録を教えてくれるよう頼んでくれ」

「彼が例の死体なんですか？」と、ハッチは即座に質問した。

「わからん」というのが、その答えだった。

ハッチは、電話へと歩いていった。十分後に戻ってくると、思考機械は外出の支度をしていた。

「ランガム・ダドリーは、船主で五十一歳です」記者はメモを読みあげた。「彼は昔、水夫だったのですが、のちに小規模な船の船主になりました。その小さな事業で成功して、十五年間で百万長者になりました。彼は上流社会でも認められていますが、一年半前に結婚した奥さんのおかげもあるでしょう。彼女はエディス・マーストン・ベルディング、有名なベルディング一族の娘です。彼は、ノース・ショアに地所を持っています」

「非常によろしい」科学者は言った。「さて、この男がどのようにして殺されたかを解明することにしよう」

ノース駅で彼らは汽車に乗り、ボストンから三十五マイル離れたノース・ショアという小さな町に向かった。そこで思考機械は、いくつか聞き込みをしたのちに、乗り心地の悪そうな一頭立て馬車に乗った。夜の闇の中を三十分ほど揺られていくと、いかにも仰々しい荘園屋敷のような明かりが見えてきた。右のほうから、大洋の波がうなり続けているのに、ハッチは気がついた。

「ここで待っていたまえ」馬車が止まると、思考機械はそう命じた。

〈事件に関する女〉[11]

思考機械は階段を上った。ハッチもあとに続いた。そして、呼び鈴を鳴らした。しばらくすると玄関が開き、明かりがどっと流れ出てきた。そこには、一人の日本人が立っていた

――その人種特有の、厳粛そうな顔つきをした、年齢のよくわからない男だった。

「ダドリー氏はご在宅か？」と、思考機械は訊いた。

「残念様でございます」と、日本人が答えた。この奇妙な言いまわしに、ハッチはにやりとした。

「ダドリー夫人は？」科学者は質問した。

「ダドリー夫人はおめかし中でございます」日本人が答えた。「どうぞ、お入りいただければ喜ばしいでございます」

思考機械は彼に名刺を渡し、客間に通された。日本人は、二人のために几帳面にきちんと椅子を並べ、姿を消した。しばらくして、スカートの衣ずれの音が階段のほうから聞こえた。すると女性が――ダドリー夫人が――やってきた。彼女は、可愛らしいというよりも、美女といったほうがよかった。背が高く、優美な姿をしていて、見事な黒髪であった。

「ヴァン・デューセンさん？」と、彼女は名刺を見やりながら言った。

思考機械は、ぎこちなくも深々と一礼した。ダドリー夫人は長椅子に座り、二人の男性は席に戻った。ちょっと間が開いた。ダドリー夫人のほうから沈黙を破った。

「それで、ヴァン・デューセンさん、ご用件は――」と、彼女は言いかけた。

「ここ数日の新聞は、ご覧になっていないのでしょうか？」と、思考機械は唐突に訊いた。

「いいえ」彼女は、笑みを浮かべながら不思議そうに答えた。

「どうしてですの？」

「ご主人が今どちらにおいでか、お聞かせ願えますかな？」

思考機械は、癖になっている厳しい視線で彼女を睨みつけた。彼女は、さっと赤面した。そして、鋭い視線で見返した。その瞳には、疑惑の色が浮かんでいた。

「存じません」彼女はようやく答えた。「ボストンだと思います」

「舞踏会の晩以来、ご主人とはお会いになっていない？」

「会っていません。あの晩の、一時半だったと思いますが」

「ご主人のモーターボートは、今ここにありますか？」

「本当に知らないのです。多分あるでしょう。どうしてこんなことをお訊きになるのですか？」

思考機械は三十秒ほど、彼女をじっと睨んでいた。ハッチは、居心地が悪かった。半ば憤慨しているといってもよかった。女性が動揺[13]しているのに、[12]教授が鋭く冷たい物言いをするからだった。

「舞踏会の晩」科学者は、質問を無視して続けた。「ダドリー氏は、手首のすぐ上のあたりの左腕を切った。ほんの軽い傷だった。そこに絆創膏を貼った。ご自分で貼ったのですか？　それとも誰かにしてもらったのですか？」

「わたしが貼りました」と、ダドリー夫人は不思議そうではあるが、[14]躊躇なく答えた。

「誰の絆創膏だったのですか？」

「わたしのものです――自分の化粧室に置いてありました。

どうしてですの？」

科学者は立ち上がり、部屋を横切りながら廊下に通じるドアをちらりと見やった。ダドリー夫人は不思議そうにハッチを見つめ、口を開こうとしたときに、思考機械が彼女のそばに立ち止まって、その細長い指を相手の手首に触れた。彼女は嫌がらなかった。瞳には、どうしてそんなことをするのかという気持ちしか現われていなかった。

「驚くべきことを申し上げますが、心の準備はよろしいですかな？」と、科学者は訊いた。

「何ですか？」彼女は、急に怖くなって問い返した。「あやふやなことを――」

「あなたのご主人はお亡くなりになりました――殺された――毒殺されたのです！」科学者は残忍にもいきなり告げた。その指は彼女の脈を取ったままだった。「ご主人の腕に貼った絆創膏は、あなたの部屋にあるものだそうですが、猛毒が塗られており、あっという間に彼の血液中に取り込まれていったのです」

ダドリー夫人は驚いたり叫んだりはしなかった。かわりに、彼女は目を見開いて思考機械を見つめていた。その顔は真っ青になり、全身が細かく震えた。そして、失神して長椅子に倒れ込んだ。

「よろしい！」[15]思考機械は満足気に言った。ハッチがさっと立ち上がると、「ドアを閉めなさい」と、命じた。

記者はそれに従った。振り返ると、教授は意識不明の女性の上に屈み込んでいた。しばらくすると彼女から離れ、窓際に行って外を見つめた。ハッチが見ているうちに、ダドリー夫人の血色が戻ってきた。やがて彼女は目を開けた。

「ヒステリーを起こさないように」思考機械は、冷静に命じた。「あなたが、ご主人の死とは何の関係もないことはわかっておる。誰が殺害したか解明するために、少々手助けが欲しいだけだ」

「ああ、神様！」[16]ダドリー夫人は叫んだ。「死んだなんて！死んだなんて！」

突然、彼女の両目から涙がこぼれ落ち、二人の男性はしばらく彼女が嘆き悲しむままにさせていた。ようやく彼女が顔を上げると、その目は真っ赤になっていた。しかし、口元には固い決意が現われていた。

「わたしに何かできることがあれば――」と、彼女は言いかけた。

「窓から見えるのは、ボート小屋ですかな？」思考機械が質問した。「あの長くて背の低い、ドアの上に灯りがついている建物だが？」

「はい」と、ダドリー夫人は答えた。

「現在あの中にモーターボートがあるかどうか知らないとおっしゃいましたな？」

「存じません」

「日本人の召使いに確かめてもらえますか。もし彼も知らなければ、見にいかせてください」

ダドリー夫人は立ち上がり、電鈴を押した。しばらくすると、日本人が入り口に現われた。

「オオサカ、主人のモーターボートがボート小屋にあるかどうか知っていますか？」と、彼女は訊いた。

「いいえ、奥様」

「確かめてきてくれるかしら？」[17]

オオサカは深々と頭を下げ、部屋から出て、そっと背後のドアを閉めた。思考機械は再び部屋を横切って窓に近づき、座って暗い外を見つめた。ダドリー夫人は次々と質問をし、彼はそれに答えていった。そしてようやく、彼女は夫の遺体が発見された詳細を知ることとなった――もっとも、それは一般にも知られている内容ではあった。そのさなかに、オオサカがまた現われた。

「小屋にモーターボートはございませんでした、奥様」

「それでいい」と、科学者は言った。

再びオオサカは、お辞儀をして下がった。

「さて、ダドリー夫人」思考機械は、できるだけ優しく言った。「おたくのご主人が、仮面舞踏会でフランス海軍の制服を着用していたことはわかっている。あなたは何を着たのか、教えていただけますか？」

「わたしは、エリザベス女王の衣装でした」ダドリー夫人は答えた。「長い裳裾があったので、とても重かったわ」

「それから、ダドリー氏の写真を一枚いただけますか？」

ダドリー夫人はすぐに部屋から出ていき、キャビネ版の写真を持って戻った。ハッチと科学者は、一緒にそれを見た。モーターボートの男に間違いなかった。

「あなたには、もう何もすることはありません」思考機械はそう言って、帰る素振りを見せた。「あと数時間もあれば、犯人を捕まえられます。あなたが誹謗中傷されるようなことはないので、ご安心あれ」

ハッチはちらりと教授を見た。その相手をなだめるような声に、悪意が込められているのに気づいたのだ。しかし、まったく顔には出さなかった。ダドリー夫人は、二人を玄関ホールまで見送った。玄関にはオオサカがいた。二人が外に出ると、背後で扉が閉められた。

ハッチは階段を降り始めた。しかし、思考機械は扉の前を離れずに、うろうろしていた。新聞記者は驚いて振り返った。薄暗い中、科学者は指を口に当てて黙っていろという仕草をすると、さっと屈み込んで扉に耳を押しつけた。しばらくして、そっとノックをした。オオサカが扉を開ける。科学者の手招きに応じて、彼は外に出てきた。黙ったまま、彼は庭のヴェランダまでおびき出された。驚いた様子はまったく見せなかった。

「おまえの主人、ダドリー氏は殺された」思考機械は、小声でオオサカに告げた。「ダドリー夫人が殺したということはわかっている」彼がそう続けたので、ハッチは仰天した。

「しかし彼女には、疑っていないと告げてある。われわれは警察官ではないので、彼女を逮捕することはできない。ここの誰にも気づかれないようにわれわれと一緒にボストンまで来て、[18]夫婦喧嘩の様子を警察に証言してはくれまいか？」

オオサカは教授の熱心そうな表情を顔色一つ変えずに見つめた。

「まさかあのことがわかっているとは、思いもよりませんでした」ようやく、彼は口を開いた。「でも、ご存知なら、行きますです」

「われわれは、ちょっと先まで乗り物で行って、君を待っている」

日本人は、再び屋敷の中に消えた。ハッチは、驚きのあまり何も言えないまま、思考機械にしたがって馬車に乗った。百ヤードほど進んで、停止する。数分後、闇の中をかすかな影がこちらにやってきた。近づいてくる相手を、科学者はじっと見つめた。

「オオサカか？」と、彼は小声で訊いた。

「はい」

一時間後、三人はボストン行きの汽車に乗っていた。ゆったりと腰を下ろすと、科学者は日本人のほうを向いた。

「さて、舞踏会の晩に何が起きたか、話してはくれまいか？」彼は頼んだ。「そして、ダドリー夫妻の意見が対立するようになった出来事とは、何だったのだ？」

「旦那様は、飲むのがそれはそれは大好きで」と、オオサカは気が進まぬ様子で、奇妙な英語を使って説明した。「そして、飲まれますと奥様に乱暴になるのであります。二度、私はこの目に奥様を殴るのを目撃しました——一度は日本にお二人が新婚旅行にいらしたとき、私が雇われたときです。もう一度はこちらでです。舞踏会の夜、ご主人様はぐでんぐでんに酔っ払って、ダンスをしながら床に倒れてしまいました。奥様は、それはもうご立腹でございまして——以前から、このことについてお怒りでした。何度も喧嘩があったようですが、私は詳しくは知りませんです。もう数カ月も不仲のままでした。もちろん、よその方の前では、そんな素振りは見せませんでした」

「それで、絆創膏を貼った腕の傷だが」科学者が訊いた。「どうして負傷したのだ？」

「お倒れになったときです」日本人は続けた。「彫刻が施された椅子につかまろうとしたのですが、その彫刻のところで、腕を切ったです。立ち上がるのに私が手をお貸しして、奥様が私に、部屋から絆創膏を取ってくるようお命じになりました。奥様の化粧台から取ってきますと、奥様が切り傷に貼りましたです」

「それではその証拠のせいで、彼女は潔白とはいえなくなるな」と、思考機械は断定的に言った。少し間が開いて、「ダドリー夫人がどうやって遺体をボートに載せたか、わかるかね？」

「まったくわかりませんです」オオサカは言った。「実際、絆創膏を貼ったあとのことは、具合が悪そうになったダドリー様がお屋敷から外に出ていった以外、まったく存じ上げませんです。ダドリー夫人も、その後十分ほど舞踏室にはいらっしゃいませんでした」

　ハッチンソン・ハッチは、思考機械の顔をまじまじと見つめた。そこからは、まったく何も読み取れなかった。さらにハッチが深く考え込んでいると、車掌助手が大声で「ボストン」と怒鳴るのが聞こえた。そして、科学者とオオサカの後を粛々とついていき、駅から出るとタクシーに乗った。彼らはそのまま警察本部に到着した。マロリー刑事の部屋に行くと、ちょうど彼は、帰宅しようとしているところだった。

「君は喜ぶことだろう、マロリー君」科学者は冷たい声で呼ばわった。「モーターボートの男は、自然死したフランス海軍軍人ではなく——百万長者の船主ランガム・ダドリーだった。彼は殺されたのだ。そして、誰の犯行かまでわかってしまったぞ」

　刑事は驚いて立ち上がり、▼まさかという表情で目の前のひょろりとした人物を見つめた。彼の言うことならば間違いないと、よくわかっているだけに、なおさらだ▲19った。▼20

「誰が殺人犯なんですか？」と、彼は訊いた。

　思考機械はドアを閉め、バネ錠までかけた。

「その男はここにいる」と、彼は平然として言うと、オオサカのほうを向いた。

　その瞬間、誰もが固まり言葉を失った。刑事が、日本人のほうへ手を伸ばしながら進み出た。すばしこいオオサカは、まるで蛇が攻撃するときのように、いきなり飛びついた。あっという間の激しい取っ組み合いの結果、マロリー刑事は床に長々と伸びてしまった。手首をひねられただけだった——柔術の技だ——そしてオオサカは、鍵のかかったドアに飛びついた。懸命に開けようとしていると、ハッチは良心の呵責など一切なく、椅子を高々と持ち上げ、狙いすまして彼の頭に叩きつけた。オオサカは、何も言わずに崩れ落ちた。

　彼が意識を取り戻したのは、一時間後のことだった。その間刑事は、突然襲われて受けた十指に余る打ち身の治療をしてから、オオサカの身体検査をした。小さな瓶以外、興味を惹《ひ》くものは何も見つからなかった。蓋を開けて臭いを嗅いでみようとすると、思考機械が脇からそれを奪い取った。

「馬鹿者、死にたいのか！」彼が叫んだ。

＊＊＊[21]

手足を椅子に縛りつけられたオオサカは、マロリー刑事の部屋で座っていた。――安全のために刑事がそうしたのだ。もう彼の顔は、表情がないどころではなかった。そこには恐怖、不信そして狡猾さが入り混じっていた。椅子に深々と腰掛けて、天井を睨みながら、長くてほっそりとした指先を押しつけている[22]思考機械の事件に関する説明を聞かざるを得なかった。

「二たす二は四になるのだ。ときどきではなく常にそうなの[23]だ」彼は口を開いたが、まるでかねてからの持論を展開しているかのようだった。「二という数字は、完全に他と切り離してしまったら、ほとんど指し示すものはない。まったく何の帰結もない、孤立した事実でしかない。しかし、その事実が他の事実につけ加えられ、その結果がさらに三番目の事実につけ加えられるという具合に続いていけば、最終的な結論が得られる。その結果は、すべての事実をきちんと考慮してあれば、正しいに違いない。[24]このようにして、どのような問題も論理によって解決できるのだ。論理は必然なのだ」

「この事件の事実を、一つずつ考えていく。自然死、自殺、殺人と、どれが一番矛盾なく適合するかだが――すべてを考え合わせると、殺人であるということがわかった。一番の証拠は、死体の靴から靴屋の名前が取り去られていたことであり、そしてボートに傷をつけて身元がわからないようにしてあったことも判断の根拠となった。その背後には、明敏な知性の影がちらついていた」

「自分もそう思っていたんですが」マロリー刑事が言った。「殺人に間違いないと考えていたら、検死官が――」

「われわれは、殺人だと証明した」思考機械は穏やかに続けた。「方法だと？　私は、クロー博士と解剖を行なった。銃創も刀傷もなく、胃の中に毒物も発見できなかった。だが殺人だとわかっていたから、さらに調べを進めた。すると、左腕に軽い引っかき傷があるのを見つけた。絆創膏が貼られていた。心臓は、原因不明の収縮を起こしていた。クロー博士がそちらを調べているあいだに、私はこの絆創膏を剝がしてみた。その臭いはとても変わっており、毒物は傷口から血中に侵入したことがわかった。だから二たす二は四なのだよ」

「そして――[25]何の毒なのか？　植物学の知識が助けとなった。日本原産で、国内にしか生えていない薬草の香りがかすかにするのに気がついた。つまり、日本の毒だということだ。のちに実験室で分析をした結果、そのことが明白になった。猛毒で、しかも動脈に直接注入されない限りはゆっくりと効果を表わすのだ。この毒物が、絆創膏に塗られていた。しかも、オオサカから君が押収したものと同一なのだ」

科学者は瓶のコルクを抜き、緑色の液体を一滴だけハンカチの上に垂らした。一分ほど蒸発させると、マロリー刑事に渡した。彼は十分に距離を取って臭いを嗅いだ。そして思考機械は、死体の腕からはがした絆創膏の切れ端を取り出した。刑事はまた臭いを嗅いだ。

「同じだ」と、科学者は再び口を開くと、マッチでハンカチに火をつけて、灰になるまで燃えるのを見ていた。「あまりに強力なので、純粋の状態で吸入すると死に至る。だからクロー博士には、解剖後の発表は、心臓麻痺だということにしてもらったのだ。もしそうした報道を目にしたら、犯人は安心することだろう。それに、ダドリーは実際心臓麻痺で死んだのだ。原因はこの毒物だがね」

「次に身元の問題だ。ハッチ君は、この数カ月間ボストンから数百マイル以内にフランス海軍の軍艦が立ち入っていないということを調べてくれた。バーバー船長が目撃したのは、我らが同国人だろう。この男は、フランス海軍将校のような姿をしていて、死後八時間以内だった。自分の国の船からやってきたのではないのは明らかだ。では、どこから来たのだろう?」
▼「私は、制服については何も知らん。しかし、腕や肩についている記章を詳しく調べ、百科事典も参照した。そのおかげで、この制服はフランス軍どころか、どこの国のものでもないということが判明した。なぜなら、間違っているからだ。記章は、いろいろなものがごちゃまぜになっていた」▲[26]
「ではどういうことなのか？　可能性は、いくつか考えられる。その中の一つとして、仮装舞踏会というものがある。その場では、正確性はまったく求められない。どこで仮装舞踏会が開かれたか？　新聞にはその情報が載っているだろうと思ったが、まさしくその通りだった。ノース・ショアという町からの短報で、死体が発見された前の晩に、ランガム・ダドリーの屋敷で仮装舞踏会が開かれたと報道されていた」

「数学ではすべての数字を考慮しなくてはならないのと同じように、事件解決のためにはすべての事実を忘れてはならないのだ。ダドリー！　死人の手には、「D」の字の刺青があった。▼『紳士録』▲[27]によれば、ランガム・ダドリーは、エディス・マーストン・ベルディングと結婚したとある。ボートの中には『E・M・B』と縫い取りのあるハンカチが落ちていた。ランガム・ダドリーは百万長者の船主で、かつて水夫だった。おそらくこれは、フランスで建造した彼の船なのだろう」

　マロリー刑事は思考機械を称賛の目で見つめていた。オオサカは、まるで自分とは関係ないかのような顔をして、虚空を見つめていた。ハッチンソン・ハッチ記者は、一語も聞き逃すものかというほどの勢いで集中していた。
▼「われわれはダドリー家に行った」科学者はしばらくして話を再開した。「この日本人が玄関を開けた。日本の毒物だったではないか！　二たす二はやはり四になるのだ。しかし、最初私が興味を惹かれたのは、ダドリー夫人だった。彼女は何らの動揺も見せずに、夫の腕に絆創膏を貼ったと正直に供

述した。しかも、自分の部屋から持ってきたものだとさえ言った。即座に、彼女はこの殺人とは関係がないと思った。そのきわめて正直な態度からわかったのだ」

▼「そして、彼女の脈を取ってみたが、まったくの正常値だった。そこへいきなり、ご主人が殺されたと告げた。彼女の脈は急に激しくなり、死因を聞くと動揺して、弱まり、ついに失神した。もし彼女が、夫が死んでいることを知っていたら――もし彼女が犯人だったら――単に夫が死んだと言っただけでは、こんな脈拍の反応は出ないだろう。夫の死体をモーターボートに載せて始末するなどということが、彼女にできるとも思えない。彼は大男だったし、彼女が着ていた衣装も、邪魔になったはずだ。だから、彼女は無実である」▲[28]

「ではどうなる？　日本人のオオサカがいる。われわれがいた部屋から、ボート小屋のドアが見えた。ダドリー夫人はオオサカに、ダドリー氏のボートが小屋にあるかどうかを訊いた。彼は知らないと答えた。すると、夫人が確認しに行かせた。彼は戻ってきて、ボートはないと言った。▼しかし、彼はボート小屋には行っていなかった。▲[29]すなわち、彼はボートがないことを知っていたのだ。▼他の召使いから聞いたという可能性もあるが、彼にとって不利な点であることは間違いない▲[30]」

▼再び科学者は口をつぐみ、日本人を睨みつけた。しばらくオオサカはその視線に耐えていたが、そのビーズのような目は視線をそらし、居心地悪そうにもじもじしていた。▲[31]

「オオサカを馬鹿馬鹿しいほど単純な方法で騙してここに連れてきた」思考機械はさらに続けた。「汽車の中で彼に、どうやってダドリー夫人は夫の死体をボートに載せたのだろうかと訊いてみた。言っておくが、この時点では彼は、死体がボートに載っていたことを知っているはずがないのだ。彼はわからないと答えたが、それはまさに、死体がボートに載っていたのを知っていると認めたことになるのだ。彼が知っていたのは、自分で載せたからだ。▼単純に海に放り込まなかったのは、潮の流れに乗って流されなければ、反対に打ち上げられてすぐに発見されてしまう可能性があることを知っていたからだ▲[32]」

「軽い怪我をしたあと、ダドリー氏はボート小屋のほうへ歩いていったのだろう。毒は効き始め、おそらく昏倒した。そしてこの男は、身元が判るようなものをすべて取り上げ、靴の名前さえも剝ぎ取ると、死体をボートに載せて全速力で出発させた。船が行方不明になるか、それとも死体が途中で投げ出されるかするだろうと考えていた。ところが、風や潮やゆるい舵のせいで、船はボストン港に入り込んでしまった。ダドリー夫人のハンカチがボートにあったことに、とりたてて説明をつけようとは思わない。おそらく、何百回も乗っているうちにたまたま落としただけのことだろう」

「どうして夫妻が喧嘩をしていたとわかったのですか？」と、ハッチは質問した。

「夫が今どこにいるのか、妻が知らないことから類推した」

思考機械は答えた。「激しい喧嘩をしたのなら、行く先を妻に告げずに夫が出ていってしまうこともあるだろう。それに、彼女は特に心配もしていない様子だった。▼少なくとも、われわれと面会するまではな。夫はボストンにいるものだとばかり思い込んでいた。もしかしたら、このオオサカが彼女にそう思わせたのかもしれないではないか？▲33」

▼思考機械は振り返り、日本人をじろじろと見つめた。

「これで正しいか？」と、▲34彼は訊いた。

オオサカは答えなかった。

「そして動機は？」マロリー刑事がようやく口を開いた。

「どうしてダドリー氏を殺したのか、理由だけでも聞かせてくれないか？」と、思考機械は日本人に頼んだ。

「嫌だ」と、オオサカは突然叫んだ。初めて、彼が喋《しゃべ》った。

「おそらく、日本人の娘に関係しているのではないか」思考機械はあっけなく語った。「この殺人は、長い時間をかけて成就した犯行だ。こんな事件は、恋愛絡みの怨恨が動機だろう」

それから一日ほど経って、ハッチンソン・ハッチは思考機械のもとを訪れ、オオサカが自白して、殺人の動機もわかったと報告した。それは、あまり人聞きのいい話ではなかった。

「なによりもびっくりしたのはですね」ハッチはつけ加えた。「状況証拠だけだったら、ダドリー夫人の犯行でまず間違いなかったということですよ。なにしろ、夫婦喧嘩から始まり、彼女の手で毒を貼りつけたんですから。もし先生がオオサカの犯行だと証明してくれなかったら、状況証拠から、おそらく夫人が監獄行きになっていたはずです」

「状況証拠など、くだらん！」思考機械はぴしゃりと言った。「たとえ野良犬の鼻先がジャムだらけだったとしても、状況証拠だけでジャムを盗んだとして犬を監獄送りになどしない」彼は、ぎろりとハッチを睨みつけた。「まず第一に、ちゃんとしつけた犬はジャムを食べない」そしてもう少し優しい声で、つけ加えた。

底本は第二短篇集。「サンデー・マガジン」誌初出との異同を以下に記す。

▼▲1　強調なし。
▼▲2　雑誌初出にはない。
▼▲3　強調なし。
▼4　このあとに「ビック・ジョンが桟橋の端へ走っていき、下を覗き込んだ。」。
▼▲5　「。どうやら」。
▼6　このあとに「哲学博士、法学博士、王立協会特別会員、医学博士などなどである優秀な科学者にして論理学者だが、」。
▼▲7　「思考機械として一般にはざっくりと知られているオーガスタス・S・F・X・ヴァン・デューセン教授が注目した。この称号は世界で最も優れた分析頭脳への称賛なのだ」。
▼8　このあとに「興味はあるものの」。
▼9　このあとに一行アキ。

▼10 「『アメリカで知っておくべきこと』」。
▼11 改行も中見出しもなし。
▼12 雑誌初出にはない。
▼13 このあとの改行なし。
▼14 雑誌初出にはない。
▼15 「！」なし。
▼16 雑誌初出にはない。
▼17 このまえに「調べてくださる、おねがい、」。
▼18 このあとに「ダドリー氏殺害直前に起きた」。
▼19 雑誌初出にはない。
▼20 このあとの改行なし。
▼21 雑誌初出にはない。
▼22 雑誌初出にはない。
▼23 強調なし。
▼24 強調なし。
▼25 雑誌初出にはない。
▼26 雑誌初出にはない。
▼27 「『アメリカで知っておくべきこと』」。
▼28 雑誌初出にはない。
▼29 強調なし。
▼30 雑誌初出にはない。
▼31 雑誌初出にはない。
▼32 「そして同じく絆創膏を取りにいったときに、そこに毒物を塗りつけたのだ」。
▼33 雑誌初出にはない。
▼34 雑誌初出にはない。

紐切れ

A Piece of String

　ちょうど真夜中だった。細長い編集室の片隅で、新聞記者のハッチンソン・ハッチが記事を書いているその上に、煙草の煙がもうもうと立ち込めていた。タイプライターを打つ音が立て続きに響き、それがやむのは、彼が紙を外して脇に置き、新しい紙を挿入するときだけだった。書き上がった原稿がある程度たまると、給仕の少年がひっつかみ、社会部長のところまで飛んでいった。この抜け目のない男は内容にざっと目を通すと、編集担当に渡す。そして、さらに騒がしく大混乱をしている植字室へと回されるのである。

　その記事は、冷静沈着な編集担当の専門用語で言わせると、「とんでもなく最高」だそうだ。その日の午後に起きたウォルター・フランシス誘拐事件に関するもので、被害者は、若き大金持ちである仲買人スタンレー・フランシスの、四歳の息子だ。正体不明の犯人は、五万ドルを支払わなければ誘拐すると脅迫していた。フランシスはもちろん、そんな巨額を出すことを拒否した。そして彼は警察に通報し、これでよしと思っていたら、子供が誘拐されたのだ。犯行はありきたりの手口で――専用の乗り物から連れ出されてどうの、というような具合だった。

　ハッチは、いきいきと記事を書いた。しかし、彼がこの経緯を語るべき相手が、もう一人いた。ちらりと時計を見て、さらにもう一枚原稿を引き抜くと、給仕の少年が大慌てで持っていった。

「あとどれくらいある？」と、社会部長が声をかけた。

「一段落だけ」と、ハッチは答えた。

　彼のタイプライターは、さらに数分陽気な騒音を立て、やがて停止した。最後の原稿が取り出される。彼は、立ち上がって脚を伸ばした。

「電話ですけど」と、給仕の少年が彼に言った。

「誰からだ？」と、ハッチは訊いた。

「さあ」少年が答えた。「ピクルスを食べながらしゃべってるみたいな声ですよ」

　ハッチは、指さされた電話室へと入っていった。電話の相手は、オーガスタス・S・F・X・ヴァン・デューセンだった。思考機械と呼ばれる高名な科学者の、不機嫌そうに苛《いら》ついた声に、記者はすぐ気がついた。

「ハッチ君、君かね？」と、電話線の向こうから呼びかけてきた。

「はい」

「今すぐ用事があるのだが、いいか？」彼は訊ねた。「非常に重要な用件だ」

「わかりました」

「ではよく聞いてくれ」思考機械が指示を出した。「パーク・スクエアから路面電車に乗れ。ブルックリン経由ウォーチェスター行きだ。ブルックリンから二マイルほど行くと、ランダルズ・クロッシングというところがある。そこで降りて、右にずっと歩くと、小さな白い家がある。その家の正面のちょっと左の空き地を横切ったところに、大きな木があるのだ。茂みのちょうど端に立っている。注目を惹《ひ》かないために、茂みを抜けて近づいたほうがいいかもしれん。ここまではわかったか？」

「はい」と、ハッチは答えた。彼の想像力は膨らんでいた。

「今夜今すぐ、その木まで行け」思考機械は続けた。「だいたい目の高さあたりに、小さな穴が空いている。穴の中を探ってみたまえ。そして、何があるのか確かめるのだ――何であろうと関係はない――そしてブルックリンに戻り、私に電話をするのだ。これは、最重要の用件だ」

記者はちょっと考え込んだ。まるで、デュマの小説の一節のようだ。

「一体どういうことなんです？」と、彼は興味津々で質問した。

「行くのかね？」と、反対に質問された。

「ええ、もちろんです」

「さようなら」

カチャリという音がして、向こうの受話器が降ろされたのがわかった。彼は肩をすくめて「おやすみなさい」と社会部長に言い、出ていった。一時間後、彼はランダルズ・クロッシングにいた。真っ暗な夜だった――あまりに暗かったので、ほとんど道路が見えなかった。路面電車が走っていき、その灯りが闇に呑まれた。ハッチは、白い家を探し始めた。彼はようやくそれを発見し、空き地越しに問題の木を見つめた。遥か彼方の街の灯を背にした、とても高い木だった。

場所を確かめると、新聞記者は茂みが道路に続いているところまで、百ヤードほど移動していった。彼はフェンスを乗り越え、闇の中をよろめきながら進んだ。たくさんの引っかき傷ができた。十分ほど格闘をした末に、ようやく木のところまでたどり着いた。

小さな懐中電灯の助けを借りて、例の穴を発見した。自分の手よりも、少し大きいだけだった。樹の幹が腐って空いた穴だ。一瞬、中に手を入れるのをためらった――何があるのか、予想もつかなかったからだ。そして、苦笑いを浮かべると、指示に従った。

腐った木片以外には、手に触れるものなどなかった。仕方がないので、つかんで地面に捨てた。さっぱりわけがわからなかった。もう一度手を突っ込み、何度もつかんだ末に発見したのは――一本の紐切れだった。どこにでもあるようなただの平凡な紐――白い紐だった。じっと見つめると、笑みを浮かべる。

「ヴァン・デューセンは、こいつをどう解釈するんだろう？」と、ひとりごとを言った。

再び彼は穴に手を突っ込んだ。しかし、これでおしまい――紐切れだけだった。そして、また考えた。細部もおろそかにしなかったので、彼は一流の新聞記者になれたのだ。彼は巨大な木のまわりを観察して、別の穴が空いていないだろうかと確かめた。だが、そんなものはなかった。

およそ四十五分後、彼はブルックリンにある終夜営業のドラッグストアに入り、思考機械に電話をかけた。相手はすぐに出た。

「さて、さて、何を見つけたかな？」と、質問が飛んできた。

「特に興味を惹くようなものはないと思いますが」新聞記者はにやにやしながら答えた。「紐切れが一本だけでした」

「よろしい、よろしい！」思考機械は喚《わめ》いた。

「どんな形をしている？」

「そうですね」新聞記者は値踏みした。「ただの白い紐切れのようですが――木綿でしょう――長さはだいたい六インチです」

「結び目はないか？」

「ちょっと待ってください」

彼はポケットに手を突っ込んで、紐を取り出した。すると、思考機械のぎょっとするような大声が、電話の向こうで響いた。

「置いてきたのか？」と、問いただす。

「いいえ。ポケットに入ってますけど」

「いやはや！」科学者は、苛ついた様子で叫んだ。「それは困った。ともかく、結び目はあるか？」彼は諦めた様子で問いかけた。

ハッチは取り返しのつかない間違いを犯してしまったような気がした。「はい」彼は、調べてから答えた。「結び目が二つあります――普通の固結びで――二インチほど間が開いています」

「一重か、二重結びか？」

「一重結びです」

「素晴らしい！ さて、ハッチ君、聞きたまえ。結び目のうち、一つを解くのだ――どちらでもいい――そして、ていねいに紐をまっすぐに伸ばすのだ。さらにそれを、君が見つけた場所に戻してきてほしい。それが済んだら、また電話をかけてくれ」

「今、今夜にですか？」

「ただちにだ」

「しかし――でも――」と、呆れた新聞記者は言いかけた。

「切羽詰まった緊急なのだ」苛ついた声が、彼を説き伏せた。「その紐を持ってきてはいかん。私は君に、そこにあるかどうか見てくるようにと命じただけだ。しかし、君は持ってきてしまったのだから、できるだけ早く戻さねばいかん。私を信じるのだ。最重要の用件なのだ。それから、私に電話をするのを忘れないように」

鋭い命令口調のおかげで、新聞記者は興味を掻き立てられて、新たな行動に出た。外に出ると、郊外行きの路面電車がちょうど通り過ぎたところだった。彼は走って追いかけ、それに飛び乗った。座席を占めると、結び目の一つを解き、紐をまっすぐにした。こんな馬鹿げたことをやっているのはどうしてだろうという思いは消えなかった。

「ランダルズ・クロッシング！」と、車掌が叫んだ。

ハッチは路面電車から降りて、先ほどの道を再びたどり、茂みを抜けると高い木に近づいた。穴を見つけ、手を突っ込んで紐を戻したときだった。すぐ後ろ、ほとんど耳の近くで女の声がした。彼女はこう言った。

「手を上げなさい！」

ハッチは理性的な人間であり、将来に野望と希望を持っていた。だから、彼は迷うことなく両手を上げた。「何か起こるだろうと思っていたよ」と、ひとりごとをつぶやいた。

彼は、振り返って女性を見た。闇の中に、背が高くてほっそりとした人影がぼんやり見えるだけだった。鼻先から二十四インチ離れたところに、拳銃が突きつけられている。これは、難なく見分けられた。闇の中でも少し光っていたので、よくわかった。

「さて」新聞記者は、直立しながらようやく声を出した。「あなたの番ですよ」

「あなたは誰？」女が訊いた。その声はしっかりしていて、耳に心地よかった。

記者は、この謎について何もわかっていなかった。彼は、自分の正体を明かすのは賢明ではないと感じた。思考機械が何か事件に取り組んだその結果が、この事態なのだろう。おそらく、側面から控えめにその捜査に協力しているのだと思われる。だから彼は慎重にしたほうがいいのだろう。

「僕はウィリアムスだ」と、即座にそう答えた。「ジム・ウィリアムス」と、つけ加える。

「ここで何をしているの？」

またこれも、考えなくてはいけない。こいつは彼には答えられない質問だ。ここで何をしているのか、彼にはさっぱりわからないのだ。自分は一体何をしているのだろう。当てずっぽうに、賭けてみるしかなかった。どきどきして、体が震えた。

「彼に言われて来た」謎めかして、そう言ってみた。

「誰？」と、女は疑い深く問いただした。

「名前を言ってもしょうがないだろう」と、記者は答えた。

「そう、もちろんそうね」女はつぶやいた。「わかってる」

少しの間があった。ハッチは、じっと拳銃を見つめていた。最初に見てから、毛筋ほども動いていなかった。闇の中、当惑しながらも、彼はじっと見つめていた。目を離せなかった。

「それで、紐は？」と、女はようやく言った。

記者は、いよいよ泥沼に陥ったという気がした。女のほうは、この新たな狼狽にほっとした様子だった。

「木の中にあった？」と、続けた。

「ああ」

「結び目はいくつ？」

「一つだ」

「一つ？」彼女は、驚いた様子で繰り返した。「手を突っ込んで取り出して、こっちに渡しなさい。ごまかしはだめよ、さあ！」

ハッチは、不承不承その命令に従った。彼女に、何のごまかしもないという印象を与えるためだった。彼女が紐を受け取るとき、指先が彼の指に触れた。すべすべして、繊細だった。暗闇の中でも、はっきりわかった。

「そして、彼はなんて言ったの？」と、彼女は続けた。

もうここまで足を突っ込んでしまった以上、記者は突き進もうと思った——実際やらざるを得なかった。

「彼はイエスと言った」と、拳銃から視線を逸らさずにつぶやいた。

「イエスですって？」女は、厳しい声で繰り返した。「本当に？」

「そうだ」と、記者は繰り返した。誰かは知らないが、誰かの事件に巻き込まれてしまったのだという考えが、心の中に浮かんだ。ともかく、こうして拳銃が彼を狙っている以上、どうしようもなかった。

「あれはどこにあるの？」と、女が質問した。

これで彼は、まったく手がかりを失ってしまった。「わからない」と、弱々しい声で答える。

「彼はあなたに渡さなかったの？」

「いや、違う。彼は——僕に託しはしなかった」

「じゃあ私は、どうやってあれを手に入れたらいいの？」

「ああ、彼がちゃんとやるだろう」ハッチは彼女をなだめた。「たしか彼は、明日の晩とか言っていたように思う」

「どこで？」

「ここだ」

「嬉しい！」女は突然あえいだ。大きく感情が動かされたにもかかわらず、その声は乱れなかった。それに、拳銃をそらすほど感極まったわけでもなかった。

長い沈黙が続いた。ハッチは、可能性を検討してみた。まず何よりも、拳銃を奪わねばならなかった。彼は、未だに両手を上げたままだ。しかし、この状態がずっと続かないともいえなかった。女が、ようやく沈黙を破った。

「あなたは武装しているの？」

「いや、していない」

「本当に？」

「本当だ」

「手をおろしていいわ」彼女は、満足気に言った。「そして、私の前を歩いて空き地を横断し、道路に出て。そこで左に曲がりなさい。絶対に振り向かないでよ。うしろで拳銃が頭を狙っていますからね。逃げようとしたり、声をあげようとしたりしたら、撃ちます。わかったかしら？」

記者はちょっと考えた。「よくわかった」と、ようやく言った。

彼らは、よろめきながら道路に出た。そこでハッチは、指示通りに向きを変えた。闇の中、背後の小さな足音とともに歩きながら、急に走り出して自由の身になろうかと彼は考えた。しかし、これはかなりの賭けだった。命令に従っている限り、命の危険はなさそうだった。それに、この一件には思考機械が何かしら関与をしているのだ。ハッチは、そのことを知っていた。それを思い出して、安心をした。

今の状況をありのままに考えてみれば、これからどこに行こうが、もっとましな場所にたどり着くことになるだろう。そう考えていると、女のすすり泣きが聞こえたので、びっくりして振り向きかけた。しかし、彼女の警告を思い出して、やめておいたほうがいいと考え直した。もし振り向いていたら、彼女がだらりと拳銃を下に向けて、泣きながらよろめき歩いているのを目にしたことだろう。

一マイルあまり進んだ末に、ようやく彼らは目的地に到着した。道路からかなり引っ込んだ家だ。

「中に入りなさい！」と、彼女が命令した。

彼は門の中に入った。そして五分後、小さな家の一階の、快適にしつらえた部屋の中に立っていた。薄暗い灯りが燃えていた。女性は、それを明るくした。そして、挑戦的とも見える態度でヴェールと帽子をかなぐり捨て、彼の前に立った。ハッチは驚いた。彼女は美しかった——びっくりするほどの美人だった——しかも若くて優雅で、若い女性の見本とでもいうべきほどだった。彼女の頬は紅潮していた。

「わたしのことを知っているでしょう？」と、彼女は大きな声をあげた。

「ええ、もちろんですとも」と、ハッチは認めた。

そうは言いながらも、彼女を見たことは、一度もなかった。

「ずっとあなたに銃を向けているなんて、きっとびくびくしているからだと思っていたでしょうけど、わたしは死ぬほど怖かったわ」と、女は続けた。そして弱々しい笑みを浮かべ、「でも、こうするしかなかったのよ」

「これしかなかった」と、ハッチは同意した。

「さあ、何が起きたのか、紙に書いて彼に報告してちょうだい」彼女は言った。「そして彼に、もう一つの件も今すぐ手配しなくちゃいけないと伝えて。あなたの手紙が届くかどうかちゃんと確かめるから。ここに座りなさい！」

彼女は、脇のテーブルから拳銃を取り上げ、椅子を据えた。ハッチは、テーブルに歩み寄って座った。ペンとインクが目の前に置かれた。彼は罠に落ちたのだ。今まで適当にしゃべっていたわけのわからない「彼」宛ての手紙なんて、書けるはずがない。さらにわけのわからない「もう一つの件」も、それが何にせよ、なおさらだ。彼は、むっつり黙ったまま紙に目を落としていた。

「どうしたの？」と、疑い深げに彼女が問いただした。

「僕には——僕には書けない」と、彼はいきなり告白した。

彼女は一瞬、冷たい目で彼を睨みつけた。予想していたかのようだった。かわりに彼は、改めて拳銃をじっと見つめた。緊張を感じたが、安心はできなかった。

「あなたは関係ないのね！」彼女はようやく叫んだ。「刑事なの？」

ハッチはそれを否定しなかった。彼女は、ドアの近くの呼び鈴まで後ずさった。彼から視線を外さずに、何度も激しくベルを鳴らした。するとドアが開き、召使いらしい二人の男が入ってきた。

「二階の裏部屋にこの紳士を連れていきなさい」彼らには目もくれず、そう命令した。「閉じ込めるのです。きちんと見張っているように。逃げようとしたら、阻止しなさい！　以上です」

また、デュマの小説のような場面が繰り広げられた。記者は説明しようとした。しかし、女性の瞳に容赦のない、危険さえ感じさせるような色が浮かんでいたので、命令に従うことにした。そして彼は、囚われの身となって階段を上っていった。一人の男が部屋の中に残って、見張り役を務めた。

ハッチが眠りに落ちるころ、夜が明け始めた。彼は十時ごろに目を覚ました。日は高々と昇っている。見張りは目をぎょろつかせながら、ずっとドアのそばに座っていた。新聞記者はしばらくじっと横たわったまま、このいきさつについてどう説明しようかと考えを巡らせたあげく、結局、陽気にこう声をかけた。

「おはよう」

見張りは、ちらりと見やっただけだった。

「名前を教えてもらってもいいかな？」と、記者は質問した。

答えはなかった。

「あの女性の名前は？」

答えはなかった。

「僕はどこにいるんだ？」

答えはなかった。

「どうして僕がここにいるのか教えてくれないか？」

それでもなお答えはなかった。

「もし僕が」ハッチはさりげなく続けた。「ここから出ていこうとしたら、君はどうする？」

見張りは、拳銃をちらつかせた。記者は満足した。「耳が聞こえないわけじゃない。それは確かだ」彼はひとりごとを言った。

彼は午前中の残りの時間を、あくびをしたり、思考機械はどうしているだろうかと考えたりして過ごした。それから、無断で欠勤して誘拐事件の続報を書かないので、社会部長は怒り狂っているだろうなと思ったりもした。結局彼は、肩をすくめてあれこれ考えるのをやめ、これからどうなるか座って待つことにした。

午後の早い時間のことだった。隣の部屋から、笑い声が聞こえた。最初は女性の声だった。そして、子供の金切り声。ようやく、いくつかの言葉が聞き取れた。

「ぐったいよお！」と、子供が叫び、また笑い声がした。

記者は、その後の笑い声から考えて、「ぐったいよお」というのは、おそらく「くすぐったい」という意味だろうと推測した。しばらくして、この明るい声がやみ、それから、子供が何かを要求しつづける声が聞こえた。

「んまになって」

「だめ、だめ」と、女性は諫《いさ》めていた。

「いやだよ。んまになって」

「だめよ。モリスに、んまになってもらいましょう」

「いや、いや、んまになって」

それで終わりだった。結局誰かが「んま」になったらしい。あたりを跳ねまわる音がしていたからだ。しかし、やがてその音もやんだ。さらに一時間、ハッチは退屈していたが、見張りからはずっと目を離さなかった。そしてそわそわしはじめた。彼は、見張りのほうをきっと振り向いた。

「何も起こらないと思っているのか？」と、彼は問いただした。

見張りは、何も言わなかった。

「黙ったままでいられるなんて思うなよ」ハッチは、怒った様子で喚いた。

彼は、長椅子の上で長々と伸びた。この数時間、何も起こらないので飽き飽きしていた。そのとき、ドアのほうで何か動きがあった。彼の注意が惹きつけられた。そちらを見つめる。見張りも物音に気づき、拳銃を手にドアに歩み寄って、慎重に鍵をあけた。早口の小声で数語言葉を交わすと、部屋から出ていった。ハッチはその瞬間、窓に駆け寄ろうと思ったが、すぐに女が入ってきた。彼女は拳銃を持っていた。真っ青な顔つきで、武器で脅しをかけていた。彼女は、ドアに鍵をかけなかった――閉めただけだったが、拳銃を突きつけた彼女自身の存在によって、行く手を阻《はば》んでいた。

「今度は何だ？」と、ハッチはうんざりした様子で言った。

「何も喋《しゃべ》らないで。絶対に音を立てないで」緊張した様子で囁《ささや》く。「逆らったら、殺します。わかったわね？」

ハッチは頷いて、わかったという意思を示した。この、いきなりの見張りの交代と警告は、いったい何を意味するのだろうかと、彼は考えた。誰かがやってきたのか、それともこれからやってくるのではないだろうか。その推測は、すぐに裏づけられた。離れたところから、ドアをノックする音が聞こえたのだ。

「音を立てるんじゃないよ！」と、女が囁いた。

　階下のどこかから、ノックに応《こた》えた召使いの足音が聞こえた。しばらくすると、二人の話し声が聞こえた。突然一方が声を高めたので、何を話しているのかが聞き取れた。

「なぜだ、ウォーチェスターはそんな離れているわけがない」と、苛ついた様子で抗議していた。

　ハッチにはわかった。あれは思考機械だ。女は彼の態度の変化に気がついて、拳銃の撃鉄を起こした。新聞記者に、ある考えが浮かんだ。彼は、あえて声を立てなかった。そんなことは自殺行為だ。もしかしたら、鍵を落としたりするだけでも、注意を惹けるかもしれない。その音が思考機械に聞こえれば、正しく状況を理解してくれるかもしれない。片手はポケットに入っていた。そして、ゆっくりと鍵を取り出した。危険を冒すつもりだった。もしかしたら――

　すると、新たな音がした。それは、パタパタという小さな足音だった。閉まっていたドアが押し開けられ、くしゃくしゃの髪の毛をした子供、男の子が走り込

んできた。

「ママ、ママ！」と、子供は大声を出した。女性に走りより、スカートにしがみつく。

「ああ、坊や！　どうしたの？」彼女は哀しげに訊いた。

「わたしたち、どうしたらいいのかしら！」

「僕、こわい」と、子供は続けた。

　彼が逃げ道と考えていたドアが開いたので、ハッチは鍵を落とすのをやめた。そのかわり、彼は女性を見つめ、そして子供に視線を移した。下からまた、思考機械の声が聞こえた。

「では、自動車道路までどれくらいの距離があるのだ？」

　召使いが返事をしたようだった。足音がして、玄関が閉まった。思考機械がやってきて帰っていったのだと、ハッチにはわかった。それでもなぜか、彼は冷静だった。震える指が未だにピストルの引き金にかけられているというのに、平然としていた。

　母親のスカートの陰に隠れながら、少年は恥ずかしそうにハッチを覗き見ていた。記者はじっと見つめ返して、ようやく得心した。この子はウォルター・フラ

ンシス、例の誘拐された少年なのだ。彼の写真は、数多くの都市のあらゆる新聞に掲載されていた。こいつは特ダネ――それもとびきりの特ダネだ。

「フランシス夫人、どうかその撃鉄を下ろしてください――」と、彼は穏やかに示唆した。「僕は何も手出しをしませんし、あなたはかなり緊張されているようですから」

「わたしのことを知っているの？」と、彼女が訊いた。

「だって、そこにいるお子さんのウォルター君が、あなたをママと呼んだじゃないですか」

フランシス夫人が無造作に撃鉄を下ろしたので、ハッチは思わず身を避けた。ふと見ると、彼女は涙を流していた。こんな場面には、男は動揺するもので、それは新聞記者も例外ではなかった。ついに彼女は拳銃を床に落とし、両腕で愛情深く少年を強く抱きしめた。子供は、嬉しそうに抱きついていた。ハッチはそのあいだにドアから出ていくこともできたが、あえて座ったままでいた。彼にも、ようやく状況が呑み込め始めていたのだ。

「あの人たちには連れていかせない！」と、母親はすすり泣いた。

「今のところ、もう大丈夫ですよ」記者は彼女をなだめた。「この子を連れ去りに来た男は、行ってしまいました。ところで、僕に真実を話してくだされば、きっと――きっとお力になれると思いますが」

フランシス夫人は、驚いて彼を見つめた。「わたしの力になってくださるんですって！」

「説明してくだされば、何かしてさしあげられるでしょう」と、ハッチは繰り返した。

彼の頭の中の、ずっと奥深くの記憶が呼び起こされようとしていた。そしてそれがはっきりしたときに、どうしてもっと早く思い出さなかったのだろうと、我ながら驚いた。それは、ある夫婦の揉め事で、その主役はスタンレー・フランシス夫妻だった――彼の目の前の、当惑しきっている若い美人だ。たった八、九カ月前のことだった。

表面上、彼女はスタンレー・フランシスから逃げたのだった。何度も暴力沙汰があり、彼女は小さな息子を残して家を出た。その直後、彼女はヨーロッパに渡った。離婚協議が行なわれるだろうと噂され、少なくとも、法律上の別居にはなるだろうといわれた。しかし、それ以後まったく噂は流れなくなった。目の前のフランシス夫人は、ハッチ相手に支離滅裂にもならず、一気にまくしたてながら、ときどきすすり泣いたり、涙を流したりしていた。

「彼は叩いたんです、わたしを叩いたんです！」彼女は、怒りと恥辱の色を見せながら告白した。「わたしにはとても衝撃的でした。絶望しました。のちに、わたしがヨーロッパに行く前に、法律的にどうなるかを知りました。でも、わたしは坊やが気がかりでなりませんでした。わたしは帰ってきて、この子を取り戻す決心をしました――必要ならば、誘拐もする覚悟でした。そして、本当に実行しました。もう、絶対に手放しません。邪魔をする人間は殺してやります」

　これこそ母性本能というやつだと、ハッチは思った。虎のような獰猛な愛は、何者も止めることができないのだ。

「五万ドルを払わないと子供を誘拐するぞという脅迫状を、夫に送る計画を思いつきました」フランシス夫人は続けた。「その目的は、玄人《くろうと》の犯行のように思わせることです——なんというのでしょう？——誘拐犯ですか。でも、わたしがすべての計画を完遂して坊やを手に入れるまで、その要求の手紙は送りませんでした。夫には、他の誰かの犯行だと思ってもらいたかったのです。少なくとも、私たちが安全にヨーロッパに着くまでは。だって、長いあいだ法廷で争わなくてはならないじゃないですか」

「坊やをさらいましたら、すぐにわたしだと気づかれました。ずっとわたしの手元において、父親から訴えを起こされるようなことがないようにしたかったのに。そこでわたしは、フランシスに手紙を書きました。ウォルターが手元にいること、そして、どうか正式な書類をつくって、わたしの子として引き渡してほしいと告げました。その手紙の中に、どうやって彼の意志を伝えるのか、方法を指示しました。もちろん、わたしの住所は告げませんでした。わたしは、あの紐に二つの結び目を作って、木の穴に入れておきました。あれは、ずっと昔、まだ娘時分に二人が近所に住んでいたころの、子供っぽいロマンチックな通信手段でした。わたしに子供を渡すことに彼が同意するのなら、昨晩のうちに彼自身で、もしくは誰かをよこして、二つの結び目のうち一つを解いておくよう記しました」

　これで、ハッチの引っかかっていた謎が解けた。彼には、すっかり明らかになった。妻からの二通目の手紙を持って警察に行く前に、フランシスは思考機械のもとを訪れたのだ。思考機械は、記者を派遣して結び目を解かせた。それは、子供を引き渡してほしいというフランシス夫人の要求に「イエス」と答えることになる。そして彼女は、自分の住所を手紙で伝え、それが子供の行方の手がかりとなるのだ。これで、すべてがはっきりした。

「手紙の中で、紐切れがあることを伝えていたんですか？」と、彼は訊いた。

「いいえ。単に、あの場所であなたの答えを期待している

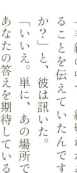

と書いただけです。『イエス』か『ノー』か、昔したように彼がはっきり答えられる何かを置いておくとだけ伝えました。紐切れは、娘時代のいろいろな変わったやり方の一つです。結び目二つが『ノー』で、一つだったら『イエス』です。もし他の人に紐切れが見つかったとしても、まったく意味がわからないでしょう」

なるほど、思考機械が、最初は紐があるとは言わず、結び目のうちの一つを解けと指示もしなかった理由がわかった。科学者は、昔のロマンチックな日々に行なわれた他の遊びであるかもしれないと予想していたのだ。

「あなたとあそこで会ったとき」フランシス夫人は、話を再開した。「あなたは偽者だと思いました――どうしてかはわかりませんけど、そう感じたんです――でも、あなたの答えはある意味正しかったのです。あなたが見た目通りの人物ではないのかもしれないと怖くなり――刑事かもしれないと思ったのです――子供が解放されるまで〔訳註：母親が誘拐したと述べているのに矛盾する〕、あなたをここに閉じ込めておくことにしました。あとはご存知の通りです」

記者は拳銃を拾い上げ、指に引っかけるとぐるぐる回した。こんなことをしても、フランシス夫人はまったく気にする様子もなかった。

「どうして、子供を手に入れたあとも、ずっとここにいたのですか？」と、ハッチは質問した。

「市内よりも安全だと思ったのです」彼女は正直に答えた。「私が坊やを連れて乗るつもりだったヨーロッパ行きの汽船は、明日出発する予定です。今夜、ニューヨークに行って乗船するつもりでした。でもこれでは――」

記者はちらりと子供を見やった。母親の腕の中で、眠りに落ちていた。その小さな手は、しっかりと母をつかんでいた。とてもかわいらしい光景だった。ハッチは心を決めた。

「じゃあ、荷造りをされたほうがいいでしょう」彼は言った。「一緒にニューヨークに行って、できるだけのお手伝いをしましょう」

数時間後、ニューヨーク行きの汽車の中で、ハッチはフランシス夫人に向かって奇妙な笑みを浮かべた。

「どうして拳銃に弾を込めておかなかったんですか？」と、彼は訊いた。

「だって、誰かが傷ついたら恐ろしいじゃありませんか」と、彼女は笑いながら答えた。

彼女は、母親の苦悩が解消され、喜びに満ちた女性として、穏やかな幸福にひたっていた。そして時折り、傍らで眠る子供へと目をやっていた。その姿を見て、ハッチは満足した。法的にどんな立場になるのか、彼にはわからなかったが、そんなことはどうでもよかった。

ハッチンソン・ハッチの、フランシス夫人と息子のヨーロッパ逃避行という特ダネ記事は、目を見張るような素晴らしいものだった。しかし、そこにはすべての事実が記されているわけではなかった。一週間ほどのちに、彼はそれを思考機械に語った。

「わかっておる」科学者は最後に言った。「フランシスが私のところに来た。その事件には、興味を覚えた。そして、彼の言葉からほとんどすべての事実がわかった。あの家に監禁されていた君が、私の声を耳にしたときは、母親の手元に子供がいることを確かめに行っただけだ。子供が母親を呼ぶ声がしたので、満足して立ち去った。君があそこにいることも知っていたぞ。なにしろ君は、約束した二度目の電話をしてこなかったからな。それに、フランシス夫人親子の真実を君が知ったらどう行動するかは、すぐにわかる。私が立ち去った以上、君がすべきことは明らかだろう。フランシス本人は、実に見下げた男だ。本人にもそう言ってやった」

これで、この一件についてはすべておしまいとなった。

水晶占い師

The Crystal Gazer

不気味な目玉をぎょろつかせた偉大なる神ブッダが、台座の上であぐらをかいて座り、じっと薄暗がりを睨みつけていた。羽を広げて天井からぶら下がっている孔雀形のランプのちらつく光の中、まるで東インドの宮殿の奥の院のような部屋を見つめていたのだ。カーテンが、あちらこちらに下がっていた。豪華な刺繍が施されたソファが、そこここに置かれていた。獰猛なトラの皮の敷物が、床から睨みをきかせていた。目につきにくい片隅から、不気味な偶像が不愉快そうな笑みを浮かべていた。奇妙な武器が、壁を飾っていた。しかし、外からは路面電車の騒音がはっきり聞こえてくるのだった。

そこにいる唯一の人間は、これらすべてとまったく対照的だった。夜会服を着た男が、煙草を吸っている。年齢は五十、いや六十歳ぐらいだろうか、長いあいだ戸外で過ごした、赤銅色の顔をしていた。豊かな髪の毛や口髭《くちひげ》には、ほんの少し灰色がさしていた。その瞳はしっかりとして澄み切ってはいたが、憂いも窺《うかが》われた。

長いあいだ座っていたが、右手のカーテンが開くと、一人の少女が現われた。彼とは対照的なこの風景の一部と、彼女はなっていた。つやつやとした黒髪が、肩の上に広がっていた。瞳は、謎めいた輝きを放っていた。東洋の衣装を身にまとっている。一瞬、彼女は立ったまま男を見つめ、それから、軽い足取りで中に入ってきた。

「ヴァリック旦那様《サヒブ》」と、彼女はそれが挨拶であるかのように、おずおずと話しかけた。「おじゃまでしたか？」その声はやわらかな喉頭音で、母国語のアクセントが残っていた。

「いやいや、ジャデー。入りなさい」と、男は言った。

彼女はにっこり笑うと、男の近くの足乗せ台に座った。▼1

「兄は？」と、彼女は訊いた。

「暗室にいる」

ヴァリックは、彼女をちらりと見やっただけで、考え深げに虚空を見つめるばかりだった。ときどき彼女は恥ずかしげに、彼のことを気になる様子で見やるが、彼のほうはさっぱり関心を向けることはなかった。まったく別のことを考えていたのだ。

「どういったご用件なのですか、旦那様《サヒブ》？」と、彼女はしばらくしてから質問した。

「株式市場で、ちょっとした取引があった」ヴァリックは、さりげない様子で答えた。「私と同じように、アデームも戸惑っているようだ。もう三十分も、暗室に籠もりきりだ」

　彼は煙草を吸いながら物思いにふけって、あらぬかたを見つめていたが、ふとその視線をほっそりとした美しいジャデーに移した。足乗せ台の上で、両手で膝をつかんだまま前屈みになり、何かを深く考えている様子だった。頭を上に向け、ちらつく灯りに顔を照らし出されていた。彼女は可愛いんじゃないかという感情が、ヴァリックの心をふとよぎった。そして、他の女性に言うようなことを口走ろうとしたとき、背後のカーテンがさっと開いた。二人とも、そちらを見やった。

　もう一人の男――東インド人――が入ってきた。この男は、アデーム・シンという水晶占い師で、予言者らしいけばけばしいローブを身にまとっていた。彼も、この風景の一部となっていた。彼の、

真意を読み取りにくい意志の強そうな顔には、一抹の不安の色が混じっていた。

「どうだ、アデーム？」と、ヴァリックは訊いた。

「奇妙なものが見えました、旦那様《サヒブ》」予言者は、厳かな顔で答えた。「水晶球は、危険を告げています」

「危険だと？」繰り返したヴァリックは、眉をひそめた。

「いや、まあ、いかようにも対処できるだろう」

「あなたの考えているような危険ではありません、旦那様《サヒブ》」と、水晶占い師は、曇った表情で続けた。「それとは別の危険なのです」

　ジャデーという娘は驚きの目で彼を見やり、母国語でいくつか質問をした。彼も同じ言葉で答えると、彼女は恐怖に満ちた顔で突然立ち上がり、ヴァリックの足元で泣き崩れた。

　ヴァリックも理解した様子で、不安げに占い師を見つめていた。

「死ぬのか？」彼は大きな声を出した。「どういうことだ？」

　アデームは一瞬黙ったが、白人がじっと物言いたげに見つめる前で、重々しく一礼してみせた。

「申し訳ありません、旦那《サヒ》

様《ブ》」彼はようやく口を開いた。「あなたがわれわれの言葉を理解できないことを、忘れていました」

「どういうことだ？」ヴァリックは叫んだ。「言ってくれ」

「できません、旦那様《サヒブ》」

「いいから言ってくれ」[2]と、相手は言い募った。彼は命令口調になった。「言え」[3]

水晶占い師は、彼のほうへと部屋を横切ってきて、立ち止まると、白人の肩に手を置いた。そして、白人の顔に恐怖の表情が浮かんでいるのを見つめた。

「水晶は、旦那様《サヒブ》」彼は口を開いた。「それによると――」

「だめ、いけない、お兄様」と、娘が懇願した。

「続けろ」[4]と、ヴァリックは命じた。

「誠に残念ですが、旦那様《サヒブ》と同じくらい私が愛する人を、悲しませることになるのです」予言者は、ゆっくりと語った。

「ご自分でご覧になったほうがよろしいのでは？」

「では、見せてもらおう」ヴァリックは答えた。「水晶の中に見えているのか？」

「はい、神の恩寵によって」

「しかし、私にはまったく何も見えなかったが」ヴァリックは思い出した。「何度やってもだめだった」

「今度は違うと思います、旦那様《サヒブ》」アデームは、静かに言った。「心の準備はおできでしょうか？」

ヴァリックは少々苛《いら》ついた様子で頷いた。[5]

「もちろんだ」と、返事をする。「ああ、大丈夫だ」

「とてもひどい衝撃ですが？」

再びヴァリックは我慢ならない様子で肩を揺すった。[6]

「ああ、なんでもかまわない」[7]と、彼は手短に言った。「何なんだ？　見せてみろ」

彼は、アデームが入ってきたカーテンへと大股で歩み寄った。一方娘はひざまずき、彼にしがみついて止めようとした。

「いけない、いけない、いけない」[8]と、彼女は懇願した。

「いけないわ」[9]

「やめなさい」ヴァリックは不愉快そうに命じたけれど、優しく屈み込むと、彼女の手を取って立たせた。「私は子供でも――馬鹿でもない」

彼は、カーテンを両側に開いた。その背後で、音もなく再び閉まる。ジャデーの悲しげな泣き声が聞こえ、歯を食いしばった。

彼は、水晶を安置してある暗室の中にいた。よくあるクローゼットよりは多少大きかったが、黒いヴェルヴェットの布を下げてあるおかげで、光が漏れてくることはなかった。しばらく立ち尽くしていると、目が闇に馴れてきた。そして次第に、不気味だが魅力的な水晶球が見えてきた。自らが放つ謎の光のおかげで、かすかに見えるのだ。黒いヴェルヴェットの台座の上に据えられていた。

ヴァリックは、このような場所には慣れていた――彼は、何度もこの暗室に入ったことがあるのだ。水晶球が置かれているテーブルの正面のスツールに腰を下ろし、手をついたまま透明な固まりを覗き込んだ。まばたきもせず一分、二分、三分と、わけもわからぬまま、ずっと座っていた。

　しばらくすると、水晶球に変化が生じた。自らが発する光以外の灯りが次第に強くなり、輝いているように見える。突然真っ暗になると、漆黒の闇の中から影のようにぼんやりとした、何者かわからない姿が現われた。そしてついに、玉にかけてあったヴェールが取り除かれたかのように、ひときわ明るくなった。彼は恐ろしげに、しかし食いつくように身を乗り出した。さらに、もう一枚のヴェールが溶けてなくなり、より明るい光が、玉を照らし出した。

　今度こそ、ヴァリックの目にも見えた。本や書類の散らかったテーブルがあった。椅子があった。近くの物陰には、炉棚があった。光は次第に強くなり、じっと見つめていると、目が痛くなりそうだった。しかし、彼は目を離さなかった。さっと光が射した。そして、すべてがはっきり見えた。彼は、信じられないというような面持ちでしばらくそれを観察していたが、ようやく何を見ているのか認識した。そこは――彼の書斎だった――何マイルも離れた、彼自身のアパートメントの中だった。

　突然わけのわからぬ恐怖感にとらわれたが、歯を食いしばって見つめ続けた。水晶球の外形は消え失せて、映像がよりはっきりと目に映った。ドアが開くと、一人の人間が、彼が見ている部屋に入ってきた。その男が誰かわかって、ヴァリックは小さく息を呑んだ。それは――自分自身だった。彼は男――自分――を見つめていた。しばらく彼は何をするでもなく書斎の中をさまよっていた。深く心が乱されている様子だった。そして、デスクのそばの椅子に座り込んだ。ヴァリックは、彼の顔に浮かんでいる感情まではっきりと読み取ることができた。観察していると、男は何か絶望したような手振りを――彼自身の手で――すると、デスクに屈み込み、頭を抱え込んだ。ヴァリックはぞっとした。

　長いあいだ、男は座ったまま身動きひとつしなかった。そのときヴァリックは、部屋にもう一人――男性だった――いるのに気がついた。この人間は、自分の視点のほうから情景に入り込んできた。顔は向こうを向いたままだった――ヴァリックには誰だかわからなかったが、何かを目にしたらしく、恐怖におびえ始めた。この正体不明の人物は、ナイフを手にしていたのだ。何も気づかずに椅子に座っている男――彼本人――に向かってこっそりと忍び寄り、凶器を振りかざしていた。

　言葉にならない悲鳴が、ヴァリックの真っ青な唇のあいだから飛び出した――警告の叫びだった――しかし、正体不明の男はどんどんと――彼自身へ向かって忍び寄ってくるのだ。自分の姿がちょっと身じろぎし、正体不明の男が飛びかかる。振り上げたナイフが一閃し、柄まで深々と突き刺さった。再び、わけのわからない金切り声がヴァリックの口から発せられた。心臓は早鐘のように打ち、顔は汗でびっしょりになっていた。支離滅裂なことをつぶやきながら、なすすべもなく崩れ落ちた。

どのくらいそうしていたのかわからなかった。しかし、ようやく気を奮い立たせた。水晶球は、ヴェルヴェットの台座の上で冷たく輝いていた。だが、あの陰惨な光景はすでに消え去っていた。もっと見たいという欲求は起こったものの、ひどく不快な恐怖感にとらわれていた。彼は立ち上がり、暗室からよろめき出た。真っ青な顔をしたまま、神経質そうに両手を握ったり開いたりしていた。

ジャデーは、長椅子に横たわってすすり泣いていた。彼が姿を現わしたのを見て、飛び起きた。そして、見なれているはずの彼の顔を、まじまじと見つめた。彼女は両手で顔を覆うと、わっとまた泣き出した。アデームは不機嫌そうに、仏像をじっと見つめていた。

「見た――わかった」ヴァリックは、くいしばった歯のあいだから絞り出すようにして言った。「しかし――信じられん」

「水晶球は嘘をつかないのです、旦那様《サヒブ》」と、占い師は悲しげに言った。

「しかしそんなはずは――ない」と、ヴァリックは反論した。

「ご注意ください、旦那様《サヒブ》、ああ、お気をつけて」と、娘は言い募った。

「もちろん気をつける」と、ヴァリックはぼそりと言った。彼はさっと、水晶占い師のほうを向いた。そして、脅すような声音で言った。「以前にも、こんな光景が見えたことがあるのか？」

「一度だけです、旦那様《サヒブ》」

「そして、本当にそうなったのか？」

アデームは、ゆっくり頷いた。

「明日また会おう」突然、ヴァリックは叫んだ。「この部屋は暑苦しい。外に出たい」

震える手で、夜会服の上に薄手のコートを羽織り、帽子を手にすると、現実世界へと飛び出していった。水晶占い師は立ち尽くしていたが、ジャデーが震えながら彼の腕にしがみついた。

「神の思し召しのままに」と、最後に彼は悲しげに言った。

＊▼　＊　＊▲[10]

オーガスタス・S・F・X・ヴァン・デューセン教授、▼またの名を思考機械▲[11]は、ハワード・ヴァリックをささやかな客間に迎えて、席に着くよう手招きをした。ヴァリックの顔は、土気色だった。目の下には隈《くま》ができていて、瞳は、どうしようもない恐怖の色に満ちていた。一挙手一投足から、おびえているのが見て取れた。思考機械は興味深げに彼を見つめていたが、大きな椅子にどすんと腰を下ろした。
しばらく、ヴァリックは何も言わなかった。彼は自分を押さえつけるのに必死だった。突然、彼はこう叫んだ。▼[12]
「来週には、私は死ぬことになっている。しかし、それをどうにか防ぐことはできませんか？」

思考機械は、巨大な黄色い髪の毛の頭を振り向け、驚きの表情を浮かべて彼を見つめた。[13]

「言うまでもなく、あなたがそう思い込んでいるのなら」彼は、苛ついた様子で言った。「どうすることもできん」その声には、皮肉っぽい色が含まれていたので、ヴァリックは多少冷静になった。「なぜ、そんなことになると考えているのだ？」

「私は、殺されることになっているのです――背中を刺されて――見ず知らずの男にやられるのです」と、ヴァリックは絶望した様子で一気に吐き出した。

「いやはや、いやはや、不運なことだ[14]」科学者が応じた。「もう少し詳しく説明してみなさい。しかし、まずはこれを[15]」彼は立ち上がって、実験室へ行った。しばらくすると戻ってきて、発泡している液体が入ったグラスをヴァリックに渡した。彼はそれを飲み干した。「しばらくすると落ち着く」と、科学者は説明した。

彼は席に戻り、長くてほっそりとした指の先と先を押しつけて、黙って座っていた。ヴァリックは次第に冷静さを取り戻してきた。感情を、どうにか抑えることができた。

「さて」思考機械は、ようやく指示をした。「詳しく説明しなさい」

ヴァリックは、何が起きたのかを明確に説明した。思考機械は、じっくりと聞いていた。一、二度彼は、訪問客のほうに顔を振り向けた。

「先生は、霊能力を信じますか？」一段落すると、ヴァリックはそう訊いた。

「あり得ないと自分で証明するまで、何事でも信じないということはない」という答えが返ってきた。「太陽を天に掲げた神は、他にも我々が決して理解できないことをしておられる」しばらく間が開いた。そして「この、アデーム・シンという男とは、どういうきっかけで出会ったのだ？」

「昔からずっと、霊能者や超自然など、理解できないことに興味をいだいていました」ヴァリックが答えた。「私にはかなりの財産があり、仕事もせず、家族もいないので、これを趣味にしていました。世界中のこうしたさまざまなことを、表面的にはですが、研究してきました。アデーム・シンとは、十年前にインドで出会いました。その後イギリスで再会し、彼は私の援助でオックスフォード大学で学び、さらにこちらへ来たという次第です。二年前、水晶球には不思議な力があると、彼は私に確信させました――つまり、テレパシーとか、自己催眠術とか、潜在意識精神行動というものです。それ以来、私はこれを、科学以外の何物でもないと思っているのですが、人生で重要な岐路に立ったときには、いつも導きを求めるようになりました」

「アデーム・シンを通じて？」

「はい」

「そして、秘密を守ることを強いられるというが――それは、彼のお告げがどういうものかという秘密かね？」

「はい[16]」

「一族に精神病患者はいるか？」

　この質問が横柄な叱責なのか、それとも純粋に情報を求めているのか、ヴァリックにはよくわからなかった。彼は、後者だと解釈した。

「いいえ」と、答える。「まったくいません」

「シン氏には、何度くらい相談したのか？」

「たくさんです。彼が何も告げなかったことも、何度もありました。水晶球から何も告げられなかったからだと、彼は説明していました。正しく助言をしてくれたこともありました。複雑な株式取引でも、間違った助言を与えたことはありません。だから、何事においても彼を信じざるを得ないのです」

「先の火曜日の晩に死ぬ場面を見るまで、水晶球の中にあなたが何かを見たことはなかったのだな？」

「あれが初めてでした」

「その殺人が起きる時期は、どうやって知ったのだ――来週と言ったと思うが？」

「それは、アデーム・シンが教えてくれたのです」と答えた。

「彼は、映像を読み解くことができるのです――彼はより詳しく――」

「つまり、彼はそれを仕事にしているのか？」と、科学者が口を挟んだ。

「はい」

「続けて」

「私は恐怖に駆られました――二人ともです――彼は私の求めに応じて、あの晩以来、例の映像を二度も呼び出してくれました。彼も先生と同じように、何が起こるのかを知りたがっていました。私の書斎には、週ごとのカレンダーが置かれています。つまり、表示されるのは、ある一週間のいつかなのです。そこに映っていたのは次の日曜日、すなわち、今月二十一日から始まる週だったのです。あれはその週に起きるのだと、考えざるを得ないではないですか」

　思考機械は立ち上がり、深く考え込みながら室内を行ったり来たりし始めた。ようやく、客の目の前で立ち止まった。[17]

「実に驚くべきことだ」彼は断言した。「今まで耳にしたさまざまなことの中でも、信じがたいものの部類に近い」

　ヴァリックは、感謝の目で見つめた。[18]

「すると、不可能だとはお思いにならないのですね？」と、彼は熱心に言い募った。

「不可能などというものは、存在しない」相手はきっぱり言った。「さてヴァリックさん、あなたは、自分の見たものが予言であると確信しているのかね？　その場所で、同じように死んでしまうと？」

「何も信じられません――何も」というのが、それに対する答えだった。

「それから、殺人犯予定者――とでも言えばいいか、その人物には心当たりはないのか？」

「ありません。あの姿は、まったく見たことがないものです」

「水晶球の中に見たのが、あなたの部屋であることは間違いない――間違いない[19]のだろうな？」

「まったくその通りです。絨毯《じゅうたん》、家具、暖炉、本、すべて私のものでした」

　思考機械は再びしばらく黙りこくっていた。[20]

「そうだとすると」彼はようやく口を開いた。「この事件は、まったく単純になる。この私にすべてを任せて、何も聞かずに指示に黙って従ってもらえるかね？」

「はい」今度のヴァリックの声には、熱心な希望があふれていた。

「これから定められた運命を、いささかばかりかき乱してやろうと思う」科学者は、重々しい口調で述べた。「何が起こるかはわからんが、予め決められたとでも言うべきことに一石を投じて調子を狂わせてやるのも、面白いではないか？」

　嘲《あざけ》るような笑みを薄い唇に浮かべながら、思考機械は隣の部屋にある電話に歩み寄り、どこかへ電話をかけた。ヴァリックには、相手の名前も会話の内容も聞こえず、ただ苛ついたつぶやきしか聞こえなかった。視線を上げると、科学者が戻っていた。

「召使いは――たとえば従者などは雇っているか？」と、科学者が訊いた。

「はい。年取った召使いが一人います。従者ですが、彼にはちょっと休暇を与えたので、今はフランスにいます。アパートメント――ほとんどホテルのようなところに住んでいるので、本当は一人もいらないのですが」

「よもや今、ポケットの中に、三、四千ドルほど持ってはいないだろうな？」

「いいえ、そんなたくさんはありません」戸惑った答えが返ってきた。「もし相談料が――」

「私は料金を受け取ったりはしない」科学者が遮った。「こうした事件そのものに興味があるだけだ。好きでやっているのだ。よい頭の訓練になる。そこですまないが、ハッチンソン・ハッチ宛に、四千ドルの小切手を切ってくれんか」

「誰ですか、それは？」と、ヴァリックが訊いた。返事はなかった。それ以上何も言わずに小切手が作られ、手渡された。

　十五分か二十分後、家の前にタクシーが停まった。ハッチンソン・ハッチ記者と、その連れが入ってきた。男は、フィリップ・バーンと紹介された。ハッチとヴァリックが握手をすると、思考機械は二人を見比べた。彼らはほとんど同じ体格だったので、彼は満足気に頷いた。

「さて、ハッチ君」彼は指示を出した。「この小切手を受け取って、ただちに現金化して戻ってきなさい。誰にも何も言わないように」

　ハッチは出ていった。彼が金を持って戻ってくるまで、バーンはヴァリックと政治談義をしていた。[21]思考機械は、バーンに札束を渡した。男はそれを数えて、ポケットに詰め込んだ。

「さて、ヴァリックさん。あなたのアパートメントの鍵を貸していただきたい」と、科学者は頼んだ。
▼それを受け取り、ポケットにしまった。▲22 そして彼は、ヴァリックのほうを向いた。
「今から」彼が言った。「あなたの名前はジョン・スミスだ。あなたは今ただちに、このバーン君と一緒に旅行に出かけるのだ。手紙一通、電報一本、小包一つたりとも、誰にも送ってはならん。何も買わず、小切手も切らず、誰とも話したり挨拶をしたりしてもいかん。電話をかけたり、誰かと連絡を取ろうとするのもだめだ。この私にでさえもだ。あなたは、すべてバーン君の指示に従うのだ」

ヴァリックは目を丸くしていたが、聞いているうちにさらに驚いた顔になっていった。▼23
「しかし、私の事件は——どうなるのです？」と、彼は抗議した。

「あなたの生死に関わることなのだ」と、思考機械は簡潔に答えた。

一瞬、ヴァリックは迷った。子供扱いされたような気がしていた。

「あなたがそうおっしゃるのなら」と、彼はようやく言った。

「さて、バーン君」科学者は続けた。「君は私の指示を聞いていたな。君の仕事は、それを守らせることだ。この男性と君には、厳格に従ってもらう。彼をどこか、よそに連れていってくれ。普通だったら十分すぎるほどの現金はある。ヴァリック氏脅迫事件に関して、誰かが逮捕されたと知ったら、ボストンへ——私のところへ——彼を連れて戻ってくるのだ。以上である」

バーンがきびきびと立ち上がった。

「いらっしゃい、スミスさん」と、彼が命じた。

ヴァリックは彼に従って、部屋から出ていった。

▼〈論理の問題〉▲24

▼25 テーブルの上には本や書類が散らばっている。椅子があり、その向こうの暗がりの中には暖炉がある……ドアが開き、男が部屋に入ってきた……深い悩みを抱えている様子で、書斎の中をとりとめもなく歩きまわっていたが、デスクのそばの椅子に腰を下ろした……両手で絶望したような手振りをし、両腕で頭を抱えてデスクに突っ伏した……もうひとつの人影が部屋に入ってきた……ナイフを手にしている……何も知らずに座っている相手の背後に忍び寄り、そのナイフを振りかざした……正体不明の影はさらに、さらに忍び寄る……。
目がくらむような閃光が走り、炎と煙が吹き出して、カチリという鋭い音がすると、煙の向こうから思いもかけず、ハッチンソン・ハッチ記者の声が聞こえてきた。

「どうかそのままそこにいてください」

「いい写真が撮れたはずだぞ」と、思考機械が言った。

煙が晴れると、アデーム・シンが立ち尽くしたまま、ハッチが手にした拳銃をじっと見つめる姿が浮かび上がった。ヴァリックの部屋にあるデスクから、ハッチが突然立ち上がったのだ。思考機械は、ごしごしと両手をこすりつけていた。

「思っていた通り、お前だったな」彼は水晶占い師に言った。「ナイフを捨てたまえ。それでいい。このようなやり方で計画を阻害するのは、いささか危ない橋ではあったが、君は策を弄しすぎたのだよ、シン君。君がこんなにこまごまとした演出にこらなければ、友人を殺すことができただろうに」

「私は、囚われの身ということでしょうか？」と、水晶占い師が訊いた。

「そうだ」思考機械は、嬉しそうに請け合った。「君は、ヴァリック氏殺人未遂の罪で告発されたのだ。君の妻や、一緒にいる連中も、共謀の罪で三十分以内に逮捕されるだろう」

　彼は、にやにや笑っているハッチのほうを向いた。記者は、思考機械が手にしたカメラの中の、フラッシュライトで撮影された特ダネ写真のことを考えていた。彼が知るかぎり、暗殺を試みている男の決定的瞬間を撮影した、世界に唯一の写真だ。

「さて、ハッチ君」科学者は続けた。「マロリー刑事に電話をして、ここに呼び出そう。そしてこの紳士を引き渡し、シン君の自宅にいるすべての人間を逮捕するよう部下を差し向けさせるのだ。もしこの男が逃亡を図ろうとしたら――撃て」
　科学者は出ていった。ハッチは、黙りこくっている囚人へ意識を集中した。彼は半ダースもの質問をしたが、まったく答えが返ってこなかったので、諦めた。しばらくすると、いつも通りの、マロリー刑事が現われた。驚きを懸命に抑え込んでいる様子で、水晶占い師を連行していった。
　そしてハッチと思考機械は、アデーム・シンの自宅へ行った。警察が先に到着して、四人の犯人をすでに連れ去っていた。その中には、ジャデーという娘も含まれていた。警備に残されていた警察官に許しをもらって中に入り、水晶球が置かれている暗室を探した。二人は一緒になって、ぎらぎら輝やく球体を覗き込んだ。ハッチはマッチを掲げた。

「でも、どうやったのか、まだわからないなあ」と、水晶球を見たあとになっても、記者はつぶやいていた。

　思考機械は球体を持ち上げて、台座に戻すという作業を何度も繰り返した。カチャリという小さな音が、どこから聞こえてくるのかを確かめようとしているらしかった。そして彼は、テーブルの上も下も手で触って確かめた。彼の指示にしたがって、ハッチは球体を非常にゆっくりと持ち上げた。そして科学者は、その下部にほっそりとした指を這《は》わせた。

「ああ」彼はついに声を発した。「思っていた通りだ。巧妙だ、ハッチ君。実に巧妙な仕掛けだ。ここに立って、闇の中で数分待ってくれれば、操作して見せてあげられるだろう」

　彼は姿を消した。ハッチは、水晶球を見つめて立っていた。なんだか、ぞっとする悪寒に襲われるようだった。ちょうどそのとき、ぼんやりとしか見えなかった水晶球がぱっと光り輝いた。その中を覗き込むと――何マイルも離れた、ハワード・ヴァリックのアパートメントの部屋が見えた。驚いて見つめていると、思考機械が水晶球の中に現われ、両腕を振り回しはじめた。注目を惹《ひ》こうとするこの行動を見て、その顔から恐怖の色はあっという間に消え去っていった。

　その日の午後遅く、思考機械はハッチとマロリー刑事のために天才的な分析能力をこの事件に応用してみせた。

「ペテン師は、世界中の人々に膨大な額の被害を与えている」と、彼は始めた。「もちろん、これにも起源がある。暗黒時代の人間の心は、神の力の有形の証拠を欲していた。それを与えられて、彼らの欲望はたやすく満たされた。さらに、にせ医者は患者を食い物にしてきた。今日まで、手を変え品を変えて、そうしたことが行なわれてきた。知識の啓蒙が一般に広く行き渡るまで、こんな状況が変わりなく続いていくことだろう。だがひとたびそうなれば、大自然とか超自然的な力が、どの株が上がったり下がったりするのかお告げを下すなどということは、馬鹿げていると気づくはずだ。ユーモアのセンスが少しでもあれば、肉体を離れた霊魂が戻ってきてテーブルを叩き、音を立てて愚かな質問に答えたりなどしないということはわかるはずだ。これらは、神のお告げを商売にしているにすぎない」

　まるで大学で講義をしているかのような口調に、ハッチは微苦笑した。マロリー刑事は▼居心地悪そうに▲[26]葉巻をくちゃくちゃと噛んでいた。彼は、犯罪について聞きに来たのだ。こんな難しい説明は彼の頭には理解不能だった。

「これは、単なる序論にすぎない」思考機械は、しばらくするとまた始めた。「さて、今回の水晶占い師事件についてだが――多少の推察力と、多少の論理が必要であった。ヴァリック氏が私のところにやってきたとき、彼には知性があり、いわゆる超自然現象を長年研究してきたということがわかった。知性があるからたやすく騙されはしないのだが、実際は長年騙され続けていた。だからその騙している相手は、こういう手合いによくいるような子供騙しとは比べものにならない、巧妙な策を弄しているに違いないと考えた」

「さて、ヴァリック氏本人は、それ以前は一度も、水晶球の中に▼何も見たことがなかった▲27——これを覚えておいてもらいたい——この、死の『幻影』以前はな。それを知って、その『幻影』はペテンであるとわかった。彼がそれを目撃したという事実だけで、証明はできる。しかし、このペテンが実にうまくできていたので、彼は信じ込んでしまったのだ。こうしてペテンが行なわれた。どうしてそんなことをしたのだろうか？　金のためなのか？　株式市場の動向を当てれば、アデーム・シンに報酬が入るだろうということは、予想がつく。しかし、この人が死ぬ『幻影』は、財布をふくらませる種にはなりそうもない。では、動機が金でないとしたら——何なのか？」

「その深い動機は、すぐに明らかになった。ヴァリック氏は金持ちだ。彼はシンとは古い友人で、長年親しくしていた。オックスフォード大学の学費も出してやった。そして、家族も身寄りもいなかった。だから、遺言状があるはずだ。つまり、ヴァリック氏が死ねば、シンがその財産を相続するだろうということだ。それが、『幻影』の動機なのだ。おそらく、まずは彼を死ぬほど怯《おび》えさせるのが目的だったのだろう。なぜならば、彼は心臓が悪かったからだ。彼が『幻影』を見てから数日後、最初にヴァリック氏と話をしたときに、これらのことがわかった。しかし、彼には何も打ち明けなかった。そんなことをしても、彼はそうした卑しい話を信じようとしなかっただろう。シンのことを、信じきっていたからだ。我が道を行き、殺されるか、それともシンの意図通り恐怖のせいで死んでしまったことだろう」

「こうした事実を踏まえて、抜け目のない男を罠にかける方法はたった一つしかなかった。さて、ヒンドゥーの考え方は一風変わっている。神秘的で、芝居がかったことを大いに好む。だから、このままいけばシンがその『幻影』を現実に起こそうとするのではないかと想像した。ヴァリックはこのことを他言しないだろうと、当然彼は考えていた」

「ヴァリックの命を助けるのは、簡単だった。もし、彼が定められた時間に定められた場所で死ぬというのなら、そのときにその場所に絶対に行けないようなところに移してしまえばいいのだ。そこで私は君、ハッチ君に電話をして、命令に忠実に従う私立探偵を連れてくるよう命じた。君はバーン君を連れてきた。私が彼に与えた指示を聞いただろう。ヴァリック氏の正体を隠し、さらにあれほどていねいに指示を出したのは、彼がどこに行ったのか、まったく手がかりを与えないようにするためだったのだ。私も、彼が今どこにいるのか知らん」

「ヴァリック氏が私の元から離れるとすぐに、うちの家政婦のマーサに命じて手紙を書かせた。シンに、ヴァリック氏は病気で部屋に閉じ込もっている、そして面会謝絶だと伝えたのだ。その手紙の中に、彼がシンを訪問する日にちも指定しておいた。もちろんマーサは、日中のみ看護[28]をする資格のある看護婦になりすまして手紙を書いた。こうしたことは、シンにははっきりと伝わった」

「用意は済み、あとはじっと待つだけだった。ハッチ君と私は、ヴァリック氏のアパートメントに毎晩行った——昼間はマーサを行かせて、来客の応対をさせた——そして、隠れて待った。ハッチ君はヴァリック氏と体格が似ていたし、さらにかつらもかぶらせた。そして何が起きたかは、ご存知の通りだ。そうそう、ヴァリック氏が私にこの話をしたとき、私は信じがたいものの部類に近いと評した。私が言っているのは、例の『幻影』のことだと、彼は理解していた。しかし、私が本当に言いたかったのは、シンが苦労して作り上げた入念な計画が信じられないということだ。彼を殺すには、毒薬[29]一滴とか、何かもっと楽な方法がいくらでもあったのにな」

思考機械は、これで終わりとでも言いたげに口をつぐんだ。

「しかし、水晶球は？」ハッチが訊いた。「どういう仕組みだったんですか？　僕が先生の姿を見たのは、どうなっていたんです？」

「それはいささか独創的で、ちょっと高価なものだ」思考機械が言った。「高価だということは、成功した暁にはかなりの額の金が手に入ると、シンは期待していたということになる。あの『幻影』を作り出す仕組みは言ってみれば、カメラ・オブスキュラの原理の応用なのだ。さまざまな種類のレンズやたくさんの鏡を使い、さらに二人の人間の補助が必要だった——彼らは、シンの家からジャデーと一緒に連行された」

「まず、ヴァリック氏のアパートメントの一室そっくりの複製が、シンの家の地下室に作られた。絨毯や蔵書や、壁の飾りまでも同じだ。さっき言ったように、二人の男が、ヴァリック氏が目撃した殺害の場面を演じたのだ。もちろん、彼らは変装をしていた。君は、望遠鏡を逆さまから覗いたことがあるだろう？　まずその方法を用いて、殺人の情景を小さな鏡に映るほどの大きさまで縮小したのだ。この小さな鏡から、パイプの中を鏡やレンズで反射させながら、地下の出来事を屋敷の内部へと運んでいった。そうすると、人相はぼんやりとしかわからなくなるので、誰だかほとんど判別できないようになる。このパイプは、水晶球を安置しているテーブルの脚の中を通って、最終的には台座から反射して映し出されるのだ」

「ハッチ君、君は私が何度も水晶球を持ち上げるのを見ただろう。そのたびに、カチャリという音がしたのに気づかなかったかな。どのようにして反射像がここまで届くのか、見きわめようとしていたのだ。君がゆっくり持ち上げたときに、下に指を這わせてわかった。台座には小さな仕掛けがあり、ヴェルヴェットの布で覆われていた。水晶球が持ち上げられると、自動的に閉まって硬い蓋が現われる。そして、水晶球が置かれるとまた開くのだ。このようにして反射像は水晶球まで届けられ、最後に反転して、見ている者に正しい映像として映し出される。水晶球が明るく輝くように見えるのは、階下でしていることだ。単に誰かが、最初のレンズの前から数枚のガーゼをいちどきに取り除くだけだ」

「なんと！」マロリー刑事は叫んだ。「これほど手の込んだ犯罪は、聞いたことがない」

「その通りだ」科学者は同意した。「しかし、どれだけの人間がシンの犠牲になったのかは、わからん。もちろん、地下室の道具立てを変えればいくらでも『幻影』は創り出すことができる。おそらく、これはかなり旨味のある投資だったのではなかろうかな。なにしろ、世間には阿呆は山ほどおるからな」

「娘はどう関係していたのですか？」と、ハッチが質問した。

「それは私にはわからん」科学者が答えた。「彼女は美人だ。おそらく、一部の男どもにとっての、いい餌になったのではないかな。私の考えでは、彼女はシンの妹ではなく、本当は妻だったのではないだろうか。彼女はもちろん、ヴァリックの事件でも重要な役を果たしていた。彼女の手助けのおかげで、シンの仕事はより効果を上げることができたのだよ」

二日後、ハワード・ヴァリックが、フィリップ・バーンに連れられて町に戻ってきた。思考機械は、ヴァリック氏にたった一つの質問をしただけだった。▼30
「シンが相続するはずだった遺産は、いくらだったのだ？」

「およそ二十五万ドルです」というのが、それに対する答えだった。「彼の監督のもと、心霊学のさらなる調査に使われることになっていました。彼と私は、どのようにそれを使うか、相談していました」

ヴァリック氏は、もはや超自然現象への興味をまったく失ってしまっていた。


底本は第二短篇集。「サンデー・マガジン」誌初出との異同を以下に記す。

▼1　このあとの改行なし。
▼2　このあとに「！」。
▼3　このあとに「！」。
▼4　このあとに「！」。
▼5　このあとの改行なし。
▼6　このあとの改行なし。
▼7　このあとに「！」。
▼8　このあとに「！」。
▼9　このあとに「！」。
▼10　雑誌初出では一行アキのみ。
▼11　「オーガスタス・S・F・X・ヴァン・デューセン教授、Ph.D（哲学博士）、LL.D（法学博士）、F.R.S.（王立学会特別研究員）、M.D.（医学博士）などである科学者にして論理学者——またの名を思考機械——は」。
▼12　このあとの改行なし。
▼13　このあとの改行なし。
▼14　「いやはや！　不運なことですな！」
▼15　このあとに「——」。

▼16　このあとに「。今回はその制約を破ってしまいましたが」。
▼17　このあとの改行なし。
▼18　このあとの改行なし。
▼19　強調なし。
▼20　このあとの改行なし。
▼21　このあとに改行。
▼22　「受け取ると、近くのテーブルの上に置いた」。
▼23　このあとの改行なし。
▼24　雑誌初出にはない。一行アキのみ。
▼25　このまえに「……」。
▼26　雑誌初出にはない。
▼27　強調なし。
▼28　強調なし。
▼29　このあとの改行なし。
▼30　このあとの改行なし。

ロズウェル家のティアラ

The Roswell Tiara

もしこの事件に同じ学者仲間がかかわっていなかったら、ロズウェルのティアラ[1]事件は絶対に思考機械の注目を惹《ひ》くことはなかっただろう。そしてこの事件に彼が目を留めなければ、警察沙汰は免れなかった。そうなれば当然、上流階級のスキャンダルへと発展し、家庭争議が勃発して、少なくとも四人の人物が、永遠に不幸のどん底に突き落とされるはめになったはずだ。おそらく、そうなるであろうことに気づいていたからこそ、[2]思考機械は謎の解明に乗り出し、こうでなくてはならぬ結末へと、導いていったのではないだろうか。

最初にこの一件に接したとき、彼は自らのささやかな実験室にいた。科学界を震撼させ、部分的にせよ再構築をせざるを得ない状況に追い込む真実が、少なくとも三つ、ここから生まれたのである。黄色くて長い髪の毛の生えた巨大な頭は、化学実験道具という小さな世界の上に、ひょっこり現われたり引っ込んだりしていた。そして、やぶにらみの細い目は、ガスバーナーから発する青い炎を、気むずかしそうに、だが満足気に見つめていた。すると、科学者の召使いであるマーサという老女が入ってきた。彼女は決して背は高くないのだが、高名な主人の貧弱な姿と比べると、ずっと大きく堂々としていた。ヴァン・デューセン教授は、不愉快そうに振り向いた。

「なに？　なんだ？」と、彼は直截に問いただした。

マーサは、二枚の名刺を渡した。そのうちの一枚には、チャールズ・ウィンゲート・フィールドの名前が、もう一枚には、リチャード・ワトソン・ロズウェル夫人の名前が書かれていた。チャールズ・ウィンゲート・フィールドは、天文学の分野で活躍している人物で、思考機械もよく見知っていた。しかし、女性の名前は聞いたことがない。

「紳士は、非常に重要なご用件だとおっしゃっていました」マーサが説明した。「ご婦人はお気の毒に、泣いておられましたよ」

「どうしてだ？」と、科学者が厳しい声で言った。

「でも旦那様、[3]わたしは何も伺いませんでした」と、マーサは答えた。

「すぐに行く」
しばらくすると思考機械は、自分ではくだらない見栄だと考えている、ささやかな客間に姿を現わした。二人の客は、彼が来たのを見て立ち上がった。片方の女性は見たところ四十五歳ほどで、裕福そうな身なりをした、美しい体つきの、目を惹くほどの成熟した美貌の持ち主だった。その瞳は、先ほどまで泣きはらしていたようだったが、今では涙をふき、自分を取り戻して、科学者の青白い顔、鋭く青い目、そして長くてほっそりとした両手をじっと見つめていた。もう一人は、フィールド氏▼4だった。

挨拶を済ませると、科学者は座るよう手で合図をした。彼本人は、大きなクッションの椅子にどすんと腰を下ろし、一体どういうことだというような目つきで、それぞれを見つめていた。

「先生が今までしてきたいろいろなことを、ロズウェル夫人に話したのですよ、ヴァン・デューセン先生」フィールド氏▼5が話し始めた。「どうして彼女をここに連れてきたのかというと、ある事件、いや問題、非常に難解な問題が起きたからなのです。それは、警察に相談できるようなものではありません。もし先生が――」

「ロズウェル夫人から話してくれんかね？」と、科学者が口を挟んだ。彼は、大きな椅子にさらに沈み込んだように見えた。頭を後ろにもたせかけ、両目はじっと中空を睨みつけ、白い指はその先を押しつけあって、待ちかまえていた。

「つまり」ロズウェル夫人が言った。「わたしが金庫にしまっていたダイヤモンド・ティアラから、宝石が一個消えてしまったということなのです――その金庫の組み合わせ番号を知る人間は、この世にわたししかいません。家庭の事情で、警察には行くことができないのです。それに――」

「どうぞ最初から始めてもらいたい」思考機械は促した。「あなたやその周囲のことについて、私は何も知らないということをお忘れなく」

ロズウェル夫人が驚いたのも、無理はなかった。彼女は、上流階級の中心人物といってよかった。彼女の名前は、常に新聞紙上を賑わせていた。彼女の客のもてなしは豪勢だとか、社交界での動静だとか、実に念の入った記事ばかりだった。彼女は、どうしたものかとフィールド氏の顔を窺《うかが》ったが、彼は頷いた。

「最初の夫は、シドニー・グランサムというイギリス人でした」彼女は、話を始めた。「七年前、彼と死別いたしまして、一人息子が遺されました――アーサーといいます――現在二十二歳で、ハーバード大学に行っています。グランサムは遺言を残さずに亡くなったので、全財産や一族に伝わる宝石類は、わたしと息子が相続しました。そのティアラも、それらの宝石の一部です」▼6

「一年前、わたしはロズウェルと結婚いたしました。彼も裕福で、一人娘のジャネットは、今十九歳です。わたしたちはコモンウェルス・アヴェニューに住んでおりまして、たくさんの召使いがおりますから、あんなことは不可能――」

「不可能などというものはないのですぞ、マダム」思考機械が、はっきりとした声で遮った。[7]「そんなことは二度と言わないでいただきたい。非常に気分が悪くなる」

　ロズウェル夫人は目を見張って、しばらく彼を見つめていたが、また話を始めた。[8]

「わたしの寝室は、二階にあります。ドアでつながっているのが、隣にある義理の娘の寝室です。娘は臆病で神経質なので、この連絡ドアには一度も鍵をかけたことがありません。夜間は、わたしの部屋から廊下に通じるドアにはかんぬきをかけ、ジャネットの部屋の廊下に通じるドアも、同じように戸締まりしています。どちらの部屋の窓も、同じようにいつも閉めています」[9]

「わたしのメイドも娘のメイドも、夜は召使いの区画で休みます。どうしてそのようにするのかと申しますと、わたしの寝室の壁に作りつけの小さな金庫の中には、五十万ドル相当の宝石をしまってあるからなのです。この小型金庫を開けるには、組み合わせ暗号が必要です。わたし以外の誰一人として、その暗号を知る人はいません。偶然ですが、これを据えつけてくれた職人は、もう亡くなってしまいました」

「昨晩、木曜日のことですが、わたしはあるパーティに参加して、ティアラを身につけました。娘は留守番でした。朝四時に帰宅いたしました。メイドたちは、すでに休んでおりました。ジャネットもぐっすり眠っていました。わたしはティアラを外すと、他の宝石類とともに金庫にしまいました。現在行方不明になっている小さなダイヤモンドが、そのときにはちゃんとはまっていたことは間違いありません。金庫に鍵をかけ、かんぬきをかけて、文字合わせ錠を回しました。そして、ちゃんと鍵がかかったかどうか、念のために金庫の扉を引っ張ってもみました。ところが――その後――」

　なぜか、ロズウェル夫人は突然わっと泣き出してしまった。二人の男性はかける言葉もなく、思考機械は居心地悪そうに見つめるのみだった。女性の相手にはまったく慣れていなかったのだ。涙にくれている女性なんて、彼にとってはもってのほかだった。

「さて、さて、[10]何が起きたのですか？」と、彼はぶっきらぼうに続きを促してしまった。

「わたしが眠りについたのは、おそらく五時ごろだったと思います」しばらくして、ロズウェル夫人は先を続けた。「二十分ほどして、『ジャネット、ジャネット、ジャネット』[11]という金切り声で目が覚めました。即座に、はっきり目が覚めました。そう叫んだのは、わたしが部屋で長年飼っているオウムでした。いつもの窓際の止まり木にとまっていましたが、とても興奮した様子でした」

「最初に思ったのは、ジャネットがこの部屋にいたのではないかということでした。彼女の部屋に行き、そっと揺すってみました。わたしの見たところでは、眠っている様子でした。自分の部屋に戻ってみると、金庫の扉が開けっ放しになっていて、びっくりしました。宝石も書類も、すべて金庫から取り出されて、床にばらまかれていたのです。そのときに考えたのは、泥棒がオウムの声に驚いて逃げ出したのではないかということです。わたしは、ジャネットと自分の部屋の、すべての窓や扉を確認しました。すべてに、しっかりと鍵がかかっていました」

「ティアラを手にしたときに、ダイヤモンドがなくなっているのに気がつきました。台座から取り外されたのは明らかです。床の上や金庫の中を探し回りましたが、見つかりませんでした。ですから当然、この紛失は――義理の娘の仕業《しわざ》としか考えられないのです。彼女がわたしの部屋にいなかったのなら、オウムが名前を呼ぶわけがありません。当然ですが、鳥が金庫を開けられるはずもありません。ですからわたしは――わたしは――」▼12
改めて、彼女はまた号泣した。長いあいだ、誰も口を開かなかった。

「常夜灯はつけていましたかな？」と、思考機械がようやく訊いた。

「はい」と、ロズウェル夫人は答えた。

「昨晩以前に、その鳥が騒いだことはありましたか――つまり、夜中にということですが？」

「ありません」

「『ジャネット』という言葉を話す習慣はありましたか」

「いいえ。それ以前にこの単語を話したのは、ほんの三、四回しかなかったと思います。頭の悪い子ですし、彼女が気に入らないようですから」

「他になくなったもの――手紙とか、書類とか、宝石とかはありますかな？」

「小さな宝石が一つだけでした」

思考機械は、百科事典の一冊を本棚から抜き出して、しばらく調べていた。

「その文字合わせ錠の暗号を、どこかに書き記していますか？」と、訊いた。

「はい、でもまさかそんなことは不可能――」

科学者は両手で、我慢ならないというような身振りをした。

「どこに記録してあるのです？」

「暗号は、三という数字で始まるのですが」ロズウェル夫人は、慌てて説明を始めた。「わたしの部屋に他の数冊の本と一緒に置いてある、『レ・ミゼラブル』のフランス語版の中に書き留めています。最初の数字三は、三ページにあります。二つ目は三十三ページ、そして三つ目は三百三十三ページです。暗号は、三―十四―九ですべてです。たとえ本の中の数字に気がついたとしても、まさか金庫の暗号だとは思わないでしょう」

再び科学者はさっと手を振って、我慢ならないという身振りをした。フィールド氏▼13は、彼が不愉快に感じていると、正しく認識した。

「娘さんは神経質だとおっしゃっていたが」思考機械が言っ

た。「それはひどいのですかな？　夢遊病の傾向があったりするのですか？」

　ロズウェル夫人は、少々頬を赤らめた。

「あの子は神経を病んでいますが」彼女がそう告白した。「でも、夢遊病の気はないはずです。半ダースもの専門医の治療を受けてきました。二、三回、とても心配を――」

　彼女は、言いよどんで口をつぐんだ。思考機械は彼女をじろりと睨みつけたが、視線を天井へと戻した。

「わかりました」彼が言った。「娘さんの正気を心配しているのですな。あなたの知らないうちに、眠ったまま歩き回っているかもしれないと？」

「はい、可能性はあります」と、ロズウェル夫人は声を震わせた。

「さて、次に息子さんだが。彼についても教えてもらいたい。小遣いは与えているのでしょうな？　勉強熱心なのか、それとも違うのですかな？　恋愛沙汰はないのですか？」

　再び、ロズウェル夫人は紅潮した。彼女は見るからに、息子とこの事件を結びつけたくない様子だった。助けを求めるように、フィールド氏[14]を見やった。

「よくわからんが――」フィールド氏[15]が、反論しかけた。

「息子はまったくこのこととは――」ロズウェル夫人が口を挟む。

「マダム、あなたは難解な謎をお出しになった」思考機械は、我慢ならないという様子で割って入った。「それを解決してほしかったのではないですかな。もちろん、お望みでないというのなら――」彼は立ち上がりかけた。

「どうぞお許し下さい」ロズウェル夫人は、目に涙をため、慌てて言った。「息子には、年に一万ドルの小遣いを与えています。娘も同額です。息子は政治の道に熱心で、娘は慈善活動に興味があるようです。恋愛沙汰はありませんが、ただ――ただ、義理の妹にはかなり執着しているようです。不運なことですが――」

「わかっている、わかっている」科学者は再び遮った。「もちろん、あなたはそういった類《たぐい》の愛情には反対なわけだ。娘さんの精神状態が悪化するかもしれないからな。ところであなたのほうは、娘さんに偏見とか何かを持ちあわせてはいないのかね？」

「まったくありません」ロズウェル夫人は、即座に否定した。「彼女を、心から愛しています。息子の幸せだけが気がかりですが」

「息子さんは、あなたのそういう態度は理解されている？」

「あからさまには申しませんが、そのようにほのめかしています」彼女はそう説明した。「彼女の病状がどれほど重いのか、息子は知らないと思いますし、この事件についても知らないでしょう」

「あなたの知る限りでは、息子さんか娘さんがその組み合わせ暗号の書かれている本を手にしたり、読んだりしたことはあったかね？」

「知る限り、聞いた限りではありません」

「召使いたちはどうだ？」

「いいえ」

「問題のティアラを今お持ちではないですかな？」

ロズウェル夫人は、ハンドバッグからそれを取り出した。きらきらとまぶしく光る、宝石職人の仕事が見事な逸品だった。手の込んだ繊細な装飾が美しいだけでなく、使われている黄金の重さだけでも、たいした価値があった。そのてっぺんには四、五カラットのすばらしいダイヤモンドがひとつはめ込まれていて、そこから放射状に小さな宝石が列をなしていた。そこに埋め込まれているうちの一つが、なくなっていたのだ。石を支える爪が、ほじくり出すときに力が加えられて、ほぼまっすぐになっていた。思考機械は、この豪華な装飾品を黙って調べていた。

「私が表立ってあれこれせずに、この事件を解決したいのだろう」ようやく彼は口を開いた。「家の外に知られたくはないのだろう。とすると、あなたがこの泥棒を監視せねばならない――あなた自身でだ。誰も仲間にしてはいけない。息子でも、義理の娘であってもだ。同じ状況を与えれば、論理学のABCから言えば――論理は間違いがないのだから――もうひとつなくなるかもしれん」

ロズウェル夫人[16]は、驚きの色を隠そうともしなかった。そしてフィールド氏は、興味津々という態で身を乗り出した。

「この、二つ目の宝石がなくなる過程を観察すれば」思考機械は実に淡々と、黙想しながら語った。「最初のほうがどうしてなくなったかもわかるだろうし、そうすれば、両方とも取り戻すことができる」

「また狙われるのだとしたら」ロズウェル夫人は、心配げに言った。「貸し金庫に宝石を預けたほうがいいのではありませんか？　私自身に危険が及ぶということはないのでしょうか？」

「宝石を移してしまっても、金庫が同じように開けられてしまうことは間違いあるまい」思考機械が静かに謎めいた答えをしたので、客たちは驚いた。「宝石はそのままにしておきなさい。あなたの身に何かが振りかかるということは、まずないだろう。お探しの答えがみつかったら、もう私に連絡をする必要もあるまい。もしだめならば、私自身が事件の捜査に乗り出すこととしよう。これから起こるかもしれないことを妨げたり、邪魔をしたりしないように」

フィールド氏[17]は立ち上がった。面会は、終わりを告げたようだった。彼には最後に一つだけ、聞きたいことがあった。

「何が実際に起きたのか、すでに説は立てているのですか？」彼が訊いた。「どうやって宝石は持ち去られたのですか？」

「私が言っても、君は信じないだろう」思考機械は、辛辣な調子で言った。「ごきげんよう」

それから三日後、ロズウェル夫人は大慌てで、思考機械を自宅に呼びつけた。彼がやってきたときには、夫人はひどく興奮していた。

「また小さな宝石が、ティアラから盗まれました」彼女は、急《せ》き込むように言った。「状況は、最初のときとまったく同じです。オウムが鳴いたところまで一緒でした。おっしゃる通りに、じっと観察していました。毎晩見張っていたのですが、昨日は疲れきっていたので、居眠りをしてしまいました。オウムの声で目が覚めました。どうしてジャネットは――」

「部屋を拝見させていただきたい」と、科学者は申し出た。

そして彼は、謎の中心となる問題の部屋に入った。再び彼はティアラを調べ、金庫の扉を確認した。その後、文字合わせ錠の暗号を確かめると、扉や窓の戸締まりを点検して、二度開けたり閉めたりを繰り返した。それらを終えると、彼は止まり木の上のオウムに歩み寄り、じっと興味深げに見つめていた。

その鳥は、オウムにしては大きかった。真っ白で、黄色いとさかがだらりと垂れているのが、いかにも憂鬱そうに見えた。オウムは邪魔をされたのが不愉快らしく、思考機械がさっと避けていなければ、彼の眼鏡をむしりとるところだった。

隣の部屋に通じる扉が開き、一人の娘――ジャネット――が入ってきた。彼女は背が高く、ほっそりとしており、均整のとれた体つきで、赤っぽい金髪が豊かだった。病気で、死人のように真っ青な顔をしていて、瞳にはまったく生気が感じられなかった。よそ者がいることに、彼女は驚いた。

「ごめんなさい」彼女が言った。「知らなかったので――」そして、引っ込もうとした。

ヴァン・デューセン教授は、彼女に紹介されると頷き、さっと背を向けてオウムを見つめた。とさかを振り立てて、さかんに文句を言っていた。ロズウェル夫人の注意も、怒りまくるペットに惹きつけられた。彼女はいきなり、科学者の腕をつかんだ。

「鳥が！」と、彼女は叫んだ。

「ジャネット、ジャネット、ジャネット[18]」と、オウムは金切り声を上げた。

ジャネットは、くたびれ果てたように椅子に腰を下ろした。じっと見つめている義理の母親や、わめきたてるオウムには何の関心も寄せていなかった。

「よく眠れなかったようですな、ミス・ロズウェル？」と、思考機械は質問した。

「ええ、はい」娘が答えた。「十分寝ているはずなんですけど、いつも疲れているのです。それに、ずっと夢ばかり見ています。いつもほとんど、オウムの夢ばかりなんです。あの子がわたしの名前を呼んでいるような気がして」

ロズウェル夫人は、さっとヴァン・デューセン教授のほうを振り向いた。彼は娘に歩み寄り、脈を取った。

「読書は好きかね？」彼が訊いた。「これを読んだことはあるかな？」そして彼は『レ・ミゼラブル』を手にした。

「わたしは、フランス語はあまり上手に読めないのです」彼女が答えた。「英語で読みましたけど」

会話はとりとめもなくしばらく続き、ようやく思考機械は立ち上がった。階下の応接間で、彼がロズウェル夫人にいくつかの指示を与えると、夫人は大いに驚いたものの、承諾した。

ジャネットはその晩十一時ごろに休み、一時間のうちにぐっすり眠りに落ちた。しかし、ロズウェル夫人は時計が一時を打っても起きていた。あらかじめ、二つの部屋のあいだの扉にかんぬきをかけ、窓にも鍵をかけておいた。椅子から立ち上がり、テーブルの上の小さな壺を手にすると、慎重に部屋を出て、こっそりジャネットが横たわっているベッドににじり寄った。彼女は、シーツと同じくらい真っ青な顔をしていた。娘の両手は、完全に疲れきっているかのように伸ばされていた。ロズウェル夫人は一瞬屈み込むと、また自分の部屋にこっそり戻っていった。三十分後、彼女は眠りについた。

〈よかれと思ってした愚行〉[19]

翌日の朝早く、ロズウェル夫人は思考機械に電話をかけ、二人は十五分ほど話をした。彼女が何事かを説明している様子で、科学者はてきぱきと簡潔な答えを返していた。電話が切れると、彼は二人の人物に電話をかけた。一人は、ヘンダーソン博士という有名な精神科医だった。もう一人は、フォレスター博士という国際的な名声を誇る神経医だった。二人に向かって、彼はこう言った。[20]

「これまでに見たことのない、非常に珍しいものをお見せしたい」

* * *[21]

常夜灯のぼんやりとした灯りは、奇妙で思いもよらない影を作り出していた。ロズウェル夫人の部屋の中にある、さまざまなものが見え隠れしていた。ベッドは大きくて、真っ白に浮かび上がっていた。そして、もう一つだけはっきり見えるのは、宝石の入った金庫の、銀色に輝くダイヤルだった。真っ暗なジャネット・ロズウェルの部屋からは、規則正しい寝息が聞こえていた。オウムは、止まり木から姿を消していた。外からは、かすかに都市の夜のざわめきが響いていた。遥か彼方から時を告げる時計の音が四回聞こえた。

静寂は、ついにかすかなきしみ音で破られた。軽い足音がするとか、神秘的な白い衣装のジャネットが、自室のドアに現われた。彼女は目を大きく見開き、虚空を見つめていた。その顔はチョークのように真っ白で、髪の毛は崩れて乱れ、あちらこちらにまとわりつきながら、夜の灯りを反射していた。

娘は立ち止まった。闇の中から、はっと息を呑む音がしたが、すぐに押し殺された。すると、そんな物音は耳にしなかったのか、彼女はゆっくりだが躊躇なく動き始めた。部屋を横断して、数冊の本が置かれたテーブルに歩み寄った。屈み込んでいたが、姿勢を正したときには『レ・ミゼラブル』を手にしていた。ページをめくっていたが、三回手をとめると、ぼんやりした灯りの中で目をこらした。そして、満足したかのように頷き、そっと元あった場所に戻した。

テーブルから彼女はまっすぐ、光を反射している銀色のダイヤルめがけて移動した。彼女が動いているあいだ、もう一つの影が闇の中で音も立てずに移動して、背後ににじり寄った。娘は屈み込んで、ダイヤルに手をかけた。すると、電球の発する光が、その顔をさっと照らしだした。彼女はたじろぐどころか、それに気づいたときに見せるはずの、何らの反応もしなかった。彼女の顔から、光は両手へと移動した。

彼女の指はダイヤルを何度も回し、そしてカチリと音がしたところで止まった。かんぬきが外されて、金庫の扉が開いた。真正面に、見せつけるかのようにティアラが輝いていた。娘がこの王者の玩具を取り出して、床に転がすと、再び闇の中ではっと息を呑む音がした。息は押し殺された。

素早い、緊張感のある動きで、彼女の手は宝石を金庫の中から取り出し、床にばらまいた。彼女は、何かを探しているようだった。しかし、探し物は見つからなかったようだ。しばらくすると、ため息とともに立ち上がり、絶望したように金庫を見つめた。心臓が一ダース回鼓動するあいだ立ち尽くしていると、二つ目の影の低く慎重な声が聞こえた――低い

が、なぜかはっきり聞き取ることができた。

「何を探しているのだ？」

「手紙」▼彼女は夢を見ているかのようだったが、それでもはっきり答えた。▲22間が開いて、自分の部屋に戻ろうとしたのか、突然向きを変えた。彼女が動くと、光は再びガラスのような彼女の瞳を照らした。そして、二人目の人物が彼女の腕をしっかとらえた。彼女はいささか驚き、もがいたが、いきなり目を閉じると、再び開けた。恐怖に駆られた様子で、目の前の顔を見つめた。彼女は鋭い悲鳴を上げて、一瞬目を見張り、気を失って崩れ落ちた。

「フォレスター博士、よろしく頼む」

沈着冷静で人間味のない、思考機械の声だった。彼が壁のスイッチを押すと、室内は明るく照らしだされた。フォレスター、ヘンダーソン両博士は、ロズウェル夫妻やアーサー・グランサムと一緒に姿を現わし、気を失っている彼女を運んだ。グランサムも、痛ましげで恐怖に駆られた表情のまま、彼女に駆け寄った。ロズウェル夫人は、ふらふらと椅子に倒れ込んだ。彼女の夫は、呆然としたまま脇に立ち、その髪の毛を撫でていた。

「大丈夫だ」思考機械が言った。「ただショック状態に陥ったにすぎない」

グランサムはきっと振り返ると、怒りを込めた激しい若者の眼差しを投げかけた。

「嘘だ！」鋭い声で言う。「彼女はダイヤモンドなんか盗んでない」

「どうしてわかるのだ？」と、思考機械は冷たい声で言った。

「だって――だって、僕が盗ったからだ」青年が喚《わめ》いた。「こんな罠がしかけてあるんだったら、絶対に同意なんてしなかったのに」

母親は、目を見開いて彼を見つめていた。

「どうやって宝石を台座から外したのだ？」と、思考機械が落ち着いた声のまま質問した。

「その――指でやったんだ」

「一つ外してみせてくれるかね」と、思考機械はティアラを差し出した。

グランサム青年はそれをひったくると、皆が見つめる中、宝石を引き剝がそうと狂ったように頑張った。しかし、宝石はどれもびくともしなかった。ついに彼は、愛する娘が横たわるベッドに腰を下ろしてしまった。その顔は真っ赤になっていた。

「君の意図はすばらしいが、やっていることは馬鹿だ」思考機械は辛辣に評した。「君が宝石を盗ったのではないことはわかっている――君は自分でそれを証明してみせた――そして、ミス・ロズウェルも盗っていないとつけ加えてもよかろう」

グランサムの唖然とした表情が、母親や義理の父親の顔にも伝染した。フォレスターおよびヘンダーソン両博士は、他の人々など気にかけず、娘の治療に忙しくしていた。

「では、宝石はどこにいってしまったのです？」と、ロズウェル夫人が問いただした。

　思考機械は振り向くと、いささか非難めいた顔つきで彼女をじっと見つめた。

「問題ない。簡単に見つかる」我慢ならないという様子で答える。彼は意識不明の娘の手を取り、脈を確かめると、医師たちのほうを向いた。「夢遊病の無意識状態が、このような形を取ると思うかね？」と、訊ねた。

「こんな症例は見たことがない」と、ヘンダーソン博士は正直に答えた。

「驚くべき精神状態だ――驚いた」と、フォレスター博士は述べた。[23]

　一時間後、階下の応接間で思考機械は、これまでに発見した事実を、驚くほど簡潔に発表した。都市は、夜明けを迎えていた。そして、何が起こるのか待ち構えている人々の顔には、疲労の色が濃かった。それでも彼らは、この有名な科学者が述べることを、一言も聞き漏らすまいと耳をそばだてていた。グランサム青年は真っ青な顔をして、落ち着きない様子で座っていた。ジャネットはメイドに見守られながら、二階ですやすやと眠っていた。

「この事件自体は、それほど難しいものではない」思考機械は、大きな椅子に座って宙を見上げながら話し始めた。「異常とまでは言わないが、一見すると普通ではなかったので、解きほぐすのが難しいように見えただけだ。すべての事実を知ったときに、大部分は解決できていた。事実に事実を加えれば結果が得られるのは、二たす二が四になるのと同じなのだ[24]」

「まず最初に、強盗の可能性は即座に排除された。強盗ならば、すべてを盗っていくはずだ。小さな宝石一個だけということはない。では何だったのだ？　グランサム君はここにいたのか？　母親によると、彼は穏やかで勉強熱心で、年に一万ドルの小遣いをもらっている。盗みをする必要などない。それに彼だけではなく、誰だって、あの部屋には入れない。かんぬきがかかっている扉から、召使いは入ってこられない」

「すると、残るのはロズウェル夫人本人と、義理の娘だけだ。あなたには、宝石を取り外す動機など何もない。娘に容疑をかけるのが目的なら別だが。しかし、あなたがそんなことをするとも思えない。だから、義理の娘が夢遊病でやったのか、それとも故意にやったのかのどちらかでしかない。後者だとしても、動機がない――年に一万ドルももらっている。すると、残されるのは夢遊病だけだ。夢遊病だったのだ。しかし、私が今言っているのは、金庫を開けることについてだけだ[25]」

　グランサムは、座ったまま肘掛けを力いっぱい握りしめ、身を乗り出していた。母親はそれを見て、真っ白な手で優しく彼に触れた。彼女をうるさげに見やると、思考機械のほうを向く。精神科の専門医ロズウェル氏（原文ママ）は、冷徹な論理的説明に取りつかれたように聞き入っていた。[26]

「もし夢遊病だというのなら、その患者は誰だったのか？」

思考機械は、しばらくしてまた口を開いた。「ロズウェル夫人、あなたではなかろう。あなたは神経質な気質ではない。健康的な通常の女性だ。あなたの証言を真実だとすると、ベッドで寝ていたところ、オウムが『ジャネット』と金切り声をあげたので、目が覚めた。これであなたが夢遊病患者ではないとわかる。[27]義理の娘だろうか？　彼女は神経病を患っているとされ、あなたは彼女の精神状態を危惧している。あらゆる可能性を考慮して取り除いた結果が、彼女が夢遊病患者だということなのだ。オウムがああ言ったのも納得だ」

「さて、どのようにして金庫を開けたのかを検証してみよう。あなた本人以外、文字の組み合わせは誰も知らないはずだ。しかし、暗号は紙に書かれているのだから、誰かがそれを読んでしまう可能性はある。義理の娘は、普段の状態ならば暗号を知らない。夢遊病病態のときには、知っているとまでは言えないまでも、どこに書いてあるのかを知っている[28]とは言えるだろう。どうやって彼女がそれを知ったのかは、わからん。それはこの事件の本筋ではない」

「どうやら、彼女は何かを探している様子だった。何か彼女に深く関係するものが、あの金庫の中にあるようなのだ。実際には金庫に入っていないのかもしれんが、異常な精神状態の彼女は、そう信じ込んでいるのだ。[29]宝石は彼女の目的ではなかった――今夜の彼女の行動を見ればわかるだろう。では何なのだ？　手紙だ。一通だけか、あるいは手紙の束かもしれない。彼女がひとりごとで言っていた。どういう類の手紙なのかは、ここでは関係ない。ロズウェル夫人、あなたが隠したほうがいいと判断された――もしかしたら破棄してしまったものではないですかな」

　夫と息子は、ロズウェル夫人を訝《いぶか》しげに見つめた。彼女は、助けを求めるような目でそれぞれを見つめた。[30]

「その手紙の中身は――」彼女は、説明しようとした。

「それはどうでもいい。この事件には関係ない」思考機械が、辛辣な調子で遮った。「家庭の恥だというのなら、内輪にしておくがいい」

「彼女がどんなに非難されても信じないぞ」と、グランサム青年は熱を込めて叫んだ。[31]

「必要な知識を得て、ミス・ロズウェルは金庫を開けた」思考機械は、穏やかに話を再開した。「まさに今夜目撃したようにして、開けたのだ。実は、これを証明するために、すでにひとつ段階を踏んでいるのだ。私はロズウェル夫人に、義理の娘が眠っているあいだに、いちごジャムをほんの少し手につけておくよう指示をしたのだ。このジャムが本についていて、金庫が開いていれば、ミス・ロズウェルが開けたのだとはっきり証明できる。いちごジャムを選んだのは、珍しいからだ。金庫を意図的に開けるのに、いちごジャムを手につけたままやるような人間はいない。[32]このジャムは、本当に本に付着していた。そしてその後、私はフォレスター博士とヘンダーソン博士に相談をした。あとは、ご存知の通りだ。グランサム君が犯人の身代わりになろうとしたのは、自分の馬鹿さ加減を証明したにすぎないと言っていいだろう。素手で宝石を外せるような人間はおらんからな」[33]

長いあいだ、深い沈黙が続いた。思考機械が解明した事件の真相が、皆の心にのしかかった。[34] グランサムが、ついに沈黙を破った。[35]

「なくなった二つの宝石は、どこにあるのでしょうか？」

「ああそうだ」思考機械は、瑣末な問題を見逃しているのに気づいたかのように、軽く返事をした。「ロズウェル夫人、例のオウムを連れてきてくださらんか？」彼は頼んだ。そして、他の人々にこう説明した。「今夜、この部屋から例の鳥を追い出したのは、とんでもないときに邪魔をされては困るからだ」

ロズウェル夫人は立ち上がり、外で待機している召使いに指示をした。[36] 彼は立ち去ると、しばらくして真面目くさった顔に驚きの色を浮かべて戻ってきた。[37]

「鳥が死んでおります、奥様」と、彼は報告した。

「死んだ、ですって！」と、[38] ロズウェル夫人は繰り返した。

「よろしい！」そう言いながら、思考機械は激しく両手をこすり合わせた。「ともかくここに持ってきなさい」

「どうして、なんで死んでしまったのです？」と、ロズウェル夫人は当惑して質問した。

「消化不良だ」科学者が答えた。「犯人はそいつだ」[39]

召使いが銀の盆にオウムを載せて持ってくると、科学者はさっと振り向いた。

「えっ？　わたくしがですか？」びっくりした召使いは、息を呑んだ。

「いいや、お前ではない」[40] と言いながら、思考機械は死んだ鳥を持ち上げた。「こいつには機会があった。宝石を取り外すことができる尖った道具を持っていた――鋭い、湾曲したくちばしを見なさい。そして、実行する力もあった。それだけではない。こいつはきらきら光るものが大好きだ。私の眼鏡を奪おうとして、白状してしまったではないか。こいつは、ミス・ロズウェルがティアラを床に落とすのを見て、きらきら光るものに魅了されてしまったのだ。石を取り外して、飲み込んでしまったというわけだ。そのときに痛みが生じたので、『ジャネット』と叫んだ。同じことが、二回繰り返された。百科事典を調べてみれば、オウムの鋭いくちばしの力には、人間の二本の指ではかなわない、鋼鉄の道具を使わなければ太刀打ちできないということがわかるはずだ」

後日、思考機械はロズウェル夫人に、行方不明になった二つのダイヤモンド、ハット・ピンの頭、そして靴の水晶のボタンを送りつけた。皆、死んだオウムから回収したものだった。鳥の死因として彼が下した診断は、急性の消化不良というものだった。

底本は第二短篇集。「サンデー・マガジン」誌初出との異同を以下に記す。

▼1　「卓越した科学者にして論理学者、哲学博士、法学博士、王立協会特別研究員、医学博士などなどであるオーガスタス・S・F・X・ヴァン・デューセン教授の注目を惹くことはなかっただろう」。

▼2　このあとに「ヴァン・デューセン教授、人呼んで」。

▼3　このあとに「！」。

▼4　雑誌初出にはない。

▼5　雑誌初出にはない。

▼6　このあとの改行なし。

▼7　「思考機械は苛《いら》ついた声で遮った」。

▼8　このあとの改行なし。

▼9　このあとの改行なし。

▼10　このあとに「！」。

▼11　このあとに「！」。

▼12　このあとの改行なし。

▼13　雑誌初出にはない。

▼14　雑誌初出にはない。

▼15　雑誌初出にはない。

▼16　雑誌初出にはない。

▼17　雑誌初出にはない。

▼18　このあとに「！」。

▼19　雑誌初出にはない。一行アキもなし。

▼20　このあとの改行なし。

▼21　雑誌初出にはない。一行アキのみ。

▼22　「彼女は夢を見ているかのように答えた。（改行）」。

▼23　このあと一行アキ。

▼24　雑誌初出にはない。

▼25　雑誌初出にはない。

▼26　雑誌初出にはない。

▼27　雑誌初出にはない。

▼28　強調なし。

▼29　「彼女は、自分に深い関係がある何かが、あの金庫の中に入っていると確信していた」。

▼30　このあとの改行なし。

▼31　雑誌初出にはない。

▼32　雑誌初出にはない。

▼33　雑誌初出にはない。

▼34　雑誌初出にはない。

▼35　このあとの改行なし。

▼36　このあとに改行。

▼37　このあとの改行なし。

▼38　「叫びながら」。

▼39　このあとの改行なし。

▼40　雑誌初出にはない。

行方不明のラジウム

The Lost Radium

一オンスのラジウム！　デクスター教授は手のひらの上に、無尽蔵のエネルギーを発する、科学界最大の謎の一つであるこの奇妙な物質の、事実上世界中にあるすべてを載せていた。知られている限りでは、この他にはあと数グレインしか存在しなかった――四グレインはパリのキュリー研究所に、二グレインはベルリンに、二グレインはサンクトペテルブルクに、一グレインはスタンフォード大学に、そしてもう一グレインはロンドンにあった。それ以外のすべてがここにある――ここヤーバード研究所〔訳註：ハーバード大学がモデルか〕で、小さな鋼鉄片の上に、ひとかたまりになっていた。

　巨大なエネルギーを濃縮した物質を見つめて、デクスター教授は圧倒されそうになるとともに、彼が負うことになった責任を考えると、突然いささか怖くもなった。もちろんこれは、彼が数カ月間にわたって行なった仕事の当然の結果であった。要するに、世界中に散在しているこの貴重な物質を一カ所に集めて、そのエネルギーが実際に使用できるかどうか、入念な実験を行なうのである。そして、ここに集まったのだ。

　その価値は、入手困難なことを考えれば、計算もできなかった。何百万ドル出しても、あがなえはしない。ほんのわずかな量が、世界の隅々から運ばれてきた。いちいち特別配達人が仕立てられ、一粒一粒にロイズ保険会社による手厚い保険がかけられて、莫大な保険料が支払われた。数カ月の努力の末に、ヤーバード大学の影響力のおかげで、そこで物理学講座を持っているデクスター教授は、目的を達することができたのだった。

　これから計画されている実験にはある有名人が名前を連ねていた。それは、高名な科学者にして論理学者、オーガスタス・S・F・X・ヴァン・デューセン教授――人呼んで思考機械である。この研究にかの天才が興味を示したのは、デクスター教授にしてみれば、しめたものだった。彼はまだ若く、あまり有名ではなかったからだ。この年長の科学者――思考機械――は、科学界における最終審といわれており、デクスター教授の計画にその名を連ねた瞬間から、世界中の同業者たちは、どんなことが発表されるのかと待ちかねているのだった。

　もちろん、大量のラジウムを収集する作業には、アメリカやヨーロッパの新聞も大いに注目し、扇情的に取り上げることさえあった。だから、ヤーバード大学がラジウムの最後の一個を受領したという事実が日刊紙で報道された際には、ヴアン・デューセン教授とデクスター教授による、ただちに実験を開始するという声明が併記されていた。

　この作業は、ヤーバードの巨大な実験施設にある、天井の高い部屋で行なわれることになっていた。その屋根はガラス張りで、窓は壁のとても高いところにあり、好奇の目はとうてい届かない場所だった。用意は、周到に行なわれた[1]――二人は一緒に作業をすることになっており、たった一つしかないドアの前には守衛が立っていた。このドアは小ぶりな応接間のような部屋に通じていて、さらにそこから建物の主廊下に通じていた。

　さて、デクスター教授は一人実験室で、思考機械を今か今かと待ちわびながら、これまで行なってきた予備実験を思い起こしていた。必要な器具はすべて用意され、これからの実験にいらないものは片づけられた。この実験は、ラジウムが世界のエネルギー源に革命を起こすのか、それとも実用に耐えない無用の長物なのかをはっきりさせるものだった。[2]

　デクスター教授の思考は、ボーエン氏が現われて邪魔された。彼は、大学の講師の一人だ。

「女性がご面会です、教授」彼は言いながら名刺を渡した。「非常に重要な用件だと言っています」

　デクスター教授が名刺を見ていると、ボーエン氏は背を向けて小部屋を通りぬけ、主廊下へと出ていった。マダム・テレース・ド・シャステニーという名前には、まったく心当たりがなかった。少々戸惑いながら、おそらくいらいらもしていたのだろう、彼はラジウム塊を載せた鋼鉄片をそっと長机の上に置き、応接間へと移動した。ドアのところで、何かにぶつかりそうになった。倒れそうになるのをどうにかこらえ、みっともない格好で踏みとどまった。

　女性の笑い声が聞こえて、内気な彼の耳は真っ赤になった――心地よい音楽のような、さざなみのようなかすれ声で、こんな場合でなかったら、さぞよかったろうにと思われた。しかし、失態を演じてしまった教授にとっては、神経を逆なでされるばかりだった。背の高い女性が立ち上がり、こちらに歩み寄ってくるのを目にして、ますます落ち着きを失った。

「どうも申し訳ございません」彼女は、謙虚に言った。しかし、赤い唇にはわずかな笑みが浮かんでいた。「わたしがうっかりしておりました。スーツケースをドアのそばに置かなければよかった」彼女は軽々と持ち上げると、また同じ場所に置いた。「それとも」彼女が質問した。「また誰かが来て、同じように転びそうになるかしら？」

「いいえ」教授は赤面しながら、わずかに微笑《ほほえ》んだ。「他には誰もいません」

　マダム・ド・シャステニーは、スカートの衣ずれの音をたてながら背筋を伸ばして、デクスター教授と挨拶を交わした。彼女の背の高さと体の美しさには、目を見張るものがあった。おそらく三十代で、ぱっと見た感じでは、身長は五フィート九、もしくは十インチだった。目を見張る美しさだけでなく、彼女の立ち居振る舞いからすると、かなりの体力がありそうだった。デクスター教授は彼女を見やると、不思議そうに名刺を見つめた。

「フランスのマダム・キュリーから、先生への紹介状を持ってきました」彼女は説明しながら、小さなハンドバッグからそれを取り出した。「もっと明るいところへ移動しませんか？」

彼女は教授に手紙を手渡すと、二人は外の廊下に通じるドアに近い、窓辺の席に座った。デクスター教授は軽い椅子を彼女の正面へ引っ張っていき、手紙を開けた。目を通すと、興味津々の色を新たに瞳にたたえた。

「先生のお邪魔をするつもりはございません」マダム・ド・シャステニーは、愛想よく説明した。「でも、先生がとても興味をお持ちだということをたまたま知ったものですから」

「なんのことですか？」と、デクスター教授は訊いた。

「ラジウムですわ」彼女は続けた。「実を言いますと、世界中の科学界が知らなかったラジウム一オンスが、わたしの手元にあるのです」

「一オンスのラジウムですって！」いかにも信じられないというように、デクスター教授は繰り返した。「それは、マダム、なんと驚くべきことをおっしゃるのですか。ラジウムが一オンスもですって？」

彼は椅子から身を乗り出し、わくわくして次の言葉を待った。一方、マダム・ド・シャステニーは激しく咳《せ》き込んだ。しばらくして、発作は治まった。

「笑ったりして、天罰が当たったんですわ」彼女は微笑みながら言った。「どうぞお許しください。わたしは喉の調子が悪くて[3]――まさに天網恢恢《てんもうかいかい》疎にして漏らさずですわね」

「ええ、そうですね」相手は慇懃《いんぎん》に答えた。「しかしこの話題は――とても興味深い。どうぞお話しください」

マダム・ド・シャステニーはゆったりと座り直すと、咳払いをして、話し始めた。

「ちょっと変わったお話なんですが」彼女は言い訳がましく言った。「でも、このラジウムがわたしのものになったのは、しごく当然のなりゆきですの。わたしはイギリス人ですので英語が話せますが、主人は名字でおわかりの通りフランス人、そして先生と同じ科学者です。でも、ほとんど世間では名前を知られておりません。どこの組織にも属していないからです。主人は純粋に趣味として実験を行なっていたのですが、次第にのめり込んでいって、ついにはそのことばかりになってしまいました。私たちはアメリカ人がいうような意味で裕福ではありませんが、十分暮らしていける程度には持ちあわせがありました」

「わたしどもについては、今ご説明したような具合です。お渡ししたマダム・キュリーからの手紙に、わたしの素性なども書いてあります。さて、キュリー夫妻がラジウムを発見したとき、わたしの夫も同じ方向の研究をしはじめておりまして、非常にうまくいっていました。主人の研究は、まずラジウム生成に向けられておりましたけれども、当時わたしにはそれがどんなものなのか、まったくわかりませんでした。数カ月経つうちに、主人はキュリー夫妻とは異なる方法で少しずつ生成していきました。そして気がついてみれば、我が家のささやかな財産のほとんどを使い果たしてしまいました。最終的には、一オンス近い量を得ることができました」

「これは興味深い！[▼4]」と、デクスター教授は、そう評した。

「どうぞ、お続けください」

「最後の四分の一オンスを生成していたときのことです。うちの主人は病気にかかり、命が永くないと判明しました」マダム・ド・シャステニーは少し間を置いて再び口を開いたが、暗い声になっていた。「主人の研究の目的など、まったく存じませんでした。知っていたのは単に、それが何かということと、かなりの費用がかかるということだけでした。主人は死の床で、その目的を明かしてくれました。奇妙なことですが、それは新聞に掲載されていた、先生の談話とまったく同じだったのです――つまり、ラジウムのエネルギー源としての実用性です。主人は、そのエネルギーの活用法を探す実験計画を進めていたのですが、亡くなったときには未完成で、残念ですが他の方には理解できないような形でしかなかったのです」

彼女は口をつぐみ、しばらく黙りこくっていた。デクスター教授は、その顔を見つめた。悲しみと嘆きと陰影が映し出されていた。彼は心の広い人物だったので、すぐに同情した。

「それで」彼が訊いた。「私のところにいらっしゃった目的は、何なのでしょうか？」

「計画されている実験に、必要な量のラジウムを用意するのに、さぞご苦労なさったことと思います」と、マダム・ド・シャステニーは続けた。「そこで、わたしが持っているものも、自分では使いようもないのですから、先生もしくは大学に売却できないものかと思ったのです。申しましたように、一オンス近い量がございます。それはわたしの手元にありますし、もちろんその性状について試験をなさってもかまいません」

「売るですと？」デクスター教授は息を呑んだ。「いや、マダム、それは不可能です。大学の基金はあまり豊かではないので、それほど大量に購入する、巨額の資金は用意できません」

若い女性の顔から、希望の色が吹き飛んだ。そしてさっと手を振り、落胆の色を現わした。[5]

「巨額の資金とおっしゃいますが」ようやく、彼女が口を開いた。「もちろん、この物質の通常の価格――百万ほどでしょうか？――を希望しているわけではございません。ほんの数十万ではいかがでしょう？　無用の長物となってしまった物質を、せめてわたしでも使えるよう、換金したいのです」

彼女の冷静な声には、説得力があった。そして、デクスター教授は窓の外を眺めながら、数分のあいだ深く考えた。

「あるいは、こうしてはどうでしょう」女性はしばらくして、早口で言った。「現在お持ちのラジウム以上の量が必要になりましたら、わたしが持っているものの使用料を支払うということでは？　いわば、出演料のようなものではいかがでしょう？　筋が通っていれば、どのような形でもいいのです」

再び、長い沈黙が訪れた。手を伸ばせばとどくところに、これまで聞いたことがないほど大量のラジウムがあるというのだ。デクスター教授は、今回の研究に明るい展望が開けた。考えれば考えるほど、この機会を逃す手はなかった。購入はできないものの――この物質を実験のあいだ使用することはできるのだ！　それが実現しそうなのだ。

「マダム」彼はようやく口を開いた。「私のところにいらしていただき、心から感謝いたします。はっきりした約束はできませんが、とりあえずこの件を、あなたのために動いてくれるかもしれない人々に伝えましょう。実に驚きました。ええ、ぜひ[6]お力になりたいと思います。しかし、数日はかかるかもしれません。おまかせいただけるでしょうか？」

マダム・ド・シャステニーは微笑んだ。[7]

「当然そうせざるを得ません」と、彼女は言い、再び咳の発作を起こした。とても苦しそうで、全身が震えるほどひどい様子だった。「もちろん」彼女は、痙攣《けいれん》が収まるとつけ加えた。「ご購入、もしくはご使用なさることを期待しております」

「お持ちのラジウムの代金――つまり売り値ですが――と、使用料をご提示いただけますか？」と、デクスター教授は訊いた。

「そんな失礼なことは申し上げられませんわ。でも、この名刺に滞在先が――ホテル・チュートニックと書いてあります。数日間、ここに滞在する予定です。いつでもご連絡ください。どうぞ、どうぞお願いいたします」彼女の声は哀願の色を帯びて、その片手が教授の腕に置かれた。「どうぞ、どのようなお申し出でもけっこうですので、できるだけお受けしたいと思っています」[8]

彼女が立ち上がると、デクスター教授もその隣に立った。

「ちなみに」彼女が続けた。「わたしは昨日、リヴァプールから汽船でこの国に到着したばかりです。これから半年の生活は、このラジウムを役に立てられるかどうかに、すべてかかっているのです」

彼女は部屋を横切って、スーツケースを手にすると再び微笑んだ。デクスター教授が無様につまずいたことを思い出したのは、間違いなかった。そして彼女は、荷物を手にして帰ろうとした。

「お手伝いしましょう、マダム」デクスター教授は、彼女の鞄《かばん》にさっと手を伸ばした。

「いえ、けっこうです。軽いですから」と、彼女はさらりと答えた。

ありきたりの会話が交わされたあと、彼女は出ていった。[9] 窓越しにデクスター教授は、彼女の優美で丈夫そうな姿を称賛の眼差しで眺めていた。彼女は、乗り物に乗って去っていった。彼はしばらく、立ったまま考え込んでいた。ラジウムという未知の物体を持っていると、彼女がさらりと言ってのけたのは、本当なのだろうかと考えていたのだ。

「もしそれも手に入ったら[10]」と、彼はつぶやきながら向きを変え、実験室に戻った。

すぐに叫び声が——激しい驚きの金切り声が——[11]実験室から響いてきた。そして、真っ青な顔をしたデクスター教授が応接間へと飛び出してきて、主廊下へ通じるドアを乱暴に開け放った。半ダースもの学生が、何事かと集まってきた。廊下の向かい側から講師のボーエン氏が、瞳に驚きの色をたたえて現われた。

「ラジウムがない——盗まれた！」デクスター教授はあえいだ。

その場にいた人々は、驚いて互いの顔を見合わせた。一方、デクスター教授は呆然としてうわ言をつぶやきながら、髪の毛をかきむしった。疑問や憶測が飛び交った。彼を中心にああだこうだと騒いでいると、新たな人影がぬっと現われた。黄色の髪の毛をした巨大な頭の小男で、口の端にずっと不機嫌そうな色をたたえていた。廊下の角を曲がったところだった。

「ああ、ヴァン・デューセン教授[12]」と、デクスター教授は叫んで、思考機械の長くてほっそりとした手を鷲づかみにした。

「いやはや！　いやはや！」思考機械は、万力のような力で握りしめられた指を抜こうとして、抵抗した。「やめてくれたまえ。[13]どうしたというのだ？」

「ラジウムがなくなったのです——盗まれました！」デクスター教授が説明した。

思考機械はのけぞりかかり、同僚科学者の見開いた目をじろりと睨んだ。

「何をくだらんことを言っているのだ」彼はようやく言った。「中に入りなさい。さあ、経緯を説明するのだ」

ぶるぶる震えながら、額や手のひらにいっぱい汗をかいているデクスター教授は、彼のあとに続いて応接間に入った。思考機械は振り返り、廊下への扉を閉めると、鍵をかけた。外では、ボーエン氏や学生たちが、カチリという音を耳にして、驚くべき事件をこの巨大な大学じゅうへ知らしめようと、散り散りになっていった。中では、デクスター教授が椅子にがっくりと座り込んでいた。目は据わり、唇はぶるぶると震えていた。

「いやはや、デクスター君[14]、頭がおかしくなったのかね？」思考機械は、苛《いら》ついた様子で問いただした。「しっかりしなさい。何が起こったのだ？ 紛失した当時の状況は？」

「来て――来てください――実験室を、見てください」と、デクスター教授は懇願した。

「ああ、まだそれはいい」相手は、我慢ならないという様子で言った。「何が起きたのだ？」

デクスター教授は、小さな部屋を二度往復して、また座った。懸命に、落ち着こうとしていた。そして、まとまりは欠いていたものの、彼が実験室のテーブルの上にラジウムを置いてから、乗り物に乗って立ち去るまでのマダム・ド・シャステニーの訪問について、余すところなく伝えた。思考機械は椅子に寄りかかって中空を睨み、両手のほっそりとした白い指の先同士を、押しつけていた。

「彼女はどのくらいの時間、ここにいた？」と、彼はようやく質問した。

「十分くらいだと思います」と、答えが返ってきた。

「彼女はどこに座った？」

「ちょうど先生がいらっしゃるところ、実験室の扉に面していました」

思考機械は、背後の窓をちらりと振り返った。[15]

「そして君は？」彼が訊いた。

「私はここで、彼女の正面に座っていました」

「彼女が実験室に入らなかったのは確かだな？」

「間違いありません」デクスター教授は即答した。「私以外誰一人として、今日は実験室に入っていません。ボーエン君が私に話しかけたときには、ラジウムを手に持っていました。彼はドアを開けて、彼女の名刺を渡しただけで、すぐに出ていきました。もちろんそんなことは不可能――」

「不可能などというものはないのだ、デクスター君」思考機械はいきなり激怒した。「一時たりとも、マダム・ド・シャステニーをこの部屋に一人にしたことはなかったのだな？」

「ありません、ありません」デクスターは言い切った。「彼女がここにいるあいだじゅう、一挙一動を目にしていました。ボーエン君がこの部屋から出て廊下に行くまで、ラジウムを手放しませんでした。その後この部屋に入り、彼女と会ったのです」

しばらくのあいだ、思考機械は沈黙したまま座り、天井を睨んでいた。一方、デクスター教授は、彼の不可解な顔を心配そうに見つめていた。

「まさか」教授はついに口を開いた。「私の過失だとお考えにならないでしょうね？」
　思考機械は何も言わなかった。[16]
「マダム・ド・シャステニーの声はどんな感じだった？」と、代わり[17]に質問した。
　[18]教授は当惑して、何度か目を瞬いた。[19]
「普通の声ですが——洗練された教養のある女性の、低い声でした」と、彼は答えた。

「彼女は話しているあいだ、声を大きくしなかったか？」

「いいえ」

「もしかしたら、話の途中でくしゃみをしたり、咳をしたりはしなかったか？」

　デクスター教授の顔に、見事なまでの驚愕の色が浮かんだ。[20]

「彼女は咳をしました、ええ、とても激しく」と、彼は答えた。

「ああ！」思考機械がそう叫ぶと、細い青い目に、わかったぞという光が宿った。「二度、あっただろう？」

　デクスター教授は、科学者の言葉に心底びっくりした。[21]

「はい、二度です」と、彼は答えた。

「他に何かなかったか？」

「ええと、彼女は笑いました」[22]

「いつ笑ったのかね？」

「彼女が実験室のドアのそばに置いていたスーツケースに、私がつまずいたときです」

　思考機械は、何の感情も表わさずにそれを聞くと、マダム・ド・シャステニーがデクスター教授に渡した紹介状に手を伸ばした。彼は、ずっとそれを握りしめたままだったのだ。短い手紙で、フランス語でほんの数行、マダム・ド・シャステニーは重要な用件でデクスター教授に会いたがっているとだけ書かれていた。

「君は、マダム・キュリーの筆跡を知っているか？」思考機械は、ざっと目を通して質問した。「もちろん、今回の実験について彼女と何度か手紙を交わしているだろう？」

「ええ、彼女の筆跡は見知っています」答えが返ってきた。「おそらくこれは本物だと思います。先生が疑っていらっしゃるのでしたら」

「あとで確かめるとしよう」と、思考機械は言った。

　彼は立ち上がり、実験室へと向かった。そこでデクスター教授は、作業机の上のどこにラジウムを置いたのか、正確な場所を説明した。そのそばに立ち、部屋の中、高いところにある窓、ガラス天井、そしてたったひとつのドアを睨みながら、頭の中でなにやら計算をしている様子だった。秀でた額に皺が寄った。

「壁面の窓にはすべて、しっかり鍵がかかっているのだろうな？」

「はい、常にそうです」

「ガラス天井はどうだ？」

「もちろんです」

「では、高い梯子《はしご》を持ってきてくれたまえ！」

すぐさま運んでこられた。デクスター教授は、興味津々で見つめていた。どうやら見たところ、思考機械はすべての窓の鍵を点検し、ペンナイフでガラス板を叩いて確認しているようだった。彼は最後の一枚を調べ終え、すべてに鍵がかかっているのを確認すると、梯子から降りてきた。

「いやはや！」彼は、不機嫌そうに叫んだ。「これは実に異常――この上なく異常だ。もしラジウムが応接間経由で盗まれたのでなかったなら――そうならば――」彼は、再び室内を見回した。

デクスター教授は首を振った。虚脱状態からは、いくらか回復したようだが、いまだ当惑しきったままだった。

「確かなのかね、デクスター教授」思考機械は、ようやく冷徹な声で質問した。「確かなのかね、[23]先ほど示した場所にラジウムを置いたのは？」

まるで非難しているような声音だったので、デクスター教授はかっと頭に血が上った。[24]

「間違いありません、そのとおりです」と、返事をした。

「それから、ボーエン君もマダム・ド・シャステニーも、この部屋には絶対に入っていない、間違いないのだな？」

「決して間違いありません」

思考機械は、長い机のそばをうろうろした。特段興味もなさそうに、この道に長い人間にはおなじみの道具や、きらきら輝く器具をいじっていた。

「マダム・ド・シャステニーは、子供のことに言及しなかったか？」彼はしばらくして、まったく見当外れのような質問をした。

デクスター教授は目を瞬いた。[25]

「いいえ」と、答える。

「養子とかどうとかは？」

「いいえ」

「彼女が持っていたのは、どんなスーツケースだった？」

「ああ、よく覚えていません」デクスター教授は答えた。「特に注意していなかったのです。普通のスーツケースだったように思います――厚革製じゃないでしょうか」

「彼女は我が国に昨日来たと、君は言っていたな？」

「はい」

「これはまことにおかしなことだ」思考機械はうなった。そして紙切れに数行何かを書きつけるとデクスター教授に手渡した。

「これをすぐに、電報で送ってくれたまえ」

デクスター教授が見やると、こう書いてあった。

パリ、マダム・キュリー様
マダム・ド・シャステニーにデクスター教授宛て紹介状を渡したか否か、ただちに返事乞う。
オーガスタス・S・F・X・ヴァン・デューセン

これを見て、デクスター教授は驚きのあまり目を見開いた。

「まさか先生は、マダム・ド・シャステニーが――」と、言いかけた。

「マダム・キュリーの答えは、聞くまでもないと思うがな」教授はぶっきらぼうに遮った。

「なんですって？」

「知らんというはずだ」そう断言した。「しかし、だとすると――」そこで彼は口をつぐんだ。

「だとすると――？」

「君の誠実さが、疑われることになる」▼[26]

顔を真っ赤にし、何も言わずに歯を食いしばったまま、デクスター教授は思考機械を見つめていた。ドアの鍵を開け、外に出ていく。すると思考機械は椅子に身を投げ出して、両手で顔を覆った。しばらくして、ボーエン氏が姿を現わした。

「ああ、ボーエン君」視線を上げて、こう言った。「どうかすぐにこの電報を打ってくれたまえ」

▼スーツケース▲[27]

自宅のアパートメントに帰るやいなや、思考機械は新聞社の編集部にいるハッチンソン・ハッチ記者に電話をかけた。背が高くて痩せている、飢えたような顔つきの青年は、感情を押さえつけるためにぶつぶつ言っていたが、電話室に飛び込んで電話に出ると、あまりの熱心さで、話す声は震えていた。思考機械は、ただちにその様子を察した。

「ヤーバード大学のラジウム盗難事件について、君に伝えたいことがある」と、彼は言った。

「はい」ハッチは答えた。「ついさっき聞いたばかりです――警察本部の公報で。今、取材に出ようとしていたところです」

「まず、私の用事を頼まれてくれるか」思考機械が依頼した。「すぐにホテル・チュートニックに行き、マダム・ド・シャステニーという宿泊客が子供連れかどうか、確かめてほしい」
▼「わかりました、お任せください」ハッチは言った。「でも、事件の記事が――」
「これこそが、例の事件なのだ」思考機械は苛立たしげに遮った。▲[28]「ホテルで子供のことがわからなければ、昨日彼女がリヴァプールから乗ってきた汽船へ行って、問い合わせるのだ。明々白々、完全無欠の証拠を手に入れねばならぬ」

「ただちに行きます」とハッチは答えた。
▼[29]彼は受話器を戻すと、飛び出していった。▼彼は仕事柄、チュートニックの事務長とは知り合いだった。ぶっきらぼうでずんぐりとした体つきの男は、ときおり、個人の情報と引き換えに、ささやかな小遣いを稼いでいたのだった。
「やあ、チャーリー」ハッチが挨拶した。「マダム・ド・シャステニーはここに泊まっているかい？」

「ああ」と、チャーリーは言った。

「旦那と一緒か？」

「いいや」

「一人でやってきたのか？」

「そうだ」

「子連れじゃなかったのかい？」

「いいや」

「見た目はどんなだ？」

「べっぴんさ！」と、チャーリーは言った。

最後にこの一言が得られたので、情報が欲しくてたまらない記者の渇きも癒やされたようで、今度は、リヴァプールからやってきた汽船グラナダ号が停泊しているドックへと駆けつけた。そこにも、子供の影も形もなかった。そしてハッチは、思考機械の自宅へと向かった。

「それで？」と、科学者は問いただした。

記者は、首を横に振った。

「僕が確認できた限りでは、リヴァプールを出港して以降、彼女が子供と会ったり話しかけたりは一度もしていません」と、報告する。

それを聞いた思考機械は、驚いたというよりも狼狽したといったほうがいい様子だった。片手をさっと振り、額に皺を寄せて、両目を細めた。[30]彼は椅子にどさりと座り込んで、そのまま黙り込み、長い時間が経過した。

「そんなはずはない。そんなはずはない。そんなはずはない」と、科学者はようやく吐き出した。

この一件については事情をよく知らないので、ハッチは口を挟まなかった。しばらくして、ぐいっと勢いよく立ち上がると、[31]思考機械はわかっている限りのラジウム行方不明事件についての詳細を、記者に説明した。

「マダム・キュリーの紹介状のおかげで、マダム・ド・シャステニーは侵入できた」彼はそう説明した。「実際のところ、その手紙は偽物だと睨んでおる。私は、マダム・キュリーに電報を打った。彼女から『ノー』の返事が来たならば、私の推察が正しいとわかる。『イエス』ならば――いやそれは考える余地もなかろう。問題はこれに尽きる。どのような方法を使って、あの部屋からラジウムを消失せしめたのだろうか？」

ドアが開いて、マーサが現われた。彼女は、思考機械に電報を手渡した。急いで指で破って開く。彼はざっと目を通し、座り込むやいなやまたいきなり立ち上がった。

「どうだったんですか？」[32]と、ハッチが訊いた。

「『イエス』だそうだ」というのが、それに対する返答だった。

* * *[33]

その晩八時ごろ、自らのささやかな実験室にこもった思考機械は、何やら化学実験を行なっていた。彼は、目盛りのついたグラスを持ち上げた。その中には、紫色がかった半透明の液体が入っていた。それをランプの灯りにかざしたときに、頭の中である考えがひらめいた。彼はグラスを取り落とし、床で砕けるままにした。

「私は実に愚かだった」とつぶやくと、くるりと向きを変え、割れたグラスに見向きもせず、隣の部屋へと歩いていった。[34] そしてすぐに、ハッチンソン・ハッチに電話をかけた。[35]

「今すぐ来るのだ」と、彼は命じた。

その声音に感じるものがあったので、ハッチは飛び上がった。帽子を引っつかむと、編集部から駆け出した。思考機械のアパートメントに到着したとき、彼は電話のある部屋から出てくるところだった。[36]

「わかったぞ」科学者は、記者に質問されるのを待たずに告げた。「なんともまあ単純だった。こんな馬鹿馬鹿しいことを見逃すなんて、どうにかしていた」

ハッチは、笑みを手で隠した。確かに思考機械には、馬鹿馬鹿しいなどという言葉はまったく似つかわしくない。

「タクシーでやってきたのか？」と、科学者が質問した。

「はい、待たせています」[37]

「ではついてきなさい」

二人は一緒に外出した。科学者が運転手にいくつか指示を与えると、ガタガタと出発する。

「これから、ある驚くべき人物と面会をする」思考機械は説明した。「彼には手を焼かされるかもしれんが、そうでないかもしれん――しかし、ともかく彼には注意が必要だ。なにしろ、抜け目のない人物だからな」

それだけだった。タクシーは、ある大きなビルの前に到着した。中流階級向けの、まかないつきアパートメントだ。思考機械は、車から飛び降りた。ハッチも、それに続いた。[38] 二人は、階段を上っていった。メイドが、呼び鈴に応《こた》えて出てきた。

「その――あの紳士は――ああ、なんという名前だったかな？」思考機械は、記憶を呼び起こそうとするように指を鳴らした。「昨日リヴァプールからやってきた、背の低い紳士だが――」

「ああ」メイドはにっこり笑った。「ベルガーシュトローム様のことですか？」

「そうだ、その名前だ」科学者は大きな声で言った。「彼はご在宅かね？」

「いらっしゃると思います」メイドは、笑みを絶やさずに返事をした。「名刺をお取り次ぎしましょうか？」

「いや、その必要はない」思考機械は答えた。「われわれは[39]劇場から来た。彼は待っているはずだ」

「二階の奥です」と、メイドは言った。

彼らは階段を上り、あるドアの前で立ち止まった。思考機械は、そっと開けようとしてみた。鍵がかかっていなかったので、そのまま押し開けた。ガス灯の明るい光がまぶしかったが、誰の姿も見えなかった。彼らは、黙って立っていた。新聞がガサガサいう音がした。二人は、その音のする方向を見やった。

それでも、誰も姿を見せなかった。思考機械は一本指を立て、反対方向を向いている大きな覆いつきの椅子へ忍び足で近づいた。ほっそりとした手が向こう側に消え、さっと上に挙げられた。彼につかまれてもがいているのは、一人の男――おもちゃのように小さな男――スモーキングジャケットにスリッパ姿の小人が、流暢なドイツ語で悪態をついているのだった。▼ハッチは爆笑した。笑いが止まらなくなって、息が苦しくなった。▲[40]

「ベルガーシュトローム氏だ、ハッチ君」思考機械は、もっともらしい声で言った。「この紳士が、ラジウムを盗んだのだ、ハッチ君。ベルガーシュトローム君、君の話を聞く前に言っておくが、マダム・ド・シャステニーはすでに逮捕されて自白したぞ」

「なんということだ《アッハ・ゴット》！」と、小さなドイツ人は荒れ狂った。▼「下ろしてくれ、椅子に、頼む」

　思考機械は、もがいている小人を下ろして椅子に座らせた。ハッチは、ドアを閉めて鍵をかけた。記者が戻ってきて、改めて彼を見つめたときには、笑いはすでに消えていた。小人は、やつれて皺だらけの顔が赤ん坊のごとき体の上についており、おもちゃのような洋服を着ているので、その小さな姿に哀れさを感じたのだ。彼の年は十五歳か、あるいは五十歳かもしれなかった。体重は、二十五ポンドを超してはいるまい。身長は、かろうじて三十インチほどだった。▲[41]

「あれは、劇場でいつもやっている通りなのであるからして――」と、ベルガーシュトローム氏は訥々《とつとつ》と説明しはじめた。

「ああ、そうなのか？」思考機械は、興味津々で問いただした。考えていた質問を、先取りされたかのようだった。「マダム・ド・シャステニーの本名はなんというのだ？」

「彼女は、かの有名なマドモアゼル・ファンションである。そして吾輩は、驚くべき▼小人フリッツ伯爵なのだ」▲[42]と、ベルガーシュトローム氏は、舞台上の仰々しい身振りで堂々とのたまった。

　そのとき実際に何が起きたのかということが、ようやくハッチにもわかり始めた。彼は、犯行を成功させた大胆不敵なふるまいに驚いた。思考機械は立ち上がると、見つめていたタンスの扉を開いた。薄暗い奥のほうのスーツケースを引きずり出し、さらにその中から小さな鋼鉄製の箱を取り出した。

「ああ、ラジウムはここにあるぞ」彼は箱を開けて言った。「考えてもごらん、ハッチ君。▼[43]何百万ドルという価値のあるものが、こんな小さな箱に入っているのだよ▼[44]」

　ハッチが考えていたのは、▼、、、▲[45]まさしくそれだった。この信じがたいとんでもない事件の記事の出だしを、どうしたらいいものかと考えていたのだ。彼と思考機械が、唯々諾々と従う小人を連れてタクシーに乗り、科学者の家へと戻る道すがらも、まだそのことを考えていた。

　一時間後、マダム・ド・シャステニーは、連絡を受けて呼び出された。一オンスのラジウム購入の件だろうと、彼女はそう思っていた。マロリー刑事は、玄人《くろうと》の目利きで、彼女が思い込んでいることを看破した。次にやってきたのは、デクスター教授だった。怒りで心が張り裂けそうになっていたが、電話での呼び出しに従ったのだ。思考機械とハッチが到着して、全員が揃った。

「さて、マダム・ド・シャステニー」思考機械は、おだやかな声で始めた。「あなたは、ヤーバード大学[46]で盗んだものとは別に、さらにもう一オンスのラジウムを持っているのですかな？」

マダム・ド・シャステニーは思わず立ち上がった。思考機械は、やぶにらみの目で宙を睨み、両手の指の先を押しつけ合っていた。彼女が急に動いても、ぴくりともしなかったが――マロリー刑事は即座に反応した。[47]

「盗んだですって？」マダム・ド・シャステニーは叫んだ。「盗んだですって？」[48]

「私はそう言ったのだ」と、思考機械はまるで愉快なことのように[49]言った。

女の瞳に、凶暴な炎が燃え上がった。彼女の顔は一瞬紅潮し、その色がさっと引くと、再び座り込んだ。真っ青になっていた。[50]

「フリッツ伯爵は、この一件で果たした役割を、私に白状した」と、思考機械は続けた。彼は身を乗り出して、テーブルの上の箱を手に取った。「ここにラジウムはある。これ以外に、ラジウムを持っているのかね？」

「あのラジウムですって！」デクスター教授は、信じられないという顔で息を呑んだ。

「否定しないというのなら、フリッツ伯爵を呼びたまえ、ハッチ君」と、思考機械が言った。

ハッチはドアを開けた。小人は、まさに舞台に飛び出すように、勢いよく現われた。

「これで十分かね、マドモアゼル・ファンション？」と、科学者は訊ねた。その声は、皮肉の色を帯びていた。

マダム・ド・シャステニーは、無言で頷いた。

「どうして露見したのか、君も興味があるだろう」思考機械が続けた。「君がこの犯行を思いついたきっかけは、新聞記事ではないかな。だから、私がこの実験計画に関与していることはおそらく知っているだろう。君がラジウムを盗んでいった直後に、私はあの実験室に入った。デクスター教授は、君のことを話してくれた。巧妙、実に巧妙だ。しかし、ラジウムの量が多すぎる。だから信じられなかった。嘘だとすると、どうしてあそこへやってきたのだろうか？　その答えは明らかだ」

「デクスター教授を例外にして、君を含む誰ひとりとして、あの実験室に立ち入った人間はいない。それでも、ラジウムはなくなった。どうやったのだろうか？　私がまず考えたのは、犯行における君の役割は、デクスター教授を引き止めることだろうということだった。そのあいだに、誰かが実験室に侵入したか、もしくは何らかの優れた仕掛けを使って窓かガラス天井越しにラジウムを釣り上げたかのどちらかだ。私はデクスター教授に、君の挙動について詳しく問いただした。そして、君がくしゃみや咳をしなかったかと訊いてみた。君は二回咳をした――明らかに合図だ――私の考えは裏づけを得た[51]」

「次に、私は窓と天井の戸締まりを確認した――[52]すべてしっかり閉まっていた。ガラスを叩いて、手を加えられた形跡がないか確かめた。それもなかった。ラジウムは、応接間経由で外に出ていったようには見えなかった。しかし、他の方法で持ち出されたとも思えなかった――[53]それでも、なくなってしまったのだ。なかなか歯ごたえのある難問だったが、それもデクスター君がスーツケースのことを話していたのを思い出すまでだった。どうして仕事の用件でやってきた女性が、スーツケースを持っていたのだ？　たとえそれなりの理由があったとしても、どうして待たせてあった乗り物の中に置いておくのではなく、応接間までわざわざ引きずってきたりしたのだ？」

「さて、君はラジウムなんてこれっぽっちも持っていないことだろう。君が咳で実行犯に合図をしたことはわかっている。それゆえに、このスーツケースが事件解決の鍵になると考えたのだ。どうやって？　明らかだよ。誰かが中に隠れていたのだ。誰が？　猿か？　それは除外した。なぜならば、犯人には論理的思考が要求されるからだ。猿でないとしたら、何なのだ？　子供か？　可能性は低いかもしれないが、ありえないわけではない。子供でもしっかり教え込めば、実行犯となりうると考えられる」

皆の見開いた目は、ますます大きくなった。マダム・ド・シャスティニーがとりわけ、この明白で冷徹な分析を、魅せられたように聞き入っていた。フリッツ伯爵は、ネクタイを直しながらにやにや笑っていた。[54]

「私は、マダム・キュリーに電報で、紹介状は本物かどうか問い合わせた。そしてハッチ君を派遣して、子供の影がなかったか確認させた。子供がいた形跡はないと彼からの報告があったところに、マダム・キュリーから、紹介状は本物だという返事が戻ってきた。問題は、あっという間に振り出しに戻ってしまった。私は、何度も何度も考え直した。いつもこうしているのだ――そして、最後には解決できるのだ。[55]猿や子供でなければ何なのだ？　小人だ。もちろん▼56その可能性を最初から考えなかった私が愚かであった」

「そして残されたのは、彼を発見することだけだった。おそらく、この女性と同じ汽船でやってきたはずだ。それで、彼を発見する計画が立った。マダム・ド・シャステニーが使った乗り物の運転手を通じてだ。ホテル・チュートニックに電話をして、運転手の営業番号を手に入れた。どこでマダム・ド・シャステニーはスーツケースを下ろしたのか？　彼は、その住所を教えてくれた。私はそこに行った」

「この女性がどうやってマダム・キュリーの紹介状を手に入れたのか、究明するつもりはない。ただ、一オンスのラジウムを売ると持ちかけて、反対に盗み取ってしまうというような頭の切れる女性ならば、なんでもできるだろうとだけは、言っておこう。それからおそらく、彼女と小人は劇場関係者で、スーツケースに隠れるというアイデアは、舞台の演目からヒントを得たのだろう。もちろん、スーツケースはそのために作られており、小人が内部からも開け閉めできるようになっていた」

「それで、お客には大受けだったのである」と、小人が▼いかにも得意気に口を挟ん▲57だ。

　しばらくして、犯人たちは連行されていった。フリッツ伯爵は最初の日に三度も脱獄した。牢屋の鉄棒のあいだをすり抜けるという実に簡単な方法だった。


底本は第二短篇集。「サンデー・マガジン」誌初出との異同を以下に記す。

▼▲1　雑誌初出にはない。
▼2　このあとの改行なし。
▼▲3　雑誌初出にはない。
▼4　雑誌初出にはない。
▼5　このあとの改行なし。
▼▲6　強調なし。
▼7　このあとの改行なし。
▼8　このあとの改行なし。
▼9　このあとに改行あり。
▼10　このあとに「！」。
▼▲11　「――」なし。
▼12　このあとに「！」。
▼13　このあとに「！」。
▼14　このあとに「！」。
▼15　このあとの改行なし。
▼16　このあとの改行なし。
▼▲17　雑誌初出にはない。
▼18　このまえに「デクスター」。
▼19　このあとの改行なし。
▼20　このあとの改行なし。
▼21　このあとの改行なし。
▼22　このあとに「（改行）思考機械は彼を真正面から見すえ、細い隙間の向こうの瞳は、何事も見逃さぬという厳しい目つきだった。」。このあとの改行なし。
▼▲23　強調なし。

▼24 このあとの改行なし。

▼25 このあとの改行なし。

▼26 このあとの改行なし。

⧗27 雑誌初出にはない。

⧗28 雑誌初出にはない。

▼29 「ハッチ」。

⧗30 「チュートニックの事務長は彼に、マダム・ド・シャステニーはホテルに一人で宿泊していると告げた。さらに彼はパーサーに質問したが、同じ結果だった。子供など影も形もなかった。そしてハッチは思考機械の自宅に行き、調べた結果を報告した。（改行）」。

⧗31 雑誌初出にはない。直前の改行もなし。

▼32 このあとに「！」。

⧗33 雑誌初出にはない。一行アキのみ。

⧗34 「彼は突然、仕事の手を止めた」。

▼35 このあとの改行なし。

⧗36 雑誌初出にはない。

⧗37 雑誌初出にはない。

⧗38 「まかないつきアパートメントの前に停車した」。

⧗39 「見世物小屋」。

⧗40 雑誌初出にはない。

⧗41 雑誌初出にはない。

⧗42 雑誌初出にはない。

▼43 このあとに「！」。

▼44 このあとに「！」。

⧗45 強調なし。

⧗46 強調なし。

⧗47 雑誌初出にはない。このあとの改行もなし。

⧗48 「彼女は叫んだ。」。

⧗49 雑誌初出にはない。

⧗50 雑誌初出にはない。このあとの改行もなし。

⧗51 「、明らかに合図だ」。

⧗52 雑誌初出にはない。

⧗53 雑誌初出にはない。

⧗54 雑誌初出にはない。

⧗55 「いつも同じ結果になってしまった。しかし最後は解決できた」。

▼56 このあとに「！」。

⧗57 「言った」。

訳者解説

平山雄一

いわゆる「シャーロック・ホームズのライバルたち」の代表選手として名前が挙げられるのは、隅の老人、ソーンダイク博士、マーチン・ヒューイット、そして思考機械の四名である。『隅の老人【完全版】』(作品社)で、今まで部分的な紹介しかされてこなかった割には名前が先行していた隅の老人の全体像をご紹介できたのに続いて、今回は思考機械をご紹介できるのは、欣快に耐えない。

隅の老人シリーズは、一作を除いて全作品が単行本に収録されているのに比べ、思考機械は多くの作品が単行本未収録のまま、作品数がどれだけあるかもはっきりしない時代が長かった。今回全作品を収録するとともに、作品数を確定し、版による異同も確認をした。おそらく、英米で出回っている思考機械の書籍よりも詳しい内容だろう。

著者のジャック・フットレル(一八七五～一九一二)はアメリカのジョージア州パイク・カウンティに生まれた。十八歳で「アトランタ・ジャーナル」の速記者として就職し、ジャーナリストとしての第一歩を踏み出した。さらに彼は「ボストン・ポスト」に移ったがすぐにアトランタに戻り、スポーツ面の立ち上げに参加した。この企画は成功し、「ニューヨーク・ヘラルド」の通信員も兼務するようになる。そして婚約者のリリー・メイ・ピールと、一八九五年に結婚した。

その後「ヘラルド」本社に移籍してニューヨークに転居し、O・ヘンリーなど多くの作家や舞台関係者との交流を持つようになる。しかし、一八九八年の米西戦争がアメリカの新聞の過当競争の時期と重なったせいで、捏造記事、誇大記事が連発される中、フットレルは過労で倒れてしまった。彼は、姉がマサチューセッツ州シテュエートに持つ別荘に移り、保養に努めた。そこで妻の勧めもあり、探偵小説の筆を執るようになったのである。

一九〇二年にフットレルは、友人からヴァージニア州にある劇場の支配人の仕事を紹介されて、二年間そこに勤めた。そして、一九〇四年に新聞王ウイリアム・ランドルフ・ハーストがボストンで新しい新聞「ボストン・アメリカン」を発行するのに合わせて、ジャーナリズムの世界に戻ってきたのである。その間も彼は「思考機械」ものを余暇に書き続けていたが、ついに一九〇五年に「ボストン・アメリカン」に懸賞つき小説として掲載されることになる。これが大成功を収め、一九〇六年春にフットレルは新聞社を辞職して、作家としてひとり立ちすることになった。

その後もフットレルは思考機械シリーズを書き続けるが、他にもロマンス小説などたくさんの作品を発表した。

しかし、そのキャリアは突然終わりを告げる。一九一二年に起きた有名なタイタニック号遭難事故に、フットレル夫妻は遭遇したのである。イギリスの出版社との交渉に出かけた帰り道だった。ジャック・フットレルは妻のメイを救命ボートに乗せて、自らは沈みゆく船と運命をともにした。彼の船室には思考機械シリーズの原稿が数篇あったといわれているが、もちろんそれらも海中に消えてしまったのである。

思考機械シリーズは、フットレルの生前に短篇集が二冊、長篇が一冊、一篇のみを収録した本の計四冊が単行本になっているが、はるかに単行本未収録作品のほうが多い。現在海外では数種類の「思考機械全集」が出版されているが、ほとんどは出典が明示されておらず、また解説もないといっても過言ではない。唯一、*THE THINKING MACHINE OMNIBUS*, Edited and Introduced by Stan Smith, The Battered Silicon Dispatch Box, Shelburne, 2003. が初出雑誌を明示してあるが、何カ所か間違いがある。本書では、これを参照して初出雑誌に当たった。単行本に収録されている場合はそちらを決定稿とみなし、それらと雑誌初出時との異同を指摘した。また、生前に単行本未収録の作品は、雑誌初出版を決定稿とした。さらに、作品によっては入手したイギリスでの雑誌初出版との違いがあるので、その場合には、それも指摘している。またメイ夫人の協力のもと、二十世紀半ばの「エラリー・クイーンズ・ミステリ・マガジン」（以下、「ＥＱＭＭ」と略記）に数篇が掲載されたが、これらとの異同も確認した。今までの邦訳に、「ＥＱＭＭ」版を底本としたものがあるからだ。

蛇足ながら、「ＥＱＭＭ」一九四五年五月号（vol. 6, no. 22）に「The Statement of the Accused」というフットレルの作品が掲載されているが、これは原題「The Mystery of Room 666」の非思考機械ものの短篇である。

なお、「幻」の思考機械作品として「黄色いダイヤモンドのペンダント」（The Yellow Diamond Pendant）という作品が、書誌に掲載されていることがある。しかしどの情報源を見ても、初出がわからない。今回の調査によると、最も古いこの作品への言及はシーモアおよびカイパーの *The Thinking Machine: Jacques Futrelle* だが、ここでもタイトルだけで初出雑誌の言及はない。さらに調べると、夫と同じく作家である妻のメイ・フットレルが、同タイトルの作品を「Ainslee's」（vol. 31, no. 1, Feb 1913）に書いていたのが判明した。一読したが、もちろん、思考機械とはまったく関係がない短篇小説だった。
以前、ある書誌研究者が、書誌の無断使用を防ぐために、わざと間違った情報を自分の書誌に忍ばせることがあるという話を、聞いたことがある。これはもしかしたら、その類《たぐい》なのではないだろうか。シーモアとカイパーが、わざと偽の情報を一覧表に忍ばせていたとしたら、つじつまがあう。しかも、彼らの作品一覧はアルファベット順なので、「Y」が頭文字のこの作品が、一番最後に掲載されているのだ。
そういうわけで、本書には「黄色いダイヤモンドのペンダント」は訳出しない。
本書に収録している作品が、現存する思考機械作品のすべてであると考える。

上述のように、フットレルの生前に刊行された思考機械ものの単行本は四種類、短篇集二作と長篇が一作、非思考機械もの長篇に思考機械作品が一作品だけ収録されているものだ。それらの詳細は、以下の通りである。ただし、本書では単行本収録順ではなく、雑誌発表順に配列してあるので、ご注意いただきたい。

THE THINKING MACHINE, Dodd, Mead & Co. New York, 1907.（第一短篇集）
「十三号独房の問題」
「赤い糸」
「記憶を失った男の奇妙な事件」
「大型自動車の謎」
「燃え上がる幽霊」
「ラルストン銀行強盗事件」
「アトリエの謎」

THE THINKING MACHINE ON THE CASE, D. Appleton & Co. New York, 1908.（第二短篇集）
「思考機械」
「モーターボート」
「楽屋『A』号室」
「水晶占い師」
「妨害された無線の謎」
「ロズウェル家のティアラ」
「行方不明のラジウム」
「嫉妬する心」
「オペラボックス」
「失われたネックレス」
「幽霊自動車」
「茶色の上着」
「完璧なアリバイ」
「余分な指」

THE CHASE OF THE GOLDEN PLATE, Dodd, Mead &

Co. New York, 1906.
長篇『黄金の皿を追って』

THE DIAMOND MASTER, A. L. Burt Co. New York, 1909.
非思考機械もの長篇「The Diamond Master」に加えて、思考機械ものの短篇「呪われた鉦」を収録。

以下の各作品の解説には、いわゆる「ネタバレ」を含む場合もあるので、十分ご注意いただきたい。

「十三号独房の問題」(The Mystery of Cell 13)「**ボストン・アメリカン**」一九〇五年十月三十日付から十一月五日付まで連載。第一短篇集収録時には「The Problem of Cell 13」と改題。

思考機械シリーズ第一作にして、その代表作である。『世界推理短編傑作集1』の序で江戸川乱歩は、「クイーン雑誌のベスト十二」(一九五〇年の十二人の作家評論家の投票による)、「クイーン試案ベスト十」(一九四六年エラリー・クイーン選)、「十五種傑作集の高位十四」(乱歩が集計した傑作集収録頻度)、そして「私の二種のベスト・テン (A) 謎の構成に重きをおくもの」を挙げているが、そのすべてに本作品は選ばれている。

当然邦訳も多く、

「完全脱獄」、「新青年」昭和十四年夏季増刊号、植村清訳
「十三号監房の秘密」、「宝石」第十巻第十三号、一九五五年九月一日発行、多村雄二訳
「13号独房の問題」、『黄金の十二』エラリー・クイーン編、黒沼健訳、ハヤカワ・ポケット・ミステリ、一九五五年
「十三号独房の問題」、『世界推理小説全集第五十巻　世界短篇傑作集1』宇野利泰訳、東京創元社、一九五七年
「十三号独房の問題」、『世界推理短編傑作集1』宇野利泰訳、創元推理文庫、一九六〇年
「完全脱獄」、『新青年傑作選4　翻訳篇』植村清訳、立風書房、一九七五年
「13号独房の問題」、『思考機械』押川曠訳、ハヤカワ・ミステリ文庫、一九七七年
「13号独房の問題」、『巨匠の選択』ローレンス・ブロック編、田口俊樹他訳、ハヤカワ・ミステリ文庫、二〇〇一年
「十三号独房の問題」、『人間消失ミステリー』赤木かん子編、宇野利泰訳、ポプラ社、二〇〇二年

がある。また、桑田次郎による漫画化『完全脱獄』(主婦の友社、一九七八年。コナン・ドイルの「マラコット深海」とあわせて、二〇〇五年にパンローリングより復刊)がある。同書には、「余分な指」の桑田による漫画化作品も収録されている。

「ボストン・アメリカン」の新聞の販売促進のために、懸賞

つき探偵小説として月曜日から金曜日まで問題篇が連載され、日曜日に解決篇が掲載された。十月三十日に第一回が掲載されたときは、以下のような広告もあわせて載った。

「十三号独房の問題」連載第一回
賞金百ドル
毎週百ドルが、「思考機械」の小説の謎を解いた人に与えられます。
一等賞　五十ドル
二等賞　二十五ドル
三等賞　十ドル
四等賞　五ドル
五等賞　五ドル
六等賞　五ドル
合計百ドル

さらに、十一月三日の紙面には、以下のように報じられた。

興味津々の探偵小説「第十三号独房の問題」も、金曜日には「ボストン・アメリカン」紙面に最終章の手前まで掲載されます。最終章では謎が解決されるのですが、これは日曜日の「ボストン・サンデー・アメリカン」紙に掲載されます。
皆さんは土曜日一日、百ドルを賭けた知恵比べに頭を絞ることができるのです。
土曜日午後六時以降の消印の応募は、受付いたしません。
送り先は、
賞金小説担当編集者
「ボストン・アメリカン」

そして連載最終日の金曜日には、

この小説は日曜日の「ボストン・アメリカン」紙で結末を迎えます。

明日の夜六時までに、この謎の答えを書いてお送りください。

「思考機械」がどのようにして、十三号独房から脱獄したか、もっとも鋭い解答には、賞金総額百ドルが与えられます。

来週の思考機械小説の題名は、

「ラルストン銀行強盗事件」

これほどスリル満点で、不思議な探偵小説はありません。

小説は月曜日に始まります。

第一章をお見逃しなく。

百ドルの賞金が、毎週探偵小説の結末の予想に対して贈られます。

一等賞　五十ドル
二等賞　二十五ドル
三等賞　十ドル
四等賞　五ドル
五等賞　五ドル
六等賞　五ドル
合計百ドル

最終回の日曜日には、山積みの封筒の写真が掲載されて、そのキャプションとして「思考機械と、『ボストン・アメリカン』紙の賞金小説担当編集者に宛てた、『十三号独房』問題の解答が入った何千通という手紙の山のほんの一部」との一文が付されていた。あまりに応募が殺到したせいか、日曜日には当選者の発表はなく、このように説明されていた。

来週の傑作探偵小説は、

「ラルストン銀行強盗事件」

思考機械が解決した、とても面白い謎だらけの探偵小説です。

「十三号独房の問題」の当選者は、到着した山のような手紙に審判が目を通し次第発表します。

「ボストン・サンデー・アメリカン」紙のこの小説を読み、研究するのをお忘れなく！

翌週の、第二作連載中の十一月八日の紙面に、当選者「P・C・ホズマーとメアリー・E・ロック、一等賞および二等賞受賞者。ホズマー氏は『十三号独房の問題』コンテストで一等賞の五十ドルを獲得、メアリー・E・ロック夫人は二等賞二十五ドルを獲得した」と、キャプションつきの大きな顔写真と共に発表された。当選者全員の住所氏名とともに、当選の喜びの言葉まで掲載されている。

先週の当選者
これらの皆さんが、「十三号独房の問題」を解いて賞金を獲得されました。
一等賞　五十ドル　P・C・ホズマー、ミルク街一二番地
二等賞　二十五ドル　メアリー・E・ロック、チェルシー市エデン街三四番地
三等賞　十ドル　L・W・モエン・ジュニア、プロヴィデンス市ノース・メイン街四八四番地
四等賞　五ドル　M・J・オマリー、マサチューセッツ州クリントン市ウッドローン街二三六番地

五等賞　五ドル　ジョージ・R・ダヴィッドソン、ドーチェスター市ディックス街八三番地
六等賞　五ドル　ルイス・M・エンホルム、ミルトン市プリーザント街

一等当選者P・C・ホズマーの言葉

毎日私は小説を慎重に二度読み返し、自分を著者の立場に置き換えてみました。思考機械が十三号独房に行くときの、要求の理由について考えてみました。彼が器一杯の水と靴磨きを要求したとあるのを読んですぐに、誰かに手紙を書くつもりだと結論づけました。

そして、古くて使われていない鉛管についての情報を得、さらに監獄内のネズミのことを知って、教授がどうやって外部に手紙を送ろうとしているのかが、わかりました。

ネズミを調べて体が乾いているということから、当然下水管を通ったネズミが水の中に入らないと確信し、どこかに外への抜け穴があるのだと思いました。それは、監獄のとなりにある遊び場に違いありません。

ここから、下水管を通じて通信が行なわれたものと確信しました。ハッチンソン・ハッチ記者（アメリカン紙の一員だと思うのですが）、（以下三行不明）

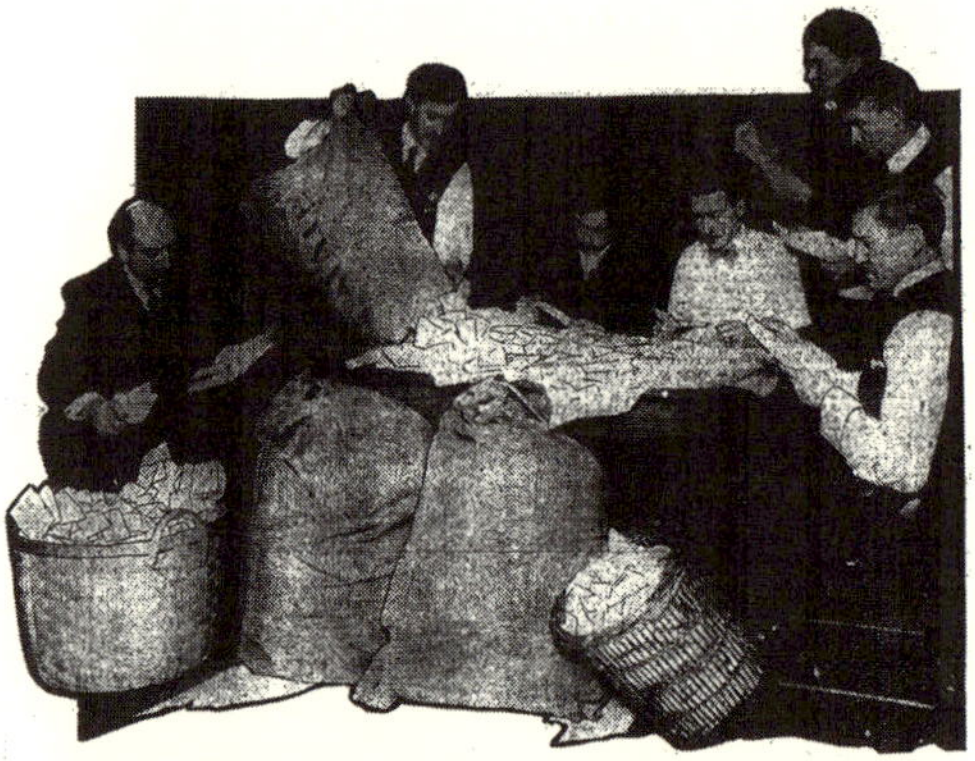

酸と八号の帽子という声が下水管から響いていたのは、思考機械が持ってきてほしい品を叫んでいるのだとわかりました。四十三号独房の囚人がおびえたのも当然でしょう。なにしろ、殺人罪で逮捕されていたのですから。

酸の使い道は鉄格子を切断する以外に考えられませんので、教授の意図ははっきりわかりました。しかし、彼が独房から脱出したあとどうするつもりかということが、よくわかりませんでした。これについて、私は二通りの考えを記しました。もちろん、電灯線を切断するのに柱

を利用するだろうとは思っていました。そして、ハッチの助けで入手したロープを使い、壁を登るのだろうと考えていました。さらに、この点について誰よりも深く考えた末に、電灯線を切断したのは、教授には二つの目的があったと結論づけました。それゆえ、私はこれを解答に書き加えました。これは書き終えてからはじめて思いついたことなのですが、正しいと確信していました。

本作品は第一短篇集初版本を底本にして、新聞初出および「ＥＱＭＭ」版（vol. 15, no. 79、一九五〇年六月号）との比較をした。詳細については別項を参照していただきたいが、特に目についたのは、まず思考機械のエピソードとしてよく語られる、チェスのチャンピオンを破った逸話が、新聞初出では爆薬の発明になっていることである。この逸話があるからこそ、後でフィールディング氏が思考機械に、監獄の壁を爆薬で吹き飛ばそうとしてもだめだと、忠告をするのである。

新聞初出や初版本ではランサム博士が、不可能なものの例として「飛行機械」を挙げているのに、「ＥＱＭＭ」版ではそっくり削除されている。ライト兄弟が有人動力飛行を成功させたのが一九〇三年であり、すでに本作発表の二年前だったが、おそらく舞台設定はそれ以前を想定していて、人類が空を飛ぶというセンセーショナルな夢のその後の実現を、思考機械に予言させていたのだろう。しかしクイーンの時代には、空を飛ぶのは当たり前すぎて陳腐だと判断し、削除したのではないだろうか。エラリー・クイーンは自分の雑誌を編集する際に、他人の作品にかなり手を入れるといわれているが、思考機械シリーズもご多分に漏れず、さまざまな変更が加えられている。今までの思考機械シリーズの邦訳は「ＥＱＭＭ」版を底本にしたものもあったので、本書ではそれらとは違った、本来フットレルが書いたままの形でお楽しみいただきたい。

「ラルストン銀行強盗事件」（The Ralston Bank Burglary）
「ボストン・アメリカン」一九〇五年十一月六日付から十一月十二日付まで連載。

第一短篇集を底本にして、新聞初出と比較した。印刷媒体では本邦初訳だが、渕上痩平訳「ラルストン銀行強盗事件」が「海外クラシック・ミステリ探訪記」（http://fuhchin.blog27.fc2.com/blog-entry-295.html）というブログに発表されている。

懸賞小説の二作目である。連載第一回には応募要項が再掲されているが、応募者への注意が書き加えられた。

謎解き賞金百ドル

毎週「思考機械」の探偵小説の、
謎の解決を賭けて百ドルの賞金が出ます。

一等賞　五十ドル
二等賞　二十五ドル
三等賞　十ドル

四等賞　五ドル
五等賞　五ドル
六等賞　五ドル
合計百ドル

応募要項

毎週「ボストン・アメリカン」紙は探偵小説を一作品掲載し、解決を日曜日に発表します。土曜日には掲載いたしません。最終章の直前までを、金曜日に掲載します。誰でも土曜日午後六時までに、謎の解決をご応募ください。

注意

これは思考能力を競うものであり、記述力ではありません。一等賞を獲得するには、謎の解決法を、誰よりも早く考案してください。解答の文章の見事さは、考慮されません。

もし百ドルを獲得する正しい答えがなければ、謎の解決に一番近い答えに賞が与えられます。

複数の解答が同じく正しかった場合、賞金は封筒の消印順に与えられ、早く郵送されたほうが高い賞を獲得します。

土曜日午後六時以降の消印の応募は無効です。

郵送先は、賞金小説担当編集者宛て、ボストン・アメリカン新聞社、サマー街八〇―八二

おそらく応募者の多くが、小説の形式で記述してきたのではないだろうか。つまり、数多くの思考機械の「パスティーシュ」が集まったということで、それはそれで読んでみたい気もする。しかし、審査する側にしてみれば、長々とした小説を山のように読まされるのはかなわないので、要点のみを記してほしかったということだろう。

この作品の当選者は、三つ目の作品「燃え上がる幽霊」の解決篇が掲載された十一月十九日に発表された。

一等賞五十ドル　ボストン市トレモント街七〇二番地、L・F・ド・グレース夫人
二等賞二十五ドル　ホルブルック町シカモア街、アニー・C・ベイリー
三等賞十ドル　アッパムズ・コーナー町ハンコック街二三一番地、ルース・ミノット・ピータース
四等賞五ドル　ケンブリッジ町クレイギー街五〇五番地、ジェームズ・A・マッケンナ・ジュニア
五等賞五ドル　サマーヴィル町ローリング街七番地、S・R・ニーランド・ジュニア
六等賞五ドル　ドーチェスター町ウエストコット街一八番地、ミス・メイ・ホーンマン

当選者は語る　L・F・ド・グレース夫人　トレモント

街七〇二番地
長年私は「ボストン・アメリカン」紙を楽しみに購読していましたが、今まで連載小説は読んだことがありませんでした。しかし一週間前の月曜日、「ラルストン銀行強盗事件」の一部を目にして、すぐに夢中になりました。これはありきたりのものではないとすぐにわかり、私を惹《ひ》きつけてやみませんでした。以前から探偵小説には興味があり、ドイルのシャーロック・ホームズや、アンナ・キャサリン・グリーンの短篇小説を、よく読んでいました。

そこで、私もこの謎を解いてみようと決心しました。たとえ失敗したとしても、この短篇を読めるのですから、十分元は取れます。

この短篇の、彼女は青い目を見開いて、金庫を鋭いまなざしで見たという記述が、出発点でした。銀行の内部について、彼女が何かを知っているのではないかと思ったのです。

著者の考えが、わかったような気がしました。もしかしたらそれは、探偵の直感や霊感といったものなのかもしれません。

最初から、ウエストや頭取以外の誰よりも、ルイーズ・クラークは銀行の内部についてよく知っていると思っていました。そして、彼らは推理の筋から外しました。

ルイーズ・クラークが香水をスミレから新しいものに変えたのを、思考機械が嗅いでいるという記述を読んで、これは重要だと思いました。彼女が身体検査でヒステリーを起こしたときに、私の推理は決まりました。

頭取の腕に抱かれたときに、彼女が金をチョッ《マ》キ《マ》に仕込んだのは間違いないと思いました。ピンが落ちたからです。

彼女には、外部に共犯者がいるに違いないと推理しました。なぜなら、彼女はダンストンに好意があるふりをしていましたが、結婚しなかったからです。彼女は既婚者に違いないと思いました。
　一等賞を獲得して、とても嬉しく思います。夫も私も、とても驚きました。賞に応募したことは、彼には黙っていたからです。

そして、一等当選者のグレース夫人の賞金のお礼の言葉が、十二月一日の紙面に掲載されている。

「小説を楽しく読みました」と、一等当選者は語る
拝啓――「ラルストン銀行強盗事件」の一等賞として五十ドルをお与えくださり、「ボストン・アメリカン」紙に感謝を申し上げます。今日、お金を受け取りました。初めてミステリー小説の謎解きというものをやってみました。そしてもちろん、努力の結果をとても嬉しく思っております。
　当選したことに関係なく、楽しく小説を読ませていただきました。今までに読んだ、優れた探偵小説と肩を並べるものです。
　今後も、フットレル氏の作品を楽しみにしています。改めて「ボストン・アメリカン」紙にお礼を申し上げます。
敬具
L・F・ド・グレース夫人
ボストン市トレモント街七〇二番地

　この作品には、狡猾な女性犯罪者が登場する。二作目にして思考機械と堂々とわたりあい、その裏をかこうとして頭取に罪をなすりつけるとは、たいしたものだ。コナン・ドイルのシャーロック・ホームズ・シリーズの三作目「ボヘミアの醜聞」に、アイリーン・アドラーが登場するのを思い出させる。しかも、登場する作品が発表されたときには死んでいるという設定も共通している。

「燃え上がる幽霊」(The Flaming Phantom)**「ボストン・アメリカン」**一九〇五年十一月十三日付から十一月十九日付まで連載。
　第一短篇集を底本とし、新聞初出と比較した。邦訳は、
「燃える幽霊」、「ミステリマガジン」一九七五年二月号、山田辰夫訳
「燃える幽霊」、『思考機械』押川曠訳、ハヤカワ・ミステリ文庫、一九七七年
「焔《ほのお》をあげる幽霊」、『思考機械の事件簿』宇野利泰訳、創元推理文庫、一九七七年

この作品の当選者は「大型自動車の謎」の解決篇が掲載された十一月二十六日に掲載された。

「燃え上がる幽霊」
一等賞　サウス・ボストン町四番街八九六番地、ジョージ・N・バリー
二等賞　ロクスベリー町エリオット・テラス一番地、イーダ・E・ジャクソン夫人
三等賞　レウェル町オーク街六六番地、ミス・ジュリア・A・フィッシャー
四等賞　マサチューセッツ州レキシントン町、F・W・シルヴァ
五等賞　マサチューセッツ州アップハムズ・コーナー町スプリング街三番地、ヴェラ・シャペル
六等賞　イースト・サマーヴィル町オルドリッチ街十四番地、ハリー・J・マクナブ

そして同日に、当選者の喜びの声も掲載されている。

合計百ドル
当選者は語る――いかにして謎を解いたか
ジョージ・N・バリー
サウス・ボストン町四番街八九六番地
一等当選者
「ボストン・アメリカン」紙上に掲載された第一作「十三号独房の問題」を解こうとしたけれどもうまくいかず、思考機械シリーズの謎解きをあきらめようと思いました。しかし、金曜日の晩、兄が「燃え上がる幽霊」の話をして、自分だったら解けたと思うと言ったのです。どうして、賞金を勝ちとろうとがんばらないのかと、彼は言いました。そこでさっそく、それまでに発表された章を読み始めました。最初の物語でまったく見当もつかずに挫折してから、小説を毎日読んではいなかったのです。
　しかし今度は慎重に物語を読み進め、特に最終章に注意を払いました。私見では、本当の事実が明らかになるのは、思考機械が質問

をしはじめてからなのです。ですから、物語の最後の部分に、一番神経を集中しなくてはいけません。もちろん、前半も忘れてはいけないことは、言うまでもありません。

物語を読み終えて、幽霊を作るために複数の鏡が重要な役割を果たしていることがわかりました。反射像を作れるのは、鏡だけだからです。空中に反射像を結ぶことはできませんが、鏡から別の鏡へと反射像を映すことはできます。ハッチンソン・ハッチたちは、入り口のところで幽霊を目撃しました。ところが、彼らがそこに駆けつけると、消えてしまいました。どこに行ってしまったのでしょうか？　私は自らに問いかけました。

当然思いついたのは、幽霊がスライド式の鏡に映っていたということでした。ジョージ・ウェストンは、立っている場所から容易に操作することができたでしょう。リンに炎をあげるように見える効果があることも、私は知っていました。あとは簡単でした。

ジョージ・ウェストンは、宝石を手に入れたかった。宝石がその屋敷の中にあることは間違いないと、彼は確信していたけれども、捜索は改築業者に邪魔されたのです。思考機械がジョージ・ウェストンに、電動ボートを持っているかと訊いたときに、どうしてそのことを知りたがったのか、私にはわかりました。足取りを覚られないように、ウェストンは水上からやってきて、屋敷まで崖を登っていたのです。

私は解決し終えて、今回は自信があると兄に言いました。兄の解答と私の解答を、お互いに見せることなく、応募しました。そして、私が当選したのです。また挑戦するつもりですが、諺《ことわざ》に「柳の下にいつもどじょうはいない」とも言われていますので、はたしてどうなるでしょうか。

イーダ・E・ジャクソン夫人
ロクスベリー町エリオット・テラス一番地
二等当選者

まず、物語が進むにつれてジョージ・ウェストンが登場したので、彼は行方不明の宝石について知っており、それを探しているのだろうと思いました。屋敷のどこかにあるという気がしたので、人々を追い払って誰にも邪魔されずに探せるよう、屋敷に幽霊を出現させることを思いついたのです。もちろん最初から、その仕掛けが複数の鏡を使って作られたことはわかりました。ハッチ記者たちが目撃した場所に出現させたのですが、彼らがつかみかかろうとしたり、銃を撃ったりしても何の効果もなかったので、私の推論が正しいと思いました。

思考機械が夜見張りをしていたときにハンマーを投げると、ガラスの割れる音がしたとあるので、確証を得ることができました。幽霊が燃え上がっていることについては、リンを塗っているに違いないと思いました。他には考えようがありませんでした。

　私が書いたように、これらのことを行なったのはジョージ・ウェストンしか考えられません。ハッチが叩きのめされたのは、ジョージ・ウェストンが脱出しようとしてしたことです。思考機械がアーネスト・ウェストンに、拳銃を持って川の《ママ》近くで見張りをさせ、撃ってもいいが殺してはいけないと命じたということも、その脱出に関連していると思います。そしてさらに、ジョージ・ウェストンは船を持っていたのですが、思考機械がすでにアーネスト・ウェストンに川辺で見張りをさせて、適当なときに撃つよう命じていたのは、そのことをわかっていたからだと、納得しました。

　ウェストン家の二人の関係ですが、アーネストは従兄《いと》弟《こ》のジョージの逮捕を望まないという高潔な態度を示し、思考機械の助言に従って、ジョージの逃亡の手配をしてやりました。全体の物語は、私には平易に見えました。そして、次から次へと推理を展開していくだけでした。手紙を投函したときには、私は正解をしていると確信していました。

「ボストン・アメリカン」紙の懸賞小説を賞賛したいと思います。とても楽しい催しですし、しかも教育的であり、人々に頭を使わせました。私は発刊初日からずっと「ボストン・アメリカン」紙の読者です。そして当選した今、この新聞はより身近な存在になりました。


　新聞連載時には、屋敷の構造が挿絵で図解されていたので、読者もよく理解できたのではないだろうか。この挿絵は単行本に収録されたときには割愛されており、おそらく目にする読者は、皆さんが初出時以来と思う。

　なお、文中で「祖父」と「曽祖父」が混在しているが、原文のまま訳出した。


「**大型自動車の謎**」（The Great Auto Mystery）「**ボストン・アメリカン**」一九〇五年十一月二十日付から十一月二十六日付まで連載。

　第一短篇集を底本とし、新聞初出と比較した。

　邦訳は、

「深夜のドライブ」、「ミステリーズ」二〇〇三年秋号、吉田利子訳

当選者発表は、翌週十二月三日の紙面に掲載された。
　「大型自動車の謎」当選者
一等賞五十ドル　ロクスベリー町シャーリー街一二六番地、アリス・パワーズ夫人
二等賞二十五ドル　ロクスベリー町ヒース街一八番地、ジェームズ・K・キーリー

三等賞十ドル　ロードアイランド州プロヴィデンス市ジェンキンス街九二番地、ピーター・ストッダード夫人
四等賞五ドル　マサチューセッツ州ウェア町、W・M・ケネディ
五等賞五ドル　ロクスベリー町ヴァイン・アヴェニュー五番地、A・J・スミス
六等賞五ドル　サマーヴィル町サージェント・アヴェニュー三九番地、エミリー・チェンバース夫人

どのようにして謎を解いたのか、当選者は語る
アリス・パワーズ夫人
ロクスベリー町シャーリー街一二六番地
一等当選者

　まず最初に、ミス・メルローズ、リードそしてカーチスが自動車でモナーク・インに向かいますが、彼らの会話からマクリーンが町にいること、そしてマクリーンとミス・メルローズがかつて事実上の婚約をしていたことがわかりました。リードとカーチスがホテルにいるあいだに、マクリーンが自分の車でやってきて、お互いが誰かわかったとしても、驚きではありませんでした。ミス・ドウが、ホテルで駆け落ちするつもりだったモーガン・メーソンを待っているときに、リードと会ったこともわかりました。彼女は一時間以上待っており、彼が姿を見せないので落胆していました。そこでリードと彼の自動車へ行き、ミス・メルローズがいなくなった後部座席に乗り込んだのです（原文ママ）。

　メーソンが姿を見せないのにがっかりした彼女は、座席でナイフを見つけたのだと思いました。これは、カーチスがガソリンを取りにいくときに落として、座席へ転がっていったのです。殺人犯はいくら考えてもわかりませんでしたので、この娘が自殺をする理由を探しました。髪の毛の色の違いが明らかになったとき、ミス・メルローズはマクリーンと立ち去ったのだという私の推定の一部は正しいとわかりました。そしてその後、カーチスがウィンター街の商店で倒れたとき、彼はミス・メルローズの幽霊を見たと思ったのだけれども、実はその女性本人を見たに違いないと思いました。道ばたで怪我をした男が発見されたというのは、

マ《ママ》クリーンのことだと簡単にわかりました。彼は、ミス・ドウとの約束の場所に向かう途中で事故に遭い、間に合わなかったのです。

　どのようにして解決に至ったのかを説明するのは難しいのですが、それぞれの事実が新たに判明していった末に、正しい答えにたどり着くのは困難ではありませんでした。自分が当選するかどうかなどということは考えず、ただ物語の謎を解くのはとても楽しいことでした。おかげで、毎晩家で楽しい時を過ごせたのです。

　我が家の娘たちの一人が小説を朗読してから、私たち全員でいろいろと考えを巡らせました。

「ボストン・アメリカン」紙は、きちんと公正な方法でコンテストを行なっていると思います。そしてこれは、この新聞を「家庭の新聞」とするための正しいやり方だと信じています。

ジェームズ・K・キーリー
ロクスベリー町ヒース街一八番地

二等当選者
「自動車の謎」以前にも二、三度謎解きに挑戦しましたが、まったく正解にはほど遠い結果でした。そこで夜中の時間をこの小説に捧げて、以前よりもいい結果が得られるよう頑張りました。

　自分を著者になぞらえて、どうしてこのような事件が起きたのだろうと考えました。水曜日に掲載された第三回までは、あまりよくわかっていませんでした。ところが、その次の回を読んで明らかになった気がしたので、もう一度最初から読み直して、ばらばらの部分をつなぎ合わせました。殺人が行なわれたとは、まったく思いませんでした。リードにもカーチスにも、そんなことをする動機が全然見当たらないからです。カーチスが自動車を離れ、ガソリンを求めて宿屋に入ったとき、彼のポケットから何かが落ちました。彼の話しぶりから、これが何だったのかは、小説の後半で明らかになるだろうと推察しました。だから、さらなる言及がありはしないかと、慎重に読み進めていきました。

　どのようにして自動車内で娘が別人になったのかはよくわかりませんが、マクリーンが自分の自動車でやってきてミス・メルローズを見つけ、さらにリードは「スコッチのお湯割り」が欲しくなってホテルに行きミス・ドウと出会ったことがわかり、ミス・ドウが宿屋から出てきて、ミス・メルローズがマクリーンと走り去ったあとで自動車に乗り込んだのだと理解しました。

　思考機械が、二人の女性の髪の毛の色が違うことを明らかにしたときに、ミス・メルローズは死んでいないという自分の推理が正しいと確信しました。そして、カーチスが恐怖にかられて酒を飲み過ぎた状態で思考機械の仕事部屋に連れてこられたとき、彼は本物のミス・メルローズを目撃したのではないかと感じました。ミス・ドウは自動車に乗っていて、リードとカーチスが宿屋から出てきて車に乗り込んだあと、彼女は座席に置いてあったナイフを手に取り、自分に突き刺したのでしょう。メーソンが彼女との約束を守らなかったので自暴自棄になり、自らの命を絶ったのです。先ほども言ったように、この結論には苦もなく達し、そのあとは簡単でした。

作中で、人間の血液と動物の血液を鑑別しているが、実際この判別法は、一九〇一年にドイツのパウル・ウーレンフートが発見し、その年のうちに犯罪捜査に応用されている。

この作品のポイントとなっている自動車運転用マスクは、現在は使われなくなってしまったので、読者の皆さんは想像しにくいかもしれない。ただ、新聞初出のイラストにしっかり描かれているのを再録したので、それを見ればおわかりになるだろう。当時の道路は、アスファルト舗装がまだ普及しておらず、しかも馬車と自動車の過渡期で両者が混在していた。だから、路上は土埃《つちぼこり》や馬糞が舞い踊る状態だったのだ。しかも、当時の自動車は現代と違って密閉された空間ではなく、オープンカーであったり、屋根があっても両脇が開いていたりして、埃が入り放題だった。その上、本作品に出てくるグリーン・ドラゴン号はスポーツカーなので車高が低い。なおさら埃まみれになるだろう。そういう埃を避けるために、自動車に乗るときは帽子、ロングコート、ゴーグルやマスクを身に着けていたのである。イラストを見ておわかりの通り、ほぼ口だけしか出ていない。バットマンなどの覆面ヒーローもどきである。これでは、誰だか判別できなくてもしかたがないだろう。

「百万長者の赤ん坊ブレークちゃん、誘拐される」(Kidnapped Baby Blake, Millionaire)「ボストン・アメリカン」 一九〇五年十一月二十七日付から十二月三日付まで連載。

単行本未収録作品だが、一九七〇年代に「シャーロック・ホームズのライバルたち」の再評価のきっかけの一つとなった、ブライラー編 *Best "Thinking Machine" Detective Stories* (Jacques Futrelle, Edited by E. F. Bleiler, Dover Publications, New York, 1973) に収録された。ところが、その際に編者は、物語の一貫性を保つためにプロットにわずかな変更を加えたと述べている。その異同についての確認を行なった。

邦訳は、

「百万長者ベイビー・ブレイク誘拐」、『思考機械の事件簿Ⅱ』池央耿訳、創元推理文庫、一九七九年

この邦訳はブライラー版を元にしているので、フットレルが実際に書いたものとは多少異なっている。

当選者は、十二月十日の紙面で発表された。

賞金獲得者発表
一等賞五十ドル　ボストン市ハンコック街七三番地、J・H・ハークスタール
二等賞二十五ドル　フィッチバーグ町マーヴェリック一二番地、ウイリアム・C・ベネット夫人
三等賞十ドル　ドーチェスター町ハンコック街二四四番地、ヘスター・C・ドー（原文ママ）
四等賞五ドル　ウォータータウン町キャピタル街七四番地、J・H・ケルゼー
五等賞五ドル　リン町サマー街五一〇番地、R・A・コームス夫人
六等賞五ドル　エヴェレット町プロスペクト街一二番地、S・A・トーウィー夫人

どのようにして謎を解いたのか、当選者は語る
ヨセフ・H・ハークスタール
一等当選者
　五回応募して一回当選なら悪くないのではないですか？　私は、思考機械シリーズが開始してから、すべての短篇で謎を解き、答えを送り続けました。そして、今回初めて私の名前が当選者欄に連なりました。今までは、日曜日の「アメリカン」紙に掲載された解決篇を読み、これは駄目だと思い続けていましたが、今回は少なくとも何らかの賞を取れるのではないかと期待していました。
　私は、小説を詳細に読みました。そして、どのように思考機械がブレークちゃんの謎を解くのかを観察しました。彼が箱から敷石へ移動するさまを研究し、その敷石が洗濯紐に近く、そして洗濯紐からブランコまでの距離もひどく離れてはいないことに気がつきました。
　ブレークちゃんは、動物の絵本を見ていました。本の中には、猿かオランウータンの絵があったに違いありません。なぜなら、ほとんどすべての絵本には、猿の絵が描かれているからです。赤ちゃんは、猿の絵を見たことがあるはずです。だから、もし本物の猿を見ても怖がることはなく、それが何かわかったでしょう。
　これが鍵なのです。ブレークち

ゃんを誘拐したのは猿だったのです。赤ん坊が気球にさらわれたなどという信じがたい説以外では、これが唯一の方法なのです。

この小説の謎は、一つだけです。それは、どうやってブレークちゃんがさらわれたかであり、他の挿話は読者の目くらましにすぎません。

小説の謎を解こうというのならば、思考機械が発する言葉の一言一句に注意をしなくてはいけません。そして思考機械が話しているときの「行間を読む」のです。非常に公平な審査を行なった「アメリカン」紙に感謝いたします。誰にでも当選するチャンスがあることは、間違いありません。

「雪上の赤ちゃんの足跡の手がかりを追って」

W・C・ベネット夫人

二等当選者

最初から、雪上の足跡は赤ちゃんがつけたものだと考えていました。これを出発点として、どうやって庭から連れ出されたかを自問自答しました。ヴァン・デューセン教授が赤ちゃんの本の挿絵について質問をする前から、私は類人猿が誘拐犯ではないかと感じていました。

私の考えは、猿について調べてみて、そして庭の様子を想像してみて、ますます確固としたものになりました。チャールズ・ゲーツに関する私の推理は正確でした。彼が両方の手紙を書いたのですが、二番目を送ったのは目くらましでした。子守りや赤ちゃんの親戚が失踪事件に関係しているとは考えませんでした。蛇足ではありますが「ボストン・アメリカン」紙の賞金額はとても素晴らしいと思います。他では見られないものです。

「動物が子供をさらったのだと考えた。手紙はただの偶然」

エディス・F・ピーターズ夫人

三等当選者

私は、フットレル先生の素晴らしい短篇小説シリーズを最初から楽しく読んできました。この小説を読んでしばらく考えて、赤ん坊の失踪と同時に脅迫状が届いたのは単なる偶然ではないかと思いました。最初誘拐は狂人の仕業《しわざ》ではないかと考えました。

最終章が発表されてすぐに、著者が「ひどい」という単語を使っているのは、この事件を起こしたのは人間ではないということだと、結論づけました。赤ん坊の絵本の内容を読み、野獣が誘拐犯だとしか考えられないように思えました。

このように推理した結果、赤ん坊が誰かの手に渡り、思考機械の巧みな広告に誘い出されたか、怯《おび》えたかして赤ん坊を返したことがわかったのです。

「まず小説を読んで楽しみ、問題を解決」
ローズ・A・コームス夫人
五等当選者

　この探偵小説についての私の推理が、当選者の一人となれるくらい正解に近かったということで、とても喜んでいます。私はボストンに来て以来「ボストン・アメリカン」紙の愛読者で、短篇探偵小説シリーズが始まると、まず最初は楽しみとして読みました。そして次に、注意深く読み返しました。私にも謎が解けるかもしれないと思ったからです。フットレル先生の作風に、敬意を表したいと思います。たくさんの人々を楽しませると同時に、いろいろ考えさせてくれる、興味深い小説を書いてくださるからです。さらに「ボストン・アメリカン」紙のこうした試みも素晴らしいと思います。

Fill This Out; Mail It
Before 8 P. M. Saturday
To Prize Story Editor,
Boston American:
MY SOLUTION OF THE BABY BLAKE MYSTERY IS:
IS:
NAME
ADDRESS

　第四回、第五回連載には、六行分の空白からなる解答用紙が印刷されており、切り取って記入の上郵送する形になっている。解答はこれくらい簡潔にしてほしいという編集部の希望だったのだろう。

　オランウータンが犯人というのは、ポーの『モルグ街の殺人』を思い起こさせるが、同書の中でもポーは、オランウータンは異常な力、行動力、野蛮な残忍さを持ち合わせていると描写しており、現代のわれわれが動物園などで親しんでいる穏やかな動物に抱くイメージとは、かけ離れていたことが想像される。

「アトリエの謎」（The Mystery of a Studio）**「ボストン・アメリカン」**一九〇五年十二月四日付から十二月十日付まで連載。

　本邦初訳、第一短篇集収録作品。本作品から、賞金に加えて懐中時計五十個が賞品として追加された。十二月十七日の紙面に当選者が発表された。

一等賞五十ドル　マサチューセッツ州ローレンス町ウォーター街二九五番地、メーベル・ヘイジーハースト夫人
二等賞二十五ドル　ボストン市バッテリーマーチ街四五番地、ミス・イーダ・E・ロジャース
三等賞十ドル　マサチューセッツ州サマーヴィル町イベットソン街三八番地、H・R・カイル
四等賞五ドル　マサチューセッツ州ウォラストン町デイヴィス街八六番地、ミス・アニー・ピータース

五等賞五ドル　メドフォード町エドワード街七七番地、F・S・ヒンクリー夫人
六等賞五ドル　マサチューセッツ州ローウェル町ダートマス街一〇番地、ジョセフ・P・ミスケル

「アトリエの謎」懐中時計獲得者
1　ロクスベリー町ランド・プレイス二番地、W・C・オイクルズ
2　メープルウッド町ウェブスター街一八五番地、ミス・アンナ・デンプシー
3　イースト・ボストン町ボーダー街三四五番地、M・L・コール夫人

以下五十番まで全員の名前が発表されているが、残りは省略する。残念ながら、当選者の歓びの声は掲載されていない。

この作品では、セミヌード絵画のモデルの正体が問題になっている。当時も、絵画用のプロのヌードモデルはいたようだが、アマチュアの娘を使ったというのが耳目を集めたのだ。ほぼ同時期の一八九七年に日本では、洋画の先駆けである黒田清輝が初めて日本人をモデルにした「智・感・情」を発表して、大いに論争になった。いわゆる裸体画論争である。これらの作品のモデルは小川花、こう姉妹だといわれているが、彼女たちはどういう人物なのだろうか。一般には、歌手の淡谷のり子が音楽学校に在籍していた一九二〇年代前半に、初めてプロの絵画用ヌードモデルになったといわれている。


「赤い糸」（The Scarlet Thread）「ボストン・アメリカン」一九〇五年十二月十一日付から十二月十七日付まで連載。

第一短篇集を底本とし、新聞初出と比較した。

邦訳は、

「紅い糸」、「ミステリマガジン」一九七四年十一月号、山田辰夫訳
「紅い糸」、『思考機械』押川曠訳、ハヤカワ・ミステリ文庫、一九七七年

「赤い糸」、『思考機械の事件簿』宇野利泰訳、創元推理文庫、一九七七年
「緋色の糸」、『クイーンの定員　I』宮脇孝雄訳、光文社、一九八四年
「緋色の糸」、『クイーンの定員　II』宮脇孝雄訳、光文社文庫、一九九二年

十二月二十四日の紙面に、当選者が発表された。

一等賞五十ドル　リン町ノークロス街三一番地、メイベル・コールコード
二等賞二十五ドル　ロードアイランド州プロヴィデンス市アームストロング・アヴェニュー一七四番地、エッタ・F・ジョンソン
三等賞十ドル　チェルシー町エデン街三四番地、エドウィン・A・ロック
四等賞五ドル　ノーウッド町、E・M・サリヴァン
五等賞五ドル　ロードアイランド州ウーンソケット町二番街二三七番地、メアリー・F・モーリエ
六等賞五ドル　ケンブリッジ町アレトン街一五六番地、ジェームズ・A・ケリガン

「当選者はいかにして謎を解いたのか」
メイベル・コールコード　一等当選者
「思考機械」は本当に素晴らしい作品です。フットレル先生の書き方が大好きですし、「ボストン・アメリカン」紙に掲載されたこれらの短篇小説は、現代の新聞に掲載されたさまざまな作品の中でも、文学的に優れていると思います。
「思考機械」が解決したすべての作品を私は読んできましたが、賞に応募したのは今回が初めてです。私の推理が正しいとわかり、とてもうれしく思っています。私の考えに間違いがないと確信するまで、事件の事実を見直し、そしてついに思い切って解答を送りました。

さらに十二月二十四日の紙面に、二等賞受賞者の談話が掲載された。

「赤い糸」の尾行された従僕エッタ・F・ジョンソン夫人

私が「赤い糸」の謎の解決コンテストで二等賞になったのですか？　それは本当にうれしい驚きです。もちろん、私は自分の解答が正しいと思っていましたけれど、編集者に送るつもりはありませんでした。実は、このすばらしい「思考機械」シリーズの、これまでの作品で試みてみたときよりも、ずっと正解に近づいていると信じてはいました。

赤ちゃん誘拐事件以外のすべての作品で、私はかなり正解に近かったと思います。しかし、これまでは解答を応募する勇気がありませんでした。ところが、家族が懸賞つき小説だと知って、応募するよう私を説得したのです。そこで先週、初めて応募してみました。

作品中で、従者の殺人および殺人未遂について、誰も気づいていないように思えました。ホテルで殺された娘に彼は恋をしており、殺そうとしていた男に嫉妬していたように思えました。

私はすぐに、老女は犯罪には関係ないと排除しました。なぜなら、思考機械はこの小説のはじめのほうで、その女が年寄りだと知っていたからです。だから恋人としては魅力がないし、彼女は昔も今も貧乏だったのだから、復讐されるいわれもありません。それに彼女は、殺人を犯すために必要な力もありません。

従者が犯人だという私の推定は、彼が英語をしゃべれるという事実が判明し、主人の荷物の荷ほどきをしているときの会話の内容を十分理解できていたということがわかって、一部裏づけられました。しかし、彼と娘が共謀していたのだが、うっかりして彼女を殺してしまったという可能性と、せっかちだが率直な主人が犯人の一味である可能性は、まったく考えていませんでした。

十九世紀のガス灯の時代から、二十世紀の電灯の時代への移行期を舞台にした作品ならではの内容である。なぜか登場人物だけが、かたくなに電灯の使用を拒否し、ガスにこだわっている。それが犯行を呼び寄せることになった。

フランス人のメイドが登場するが、もともと十九世紀のイギリスでフランス人のメイドを雇うことがステータスシンボルとして流行したのが、アメリカにまで流れ込んだのだろう。主に夫人づきのメイドとして、ファッションの中心がパリだった当時、フランス人メイドはもてはやされていた。

「『記憶を失った男』の奇妙な事件」（**The Strange Case of the "Man Who Was Lost"**）**「ボストン・アメリカン」**一九〇

五年十二月十八日付から十二月二十四日付まで連載。

　第一短篇集を底本とし、新聞初出と比較した。印刷媒体では本邦初訳だが、渕上痩平訳「正体不明の男」が「海外クラシック・ミステリ探訪記」（http://fuhchin.blog27.fc2.com/blog-category-46.html）に発表されている。


　当選者三名の顔写真（Ｇ・Ｗ・パターソン夫人、マーガレット・ページ夫人、フランク・ホームズ）と時計獲得者の氏名は、十二月三十一日の紙面に発表された。そして、賞金獲得者は翌月曜日となる一九〇六年一月一日の紙面に発表された。

一等賞五十ドル　ウォバーン町ミドルセックス街一番地、ミス・キャサリン・Ｅ・シンクウィン
二等賞二十五ドル　ロクスベリー町ダドリー街四七三番地Ａ、Ｆ・Ｅ・ライト
三等賞十ドル　メチューエン町スティーヴンス街一九番地、ケネス・エル・イーリー
四等賞五ドル　クインシー町ウォールナット街四二五番地、Ｒ・ハイド夫人
五等賞五ドル　ボストン市マサチューセッツ・アヴェニュー一四五番地、Ａ・Ｗ・ベーカー
六等賞五ドル　ニュー・ベドフォード町ペニマン街二四番地、ジョセフ・コリンズ

　日曜日の紙面に写真が掲載された三人のうち、パターソン夫人とページ夫人の名前は、懐中時計獲得者の中にある。しかし、懐中時計獲得者にも賞金獲得者にも「フランク・ホームズ」の名前はない。どういうわけだろうか。

　この当時のアメリカでは、現在と違い、地方のさまざまな銀行が紙幣を発行していた。もし今のように通貨発行をＦＲＢが一手に引き受けていたら、このような事件は起こらなかっただろう。しかし「ラルストン銀行強盗事件」といい、フットレルは銀行をあまり信用していないようである。何か不愉快な経験でもあったのだろうか。

「黄金の短剣の謎」（The Mystery of the Golden Dagger）「ボストン・アメリカン」一九〇五年十二月二十三日付から十二月三十一日付まで連載。

　単行本未収録作品。底本は新聞初出に依った。本邦初訳。

　当選者の氏名は、一九〇六年一月七日の紙面に発表された。

一等賞五十ドル　チャールズタウン町リンカーン街四六番地、ジョセフィン・ヘンリー
二等賞二十五ドル　ワーチェスター町ガードナー街一八番地、エドワード・エヴェラード
三等賞十ドル　ロクスベリー町、エマ・C・モンロー
四等賞五ドル　プロヴィデンス市ポイント街三〇三番地、E・ウィークス
五等賞五ドル　エヴェレット町サミット・アヴェニュー三五番地、ミス・アンジー・セイヤー
六等賞五ドル　ベヴァリー町ヴェストリー街四番地、ネリー・M・ヒッキー夫人

　この作品には東洋の権力者スルタンが登場するが、オスマン帝国の第三十四代皇帝アブデュルハミト二世（一八四二〜一九一八）のことだろう。彼は立憲政治を一時導入したが、その後専制政治へと揺り戻し、秘密警察を用いて反対派を弾圧した。その後再び立憲政治へと戻るが、一九〇九年に議会に廃位を決議され退位、幽閉された。
　同時期の一九一〇年に、イギリスのE・フィリップス・オッペンハイムは『日東のプリンス』という、イギリスを訪問した日本の皇族を主人公にしたサスペンス小説を書いているが、この作品でも西洋と東洋の異なる価値基準のぶつかり合いが描かれている。十九世紀後半から二十世紀前半は、それまでのようにヨーロッパ人が海外に進出するだけでなく、ヨーロッパにやってくる有色人種も増え、文化同士のぶつかり合いも生じていたのだろう。
　作品の舞台になった空き家を契約するときのいい加減さは、今の基準から考えれば呆れるほどだが、同時代の『一攫千金のウォリングフォード』（ジョージ・ランドルフ・チェスター、

一九〇八）という詐欺師小説を読むと、同じように顧客をやすやすと信用して手付金も受け取らずに家を貸す場面がある。当時のアメリカでは、その程度だったのだろうか。

「命にかかわる暗号」（The Fatal Cipher）**「ボストン・アメリカン」**一九〇六年一月一日付から一月七日付まで連載。

単行本未収録作品。底本は新聞初出としたが、新聞の一部が破損していたため、著者没後の単行本を参照した。邦訳は、「復讐の暗号」、『思考機械の事件簿Ⅱ』池央耿訳、創元推理文庫、一九七九年

当選者は、一月十四日の紙面に発表された。

一等賞五十ドル　ドーチェスター市クレヴァー街七番地、S・ルイーズ・ニコルズ
二等賞二十五ドル　ノースハンプシャー州ポーツマス市リンカーン・アヴェニュー五三番地、O・H・エルダーリッジ夫人
三等賞十ドル　ドーチェスター市フォルソム街一五番地、W・J・ケナード
四等賞五ドル　ヴァーモント州ベロウズ・フォールズ町、C・キャンベル夫人
五等賞五ドル　イースト・ウェイマス町、ジョージ・H・マクグラス
六等賞五ドル　ミドルボア町エヴェレット街一三番地、エドワード・ジェニー
（他に懐中時計獲得者一覧あり）

古代エジプト時代の銅の硬化法というのが出てくるが、残念ながらどういうものかわからなかった。ただ、エジプトでは紀元前三千五百年ごろから青銅器時代を迎えており、銅のあつかいについては高い技術があったことが想像される。

フットレルの作品に登場する若い女性は、どれもこれも一筋縄ではいかない人物ばかりである。「悪女ほどの悪はこの世には存在しない」という記述は、思考機械シリーズを一貫して流れているテーマの一つといっていいかもしれない。

「絞殺」（The Mystery of the Grip of Death）**「ボストン・アメリカン」**一九〇六年一月八日付から一月十四日付まで連載。

単行本未収録作品。底本は新聞初出に依った。最後の新聞連載作品である。本邦初訳。

賞金および懐中時計獲得者五十人は、一月二十一日付に発表された。賞金獲得者は以下の通りである。

一等賞五十ドル　マサチューセッツ州ダンヴァース町スプリング街三十番地、ヴィラ・レター・ジョンストン
二等賞二十五ドル　ボストン市トレモント・ビルディン

グ六三三号室、カール・P・レイ
三等賞十ドル　ボストン市コロンバス・アヴェニュー、ニューキャッスル・コート、J・A・レトルノー夫人
四等賞五ドル　ボストン市ワシントン街五一一番地、F・R・カニンガム
五等賞五ドル　ロードアイランド州ワシントン町、ミス・マーガレット・マーフィー
六等賞五ドル　ボストン市エメラルド街六四番地、エドワード・J・ミリガン

この作品ではサーカスに言及されているが、当時は現在と違って小規模なサーカスが多く存在し、地方巡業を繰り返しているのが当たり前だった。田舎町に数日滞在してテント小屋を張って興行し、また次の町へと移動していた。同時代のサーカスについては『通信教育探偵ファイロ・ガッブ』（エリス・パーカー・バトラー、国書刊行会）に、また戦後の日本でも『サーカスの怪人』（江戸川乱歩、ポプラ社）に詳しく描写されている。

思考機械がカニンガムの頭を調べるきっかけになったのは、骨相学である。十八～十九世紀にドイツ人医師ガルが、脳の精神活動に対応して頭蓋骨の器質的変化が現われるという仮説を提唱したことが始まりで、『バスカヴィル家の犬』（コナン・ドイル）でも、この説に影響を受けたモーティマー医師がシャーロック・ホームズの頭蓋骨を欲しがる場面が登場する。しかし、この説が誤りであるのはいうまでもない。

「思考機械」（The Thinking Machine）**「サンデー・マガジン」**一九〇六年九月二日号

掲載媒体が「サンデー・マガジン」になって初めての作品「楽屋『A』号室」（Dressing Room "A"）の冒頭部分が、第二短篇集収録時に独立して、主人公を紹介する掌篇として収録された。底本は第二短篇集とし、雑誌初出と比較した。「サンデー・マガジン」は、ハースト系の新聞が日曜日に発行する購読者向け雑誌である。

またイギリスでの初出「キャッセルズ・マガジン」一九〇七年十二月号でも、同様に次の作品とあわせて発表されている。なお、後述の「モーターボート」と、第二巻所収の「失われたネックレス」、「嫉妬する心」、「幽霊自動車」、「茶色の上着」（一九〇八年六月号まで）も、同誌に連載された。

邦訳は、

「序・思考機械登場」、『思考機械』押川曠訳、ハヤカワ・ミステリ文庫、一九七七年

日本独自に編集された短篇集でも、思考機械を紹介する役割を果たしている。

初登場作品「十三号独房の問題」冒頭の思考機械を紹介する部分でも、新聞初出では爆薬を発明したエピソードが語ら

れていたが、単行本に収録された際には、ここで語られているチェスチャンピオンを破った話に差し替えられた。思考機械の特徴がよく出ている逸話として、フットレルのお気に入りになったのだろう。

「楽屋『A』号室」（**Dressing Room "A"**）**「サンデー・マガジン」**一九〇六年九月二日号

第二短篇集を底本とし、雑誌初出と比較した。上述のように、この作品の冒頭部分が「思考機械」として単行本では独立している。

邦訳は、

「消えた女優」、「創元推理」一九九六年秋号、吉田利子訳
「消えた女優」、『思考機械の事件簿Ⅲ』吉田利子訳、創元推理文庫、一九九八年

吉田訳は英国「キャッセル・マガジン」版を底本としている。初版本ではなく「サンデー・マガジン」版から転載したと思われるので、単行本収録時に分離されたひとつ前の作品「思考機械」がそのまま付随している。

催眠術師の瞳孔が開いているという、思考機械の説はいかがなものだろうか。ただし、瞳孔が開いている人は催眠術にかかりやすいと、一般には言われている。もしかしたら、フットレルはこの通説を反対に誤解したのかもしれない。結局、毒入りキャンディを使った意味が不明瞭で、あまり優れた作品とはいえない。

「黄金の皿を追って」（The Chase of the Golden Plate）**「サタデー・イヴニング・ポスト」**一九〇六年九月八日号〜十月六日号まで五回連載。

底本はドット・ミード社の初版本（一九〇六）。アメリカでの雑誌初出と比較した。さらにイギリスでは「ストランド・マガジン」一九〇七年十二月号から一九〇八年二月号にわたって三回連載されたが、これとも比較をした。なお、一部挿絵は雑誌では不明瞭なものがあったので、初版本に再録されたものを使用した。

邦訳は、

「金の皿盗難事件」、『思考機械の事件簿Ⅲ』吉田利子訳、創元推理文庫、一九九八年

既訳は「ストランド・マガジン」版を底本にしているので、舞台がイギリスになっている。そのほかにも、イギリスの雑誌に発表された作品は多く手が加えられているが、はたしてそれがフットレル自身によるものか、それともイギリスの編集者によるものなのかはわからない。それらすべてを比較すると煩雑になるので控えるが、一番長い作品であり、しかもイギリス版からの邦訳があることから、特にこの作品はイギ

リス版とアメリカ版を比較した。

　冒頭の仮面舞踏会で「ミカド」と「ゲイシャ・ガール」という日本に関連した仮装が登場するが、これはサリヴァンのオペレッタ『ミカド』（一八八五）がもとになっている。ミカドがロシア皇帝は敵だと冗談を言ったというのは、もちろん日露戦争（一九〇四～〇五）を念頭に置いてのことだ。アレクサンドル・デュマ・ペールの『三銃士』で、リシュリュー枢機卿はダルタニアン、アトス、アラミス、ポルトスら銃士隊の敵役である。エリザベス女王はもちろんエリザベス一世であり、現在のエリザベス二世はまだ生まれてもいない。

　この作品にも電気自動車が登場するが、ガソリン自動車と堂々と渡り合ってカーチェイスをしているのには驚かされる。もっとも、その速度は現代から考えれば笑ってしまうくらいのものだろうが、それは仕方がない。

　思考機械は、血液の比較の物差しとして赤血球の大きさを利用しているが、ＡＢＯ式血液型をラントシュタイナーが発表したのは一九〇一年であり、すでにこの事件のころには知られていたはずだ。しかし、思考機械が血液型に言及していないのは、予備試験でどちらのサンプルも同じ血液型だったからではないだろうか。

「モーターボート」（The Motor Boat）**「サンデー・マガジン」**
一九〇六年九月九日号
　第二短篇集を底本とし、雑誌初出と比較した。邦訳は、
「モーターボート」『思考機械の事件簿Ⅱ』池央耿訳、創元推理文庫、一九七九年
　冒頭は、ボストン港の場面である。ボストンは「ボストン茶会事件」で茶箱を海に投げ込んだことからわかるように、港町でもある。
　この作品には、日本人の召使いが登場する。当時、日本人は忠実でよく働くということで、召使いとして多く雇われていた。同時代の作品『ラッフルズ・ホームズの冒険』（ジョン・ケンドリック・バングズ、論創社）にも「ノギ」という日本人従僕が、名前だけだが登場する。「オオサカ」というきちんとした日本人の名前だけでなく、柔術も登場するのはうれしい。

「紐切れ」（A Piece of String）**「サンデー・マガジン」**一九〇六年九月十六日号
　単行本未収録作品。本邦初訳。
　紐の結び目を使った通信方法は、アメリカの子供たちのあいだで広く知られていたのだろうか。思考機械は、紐があると聞いただけで結び目を一つほどくようにと指示しているので、おそらく彼もそのやり方を知っていたのだろう。木の洞《うろ》に手紙などを置いて受け渡しするのは、日本では川口松太郎の『愛染かつら』（一九三七～三八）でよく知られている。

「水晶占い師」（The Crystal Gazer）**「サンデー・マガジン」**一九〇六年九月二十三日号

第二短篇集を底本とし、雑誌初出と比較した。邦訳は、「水晶占い師」、『思考機械の事件簿』宇野利泰訳、創元推理文庫、一九七七年

　レンズを駆使した映像とドッペルゲンガー現象を組み合わせたトリックは、江戸川乱歩好みではないだろうか。同時代のゲレット・バージェスが書いた『不思議の達人――秘密の予言者アストロが解決した事件の記録および彼とその助手ヴアレスカ・ウィンとの恋愛の顚末（*The Master of Mysteries: Being An Account of the Problems solved By Astro, Seer of Secrets and His Love Affair with Valeska Wynne, his Assistant*）』（一九一二）では、ニューヨークを舞台に、水晶玉を操る謎の東洋人アストロ（実は白人の変装）が、数々の難事件を解決する探偵譚が展開されている。

「ロズウェル家のティアラ」（The Roswell Tiara）**「サンデー・マガジン」**一九〇六年九月三十日号

　底本は第二短篇集。「サンデー・マガジン」誌初出と比較する。邦訳は、「ロズウェルのティアラ」、『思考機械の事件簿Ⅲ』吉田利子訳、創元推理文庫、一九九八年

　ロズウェル夫人の財産は、亡くなったイギリス人の前夫グランサム氏から相続したものである。アメリカ人の富豪の娘がイギリス人の貴族と結婚して、成金の家系に箔をつけるというのは、ヴィクトリア朝時代からよく行なわれていたが、この場合はイギリス人のほうが富豪だったようだ。そして夫の没後、イギリス国籍の息子を連れて、母親がアメリカに帰ってしまうところから見ると、それほどの名家でもなかったものと思われる。ただしシドニー・グランサム氏は、ダイヤモンドのティアラを買うことができるほどの成金ではあったようである。

　この時代の小説にはよく夢遊病が登場するが、よく知られているのは『アルプスの少女ハイジ』（ヨハンナ・シュピリ、一八八〇～八一）だろう。ハイジはホームシックのせいで夢遊病になるのだが、本作品のジャネットの夢遊病は、結局根本的な解決がなされていない。その原因は何だったのだろう。義理の母親か、あるいは異常な関心を寄せてくる義理の兄の存在だろうか。

「行方不明のラジウム」（The Lost Radium）**「サンデー・マガジン」**一九〇六年十月七日号

　底本は第二短篇集。「サンデー・マガジン」誌初出と比較

する。邦訳は、「ラジウム盗難」、『思考機械の事件簿Ⅱ』池央耿訳、創元推理文庫、一九七九年

放射性元素であるラジウムは、一八九八年にキュリー夫妻が発見した。それからたった八年後に本作品は書かれており、まさに同時代の大きな話題を素材にした作品だといっていいだろう。実際にマダム・キュリーにも言及されている。同時代では、アーサー・B・リーヴのケネディ教授シリーズ『無音の弾丸』（一九一二）所収の作品や、アルバート・ドリントンの『ラジウムの恐怖（*The Radium Terrors*）』（一九一二）にもラジウムが登場する。

現代の感覚では、ラジウムをこんなずさんな取り扱いをしていいものかとびっくりするが、かつては腕時計の蛍光塗料として使われていたし、テレビドラマ『ＣＳＩ科学捜査班』では、陶器の顔料としてもラジウムが使われていたというエピソードを放映していた。

（第二巻に続く）

【著者・訳者略歴】

ジャック・フットレル（Jacques Futrelle）

1875年アメリカ・ジョージア州生まれ。劇場支配人などを経て、新聞王ウィリアム・ハースト傘下の「ボストン・アメリカン」紙の編集者になる。1895年、作家L・メイ・ピールと結婚。1905年、「ボストン・アメリカン」に「思考機械」シリーズ第一作「十三号独房の問題」を発表。1912年、タイタニック号の沈没事故により死亡。このとき、「思考機械」シリーズの数篇が彼の命とともに失われたとされる。

平山雄一（ひらやま・ゆういち）

1963年東京都生まれ。東京医科歯科大学大学院歯学研究科卒業、歯学博士。日本推理作家協会、『新青年』研究会、日本シャーロック・ホームズ・クラブ、ベイカー・ストリート・イレギュラーズ会員。著書に『明智小五郎回顧談』（ホーム社）、『江戸川乱歩小説キーワード辞典』（東京書籍）など、訳書に、ファーガス・ヒューム『質屋探偵へイガー・スタンリーの事件簿』（国書刊行会）、バロネス・オルツィ『隅の老人【完全版】』（作品社）など。

思考機械【完全版】第一巻

2019年5月30日初版第1刷発行
2019年9月30日初版第2刷発行

著　者　ジャック・フットレル
訳　者　平山雄一
発行者　和田肇
発行所　株式会社作品社
〒102-0072東京都千代田区飯田橋2-7-4
TEL.03-3262-9753　FAX.03-3262-9757
http://www.sakuhinsha.com
振替口座00160-3-27183

編集担当　青木誠也
装　幀　小川惟久
本文組版　前田奈々
印刷・製本　シナノ印刷株式会社

ISBN978-4-86182-754-9 C0097

【作品社の本】

名探偵ホームズ全集

（全三巻）

コナン・ドイル原作　山中峯太郎訳著　平山雄一註・解説

昭和三十〜五十年代、
日本中の少年少女が探偵と冒険の世界に胸を躍らせて愛読した、
図書館・図書室必備の、あの山中峯太郎版「名探偵ホームズ全集」、
シリーズ二十冊を全三巻に集約して一挙大復刻！
小説家・山中峯太郎による、原作をより豊かにする創意や原作の疑問／
矛盾点の解消のための加筆を明らかにする、詳細な註つき。
ミステリマニア必読！

昭和三十〜五十年代に小学生だった子どもたちは、学校の図書館で「少年探偵団」シリーズ、「怪盗ルパン全集」シリーズ、そして「名探偵ホームズ全集」シリーズを先を争うようにして借りだして、探偵と冒険の世界に胸を躍らせました。(…) しかしなぜかあれほど愛された、大食いで快活な「名探偵ホームズ」はいつのまにか姿を消して、気難しい痩せぎすの「シャーロック・ホームズ」に取って代わられてしまいました。

自由にホームズを楽しめる時代に、もう一度「名探偵ホームズ全集」を見直してみました。すると単に明朗快活なだけでなく、ホームズ研究家の目から見てもあっと驚くような指摘や新説がいくつも見つかりました。

昔を懐かしむもよし、峯太郎の鋭い考察に唸るもよし、「名探偵ホームズ全集」を現代ならではの楽しみ方で、どうぞ満喫してください。　　　　（平山雄一「前書き」より）

第一巻　深夜の謎／恐怖の谷／怪盗の宝／まだらの紐／
スパイ王者／銀星号事件／謎屋敷の怪
ISBN978-4-86182-614-6
第二巻　火の地獄船／鍵と地下鉄／夜光怪獣／
王冠の謎／閃光暗号／獅子の爪／踊る人形
ISBN978-4-86182-615-3
第三巻　悪魔の足／黒蛇紳士／謎の手品師／土人の毒矢／消えた蠟面／黒い魔船
ISBN978-4-86182-616-0

【作品社の本】

世界名作探偵小説選

モルグ街の怪声　黒猫　盗まれた秘密書
灰色の怪人　魔人博士　変装アラビア王

エドガー・アラン・ポー、バロネス・オルツィ、サックス・ローマー原作
山中峯太郎訳著　平山雄一註・解説

『名探偵ホームズ全集』全作品翻案で知られる山中峯太郎による、
つとに高名なポーの三作品、
「隅の老人」のオルツィと「フーマンチュー」のローマーの三作品。
翻案ミステリ小説、全六作を一挙大集成！
「日本シャーロック・ホームズ大賞」を受賞した『名探偵ホームズ全集』に続き、
平山雄一による原典との対照の詳細な註つき。ミステリマニア必読！

『名探偵ホームズ全集』（全三巻、作品社）に引き続き、山中峯太郎が翻案した探偵小説をご紹介できるのは、喜ばしいことこの上ない。
（…）峯太郎の功績はホームズだけにとどまるものではない。『名探偵ホームズ全集』の解説にも書いたように、最初は「世界名作探偵文庫」の一部としてホームズは始まり、峯太郎はホームズ以外にも筆をとっていたことは、児童書やミステリのマニアしか知らない。さらにホームズの余勢を駆って、「ポー推理小説文庫」というシリーズも発行されたのだが、残念ながらこちらは志半ばで中絶してしまっている。
本書では、それら「ホームズ以外」の峯太郎翻案の探偵小説を集め、原典と比較をし、彼特有の手法を明らかにするとともに、今一度翻案の楽しさをご紹介したい。
（平山雄一「解説」より）

エドガー・アラン・ポー「モルグ街の怪声」／エドガー・アラン・ポー「黒猫」／
エドガー・アラン・ポー「盗まれた秘密書」／バロネス・オルツィ「灰色の怪人」／
サックス・ローマー「魔人博士」／サックス・ローマー「変装アラビア王」／
平山雄一「解説　山中峯太郎の探偵小説翻案について」

ISBN978-4-86182-734-1

【作品社の本】

隅の老人【完全版】

バロネス・オルツィ　平山雄一訳

元祖“安楽椅子探偵”にして、
もっとも著名な“シャーロック・ホームズのライバル”。
世界ミステリ小説史上に燦然と輝く傑作「隅の老人」シリーズ。
原書単行本全3巻に未収録の幻の作品を新発見！　本邦初訳4篇、戦後初改訳7篇！
第1、第2短篇集収録作は初出誌から翻訳！　初出誌の挿絵90点収録！
シリーズ全38篇を網羅した、世界初の完全版1巻本全集！
詳細な訳者解説付。

当時、シャーロック・ホームズの人気にあやかろうとして、イギリスの雑誌は「シャーロック・ホームズのライバルたち」と後に呼ばれる作品を、競うように掲載していた。マーチン・ヒューイット、思考機械、ソーンダイク博士といった面々が登場する作品は今でも読み継がれているが、オルツィが『ロイヤル・マガジン』一九〇一年五月号に第一作「フェンチャーチ街駅の謎」を掲載してはじまった「隅の老人」は、最も有名な「シャーロック・ホームズのライバル」と呼んでも、過言ではない。現在では、名探偵の一人として挙げられるばかりでなく、いわゆる「安楽椅子探偵」の代名詞としてもしばしば使われているからだ。

日本で出版された「隅の老人」の単行本は、残念ながら現在までは（…）日本での独自編集によるものばかりで、オリジナルどおりに全訳されたものがなかった。とくに第三短篇集『解かれた結び目』は未訳作品がほとんどである。本書では、三冊の単行本とこれらに収録されなかった「グラスゴーの謎」を全訳して、完全を期した。

（平山雄一「訳者解説」より）

ISBN978-4-86182-469-2